Der Trainer ist Schuld

TWENTYSIX – Der Self-Publishing-Verlag

Eine Kooperation zwischen der Verlagsgruppe Random House und BoD — Books on Demand

Herstellung und Verlag:

BoD — Books on Demand, Norderstedt.

ISBN: 9783740744571

Special Thanks to Sarah Tarasewicz for the Translation

Thanks for the Pictures to:

Oliver Vogler

Peter Voeth

Viola Riesner

Table of Contents

Kapitel 1 ... Einleitung

„Der Coach ist Schuld...!“

Diesen Satz kennt man normalerweise aus der Sportwelt. In diesem Buch aber möchte ich die Aussage nicht nur im Bezug auf Sport betrachten, sondern ihre Bedeutung auch im Alltag näherbringen.

Denn hier können wir die unterschiedlichsten Dinge und Situationen betrachten, die absolut nichts mit Sport zu tun haben. Wir können dabei zusehen, wie sich Sachen entwickeln; wir können Dinge in unserem sozialen Umfeld wahrnehmen; wir können Beobachtungen in der Geschäftswelt oder auch auf akademischer Ebene machen. All das, was passiert, was wir wahrnehmen oder beobachten, kann von vielen verschiedenen Perspektiven beurteilt werden. Unabhängig davon, ob dies positiv oder negativ ausfällt, bin ich der Überzeugung, dass es bei jedem Ausgang möglich ist, zu sagen: „der Coach ist Schuld...“.

Warum solltest du dieses Buch lesen? „Jemand schaut zu – fast immer...“ Abgesehen von wenigen Ausnahmen, kann man in jeder Aktion eines Menschen, unabhängig davon, ob es gut oder schlecht ist, in irgendeiner Art und Weise sagen/behaupten, dass dies eine Auswirkung des Coachs ist - der Coach, den diese Person eines Tages hatte, die Verantwortung dafür trägt - diese Situation durch den Einfluss eines Trainers entstanden ist.

Derjenige, der erfolgreich ist, wurde wahrscheinlich gut gelehrt und genau auf das vorbereitet, das er gemeistert hat. Denn nichts geschieht in einem Vakuum.

Sogar dann, wenn es den Anschein macht, dass jemand etwas ganz alleine, aus eigener Kraft geschafft oder erreicht hat, gab es irgendwo in seinem Leben beeinflussende Ereignisse in Form von Hilfe, Motivation oder Unterstützung, die ihn zu diesem Ergebnis geführt haben. Selbst negative Erlebnisse können den Lauf der Dinge für die Zukunft verändern und am Ende zu einem Erfolg führen.

Nehmen wir als Beispiel einen Sportler, der es aufgrund seiner Leistung nach mehreren Versuchen nicht geschafft hat, Teil einer Mannschaft zu werden. Entwickelt er sich nach einiger Zeit jedoch zu einem sehr guten Spieler, könnte dies vielleicht der Einfluss des damaligen Trainers gewesen sein, der ihm die nötige Motivation gab, indem er ihm klarmachte, nicht gut genug zu sein. Eine vermeintlich schlechte Erfahrung, die zu einem positiven Ausgang führt. Selbstverständlich ist er für die harte Arbeit, die er investiert hat, selber verantwortlich. Die Motivation jedoch, um genau das durchzuziehen und nicht aufzugeben kam womöglich von demjenigen, der ihm einst sagte, noch nicht bereit zu sein.

Also, im Endeffekt: Der Trainer war Schuld.

Coaches können ihnen den Weg zeigen... die Arbeit jedoch müssen sie selber machen.

SPORT 37

BASKETBALL · FUSSBALL

Kämpferherz trifft mutige Entscheidung

Basketball-Talent Corinna Wiegand hat ein Vollstipendium in den USA ergattert

FULDA

Corinna Wiegand (18) wagt im Sommer den Sprung über den großen Teich. Dank großen Talents und Bemühungen ihres amerikanischen Coaches bei FT Fulda, Lauritz Ingram, beginnt die Gießenerin ein Basketball-Stipendium an der renommierten Gardner-Webb-University im US-Bundesstaat North Carolina. Der Weg dorthin war allerdings alles andere als einfach.

Von unserem Redaktionsmitglied JANNIK SCHNEIDER

C. Wiegand kämpfte sich durch den Schmerz und die Enttäuschungen durch Verletzungen

Im Frühjahr 2016 wurde ihr ein Stipendium für die Gardner-Webb Universität verliehen

V. Karambatsa als junge Spielerin in Leipzig im Jahr 2008

V. Karambatsa als Mitglied der griechischen Nationalmannschaft im Jahr 2015
Während der Saison 2016-2017 durch das Bundesliga-Team in Grünberg wiedervereint

Ich als Coach fühle mich ein wenig wie ein Architekt, der die freie Wahl zwischen zwei Jobangeboten hat. Ein potentieller Kunde bietet dir einen großen Geldbetrag, um etwas für ihn zu bauen. Er legt dir alle Vorgaben und Designkonzepte vor und stattet dich mit allen Materialien und notwendigen Mitteln aus. Auf der anderen Seite gibt es einen Anbieter, der dir weniger Geld bietet und dessen einzige Anweisung lautet: „hier ist eine ungefähre Vorstellung von dem, was ich möchte. Baue mir etwas Gutes. Etwas, das mir gefallen wird. Hier sind die notwendigen Mittel, die du dafür brauchst."

Von dem Standpunkt des Einkommens betrachtet, ist der erste Klient sicherlich die beste Option. Das zweite Angebot jedoch hat auch etwas an sich.

Du fragst dich jetzt sicherlich, was dies sein könnte.

Es ist das Gefühl von Stolz und Erfolg. Es ist deins. Du fingst mit nichts an und hast so viel Mühe hineingesteckt, dass es ein Teil von dir wird.

Es existiert eine eindeutige Unterscheidung zwischen coachen und lehren Die meisten Coaches, die etwas taugen sind fähig, zu coachen. Denn coachen bedeutet oft einfach nur

managen. In der Regel sind deine Spieler mit relativ guten Fähigkeiten ausgestattet, sodass dein Job nur ist, sie zum Erfolg zu führen. Du leitest das Spiel mit offensiven und defensiven Taktiken. Die verwaltest die Spielzeiten der einzelnen Spieler. Dies ist gewiss nicht immer einfach, aber umso besser die Fähigkeiten deiner Spieler sind, desto größer sind die Erfolgschancen.

Basketball zu lehren hingegen ist eine ganz andere Geschichte. Besonders einzigartig wird es, wenn es darum geht, bei Spielerin anzufangen, die noch nie zuvor gespielt haben oder nur wenig Erfahrung sammeln konnten. Es entsteht ein besonderes Gefühl in deinem Herzen, wenn du auf das Spielfeld schaust und Spieler siehst, die das Spiel vom komplizierten Anfang bei dir gelernt haben und sich im Laufe der Zeit zu soliden Spielern entwickeln. Sollten sich ein oder zwei davon hervorheben und sich als sehr gute Spieler erweisen, steigt dein Gefühl von Stolz exponentiell. Ich habe die Freude und Ehre gehabt, mit einigen solchen großartigen jungen Individuen zu zusammenzuarbeiten.

A. Potratz (3. von rechts) hat mit mir in Quakenbrück angefangen

In der Saison 2016-2017 hatte ich die Möglichkeit, A. Potratz in einer Damenmannschaft der zweiten Bundesliga zu coachen.

Die Tatsache, dass ich zu dieser Zeit sogar zwei Spielerinnen hatte, die die Grundausbildung bei mir machten und nun auf professioneller Ebene für mich spielten, bereitete mir ein sehr gutes Gefühl. Weiterhin ein gutes Verhältnis und Kontakt zu ehemaligen Spielerin zu haben, bestätigt dich oftmals in dem, was du getan hast.

Detlef Musch / Andreas Helmkamp

Detlef hat Fulda verlassen, um eine erfolgreiche Karriere zu starten – anfangs am Davidson College, später in der deutschen Bundesliga und zusätzlich beim deutschen Nationalteam... genauso wie James Marsh (rechts)

Nein, es sind nicht nur die Spieler, die zum College gingen, oder es auf die professionelle Ebene geschafft haben

S.Tarasewicz ist eine „späte Anfängerin", die mit dem Spielen erst im Jahr 2015 mit 24 Jahren anfing. Bereits in 2017 hält sie sich gut zwischen den Topschützen in der Liga. Für mich ist es genauso bereichernd, sie als ein beisteuerndes Mitglied in meiner Damenmannschaft in Deutschland in der Saison 2017 spielen zu sehen, wie jemanden zum College oder zu Profiteams zu schicken. Neben dem Training fand sie sogar die Zeit, Vollzeit als Sozialjuristin zu arbeiten und mir bei der Übersetzung meines Buches zu helfen.

Ich habe die Ehre und Freude gehabt, mir so vielen großartigen jungen Individuen zu arbeiten. Einige von ihnen haben bei mir angefangen. Andere sind Spieler, deren Wege sich mit meinen gekreuzt haben. Auf die einzelnen davon komme ich später zurück.

In irgendeiner Art und Weise sind wir alle Coaches. In unseren Familien, unseren Gemeinschaften, Arbeitsstellen und Mannschaften. Es gibt immer irgendjemanden, der sich an uns orientiert. Sogar dann, wenn wir es nicht bemerken.

Im Grunde genommen geben wir zu jeder Zeit Dinge als Coaches weiter, denn „Jemand schaut zu – fast immer..."

Vorbilder... Was mich motiviert hat...!

A Boy's Idol...

Während der 11. Klasse der Olney High School in Philadelphia fing ich damit an, Dinge in einem Tagebuch festzuhalten. Auf die Idee kam ich durch meine damalige Englischlehrerin, die uns von William Shakespeare und seinem Tagebuch, das er selber „Commonplace Book" nannte, erzählte.

In diesem sammelte ich Gedichte, Zeitungsartikel, Zitate von Athleten und vieles mehr. Als ich damit anfing, waren die Schriftstücke noch zur alleinigen Motivation gedacht, doch im Laufe der Zeit entwickelten sie sich zu wichtigen Bestandteilen meiner Philosophie und Persönlichkeit, die mir als Coach weiterhalfen indem sie mir eine Möglichkeit eröffneten, anderen zu helfen.

Seit 1979, meines zweiten Jahres an der Hofstra University trage ich immer eine Kopie folgenden Gedichtes bei mir. Es hat mich seit dem motiviert und immer in die richtige Richtung geführt. Es wurde von einem Mann namens „Stu" Brynn verfasst, der im Jahr 1934 in Pitsburgh geboren ist und in 2013 starb. Er war ein Mitglied der US-Küstenwache sowie der Chef-Footballcoach am Tabor College in Kansas.

A Boy's Idols....by Stu Byrnn

When I was six years old, I idolized two boys older than me by five and seven years. Both had all the makings of fine athletes. I watched them constantly as they caught a pass, hit a baseball, made a basket, and I pictured the day when I would be like them.

I GREW AND THEY GREW.

I listened as they told of how they took it easy in practice sessions; how they refused to block for a teammate they didn't like; how they chewed Dentyne and rubbed their hands with after-shave lotion so the coach wouldn't know they were smoking.

I listened as they called their mother "old lady" and their father "old man"; as they called this teacher and that coach something else they spoke of Church and God as being non-existent.

I listened as they laughed about quitting a team; being thrown off a team; being thrown out of a game for fighting; being thrown out of school.

It thrilled me to catch a pass thrown by them, hit a ball pitched by them, or retrieve a basketball shot by them. My day was made when they would say "hello" or simply nod their head in my direction. They were my idols. I longed to be an athlete just like them.

I watched and listened as they bragged about cheating in school. I absorbed all of the ways of cribbing on exams: the hidden answers written on the palm of the hand, the half- opened book on the floor.

I listened as they bragged about how many beers they could drink; how many girls they had had; how many nights they had broken curfew.

I listened as they bragged about telling off a teacher; about stealing library books; about stealing equipment from the locker room.

I listened as they swore. Man, they were the greatest! They were my idols. I hoped to be an athlete just like them.

I GREW AND THEY GREW.

I became a man. Suddenly, I saw my life in perspective. I wondered about my two idols. Surely, they were successful; surely they were all-Americans; surely they were pillars of their community.

I searched and found them. Alas, both had given up struggling to establish themselves as plain, ordinary people. They had set no records, achieved no goals, set no world on fire.

Then I wondered: Could some young, aspiring athlete have idolized me? Had I led him down the same trail I had followed? Had he longed to be an athlete-- just like me?

THEY HAVE GROWN OLDER AND SO HAVE I.

My sons with watch and listen to you because you are athletes. You will wear the Crimson and Grey. Many other sons will watch and listen to you, too. You are their idols. They will long to be athletes just like you.

YOU WILL GROW AND THEY WILL GROW.

Someday you will have sons. Perhaps my sons will be their idols. Your sons will want to be athletes just like them.

Once I had worshipped them. Now, no one in the community gave them a second look.

My parents: Could I ever repay them for the sorrow and anguish I had brought them? My teachers and coaches: Could I ever befriend them? Other people who had suffered because of me: Could they ever forgive me? That young, aspiring athlete: Could he forgive me? Where is he now because of me?

Now as a parent, I love my sons deeply. I want them to love God. I want them to serve man. I want them to be athletes.

So, don't forget... There is almost always someone watching.

This book is an appeal to all of us to do the best we can ... because in the end... It's the coach's fault... Ray "Ritz" Ingram

As for me, today I'm a coach and I've been a coach for a long time. As I look back over my life and ask myself the question

"Why am I a coach?"

The answer would be without question ...

It's the Coach's Fault... More on that in another section...

Kapitel 2

Also, warum dieses Buch lesen?

Wird sich irgendetwas in deinem Leben ändern, weil du dieses Buch gelesen hast?

- Macht es einen besseren Menschen aus dir?
- Wirst du dadurch ein besserer Vater oder Mutter?
- Wirst du dadurch ein besserer Trainer?
- Wirst du durch dieses Buch ein besserer Spieler?
- Macht es aus dir einen besseren Schiedsrichter?
- Wird dieses Buch überhaupt positive Effekte auf dein Leben haben?

All diese Fragen kann ich unmöglich beantworten, da es keine Garantie gibt, dass etwas, das du in diesem Buch liest, auch nur irgendeinen Einfluss auf dein Leben haben wird.

Es besteht jedoch die Möglichkeit, dass etwas von mir geschriebenes einen kleinen Eindruck bei dir hinterlässt und dabei einen oder mehrere einzelne Aspekte deines Lebens beeinflusst.

Sowohl außerhalb des Spielfeldes als auch als Coach war ich immer davon überzeugt, dass die „kleinen Dinge“ den größten Unterschied machen. In einem Auto zum Beispiel ist es selten der Motor an sich, der kaputt geht. Meistens ist es ein defektes kleines Teil, das für Ärger sorgt. Sorgt man aber dafür, dass alle kleinen Teile gut funktionieren, besteht normalerweise auch keine Gefahr für das Hauptelement.

Und das ist auch der Grund, weshalb ich im Training so viel Zeit in das Arbeiten an den „kleinen Sachen“ investiere. Ich möchte sicherstellen, dass meine Spieler eine Täuschung effektiv ausführen können und selber das Ziel anstreben, jede Bewegung in einer Offense perfekt umzusetzen.

Dies erreichen sie durch ständige Wiederholungen der Bewegungen und Laufwege von Spielzügen.

Auf Perfektion soll in allen Bereichen hingearbeitet werden: Beim Dribbling, Passen, Rebounding, beim Schießen und bei jedem anderen Aspekt, so klein er auch sein mag. Denn ich glaube fest daran, dass es am Ende die kleinen Dinge sind, die das Spiel entscheiden.

Ein Beispiel:

Deine Mannschaft liegt in einem Spiel mit einer Restspielzeit von zwei Sekunden einen Punkt im Rückstand. Stell dir vor, du hast deinem Team ein Play angesagt, das dazu führen soll, dem besten Spieler deiner Mannschaft einen Schuss in der letzten Sekunde zu ermöglichen. Alles klappt, er bekommt den Schuss und der Ball geht in den Korb... aber... plötzlich sagt der Schiedsrichter der Korb würde nicht zählen, da der Schuss kurz nach Zeitablauf aus der Hand ging.

Nun fragst du dich als Coach was passiert ist. Du schaust dir die Wiederholung noch einmal genau auf dem Video an und stellst fest, dass dein Spieler den gestellten Block nicht richtig ausgenutzt hat, was dazu führte, dass der Verteidiger hinterherkommen konnte und ihn somit weiter weg vom Korb drängte. Nun war er gezwungen, den Schuss aus einer größeren Entfernung als geplant zu nehmen.

Auch auf dem Video zu sehen sein könnte ein ungenauer Pass, der den Shooter zwingt, sich zu strecken, um den Ball fangen zu können. Doch durch die unerwartete Wiederpositionierung des Spielers für den Schuss ist die vorhandene Zeit nun knapp abgelaufen. Es können sehr viele scheinbar unwichtige kleine Dinge falsch gemacht werden, die zur Folge haben, dass der Shooter einen winzigen Augenblick mehr Zeit zum Schießen braucht.

Vielleicht können wir das Buch auf dieselbe Weise betrachten. Es kann sein, dass die meisten Dinge, die ich in diesem Buch sage, absolut keine Auswirkung auf das, was du tust, haben werden... aber... es kann genauso gut sein, dass dir nur ein einziger Satz oder ein Kommentar über „Coaching“, „Teaching“, „Playing“, „Refereeing“ oder „Parenting“ herausstechen wird.

Vielleicht wird genau diese eine Kleinigkeit, die dich berührt, einen Nerv bei dir treffen, der dich dazu bringt, eine andere Meinung zu etwas einzunehmen. Diese eine Kleinigkeit könnte dazu führen, dass du Veränderungen vornimmst. Sei es in deiner eigenen Spielweise, in der Erziehung deiner Kinder oder in der Funktion als Schiedsrichter.

Wenn dich auch nur einer meiner Sätze dazu bringt, als Schiedsrichter Situationen anders zu bewerten, dein Team als Coach etwas anders zu trainieren, gewissen Spielern mehr oder weniger Spielzeit zu geben...

Wenn nur eine Sache in diesem Buch zu dem Ergebnis führt, deine Streitlust zu minimieren oder dein Selbstbewusstsein zu stärken, damit du zu deiner Meinung stehen und das tun kannst, was gut für dich ist...

Wenn nur ein kleiner Vorschlag von mir eine Veränderung in dir und deinem Verhalten hervorbringt...

...dann hat alles, was ich in diesem Buch geschrieben habe, seinen Zweck erfüllt.

Kapitel 3

Ein paar mehr Jahre... Ein paar mehr Spiele...

Einige fragen sich sicherlich... „Wie komme ich dazu, anderen Ratschläge zu geben?"... oder... „Durch welche Qualifikationen und Umstände kommt es dazu, dass ich denke, ich hätte etwas anzubieten?"

Lou Rawls beschrieb dies schon in einem Song... **„I've had more chances to fly and more places to fall... It's not that I'm wiser, It's just that I've spent more time with my back to the wall."**

Mit ungefähr 14 Jahren begann ich Lou Rawls' Musik zu hören. Es war nicht nur der Klang der Stimme, der meine Aufmerksamkeit anlockte. Es waren die Botschaften der Worte, die er sang. Ich hätte bis zum Ende erzählen können. Ich wusste genau, welche Bedeutung hinter **„Stormy Monday"** und **„Tobacco Road"** stand. Ich habe den Liedtext von **„the Eagles flies on Friday"** genau verstanden und kannte auch ziemlich viele Männer, die der

Beschreibung in **„Street Corner Hustler's Blues"** sehr nahe kamen. Es gab noch einen anderen Song, den ich heute sehr gerne höre. Damals verstand ich die Bedeutung noch nicht. Es braucht einige Zeit (Jahre), um den Sinn zu verstehen.

Der Titel lautet **„A couple more years..."**

Es geht um die Tatsache, weshalb jüngere Leute den Worten der älteren Menschen genau zuhören (oder zuhören sollten). Es erzählt, warum Kinder auf ihre Eltern hören sollten; und warum Rookies auf die erfahrenen Spieler hören sollten und ich denke auch, warum Spieler auf ihre Coaches hören sollten...

Nein, das bedeutet natürlich nicht, dass die obengenannten Personen immer im Recht sind, jedoch kann ihr Wissen sehr oft aus bereits selbst erlebten Erfahrungen entstehen. Lou Rawls singt über die Ermüdung beim Laufen, während andere erst lernen zu kriechen, ... Er sagt, dass er den Song nicht schrieb, sondern nur gelernt hat, wie man ihn singe... Im Großen und Ganzen hat er einfach nur ein paar mehr Jahre auf dem Buckel als du, das ist alles.

Vielleicht ist es das, worum es beim Coachen wirklich geht.

Du versuchst die Dinge, die du über die Jahre gelernt hast, an deine Spieler weiterzugeben. Du rezensierst alle Spiele, die du gespielt hast; alle Spieler, gegen die du gespielt hast und alle Coaches, mit denen du zusammengearbeitet oder gegen die du gespielt hast... du tust das alles in einen Topf und nennst es deine Ansicht des Spiels.

Bedeutet es, dass du immer richtig liegst? ... Nein!

Bedeutet es, dass du alles über Basketball oder das Leben weißt? ... Nein!

Es bedeutet einfach nur, dass du ein paar mehr Spiele gespielt hast, als die, denen du versuchst, etwas beizubringen...! Hier sind einige Spiele, die ich auf meinem Weg mitgenommen habe...

Es ist eine List von Spielern, Coaches und Jobs, mit denen ich im Laufe der Jahre in Verbindung stand.

Spieler, mit denen ich gespielt oder trainiert habe:

Julius Erving, Walt Frazier, Terry Cummings, Rick Barry, Ralph Sampson, Alex English, Nate Archibald, Ronnie Nunn, John Schumate, Walli Jones, Billy Cunningham, Steve Mix, Calvin Murphy, Dean Memminger, Billy Paultz, Billy Schaefer, Joe DuPre, Jim Valvano, Kevin Joyce, Bob McKillop, Detlef Musch, Mike Koch, Henrich Roedel, Ed Ratliff, Matt Doherty, Ollie Taylor, Bill Melchioni, Matt Goukas, Mike Riordan, Ernie Grunfeld, Bernard King, Dirk Nowitzki, Walt Szcerbiak, Mike Dunleavy, Al Skinner und einige andere...

Macht einer von ihnen mich zu etwas Besonderem?... Nein!

Aber ich hab dadurch einiges über das Basketballspielen gelernt.

Coaches, mit denen ich zusammengearbeitet oder gegen die ich konkurriert habe:

Bob McKillop, Rick Pitino, Jerry Tarkinian, Mike Kryzewski, Dave Odom, Kevin Loughery, Jim Valvano, Dale Brown, Sylvia Hatchell, Albert Schwarz, Paul Lynner, Gary Walters, Jack Ramsey, George Ravelling, Jack Kraft, Pete Carril, Randy Wiel, Gayle Gaestenkors, Katie Meiers, Andy Landers, Rick Reeves.

Coaching Jobs:

Long Island Lutheran Camps

Rick Barry Basketball Camps

Walt Frazier Basketball Camps

Hofstra University – Assistant Coach

Cold Spring Harbor HS .. Head Coach

Grace Lutheran School ... Head Coach

Fulda, Deutschland DYA ... verschiedene Ligen inkl. Oberliga und Regionalliga

TSV Weilheim (1. Damen-Bundesliga) 4. Platz und Ronchetti Cup

Davidson College ... Assistant Coach

Italian Junior National Women's Team ... Head Coach für Try-Outs / Trainings-Camp

Ritz Ingram Camps in Spanien

George School (Philadelphia, Pa)

UNC Asheville Division-I- Women's Basketball ... Head Coach
S.Oliver Würzburg (1. Bundesliga)

ART Düsseldorf (Regionalliga Championship – Aufstieg in die 2. Bundesliga)

Artland Dragons (2. Bundesliga)

Quakenbrück Dragons Women's Basketball (2. Bundesliga und Jugendprogramm)

BBV Leipzig Women (1. Bundesliga)

Bender Baskets Grünberg Women (2. Bundesliga)

Mach mich eines von diesen Jobs zu etwas Besonderem? ... Nein!...

Aber ich habe sehr viel über das Coachen von Basketball gelernt.

Kapitel 4

Familie

Die Ingram-Familie...! Ich bin nicht wirklich sicher, wie oder womit ich dieses Kapitel beginnen soll. Meine eigentliche Familie bestand anfangs aus meinem Vater (Thomas), meiner

Mutter (Ella), meinem Bruder (Gary) und mir (Raymond). Ich werde später noch einmal hierauf zurückkommen und erklären, was „anfangs" genau bedeutet.

Man kann wohl sagen, dass die Beziehung zwischen meinen Eltern einen tiefgründigen Einfluss auf mich gehabt und einen nachhaltigen Eindruck bei mir hinterlassen

hat. Ich denke manchmal, dass sich Eltern nicht wirklich Gedanken über so etwas machen. Ich bin nicht sicher, ob sie wirklich realisieren, dass die Aussage, die ich im Kapitel über Vorbilder zum Ausdruck gebracht habe, auch Zuhause Anwendung findet.

Vielleicht merken sie aber auch einfach nur nicht, dass „there is always someone watching".

Sobald Kinder zuhause anwesend sind, können Situationen eine vollkommen neue Dimension annehmen. Kinder betrachten die zwischenmenschlichen Beziehungen von außen und beobachten dieselben Verhaltensmuster tagtäglich. Dies liefert den Grundstein ihrer eigenen Entwicklung. Ihre Einstellungen und Werte werden durch alles, was sie sehen, geformt. Es beeinflusst ihre Sichtweise auf andere Menschen außerhalb ihres eigenen Zuhauses und bildet die Erwartungen bezüglich ihrer eigenen Beziehungen. Wenn Kinder Harmonie, Respekt, Verantwortung und Zuneigung zwischen ihren Eltern wahrnehmen, dann gehen sie davon aus, dass das normal ist und genau so, wie es sein soll. Dies wird mit dem Wunsch, es eines Tages auch so zu haben, im Gedächtnis gespeichert.

Auf der anderen Seite können viele Komplikationen im Entwicklungsprozess auftauchen, wenn Kinder beobachten, wie ihre Eltern sich gegenseitig schlecht behandeln, beschimpfen oder beleidigen. Wahrscheinlich werden diese Kinder mit der Einstellung, dass dies normal sei, aufwachsen und dieses Verhalten womöglich in ihre eigenen Beziehungen mitnehmen, was verheerende Folgen haben kann.

Es gibt aber auch noch eine andere Möglichkeit: An irgendeinem Punkt erkennen und verstehen die Kinder, dass das, was sie sehen, einfach nur das ist, was es beschreibt... schlechtes Verhalten. Wenn dies passiert wählen die Kinder meistens einen von diesen beiden Wegen: Entweder werden sie sich selber klar darüber, dass dies das ist, was sie auf keinen

Fall für ihr Leben möchten und entscheiden sich, ihr Bestes zu geben um anders zu sein und bessere Beziehungen zu führen, oder sie sehen keine Alternative und sagen sich selbst: „Wenn das dabei passiert, dann möchte ich lieber gar nichts davon."

An diesem Punkt fragst du dich sicherlich, warum ich an diese philosophische Tangente komme. Ich tue das, weil es den Weg für das, was als nächstes kommt, vorbereitet: Nämlich die Beziehung zwischen Thomas Ingram und Ella Ingram, meinen Eltern.

Ich denke nicht, dass ich das, was vor sich ging, wirklich bewusst wahrgenommen habe, als ich noch sehr jung war. Vielleicht liegt es daran, dass sie sich sehr viel Mühe gemacht haben, mich davon fernzuhalten. Vielleicht liegt es auch daran, dass sie ohnehin schon (und auch sehr oft) getrennt waren. Ich kann mich nicht an viele Ausflüge zu Verwandten oder Urlaubsreisen mit nur meiner Mutter, meinem Vater, meinem Bruder und mir erinnern. Es scheint fast, als ob mein Bruder und ich, immer nur mit entweder dem einen oder dem anderen Elternteil zusammen waren. Wir sind andauernd von Haus zu Haus gezogen und je mehr ich darüber nachdenke, stelle ich fest, dass mein Vater nur sehr selten ein Teil dieser „moving party“ war. Es kommt mir mehr so vor, als ob es das Ziel meiner Mutter war, von meinem Vater wegzukommen. Letztendlich ist er aber immer wieder aufgetaucht, eingezogen und die ganze Show ging wieder von vorne los. Ich kann mich daran erinnern, dass wir in Philadelphia in der Dauphin Street (in der Nähe des berühmten Uptown- Theaters), in der Cayuga Street in North Philadelphia, in der Randolph Street und in der East Moreland Ave (dies war der letzte Familien-Wohnsitz) gewohnt haben. Ich denke da gab es auch noch einen zwischen Dauphin Street und Cayuga Street, aber ich bin nicht mehr sicher. Dauphin, Cayuga und Randolph waren Straßen, in denen ich noch vor meinem 12. Geburtstag lebte. In Anbetracht dessen kann man wirklich sagen, dass wir ein bisschen

herumgezogen sind. Dies bedeutet aber auch, dass es nur sehr wenige Möglichkeiten gab, um Freundschaften und andere Beziehungen außerhalb der eigenen vier Wände zu knüpfen. Das bringt mich wieder zurück zu der Aussage, dass das, was wir zuhause lernen und sehen, die Basis für unsere Zukunft bildet.

Zu sagen, dass die Beziehung zwischen Thomas und Ella turbulent und verwirrend war, ist eine komplette Untertreibung.

Haben sich die beiden geliebt? Ich habe keine Ahnung. Haben sie sich gegenseitig vertraut? Ich habe keine Ahnung. Haben sie sich respektiert? Das weiß ich nicht, aber alles, das ich gesehen habe,

macht den Anschein, dass sie es nicht taten. Haben sie sich wenigstens gemocht? Ich habe wirklich keine Ahnung. Ich kann aber ehrlich sagen, dass ich niemals eine liebevolle Geste zwischen den

beiden gesehen habe. Ich habe nie einen Kuss, oder gar keine Umarmung gesehen. Ich kann mich nicht einmal an irgendeinen Moment erinnern, in dem ich einen von beiden die Worte habe sagen hören, die manchmal während eines Telefonates oder

Verlassen des Hauses herausrutschen („Ich liebe dich", „Ich vermisse dich" oder „Ich kann es kaum erwarten, dich zu sehen").

Vielleicht ist es mal vorgekommen, aber wenn, dann habe ich es nie mitbekommen. Alles, was ich gesehen und gehört habe, hat mein Leben geformt und beeinflusst mich auch noch bis zum heutigen Tag. Es hat mich und mein Verhalten, wenn ich mit anderen Familien zusammen bin, geformt... Ich gehe so gut wie nie in das Zuhause von anderen. Auch hat es meine Sichtweise auf persönliche Beziehungen geprägt; es ist mehr oder weniger ein Grund, weshalb ich solche meistens vermeide. Ich habe nie gewusst und werde wohl auch niemals erfahren, warum meine Eltern immer getrennt zu sein schienen. Wie vorhin schon erwähnt, kommt es mir rückwirkend betrachtend so vor, als ob meine Mutter immer versucht hat, meinem Vater zu entkommen. In gewisser Weise kann ich das verstehen, denn ich bin oft genug Zeuge der vielen Schläge gewesen, die meine Mutter ertragen musste. Thomas war ein starker, athletische Mann. Das weiß ich mit Sicherheit, denn seine Stärke bekam auch ich schon zu spüren, als ich eines Tages seinem „Beast-Mode" verfallen war und absolut nichts tun konnte, um ihn daran zu hindern, auf mich einzuschlagen. Physisch hatte meine Mutter nicht die geringste Chance gegen ihn. Das ist ganz klar. Und genau das lässt diese ganzen Fragen in mir aufkommen... „Warum hat er das getan?"... War er einfach nur ein bösartiger und aggressiver Mann, der seine Frustration an denen ausließ, die sich nicht selber wehren konnten? Wurde er bis zu dem Punkt provoziert, an dem er keine andere Möglichkeit mehr sah, als körperliche Gewalt anzuwenden? Aber was führte ihn dann dazu, diese Gewaltform als einzige Alternative zu sehen?

Von meinem Vater habe ich nur drei richtige Erinnerungen. Ich meine drei, die nur ihn und mich beinhalten. Das macht es sehr schwer für mich, einzuschätzen, welche Art von Mensch er war. Die erste Erinnerung ist positiv. Ich weiß nicht genau wie alt ich war, aber ich müsste um die 7 oder 8 Jahre gewesen sein. Er arbeitete als Auslieferungsfahrer für „Mrs. Smith's Pies"... Leute aus Philadelphia kennen diese Marke... Aus irgendeinem Grund hatte mich mein Vater an einem Abend mitgenommen und mir erlaubt, im Laderaum seines Trucks mitzufahren und so viel zu essen, wie ich nur wollte.

Das zweite Ereignis, an das ich mich erinnere, ist wohl der Grund, weshalb Weihnachten fast mein ganzes folgendes Leben so gut wie keine Bedeutung mehr für mich hatte.

Es war an einem Weihnachtsmorgen, ca. 1959. Es waren Verwandte (mütterlicherseits) aus New York zu Besuch da. Im Erdgeschoss des Hauses hörte ich einen Streit zwischen den Erwachsenen eskalieren. Soweit ich mich erinnere, ging es um meinen Onkel, der zusammen mit ein paar anderen Verwandten DOPE innerhalb des Hauses rauchte. Mein Vater wurde deswegen zunehmend sauer und sorgte dafür, dass die Unruhe kein Ende nahm... Und hier kommt nun das blöde Kind... Ich stellte mich an den Treppenabsatz des oberen Geschosses und schreite: „Es ist Weihnachten. Worüber gibt es an diesem Tag zu streiten?“

Die Antwort...

Mein Vater hielt eine Flinte in der Hand. Ich sah ihn in meine Richtung drehen, während es das Gewehr hochnahm. So schnell, wie ich nur konnte, drehte ich mich, rannte durch mein Zimmer und sprang aus dem Fenster. Für die nächsten paar Stunden blieb ich draußen und als ich zurückkam, waren nur noch meine Mutter und mein Bruder im Haus. An der Wand entdeckte ich so ziemlich an der Stelle wo ich stand, bevor ich wegrannte, ein paar Löcher, die durch die Kugeln des Gewehrs entstanden sind. Ich würde so gerne denken, dass es ein Unfall war... dass er nicht wusste, wie sensibel der Auslöser der Flinte war... Niemand sprach je wieder über diesen Vorfall.

Ich denke es ist nun überflüssig zu sagen, dass seitdem mein Enthusiasmus für Weihnachtsfeiern dramatisch gesunken ist. Es hat sehr viele Jahre gedauert, bis sich meine Einstellung zu diesem Feiertag geändert hat. Und dies habe ich dem Kontakt mit einer anderen Familie (Den Ricketts) zu verdanken. Dazu komme ich aber später nochmal.

Ich dritte und letzte Erinnerung, die ich von meinem Vater habe, war die wohl am meist lasting mark unserer Beziehung (wenn man das, was wir hatten, überhaupt als Beziehung bezeichnen kann).

Ich war nun 14 Jahre alt und wurde gerade aus einer Erziehungsanstalt (St. Michael's School for Boys in Hoban Heights, Pennsylvania... dazu mehr in einem anderen Kapitel). Meinen Vater habe ich seit meinem 11. Lebensjahr nicht gesprochen, geschweige denn gesehen. Für zweieinhalb Jahre wurde ich in die St. Michael's School geschickt und habe während der Zeit sowohl von meinem Vater als auch von meiner Mutter keinen Besuch bekommen. Einige Dinge in mir haben sich seit dem verändert. Die St. Michael's School war wirklich kein netter Ort. Wenn du es nicht selber in den 50er und 60 Jahren miterlebt hast, ist es nur schwer vorzustellen, wie es in solchen Erziehungsanstalten damals abgelaufen ist. Zu dieser Zeit wurden Jugendliche noch ganz anders behandelt als heutzutage. Auf diese besondere Erinnerung werde ich später noch zurückkommen; in diesem Abschnitt geht es lediglich um meine Familie. Eines der Dinge, die sich seit dem verändert haben, ist die Tatsache, dass ich irgendwie erwachsen geworden bin. Bevor ich zu St. Michael's kam, war ich vielleicht 4'11 groß. Doch als ich entlassen wurde, war ich bereits 5'9. Mein Vater war ungefähr 5'8. Das erwähne ich deshalb, weil ich denke, dass er immernoch den kleinen Jungen in Erinnerung hatte, den er schlagen konnte. Er hatte wohl einige Schwierigkeiten damit gehabt, zu begreifen, dass ich nun mittlerweile anders war. Anstalten wie die St. Michael's School können gewaltige Auswirkungen auf Jungen haben, die zu einem Aufenthalt in einer solchen verurteilt werden.

Naja, jedenfalls bin ich für eine sehr lange Zeit nicht in Philadelphia gewesen. Als ich zurückkam, hatte meine Mutter nur ein kleines Haus, in dem mein Vater nicht mehr wohnte.

Doch eines Tages kam er zu Besuch. Welches Verhältnis zwischen den beiden zu der Zeit existierte, weiß ich nicht; auch meine Mutter hatte sich dazu mit keinem Wort geäußert. Ich hielt mich in meinem Zimmer auf, während wieder diese bekannten Geräusche aus der unteren Etage aufklangen. Ich konnte hören, wie mein Vater meine Mutter anschrie und wieder auf sie losging. Ich weiß noch, dass ich mich als kleiner Junge in genau solchen Situationen schon so oft hilflos fühlte. Früher hätte ich so lange in meinem Zimmer gesessen und gewartet, bis die Situation vorüber war und mein Vater das Haus verlassen hat. Ich wäre anschließend zu meiner Mutter gerannt und hätte versucht, ihr irgendwie zu helfen. Ich konnte ihre Prellungen und Blutungen sehen, während sie nur da saß und weinte. Immer wieder sagte sie, dass alles okay sei und ich weiß, dass alles was ich damals tun konnte, war... „nichts".

Doch dieses Mal war alles anders. Das Merkwürdige daran ist sogar, dass ich in diesem Moment absolut nicht nachgedacht oder etwas geplant habe. Es war mehr wie ein Instinkt, der mich dazu brachte, zur Treppe zu gehen, um nachzusehen, was sich unten abspielte. Als ich meinen Vater neben meiner am Boden liegenden Mutter stehen sah, eilte ich die Treppen mit den Worten „Stop! Wenn du sie noch einmal schlägst, dann wirst du auch mit mir zurechtkommen müssen" hinunter. Plötzlich hörte er auf und drehte sich um, um mich genau anzuschauen. Seine Bewerbungen waren so berechnend und wohlüberlegt, dass ich mich noch heute ganz genau daran erinnern kann. Er musterte mich von oben bis unten... griff mit seiner Hand hinter sich und zog ein Taschenmesser aus seiner Tasche. Ich war ein wenig fassungslos, aber wie ich schon sagte... St. Michael's verändert Kinder. Ich griff nach einer Jacke, die am Treppengeländer hing und wickelte sie um meinen Arm, um mich schützen zu können. Und wieder blieb mein Vater nur stehen. Es schien, als würde er die

Situation abschätzen. Daraufhin sagte er:... „Okay, ich gehe. Aber wenn ich dich jemals wiedersehe, werde ich dich töten!" Ich habe ihn, seit dem, nie wieder gesehen.

War er ein „guter" Mensch? Ich kann es nicht sagen, weil ich ihn nie wirklich kennengelernt habe. Es sah so aus, als wäre er immer nur am Arbeiten gewesen. Es hat auch Zeiten gegeben, in denen es den Anschein machte, als würde er versuchen, ein richtiger Vater zu sein, der sich um seine Familie kümmert. Den einzigen richtigen Ratschlag, den er mir je gab, war, mich niemals von irgendjemandem herumschubsen zu lassen. Einerseits ging er immer sehr streng mit mir um, doch auf der anderen Seite gab es auch Zeiten, in denen ich wirklich kein „gutes“ Kind war. Vielleicht hat er die Schläge angewandt, um zu verhindern, dass ich in irgendwelche Schwierigkeiten gerate, weil er genau wusste, dass ich auf bestem Weg dorthin war. Da wir nie die Chance hatten, zusammenzuwachsen, werde ich die Antwort niemals erfahren. Und dies bringt uns wieder zu der Situation zwischen meiner Mutter und meinem Vater zurück. Warum hat er sie geschlagen? Bei mir hat er es getan, weil ich ungehorsam war... weil ich Schwierigkeiten verursachte, aber manchmal wahrscheinlich auch, weil ihm einfach nur danach war.

War meine Mutter vielleicht auch ungehorsam? Hat sie die Regeln gebrochen? Ich weiß, dass die beiden getrennt waren, bevor ich geboren wurde, denn ich fand heraus, dass ich noch eine Schwester (Delores) und einen Bruder (John) hatte, die nicht bei uns lebten und auch einen anderen Vater hatten als ich. Ich habe nie erfahren, was genau es damit auf sich hatte. Könnte das der Grund für seine Wut gegenüber meiner Mutter gewesen sein? Hat dies verursacht, dass er offensichtlich keinen Respekt für meine Mutter hatte? Ich denke es ist treffend zu sagen, dass ich während meiner Kindheit entweder sehr naiv gewesen bin, oder einfach nur beschlossen hatte, die Realität zu ignorieren.

Mein Vater hat selten mit uns gelebt. Nicht selten anwesend jedoch waren Onkel Bob, Onkel Max und Onkel Jimmy. Damals war mir die wahre Position dieser Männer in meiner Familie weniger wichtig als die Tatsache, dass alle drei immer sehr willig waren, mir Geld zu geben. Auch meiner Mutter gaben sie Geld, sowie wohl auch andere Dinge. Oft haben sie auch unsere Rechnungen für Gas, Strom und Miete bezahlt.

Nein... ich kann möchte sowohl meine Mutter als auch meinen Vater für keine ihrer Aktionen verurteilen. Ich kann die beiden nur im Hinblick auf meine eigene Person beurteilen. Sie haben wahrscheinlich den Grundstein dafür gelegt, dass ich der Überzeugung war, richtige Familien würde es nur in TV-Sendungen wie „Leave it Beaver“... „Father knows Best“ und „The Nelson Family“ geben. Für eine lange Zeit dachte ich, es sei besser, alleine zu sein, wenn meine Eltern das Beispiel einer Ehe oder Familie sind. Ich weiß auch noch, dass ich mit zunehmendem Alter niemals Freunde zu mir nachhause eingeladen habe... oder selber Freunde zuhause besucht habe. Auch an den sogenannten besonderen Tagen wie Weihnachten, Ostern oder Thanksgiving habe ich es bevorzugt, alleine zu sein.

Trotz aller noch so mildernden Umstände waren dies wahrscheinlich die Dinge, die mich aus meinem Elternhaus am meisten beeinflusst haben:

Wegen des sowohl allgemeinen Verhaltens meiner Mutter als auch des besonderen Verhaltens gegenüber mir, habe ich ein Vertrauensproblem im Hinblick auf andere Menschen entwickelt. Es ist für mich sehr schwer geworden, mich auf andere Menschen zu verlassen. Situationen, in denen ich von anderen abhängig war, habe ich mein ganzes Leben lang versucht zu vermeiden. Was meinen Vater angeht, seine bleibende Auswirkung ist die Tatsache, dass ich eine absolute Verachtung für Männer, die eine Frau schlagen, entwickelt

habe. Mit Sicherheit werden dies jetzt einige von euch als eine sexistische Bemerkung betrachten und das ist euer gutes Recht. Aber was mich angeht: Ich stehe zu meiner Meinung.

Schlussfolgernd:

Kinder werden erwachsen und imitieren die Erfahrungen, die sie gemacht haben, oder übertragen sie in ihre eigenen Aktionen. Wie ich vor kurzem sagte: „There is always someone watching“... In deinem Zuhause bist du der Coach... und wenn deine Kinder, deine Schüler oder deine Spieler schlechte Angewohnheiten entwickeln, oder den falschen Prinzipien folgen... dann ist es vielleicht „the Coach's Fault“.

Und dies bringt mich nun zum letzten Mitglied meiner anfänglichen Familie, über den ich genug Erinnerungen habe, um sie zu erzählen. Mein Bruder... Gary Thomas Ingram. Gary wurde am 06.07.1949 geboren und war knapp ein Jahr älter als ich. Als wir noch Kinder waren, war er der Anführer. Ich denke ich habe ihn irgendwie bewundert. Als ich 10 Jahre alt war, hatte ich das Gefühl, dass er in einfach allem besser war als ich. Außer in der Schule. Er konnte singen, tanzen – und schneller rennen – wenn ich ihn mit einem Wort hätte beschreiben müssen, wäre es wohl „slick“ gewesen.

Irgendwie hat er immer einen Weg gefunden, um etwas herumzukommen, oder Leute dazu zu bringen, ihm zu vertrauen. Obwohl er nie der hartarbeitende Typ war, hat er es immer geschafft, das zu bekommen, was er wollte. Dies war allerdings nicht immer positiv. Ich war ungefähr 11 Jahre alt, als ich damit anfing, ihn bei seinen Eskapaden zu begleiten. Und dies war auch die Zeit, in der ich anfing, einen Weg zu gehen, der mich in ernsthafte Schwierigkeiten bringen konnte. In dieser Zeit bin ich wohl an meine erste bedeutende „Crossroad“ gekommen. (Später erzähle ich mehr über „Crossroads“.) Da ich Gary nach meiner Verurteilung im Jahr 1961 fast 3 Jahre nicht gesehen habe, kann ich nicht wirklich

viel mehr über ihn erzählen. Nur so viel, dass wir beide am selben Tag verurteilt wurden, was unsere Wege fortan trennte. Ich bin mir sicher, dass schon jeder von euch irgendwann einmal eines von den „die dümmsten Verbrecher“- Videos gesehen hat. Hätte es damals schon Youtube-Videos gegeben, wäre die Wahrscheinlichkeit, dass wir in einem solchen Video auftauchen, ziemlich groß gewesen. Der Vorfall, der uns diesen berüchtigten Titel verschafft hätte, hat mit einem Waschsalon zu tun. Mein Bruder hatte die Aufgabe, einen kleinen Waschsalon in unserer Nachbarschaft zu reinigen. Da wir kein Geld und kaum etwas zu essen hatten, beschlossen wir, die Waschmaschinen und Trockner zu leeren.

Nein, wir sind nicht mitten in der Nacht eingebrochem... Nein, wir warteten auch nicht, bis sie den Laden schlossen... Wir haben es an einem Samstag um ca. 11:00 Uhr getan... Zumindest haben wir so lange gewartet, bis niemand im Salon war... Das war aber

wohl auch der einzige „halb“-intelligente Teil dieser Gaunerei. Wir arbeiteten uns von Maschine zu Maschine vor und knackten die Schlösser mit einem Schraubenzieher. Damals waren die Maschinen nicht annähernd so komplex abgesichert wie heutzutage. Auch Videokameras gab es zu der Zeit noch nicht.

Aber dann waren wir wieder dumm.

Haben wir uns unauffällig davongeschlichen und uns an einem sicheren Ort versteckt? Sind wir nach Hause gegangen, um unsere Beute an einem Platz zu verstecken, wo unsere Mutter es nicht finden konnte? Diesen Teil hatten wir zu der Zeit natürlich nicht durchdacht. „Duuh"!!!

Stell dir vor du siehst zwei Jungen mit vollen Taschen von Vierteldollars (aus den Waschmaschinen) die Straße entlangrennen. Und wo rennen diese zwei Genies hin? In den

Lebensmittelladen direkt an der Ecke. Er war ungefähr 100 yards von der Wäscherei entfernt. Es war aber mehr als nur ein Lebensmittelgeschäft. Es war eines der beliebtesten Orte der Kinder aus der Nachbarschaft. Dort gab es nicht nur großartige Sandwiches und Shakes, sondern auch Pinnball-Automaten... Richtige Old-School Automaten, an denen man Freispiele gewinnen konnte, wenn man genügend Punkte erreicht hatte. Und genau dort gingen Dumm und Dümmer hin. Sie kauften „Tastycakes" und Eiskrem. Sie spielten an Pinball-Automaten und hatten eine sehr gute Zeit. Sie dachten nie darüber nach, ob sich der Ladenbesitzer, seine Frau oder einer seiner beiden Söhne fragen könnte, woher diese Clowns wohl so viel Geld hatten. Allein die Tatsache, dass wir nur mit Kleingeld bezahlten, hatte mit Sicherheit kein Aufsehen erregt, da wir oft leere Pfandflaschen aus Fabrikhallen, die die Arbeiter nach dem Mittagessen dagelassen haben, abgegeben haben. Jedenfalls fingen die Besitzer an, nach ca. einer Stunde misstrauisch zu werden. Das ausschlaggebende Indiz, mit dem wir ihnen zeigten, dass dort etwas nicht mit rechten Dingen zuging, kam, als wir unser ganzes Kleingeld auf den Tresen legten und nach Wechselgeld in Scheinen fragten.

Nebenbei... Es gibt da eine Information über die Besitzer, die ich vielleicht noch nicht erwähnt habe. Die Familie, die den Laden betrieb, war eine der am meist angesehenen Familien in unserer Nachbarschaft. Die Gugliamuccis waren bei jedem bekannt. Sie besaßen zwei Läden an gegenüberliegenden Ecken. Eines davon war ein Restaurant – die besten Philly-Cheese-Steaks auf dem Planeten. Das andere war das bereits genannte Lädchen und gleichzeitig beliebter Stammplatz. Die Besitzer waren Brüder mit den Namen John und Joseph Gugliamucci... Beide haben für die Stadt Philadelphia gearbeitet... als Polizisten. Ich denke es ist überflüssig zu sagen, dass um ca. 14 oder 15 Uhr an diesem Nachmittag das

Rätsel „Wer hat den Waschsalon ausgeraubt?“ gelöst war. Somit befanden wir uns folglich direkt auf dem Weg zur „Juvenile Hall“ – In Philadelphia als „Youth Study Center“ bekannt.

Nach einigen Vorfällen wie diesen standen wir nun vor Richter Hoffmann vom Jugendgericht der Stadt Philadelphia. Alle Kinder, die regelmäßige Besucher dieser Centers waren, wussten, dass wenn Richter Hoffmann sich deinem Fall annimmt, du wahrscheinlich nicht wieder nach Hause geschickt wirst.

Da standen wir nun mit meiner Mutter im Hintergrund. Da die Strafakte meines Bruders sehr viel ausgefüllter als meine war, schickte Richter Hoffmann ihn ins „Camp Hill“ (Justizvollzugsanstalt). (Folgendes kann man auf Wikipedia über „„„Camp Hill“ nachlesen... Im Jahr 1941 wurde Camp Hill als Industrial School at White Hill für junge Straftäter errichtet und nahm massenhaft Jugendliche aus der Huntingdon Reformatory“ Erziehungsanstalt auf. Im Jahr 1975 wurde festgelegt, dass Camp Hill kein angemessener Ort für jugendliche Straftäter war und somit nahm es ab 1977 nur noch männliche erwachsene Straftäter auf.“)

Nach der Information, dass mein Bruder dorthin musste, hatte ich absolut keine Ahnung was nun mich erwarten würde. Dann begann Richter Hoffman zu sprechen. Es sagte, dass trotz der Tatsache, dass ich oft die Schule schwänze und ständig Schwierigkeiten verursache, ich wohl in der Lage bin, meine guten Noten in der Schule dennoch zu halten. Er machte noch einige Kommentare zu den Ergebnissen meiner verschiedenen Intelligenztests und teilte mit, dass er nicht verstehen oder akzeptieren könne, was ich mir selber antun würde. Auch dass ich jede Chance auf ein besseres Leben selber zerstöre.

Er sagte anschließend: „Aus irgendeinem Grund glaube ich, dass für dich immernoch Hoffnung besteht.; **„Ich schicke dich in die St. Michael’s School for Boys und ich will dich nie wieder in**

meinem Gericht sehen". Wahrscheinlich hat Richter Hoffmann mein Leben gerettet.

Jedenfalls gingen mein Bruder und ich von da an getrennte Wege und für die folgenden drei Jahre habe ich ihn kein einziges Mal gesehen. Erst als ich aus St. Michael's entlassen wurde, habe ich meinen Bruder gesehen, dem mit 17 oder 18 Jahren die Entscheidung offenstand, entweder ins Gefängnis oder zum Militär zu gehen... Damals hat man das oft getan. Er hat das Militär gewählt. Kurze Zeit später hat man ihn unehrenhaft entlassen. Danach habe ich nie wieder etwas von ihm gehört oder gesehen.

Late Entry:

Im September 2017 hatte ich einige gesundheitliche Probleme und brauchte einige Informationen über vererbbare Krankheiten innerhalb meiner Familie. Ich habe herausgefunden, dass mein Bruder tot war. Er ist im Jahr 2013 verstorben. Nach einigen Nachforschungen war es mir möglich gewesen, seine Sterbeurkunde anzufordern. Doch dadurch fand ich etwas heraus, das ich nicht wirklich herausfinden wollte – Er ist im Alter von 64 Jahren an Krebs gestorben. Das einzig positive an dieser Tatsache war, dass ich durch die Sterbeurkunde einige Dinge über sein Leben herausfand.

1) In der Spalte „Familienstand" – geschieden

2) In der Spalte „Höchster Bildungsstand" – Master (etwas, das ich selber nie absolviert habe

3) In der Spalte „Beruf" – Sozialarbeiter

Anscheinend haben sich bei Gary auch Wege mit einigen Menschen (Coaches) gekreuzt, die die Richtung seines Lebens verändert haben. Vermutlich haben einige Ereignisse in seinem Leben den Impuls zur Veränderung gegeben. Ich werde wahrscheinlich niemals erfahren, was genau zu seiner Veränderung beigetragen hat.

Fakt ist – Er hat sich verändert.

Fakt ist – Er machte einen kompletten Richtungswechsel und ist ein Sozialarbeiter geworden. Wer weiß, wie vielen Menschen er somit geholfen hat, ihr Leben zu verbessern oder zu beeinflussen.

Es gab tatsächlich Zeiten, in denen ich mich fragte, was wohl aus ihm geworden ist. Die Umstände, durch die ich diese Informationen erhalten konnte, waren nicht die besten, aber führten letztendlich dazu, dass ich einen kleinen Einblick in sein Leben erhalten konnte und dafür bin ich sehr dankbar.

Familie ist ein Wort, das für lange Zeit keine Bedeutung für mich hatte... während es zur selben Zeit doch eine sehr besondere Bedeutung hatte.

Du fragst dich sicherlich: „Wie ist das möglich?“ Aber das ist eine Geschichte für sich.

Du siehst, ich hatte eine Familie... aber irgendwie auch nicht. Dies bringt mich nun zu meiner Verachtung für diejenigen, die sich oder andere mit der Tatsache, dass sie aus einer zerrütteten Familie kommen, rechtfertigen oder entschuldigen. Nur um klarzustellen: Selbstverständlich kann das Aufwachsen bei nur einem Elternteil oder Pflegeheim, bei Eltern oder Geschwistern, die einen misshandelnden Umgang haben, Auswirkungen auf die persönliche Entwicklung nehmen. Diese Dinge allein sollten jedoch nicht den einzig ausschlaggebenden Faktor darstellen, warum jemand nicht versucht, sein eigenes Leben besser zu gestalten. Jemand, der viel weiser ist als ich, sagte einst, dass wir zwei Möglichkeiten haben. Wir können es bevorzugen, die Situation in der wir geboren sind, zu akzeptieren, oder wir können es versuchen und für uns selbst festlegen, wie unsere Situation in der Zukunft aussehen wird. Ich möchte diese Aussage keineswegs vereinfachen...

Selbstverständlich gibt es immer Aspekte, die wir nicht kontrollieren können und Ungewissheiten in der Frage, welche Aspekte aus unserem Umfeld besonderen Einfluss auf unser Leben und unsere Entscheidungen nehmen... was dazu führt, dass wir manchmal, trotz unserer besten Absichten und Bemühungen, versagen... wir müssen es aber immer wieder versuchen.

Also, was auch immer mit meiner Kernfamilie geschehen ist Mutter... Ella Jane Oliver Ich habe in anderen Kapiteln nur einige Aspekte der seltsamen Beziehung zwischen meiner Mutter und mir angeschnitten, weshalb ich versuchen werde, das Bild von ihr hier zu vollenden.

Wie ich zuvor bereits sagte, ist es nicht mein Ziel, meine Mutter für ihre Aktionen zu verurteilen. Ich bin mir ziemlich sicher, dass sie gute Gründe für ihr Verhalten hatte. Diejenigen, die die Umstände kennen, in denen ich aufgewachsen bin, haben bisher unterschiedliche Meinungen dazu geäußert. Genau wie in der Beziehung mit meinem Vater gibt es nicht viele positive Kindheitserinnerungen. Keine Babyfotos, keine Videos, keine Andenken; eigentlich gibt es nichts, das mich mit einem meiner Familienmitglieder verbindet.

Ich habe schon immer großen Wert darauf gelegt, sicherzustellen, dass die Eltern meiner Spieler, bei dem, was ihre Kinder tun, beteiligt sind. Auch wenn ich grundsätzlich nicht viel für Sentimentalität übrig habe, denke ich manchmal, dass es bestimmt schön gewesen wäre, unter den Zuschauern jemanden zu entdecken, der mir nahe stand; oder nach Hause zu kommen und darüber zu sprechen, wie gut oder schlecht ich gespielt habe.

So etwas kam nie vor.

Ohne zu übertreiben oder anzugeben kann ich wirklich sagen, dass ich ab meinem 15. Lebensjahr ein wirklich guter Spieler war. Ich war Point-Guard an der Stetson Jr. High und wurde allmählich wahrgenommen. Meine Lehrer und Coaches haben angefangen, nach mir Ausschau zu halten (mehr dazu später). Und das während meine Mutter offenbar schon Pläne schmiedete. „Onkel" Jimmy kam in unser Leben. (Mit seinem Mustang.)

Ich kann mich noch daran erinnern, als wäre es gestern gewesen... Ohne einen bestimmten Grund sagte meine Mutter eines Tages aus dem Nichts heraus etwas wie: „Gary, ich mache mir Sorgen um dich. Ich bin mir nicht sicher wohin der Weg dich führen wird. Aber du Raymond, bei dir wird alles in Ordnung sein, denn du bist ein Überlebenskünstler". Zu dem Zeitpunkt habe ich mir nicht viel dabei gedacht, aber mit der Aussage hat sie wohl eine Nachricht hinterlassen.

Als ich am nächsten Freitag von der Schule und Basketball-Training nach Hause kam, war niemand da. Ich habe dem keine große Beachtung geschenkt, da meine Mutter an Freitagabenden öfter ausging und nicht nach Hause kam. Den ganzen Samstag habe ich im „Mann Recreation Center“ (Beste Basketball-Spiele in der Stadt) verbracht. Als ich Abends nach Hause kam, war meine Mutter immer noch nicht da... keine große Sache. Am Sonntag genau dasselbe, aber wieder keine große Sache für mich. Also der Montagmorgen kam, waren die Dinge etwas anders. Ich musste zur Schule und hatte nichts zu essen und auch kein Geld in der Tasche. Also ging ich in das Zimmer meiner Mutter, um nach Geld zu fragen, doch es war leer... Keine Kleidung, keine Make-Up-Artikel... nichts... nicht einmal eine Nachricht. Das war der Moment, in dem es mir klar war... ich war allein! Mit gerade erst 16 Jahren. Ich habe nie einen Anruf oder Brief bekommen, indem sie mir wo sie war und warum sie mich verlassen hat.

Die nächste Begegnung kam erst als ich im zweiten Jahr an der Hofstra University studierte. Ich glaube es war Ende Oktober als ich gerade im Training war, als unser Head Kopf Paul Lynner das Training unterbrach, um mir zu sagen ich solle meine Jacke anziehen und zurück zum Wohnheim gehen. Als ich ihn fragte warum, antwortete er nur: „Zieh deine Jacke an und geh zum Wohnheim!“. Wieder fragte ich nach dem Grund und seine Antwort lautete: „Deine Mutter wartet dort auf dich“. Ich bin mir nicht sicher, wie ich meine Gefühle und Gedanken in diesem Moment beschreiben kann. Ich weiß, dass ich meinem Coach klarmachte, dass wir mitten im Training waren und ich nicht gehen wollte. Aber wieder sagte er nur: „Zieh deine Jacke an und geh“. Also zog ich mich an, ging zurück zu Gebäude E und da stand sie. Mitten in der Lobby, Ella Ingram. Ich weiß noch, dass ich sehr sauer geworden bin, während ich auf sie zuging. Ich habe ihr keine Chance gegeben, etwas zu sagen und fragte nur: „Was willst du?“ Ihre Antwort war irgendetwas wie „Ich will es wieder gutmachen und deine Mutter sein“. Ich erinnere mich daran, noch eine Minute überlegt zu haben, bevor ich etwas sagte. Meine Antwort ist wie in mein

Gedächtnis gemeißelt. Ich sagte nur: „Vor vier Jahren, als ich hungrig war und auf der Straße geschlafen habe, habe ich eine Mutter gebraucht. Damals warst du nicht da. Jetzt habe ich ein Stipendium und eine gute Chance, etwas aus mir zu machen. Damals habe ich dich gebraucht... Jetzt brauche ich dich nicht mehr". Da sie sich nie wieder gemeldet hat, glaube ich, dass dies ihr Versuch war, ihr Gewissen zu erleichtern, um sich und anderen sagen zu können, dass sie wenigstens versucht hatte, Dinge wiedergutzumachen.

Von ihr selbst habe ich zwar nie wieder gehört, doch folgender Brief erreichte mich eines Tages:

Mail Erhalten am 26.02.2014

Hi Lauritz,

mein Name ist Tiffany und ich wohne direkt neben deiner Mutter Ella. Sie hat gebeten, dich ausfindig zu machen, weil sie sehr krank ist und auch einige Neuigkeiten für dich hat. Ich habe deine Webseite und E-Mail Adresse gefunden. Bitte rufe sie unter folgender Nummer zurück: 248-200-XXXX.

Danke Tiffany *Gesendet von meinem iPhone*

Meine erste Antwort

Hallo Tiffany... Zu erst einmal danke ich dir für deine Bemühungen... Ich muss aber auch dazu sagen, dass aufgrund der E-Mail leicht skeptisch bin. Es gibt so viele Betrügereien im Internet, dass es oftmals schwer ist, die Wahrheit von einer Fiktion zu unterscheiden... Dass das mal gesagt ist...

Ich kann nur antworten, was du eigentlich schon wissen müsstest... falls dies wirklich eine ernsthafte Anfrage von deiner Seite ist... Ich hatte seit meinen College-Basketball Zeiten keinerlei Kontakt zu irgendjemandem aus meiner Familie... Und das liegt viel weiter in der Vergangenheit, als ich zugeben möchte. Das letzte Mal, das ich meine Mutter sah, war der Tag, an dem sie mich im College „besuchte". Mein Coach musste mich dazu zwingen, das Training zu verlassen und zu ihr zu gehen und ich denke, dass ich sie nicht sehr gut behandelt habe. Zu meiner eigenen Verteidigung... Ich denke der Ausdruck aus den 60er Jahren „böser schwarzer Mann" passt ganz gut zu meiner Laune in diesem Zeitpunkt. Ich war verbittert. Ich wurde zurückgelassen und musste mich selber verteidigen. Und das war nicht einfach... aber dank dem Basketball und einigen Coaches konnte ich überleben.

Ich werde etwas, das sie mal sagte, nie vergessen. Es war einige Wochen bevor sie verschwand: „Um Gary mache ich mir Sorgen, aber nicht um Raymond, denn er ist ein Überlebenskünstler".

Ich denke ich habe diese Worte zu Herzen genommen, ohne zu wissen, was mich erwartet. Und genau das habe ich getan... In den Worten von Lou Rawls... „Es gab gute und auch schlechte, sehr schlechte Tage... aber im Moment ist alles okay.."

Wie auch immer, ich habe einige Male versucht, meine Mutter, meinen Bruder und ja, sogar meinen Vater ausfindig zu machen, dessen letzte Worte waren: „Wenn ich dich das nächste mal sehe... töte ich dich!"... Und das nur, weil ich, nachdem ich gerade aus einer Erziehungsanstalt entlassen wurde, nicht zugelassen habe, dass er meine Mutter schlägt. Einmal habe ich sogar mit polizeilicher Hilfe versucht, sie zu finden.

Naja, genug von der Geschichte... obwohl wir beiden uns nicht kennen... wollte ich dir nur klarmachen, dass wenn ich mich dazu entscheide, dieses Kapitel in meinem Leben endgültig zu schließen... dann ist es aus gutem Grund.

Wie sollte ich nun auf deine Nachricht antworten... (obj)... trotzdem... wie ich am Anfang sagte... Danke für deine Zeit... Ray Ingram

Hier noch als kleiner Denkanstoß... Du/sie/ wer auch immer... findet das hier vielleicht interessant...

http://www.ritzbball.de/return-to-philly.html

In den Jahren 2014 und 2016 gab es noch zwei Versuche von Freunden oder entfernten Bekannten, mich zu kontaktieren.

Wer das war, weiß ich nicht, da ich nie Kontakt zu Verwandten hatte.

Hallo Lauritz,

ich bin eine Freundin deiner Mutter. Sie möchte dich wirklich gerne sprechen. Man kann eine Traurigkeit in ihren Augen sehen, wenn sie von dir spricht. Es würde ihr so viel bedeuten, deine Stimme zu hören. Ihr geht es gut, aber sie ist im Moment im Krankenhaus und sollte bald wieder nach Hause kommen. Wenn du sie erreichen willst, sie ist im Providence Hospital, Southfield MI, Zimmer 505. Mein Name ist Yvonne W.

Hi Raymond

Ich weiß, dass du nicht bereit bist, mit deiner Familie zu interagieren. Ich will dich nur wissen lassen, dass Tante E, deine Mutter in einer sehr schlechten körperlichen Verfassung ist.

Maressa (Lonnie)

Was ging durch meinen Kopf...für die nächsten Tage...

Vergeben und vergessen...!... Dies sind zwei Charaktereigenschaften, die ich selber

nicht wirklich besitze. Als ich im letzten Jahr der High School war, verließ mich meine Mutter. Sie ließ mich in einem von Ratten und Kakerlaken verseuchten Haus zurück. Ich habe von da an bis zu meinem zweiten Jahr im Studium nichts von ihr gehört... als P.K. mich nahezu dazu zwingen musste, das Training zu verlassen, um draußen diese Frau zu treffen.... Wer kann sagen, dass sie wirklich zurückkam, um mich zu sehen? Ich habe wirklich keine Ahnung was sie wollte und gab ihr auch keine Möglichkeit, es zu erklären. Ich habe ihr einfach nur gesagt, dass ich meine Mutter brauchte als ich noch ein Junge war... und sie war nicht da.

Seit dem habe ich sie nicht mehr gesehen, von ihr oder irgendjemand anderem aus der Familie gehört. Ich bin oft durch wirklich harte Zeiten gegangen, habe es aber immer irgendwie geschafft, mit beiden Füßen auf dem Boden stehen zu bleiben.

Nun werde ich von einer E-Mail einer Frau aus Detroit awakened , die direkt neben einer Frau wohnt, wie sie sagt. Sie sagt, dass diese Frau sie geben hat, ihren Sohn zu finden... Dass sie krank ist und mich kontaktieren will... Sie hat mir sogar ein Foto geschickt... Es besteht kein Zweifel, dass dies wirklich meine Mutter ist... aber...

Aus vielen Gründen habe ich dieses Kapitel meines Lebens geschlossen. Ich habe akzeptiert, dass ich ganz auf mich allein gestellt war... und dass ich immer irgendwie zurechtkommen werde... und ich denke genau das habe ich auch die meiste Zeit getan...

Ich weiß nicht, wie ich diese Situation behandeln soll...

Meine Antwort... und letztes Schreiben...

Hallo Tiffany... Es ist sehr schwer für mich, meine Gefühle zu erläutern... anfangs, als ich alleine in dem Haus war und sie kamen, um ein constable's notice an die Tür zu hängen und die Fenster zuzunageln... wusste ich nicht, was ich tun sollte oder wo ich hingehen sollte... Ich bin durch den Keller eingebrochen und habe auf dem Boden geschlafen, bis sie mir auch diese Möglichkeit nahmen. Ich weiß noch, dass ich versucht habe, Tante Martha zu finden, aber ich war damals noch so jung, hatte keine Adresse von ihr oder überhaupt Geld... Ich habe in Autos, die nicht abgeschlossen waren, übernachtet. Ich habe Brot und Milch von Türschwellen der wohlhabenden Familien in der Nachbarschaft gestohlen... usw. ... Ich versuche immernoch, meine Gefühle zu ordnen... Für fast 50 Jahre hatte ich das Gefühl, dass die Welt gegen mich ist... aber irgendwie habe ich es nicht nur durch die high School geschafft, sondern war sogar einer der besten Schüler... und Basketball-Spieler. Mir wurden Basketball- sowie Studienstipendien von einigen sehr guten

Colleges angeboten. Ich habe sogar ein Angebot über ein volles Stipendium der Princeton- University erhalten... und ich glaube das ist etwas, worauf man stolz sein kann - für einen jungen Schwarzen in den 60er Jahren war es etwas, das einem das Gefühl gegeben hat, etwas Besonderes zu sein... und dennoch musste ich direkt nach meinem College-Abschluss im Jahr 1973, während alle anderen noch feierten und ihre Geschenke entgegennahmen, weiterziehen, um auf der Stelle einen Job zu finden, weil ich nun keinen Platz mehr hatte, an dem ich übernachten konnte... und wiedermal war es: die Welt gegen mich... so lief das schon immer, seit ich mich erinnere... Ich hatte nie Zeit, etwas zu feiern, das ich erreicht habe... Heute versuche ich dafür zu sorgen, dass die Eltern der Spieler, die ich coache, am Leben ihrer Kinder beteiligt sind..weil es einen Unterschied macht...Egal, ob die Kinder gewinnen oder verlieren... egal ob sie die Stars sind, oder nur die Spieler auf der Bank... es ist immer gut, jemanden zu haben, der dich anfeuert.

Ich hatte das nie... Ich will nicht prahlen... aber... ich war wirklich sehr gut... und das nicht nur als Spieler... und dennoch hat niemand aus der Familie irgendwas gesehen, das ich getan habe... Ich habe immer zu mir selbst gesagt, dass es egal ist... Ich schätze ich erzähle dir das alles, weil ich einfach nicht weiß, wie ich damit umgehen soll...

Nach über 50 Jahren informiert dich jemand darüber, dass du eine Mutter, vielleicht sogar eine Familie hast. Es ist wie in einem Spiel. Der Buzzer ertönt am Ende und du hast verloren.. Zuerst bist du enttäuscht... dann traurig... dann akzeptierst du die Tatsache, dass es vorbei ist und gibst ein Bestes, um es hinter dir zu lassen und weiterzumachen... aber was machst du wenn du geduscht hast, dich umgezogen, bereit bist nach Hause zu gehen... und plötzlich sagt der Schiedsrichter, dass ein Fehler auf dem Spielbogen entdeckt wurde... und du die letzten 5 Minuten noch einmal spielen kannst...und vielleicht sogar die Chance hast, das Spiel zu gewinnen... Was würdest du tun...?

Das ist, was ich herausfinden muss. Ich will nicht nachtragend sein... ich bin sauer gewesen, aber jetzt irgendwann nicht mehr... ich weiß einfach nur nicht, wo ich alles einsortieren soll... ich bin sicher, dass sie und der Rest der Familie gute Gründe hatten, um meine Existenz zu vergessen... ich bin sicher, dass sie alle ihre eigenen Probleme hatten... der Unterschied nur ist, dass sie einander hatten...

Nein, ich bedauere mich nicht... das habe ich nie getan... hätte ich, könnte ich nicht überleben...

Als ich eines Tages in meiner alten Nachbarschaft in Philly einen Besuch abstattete, fand ich heraus, dass all meine Cousins (Die Grave-Brüder, Freddy, Calvin, Bill) und viele der anderen Kinder aus der Straße nicht einmal das 25. Lebensjahr erreicht haben...

Also... selbst wenn meine Eltern nicht lang genug dort waren, um zu sehen, was mit mir geschehen wird, mussten sie während unserer gemeinsamen Zeit dennoch etwas richtig gemacht haben... denn ich denke ich kann mit einem gewissen Stolz sagen, dass aus mir ein Erfolg geworden ist... Irgendwo müssen die Fähigkeiten und Eigenschaften ja herkommen... Ich war ein Basketball-spieler... ein Schüler... ein Lehrer an einigen sehr guten Schulen... ein Soldat und später Offizier in einer Eliteeinheit der U.S. Army... und ich denke ein ziemlich guter Basketball-Coach... Hier sind einige Bilder von meiner Reise... Wenn ich irgendwann herausgefunden habe, wohin mit dem ganzen... werde ich mich melden... Danke für die Zeit und Energie, die du aufgewendet hast, um mich zu finden...

Ich habe keinen weiteren Brief mehr erhalten. Nicht einmal von meiner Mutter oder sonst jemandem aus der Familie.

Während ich im August 2017 ein wenig nachforschte, um einige Bilder für dieses Buch ausfindig zu machen, bin ich über folgende Information gestolpert. Es ist alles, was ich finden konnte. Auch kenne ich keine Details über die Umstände, die zu seinem Tod führten.

Wie ich in dem Antwortbrief an Ms. Weems schon sagte: Ich habe diese Kapitel in meinem Leben schon lange geschlossen und sah keinen Nutzen oder Vorteil darin, es wieder zu öffnen. Es hat nichts mit Hass oder Boshaftigkeit zu tun. Einige werden mit meiner Entscheidung wahrscheinlich nicht einverstanden sein und der Meinung sein, ich schulde meiner Mutter oder Familien ein gewisses Maß an Mitleid, oder welchen Begriff sie auch immer für dieses Gefühl wählen wollen, aber dem kann ich absolut nicht zustimmen.

Kapitel 5

Crossroads

Ich glaube, dass es Zeiten und Situationen in unseren Leben gibt, bei denen wir Entscheidungen treffen müssen. Entscheidungen, die die nächsten Phasen unserer Leben beeinflussen; Vielleicht sind es drei, vier oder fünf Jahre... oder sogar den Rest unseres Lebens. Diese Entscheidungen können dabei helfen, festzustellen, wer wir sind oder sein können. Ich persönlich nenne solche Situationen „crossroads". Was ich damit genau meine, werde ich im Folgenden genauer erklären.

Wir erreichen nun einen bestimmten Punkt und müssen eine Entscheidung treffen; ob dies bewusst oder unbewusst geschieht, ist nicht immer klar. Was aber auch immer geschieht; es wird die nächste Phase unserer Existenz beeinflussen.

Es ist wie mit Türen in einem geheimen und sicheren Labyrinth. Manchmal gibt es einen Coach an dieser „crossroad" oder Tür, der dir möglicherweise einen guten Rat geben kann. Auch können dies andere gute Menschen sein, die dir in deinem Entscheidungsprozess helfen. Andere Male gibt es Gegner, Feinde oder neidische Menschen, die versuchen, die Tür vor dir zu versperren. Es könnte auch Menschen geben, die ganz vernarrt nur ihrem eigenen Ziel folge, sodass sie dich rücksichtslos in eine falsche Richtung leiten, was dazu führt, dass du die günstigste Ausfahrt für dich verpasst. All diese Dinge sollten in Betracht gezogen werden, wenn du vor den Türen und „crossroads" in deinem Leben stehst...

Ich bin davon überzeugt, dass jeder zwischen zehn und zwanzig „croassroads" in seinem Leben bestreitet.

„Crossroads" definiert...

Manchmal werden wir unsere Entscheidungen auf logischer Basis treffen. Andere Male werden Emotionen und Gefühle die Entscheidung beeinflussen. Ich denke nicht, dass es eine bestimmte Vorgehensweise oder Formel gibt, um immer die beste Entscheidung zu treffen. Oft kann es passieren, dass wir nur ein kleines Element übersehen, dass einen enormen Einfluss auf unsere Entscheidung haben könnte.

Auf der anderen Seite gibt es die emotionale Steuerung. Nur seinem Herzen zu folgen kann manchmal zu verheerenden Folgen führen. Es gibt Situationen, in denen du einfach nur versuchen musst, die beste Entscheidung aufgrund deines Wissens zu treffen. Du fügst nun deine Gefühle hinzu und wählst dann den für dich besten Weg. Manchmal kommt es bei diesen bedeutenden Entscheidungen dazu, dass wir entweder zu viele oder zu wenige Gedanken hineinstecken. Eines der besten Beschreibungen für dieses Dilemma stammt von Shakespeare's Hamlet... „Das Bewusstsein macht manchmal Feiglinge aus uns allen."...

Um dies auf unsere Situationen zu interpretieren, könnte man wohl folgendes sagen:

Manchmal stehen wir vor diesen „crossroads" und wissen genau, was wir tun wollen (oder sollten)... aber dann fangen wir an, immer mehr darüber nachzudenken... und je mehr wir darüber nachdenken, desto mehr Gedanken und Gründe tauchen auf, um etwas nicht zu tun.

„crossroads" können Orte, Beziehungen, Situationen oder berufliche Tätigkeiten beinhalten.

Woher wissen wir, dass wir uns an einer dieser „crossroads" befinden?

Ich denke, dass es dafür verräterische Zeichen gibt.

Manchmal ist es etwas kleines... etwas, das nicht bedeutend zu sein scheint und wir es einfach als etwas unwichtiges abstempeln und mit dem, was wir tun, weitermachen. Wenn jedoch genug von diesen kleinen Dingen immer wieder auftauchen, dann befindest du dich an einer „crossroad".

Nehmen wir an, du stehst jeden Morgen auf und fährst zur Arbeit. Auf dem Weg dorthin fährst du an einer Anzeige vorbei, auf der steht: „Hier ist eine Möglichkeit, dein Gehalt zu verdoppeln... Wähle 1-800 und ändere dein Leben."

Du siehst dieses Plakat Tag für Tag, drei Jahre lang, doch es stört dich nie. Du befindest dich nicht an einer „crossroad". Es kann aber auch Zeiten in deinem Leben geben, in denen du morgens aufstehst, dich für dich Arbeit fertig machst und minutenlang einfach nur in deine Kaffeetasse starrst, weil absolut keine Lust hast, zur Arbeit zu gehen. Viele Gründe können dazu führen. Zum Beispiel hast du keine Lust, einen so weiten Weg zur Arbeit zu fahren und jeden Tag zu pendeln... oder du kannst deinen Chef und Arbeitskollegen nicht ausstehen...deine Arbeitsstelle gefällt dir nicht. Du kannst einfach irgendetwas, das mit deinem Job zu tun hat, nicht ausstehen. In einem solchen Fall befindest du dich definitiv an einer „cossroad".

Wie gehst du damit um? Die meisten Menschen ziehen ihren Hut wie immer an, gehen zur Arbeit und machen sich vor, alles wäre in Ordnung. Viele von ihnen erkennen das Problem entweder nicht, wollen es nicht sehen oder denken einfach sie würden keine andere Wahl haben. Meiner Meinung nach sind dies die Leute, die in Schwierigkeiten stecken. Ich denke, dass besonders im Bezug auf Menschen in Beziehungen auch kleine Dinge erkennen lassen, dass man sich an einer „crossroad" befindet. Wenn du zum Beispiel anfängst, in jeder Kleinigkeit, die dein Partner tut, einen Fehler zu sehen. Kleine Dinge, die dich nie zuvor gestört haben, die du plötzlich unerträglich findest; und auch die Anzahl dieser Störfaktoren steigt weiter an. Deine Beziehung befindet sich an einer „crossroad". Was wirst du dagegen tun? Viele Menschen werden Gründe und Ausreden finden, um in dieser Beziehung zu bleiben. Vielleicht bleiben sie, weil es bequem und komfortabel ist, vielleicht bleiben sie aber auch, weil sie Angst davor haben, ohne die Beziehung zu existieren oder es überhaupt zu versuchen. Ob sie es merken oder nicht, diese Beziehung ist auf jeden Fall verloren. Vielleicht erkennen sie dies auch, aber wollen es lediglich nicht akzeptieren. Das wird die Tatsache aber nicht ändern. Es wird Zeit, zu realisieren, dass sie sich an einer „crossroad" befinden und schnellstmöglich aus dieser Beziehung zu verschwinden. Nun kommt einer von vielen Verweisen zu einem Songtext eines meiner Lieblings-Musiker Lou Rawls. In diesem Song singt er „coulda-woulda-shoulda“. Wenn du zu einer „crossroad“ kommst und beschließt, den selben Weg weiterzugehen, kommt vielleicht die Zeit, in der dieser Satz auf dich zutrifft. Di siehst dich selber wundern, fragen und klagen. Du denkst dir: „Ich könnte das gemacht haben“... oder Wenn ich das getan hätte, dann wäre ich jetzt...“ oder du sagst: „ich hätte das tun sollen...“

Wir können nie sicher sein, ob sich der Preis hinter Tür 1, Tür 2 oder Tür 3 verbirgt.

Wir können nie im Voraus wissen, ob es besser wäre, dort zu bleiben, wo wir waren oder unser Glück irgendwo anders zu suchen. Sicherlich ist es ein schlechtes Gefühl, zu entscheiden, etwas abzugeben, um dann am Ende mit weniger dazustehen...

Andererseits ist es genauso schlimm, etwas zu verpassen, nur weil du nicht den Mut dazu gehabt hast, dem nachzugehen.

Egal, welche Bahn du wählst, du wirst Kraft brauchen, etwas durchzuziehen; aber noch mehr Kraft wirst du brauchen, wenn du etwas, das nicht geklappt hast, von vorne starten musst, weil es nicht geklappt hat. Wenn du sie hast, wirst du überleben. Bedenke, dass den Weg, den du womöglich an einer „crossroad“ wählst, nicht immer „deine“ Entscheidung ist... oder zumindest nicht deine alleinige.

Hier ist ein kurzer Einblick in meine „crossroads“...

☞Sentence to St. Michael’s...

In 1961 wurde ich zu einer Strafe in dieser Einrichtung verurteilt, die für ein Jahr vorgesehen war. Tatsächlich war ich für zweieinhalb Jahre dort.

☞1st Basketball Contact

Während ich in St. Michael’s war – mit ungefähr 13 Jahren – nahm ich einen Basketball in die Hand als ich in die Halle ging. Ich drehte mich um, schaute den Korb an und schmiss den Ball in Richtung des Korbes – Er ging rein. An dem Tag habe ich entschieden, das das, was ich tun wollte, Basketballspielen war.

☛**Stetson / Richard Hamilton**

Im 8. Schuljahr besuchte ich die Stetson Jr. High School in Philadelphia.

☛**Germantown-no German ...so... Olney**

☛**Hofstra over Princeton**

Meine Entscheidung für Hofstra ist eine, die ich absolut nicht bereue ... Trotzdem wird es immer eine „was wäre wenn?“ geben. Es war womöglich eine von diesen Herz-über- Kopf Entscheidungen.

☛**NBA – The Dream vs. The Reality**

Was ist der Unterschied zwischen Träumen und Zielen?

☛**Roosevelt over Cold Spring Harbor**

Ziele vs. Idealvorstellungen

☛**Basketball Referee / Army**

☛**James Bondsteel** ...erscheint und ändert alles

☛**Basketball / Army / Colonel Taylor**

☛**Fulda Basketball vs. GS-9 and Coaching as Profession**

☛**Fulda Basketball (Amateurverein) vs. Gießen Bundesliga (Profiverein)**

☛**Weilheim**.. Forced Decision

☛**Bob / Davidson**

☛**George School**

☛**UNCA**

☛**Würzburg**

☛**Quakenbrück**

☛**Leipzig**

☛**Fulda**

☛**Grünberg**

Eine wichtige Lektion aus all diesen Stationen... beinhaltet

Kompromiss

Compromise where you can... Where you can't...Don't ...!

Kapitel 6

Time Capsules

Travellers Along the Journey (2016) Bob McKillop / Detlef Musch / Andreas Ment

Meine Reise ... Das folgende Kapitel sollte ich wahrscheinlich mit den Worten

„Been there... Done that... Got the T-Shirt“ einleiten.

Denn was nun kommt, ist gewissermaßen eine Art Biografie. Ich werde versuchen,

den Weg bis zu dem Punkt, an dem ich jetzt bin, am laufenden Band wiederzugeben. Ich werde Geschichten erzählen (die so sehr der Wahrheit entsprechen, wie es meine Erinnerung hergibt), Menschen und Orte erwähnen, die mich beeinflusst haben oder eine besondere Auswirkung auf mein Leben hatten; einige positiver als andere. Doch selbst aus den Erfahrungen der negativen Ereignisse habe ich immer versucht, etwas Nützliches herauszuziehen...

Einige Orte und Personen werden in mehreren Kapiteln auftauchen. Ich schätze, dass die logische Vorgehensweise beim Schreiben einer Autobiografie das chronologische Wiedergeben der Ereignisse in meinem Leben vorsieht.

Also werde ich versuchen, genau das zu tun, während ich parallel Dinge aus unterschiedlichen Zeiträumen, die eine besondere Wichtigkeit in meiner Entwicklung hatten, in meinen Erzählungen einbinde.

Besonders aufgrund der Jobs, die ich hatte und der Dinge, die ich erlebt habe, werde ich die chronologische Reihenfolge mit Aktivitäten, Ereignissen und Orten unterbrechen, die meiner Meinung nach besser in den Fluss der Erzählung hineinpassen.

Wenn ich nun auf mein Leben zurückschaue, kann ich folgende klare Aufteilung machen:

Organisiertes Chaos

Sometimes all you can do is ... all you can do.

Wenn du ein Buch erwartest, das vom Anfang bis zum Ende durchgehend strukturiert ist, dann wirst du wahrscheinlich etwas enttäuscht sein. Dieses Buch ist mehr wie ein Basketballspiel geschrieben. Und ein gutes Basketballspiel ist wie ein Wettkampf zwischen zwei Gegnern. Diese beiden haben entweder eine gemeinsame Vergangenheit oder sehen sich zum ersten Mal. Sie beginnen eine Rivalität, die möglicherweise für viele Jahre andauert, oder stehen sich nur dieses eine Mal gegenüber, ohne dass sich ihre Wege jemals wieder kreuzen.

Wer auch immer gewinnt, oder was auf dem Spiel steht- beide müssen am Ende ihren Weg weitergehen und sich auf die nächste Herausforderung vorbereiten.

Ist es im Leben anders? Ich denke manchmal, dass auch das Leben ein Gegner ist, den wir besiegen müssen. Manchmal kommt es in demselben Kostüm wie am Vortag auf uns zu und andere Male zeigt es uns eine komplett neue Seite; voller Herausforderungen, die wir möglicherweise nicht geahnt hätten.

Dann, genauso wie in einem Basketball-Spiel, ist alles, das wir noch tun können, unser Bestes geben, um diesen Spielabschnitt zu gewinnen und für den nächsten bereit zu sein.

Wenn das Leben dich nicht niedergeschlagen hat, kannst du dich glücklich schätzen. Wenn du dir nie Sorgen darüber machen musst, wie du durch den Tag kommst (geschweige denn den nächsten Tag), dann kannst du dich gesegnet fühlen.

Über viele Jahre habe ich Basketball-Analogien verwendet, um Dinge zu erklären, die im Leben geschehen (oft zum Missfallen derjenigen, die zuhören mussten).

Das Leben kann uns zu Boden schlagen, wenn wir nicht die Kraft haben, um zurückzuschlagen. Genauso wie in einem Basketballspiel, wenn der Gegner in kürzester Zeit einen großen Vorsprung erreicht und du diesen nicht verhindern kannst; wenn du kein Weg findest, deren Momentum zu stoppen, wirst du überrollt.

Im Leben ist es ähnlich. Im Spiel gibt es Höhen und Tiefen; Es gibt offensive Läufe, defensive Aussetzer und ebenso einfache Fehler, die möglicherweise entscheiden, wer gewinnt und wer verliert.

Das Leben läuft genauso. Während es Zeiten gibt, in denen alles problemlos zu laufen scheint, kommen irgendwann Zeiten, die einen wieder zurückwerfen. Man muss einen Weg finden, damit klarzukommen und alles wieder in die richtige Reihe zu bringen. Es wird Ereignisse geben, die das Leben erschweren und alles durcheinander bringen. Kommt man an einen solchen Punkt, muss man versuchen, dem auf den Grund zu gehen, es irgendwie wieder hinzubiegen und von da an weiterzumachen. Vielleicht warst du daran Schuld, vielleicht aber auch nicht. Das spielt aber keine Rolle. Die Tatsache, dass diesmal jemand anders (und nicht du) den Ball weggeworfen hat und dem Gegner einen leichten Korb ermöglicht hat, ändert nichts an der Tatsache, dass deine Mannschaft jetzt mit einem Punkt im Rückstand liegt. Du musst einen Weg finden, dieses Problem zu lösen. Du musst dich darauf fokussieren, deine Mannschaft wieder nach vorne zu bringen. Ich habe immer versucht, die Lektionen, die ich als Spieler, als Coach und als Schiedsrichter gelernt habe, in meinem Leben anzuwenden. Ich glaube es ist keine Übertreibung, zu sagen, dass ich eine Philosophie entwickelt habe. Mein Ziel war es immer, die Dinge, die ich selber gelernt habe, Leuten in meinem Wirkungskreis zu übermitteln. Dies gilt besonders für die Spieler, die ich gecoacht habe und für die Jugendlichen, die ich als Lehrer unterrichtet habe.

Mittlerweile redet man von Basketball laut Ritz-Art, oder „Ritzbball".

Pass it on and hope that some of them are listening

RitzBBall... Was bedeutet das...?

Ich frage mich manchmal selber: "Warum tue ich das, was ich tue?"... „Steckt mehr dahinter, als die Menschen glauben?" „Wo kommt RitzBBall her?"

Es scheint, dass jedes Jahr, wenn die Zeit für mein Basketball-Camp näherkommt, meine philosophische Ader herauskommt. Wahrscheinlich ist der Grund dafür die Tatsache, dass junge Spieler und ihre Eltern Geld bezahlen, nur um an meinem Camp teilzunehmen und zu hören was ich zu sagen habe... Also hoffe ich tief in meinem Inneren, dass sie auch wirklich etwas für ihr Geld bekommen.

Hinter „RitzBBall“ steckt mehr als nur Basketball... Es geht über den Sport und das Spielegewinnen hinaus. Genau wie ein T-Shirt der Ritz Ingram Basketball Academy (RIBA) aussagt: „It’s about building Players“... Sowohl auf dem Spielfeld als auch außerhalb.

RIBA 1982 in Fulda

RIBA 2016 in Fulda

Es gibt eine großartige TV-Werbesendung, die der NCAA herausgebracht hat... Es zeigt College-Spieler (die meisten mit Stipendium) beim Spielen oder Trainieren. Am Ende des Werbespots wird folgender Kommentar eines Spielers eingeblendet: „Es gibt tausende NCAA-Spiele. Die meisten von denen werden auch eine Profikarriere beginnen... In irgendetwas anderem als im Sport..."

Seit vielen Jahren schon ist das genau die Aussage, die ich mit „RitzBBall" ausdrücken möchte. Die Bilder erzählen ihre eigene Geschichte (und das viel besser, als ich es mit Worten kann).

Ich denke, dass ich mich mit der Anzahl an Spielern, die Basketball bei mir angefangen haben und in schon sehr frühem Alter durch mein Training gingen, glücklich schätzen kann.

Viele von ihnen haben Basketball später auf einem höheren Level gespielt, aber aus noch mehr von ihnen sind viel mehr als „nur" Basketballspieler geworden...

2013 RIBA Camp Instructors ...The most accomplished RIBA Player Detlef Musch and 1982 Fulda Teammate Andreas Helmkamp

Offen gesagt bin ich glücklich über das, was ich getan habe... aber es geht hierbei nicht wirklich um mich... It's all about the Game

Coaches können nur erfolgreich coachen, wenn die Spieler es erlauben, sich selbst coachen zu lassen... Ich bin sehr dankbar dafür, dass mir einige von ihnen vertraut und erlaubt haben, sie zu coachen... aber... ich bin noch nicht fertig und hoffe, dass ich auf meinem Weg noch einige mehr von ihnen finden werde... Coach Ingram

2014 Generations come together .. The U-12, U-13 and U-16 from 2014 with Marcus Weigel / Detlef Musch and Michael Knapp ...all of whom were Campers in 80's

Through the years...

1950–1963 Die nicht so prägenden Jahre / Meine „Philadelphia Story"

1963 – 1965 ... Crossroad #1 / Andere Richtung / St. Michael's School for Boys

1966 – 1968 ... Das Spiel hat mich gefunden und gerettet

1968 – 1973 ... Hofstra University ... Das Beste aller Zeiten

1973 – 1976 ... Das Verfolgen des Traums / Prospect Park

1976 – 1981 ... Militärischer Einfluss / 11th Armored Cavalry Regiment

(img)

PFC Raymond Ingram 1977 at Fort Benning, Ga.

1981 – 1989 ... The Fulda Connection / Teil 1 ... Sportdirektor beim Militär / FT Fulda / De Feet Sport Shop

1989 – 1990 ... 1. Bundesliga in Weilheim

1990 – 1992 ... Davidson Vereinigung

1992 – 1993 ... The George School

1993 – 1996 ... UNCA and a Special Group

1997 – 1999 ... Würzburg

2000 – 2001 ... Quakenbrück / Mainz / Düsseldorf

2001 – 2008 ... Quakenbrück

2009 – 2010 ... Leipzig

2016-2017 ... Gruenberg

2010 – 2017 ... Fulda Teil 2

Kapitel 7

Über die Jahre - 1950-1961 - Die vermeintlich prägenden Jahre / Meine „Philadelphia Story"

Ich wurde am 17. Juli 1950 in Philadelphia geboren. Hierzu kann ich leider nicht viel beitragen. Es existieren keine Baby-Fotos – keine Andenken – keine Geschichten, die ich erzählen könnte. Nur reine Fakten.

Wenn es überhaupt etwas Seltsames an diesem Ereignis gab, ist es die Tatsache, dass ich einen etwas ungewöhnlichen Namen bekam. Seltsam in dem Sinn, dass ich in eine Familie geboren wurde, welche - vorsichtig ausgedrückt - weder besonders wohlhabend noch meines Wissens nach auf einer nicht besonders hohen kulturellen Ebene waren. Der Name meiner Mutter war Ella Jane Ingram (geborene Oliver), mein Vater hieß Thomas Ingram. Mein Bruder, der am 06. Juli 1949 geboren wurde, bekam den Namen Gary Thomas Ingram. Später habe ich erfahren, dass ich auch eine ältere Schwester habe, die den Namen Delores trägt.

Kann mir jemand mit diesem Hintergrund dann erklären, wie ich zu dem Namen „Lauritz Raymond Ingram“ gekommen bin?!

Dieses Foto habe ich am 31.10.2017 von der Enkeltochter meiner Schwester erhalten, welche mich kontaktiert hat, um mir den Tod meiner Mutter zu verkünden.

Aufgrund der Kleidung in dem Foto, gehe ich davon aus, dass das Foto um 1985 aufgenommen wurde.

(von links: mein Bruder Gary – meine Schwester Delores – meine Mutter Ella – meinn Cousin Bobby)

Für die von euch, die meine Verzweiflung über diese Sache nicht verstehen können, werde ich hier versuchen, es zu erklären.

In den 50er Jahren waren schwarze Leute noch nicht in dem Zeitalter angekommen, in denen man Kindern unerklärliche Namen gab. Namen, die keiner aussprechen oder buchstabieren konnte. Noch weniger verständlich ist was, warum gewisse Namen überhaupt erfunden wurden. Ab irgendeinem Zeitpunkt ist es zur Normalität geworden, schwarzen Jungen ungewöhnliche Namen, wie Tayshaun, Deron, Rau'shee, Raynell, Deontay, Taraje, Jozy, Hyleas, Bershawn, Lashawn, Trevell, Ogonna, Shalondra, Shaday, Jenneta und Travounda zu geben.

Sie haben bekommen, die eine Zusammenstellung von mehreren Familienangehörigen waren – wie ein ehemaliger NBA-Spieler Jalen Rose. Sein Name war eine Konbintion der Namen seiner beiden Onkel James und Leonard. Damit kann ich leben... Aber in den

50er Jahren war das nicht normal, besonders nicht in der Nachbarschaft von Nord-Philadelphia, wo ich aufwuchs. Die Jungs, mit denen ich rumgehangen habe hießen Calvin, Freddy, William, Johnny, Joey und Frankie. Es war auch gängig und ein bisschen schmeichelhaft einen Spitznamen zu bekommen. Mein Cousin William Graves wurde „Face“ genannt – ein Name, den er von seiner Mutter bekam. Dann gab es da noch Melvin, den alle „Slowey“ genannt haben weil er sich in der Geschwindigkeit einer Schnecke bewegt hat. Jerry wurde „Cas“ – Abkürzung für Casanova – genannt. Die Gründe dafür könnt ich euch denken. Auch habe ich einen „Tiny“ gekannt, dessen echten Namen ich nie erfahren habe. Aber warum er den Spitznamen „Tiny“ bekam, habe ich auch nie verstanden. Denn er war möglicherweise der größte Kerl, den ich je gesehen habe. Auch war er immer gut gekleidet und sehr lustig. Mit Ausnahme von „Tiny“ und mir waren alle obengenannten sehr gute Basketballspieler und konnten dazu noch hervorragend singen. Das war eine Zeit, in der der Begriff „Boyband“ noch eine ganz andere Bedeutung hatte. Die Jungs standen in der Ecke

und sangen „Doo-Wops“ akapella, wie in „In the Still oft he Night“. Das war eine wirklich unvergessliche Zeit.

Die Kinder in meiner Nachbarschaft hatten einfach keine Namen wie Lauritz. In der Grundschule konnte ich die Auswirkungen davon spüren. Sogar die Mädchen haben sich lustig über mich gemacht und haben mich Laurie genannt. Dass ich einer der am wenigsten athletischen Kinder war, hat die Situation nicht unbedingt besser gemacht. Aber das war nicht ausreichend. Auch hatte ich ein großes Stotter-Problem.

Letzteres ist wahrscheinlich der Grund, warum ich bis heute noch versuche, so viel Geduld wie möglich aufzubringen, wenn ich mit stotternden Menschen zu tun habe. Ich weiß wie schwer, frustrierend und auch peinlich es sein kann, zu stottern. Jemand, der nie wirklich Probleme mit dem Stottern hatte, kann sich nicht vorstellen, was das für ein Gefühl ist. Es hält dich von allem zurück – es zerstört dein Selbstvertrauen – du vermeidest Menschen, besonders Gespräche mit ihnen. Wenn du als Kind in einem Klassenzimmer sitzt, hast du manchmal Todesangst. Du kennst die Antworten auf Fragen, bist aber zu ängstlich, die Hand zu heben, weil du genau weißt, dass die Antwort nie herauskommen wird. Sogar wenn du es versuchst, werden dich alle auslachen. Dann gibt es noch Lehrer, die sehr sensibel mit deiner Notlage umgehen. Es gab Lesestunden, in denen der Lehrer jeden Schüler auffordert, eine Passage eines Textes vorzulesen. Du weißt genau, dass du gleich an der Reihe bist – Die Angst und die Bange machen die Situation noch schlimmer. In normalen Gesprächen hast du Probleme mit Wörtern, die mit „c“ und „s“ beginnen ... Aber jetzt, vor der gesamten Klasse, scheint es, als ob du ein Problem mit jedem Wort hast. Du machst den Mund auf und entweder kommt gar nicht heraus oder es kommt so sporadisch heraus, dass du eine Minute brauchst, um einen einzigen Satz auszusprechen. Du fragst dich „Warum macht der Lehrer das mit mir?“

Du schaust dich um und kannst das Grinsen der anderen Kinder genau sehen sowie deren Lachen hören – alles, was du tun willst, ist weglaufen und dich verstecken.

Meine Bitte an dich als Leser – wenn du jemals in ein Gespräch mit jemandem, der stottert, kommst, habe Geduld. Wenn du weißt, was es ist, das sie versuchen zu sagen, dann hilf ihnen. Manchmal ist es nur ein einziges Wort, das sie brauchen, um weiterzusprechen. Wenn du ihre Gedanken vollenden kannst, dann tue das. Okay, nun haben wir einen kleinen Jungen, der stottert und über den sich alle wegen seiner Sprachbarriere lustig machen – und dazu tust du den Namen „Lauritz“.

Natürlich wissen seine Eltern bei der Geburt nicht, dass er stottern würde – jedoch musst du dich trotzdem fragen: „Was haben sie sich dabei gedacht?“ und woher kam dieser Name?

Als ich älter wurde, fing ich an, Informationen über meinen Namen zu finden. Ich und niemand, mit dem ich jemals in Kontakt stand, hat diesen Namen jemals zuvor gehört, geschweige denn jemanden gekannt, der den Namen ebenfalls trug. Meines Wissens nach wurde ich nach dem dänisch-amerikanischen Opernsinger Lauritz Melchior benannt – und alles, was ich auch dazu sagen kann, ist „Was haben die sich dabei gedacht?“ Ich denke ich war ungefähr 10 oder in der 5. Klasse als ich gemerkt habe, dass ich auch einen zweiten Namen habe und fing an, diesen zu benutzen. Ich begann, Dinge mit Raymond L. Ingram anstatt mit Lauritz R. Ingram zu unterschreiben. So fingen Leute an, mich Raymond oder Ray zu nennen. Zu dem „Ritz“-Teil komme ich später. Was das Stottern angeht: Ich denke es war auch diese Zeit, in der mein Englisch-Lehrer in der Taylor-School Interesse an mir zeigte und mich in eine Klasse, die spezialisiert auf Lesen und Sprechen war, steckte. Es sollte reichen, wenn ich sage, dass mir das geholfen hat, meine Ängste zu überwinden und mir zu zeigen, wie ich mit diesem Problem umgehen muss. Heute bin ich größtenteils Stotter-frei, obwohl es manchmal, wenn ich verärgert oder verwirrt bin, kurz davor ist. Wenn ich aber dann eine Pause nehme und versuche, meine Gedanken unter Kontrolle zu bringen, ist es meist wieder vorbei. Bis ich 11 Jahre alt oder so war, war das Problem mit Sport immernoch ein Problem. Wenn ich jetzt zurückschaue, erkenne ich, dass es kein Problem mit Sport gab, sondern mit mir selbst. Ich habe nicht gemocht, wer ich war und dies lag wahrscheinlich daran, dass ich ein Niemand war. Ich war schüchtern und weigerte mich, wegen meines Sprachproblems mit anderen zu interagieren. Während alle anderen Kinder draußen spielten, ging ich nach Hause, da ich nicht wollte, dass sich jemand über mich lustig machte. Also... Wie lernt man ein Spiel zu spielen, wenn man nie zum Spielen rausgeht? Im Alter von 10 oder 11 Jahren versuchte ich Baseball, hatte aber Angst vor dem Ball – Ich habe es mit Football versucht, hatte aber Angst vor dem Kontakt.

Ich habe nie versucht, Basketball zu spielen und ehrlich gesagt habe ich nicht mal einen Tennisschläger gesehen und hatte auch keine Ahnung, dass dieser Sport überhaupt existierte. Das Einzige, das Sport zu der Zeit nahekam, war stick-ball, half-ball oder hose-ball. Half-Ball/Hose-Ball ist eine Arme-Leute Variante für Baseball. Man spielt stick-ball (wie Baseball) auf der Straße mit einem kleinen Gummiball (in Philly auch genannt: pimple- balls) und einem Besenstock als Schläger. Der Ball ging eventuell kaputt und wenn man keinen Ersatz hatte, war das Spiel vorbei. Diese Bälle kosteten 10 Cent und waren sehr hoch geschätzt. Für die Kinder, die stick-ball spielen konnten, hatte ich eigentlich einen Wert. Wie gesagt: das Spiel wurde auf der Straße gespielt. Die Straßen hatten Gullis, die das

Regenwasser in den Abwasserkanal führten. Wenn ein Ball wegrollte und in den Gulli fiel, konnte man ihn noch rausholen. Der Prozess war ganz einfach – man öffnete den Gulli, fand den kleinsten, dummsten Jungen in der Gruppe und ließ ihn von zwei größeren Jungen, die ihn an den Füßen packten, kopfüber in den Gulli sinken. Er streckte seine Arme aus und holte den Ball. Man zog ihn heraus und das Spiel konnte weitergehen. Rate mal, wer der kleinste, dummste Junge war? ... Die Dinge, die wir tun, um akzeptiert zu werden!!!

Also, was ist Half-Ball?

Wenn der „Pimple Ball" kaputtging, ist es komischerweise jedes

Mal in zwei perfekte Hälften auseinandergefallen. Das Spielfeld war dann auch automatisch verändert. Alles, was notwendig war, war ein Gebäude mit einer Wand, die ca. 10-15 Meter hoch war und bestenfalls keine Fenster hatte. Der Werfer und seine Mannschaft sollten vor der Wand stehen, während die Schläger auf der gegenüberliegenden Straßenseite standen. Vor dem Spiel wurde festgelegt, zu welcher Höhe der Ball die Wand treffen musste, um entweder einen „single", „double", „triple" oder „home run"zu erzielen. Zwei Fehlschläge oder zwei Schläge ins aus führten zu einem „out". Fing ein Feldspieler den Ball, auch wenn es ein Ball ist, der bereits von der Wand abprallte, galt dies ebenfalls als „out".

So viel zur Philly-Sport Stunde...

Lasst uns zurück zum Hauptthema „wer war ich zu diesem Zeitpunkt?" kommen. Ich habe mich am Sport nicht beteiligt, weil ich es nicht konnte; zumindest dachte ich das. Ich war abgeneigt davon, mit anderen zu spielen, da ich das Gefühl hatte, minderwertig zu sein. Dies lag aber nicht nur daran, dass ich klein war, nicht richtig sprechen konnte und einen komischen Namen hatte. Meine Familie war arm und dysfunktional. Wir waren auf Sozialhilfe angewiesen und konnten von den Dingen, die für viele selbstverständlich waren, nur träumen. Dies bedeutet, dass meine familiäre Situation mir mehr als peinlich war. Auch wenn viele in der Nachbarschaft in derselben Situation waren, wollte man nie, dass andere wussten, wie schlecht es einem wirklich geht.

Ich habe nie andere Kinder nach Hause eingeladen. Ebenso habe ich nie andere Kinder zu Hause besucht. Für unsere Lebensweise habe ich mich geschämt. Wir haben unser Bestes gegeben, damit das Haus sauber blieb, jedoch schien dies nie auszureichen. Die Ratten und Kakerlaken waren immer und überall. An jedem möglichen Eingangspunkt stellten wir Mäusefallen auf. In der Küche, in den Schränken, unter den Waschbecken, aber auch unter unseren Betten.

Es gab „Black Flag Roach-Traps“ und Kanister voller Insektengift, die immer in Verwendung waren. Es war auch nicht ungewöhnlich, einen Kammerjäger einzuschalten. Es gab Zeiten, in denen ich Angst hatte, aus dem Bett zu steigen.

Oft wenn es dunkel war, griff ich von außen zuerst zum Lichtschalter, bevor ich den Raum betrat.

Das Licht scheuchte die kleinen Besucher wieder zurück in ihre Löcher. Es war mehr als deprimierend, eine Cornflakes- oder Haferflocken-Schachtel aufzumachen und Kakerlaken zu finden.

Wie könnte man unter solchen Umständen Leute nach Hause einladen?

Die Beschämung, Sozialhilfeempfänger zu sein, ging darüber hinaus. Als ein solcher hat man ein gewisses Stigma. Man müsste ein Narr sein, um die Notwendigkeit und Begünstigung des Wohlfahrt- und Essensmarken-Systems nicht zu sehen. Und trotzdem stehen wir häufig da und machen uns lustig über Menschen, die auf solche Programme angewiesen sind.

Manchmal ist es einfach eine Frage der Umstände, in denen die Empfänger, besonders die Kinder, keine andere Option haben. Wenn du ohne Hilfe nicht überleben kannst, bist du gezwungen, diese Hilfe zu akzeptieren... zu deinem eigenen Wohl.

In den 60ern beinhaltete das Wohlfahrts-Programm zusätzliches Essenspaket. Darin enthalten waren Käse, Reis, Maismehl, Butter, Milchpulver, Erdnussbutter in Dosen, genau wie Rindfleisch und Bratensoße. Bis zum heutigen Tag schwöre ich, dass der Käse in diesem Paket der beste ist, der jemals produziert wurde.

Die Familien, die Sozialhilfeempfänger waren, erhielten ein Mal im Monat Marken, die sie zu diesen Paketen berechtigten. Dann konnten sie zum Ausgabeort gehen und das Essen abholen. In meiner Nachbarschaft war der Ausgabeort das „Mann Recreation Center“; an der Kreuzung zwischen der 5th und Allegheny Street (ein Ort, der später eine wichtige Rolle in meiner Entwicklung als Basketballspieler spielte).

Viele von uns holten diese Essenspakete ab, wollen aber niemand anderen über diese Tatsache wissen lassen. Das Abholen der Lebensmittel war eine komplette Offenbarung. Ich erinnere mich daran, dass ich meinen kleinen roten Wagon nahm, wenn meine Mutter ich mit den Anweisungen auf den Weg schickte. Ich bin immer so früh wie möglich losgelaufen, damit ich in der Schlange ganz vorne stehen konnte. So hatte ich die Möglichkeit, alles schnell zu erledigen und wieder zuhause anzukommen, noch bevor mich jemand sah.

Ich erinnere mich daran, dass wir einen münzgesteuerten Fernseher hatten. Man musste 25 Cent hineinwerfen, um ungefähr eine Stunde fernsehen zu können ...

Meine Lieblings-Sendungen waren „Father knows Best“ und „the Adventures of Ozzie and Harriet Nelson“ ... wahrscheinlich weil sie eine Familiensituation repräsentierten, die für mich ein Idealbild darstellten; gleichzeitig aber wusste, dass dies sehr weit von meiner eigenen Familiensituation entfernt war. Vielleicht war es nur ein Versuch der Realität für einige Zeit zu entfliehen.

Ich mochte Shows wie „Have Gun will Travel“ .. vielleicht weil dort Männer dargestellt wurden, die überall, wo sie Probleme sahen aufgetaucht sind, diese behoben haben und wieder verschwunden sind, ohne Fragen und Lob zu erwarten. Mein Vater fand einen Weg, den Zähler zu manipulieren, sodass wir über das Zeitpensum hinaus fernsehen konnten.

Ich erinnere mich daran, dass ich Schuhe so lange trug, bis sie Löcher in den Sohlen hatten. Daraufhin legte ich zurechtgeschnittene Teile eines Papierkartons hinein, um die Löcher abzudecken – das half allerdings nicht all zu viel, wenn die Straßen nass waren. Auch erinnere ich mich daran, dass sich die Sohle oftmals von meinen

Schuhen löste, sodass ich über den Boden gleiten musste, damit es nicht klapperte.

Ich kann mich noch an Tage erinnern, an denen wir im Dunkeln ohne Heizung saßen, weil die Rechnungen nicht bezahlt waren.

Ich erinnere mich daran, dass wir einen Kohleofen im Keller hatten und ich hinuntergehen musste, um die Kohle in den Ofen zu schaufeln, damit wir nicht in der Kälte saßen. Es gab Gründe für mein Widerstreben Freunde zu finden oder mit anderen Kindern zu spielen. Ich hatte keine Ahnung, wer ich war oder was ich werden wollte. Ich hatte keine Ziele oder Ambitionen. Auch hatte ich keine Vorbilder. Es gab niemanden, zu dem ich hochschaute. Mein Vater war keine Identifikationsfigur für mich. Er hat meine Mutter verprügelt. Er verprügelte mich.

Dann gab es meine Mutter. Sie war auch keine Leitfigur. Auch wenn es Zeiten gab, in denen ich wirklich dachte, sie würde ihr Bestes für uns tun, war sie untreu in ihrer Ehe und nicht wirklich zuverlässig (oder besser gesagt nicht konstant?) wenn es darum ging, für uns zu sorgen. Ich kann mich noch daran erinnern, dass ich oft mit meinem Bruder tagelang zuhause war, ohne etwas zu essen oder Geld, um etwas zu kaufen.

Ich erinnere mich daran, dass ich Schreie, Schläge und anderen Formen von Bestrafungen über mich ergehen lassen musste. Es gab diese Situation, als meine Eltern einkaufen gingen und etwas Schokolade mitbrachten. Als sie dann ausgingen, befahlen sie mir, die Schokolade nicht anzurühren...

Naja – Raymond zu sagen er solle die Schokolade nicht anfassen ist fast wie wenn man einem Vogel sagt er sollte nicht fliegen. Natürlich habe ich die Schokolade attackiert, sobald meine Eltern das Haus verlassen haben. Als sie nach Hause kamen und sahen, dass die Schokolade aus dem Schrank aufgegessen war, passierten zwei Dinge. 1) Mein Vater schlug mich mit seinem Gürtel .. 2) Meine Mutter ging zum Laden. Sie kam mit gefühlten zwei Tonnen von „Hershey's“ Schokolade zurück. Mein Vater setzte mich an den Tisch und sagte etwas wie - „Wenn ich dir sage, dass du etwas nicht essen sollst, dann solltest du lieber lernen, auf mich zu hören.

Jetzt setz' dich hin und iss das – du solltest lieber jedes kleine Stück davon essen, sonst wird es dir leidtun"

Alles was ich dachte, war – „Machst du Witze? Das nennst du eine Strafe? Immer her damit" ... zumindest dachte ich das am Anfang. Ungefähr eine Stunde später, als mir übel war, verstand ich, was seine Absichten waren. Als sie mir schließlich erlaubten, mit dem Essen aufzuhören, schickten sie mich ins Bett. Wir werden jetzt nicht darüber reden, wie oft ich in dieser Nacht ins Badezimmer musste. Das Ergebnis dieser Lektion war, dass ich ab diesem Tag Schokolade hasste – für ungefähr zwei Tage.

Ich erinnere mich daran, wie ich Cornflakes mit Wasser aß, weil wir keine Milch hatten.

Ich erinnere mich daran, dass ich für einige Zeit einen Speiseplan hatte, der ungefähr so aussah:

Montag – Bohnen und Hot Dogs

Dienstag – Hot Dogs und Bohnen

Mittwoch – Hot Dogs

Donnerstag – Bohnen

Freitag – Bohnen und Reis

Samstag und Sonntag – was auch immer...

Dann gab es Tage, an denen es absolut nichts zu essen gab und niemand zuhause war.

Gary und ich fingen an, von zuhause wegzulaufen. Ich kann nicht mit Sicherheit sagen, wie oft das war, aber wenn ich schätzen müsste, würde ich sagen um die sechs oder sieben Mal.

Es gab einen Lebensmittelladen in der Nähe unserer Wohnung. Der Laden beförderte die Lebensmittel mithilfe eines Fließbandes von außen nach innen. Es war auf der hinteren Parkfläche und ähnelte einem kleinen Tunnel. Ich würde schätzen, dass es circa zwischen 40 und 50 Metern hoch war. Das Ende des Förderbandes war flach und sehr nah an der Gebäudewand aber breit genug, dass wir beide uns hinlegen konnten. Von ungefähr der Mitte bis nach oben war es gut umschlossen und bedeckt, sodass es uns ein wenig von der Kälte schützte, auf jeden Fall aber von dem Wind und Regen. Auch konnte man uns dort von der Straße aus nicht sehen. Um dem Wetter zu entfliehen kletterten wir hoch bis zur Spitze und schliefen dort bis zum nächsten morgen.

Food Fair hatte ein Förderband für Lieferungen ähnlich zu diesem

Food Fair had a delivery Conveyor Belt similar to this

Als wir wach wurden, gingen wir in die bessere Nachbarschaft, wo Milch, Orangensaft und oft auch Kuchen oder Donuts auf der Türschwelle lagen (damals machte man das so).

Das war unser Frühstück. Manchmal blieben wir für zwei oder drei Tage von zuhause weg. Ich fragte mich oft, on unsere Eltern überhaupt merkten, dass wir weg waren oder sich sorgten. Einige Male wurden wir von der Polizei aufgeschnappt und zur Polizeistation gebracht. Unsere Eltern mussten uns abholen. Und dafür bekamen wir ernste Schläge, aber ich erinnere mich an keine Situation, in der einer von beiden fragte, warum wir überhaupt von zuhause weggelaufen waren.

Ich denke der Grund, warum wir geschlagen wurden, war nicht, weil wir etwas Falsches getan haben, sondern weil wir von der

Polizei aufgeschnappt wurden und unsere Eltern uns abholen mussten. Ich erinnere mich an einen Tag, an dem ich sehr spät Abends gefangen wurde, bevor ich zu meinem Food Fair Versteck gelangen konnte. Es war schon nach 22 Uhr. Der Polizist auf Streife (zu der Zeit war die Streife in der Nachbarschaf noch zu Fuß unterwegs) war ein junger Mann namens Lee. Er fragte mich, was ich so spät noch draußen täte. Ich antwortete ihm, dass ich nicht nach Hause gehen wollte. Anstatt mich zur Polizeistation zu bringen, ging er mit mir in ein kleines Esslokal und kaufte mir etwas zu essen.Danach brachte er mich hach Hause du erzählte meiner Mutter, dass ich verloren gegangen war.

Diese Begegnung und diesen Polizisten habe ich nie vergessen. Ich habe später noch sehr oft an ihn gedacht und mich gefragt, was wohl aus ihm geworden ist. Aber die Geschichte, dass ich verloren gegangen war, war gar nicht so weit von der Wahrheit entfernt. Habt ihr jemals eines von diesen wirklich hellen Scheinwerfern gesehen, die große Geschäfte für ihre Werbung verwenden? Sie werden ziemlich hoch in den Himmel gestrahlt und von links nach rechts geschwenkt, um Aufmerksamkeit zu erregen.

Eines nachts sah ich eines von diesen und fragte mich, was dies war. Es schien für mich, als wäre es nicht weit entfernt. Ich erinnere mich daran, wie ich dieses helle Beamerlicht über den Himmel bewegen sah. Ich war ziemlich neugierig und wollte unbedingt wissen, was sich dahinter verbarg. Also fing ich an, dem Licht zu folgen. Ich lief durch die Straßen und versuchte, die Quelle des Lichtes zu finden. Ich habe nicht darauf geachtet, wo ich hinging und machte auch keine Anstalten, mir den Weg zu merken. Ich habe immer wieder zu mir selbst gesagt, dass es nicht weit von zuhause sein konnte. Es sind ungefähr zwei Stunden vergangen, als ich den Scheinwerfer endlich erreichte.

Er stand eingezäunt auf dem Boden eines Autohändlers. Ich war enttäuscht – aber noch schlimmer als das – ich war verloren, und das in einer Umgebung, in die ich ganz offensichtlich nicht hineingehörte. Ich hatte absolut keine Ahnung, wo ich war oder wie ich wieder nach Hause kommen konnte. Glücklicherweise kam mir ein Polizeistreifenwagen entgegen und ein Polizist in dem Auto fragte mich, was ich so spät in dieser Gegend tun würde. Es war nicht das erste Mal, das ich einem Polizeiauto begegnete – und es sollte nicht das letzte Mal sein. Aber dieses Mal hatte ich wirklich nichts Schlimmes getan. In den späten 50er und frühen 60er Jahren waren Leute, die ausgingen, sehr gut gekleidet. Meistens gingen sie entweder ins Kino oder in eine Bar. Damals waren die Bars noch anders. Es gab sehr oft Live-Musik. Die Leute sangen, tanzten und lachten – jeder ging einfach aus, um einfach nur eine gute Zeit zu haben.

Damals war das sehr beliebt bei Männern und Frauen in meiner Nachbarschaft. Wie Lou Rawls sagte: „The Eagle flies on Friday" (Freitag ist Zahltag). Und nach einer Woche harter Arbeit waren die Bars wirklich gefüllt. Keine Jeans, Pullover oder Sneakers – man hat sich wirklich zurechtgemacht. ... Anzüge – gut polierte Lederschuhe – Stingy-Brim Hüte – Tab-Kragen Hemden –

Perlenstecknadeln – gemachte Haare (die Männer trugen Do-Rags (Durag) den ganzen Nachmittag.

Ich erinnere mich noch daran, als mein Vater mir eine Schuhputz-Box aus Holz mit einem Pedal machte.

Ich fand das damals ziemlich cool.

Meine sah so aehnlich aus....

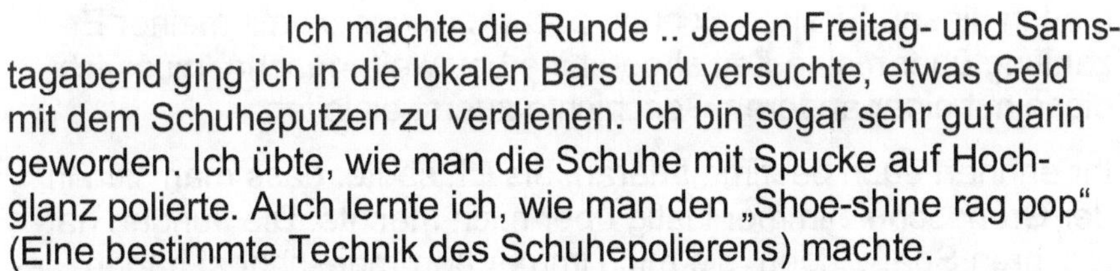

Ich machte die Runde .. Jeden Freitag- und Samstagabend ging ich in die lokalen Bars und versuchte, etwas Geld mit dem Schuheputzen zu verdienen. Ich bin sogar sehr gut darin geworden. Ich übte, wie man die Schuhe mit Spucke auf Hochglanz polierte. Auch lernte ich, wie man den „Shoe-shine rag pop" (Eine bestimmte Technik des Schuhepolierens) machte.

Aus irgendeinem Grund schien das die Kunden zu beeindrucken, also tat ich mein Bestes, um sie zufrieden zu stellen. Ich lernte freundlich und anständig zu sein. Immer wenn ein Kunde fragte, wie viel es kosten sollte, lernte ich mit „Was immer sie mir geben wollen, Sir." Zu antworten.

Das brachte mir oft ein gutes Trinkgeld ein, auch wenn es eine Begegnung gab, bei der jemand es wohl lustig fand zu sagen: „Okay, hier hast du 10 Cent“. Er drehte sich um und ging einfach weg. Seine Kumpels hielten ihn auf und sagten ihm, dass er eine gute Schuhwäsche bekommen hatte, für die er auch anständig bezahlen sollte. Einer von ihnen sagte: „Gib dem Jungen etwas Geld“

Er grinste und gab mir einen Viertel Dollar. Mit ein wenig mehr Eindringlichkeit sagte sein Freund wieder: „ICH SAGTE GIB DEM JUNGEN ETWAS GELD!“

Daraufhin reichte mir einen Dollar herunter. Dann lachten beide und ich ging glücklich davon.

Ich hatte nie das Gefühl, dass das Putzen der Schuhe anderer Leute erniedrigend war. Es war einfach nur ein Weg, um Geld zu verdienen und ein sehr erfolgreiches Projekt für mich.

Anfangs tat ich dies nur in meiner Nachbarschaft, aber später wurde ich ehrgeizig und versuchte mein Glück auch in anderen Gegenden. Und so lernte ich auch einige Lektionen mehr, was das Überleben anging. Eine andere Erscheinung, die in den 50er und 60er Jahren sehr verbreitet war, waren die „Street Gangs“.

Es schien, dass alle paar Straßen eine Gruppe von Jungs diese zu ihrem Besitz erklärten. Außenseiter waren diejenigen, die nicht in diesen Straßen wohnten und sollten auch lieber nicht dort sein. Man sollte nicht durch diese Straßen laufen. Man sollte nicht mit Mädchen aus dieser Gegend ausgehen. Und auf keinen Fall sollte man in diesen Straßen Schuhe putzen. Bevor ich mit meiner Erzählung über meine Zeit shoe-shine boy weitermache, muss ich diese mit einer anderen Geschichte zuerst einleiten.

Ihr erinnert euch bestimmt daran, als ich sagte, dass man sich in der Grundschule immer lustig über mich machte. Die Jungen hatten ihren Spaß, indem sie mich immer herumgeschubst haben. Jeder machte Witze über meinen Namen. Und ständig wurde ich wegen meiner Stotterei verspottet. Es war nicht unüblich für mich, weinend von der Schule nach Haus zu kommen.

Naja, mein Vater konnte das nicht ausstehen. Ich kann nicht sagen, dass ich meinen Vater geliebt habe. Ich bin nicht einmal sicher, ob ich ihn gemocht habe. Aber was ich mit Sicherheit weiß, ist, dass ich Angst vor ihm hatte.

An einem Montag kam ich von der Schule nach Hause und habe geweint – Er hatte genug davon. Er hat mich gefasst und sagte, dass wenn ich jemals wieder weinend nach Hause komme, würde er mit mir zur Schule gehen und mich vor allen Anwesenden schlagen. Wahrscheinlich immer noch schluchzend fragte ich ihn, was ich machen solle.

Er sagte, dass diese Leute für gewöhnlich feige sind und sich so benehmen, weil sie wissen, dass derjenige nie zurückschlagen wird. Das nächste Mal, wenn so etwas passiert, heb irgend etwas auf, das du finden kannst und schlag sie damit. Danach werden sie dich in Ruhe lassen.

Am nächsten Tag ging ich zur Schule – es war ein Dienstag – da bin ich mir sicher, da Dienstags in unserer Nachbarschaft immer der Tag war, an dem der Müll abgeholt wurde. Als die Schule zu Ende war, hatte ich Streit mit einem Mädchen. Sie war das größte Mädchen unserer Klasse und war eine wirklich gemeine Schlägerbraut.

Sie fing an, sich lustig über mich zu machen und mich herum zu schubsen. Ihre Bande hat ihre Show genossen, also machte sie immer weiter und hat es immer höher gestockt. Wie ich sagte, war es Müllabholtag du die Straßen waren reihenweise gefüllt mit diesen großen Aluminium Silber Mülltonnen. Ich drehte mich um, hebte eine davon auf und schlug sie damit gegen den Kopf.

Dann bin ich den ganzen Weg mit einem riesengroßen Grinsen in meinem Gesicht nach Hause gerannt. Als ich zu Hause ankam, fragte mein Vater mich, warum ich so grinste. Ich erzähle ihm was passiert ist. Er schaute mich an und hat mich geschlagen.

Anscheinend rief der Schulleiter schon zu Hause an und teilte mit, dass ich wegen Prügelei von der Schule suspendiert war. Der positive Aspekt ist, dass ich ab diesem Zeitpunkt in der Schule nie wieder solche Probleme hatte. Zumindest nicht mit Leuten, die dachten sie könnten mich herum schubsen.

Das Gerücht, man solle mich in Ruhe lassen, weil ich verrückt war, verbreitete sich sehr schnell in der Schule.

Zurück zum Schuheputzen ...

Ich hatte mich dazu entschieden, mein Geschäft zu erweitern und in Nachbarschaften zu gehen, in denen ich mehr Geld verdienen konnte. Es hat funktioniert. Ich fand Bars, in denen es Männer sehr gerne hatten, wenn jemand hereinkam, um ihre Schuhe zu putzen. Ich habe verhältnismäßig gutes Geld verdient. Und dann ist es passiert...

Eines Abends, als ich von der Gegend in der Nähe der Broad Street und Dauphin Street nach Hause ging, sah ich eine Gruppe von Jungs an einer Ecke stehen. Ich habe die Straßenseite gewechselt und hoffte, dass sie mich nicht gesehen hatten. Es war zu spät. Sie überquerten die Straße vor mir und bewegten sich in meine Richtung.

Sie hielten mich an und einer sagte: „Du bist nicht von hier!"... Ich sagte nein und dass ich nur in der Gegend war, um Schuhe zu putzen. Einer von ihnen lachte und sagte, dass ich etwas Geld verdient haben musste. Und da das ihre Straße war, gehörte das Geld angeblich ihnen.

In dem Moment erinnerte ich mich daran, was mein Vater mich gelehrt hatte. Ich fragte „Bist du der Boss?". Er antwortete mit „ja". Ich holte aus und schlug ihm so fest wie ich konnte ins Gesicht. Es herrschte eine Totenstille ... Ich habe dort für ca. fünf Sekunden gestanden und ging dann einfach weg.

Das war das Ende der Geschichte. Natürlich habe ich es nie wieder gewagt, in diese Gegend zu gehen. Die einzig andere interessante Geschichte, die mit dem Schuheputzen zu tun hat, war die Tatsache, dass ich einen fast endlosen Vorrat von Produkten, die ich für mein Kleingeschäft braucht, hatte. Ihr fragt euch vielleicht wie das sein kann... **In den Worten von Lou Rawls – I lived on a**

Dead-End Street. Meine Straße endete am Bahngleis. Sie war ein etwas höher gestellt und durch einen Zaun getrennt.

Dies ist ein aktuelles Bild von meiner Straße – unser Haus war 20 Meter davon entfernt

Mein Bruder und ich hörten oft Geschichten darüber, was sich in den gekühlten Güterwägen befände. Es sollte immer voll von gutem Zeug sein – Essen – Fleisch – Eis.

Eines Abends haben wir einen solchen Wagen auf den Gleisen in der Nähe unseres Straßenendes stehen sehen. Wir warteten, bis es dunkel war. Wir flitzen zu den Gleisen, haben das Siegel aufgebrochen und waren uns absolut sicher, dass wir den großen Gewinn gezogen hatten. Das haben wir...

Der Wagen war voll mit ca. einer Tonne von Johnson & Johnson Schuhprodukten. Hunderte Dosen von Schuhwachs für jede Farbe von Schuhen – flüssiges Poliermittel – Möbel-Poliermittel ... Egal was, wir hatten es. Zumindest musste ich nie wieder Gedanken darüber machen, dass ich noch Vorrat für meine Schuhbox einkaufen musste. Ich hatte Poliermittel für jeden Schuh, der mir über den Weg laufen würde. Das konnte nicht jeder shoe-shine boy von sich behaupten.

Man könnte das den „Not-so-Great Train Robbery“ nennen. Ich habe versucht, fast jede Möglichkeit, die es für Kinder gab, um Geld zu verdienen, auszuschöpfen. Neben dem Schuheputzen habe ich Zeitungen ausgetragen, ich habe Pfadfinder-Kekse verkauft, in Supermärkten die Einkaufstüten für Leute vollgepackt und zum Auto getragen, ich habe Pfandflaschen in der Nähe von Baustellen und Industriefabriken gesammelt. Ich wollte meinen eigenen Weg machen, was aber wenig Erfolg brachte.

Ich erinnere mich, dass es ab einem gewissen Punkt sehr frustrierend war, der gute Junge zu sein und nichts davon zu haben, besonders wenn ich meinen Bruder anschaute. Gary schien es geschafft zu haben. Er hatte immer Geld – er schien immer unterwegs zu sein und Spaß gehabt zu haben. Er hatte viele Freunde und wahrscheinlich auch einen Frühstart in der Welt der Frauen erlebt. Auch als wir sehr jung waren, kann ich mich daran erinnern, dass er immer viele Mädchen um sich herum hatte. Das näheste bei mir, das einer Freundin gleichte, war in der 5. Klasse. Ich war in ein Mädchen aus meiner Klasse verliebt, die Lorraine P. Sie war Polin und hat nicht weit von mir entfernt gewohnt. Es gab tatsächlich nur ein paar Straßen zwischen unseren Häusern. Unsere Nachbarschaft war etwas ungewöhnlich zusammengestellt. Es gab keine Anspannungen wegen der Nationalitäten. Es gab Schwarze, Italiener, Iren, und Polen.

Alle schienen gut miteinander zurecht zu kommen. Und trotzdem existiert eine natürliche und unausgesprochene Abgrenzung. Die meisten Schwarzen wohnten auf einer Seite der Glenwood Avenue während die Mehrzahl von weißen, egal welcher Nationalität, auf der anderen Seite lebten. Die sportlichen Aktivitäten für alle fanden aber gemeinsam am Mann Recreation Center statt.

„The Rec“, wie es damals genannt wurde, ist der Ort wo ich später an meinen Basketballfähigkeiten arbeitete. Darauf kommen wir später zurück. Jedenfalls habe ich Lorraine einige Male von der Schule nach Hause begleitet. Ehrlich gesagt habe ich sie fast nach Hause begleitet. Sie wohnte auf der anderen Seite von Glenwood Avenue und drei Straßen weiter. Immer, als wir uns ihrer Straße näherten, sagte sie, dass ich nicht mit ich weitergehen sollte.

Ich habe immer „okay“ gesagt und bin meinen Weg nach Hause gegangen. Ich bin auf dem Weg zum Süßigkeitenladen oft an ihrem Haus vorbeigelaufen. Ich lief in der Hoffnung, dass sie mich sehen würde, immer langsam. Ich erinnere mich daran, dass ich an einem Tag genug Mut sammelte du an ihrem Haus anhielt. Ich ging die Treppe hoch und klopfte an der Tür.

Ein Mann machte die Tür auf und fragte was ich wollte. Ich habe gefragt, ob Lorraine zu Hause war und rauskommen durfte. Er blitzte mich an und sagte „nein“ und auch, dass ich nie wieder zu diesem Haus kommen sollte. Ich habe sie nie wieder gesehen. Ich glaube, dass ihre Eltern sie auch auf eine andere Schule geschickt haben. Das war das letzte Abenteuer in der Liebeswelt, bis ich in der 12. Klasse war. Wie ich vorher erwähnte, fing ich zu dieser Zeit an, den Aktivitäten meines Bruders mehr Aufmerksamkeit zu schenken. Ich wusste nicht, wie er seinen Weg fand, aber ich sah, dass er es tat. Also fing ich an, ihm zu folgen.

Über diesen Weg habe ich in „Crossroads“ geschrieben und bevor ich hier ins Detail gehe, werde ich einfach eine Abbildung einer Akte hier einfügen.

COMMON PLEAS COURT OF PHILADELPHIA

FAMILY COURT DIVISION

March 24, 1971

Re: Raymond INGRAM
D.O.B. 7-17-50

TO WHOM IT MAY CONCERN:

The above boy originally came to the attention of this court on 6-4-58; and was known to us intermittently until 8-1-61.

As of this date he was charged with Larceny and Receiving Stolen Goods and again on 9-16-61 charged with Larceny, Receiving Stolen Goods, Assault and Battery on Officer. For these arrests he appeared in court on 11-20-61 and was committed to the St. Michael's School for Boys. He remained in this institution until 10-2-64 at which time he was discharged on probation to reside with his mother.

His probation performance was satisfactory; and he was discharged therefrom on 9-16-65.

However, on 8-1-66, we were informed by Atlantic City authorities of his arrest - charged with Larceny of Auto. He appeared in court on 8-11-66- sentenced to N.J. Reformatory at Annandale, sentence was suspended, and he was placed on probation for one year. We discontinued our interest on 9-15-67 after his mother had disappeared. At this point our Dept. of Public Welfare made provisions for his care and maintenance.

Very truly yours,

Joseph C. Ramsey
SUPERVISOR OF PAROLE UNIT

Dieses besondere Dokument habe ich bekommen, als mein College-Coach Paul Lynner mir helfen wollte, finanziell etwas besser durch das College zu kommen. Ich hatte kein Geld, als ich an der Uni ankam und es ist deprimierend, nichts zu haben, wenn andere Studenten und Spieler zum Essen oder Shopping ausgehen. Coach Lynner sagte, dass ich wegen meiner Umstände als Waisenkind anerkannt werden könnte und dass der Bundesstaat Pennsylvania verpflichtet war, mir bis zu dem Zeitpunkt der Volljährigkeit Unterhalt zu zahlen. Dafür musste ich aber den Waisenkindstatus beweisen.

Coach Lynner und mein Berater an der Universität haben das Dokument angefordert. Was sie erhielten, war einerseits ein Beweis dafür, dass ich tatsächlich Waisenkind war. Andererseits konnte man aus diesem auch erkennen, welcher Bahn ich gefolgt hätte, wenn niemand in mein Leben gekommen wäre, um mir die Richtung zu zeigen. Viele Leute, die ihre schlechte Familiensituation oder schwere Kindheit als Ausrede benutzen, um ihr schlechtes Verhalten zu erklären, kann ich nicht akzeptieren. Und dieses Dokument zeigt warum. Denn ich war einer von denen...

Dieses Dokument zeigt, dass mit 11 Jahren definitiv in die falsche Richtung ging...

Eintritt des Coachs – Richter Hoffmann ... Es war seine Schuld...!

KAPITEL 8

Crossroad #1 - 1961 – 1964 Richtungswechsel / St. Michael's School

Im Jahr 1938 gab es einen Film mit dem Namen „Boys' Town". Die Hauptdarsteller waren Spencer Tracy und Mickey Rooney.

Der Film sollte zwei Dinge ansprechen und die Öffentlichkeit darauf aufmerksam machen.

1) Das Leben von Jugendlichen in Erziehungsanstalten ..

2) Was für einen Einfluss und Wirkung besondere Menschen auf das Leben junger Leute haben können. Besonders, wenn diese Menschen Prinzipien und echten Mut besitzen.

Sicherlich war den Film interessant und zeigte ein ungefähres Spiegelbild unserer Gesellschaft.

Leider hat es sein Ziel in Punkto „wie unsensibel und brutal die Umstände in solchen Einrichtungen sein können“, verfehlt.

Vielleicht liegt der Grund darin, dass zu der Zeit die sozialen Were und Moralvorstellungen etwas anders waren.

Es gab viele Ähnlichkeiten zwischen „Boys‘ Town“ und St. Michaels's aber es gab auch einiges, das ganz unterschiedlich war.

Wenn du den Bericht über mich vom Jugendgericht durchgelesen hast, dann ist es klar zu erkennen, dass ich auf dem Weg war, die Route zu nehmen, der viele Jugendliche aus meiner Nachbarschaft folgten.

Vorhin habe ich von Freddie G., Calvin G. und Face gesprochen. Sie waren alle Brüder, bis hin zu den jüngsten Brad G. und Slowey, die ebenfalls verwandt mit ihnen waren. Sie waren alle meine Cousins, zumindest hat mir das meine Mutter erzählt. In der Zeit, in der ich in der Randolph Street gewohnt habe, lebten sie nur eine Straße entfernt. Ich kenne keine Einzelheiten, aber ich kann sagen, was einige Jahre später passiert ist.

Nachdem ich meinen College-Abschluss gemacht habe besuchte ich meine alte Nachbarschaft, um zu sehen, was sich in der Zwischenzeit alles verändert hatte.

Die Gegend hatet sich ziemlich schlecht entwickelt. Aus Vorsicht habe ich mein Auto etwas außerhalb geparkt und bin zu Fuß hineingegangen.

Ich bin zu dem Haus gegangen, in dem die Familie damals gelebt hat und klopfte an die Tür. Eine Frau, die ich nicht kannte, machte auf. Ich fragte, ob sie mir über die Familie, die zuvor in dem Haus wohnte, irgendwelche Information geben könnte.

Sie sagte, dass sie mir nicht helfen könnte aber dass ein paar Häuser weiter ein Mann wohnt, der schon lange Zeit in dieser Gegend lebt. Sie sagte ich sollte ihn fragen. Vielleicht könnte er mir helfen.

Also bin ich die Straße hoch gelaufen und habe ihn gesehen während er an seinem Auto arbeitete. Ich erzählte ihm wer ich war. Er sagte, dass er sich vielleicht ein bisschen an mich erinnern konnte Ich fragte ihn anschließend dasselbe, das ich die Dame zuvor fragte-

Es antwortete, dass es ihm leid tue, mir dies sagen zu müssen, aber die anderen Jungs waren bereits alle tot. Er sagte auch, dass Slowey noch am Leben war, aber sehr schwere Verbrennungen erlitten hat.

Ich wusste wirklich nicht, was ich dazu sagen sollte. Ich habe mich bei ihm bedankt und ging wieder zurück zu meinem Auto.

Wie kam es, dass ich diesem Schicksal entkommen bin?

Es war Richter Sydney Hoffmanns Schuld!

Mit ein bisschen Recherche findet man heraus, dass der Philadelphia Anwaltsverein Richter Hoffmann als Legende auflistet.

„J. Sydney Hoffman (1908-1998) was a senior judge in Pennsylvania Superior Court. Known for his keen legal mind and clarity of thought, he established the Accelerated Rehabilitative Disposition Program. He authored many dissenting opinions that became law in Pennsylvania. Hoffman had also served on the Family Court and Juvenile Court benches."

Ich habe schon ausreichend über die Ereignisse die zu dieser Station in meinem Leben führte, geschrieben.

Ich glaube nicht, dass es übertrieben ist, zu sagen, dass Richter Hoffmann mein Leben gerettet an dem Tag, an dem er mich nach St. Michael's schickte, gerettet hat.

Nachdem er meine Akte laß und vermutlich mit einigen anderen Leuten gesprochen hatte, verurteilte er mich am 20.November

1961 zu einer Strafe von einem Jahr Haft in St. Michael's. Ich kann mich noch genau an seine Worte erinnern.

Er sagte, dass meine Leistung in der Schule und meine Testergebnisse zeigten, dass ich besser sein könnte, als das, was ich war. Er sagte auch, dass er mich nicht nach Camp Hill schicken wollte, da das womöglich mehr Schaden als Erfolg bringen würde.

Er sagte er würde mir eine zweite Chance geben... aber falls ich je wieder in seinem Gerichtssaal erscheinen sollte, würde er keine Gnade zeigen.

Ich verabschiedete mich von meiner Mutter und wurde zurück zum Youth Study Center gefahren, um dort auf den Transport nach St. Michael's zu warten. Ich kann mich nicht wirklich an Tag, an dem ich transferiert wurde, erinnern.

Ich weiß noch, dass ich gefesselt wurde und auf dem Rücksitz eines markenlosen Autos saß, in dem ein schlicht gekleideter Polizist am Steuer saß. Die Fahrt von der Stadtmitte Philadelphias bis nach Hoban Heights, in der Nähe von Scranton in Pennsylvania dauerte ungefähr drei Stunden. Wir fuhren um 09:00 Uhr los und kamen kurz nach 12:00 an. Ich kann mich wirklich nur an zwei Angestellte von St. Michael's erinnern.

Pater Joseph Conboy war der Direktor. Er wurde von Nonnen, die Mitglieder von „The Sisters oft he Sacred Heart" ware, unterstützt. Sie unterrichteten überwiegend und hatte auch ab und zu Aufsicht. Es gab einige zivile Helfer, jedoch keine Polizei. Pater Conboy war ein strenger, disziplinorientierter Vorgesetzter. Schwester Eugene war sein weibliches Gegenstück.

Es hat nicht lange gedauert, bis neue Jungen verstanden, dass sie lieber keine Feinde von ihnen werden wollten. Pater Conboy spielte Handball und ein Schlag von ihm war wie von George Foreman geschlagen zu werden. Schwester Eugene hatte ein Paddel mit Löchern und benutzte es regelmäßig, um Verstöße gegen eine von ihren 1.000 Regeln zu bestrafen. Es gab keine Zäune rund um St. Michael's. Diese wurden nicht gebraucht, denn es lag auf einem Hügel mitten im Nirgendwo umrandet von Wäldern und lediglich eine Straße, die ein- und ausführt. Die näheste Stadt war zu Fuß nicht zu erreichen – also wo sollte man schon hingehen?

Nichtsdestotrotz gab es ein System der Bestrafung für diejenigen, die blöd genug waren, um zu versuchen, von dort zu fliehen. Zu jeder Mahlzeit gab es eine Zählung; die Betten wurden ebenfalls jede Nacht kontrolliert. Man konnte weglaufen und vielleicht unbemerkt für maximal 5 Stunden verschwinden. Vielleicht sogar 6, wenn man viel Glück hatte.

Man konnte in dieser Zeit zu Fuß nicht wirklich weit kommen, ohne dass die Polizei alles drumherum abgesperrt hatte. Die Chancen für eine erfolgreiche Flucht eines Jungen waren nicht sehr hoch. Diejenigen, die dennoch versuchten zu flüchten und erwischt wurden, wurden ziemlich massiv bestraft. Wenn man einmal geschnappt wurde, wusste man was man hatte.

Die Bestrafung erwies sich auch als erhebliche Abschreckung derjenigen, die auch nur mit dem Gedanken gespielt haben, zu flüchten. Diejenigen, die wegliefen und von der Polizei zurückgebracht wurden, wurden zuerst mit dem Paddel von Schwester Eugene oder Pater Conboy bearbeitet. Daraufhin wurden ihnen die Köpfe rasiert. Abgesehen davon dass es nicht besonders modisch war, und wahrscheinlich immernoch nicht ist, als junger Mann mit kahlen Köpfen herumzulaufen, war man direkt als Ausreißer gekennzeichnet. Dies brachte meistens zusätzliche Probleme mit der Aufsicht und den anderen Jungs.

Zusätzlich zum Haarverlust hatte man auch das Privileg, eine Zusatzaufgabe zu bekommen. Hinter dem Schulgebäude lag ein ziemlich steiler, ungepflasteter kleiner Weg. Es war ungefähr zwischen 350 und 450 Metern lang. Man durfte nun diesen Pfad barfuß auf und ab laufen; solange bis der Aufseher keine Lust mehr hatte zuzuschauen. Ich musste das nie tun, aber ich sah einmal einen Jungen, der geflohen war und anschließend diesen Weg den ganzen Tag auf- und ablaufen musste. Ich denke er hatte seine Lektion gelernt. Seine Füße waren bereits nach 30 Minuten in einer so schlechten Verfassung, dass er nicht mehr laufen konnte, sogar wenn er es wollte. Der letzte Teil dieser Bestrafung beinhaltete 2 oder 3 Wochen Arbeit auf der Farm.

Nachdem dies alles durchlebt wurde, hatten diejenigen, die geflüchtet und wieder zurückgebracht wurden absolut kein Verlangen danach, dies nochmals zu tun. Diejenigen, die nur mit dem Gedanken spielten, mussten nur die Bestraften anschauen und haben ihre Meinung ganz schnell wieder geändert..

Es gab auch einige andere Aspekte bezüglich des Lebens in St. Michael's, die ähnlich zu den Szenen waren, die man in dem Film „Boy's Town" sehen konnte – beispielsweise hatten die Jungen ihre eigene Hierarchie, die eine Art Regierung innerhalb der Schule darstellte, in der die Jugendlichen die sozialen und kulturellen Aktivitäten selbst bestimmten. Eine andere Ähnlichkeit war, dass die Mitarbeiter, die Nonnen und Priester abends größtenteils nicht mehr da waren.

Diese Tatsache bedeutete, dass die Jungen dann die Macht hatten und für alles, das stattfand, verantwortlich waren. Wie in jeder Strafanstalt bedeutet das normalerweise, dass sich die stärksten in der Gruppe der Macht annahmen und die Kontrolle über die Institution übernahmen. Charles Darwin hat bereits über die Theorie der natürlichen Auswahl geschrieben. In St. Michael's und gewiss auch in anderen Erziehungsanstalten hatte seine Theorie die Gelegenheit, sich zu zeigen und brachte die negativen Auswirkungen an die Oberfläche.

In St. Michaels haben die stärksten, meist die ältesten und auch oft gemeinsten Jungen das Kommando über alles, das nicht unter der direkten Kontrolle der Mitarbeiter stand, übernommen. Die Tatsache, dass die meisten Jugendlichen aufgrund eines Gerichtsurteils in St. Michaels waren, bedeutete noch lange nicht, dass diese auch Verbrecher oder böse Jungs waren. Es gab viele Waisenkinder und andere Jungen, die nur wegen einer Pechsträhne in St. Michaels gelandet sind. Viele von ihnen haben sogenannte „care packages" von zuhause mitbekommen. Es war fast unmöglich, zu verhindern, dass die anderen es mitbekamen, wenn man etwas von zuhause bekam. Unsere Wohnbereiche waren offene Räume mit Hochbetten.

Jeder hatte eine Truhe am Bettende, jedoch ohne Schlösser. Es gab einen Ehrenkodex und es wurde erwartet, dass diesem auch alle folgten. Missetäter wurden streng bestraft. Diebstahl unter der Gruppe war eines der schlimmsten Verbrechen, das man dort begehen konnte. Tatsache ist, dass sich niemand Gedanken machen musste, dass jemand an seine Truhe ging und die Sachen, die er von zuhause bekommen hatte, wegnahm. Das Problem war aber, wenn jemand ein solches Paket erhielt, konnte man sicher sein, dass einer der älteren Jungs oder ein Bully verlangten, einige Dinge aus seinem Paket herzugeben.

Wenn du einer der schwächeren Jungs warst, dich noch nicht etabliert hast, oder keinen der älteren Jungs hattest, der auf dich aufpassen konnte, hattest du keine Wahl. Gab man die Sachen nicht her, fanden sie einen Weg, dich für deine Entscheidung leiden zu lassen. St. Michaels behauste ein großes Spektrum an Jungen mit sozialen Problemen. Auch gab es unter uns Jungen, deren Probleme nicht in eine solche Institution gehörten. Diese hatten absolut keine Kontrolle mehr über ihre physischen und mentalen Fähigkeiten. Es gab Jungen mit Epilepsie. Es gab Jungen mit nächtlichen Bettnässer-Problemen.

Diese Jugendlichen hätten eigentlich von den anderen getrennt untergebracht werden müssen. Ihre Leben wurden noch schwerer gemacht, da viele von den Inhaftierten einfach gemein und unsensibel waren. Ich erinnere mich an einen Jungen, den wir „Choker“ genannt haben. Wir haben ihm diesen Namen gegeben, da er einige Male Anfälle hatte, in denen er versucht hatte, sich selber zu erwürgen. Wir brauchten 2-3 kräftige Jungen, um ihn unter Kontrolle zu bringen. Wenn kleinere Jungen dies versuchten, verfiel er in Rage und schlug um sich herum, bis sich alle von ihm entfernten, um dann wieder versuchen, sich selber zu erwürgen. Wenn das passierte, war alles, das wir machen konnten, zurücktreten und warten, bis er fast bewusstlos war und aufhörte, damit wir ihn auffangen konnten.

Es ist kein Geheimnis, dass ich nicht die liberalste Person auf dem Planeten bin. Ich habe gelernt, mein Leben zu leben und genauso andere Menschen ihr Leben leben zu lassen, wie sie es für richtig halten. Ich habe immer gesagt, dass wenn meine Meinung anders war, als die von jemand anderem, dies nicht bedeutete, dass einer von beiden falsch liegt, sondern einfach nur, dass wir unterschiedlich sind. Meine erste Wahrnehmung zur Homosexualität kam während der Zeit in St. Michaels. Ich rede nicht von dem einvernehmlichen Lebensstil, den man heutzutage freiwillig und zum Teil offen wählen kann.

Ich rede von Misshandlungen in Verbesserungsanstalten. Situationen, in denen jüngere Insassen von den älteren als Opfer ausgesucht wurden. Und das manchmal sehr brutal, während unsere Aufpasser wegschauten oder es nicht wahrhaben wollten. Ich werde keine Einzelheiten erzählen, da ich nicht denke, dass dies noch notwendig ist oder hilfreich wäre, dies in diesem Buch zu schrieben. Es reicht aus, zu sagen, dass ich genug gesehen habe, um Einfluss auf mein Benehmen und meine Gedanken zu nehmen. Obwohl die Lektion mit der Mülltonne, die mein Vater veranlasste, verantwortlich für die erste echte Veränderung in meiner Einstellung war, habe ich erst in St. Michaels tatsächlich gelernt, für mich selber zu kämpfen.

Ich machte mir selber einen Schwur, dass ich niemals erlauben würde, dass mich jemand ausnutzte. Sport war eine große Sache in St. Michaels. Alle mussten spielen. Dort begann sich meine Einstellung Sport gegenüber und meinem Selbstimage zu entwickeln. Erinnerst du dich daran, was ich über Football meine Angst vor dem Kontakt sagte? In der Defense, war ich ein sogenannte „Floater". Ich hatte dieses Talent dafür, immer auf der Seite zu stehen, wo der Kontakt und das Tackling nicht stattfand. Ich schlich einfach von der einen Seite des Feldes zur anderen, damit ich nie dort sein musste, wo der Ball war.

Eines Nachmittags während eines Spiels schickte der Coach einen anderen Jungen von hinten direkt auf mich zu. Ich war gerade in meinem Wegschleichmodus als plötzlich „BAAM…!" Ich habe nicht genau gewusst, was mich getroffen hatte, aber es hat wehgetan. Der Coach kam herüber und sagte, dass das jedes Mal passieren würde, wenn ich nicht anfangen würde, mich an dem Spiel zu beteiligen. Von diesem Punkt an war ich einer der bösartigsten Tacklers in der Schule. Ich habe jeden, zu jeder Zeit, mit und ohne Ball getroffen. Die Moral von der Geschichte: Es macht mehr Spaß zu schlagen, als geschlagen zu werden.

Dann gab es die zweiteilige Lektion, die ich von Baseball lernte. Statt meine Angst vor dem Ball zu zeigen habe ich eines Tages einfach dagestanden und auf den richtigen Wurf gewartet. Ich habe den Ball weiter geschlagen als je jemand zuvor. Niemand hätte den Ball fangen können. Ich find an, ganz locker um die Bases zu laufen, weil ich wusste, dass ich einen home run hatte. Als ich um die dritte Base lief, haben alle geschrien „lauf…lauf…lauf“

Ich schaute hoch und sah, dass der Ball schon bei dem cut-off man war. Ich find an zu sprinten und habe mein Bestes getan, um den Abschluss zu machen.

Ich erinnere mich, dass der Schiedsrichter (Pater Conboy) schrie **…“du bist raus“**

Ich erinnere mich daran, dass ich zurückschrie … **„You’re F……g Crazy“**

Oops…! Absolute Stille. Pater Conboy sagte ganz ruhig – „Geh und hol ein Stück Seife“. Ich ging hoch zum Hauptgebäude und holte Seife. Als ich zurückkam sagte Pater Conboy „Iss es!“ Ich habe einen kleinen Biss genommen, kaute es einigermaßen und schluckte es herunter. Es sagte ich sollte weiteressen. Also habe ich einen weiteren Biss genommen. Dann habe ich angefangen zu kotzen. Als vorbei war, war mir immernoch übel und mein Mund hat sich von innen taub angefühlt. Die Marke der Seife, die in St. Michaels benutzt wurde, war Ivory. Jahre später fühlte ich immer noch eine gewisse Übelkeit, wenn ich Ivory Seife riechte.

Lektionen gelernt:

1) Ich konnte tatsächlich einen Baseball schlagen
2) Den Satz, den wir oft gehört haben, als wir klein waren „Ich werde deinen Mund mit Seife auswaschen“ war für Leute wie Pater Conboy ernst gemeint.

Dann gab es noch das Boxen. Boxen war auch eine große Sache in St. Michaels. Die Schule hatte seine eigene Mannschaft und man sah es als ein Privileg, Mitglied dieser Mannschaft zu sein.

Das Team war oft zu Wettkämpfen in der Scanton/WilkesBarre Gegend eingeladen, weil es ziemlich gut war.

Ich versuchte mich am Boxen und habe hart trainiert, war aber nicht besonders erfolgreich. Ich glaube das lag daran, dass meine Herangehensweise nicht besonders klug war. Ich hatte nicht meine eigene Identität als Boxer. Ich habe versucht, das zu tun, was andere taten. Im Boxen klappt das aber nicht. Ich hatte meine Floyd Patterson Phase, in der ich versuchte, einfach duckend und ausweichend im Ring zu bewegen ohne einen Schlag zu geben. Ergebnis: Ich bin müde geworden und wurde häufig geschlagen – ich habe verloren. Dann gab es meine Sonny Liston Phase – einfach dastehen und Schläge austauschen – Das klappt aber nur, wenn du größer und stärker bist als dein Gegner. Ergebnis: Ich habe wieder verloren. Ich erkannte, dass das Boxen im Ring nichts für mich war. Durch das Training bin ich aber stärker und schneller geworden.

Dieses Training hat später in meiner Entwicklung zum jungen Mann eine wichtige Rolle gespielt und veränderte mein Ansehen in St. Michaels. Sehr ähnlich zu der Geschichte mit der Mülltonne und der Schuhputz-Episode. Der wahrscheinlich beste Boxer im St. Michaels Tram war ein Junge namens Floyd Gallaway. Ich glaube er war ungefähr 18 Jahre alt. Er war groß, kräftig und sehr athletisch. Wenn es unter den Jungs jemanden gab, den man „the Runner“ oder „Boss“ nenne würde, wäre es Floyd gewesen. Immer wenn es zwischen den Jungen einen Streit gab, hat Floyd einen Wettkampf daraus gemacht. Es sagte … „Also, ihr beiden wollt kämpfen…!“

Er stellte beide Jungs auf den Knien gegenüber, ungefähr eine Armlänge auseinander. Dann sagte er „Ohrfeige ihn“. Einer von den Jungen musste dann den anderen mit der offenen Hand schlagen. Danach war der andere an der Reihe.

Wenn der erste seinem Befehl nicht folgte oder zu sanft geschlagen hatte, gab Floyd dem anderen seine Chance. Wenn keiner von beiden einen heftigen Schlag versuchte, trat Floyd herein und sagte **„Nicht so…! Sondern SO..“.**

Das Klatschen zeige allen, dass sie es ernst nehmen sollte. Keiner von beiden wollte nochmal von Floyd geschlagen werden, also fingen sie an, einander heftiger zu schlagen. Es ging so lange weiter, bis es einer von beiden nicht mehr aushalten konnte oder Floyd beschloss dass es reichte. Auf jeden Fall war Floyd der Chef. Irgendwie, und bis heute weiß ich nicht wieso, habe ich Floyd misfallen. Es kann sein, dass ich irgendwann einmal ein Geschenk bekam, das Floyd haben wollte, welches ich ihm vorenthielt. Wie auch immer, Ich war auf seiner „S… list"

Floyd hatte auch seine eigenen Gefolgen und seine eigenen boy/girl-friends. Jeder war bereit seine Wünsche zu erfüllen. Eines Nachmittags als wir alle im Wohnbereich waren, entschied Floyd, dass einer seiner Lakaien mir hinterhergingen. Ich erinnere mich daran so bildhaft, weil, wie ich sagte, es eine „Crossroad" für mich war. Der Name des Jungen war Cunningham. Er war vielleicht nur ein kleines Stück größer als ich – sodass der angehende Kampf relativ ausgeglichen gewesen wäre.

Cunningham kam auf mich zu und hat mich ohne Grund geschubst. Ich schubste ihn zurück, woraufhin er versucht, mich zu schlagen. Mein Boxtraining hatte sich ausgezahlt. Ich duckte mich und habe ihn geschlagen. Wir tauschten einige Schläge aus, bis ich etwas wütend wurde und ausgerastet bin. Ich habe ihn zu Boden geschlagen und prügelte weiter auf ihn ein, solange bis ich sah, dass er sich nicht mehr verteidigen konnte. Ich drückte mein Knie auf seine Brust und fragte ihn, ob er aufgeben wollte. Zuerst schaute er zu Floyd und sagte nein.

Daraufhin schaute ich zu Floyd, stand auf und ging weg. Cunningham geriet in Vergessenheit – und Floyd kam nie auf mich zu und hat mich nie wieder belästigt. Ich glaube man könnte sagen, dass dies der Tag war, an dem ich meine Sporen verdiente. Ich wurde respektiert und hatte von diesem Tag an keine Probleme in St. Michaels. Letztendlich war das der Ort, an dem ich Basketball kennengelernt habe und komplett eingetaucht bin.

Ich habe meine Bestimmung gefunden und mit der Hilfe eines älteren Jungen namens Chuch Scacco habe ich mich entwickelt.

Erster Basketballkontakt

Während der Zeit in St. Michael's – als ich ungefähr 13 Jahre alt war – lief ich durch die Turnhalle und hob einen Ball auf. Ich dreht mich in Richtung Korb und schmiss den Ball. Er ging rein. An diesem Tag entschied ich, dass das, was ich machen wollte, Basketballspielen war. Glücklicherweise gab es einen anderen älteren Jungen /Chuck Scacco) der mir einige Tipps gab und mich durch das Spiel führte. Ich denke man kann sagen, dass er mein erster Coach war.

Ebenso hatte ich Glück, dass ich einen anderen Jungen traf – Paul Hoffmann, der dieselbe Leidenschaft für Basketball wie ich hatte. Paul war wirklich keiner von uns. Sein Vater war ein Waisenkind und ist in St Michael's aufgewachsen. Danach blieb er dort und arbeitete da für fast 30 Jahre. Die Familie hatte ein Haus direkt an der Grenze des Schulanwesend. Nachdem ich St. Michael's verließ, hielten Paul und ich kaum Kontakt, aber begegneten und einige Male bei Basketballspielen und Turnieren. Paul ist ein sehr guter Spieler geworden. Nach der High School erhielt er ein Basketballstipendium an der Bonventure University und spiele dort für drei Jahre. Er war der starting Guard für die St. Bonaventure Mannschaft, die den Final Four in 1970 gewonnen hatte. In 1972 war er in der s. Runde von den Buffalo Braves gedraftet. Später wurde er in die St. Bonaventure Hall of Fame aufgenommen.

Ich habe erwähnt, dass ich von der Villanova University rekrutiert wurde. Der Coach, zu dem ich den meisten Kontakt hatte, war George Raveling. Die wenigsten wissen es, aber Coach Raveling war auch Insasse in St. Michael's. Vielleicht erklärt das, warum er sich so sehr um mich kümmerte und Villanovas Head Coach Jack Kraft überredete, mir in 1968 ein Stipendium anzubieten – vielleicht hätte ich dies annehmen sollen. Wie auch immer, das Team von 1971, geleitet von Howard Porter schaffte es, bis zum Endspiel von den NCAA Playoffs, wo sie gegen UCLA verloren hatten. Als Coach Ravelings Vater starb, halfen Freunde der Familie seiner Großmutter, ihn in St. Michael's unterzubringen. Damals war es eine katholische Schule in der Nähe von Scranton, Pa., die einst ein Waisenheim war. Während er dort war, hat er eine sehr große Zuneigung zu Bildung entwickelt. Sein Interesse in Bildung und seiner Leidenschaft für Basketball wurden in St. Michael's gefestigt und genährt. Ich kann sagen, dass alles, was in St. Michael's passiert ist, mir nicht gefallen hat.

Ich kann Geschichten über meine Zeit dort erzählen, die gleichzeitig amüsant wie traurig sind.

Ich kann Albträume von Pater Conboy und Schwester Eugene haben... Aber ich habe absolut keine Zweifel, dass die Lektionen, die ich dort lernte, mehr als fundamental für meine Entwicklung waren. Es wäre fair zu sagen, dass Richter Sydney Hoffmann mir der Verurteilung zu St. Michael's mein Leben rettete.

Es gibt auch einen interessanten Aspekt in dem St. Michael's Kapitel. Mein Aufenthalt dort war für ein Jahr festgelegt. Tatsächlich dort war ich für drei Jahre. Wie Ist das möglich? Es scheint als wurde ich einfach vergessen. Meine Akte war wahrscheinlich unter einem Haufen von hundert anderen Jugendstraftätern. Zu dieser Zeit gab es keine Computer, Smartphones mit Apps die uns Erinnerungen über fällige Termine geben. Ich gehe davon aus dass mein Wiedervorlagetermin einfach vergessen oder verloren wurde. Niemand aus meiner Familie kam jemals, um mich zu besuchen. Auch Care Packages habe ich nicht bekommen.

Wahrscheinlich fanden es meine Eltern okay, dass sie keine Kinder hatten, die umherrannten und Probleme verursachten oder ihren Aktivitäten im Weg standen. Und weil niemand aus meiner Familie sich um meinen Aufenthalt Gedanken machte, bekam das Gericht auch keine Anfrage für meine Entlassung.

Das Ergebnis war, dass ich in St. Michael's geblieben bin und aus welchem Grund auch immer dachte, dass es so sein sollte. Die Wahrheit ist, es war wahrscheinlich das Beste für mich. Ich hatte es dort besser gehabt, als zuhause. Ich hatte warme Kleidung und einen Ort zum Schlafen. Ich habe gut gegessen und bin immer besser im Sport geworden. Ich hatte Freunde wie Paul Hoffmann und andere Kinder, mit denen ich spielen konnte. Ich bekam eine gute Ausbildung. Pater Conboy und Schwester Eugene stellten das sicher. Der einzige Nachteil war, dass ich nicht frei.

Obwohl das eine Tatsache ist, über die man nicht hinwegsehen kann, störte sie mich wenig. Wir haben die gelegentlichen Ausflüge in die Stadt und die Spiele gegen die anderen Schulen genossen. Während der großen Feiertage waren die Jungs oft bei lokalen Organisationen zum Essen und Feiern eingeladen. St. Michael's hatte einen Chor. Ich hatte das Glück, daran beteiligt zu sein.

Ich erinnere mich, dass wir zu Weihnachten von einem Radiosender ausgewählt wurden zu singen. Ich bekam einen kleinen Solopart in „O Holy Night". Ich hatte an der Schule meinen Respekt verdient und fing an zu lernen, wer ich war. Kurz geagt: es war alles okay.

Die einzige Zeit, in der ich mir Gedanken über meine fehlende Freiheit machte, kam an einem Tag, an dem ich auf einem Hügel saß. Von da oben konnte man nach unten schauen und die einzige große Straße in der Gegend sehen. Ich erinnere mich daran, dass ich den Autos beim Vorbeifahren zuschaute. Es gab nicht viel Verkehr auf dieser Straße, weil wie schon gesagt, lag St. Michael's mitten im Nichts. Es war aber eine lange wendige Straße. Fast wie eine idyllische Szene. Wenn ein Auto vorbeifuhr, fragte ich mich, wer darin saß und wo sie wohl hinfuhren. Ich habe mir gewünscht, in einem solchen Auto zu sitzen und einfach dahin zu fahren, wo mich die Straße hinführte.

Vielleicht ist das der Grund, weshalb ich heute immer noch so gerne Auto fahre. Ich liebe es einfach, in mein Auto zu steigen, zu fahren, meine Musik zu hören und nachzudenken.

Aus dem Fenster zu schauen und die Landschaft zu genießen ist einfach ein schönes Gefühl und ich glaube ernsthaft, dass es von Menschen genossen werden kann, die wissen wie es ist, keine Freiheit zu haben.

Wie auch immer, ich wurde entlassen nachdem mein Bruder aus seiner Institution in Camp Hill geflohen ist. Wie ich es sehe, ist es wohl erst aufgefallen, dass es zwei von uns gab, nachdem die Akte von meinem Bruder wiedervorgelegt wurde. Dann sagten sie

„Ooops!“ Es wurde alles überprüft und festgestellt, das meine Entlassung längst überfällig war, also wurde ich entlassen.

Ich wusste nur, dass meine Zeit bei St. Michael's zu Ende war. Ich kann nicht sagen, ob ich glücklich war, nach Hause zu gehen oder traurig darüber war, die Schule verlassen zu müssen. Ich war gerade dabei, mich zu entwickeln. Ich wurde gut versorgt. Für was würde ich das jetzt eintauschen?

Ich konnte nach Hause gehen – Nach Hause zu Eltern, die für 2,5 Jahre kein Interesse daran hatten, mich zu besuchen oder gar anzurufen. Nach Hause in ein Haus, das nicht als Lebensumgebung geeignet war. Nach Hause in eine Nachbarschaft, in der die Chancen auf Erfolg nicht besonders hoch waren. Alles, was ich machen konnte, war, dieser Straße zu folgen und zu sehen, wo es mich hinbringen könnte.

Als ich zuhause ankam, gab es kein Wilkommensschild. Es gab keine Party mit Verwandten und Freunden. Kein Lächeln und Fragestellen. Keine Umarmungen oder Küsse. Also, an was von meiner Wiederkehr kann ich mich erinnern? Als ich klein war, hatten wir einen Hund. Wir nannten ihn „Ring“. Bevor ich wegging, habe ich sehr oft mit ihm gespielt. Mehr mit ihm als mit meinem Bruder. Ich habe ihn gewaschen und gefüttert und auch nach ihm saubergemacht. Ich mochte meinen Hund wirklich. An was ich mich am meisten erinnere, ist, der Moment, als ich ins Haus kam, ihn sah und in seine Richtung ging. Ich reichte meine Hand herunter um ihn zu streicheln. Es biss mich…! Ich habe nie wieder versucht, mit ihm zu spielen und seit dieser Zeit bin ich nicht besonders tierfreundlich.

Viele Dinge haben sich seit meiner Inhaftierung und Verurteilung in 1961 verändert. Ich und alles um mich herum hat sich verändert.

Da näheste Schule in der Gegend, in der ich wohnte, war die John B. Stetson High School in der B-Street und Allegheny Avenue. Dort sollte ich in der 9. Klasse beginnen. Da ich aus einer Erziehungsanstalt kam, konnte ich den Schulleitern keine Schuld dafür geben, mich als unterdurchschnittlich eingestuft zu haben. Sie gaben mir

Kurse, die mich auf eine der Philadelphia Fach- oder Handwerkschulen wie „Masbaum", „Edison", „Bok", „Dobbins" oder „Saul".

Dies bedeutete, dass ich Kurse in Grundlagenmathematik, Autoreparatur, Elektrik und Holzarbeit bekam. Aber im Großen und Ganzen war nichts dabei, das mich für eine Universität vorbereiten würde. Das Thema, das in diesem Buch durchgehend zu finden ist … **„There is always soeone watchin"…** und in diesem Fall war es ein Stetson Coach namens Richard Hamilton.

Also könnte man wieder sagen; der Coach war Schule, dass meine Bahn für die Zukunft verändert war. Nebenbei gesagt kreuzten sich meine Wege in den kommenden zwei Jahren mit vielen Jungs, die sich lustig über mich machten, bevor ich verurteilt wurde. Wie ich schon sagte, waren einige von ihnen sehr gute Athleten und Basketballspieler. Viele von ihnen gingen zu einer dieser Handwekschulen. Franke W., John., Calvin G., Freddy G. und meine Cousins Brad und Slowey sind später zu einer dieser Schulen gegangen und haben dort gespielt. Als wir in 1966, 1967 und 1968 gegeneinander gespielt haben, hat sich das Bild um 180 Grad gedreht. Bevor ich wegging, war ich der Außenseiter und konnte nicht mithalten und jetzt war ich der bessere Spieler. St. Michael's hat mir ohne Zweifel dabei geholfen, eine vollkommen andere Person in allen aspekten meines Lebens zu werden.

KAPITEL 9

Crossroad #2 … Stetson / Richard Hamilton

In der 8. Klasse besuchte ich Stetson Jr. High School in Philadelphia. Ich war ganz sicher aber unbewusst auf dem Weg ins Nirgendwo. Ich denke das lag daran, dass die Schulleiter meine Unterlagen anschauten als ich mich einschrieb und sahen, dass ich aus einer Verbesserungsanstalt kam. Also gab es anscheinend keinen Grund zu denken, ich sei anders als die anderen Jugendstraftäter. So wurde ich in die angemessene Klasse gesteckt. Meine Kurse waren: Holzarbeit – Elektrik – Autoreparatur – Mathe – Englisch – Bewegungserziehung. Das war die Zeit, als Mr. Hamilton in die Geschichte eintrat. Er war der Mathelehrer. Außerdem war er ein Halbprofi im Baseball, Basketball-Assistenzcoach und ein sehr guter Lehrer. Ich weiß nicht mehr, wie es genau ablief, aber es war ungefähr so:

Mr. Hamilton gab uns jeden Hausaufgaben. Ich habe meine fast immer schon an dem Tag erledigt bevor wir die Klasse verließen. Sie waren so einfach. Irgendwann gab er mir ein anderes Aufgabenheft, als die anderen Kinder in meiner Klasse hatten. Ich musste die Aufgaben mit nach Hause nehmen, aber habe es irgendwie geschafft, sie zu erledigen. Später erzählte er mir, dass ich Algebra gemacht habe und dass ich nicht in diese Matheklasse gehörte.

Er nahm es in seine Hand und sprach zusammen mit dem Head Coach beim Schulleiter vor, sodass meine ganzen Kurse geändert wurden.

Ab diesem Zeitpunkt war ich in Algebra, Geschichte, Sozialwissenschaften, Wissenschaft und öffentlIches Redenhalten. Damals wurden diese Kurse „Kurse für Collegegebestimmte Studenten" genannt.

KAPITEL 10

Crossroad #3 - Olney High School / Dante Spizirri ..1965-1968

Das Spiel fand und rettete mich..!

Nachdem meine Kurse an der Stetson Jr.High School geändert wurden und ich mich weiterhn sehr gut in der Schule machte, wurde ich in der Olney High School eingeschrieben ... mich weiterhn sehr gut in der Schule machte, wurde ich in der Olney High School eingeschrieben ... Alles dazu ist in „Crossroads" abgedeckt.

- ➔ **Germantown-kein Deutsch ...also... Olney**

Als ich die 9. Klasse in der Stetson beendet hatte, war es vorgesehen, dass ich auf eine High School ging. Weil ich in dem Germantown-Bereich von Philadelphia, habe ich die Germantown High School besucht. Weil ich ein „Collegebestimmter" Schüler gewesen bin, musste ich in der 9. Klasse eine zweite Fremdsprache auswählen. Spanisch wollte ich nicht nehmen, also habe ich aus irgendeinem unerklärlichen Grund Deutsch ausgewählt. Als ich zu meinem Junior High School Orientierungsberater ging, um die Absprachen für meine nächste Schule zu treffen, sagte sie, dass es eine Schande wäre, das eine Jahr Deutsch wegzuschmeißen (merkwürdig aber wahr) weil sie auf der Germantown High School kein Deutsch hatten. Also machte sie einige Telefongespräche und so landete ich an der Olney High School. Dies war ein sehr, sehr guter Schritt.

Olney High School war ein besonderer Ort für mich. Es war ein Ort, an dem ich mich wohlfühlte und es war der erste Ort, an dem ich mich wirklich respektiert fühlte. An der Schule waren über 4.000 Schüler und meine Senior Class hatte um die 1.000 Jungen und Mädchen. Unser Basketballteam wurde verehrt und die anderen Schüler sowie die Lehrer gaben mir das Gefühl, dass ich etwas Besonderes war.

Ich war besonders Stolz über die Tatsache, dass ein cleverer Klassenkamerad, der sehr talentiert in Englisch war, die Zeit genommen hatte, um das klassische Gedicht „Casey at Bat“ umzuschreiben und ich als Hauptfigur zu wählen.

Center Dave Bell goes up for rebound in varsity - faculty tilt. The varsity nipped the teachers, 67-65.

Varsity Tops Faculty In Riotous Contest

by Howard Batterman

The outlook wasn't brilliant for the faculty five that day;
The score stood 65-all with but one minute to play,
And when Lemonick missed a layup and Litsky did the same,
A thrilling look fell upon the patrons of the game.

A pass from Bell to Hardy; that basketball did fly,
A shot from Brown from 30 feet, "too high!" the coach did cry;
Ingram and Favin went up for that ball,
And came down with a foul appropriately called.

Then from one thousand throats and more there rose a lusty cheer,
It rumbled through the hallways, it rattled in the stairs,
It pounded on the desktops and trembled through the knees
For Ingram, mighty Ingram, was advancing to the key.

There was ease in Ingram's manner as he stepped into his place,
There was pride in Ingram's bearing and a smile lit Ingram's face,
And when, responding to the cheers, he lightly took a bow
No one in the crowd could doubt that Ingram would show them how.

And now the leather-covered sphere came hurling through the air,
And Ingram stood a-watching it in haughty grandeur there;
Close by the sturdy hoop the ball unheaded sped —
"That ain't my style," said Ingram. "No good!" the referee said.

"Fraud!" cried the maddened hundreds, and echo answered "Fraud!"
But one scornful look from Ingram and the audience was awed
They saw his face grow stern and cold, they saw his muscles strain
And they knew that Ingram wouldn't miss that basket once again.

The sneer has fled from Ingram's lip, his teeth were clenched like doors,
He pounded with cruel violence the ball upon the floor,
And now Ingram holds the ball, and now he lets it go,
And now the air is shattered by the force of Ingram's throw,

Oh, somewhere in this favored school, books will open bright,
The band is playing somewhere, and somewhere hearts are light,
And somewhere teachers are laughing, and all the students shout,
But there is no joy on the bench — the faculty has bounded out.

Olney Hoopsters Post 11-3 Log

The Olney basketball varsity closed on a note that typified the entire year — hustle and determination. Mr. Dante Spizzirri instilled in the players a confidence in themselves that was manifest in the team's quality of play. When the hoopsters were forced to secure a come-from-behind victory over Lincoln in the season's final contest to insure a spot in the playoffs, the squad responded with an inspired effort. With Wayne Clifton coming off the bench to provide much needed rebounding strength, the varsity went on to defeat the Railsplitters by a 72-64 score. Twenty-five points from All-Public forward Julius Williams and some clutch foul shooting by guard Ray Ingram assured the win.

Olney's opponent in the play-offs at Roxborough was heretofore unbeaten Overbrook, a team that defeated the Trojans by 20 points during the regular season. In spite of this, the Cagers played their strongest defense of the campaign. It was a formidable combination that produced a low scoring, nip and tuck ball game. However, the Trojans eventually succumbed to Overbrook's towering squad in a 45-36 decision. All-Public selection Eldred Bagely, the most versatile performer in the league, was a thorn in Olney's side the entire contest. Center Dave Bell's 13 points led the Hoopsters spirited attempt for success.

In retrospect, the school can look with pride on what proved to be the greatest basketball season in Olney history.

EXIT
44
40
24

40

Coaches' All-Public

NORTHERN DIVISION				
FIRST TEAM				
Larry Thomas	Rox	14	261	18.6
Ray Tharan	Rox	14	246	17.6
Jerry Lerner	NE	14	339	24.2
Doug Gray	Linc	14	354	25.3
Julius Williams	Oln	14	297	21.2
SECOND TEAM				
Mike Kite	Wash	14	285	20.4
Ron Coleman	Gtn	14	228	16.3
Handsome Wearing	Cent	14	276	19.7
Ken Linneman	Linc	14	187	13.4
Dave Bell	Oln	14	233	16.6
Ray Ingram	Oln	14	171	12.2
SOUTHERN DIVISION				
FIRST TEAM				
Eldred "Jay" Bagley	Ovb	14	253	18.1
Ron Eleby	Ovb	14	239	17.1
Freddie Stokes	West	14	403	28.8
Mike Moore	Bart	14	339	24.2
Warren McAliley	Fkn	13	221	17.0
SECOND TEAM				
Dave Mask	Edi	14	217	15.5
Pedro Barez	Edi	14	165	11.8
Brady Small	West	14	202	14.4

Olney High School – Philadelphia

Während meiner Ankunft in Olney kam ich direkt in Kontakt mit zwei Menschen, die einen tiefgreifenden Effekt auf mein Leben haben würden – Frau Schusterman, meine Kursberaterin und mein Coach Dante Spizirri.

Dante Spizirri – Olney High School Basketball Coach

players who will see the most action for the varsity basketball team this year are, bottom row, left to
t: Ray Ingram, Bill Grutzmacher, and Jack Wilson; top row: Charles Williams, Dave Bell, Larry Rose
Don Flowers.

oopsters Await Season, 'elcome Williams, Rose

liams will come in, for he can score big if Flowers is over-guarded."

The following boys should see the most action this season:

Don Flowers, a forward, will probably be the high scorer on the team. Mr. Spizzirri describes him: "He's hard to stop on drives, has sure hands and speed. He has a good chance of making All-Public."

Ray Ingram, a guard, is another player back from last year's team. Mr. Spizzirri describes him as the "quarterback of the team." Ray has speed, handles the ball well and should score his share of the points."

RBACK

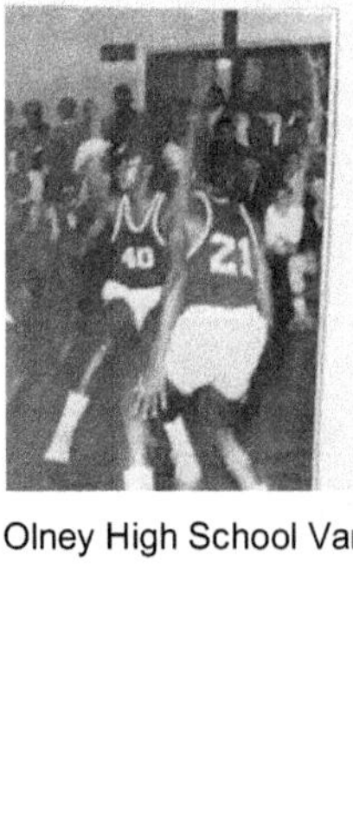

Olney High School Varsity Basketball Team 1966-67

Olney High School (15) Ray Ingram (Point Guard) mit Backcourt-Partner Dave Nemeroff (24)

Coach Spizirri war zusammen mit Frau Schustermann mehrere Male während meiner drei Jahre an der Schule für mich da. Es ist unmöglich, zu übertreiben, wenn man von dem, was er für mich getan hat, spricht. Ja, einige werden denken, dass er es getan hat, weil ich ein guter Basketballspieler war. Aber es wäre falsch zu sagen, dass dies sein Hauptmotiv war. Schon bei meiner Ankunft in der Schule, hatte ich ein gutes Gefühl.

Es war einfach eine sehr gute Schule. Es hatte einen sehr guten akademischen Ruf und einen überdurchschnittlichen Erfolg in Sport. Es war eine große Schule mit ca. 4.000 Schülern. Es gab Clubs und soziale Aktivitäten für fast jedes Interesse. Kunst und Unterhaltung, Debattieren, Wissenschafts- und Sprachclubs – fast alles. Es gab Lehrer und qualifizierte Ausbilder für jedes Fach. Es gab keine Campus-Polizei oder Metalldetektoren an den Eingängen. Das Schulgelände war in einer sauberen, ruhigen und angenehmen Gegend platziert. Es gab für Eltern keinen Grund, Angst zu haben, wenn ihre Kinder zu Fuß zur Schule gingen. Die Schule selbst war großartig. Obwohl die überwiegende Mehrzahl weiß war, waren nie Unruhen wegen rassistischen Hintergründen zu spüren. Irgendwie war es einfach mehr als das. Die gesamte Schülerschaft war einfach … freundlich.

Alle unterstützten die außerschulischen Aktivitäten. Die Sportveranstaltungen waren immer gut besucht. Sogar die Langlaufwettkämpfe hatten Zuschauer. Aufgrund der Größe der Schule, war es nicht einfach, in eine Schulmannschaft aufgenommen zu werden. Wenn man aber das Glück hatte, hineinzukommen, hatte man eine wirkliche Chance, um ganz schnell sehr beliebt bei den Schulkameraden, Lehrern und Schulleitern zu sein. In den 60er und 70er Jahren war das auf jeden Fall vorteilhaft.

Basketball war mein Ticket zu drei super Jahren. Ich habe es geliebt, an dieser Schule zu sein. Schon im ersten Jahr lieferte sie einen Ausgleich für irgendwelche Probleme, die ich zu Hause hat. Ich habe so viel Zeit wie möglich in der Schule verbracht. Ich habe praktisch in der Sporthalle und der Bibliothek gelebt. Ich blieb jeden Tag für das Training länger in der Schule. Wenn das Training vorbei war, blieb ich trotzdem so lange, bis Coach Spizirri oder der Hausmeister sagten, ich sollte nach Hause gehen. Es gab einfach keinen Platz, an dem ich lieber war als dort. Aus diesem Grund hat Coach Spizirri mich „Gym-Rat“ genannt. Aber dazu komme ich später. Coach Spizirri war hervorragend. Was Sportbeteiligung anging, waren die Regeln in den meisten Schulen gleich.

Basketball war ein Wintersport. Coaches durften vor einem bestimmten Stichtag normalerweise nicht mit ihren Mannschaften arbeiten. Alle haben diese Regel missachtet, aber nur die wirklich dummen wurden erwischt. Normalerweise rief der Trainer seine älteren Spieler in sein Büro und erklärte ihnen, an was er mit ihnen arbeiten wollte und beauftragte die Captain’s oder die besten Spieler vom Vorjahr, diese Übungen durchzuführen. Anschließend wurde für eine Weile gegeneinander gespielt. Weil Olney so groß war, war es auch anders als Schulen außerhalb der Stadt, wo die halbe Footballmannschaft auch in der Basketball- oder Baseballmannschaft spielte. In kleineren Schulen ist es nicht ungewöhnlich für die Stars gewesen, in der einen Sportart auch in anderen Teams wichtige Rollen zu haben.

In Olney und die meisten anderen städtlichen war dies nicht der Fall. Es war möglich, einige Athleten zu finden, die an mehreren Sportarten teilnahmen, aber im Großen und Ganzen war Konzentration auf eine Sportart die Grundregel. Wenn du es schaffen wolltest, in die Basketballmannschaft zu kommen, war es zu deinem Vorteil, Basketball 12 Monate im Jahr zu spielen. In meinem ersten Jahr an der Schule wurde mir erzählt, dass es gut für meine Grundkondition wäre, in der Herbstsaison an einer anderen Sportart teilzunehmen. Dieser Rat kam von dem Trainer der Langlaufmannschaft. Komischerweise war sein Name Dante Spizirri. Es hatte sich ausgezahlt, da das Training für Langlauf bedeutete, dass ich 4-5 Kilometer laufen musste. Unsere Schule hatte eine sehr gute Laufbahn. Ich konnte aus der Hintertür gehen, mein Lauftraining erledigen und rechtzeitig wieder für unser inoffizielles Training in der Halle sein. Und obwohl ich nie einen Wettkampf gewonnen hatte, waren meine Ergebnisse gut genug, sodass ich der Mannschaft nie geschadet habe.

Als die Zeit für unser offizielles Training kam, war ich wahrscheinlich in besserer Verfassung als die anderen Spieler in meiner Mannschaft. Dies baute eine Vorbereitungsroutine auf, der ich für mehrere Jahre folgte. Diesem Vor- und Nachsaison-Laufprogramm folgte ich, bis ich ungefähr 40 Jahre alt war. In 2016/2017, als ich mich für die Senioren Weltmeisterschaften in Montecatini, Italien, vorbereitete, habe ich mein Bestes getan, um einem ähnlichen Programm zu folgen. Ich werde in diesem Kapitel nicht viel über das mein Basketballspielen in der High Scholl sprechen. In „Crossroads" ist dies abgedeckt.

Das erste Jahr lief besser als okay; ich war auf dem richtigen Weg. Ich wurde wahrgenommen und eine bessere Zukunft stand vor mir. Ich war immer noch sehr unerfahren und hatte keine Ahnung, was für mich möglich war oder was vor mir stand. Alles, was ich wusste, war, dass ich ein sehr guter Basketballspieler werden wollte. Genau dann fingen Sachen an, etwas komisch zu werden. Die Situation zuhause war verwirrend. Das habe ich aber nicht so wahrgenommen, da ich dem, was ich meiner Umwelt passierte, wenig Aufmerksamkeit schenkte. In der Zeit zogen wir von der Randolph Street in ein kleines Haus in Mt. Airy – Philadelphia. Soweit ich weiß wurde die Miete am Anfang von „Onkel Max“ bezahlt, später von „Onkel Bob“ und dann von „Onkel Jimmy“.

Mein Vater hatte anscheinend das Interesse an uns verloren. Ich glaube er fand eine Freundin, bei der er sich aufhielt. Ich sah ihn nur ein Mal vor dem Vorfall, den ich schon erwähnte, in dem ich ihn beim Schlagen meiner Mutter unterbrach. Das war, als er mir sagte, dass er mich töten würde, wenn er mich das nächste Mal sah.

Nach diesem Tag habe ich ihn nie wieder gesehen. Ich finde es sehr schwer zu verstehen, wie naiv (oder dumm) ich mit 15 Jahren war. Ich glaube ich war so darin fixiert, einen guten Weg für mich aufzubauen, dass ich die Realität, die mir gegenüber stand, einfach ignorierte. Ja, sie sagte mir, dass ihre Namen „Onkel Max“, „Onkel Bob“ und „Onkel Jimmy“ waren, also habe ich sie auch so genannt. „Onkel Max“ war ein älterer und sehr netter Gentleman. Er hatte gute Manieren und grundsätzlich auch gut gekleidet. Die meiste Zeit trug er Anzüge und es hat einem an nichts gefehlt, wenn er um dabei war. Ich wusste nie, wie er seinen Lebensunterhalt verdiente, aber ich vermutete, dass er jüdisch war und irgendwo in der Schmuckwelt arbeitete.

Meine Mutter war sehr geschickt darin, ihre Zeitpläne zu organisieren. Ich sage das, weil es nie ein Zeichen oder eine Erwähnung von „Onkel Bob“ gab, während „Onkel Max“ da war. „Onkel Bob“ war etwas übergewichtig und weniger seriös als Max. Ich glaube er war eine Führungskraft in irgendeinem Unternehmen. Auch er schien sehr wohlhabend zu sein. Ich erinnere mich daran, dass meine Mutter oft nur sagen musste, dass sie die Gas- oder Stromrechnung nicht zahlen konnte, damit er in seine Tasche griff und er ihr das Geld dafür gab. Merkwürdigerweise mochte ich beide von ihnen. Sie waren nie schlecht zu mir und ich denke man könnte sagen, dass sie es möglich für mich gemacht haben, einen Schlafplatz und etwas zu Essen zu haben.

Dann gab es da noch „Onkel Jimmy". Solange meine Mutter noch da war, war er der letzte, der auftauchte. Ich habe nie gewusst, was er tat und ich mochte ihn auch nicht wirklich. Ich glaube er musste ihr den Kopf verdreht haben, weil sie es sich ausgesucht hatte, mit ihm zu verschwinden. Allerdings verdrehte er auch mir den Kopf – eigentlich war es sein Auto, das mir den Kopf verdrehte. Sein Auto war der Grund, weshalb ich einen Mustang auf meine Bucket-Liste schrieb.

Jimmy hatte diesen Waldgrünen Mustang GT, wie der von Steve McQuenn aus dem Film „Bullitt". Dieses Auto war absolut fantastisch und Jimmy liebte es. Genau wie ich! Wenn du jemals

neben einem solchen standest und den unverwechselbaren, fast hypnotisierenden Sound des Auspuffrohrs hörtes… oder hinter dem Lenkrad saßt, das Gaspedal bestätigtest und spürtest wie sich das Auto bewegte … Es ist wie eine Extase. Ich weiß nicht, wie die Kombination von „Jimmy nicht mögen" und „sein Auto lieben" die Frage berechtigte, ob ich sein Auto stehen sollte oder nicht – aber, das ist genau das, was ich getan habe.

Ich habe nicht wirklich geplant, es zu stehlen; Jimmy war am Schlafen und ich sah das Auto draußen stehen. Ich wollte nur eine Runde um den Block drehen – aber dann – konnte ich mich nicht mehr bremsen. Ich fuhr und fuhr und fuhr. Das nächste, das ich weiß, ist, dass ich auf einer Schnellstraße von New Jersey war. Ich wusste nicht, wo ich hinfuhr und hatte keine Ahnung, wie ich wieder nach Philadelphia kam. Also… fuhr ich einfach weiter. Irgendwann schaute ich in den Rückspiegel und sah ein Auto sehr nah hinter mir. Ich fuhr weiter. Als ich wieder in den Spiegel schaute, sah ich gerade, wie der Fahrer sich diese einzigartig gestaltete Mütze auf den Kopf setzte. Da wusste ich, dass meine Fahrt zu Ende war. Er signalisierte mir, dass ich zur Seite fahren sollte und das tat ich auch. Er schaute mich an und fragte nach meinem Führerschein. Ich habe geantwortet ich hätte ihn nicht dabei. Er fragte wo er sei. Ich sagte, dass ich keinen habe. Kurzgesagt, er sagte mir ich sollte mich in sein Auto setzen und dass sie jemanden schicken würden, der das Auto abholte.

Da war ich also ... ich saß auf einer Polizeiwache in Egg Harbor, New Jersey. Ich gab ihnen meine Telefonnummer, sodass sie zuhause anrufen konnten. Jimmy hatte das Auto bereits als gestohlen gemeldet. Der Polizist, der den Anruf tätigte, kam zurück und schaute zu mir herunter. Er sagte, dass meine Mutter der Meinung war, es wäre wahrscheinlich gut für mich, dort für eine Weile zu bleiben. Er stellte mich auf und ging mit mir zum hinteren Teil der Station. Ich wurde in eine Zelle gesperrt und blieb für zwei Tage dort. Als ich nach Philadelphia zurückkam, stand ich erneut vor dem Jugendgericht und wurde auf Bewährung verurteilt. Kurz danach trat die bis dahin schwerste Phase in mein Leben. Ich erinnere mich daran, dass meine Mutter eines Abends aus dem Nichts sagte: „Wenn ich jemals nicht mehr da bin, werde ich mir Sorgen um Gary machen, aber nicht um dich, Raymond – du bist ein Überlebenskünstler."

Genau diese Worte hörte ich, habe sie aber zur Seite geschoben. Ich hatte keine Ahnung, was auf mich zukommen sollte. Eines Freitags kam ich von der Schule nach Hause. Es war. Nach dem Basketballtraining, also musste so ungefähr 20:00 Uhr gewesen sein. Niemand war zu Hause. Dies war aber nicht ungewöhnlich, weil meine Mutter und Jimmy an Freitagen oft ausgingen. Ich aß, was immer da war und ging ins Bett. Als ich Samstagmorgen wach wurde, war immer noch niemand zu Hause. Ich ging zum Park (Mann Recreation Center) und spielte den ganzen Tag und bis zum späten Nachmittag Basketball.

Als ich dann zu Hause ankam, war immer noch niemand dort. Das war aber auch nicht ungewöhnlich, da meine Mutter oft für eine ganze Woche von zuhause weggeblieben ist. Es war nichts zu Essen da, also ging ich ins Bett. Als es Montagmorgen war und ich aufstand, um mich für die Schule fertig zu machen, war immer noch niemand im Haus. Es gab kein Essen. Ich hatte kein Frühstück und auch kein Geld, um mir etwas zu kaufen. Ich hatte kein Geld für Busfahrkarten, um in die Schule zu kommen. Ich hatte keine Wahl…! Ich ging zum Schlafzimmer meiner Mutter und klopfte an die Tür – keine Antwort.

Ich klopfte nocheinmal und rief sie – keine Antwort. Also öffnete ich die Tür und schaute hinein. Das Zimmer war leer und das Bett war unberührt. Ich stand einfach nur da und versuchte zu denken. Ich schaute mich um – weit und breit war keine Nachricht zu sehen und dann bekam ich dieses unheimliche Gefühl. Irgendetwas war anders. Der Raum war nicht nur leer – er war LEER! … ES wurde ausgeräumt. Ihr Wandschrank war leer. Ihre Kommoden waren leer. Ihr Schmuck und die Schuhe waren verschwunden. Ihr Make-up war weg. Alles war weg. Es hat einige Minuten gedauert, bis ich durchblickte … aber dann realisierte ich … sie war weg und ich wurde zurückgelassen. Ich lief durch das ganze Haus und suchte nach einem Hinweis, der mir sagte, was passiert war. Nichts – weit und breit keine Notiz. Ich hatte keine Ahnung, was ich tun sollte. Ich hatte keine Verwandten, die ich anrufen konnte. Ich hatte Tante Martha. Sie war immer gut zu mir – aber – sie lebte in New York und die Adresse kannte ich nicht. Ich wusste nicht einmal ihren Nachnamen. Ich hatte nur eine Lösung im Kopf – Ich ging zum Mann Recreation Center und trainierte.

Ich bin nicht zur Schule gegangen. Ich blieb dort und habe den ganzen Tag, bis spät in den Abend trainiert. Glücklicherweise gab es „Mrs. G“, die eine kleine Imbissstub an der Ecke gegenüber vom Rec. Center hatte. Sie machte die besten Philly Cheese Steaks auf dem Planeten. Ich denke sie hat geahnt, dass etwas nicht stimmte. Abends rief sie mich oft herein und machte mir ein Cheese Steak zusammen mit einem Vanillemilchshake – ohne jemals ein Wort über die Bezahlung zu erwähnen. Dies ging drei oder vier Tage so. Eines Nachmittags kam ich nach Hause und habe ein Zwangsräumungsschild an der Haustür vorgefunden. Es gab ein Fenster

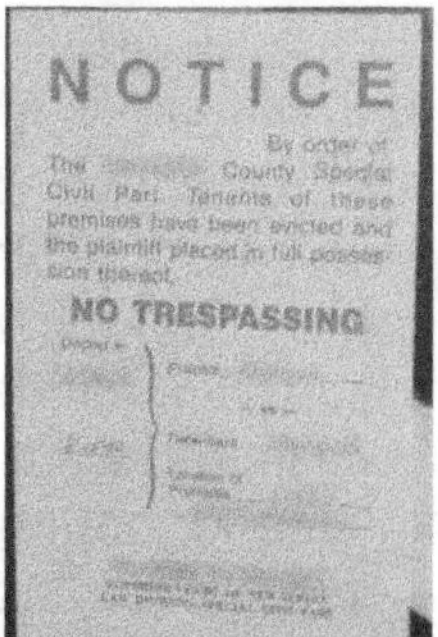

zum Keller, wodurch ich ins Haus gelangen konnte. Ich habe es geschafft, das für ein paar Tage zu tun, um frische Kleidung zu holen. Aber kurze Zeit später war auch dieser Eingang versperrt. Als ich einige Tage später draußen auf dem Spielfeld war, tauchte Coach Spizirri aufgetaucht. Er fragte, warum ich nicht in der Schule war. Ich habe ihm gesagt, dass ich krank gewesen bin und mich nicht wohl gefühlt habe.

Er fragte, was ich dann hier draußen tun würde. Ich erzählte ihm, dass ich mal raus musste und am nächsten Tag wieder in der Schule erscheinen würde. Er wollte aber nicht lockerlassen. Er fragte wo ich wohnte und wie ich zum Rec. Center kam.

Ich antwortete, dass ich früh aufgestanden sei und zu Fuß gegangen bin. Er schaute mich an und sagte… „Ich war bei dir zu Hause!"

Ich erzähle ihm was passiert war. Anschließend nahm er mich in seinem Auto mit zur Schule. Er brachte mich zu Frau Schustermanns Büro. Während er mit ihr redete, wartete ich draußen. Einige Minuten später kam Frau Stuart, die Schulleiterin. Sie ging ebenfalls ins Büro und hat sich an dem Gespräch beteiligt. Als Coach Spizirri herauskam, sagte er, dass er und Frau Schustermann eine Lösung für mich finden würden. Auch sagte er, dass er bereits mit seiner Frau gesprochen hatte und wollte, dass ich für 2-3 Tage bei ihm wohnte, bis alles andere arrangiert war.

Lass mich wiederholen, was ich vorhin schon gesagt habe: Was dieser Mann versucht hat, für mich zu tun, geht viel weiter, als jemandem nur zu helfen, weil er ein guter Basketballspieler war.

Drei Tage später rief mich Frau Schustermann in ihr Büro. Vor ihrem Schreibtisch saß ein junger schwarzer Mann. Sein Name war L.B. und er war 28 Jahre alt. Mir wurde erzählt, dass er Theologie an der Temple University studierte und dass er sich bereiterklärt hat, sich um mich zu kümmern und mich bei sich wohnen zu lassen, bis ich mit der Schule fertig war. Ich dachte, wenn Coach das okay fände, wäre es für mich auch okay. L.B. hatte eine riesen, luxuriöse Wohnung an der Broad Street. Sie war außerhalb der Gemeinde, in der sich Olney befand. Das war mein Haus in Mt. Airy aber auch. Frau Schustermann hatte die Einzelheiten geklärt, sodass es kein Problem mit der Gemeindebehörde gab; die U-Bahnstrecke von seiner Straße bis zur Olney war eine einfache Fahrt... die Fahrt war sogar viel einfacher, als die von zuhause.

Alles schien gut zu laufen. Ich hatte einen netten Ort zum Leben, mein eigenes Zimmer du relativ wohlhabenden und sehr gut gebildeten Mann, der auf mich aufpasste. L.B. verbrachte viel Zeit mit Lesen und hat mich ermuntert, das selbe zu tun. Ich fing an zu denken, dass vielleicht alles gut werden würde. Diese Zustand dauerte ungefähr zwei Wochen, als – eines Nachts, als ich zu Bett ging und fast eingeschlafen war, hatte ich ein merkwürdiges Gefühl und öffnete meine Augen. Da stand L.B. nur in Unterwäsche vor meinem Bett.

Diese Worte werde ich nie vergessen – ich schaute hoch und sagte: „Wenn du deine ... Hände legst, werde ich das Leben auf dir prügeln..."

Er sagte, dass es ihm leid täte und er nichts dabei gemeint hatte. Von dieser Art von Sachen hatte ich aber genug bei St. Michael's gesehen – also war für mich diese Beziehung vorbei.

An diesem Morgen ging ich zu Coach und Frau Schustermann und erzählte ihnen was passiert war. Sie entschuldigten sich mehrmals und sagten sie würde eine andere Lösung finden. Ich wusste nicht was ich tun sollte. Ich war dazu verleitet, wieder wegzulaufen, aber irgend etwas in mir sagte mir, dass ich Coach Spizirri weiter vertrauen sollte. Also habe ich vier oder fünf Tage nochmal bei ihm zu Haue gewohnt. Diesmal hatten Coach Spizirri, Frau Schustermann und Frau Stuart Extraarbeit geleistet.

Coach fuhr mich zum Stadtzentrum. Wenn du nie in Philadelphia warst, solltest du das Stadtzentrum auf deine Bucketliste tun. Es ist voll mit Leben und Trubel. Es hat Geschichte, Geschäfte, Unterhaltung, Shopping, gutes Essen du diese ausergewöhnliche Philly-Persönlichkeit... und ich wohnte jetzt mittendrin wohnen.

Ich habe keine Ahnung, wie sie es geschafft haben, aber Coach und Frau Schustermann haben mir ein eigenes Zimmer im YMCA arrangiert. Dort habe ich zwei Jahre lang gewohnt. Ich weiß bis heute nicht, wer dafür bezahlt hat. Es war nicht besonders groß, aber es war meins und es war wirklich sauber. Das Zimmer hatte einen kleinen Schrank und eine Kommode mit drei Schubladen, einen Schreibtisch mit einem Stuhl. Das war nicht viel Stauraum, aber ich hatte sowieso nicht viel. Es gab ein Waschbecken in der Ecke, das ich auch benutzte, um meine Spielkleidung zu waschen. Es gab ausreichend Gemeinschaftsbäder auf jeder Etage.

Die Bettwäsche wurde zwei Mal die Woche gewechselt und es gab eine kleine Wäscherei im Keller. Nur zwei Türen weiter gab es eines der großartigsten Restaurants jemals. Horn & Hardart ist ein Restaurant, das seiner Zeit weit voraus war. Ich erhielt monatlich Chips, die ich für die U-Bahn-, Straßenbahn- und Busfahrten benutzen konnte. Nach der Schule stieg ich oft an der Lehigh Ave. Aus und ging von da aus zu Fuß zur Glenwood Avenue, bis ich am Mann Re. Center ankam um dann abends zu Fuß wieder zum YMCA zu laufen. Am Anfang musste ich sehr vorsichtig mit meinem Timing sein, weil ich strenge Sperrstundenregeln hatte. Ich musste bis 22:00 Uhr im Gebäude sein. Nach einer Weile gaben mir die Aufpasser etwas mehr Freiraum, da sie wussten, dass der einzige andere Ort, an dem ich sein konnte, das Rec. Center war. Ich war im siebten Himmel und alles schien in Ordnung zu sein.

Von diesem Punkt an war das einzige in meinem Leben Basketball. Coach Spizirri brachte mich auf den richtigen Weg und ich war fest entschlossen weder ihn noch mich selber zu enttäuschen. Was immer er sagte, das tat ich. Von da an habe ich keine Sekunde gezögert, irgendetwas zu tun, das er mir vorschlug.

Eines der vielen Ratschläge war wahrscheinlich verantwortlich dafür, dass ich bis zu meinem zweiten Jahr am College niemals Dates oder eine Freundin hatte.

Ich weiß nicht, ob er nur auf mich aufpasste und versuchte, mich zu beschützen, weil er ein scharfes Gespür dafür hatte, was in unserer Gesellschaft zu dieser Zeit vorging; oder ob er nur wollte, dass ich meine ganze Energie darauf konzentrierte, Basketball zu spielen und zu lernen.

Ich habe mich in eines der Mädchen in der Schule verliebt. Wir hatten uns außerhalb des Schulgeländes nie getroffen ...nur miteinander unterhalten, aber wir schienen uns wirklich zu mögen. Da sie in der Nähe der Schule lebte und ich in der Innenstadt, gab es keine "zufälligen" Treffen oder zufälligen Begegnungen.

Sie war eine Cheerleader ... und ... sie war weiß. Ich glaube, dass Coach Spizirri spürte, dass sich da etwas entwickelte. Eines Nachmittags rief er mich in sein Büro und sagte: "Ray, wie läuft es im YMCA?" Ich antwortete, dass alles gut lief. Er sagte: "Du hast auf dem Spielfeld und im Klassenzimmer sehr gute Fortschritte gemacht.

Einige wirklich gute Universitaeten haben „Recruiting-Brochuere und Fragebögen geschickt und es besteht eine gute Chance, dass du ein Stipendium bekommst, um aufs College zu gehen "...

Ich lächelte nur, weil ich immer noch ahnungslos war. Dann fügte er hinzu: "Das heißt, ab sofort musst du härter üben und lernen. Keine Zeit zum Herumspielen mit Mädchen oder zum Feiern - Einfach trainieren und lernen"...

Das ist alles, was er gesagt hat. Er hat ihren Namen nie erwähnt, aber ich wusste, was er mir sagen wollte und ich nahm es für das, was es wert war. Sie und ich blieben Freunde - gute Freunde, aber es ging nie über Lachen, Witze und Spaß in der Schule hinaus.

Was Coach mir sagte, hatte sich eingeprägt und zwei Jahre lang habe ich nur noch trainiert, gelesen und trainiert.

In den Wochen vor unserem Abschlussball war es absehbar, dass Ray Ingram, der Kapitän der Basketballmannschaft, gehen würde. Sie sagten alle, dass eine Limousine an den Bordstein ziehen würde - Ray würde in seinem Smoking aussteigen und auf die andere Seite gehen - er würde nach unten greifen und die Tür öffnen - und ein Basketball würde herausrollen.

Sie haben sich geirrt - ich bin nicht hingegangen. Ich war beim Rec. Center um zu trainieren. Ich habe nie gespürt, dass ich etwas vermisst habe. Ich ging nicht ins Kino oder auf Partys, das Trinken und all das, was damit hätte kommen können, störte mich nicht. Ich wusste, wer ich war und ich hatte die Zukunft im Visier. Akademisch blühte ich in Olney.

Ich war ein Fan von Shakespeare und Charles Dickens geworden. Ich wollte als "Renaissance Man" wie Hamlet und Held wie Sydney Carton werden.

Ich wollte ein großartiger Allround-Basketballspieler wie Oscar Robertson sein. Ich wollte nie wieder hungrig und kalt sein und wollte mich nie auf jemanden verlassen muessen.

Im Jahr 1968, in meinem letzten Jahr, hatte ich gute Noten bei den College Entrance Exams (SAT) und hatte einen sehr guten G.P.A. Dazu kam, dass Olney laut vielen die beste Saison in der Geschichte der Schule hatte und dass ich im All-Public-Team (Philadelphia Public Schools All-tar-Team) war und meine ganze Situation ziemlich gut aussah.

Die Big-5-Basketballteams (Temple, Villanova, St. Joseph's La-Salle und Penn) zählten zu den top Programmen des Landes, und alle zeigten mehr als nur ein passives Interesse, mich zu rekrutieren. Davidson und Princeton boten sich an und es gab eine Reihe von anderen.

Dank Coach Spizirri hatte ich es auf das nächste Plateau geschafft.

Kapitel 11

Crossroad # 4 - Hofstra Universität / Paul Lynner - 1968-1973 Hofstra Universität „The Best of Times....!“

Wie ich in „Crossroads“ erwähnt habe, hatte ich ein gutes Abschlussjahr. Ich hatte im SAT gute Ergebnisse erzielt und wurde für das All-Public-Team ausgewählt. Im Jahr 1968 war College-Rekrutierung sehr anders als es heute ist. Ich denke, dass die Interaktion und Kommunikation zwischen den Spielern, ihren Familien, den College-Coaches und den High-School-Trainern persönlicher war.

Ich denke auch nicht, dass die Mehrheit der Highschool-Coaches so erfahren oder versiert und informiert war, wenn man es so bezeichnen möchte.

Das ist sicherlich nicht als negativer Kommentar zu den Coaches jener Zeit gedacht. Es ist einfach eine Tatsache. Die NCAA-Regeln, die AAU-Programme und -Turniere, die Scouting-Dienste, Social Media und alles, was sie umfasst - all diese Dinge haben die Art und Weise, wie Rekrutierung durchgeführt wird, verändert. Olney sagte nicht, dass Spieler jedes Jahr Division-I College Basketball spielen. In den drei Jahren, in denen ich dort war, erinnere ich mich nicht, dass jemand aus unserer Schule rekrutiert wurde, um auf diesem Niveau zu spielen.

Von unserem Team wurden in meinem letzten Jahr nur Dave Bell und ich von großen Colleges rekrutiert. In der Tat, wenn ich mich recht erinnere, erhielt unser Topscorer Julius W. nur Angebote von Division-II-Schulen.

Also, woher sollte Coach Spizirri seine Informationen bekommen? Ich glaube, er war wirklich glücklich und das zu Recht, dass seine Bemühungen dazu führen würden, dass ich aufs College gehen würde - egal, welches. Alles, worauf es ankam, war, dass seine harte Arbeit und seine aufrichtigen Bemühungen zu einem positiven Abschluss kommen sollten. Er hat mich nicht gedrängt. Er war da, um Fragen zu beantworten und mich durch die administrative Bürokratie zu bringen. Er half bei der Koordination der Besuche an den verschiedenen Standorten. Als sich die Dinge beruhigten, sah es so aus, als ob die Hofstra Universität ganz oben stehen würde. Ich drehte mich von den Big-5-Schulen weg - nicht, weil sie keine Kurse mit sehr guten Basketballprogrammen hatten.

Im Gegenteil, ich glaube, dass sie für mich als Spieler besser hätten sein können, weil ich in besseren Teams gespielt hätte, umgeben von sehr, sehr guten Spielern. Ich könnte im selben Team gewesen sein wie Larry Cannon, Ken Durrett, Bernie Williams, Fran Dunphy, Corky Calhoun, Howard Porter, Dave Wohl, Ollie Johnson, Chris Ford, Hank Siemiontkowski oder Jim O'Brien. Viele dieser Spieler hatten eine solide berufliche Karriere. Bedeutet es, dass ich es geschafft hätte? Nein…! aber mit ihnen zusammen zu spielen, hätte meine Chancen verbessern können.

Tatsache ist, dass ich ein Straßenkind aus Philadelphia war und Coach dachte, dass es in meinem besten Interesse sein könnte, von den "Straßen von Philadelphia" wegzukommen. Dann gab es Princeton. Große Bildung - Großer Ruf - Großartige Lage - Ich denke nicht, dass es übertrieben ist zu glauben, dass ein junger Schwarzer mit einem Abschluss in Princeton anfang der 1970er Jahre viele Türen hätte öffnen können.

Nachdem ich Princeton besucht und mit den Trainern, einigen Professoren und Administratoren gesprochen hatte, machte ich mir Sorgen. Ich hatte immer noch Träume, professionell zu spielen. Ich war besorgt, dass ich, wenn ich Princeton wählen würde, nicht die Zeit haben würde, um auf dem genügend Basketballplatz zu stehen. Vielleicht hätte ich 1965 Princeton-Absolvent, ehemaliger All-American bei Princeton, Goldmedaillen-Olympian, NBA-Spieler und Kandidat für die US-Präsidentschaft, Bill Bradley um seine Meinung bitten sollen.

Das findet ihr bei Wikipedia über Bill Bradley ... "Butch van Breda Kolff beschrieb Bradley als" nicht der physischste Spieler. Andere können schneller laufen und höher springen. Der Unterschied ... ist Selbstdisziplin. " In Princeton hatte er täglich drei bis vier Stunden Unterricht und vier Stunden Basketballtraining, lernte durchschnittlich sieben Stunden an jedem Wochentag und bis zu 24 Stunden mehr am Wochenende, sprach oft für die Gemeinschaft christlicher Athleten im ganzen Land und lehrte in der Sonntagsschule der örtlichen Presbyterianischen Kirche. Beim Training bewegte er sich nicht von einer Stelle auf dem Platz bis er mindestens zehn von 13 Schüssen traf und konnte erkennen, ob ein Korb einen Zoll zu tief von der Regulierung zehn Fuß entfernt war. Bradley, der seine mittelmäßigen Erstsemester-Noten verbesserte, graduierte magna cum laude, nachdem er seine Abschlussarbeit über Harry S.

Trumans Kampagne im US-Senat von 1940 mit dem Titel "On That Record I Stand" geschrieben und ein Rhodes-Stipendium erhalten hatte.

Ich hatte diese Gelegenheit nicht und ich hörte nicht die Stimmen, die wahrscheinlich in mein Ohr flüsterten ... "Hey Dummy - Princeton wird dir das Beste aus beiden Welten geben ... Princeton - Princeton - Princeton"

Wie bereits erwähnt, war es damals vielleicht die persönliche Beziehung zwischen Spieler und Recruiter, die den Deal besiegelte. So war es für mich. Ja, ich wurde bei meinem Besuch in Hofstra zum Essen und Trinken eingeladen und der Flug von Philadelphia nach New York machte einen großen Eindruck - aber der Coach, der mich rekrutierte, machte den Unterschied. Im Jahr 1968 war Bob Zuffelato Co-Trainer an der Hofstra University. Er war einfach ein sehr freundlicher, sachkundiger und sympathischer Typ. Er hat dich dazu gebracht, dich in seiner Gegenwart wohl zu fühlen.

Er war ein guter Redner und man konnte seine Aufrichtigkeit spüren, wenn er mit einem sprach. Er überzeugte mich, dass ich genau der Spieler war, den Hofstra wollte ... und ... der Spieler, den er für sein Team wollte. Coach Spizirri mochte ihn und ich mochte ihn. Bei meinem Besuch auf dem Campus machte Zuffi es wirklich unmissverständlich klar. Er ließ mich wie Hofstra fühlen und ich gehörte dort hin. Später, als ich Coach wurde, war es die gleiche Aufrichtigkeit und das Gefühl der Zugehörigkeit, die ich als Coach zeigen wollte, als ich Rekruiter war. Ich entschied mich, im Herbst 1968 in Hofstra einzuscheiben.

War ich aufgeregt? Es gibt keine Möglichkeit, meine Gefühle auszudrücken. Ich wurde am JFK-Flughafen von Paul K. Lynner, dem Chefcoach, abgeholt. P.K (sein Spitzname unter den Spielern) hatte einen einzigartigen Fahrstil. Er hielt eine Tasse Kaffee und eine Zigarette in der Hand, während er fuhr. Wir haben Small-Talk während der Fahrt nach Long Island gemacht. Hofstra befindet sich in Hempstead, New York.

Ich erinnere mich, mit einem Koffer auf dem Campus angekommen zu sein. Ich besaß nicht viel mehr.

Coach Lynner fuhr zu sein Büro im alten Calkins Gym. Ich wurde dann dem Rest des Personals vorgestellt, insbesondere dem Coach des Freshmen Teams.

Im Jahr 1968 hatten die Spieler nur drei Jahre Universitätsberechtigung. Fast jede Universität hatte ein Freshman-Team und diese Teams konkurrierten mit den Teams anderer Universitäten. Im Allgemeinen wurden die Zeitpläne mit Spielen der Uni-Teams abgestimmt und gepaart, und es gab einige unabhängige Spiele, die während des gesamten Zeitplans verteilt wurden. Es bot sich ein relativ gutes Umfeld für die Entwicklung von Spielern und Teams. Die Erstsemester-Teams bestanden in der Regel aus 3-6 Stipendiaten und der Rest war "Walk-Ons". Manchmal stellte sich heraus, dass ein "Walk-on" besser sein konnte als einige der Stipendiaten. Wenn dies der Fall war, konnte dieser Spieler mit etwas Glück und viel harter Arbeit ein Stipendium erhalten.

So war das in meinem ersten Jahr. Ein herausragender Spieler, der auch ein absolut wunderbarer Mensch war, hat versucht, in unser Erstsemester-Team zu kommen. Seine Bescheidenheit und seine Bereitschaft, zuzuhören und Rat und Hilfe anzunehmen, machten es leicht, sich mit ihm anzufreunden. Quinas Brower hieß diese Person. Er schaffte es in das Team und verdiente ein Stipendium. Er arbeitete weiter hart und wurde schließlich zum professionellen Spielen eingezogen. Zurück zu meiner Ankunft auf dem Campus ...

Als Coach Lynner den Trainerstab vorstellte, wurde Steve Nisenson als Coach des Freshmen Teams vorgestellt. Ich war verblüfft und enttäuscht. Ich war von Zuffi rekrutiert worden. Es war Zuffi, der mich davon überzeugt hatte, dass ich der Spieler war, den er in seinem Team haben wollte. Es war Zuffi, der mein Vertrauen erworben und den entscheidenden Impuls für meine Entscheidung gegeben hat. Trainer Lynner teilte uns mit, dass Coach Zufufelato eine Stelle im Boston College angenommen hat. Ich glaube, dass die Karten dann neu gemischt wurden und mein Schicksal eine ungeplante Wendung nahm. Mein Freshman Jahr als Spieler ging auf und ab.

Es gab zwei Point Guards. Einer war ein lokaler Spieler Jim P., den Coach Lynner wirklich mochte. Er hatte ein tolles Cross-Over Dribbling und war ein exzellenter Team Leader. P.K. hatte ihn die ganze Zeit über in der Highschool gesehen und ich hatte das Gefühl, dass er die innere Spur in Bezug auf das Uni-Team hatte, als wir College-Studenten wurden. Ich glaube, dass Coach Nisenson von Coach Lynners Meinung beeinflusst wurde – immerhin war P.K. der Chefcoach.

Ich hatte das Glück, dass ich für einen Point Guard ein ziemlich guter Athlet und relativ stark war.. Als Neuling spielte ich mehr oder weniger als Forward und in unseren Systemen erwies sich das als Vorteil. Coach Lynner war ein Schüler von Butch van Breda Kolff und so spielten die Grundelemente der Princeton Offensive, die später von Pete Carrill popularisiert wurden, eine wichtige Rolle in unserer Spielweise. Ein Ballhandler zu sein, der den Ball innerhalb der Offensive erhielt, nachdem die Verteidigung sich darauf konzentriert hatte, den Spieler zu stoppen, von dem sie glaubten, er sei unser primärer Ballhandler, machte Spaß. Es hat das „pressing" unseres Teams extrem erschwert. Ich war der Mittelmann in der Offensive, so dass, nachdem Jim P. den Ball zu mir gebracht hatte, wir im Allgemeinen eine 3-gegen-2-Situation hatten, bei der ein Point Guard den Ball hatte und Entscheidungen gegen Postspieler fällte. (Sorry Post-Players - das ist ein Kinderspiel). Unser Freshman-Team hat sich ziemlich gut geschlagen - wir haben Princeton geschlagen, und es sah so aus, als ob die meisten Stipendiaten eine gute Chance hätten, Spielzeit zu bekommen.

1969-70 HOFSTRA SCHEDULE

DECEMBER

1	Mon.	*LaSalle College	H	8:00 p.m.
3	Wed.	*St. Joseph's College at Palestra	A	9:00 p.m.
6	Sat.	University of Akron	H	8:00 p.m.
8	Mon.	Fairfield University	H	8:00 p.m.
10	Wed.	Iona College	A	8:00 p.m.
13	Sat.	*American University	A	8:30 p.m.
16	Tues.	Sacred Heart University	A	8:30 p.m.
20	Sat.	University of Maine	H	8:00 p.m.
26	Fri.	Scranton Invitational	A	7:00 p.m.
27	Sat.	Scranton Invitational	A	9:00 p.m.
29	Mon.	Wittenberg University	H	8:00 p.m.

JANUARY

1	Thurs.	Pocono Classic	A	7:00 p.m.
2	Fri.	Pocono Classic	A	
3	Sat.	Pocono Classic	A	
7	Wed.	*Temple University	H	8:00 p.m.
10	Sat.	Manhattan College	H	8:00 p.m.
14	Wed.	Kings Point	H	8:00 p.m.
16	Fri.	Adelphi University	A	8:15 p.m.
28	Wed.	Long Island University	A	8:00 p.m.
31	Sat.	Seton Hall University	A	8:15 p.m.

FEBRUARY

7	Sat.	St. Francis College (NY)	H	8:00 p.m.
11	Wed.	C. W. Post College	H	8:00 p.m.
14	Sat.	Fairleigh Dickinson University	A	8:15 p.m.
16	Mon.	*West Chester State	A	8:15 p.m.
18	Wed.	St. Peter's College	A	8:15 p.m.
24	Tues.	Wagner College	H	8:00 p.m.

Head Coach—Paul Lynner

*Middle Atlantic Conference Games

BOB GETCHELL
3434

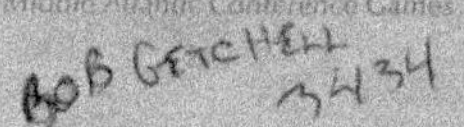

1968-69 FINAL SCORES

Record: W—12, L—13

*64	Temple	93	L
62	Loyola (Md.)	64	L
56	St. Peter's	75	L
78	Brown	74	W
85	Iona	83	W
66	Seton Hall	72	L
*92	West Chester St.	70	W
58	Akron	67	L
67	St. Francis (Pa.)	92	L
72	Albright	78	L
*68	LaSalle	89	L
*72	Rider	74	L
79	Kings Point	71	W
65	St. Peter's	76	L
72	St. Francis (NY)	61	W
98	Fairleigh Dickinson	67	W
101	C.C.N.Y.	77	W
*79	American	68	W
*78	St. Joseph's	92	L
55	Long Island U.	73	L
98	Wagner	81	W
77	Adelphi	74	W
89	Catholic	70	W
65	Manhattan	79	L
95	C. W. Post	81	W

Middle Atlantic Conference Games

PREVIEW OF THE 1969-70 FLYING DUTCHMEN

Coach Paul Lynner will be depending on sophomore talent to replace the high scoring trio of Wandy Williams, Barry White and Dave Brownbill, who accounted for 56.6 points per game as seniors last season when Hofstra had a 12-13 record. An outstanding group of sophs are up from the 16-8 frosh team, including three potential opening day starters.

Sophomores Gary Doyle (20.2), Tom Kelleher (15.6), Dave Bell (14.9) and Jim Pugh (11.7) have the ability to average in double figures for the varsity. Quinas Brewer and Ray Ingram also are highly regarded sophs.

The schedule is one of Hofstra's toughest, with the spotlight on the first two weeks of the season. During that stretch, it will meet Middle Atlantic Conference powers LaSalle and St. Joseph's, in addition to Akron, Fairfield, Iona and American. Temple, L.I.U., Manhattan and St. Peter's also shape up as strong opponents.

The top veterans are Rich Link and Bob McLaughlin, both regulars last season. Hofstra may look to them to pick up the scoring slack left by graduation losses. Good size and backcourt depth are the strong points. What Hofstra is seeking is one man to depend on when the big basket is needed. Inexperience will be a problem, especially early in the season.

THE 1969-70 FLYING DUTCHMEN

DAVE BELL, *Center*, 6-7½

Off to slow start in pre-season practice because of mononucleosis. At 6-7½, he is Hofstra's first legitimate-sized center in years. Must become more aggressive to fully realize potential. Good post man. With Hofstra's schedule, a strong center is a must. Averaged 14.9 as freshman.

QUINAS BROWER, *Center or Forward*, 6-5½

The sleeper. Did not play any high school ball. A late grower who has blossomed to 6-5½. Has natural soft shooting touch and grace of movement. Hard worker who improved as frosh. Lack of basketball background must be overcome. Will jump higher than anyone else on squad. Potential standout.

RICHIE BURKE, *Center or Forward*, 6-4

A junior who is a good rebounder. Has good size and strength and will be a valuable reserve. One of three Chaminade High School graduates on squad. Appeared in 18 games last season, scoring 39 points and grabbing 53 rebounds. Varsity lacrosse player.

GARY DOYLE, *Guard*, 6-1

Led frosh team with 20.2 scoring average. Strong on drives, good converter underbasket. Must improve jumper to be a top varsity scorer. Key man on frosh team that had a 16-won, 8-lost record.

RAY INGRAM, *Guard*, 5-11½

A sophomore who is the best medium range shooter on the team. Great desire and works hard at improving skills. Impressed as frosh although he did not score a lot of points. Teammate of Bell's at Philadelphia's Olney High School. Dean's List student.

TOM KELLEHER, *Forward*, 6-4

Averaged 15.6 with last year's frosh. Strong around basket. Superb timing on rebounds and releasing shots around the basket. If outside shooting comes along, he could be a top scoring threat.

DAVE BELL · QUINAS BROWER · RICHIE BURKE · GARY DOYLE · RAY INGRAM · TOM KELLEHER

1969-70 FLYING DUTCHMEN ROSTER

NUMBER	NAME	CL.	POS.	AGE	HT.	WT.	HOMETOWN	HIGH SCHOOL
24	Bell, Dave	So.	C	19	6-7½	215	Philadelphia, Pa.	Olney
21	Brower, Quinas	So.	C-F	19	6-5½	185	Roosevelt, N. Y.	Roosevelt
22	*Burke, Richie	Jr.	C-F	20	6-4	190	West Hempstead, N. Y.	Chaminade
5	Doyle, Gary	So.	G	20	6-1	180	Wyandanch, N. Y.	Half Hollow Hills
4	Ingram, Ray	So.	G	19	5-11	170	Philadelphia, Pa.	Olney
23	Kelleher, Tom	So.	F	19	6-4	200	Cumberland, R. I.	Bishop Eustace (N.J.)
20	*Link, Rich	Jr.	F	20	6-5½	180	Lakewood, Ohio	St. Edward
3	*McGoff	Sr.	G	21	5-7	145	Scranton, Pa.	S. Central Catholic
11	*McLaughlin, Bob	Sr.	G	21	6-4½	185	Springfield, Mass.	Cathedral
15	*Pelis, Bob	Jr.	F-G	20	6-2	180	Hatfield, Mass.	Smith Academy
12	Pugh, Jim	So.	G	19	5-11	175	Elmont, N. Y.	Chaminade
10	*Swartz, Dan	Jr.	G	22	5-8	175	Uniondale, N. Y.	Chaminade

Lettermen

1968-69 FINAL BASKETBALL STATISTICS

NAME	G	FG-FGA	PCT.	FT-FTM	PCT.	REB—AVG.	PTS.	AVG.
White, Barry	25	198- 418	.474	111-172	.645	311—12.4	507	20.3
Williams, Wandy	23	154- 381	.404	136-190	.716	161— 7.0	444	19.3
Brownbill, Dave	25	192- 457	.420	39- 53	.736	115— 4.6	423	16.9
*McLaughlin, Bob	25	69- 179	.385	18- 27	.667	66— 2.6	156	6.2
*Link, Rich	22	57- 142	.401	18- 26	.692	189— 8.6	132	6.0
Brown, Jim	15	11- 28	.393	22- 32	.688	49— 3.3	44	2.9
Beebe, Walt	17	13- 44	.295	14- 21	.667	19— 1.1	40	2.4
*Burke, Richie	18	14- 38	.368	11- 21	.524	53— 2.9	39	2.2
Cusack, Bob	8	8- 39	.205	15- 15	1.000	16— 2.0	31	3.9
*Pelis, Bob	16	10- 28	.357	9- 18	.500	33— 2.1	29	1.8
Dill, Richie	16	5- 19	.263	12- 19	.632	50— 3.1	22	1.4
*Swartz, Dan	8	6- 21	.286	0- 1	.000	3— .4	12	1.5
*McGoff, Bob	5	1- 4	.250	4- 7	.571	5— 1.0	6	1.2
Stubblefield, Ron	4	2- 8	.250	1- 3	.333	6— 1.5	5	1.3
Tilley, Bill	2	1- 4	.250	0- 1	.000	2— 1.0	2	1.0
Wilk, John	1	0- 2	.000	0- 0	.000	1— 1.0	0	0.0
HOFSTRA	25	741-1822	.407	410-606	.676	1224—49.0	1892	75.7
OPPONENTS	25	737-1722	.428	429-641	.669	1250—50.0	1903	76.1

Returning players

Es gibt absolut keine Möglichkeit, die Erfahrung beim Spielen von Division-I College Basketball angemessen zu beschreiben. Diejenigen, die als Spieler oder Coaches dort waren, verstehen, was ich meine, wenn ich das sage. Diejenigen, die das nicht waren, werden immer Schwierigkeiten haben zu glauben, wie besonders es wirklich ist. Es geht nicht "nur" um die Spiele und Praktiken - das Reisen und die spezielle Behandlung. Diese Dinge sind nur Sahnehäubchen auf dem Kuchen. Es ist die Beziehung zwischen den Coaches und den Spielern und die Beziehungen innerhalb des Teams. Es geht darum, zu gewinnen und zu verlieren ... und manchmal geht es nur darum, zu versuchen. Es geht darum, dein Herz, deine Seele und jedes bisschen Energie in etwas zu stecken und herauszufinden, dass das nicht genug ist. Es geht um Schmerz und Vergnügen - Zufriedenheit und Enttäuschung. Es geht darum, die Stärke zu finden, an sich selbst zu glauben, wenn niemand anderes es tut - nicht einmal du selbst. Es ist eine wirklich besondere Erfahrung und es muss verdient werden. Es gibt keinen Platz für "Anspruch".

Ich hätte nie gedacht, dass ich auf irgendetwas Anspruch hatte. Ich habe nie etwas für selbstverständlich gehalten. Das Scheitern oder das Nicht-Erfüllen meiner Erwartungen war nie ein Grund, aufzugeben. Ich habe einfach härter gearbeitet. Das machte es mir manchmal schwer, von der Bank aus zuzusehen. Meine Erfahrungen als College-Spieler haben meine Tätigkeit als Coach tiefgreifend beeinflusst. Wenn du hinter anderen Spielern spielst, gibt es viele Dinge, die dir durch den Kopf gehen. Das erste, was Sie tun müssen, ist verdammt ehrlich zu sich selbst zu sein. Sie müssen versuchen, die gesamte Situation objektiv zu analysieren.

Sie müssen wirklich die Antworten auf einige kritische Fragen finden:

1) Spielst du hinter jemandem, weil dieser Spieler besser ist als du?

2) Spielst du hinter jemandem, weil dieser Spieler besser zu einer bestimmten Situation passt als du?

3) Beweist du regelmäßig, dass du eine Chance verdienst, zu zeigen, was du tun kannst?

4) Was hast du das letzte Mal gemacht, als dir der Coach die Chance gegeben hat zu zeigen, was du kannst? Mit anderen Worten ... Warst du bereit?

Hier möchte ich nur ein paar Dinge erwähnen, die dir als Spieler oder Coach helfen könnten. Einige coachen viel weiser als ich einmal gesagt habe: "Komm nicht vom Platz und frage mich, warum ich dich aus dem Spiel genommen habe. Setz dich und frag dich, warum ich dich ins Spiel brachte "... Hast du ihm gegeben, was das Team brauchte? Wenn du es hättest, würdest du wahrscheinlich immer noch spielen.

Ich wurde einmal von einem Reporter gefragt, was es brauchte, um ein Champion zu sein. Ich sagte ihm, dass du zwei Dinge brauchst:

1) Du brauchst eine Gelegenheit ... Wenn du nie an großen Spielen teilnimmst oder Herausforderungen gegenüberstehst, kannst du niemals ein Champion werden.

2) Sie müssen bereit sein, wenn diese Gelegenheit kommt ... Das bedeutet, dass du jeden Tag hart arbeiten musst. Du musst bereit sein, so gut wie möglich zu arbeiten, damit du, wenn deine Nummer angerufen wird, bereit bist, diese Herausforderung zu meistern.

Eine wahre Geschichte aus meiner College-Zeit macht das amüsant kristallklar. Bob B. war ein „walk-on“ in Hofstras Team. Er war kein schlechter Spieler. Er hat einfach nicht sehr hart gearbeitet. Im Jahr 1971 war es gängig bei Spielen Gatorade zu trinken - in der Plastikflasche mit gebogenem Strohhalm. Während der Auszeiten übergaben die Spieler die Flaschen, während der Coach die Strategie darlegte. Bob B. bekam nicht viel Spielzeit und ich glaube, er wurde durstig. Er fühlte auch, dass die Kühler, in denen die Flaschen platziert waren, zu weit von seiner Stelle am Ende der Bank entfernt waren. Als die Saison voranschritt und Spiel um Spiel verstrichen war und seine Spielzeit davon abhängig war, ob wir mit 20 führten oder zurücklagen(selten der Fall), begann er zu fühlen, dass es besser wäre, wenn er eine Flasche nur für sich behalten würde.

Wann immer du zur Bank schautest, konntest du sehen, wie Bob einen Schluck trank, um seinen Durst zu stillen. Anscheinend hatte Bob auch das Gefühl, dass er während des Spiels etwas hungrig werden könnte. Also steckte er einen Schokoriegel in seine Socke und kaute darauf, während er nippte - dann fügte er Cracker zu seinem Essen hinzu. Alles in allem hatte er wahrscheinlich den besten Platz in der Halle. Und dann ist es passiert. Endlich hatten wir es mit einem Gegner zu tun, bei dem der Coach das Gefühl hatte, die Bank spielen lassen zu können.

Bob saß mit vollem Mund da und nippte an seinem Gatorade, als der Aufruf kam - "Bob B." – schluckte herunter, was in seinem Mund war und zog seine Trainingsjacke aus. Nun hatte der Coach seine Geduld verloren – Er befahl ihm, sich hinzusetzen und schickte Brian M. an seiner Stelle ins Spiel.

Bobs Chance war gekommen und gegangen - er war nicht bereit. Der Coach gab ihm nie wirklich noch eine Chance. Ich kann nicht mit Sicherheit sagen, dass das der Grund war, aber es ändert nichts an der Tatsache, dass manchmal alles, was wir tun können, hart arbeiten ist und auf die wenigen Chancen im Leben vorbereitet sein, die auf unserem Weg sind - sowohl auf dem Platz als auch außerhalb . Ich glaubte, dass ich bereit war.

Der einzige Spieler in Hofstra, der so hart gearbeitet hat wie ich war Bob McKillop, also haben wir es zusammen gemacht. Ich denke, das war einer der Gründe, warum wir bis heute die besten Freunde sind. Unsere erste Begegnung war weniger als freundlich.

Bob McKillop wechselte von East Carolina nach Hofstra. Es war mein Juniorjahr. Ich hatte eine mittelmäßige Sophomore Saison und war entschlossen, einen Startplatz als Junior zu verdienen. Ich erinnere mich, dass wir Pick-up in Calkins Gym spielten und einer der Coaches kam herein um den neuenTypen vorzustellen.

Ich schaute ihn auf und ab und sagte zu mir selbst ... "Es gibt keine Möglichkeit, dass ich diesen kleinen rotgesichtigen Trottel meinen Platz einnehmen lasse" Ich erinnere mich an seinen Zug zum Korb und mein Foul. "Wham ...!" Ich hatte ihm einen ziemlich heftigen Schlag versetzt. Ich sagte "Mein Foul - Dein Ball." Er nahm den Ball einfach wieder ins Spiel und sagte kein Wort. Ich dachte mir ... "Okay, ich muss mir keine Sorgen um diesen Typen machen" Das Spiel ging weiter und ich entspannte mich. Ich dribbelte und wollte gerade einen Schuss nehmen als... "Wham ...!" Ich lag auf dem Boden. McKillop stand über mir und sagte ... "Mein Foul ... Dein Ball"

Wir sind an diesem Tag keine Freunde geworden, aber wir haben einen gegenseitigen Respekt entwickelt, der später zu einer Freundschaft wurde, die fast 50 Jahre andauert. Meine Sophomore und Junior Saison verlief ziemlich ereignislos. Ich habe immer noch hinter Jim P. gespielt. Das hat nur dazu beigetragen, meine Entschlossenheit zu stärken. Ich glaube, dass Coach Lynner und Coach Albert Swartz immer noch Vertrauen in mich hatten und ich wirklich hart gearbeitet habe. Während einige im Programm nachließen, machten Bob McKillop, Quinas Brower und ich Überstunden.

Wir verbrachten die ganze Zeit außerhalb der Saison damit, Spiele und Turniere zu jagen, wo immer wir sie finden konnten. Wir hatten offene Trainingseinheiten auf Hofstras Campus, wo Rick Barry, George Bruns, Joe DePre und Ollie Taylor mitspielten. Wir spielten im Lost Battalion in New York City, wo einige der New York Knicks trainierten. Wir fuhren nach St. Johns, wann immer wir konnten und trainierten mit Coach Carnesecca's Spielern und vielen Nets wie Billy Paultz, Billy Schaefer, Greg Cluess. Wir spielten im Nassau Community College und im Prospect Park mit Julius Erving, Mike Riordon, Ronnie Nunn, Tom Riker, Kevin Joyce, Jim Hegemann, Al Skinner und so vielen anderen. Wir spielten im Rockville Centre in Turnieren und fuhren zu anderen Turnieren zu den Hamptons. Wenn es irgendwo Konkurrenz gab, fanden wir sie.

Bob und ich hatten uns die Zeit genommen und gespürt, dass 1971-1972 unsere Saison sein würde. Gerade als die Vorsaison zu Ende war, rief Coach Lynner mich in sein Büro. Er erzählte mir, dass ich mich über den Sommer gut gemacht habe und die Dinge gut aussahen - aber alle unserer Veteranen waren Senioren. Bob McKillop, Jim P., Gary D. und ich waren alle Senioren. Er war besorgt darüber, was mit der Mannschaft in der nächsten Saison passieren würde, wenn es keine Veteranenführung im Rückraum geben würde.

Er fragte mich dann, ob ich "Red-Shirt" hätte - das bedeutete, dass ich die Saison aussetzen würde. Ich würde alles mit der Mannschaft machen - trainieren und reisen - ich würde einfach nicht in den Spielen spielen. Das würde mir auch meine akademische Arbeit erleichtern, denn wenn alles nach Plan lief, brauchte ich nur sechs (6) Credits, um meinen Abschluss zu machen. Athleten müssen in Vollzeit eingeschrieben sein und zwölf (12) Credits haben, um spielberechtigt zu sein. Das spielte keine Rolle, denn das bedeutete, dass ich alle Voraussetzungen für den Abschluss erfüllt hatte und meinen Zeitplan mit etwas bedeutungslosen "Pass-Fail" - Kursen füllen konnte. Außerdem sagte er, das würde bedeuten, dass es in den Jahren 1972-1973 "meine Mannschaft" sein würde. Obwohl ich wegen all der Arbeit, die Bob und ich gemacht hatten, enttäuscht war, und weil ich sicher war, dass wir eine großartige Guard-Kombination gewesen wären, klang das wie ein Win-Win-Vorschlag. Also habe ich zugestimmt es zu tun. Bob hatte eine tolle Saison und verdiente sich mit den Philadelphia 76'ers ein Free-Agent-Probetraining. ... wurde Quinas Brower von den Nets eingezogen. An diesem Punkt wäre es nachlässig von mir, meine Lieblingsgeschichten mit Q.B. nicht zu erzählen. In den späten 1960er und frühen 1970er Jahren war es nicht die unkomplizierteste Zeit, Sportler an einer überwiegend weißen Universität zu trainieren. Vietnam, Bürgerrechte und andere soziale Konflikte machten es schwierig zu wissen, wo du wirklich hingehörst. Wenn jemand behauptet, dass er nicht von dem beeinflusst wurde, was um ihn herum geschah, sagte er entweder nicht die Wahrheit oder lebte in einer Höhle.

Ich behaupte, dass wir alle in einem bestimmten Lebensbereich gezwungen waren, Entscheidungen und Entscheidungen darüber zu treffen, wer wir waren. wer wir sein wollten und wer unsere Freunde waren.

STUDENT UNREST

After the start of the Vietnam War, student protestors began to question what they labelled "the establishment." This included their university professors and administrators, as well as any military, political, or media outlet.

Students at Hofstra began to protest and demand expansion of student rights, as well as the abolishment of mandatory physical education, the abolishment of mandatory ROTC participation, more student input into curriculum, and the formation of an African-American Studies department.

Sit-ins were held and a takeover of the administrative offices then housed in Weller Hall occurred on April 29, 1969.

CIVIL RIGHTS AND HOFSTRA UNIVERSITY | HOFSTRA UNIVERSITY LIBRARY SPECIAL COLLECTIONS ONLINE EXHIBIT

Es war eine turbulente Zeit, ein schwarzer Student-Athlet zu sein ...

BLACK PANTHERS SPEAK AT HOFSTRA

Speaking to a packed auditorium of over 700, Afeni Shakur told the student audience that "The revolution is here." Shakur, born Alice Faye Williams, was part of the Black Panthers, who in 1970 were on trial for participating in many bombings.

She was her own criminal defense attorney and was acquitted on all 156 counts against her. In 1971 she gave birth to her baby, Tupac Shakur, and raised her son in the Bronx.

SMC Holds Black Panther Rally

THE HOFSTRA CHRONICLE

CIVIL RIGHTS AND HOFSTRA UNIVERSITY | HOFSTRA UNIVERSITY LIBRARY SPECIAL COLLECTIONS ONLINE EXHIBIT

Wenn du ein schwarzer Student bist, wurde erwartet, dass du OBC beitrittst ... Wenn du es nicht getan hattest, sagtest du, dass du nicht schwarz bist. Ich habe immer gefühlt: "Ich war schwarz, bevor schwarz zu sein beliebt war"

Ich erinnere mich an einen Tag während der Zeit, als die OBC (Organisation of Black Collegians) auf dem Campus für Boykotte und Streiks aufrufte. Q.B. und ich waren auf dem Weg zum Unterricht. Als wir an einer kleinen Gruppe schwarzer Studenten im Quad vorbeikamen, sagte einer von ihnen zu Quinas. "Hey mein Bruder, was machst du? Solltest du nicht draußen sein, um die Bewegung zu unterstützen? "- Q.B. sagte - "Yo My Brother - wie könnte ich jemanden unterstützen, wenn ich mich selbst nicht unterstützen kann? Ich bin hier, um meine Zukunft zu sichern, damit ich später auch andere unterstützen kann."

Ich erinnere mich, dass ich mir gesagt habe - Verdammt, ich wünschte, ich hätte das gesagt. Es war nicht nur eine Zeit für coole Bemerkungen. Es wurde hässlich auf dem Campus. Die meisten meiner Freunde in Hofstra waren Sportler. Wie gesagt, College-Sport ist eine einzigartige Erfahrung und es ist fast so, als gäbe es eine natürliche Bindung zwischen Spielern und Teams. Insbesondere an kleineren Universitäten kann der Erfolg eines Programms die Popularität der Schule in und um die Gemeinde verbessern. Wenn das Basketball-Team gut abschneidet und Anerkennung findet, hilft es Trainern in anderen Sportarten, zu rekrutieren. Ich glaube, dass dieser Effekt über die Rekrutierung von Athleten hinausgeht. Die allgemeine Studentenschaft reitet oft auf der Erfolgswelle eines erfolgreichen Sportprogramms. Wenn du das nicht glaubst, schau dir einfach die Tausenden, vielleicht Millionen von Menschen an, die Duke oder North Carolina T-Shirts tragen.

Damals wollte jeder ein UCLA T-Shirt. Sagt mir, dass John Woods 10 National Championship Titel nichts mit ihm und seinen Bruins zu tun haben und ich sage euch, dass ihr verrückt seid.

Also wieder waren die meisten meiner Hofstra-Freunde Athleten - Die meisten Athleten in Hofstra waren weiß - Ergo, die meisten meiner Freunde waren weiß. An einem frühen Nachmittag während der Proteste saß ich mit einer Gruppe Footballspielern in der Cafeteria. Es war der Tag, an dem sich OBC entschied, die Studentenunion (das Gebäude, das für die meisten Studentenaktivitäten genutzt wird) zu übernehmen. Eine Gruppe schwarzer Studenten stürzte herein und begann, Leute ohne jeden Grund zu schubsen und zu schlagen. Sie packten alles, was sie bekommen konnten, einschließlich Stühle, und begannen Leute zu schlagen und Zeug in alle Richtungen zu werfen. Zum Glück waren wir weit genug von den Türen entfernt, so dass die meisten von uns Zeit hatten, zu reagieren und uns zu verteidigen.

Unnötig zu sagen, dass sie den falschen Tag und die falsche Gruppe gewählt hatten, um in der Cafeteria anzugreifen. Um zusätzliches Geld zu verdienen, hatte ich viele Male als Security bei diesen Konzerten im Freien gearbeitet. Ich erinnere mich, dass wir einmal bei einem Grateful Dead Concert und einem Sly and the Family Stone Concert für Sicherheit gesorgt hatten. Fragen einen Polizisten oder Sicherheitsoffizier heute, wie es ist, im Bereich der Massenkontrolle zu arbeiten und bedenke die psychedelisch-drogen-dominierte Kultur dieser Ära. Das wird dir das Gefühl geben, dass diese Jungs mit den Verrückten umgehen können. Kaum einer der Athleten wurde verletzt, aber einige der Randalierer brauchten medizinische Hilfe. Dieser Vorfall hat Auswirkungen gehabt. Wenn ich "auf dem Zaun sitzen" würde und versuchen würde, zu entscheiden, wo ich hingehörte, hat diese Begegnung mich weit davon entfernt, "sich der Revolution anzuschließen". Danach dauerte es auch viele, viele Jahre, bis ich die Gewohnheit ablegte, niemals mit dem Rücken zur Tür zu sitzen. Auch heute denke ich oft daran, wenn ich in einem Restaurant oder an einem anderen öffentlichen Ort bin.

Von einer nicht so ernsten Seite ... Jeder, der Sport in den USA gespielt hat, kennt und liebt den Geruch von Cramers Atombalsam - dieser Geruch bringt nur nostalgische Erinnerungen zurück ....

Jeder Collegeathlet kennt "Atomic Balm"

Einer der großen Vorteile von College-Basketball ist, dass du dir nie Sorgen machen musst, dass Sie deine Socken, dein Trikot oder sogar dein Jock-Strap vergessen hast. Alle Gegenstände, die du zum Üben brauchst, sind in deinem Spind - jeden Tag. Alles, was du tun musst, ist hereinzukommen und dich anzuziehen.

Naja, eines Tages, lange vor dem Training hat jemand (derssen Spitzname "The Mess" war) das Innere des Jocks in Q.B.'s Schließfach mit Atomic Balm überzogen. Wenn es trocken ist und in das Material eingedrungen ist, ist es nicht besonders auffällig. Als Quinas zu trainieren begann, schien alles in Ordnung zu sein.

Erst als wir unsere Aufwärmrunden hinter uns gebracht hatten, begann er ein warmes Gefühl zu bekommen.

Ungefähr zu diesem Zeitpunkt rief uns Coach Lynner ins Büro, um den Übungsplan für den Tag zu besprechen.

Q.B. fing an, sich ein wenig zu winden, während er aufstand und zuhörte. Coach redete weiter und Q.B. wimmelte.

Trainer redete weiter und Q.B. hüpfte ein wenig auf und ab.

Coach schrie - "Quinas, was in der Welt ist los mit dir!"

Q.B. drehte sich um und rannte in den Umkleideraum und sprang unter die Dusche ...

Wir rannten alle hinterher und erzählten ihm, was los war. Unnötig zu sagen, dass Q.B. "The Mess" eine Weile um den Umkleideraum und das Gym herum jagte, bevor die Dinge wieder normal wurden.

Die letzte Geschichte, die mit Q.B. zusammenhängt, könnte zu meiner Abstinenz in Bezug auf alkoholische Getränke beigetragen haben. Trink' keinen Alkohol – ich habe niemals getrunken - außer einmal. Quinas wurde in unserem letzten Jahr von den Nets eingezogen. Es war ein großartiger Tag für ihn und für uns alle. Bob McKillop und ich hatten extra Stunden mit ihm gearbeitet und es war einfach toll zu wissen, dass sich manchmal harte Arbeit auszahlt. Quinas war ein toller Kerl und ein wirklich harter Arbeiter und ich sollte hinzufügen - ein guter Freund.

Wie auch immer, Coach Lynner wollte auch seine Gefühle gegenüber Q.B zeigen und gratuliere ihm für das, was er erreicht hat. Der Coach sagte uns, dass wir alle nach dem Training zum Campus Flame eingeladen waren (das Lieblingsrestaurant für Sportler und

Studenten, die sich außerhalb des Campus aufhielten). Nach unserem Training trafen sich alle dort und der Coach sagte, alles geht auf seine Kosten. Es gab Flaschen mit kaltem Champagner.

Denken daran, ich sagte "nach" unserem Training! Ich habe nie getrunken und hatte noch nie Champagner. Alles, was ich wusste, war, dass ich durstig war und es aussah und blubberte wie "7-Up" ... Also, ich trank (schluckte) ein volles Glas, wahrscheinlich 8-10 Unzen ... dann trank ich noch einen. Ich weiß nur, dass die Jungs mir gesagt haben, dass ich auf dem Tisch gestanden habe und dass ich auch Coach's Frau angemacht habe.

So, jetzt, wenn ich an einer Feier teilnehme, fülle ich einfach mein Glas mit Cola und stoße auf den Anlass an. Kein Alkohol für mich. Quinas ging später nach Übersee und hatte eine erfolgreiche Karriere in Frankreich.

Wo auch immer er ist, ich wünsche ihm und seiner Familie viel Glück und möchte nur hinzufügen:

"Pass gut auf dich auf - Mein Bruder!"

Zu meiner Senior-Saison ... _ Eine Sache, an die ich mich am meisten erinnern werde, fand am Donnerstag, den 9. Dezember 1971 statt. Hofstra spielte die Oral Roberts University im Madison Square Garden. Der Oral Roberts Coach Ken Trickey hatte einen etwas anderen Namen für seinen Spielstil.

Er nannte es **"The WRAG Offense".** WRAG stand für **We Run And Gun** ... In der letzten Saison hatten sie durchschnittlich 104 Punkte pro Spiel. Richard Fuqua erzielte 29 Punkte und Hofstra wurde mit 74:83 in einem Spiel besiegt, das sie nie hätten verlieren sollen. Hofstra kam gut voran und führte in der ersten Halbzeit mit 33: 20, bevor ORU-Star Richie Fuqua sein Team aufweckte. Es schien, als würden unsere Guards einfach aufhören zu spielen - es war fast so, als wären sie unter Drogen gesetzt worden. Nach dem Spiel rief Coach Lynner mich auf die Seite und sagte. "Raymond, ich habe einen Fehler gemacht. Ich hätte dich diese Saison spielen lassen sollen ".

Obwohl es sicherlich beruhigend und lohnend war, ihn das sagen zu hören, half es wenig, um meine Frustration und Wut zu kompensieren. Ich war frustriert, weil das Spielen im Garden einen großen Unterschied in Bezug auf meine Basketballkarriere gemacht hätte, da es gegen eine fast ungeschlagene Mannschaft mit einem All-American Guard und einer Bilanz von 25 Siegen und einer Niederlage.

Aber ich konnte mich immer noch auf "Mein Team" in der Saison 1972-1973 freuen - richtig?

Falsch...!

Hofstra endete mit einem 11-14 Rekord und am Ende der Saison wurde Coach Lynner von seinen Aufgaben als Basketballtrainer befreit. Es war, als ob ich Teil eines Traums wäre, in dem ein Raum übermäßig warm und voller Rauch war und aufwachte, um mich tatsächlich in einem Raum zu finden, in dem die Wände in Flammen standen und um mich herum zusammenbrechen würden.

Als die Saison vorbei war und die Administration nach einem neuen Cheftrainer suchte, konnte ich nur weiter an meinem Spiel arbeiten und hoffen, dass alles gut gehen würde. Ich war immer noch ich und ich hatte das Selbstvertrauen, das aus dem Wissen kam, dass du härter gearbeitet hast als jeder andere ... und tief in mir glaubte ich wirklich, dass ich der beste Spieler an der Universität war.

Die Position ging an Roger Gaeckler, einen aufstrebenden jungen Trainer vom Lebanon Valley College. Ich habe mein Problem sofort erkannt. Coach Gäckler hatte sein System und er glaubte, dass er die Arten von Spielern kannte, die er in diesem System spielen wollte. Er arbeitete und rekrutierte mehrere Jahre im Lebanon Valley und das bedeutete, dass er einige Spieler auf seiner Liste hatte und sie mitbringen würde ....

Damit war es jetzt aus mit „der beste Spieler an der Universität" zu sein.

Er brachte praktisch eine ganze Mannschaft ein, unter ihnen fünf (5) Guards. D. Adams, J. Eig, R. Hooks, R. Long und B. Porter. Jetzt also war die Frage: Was machst du mit einem Senior im 5. Jahr, der minimale Statistiken hatte und die vorherige Saison ausgesessen hatte?

Coach Gaeckler hatte Albie Swartz als seinen Top-Assistent behalten, was als ein Plus für mich gesehen werden könnte. Er fügte Jim Boatwright als Assistent hinzu. Das war für mich auch in Ordnung, denn ich kannte "Boats" gut. Er war ein Administrator (der Direktor des NOAH-Programms) in Hofstra und in den letzten zwei Jahren gewissermaßen als Mentor fuer mich da.

Ich war ein Stipendiat mit guten Noten, also gab es keinen Grund zu befürchten, dass ich meine Finanzierung verlieren würde. Nicht zuletzt sollte Coach Gaeckler für seine Offenheit gelobt werden. Er hat mich in sein Büro gerufen und mir gesagt, dass er keine Chance für mich hat, in seinem Team zu spielen. Er sagte, dass sowohl Coach Swartz als auch Coach Boatwright großes Lob für mich hatten und dass ich ein Teil des Programms bleiben sollte. Das Ergebnis war - mein erstes Jahr als College-Coach:

COACHING STAFF

ROGER GAECKLER

Head Coach ROGER GAECKLER is in his first year at Hofstra University. He played at and was graduated from Gettysburg College when it competed on a major basketball level. His first coaching assignment was at Susquehannock High School where he broke a 5 year losing trend. He then moved to the University of Baltimore where his freshmen teams shattered nearly every school record and the varsity posted the best records in over a decade.

His first head college coaching assignment was at Lebanon Valley College where he reversed a 9 year losing streak with a three year record of 49 wins versus only 21 losses, 13 of which came his first season. In his last 2 seasons, his teams were 42-9, captured two League titles, and received national recognition.

ALBERT SWARTZ

ALBERT SWARTZ. Gaeckler is very fortunate to have a fine first assistant. The position is filled by Albert Swartz, a familiar face in N. Y. basketball circles. He was a standout performer at St. John's where he played under Lou Carnesecca. Although only 27 years old, Swartz is already in his 4th year at Hofstra where his leadership, integrity, and outstanding reputation are immeasureable assets to the basketball program.

ERICH LINKER

ERICH LINKER rejoins Gaeckler as a college coach. He played his senior year under Gaeckler at Lebanon Valley and stayed on the following year as an assistant. He returned to his hometown of Philadelphia where he spent one year as a high school mentor. Now he has answered Gaeckler's call to join the Hofstra staff where he heads the Sports Information staff in addition to fulfilling basketball duties.

JIM BOATWRIGHT

JIM BOATWRIGHT, a former Hofstra performer during the sensational sixties, joins the staff because of his keen desire to build his Alma Mater's program. Jim's court savvy and experience will enable him to help develop the inside game. In keeping with Hofstra's concern for academic proficiency, Jim's experience as the Director of Hofstra's NOAH program will help participants adjust academically and personally to a college environment.

RAY INGRAM

RAY INGRAM, a fifth year student and letterman, has outstanding leadership qualities and proven loyalty to Hofstra. He will assist in scouting and recruiting and has coordinated the rigorous conditioning program.

PAUL LASINSKI–Team Trainer

Ich habe meine Trainerkarriere offiziell begonnen, als ich noch in der Saison 1972-1973 in Hofstra spielte. Hier wird es etwas komplizierter.

Ich war definitiv ein Coach und die Spieler, insbesondere die zurückkehrenden Spieler, respektierten mich in beiden Kategorien. Die jungen Guards, wie die Sophomores Matt Lipuma und Al Wolfson wussten, was in den letzten drei Saisons passiert war und dass ich mehr oder weniger von Coach Lynner als einer der Führer des Teams ausgewählt worden war.

Ich hatte mit unserem Kern der vielversprechenden jungen Post-Spieler gearbeitet - Junior Dale "the Hawk" Davis und Sophomore John Farmer. Wir sollten der Kern des 1972-1973 Teams sein. Also waren diese Jungs definitiv kein Problem für mich als Coach und sie kannten mich als Spieler.

Die neuen Jungs, naja ... das war eine andere Geschichte. Ich fühlte, dass sie mit einem Hauch von Arroganz auf dem Campus angekommen waren. Sie kamen von den Junior Colleges und man hatte ihnen gesagt, dass sie etwas Besonderes waren - oder besser noch als die Spieler, die bereits auf dem Campus waren.

Es war fast so, als hätten sie keinen Respekt vor denen, die so hart gearbeitet hatten, um ihre Positionen als Hofstra-Spieler zu gewinnen und zu behaupten. Also, von Anfang an waren mir diese Jungs egal. Und zusammen mit der Tatsache, dass es vor dem 15. Oktober kein offizielles Training gab, konnte mich nichts daran hindern, mit der Mannschaft inoffizielle Spiele zu spielen.

Ich habe jeden Tag gespielt und meine Trainingsgewohnheiten beibehalten. Ich rannte und trainierte im Kraftraum und übte, wann immer ich Zeit hatte. Denk daran, dass ich (12) auf dem Stundenplan hatte, aber eigentlich nur drei (3) Credits pro Semester absolvieren musste. Das bedeutete, dass ich wirklich nur eine Klasse pro Woche besuchen musste. Ich habe buchstäblich den ganzen Tag im Gym verbracht. Ich hatte Coach Gaecklers Mannschaft von Söldnern aus nächster Nähe gesehen und war nicht beeindruckt von ihnen - nicht als Spieler und nicht als Leute. In der Vorsaison habe ich meinen Job als Coach gemacht und das Team in Form gebracht sowie die Spieler individuell betreut.

Als der 15. Oktober begann und das offizielle Training begann, erlaubte mir Coach Gaeckler, an den Übungen teilzunehmen. Ich nehme an, er hatte das Gefühl, dass es nicht schaden konnte, einen Spieler mit ein bisschen Erfahrung gegen seine Crew spielen zu lassen. Das habe ich gern getan, weil es mir eine Chance gab, meine Spielfähigkeiten beizubehalten.

Ich hatte die Hoffnung nicht aufgegeben, nach meinem Abschluss irgendwo eine Chance zu bekommen. Coach Lynner erzählte mir, dass eine Mannschaft in Luxemburg nach mir gefragt hatte, aber ich lehnte ab, weil ich den Sprung in die NBA schaffen wollte. Mein Mangel an Respekt für Gaecklers Crew erreichte einen Punkt der Absurdität, und ich glaube, ich habe es auch ein wenig übertrieben.

Manchmal habe ich diesen Mangel an Respekt beim Training offen gezeigt, und das ist etwas, das ich bereue ... aber ich war wütend. Ich fühlte, dass ich ein besserer Spieler war und dass ich meine Chance verdient hatte. Nein, ich spreche nicht von dieser "Anspruchshaltung", die ich verachte - ich meine, ich hatte vier Jahre harter Arbeit hinter mich gebracht und mich nie beschwert - ich hatte eine Chance verdient.

Ich arbeitete immer noch gut mit "Albie" und "Boats" zusammen und aufgrund unserer gemeinsamen Vergangenheit als Spieler und Coach, hielten sie mich irgendwie motiviert und halfen mir, meinen Kopf hochzuhalten. Eines Morgens rief Albie mich auf meinem Zimmer an und sagte mir, ich solle ins Büro kommen. Als ich ankam, sagte er, dass er und Coach Boatwright einige Gespräche mit Coach Gaeckler hatten und dass "Roger will, dass du spielst". Das war das zweite Mal, dass ein Coach seine Meinung über mich als Spieler geändert hat. Aber das ist jetzt gerade nicht so wichtig.

Game Pamphlet aus dem Jahr 1973, nachdem Coach Gaeckler mich wieder ins Team gebracht hat:

TONITE'S GAME

The L.I.U. Blackbirds invade Hempstead this evening at 8 p.m.

First year Coach Ron Smalls brings a talented group of players who like Hofstra have faced some of the top teams in the nation.

L.I.U. is led by their outstanding center 6-6 sophomore Ruben Rodriguez, a former Olympic performer for Puerto Rico in Munich; 6-5 forward Fred Gibson and 6-6 Ron Williams. All three are scoring double figures and possess the court savvy needed to compete against their rigorous schedule.(Oregon State, Long Beach, DePaul, George Washington)

The Blackbirds like to run and compliment their expressway attack with great leapers who hit the boards aggressively and possess fine inside moves.

The matchup of John Farmer, Hofstra's leading scorer and Ruben Rodriguez should be interesting. Both players are sophomores and each leads his respective team in scoring and rebounding.

At 6:00 this evening, Hofstra's Jayvees host L.I.U.'s J.V. Squad. On January 27th against Wagner College, the Dutchmen J.V.'s picked up their 4th straight win. Lee Strothers, a 6-5 Marine veteran, scored 30 points and pulled 25 rebounds displaying a variety of offensive moves and domination over back boards.

FEATURE: Experience and Youth

RAY INGRAM: A senior, from Philadelphia, Pa. and former Olney High standout, Ray epitomizes the word dedication. He has played 4 years at Hofstra, and in numerous leagues in the off season, working to perfect every aspect of his game. Against Long Beach State, in the Nassau Classic, he provided spark offensively and defensively and put together a 14 point effort in the Hall of Fame Tournament against Springfield College. Ray's basketball knowledge and experience are valuable assets, complimenting his desire. The 6 foot guard is currently a History major with teaching and coaching aspirations.

RICK WHITFIELD: A former Roosevelt High star and 6-3 leaper, Rick has demonstrated outstanding shooting ability against such foes as St. John's, Sacred Heart and LaSalle. In each of these games, the soaring freshman scored double figures, sticking 7 of 11 shots against LaSalle and hitting 5 in a row from deep in the corner. With improved ball handling Rick will be utilized as a guard in the future.

JOHN MACUKAS: A 6-4 forward from Mepham High School, John is a rugged rebounder with a super turn around jumper and great leaping ability. Because of his size, and strength, John has come off the bench to provide rebound power and scoring punch. As his playing time and experience increases, John should become a valuable asset to the basketball program.

Es gab absolut kein Zögern meinerseits. Die Wut und Frustration wurden beiseite gekehrt. Ich glaubte, ich sei bereit und ich würde mich darauf konzentrieren, meine Chance zu nutzen.

Es war mir egal, aus welchem Grund Coach Gäckler mich in die Mannschaft tat. Alles, was zählte, war, dass ich eine Senior-Saison haben würde. Ich konnte es kaum erwarten, loszulegen. Es ging schleppend. Ich sprach mit Albie um ihn zu fragen, ob ich etwas tun könnte, um meine Chancen zu verbessern.

Er ermutigte mich einfach, geduldig zu sein. Ich habe einfach versucht, härter als jeder andere zu arbeiten, und ich saß und wartete auf meine Chance.

Es kam schließlich. Wir spielten im 1. Nassau Classic Turnier im Coliseum am Hempstead Turnpike. Im Turnier traten Jacksonville und die damals noch No.2, Long Beach State. Ich erinnere mich, dass wir mit 49 Punkten geschlagen wurden. Das ist mir in Erinnerung geblieben, weil der Spitzname der Mannschaft "die 49'er" ist.

1972-1973 Long Beach State 49ers Rost

SORT: PLAYER (A-Z) ▾ COLUMNS: SWIPE ▾

#	Player ↑	Class	Pos	HT	WT
-	Leonard Gray	Jr	FC	6-8	240
-	Lamont King	Sr		N/A	N/A
-	Glenn McDonald	Jr	GF	6-6	190
-	Cliff Pondexter	Jr	FC	6-9	233
-	Roscoe Pondexter	Jr	SF	6-6	210
-	Ed Ratleff	Sr	GF	6-6	195
-	Nate Stephens	Sr	C	6-11	230

Long Beach State war ein wirklich gutes Team. Fünf der Spieler auf ihrer Liste wurden eingezogen, um professionell zu spielen.

Für Hofstra lief es von Anfang an schlecht, und Long Beach führte mit 21 Punkten in der 1. Halbzeit und rund 6:00 Minuten zu spielen.

Coach Gaeckler hat meinen Namen angerufen und mich zum Scorertisch geschickt, um mich einzuwechseln. Ein Freund erzählte mir später, dass ich wie ein Besessener gespielt habe. Ich war überall im Angriff und bewegte mich mit und ohne Ball wie der Energizer-Bunny.

Ich kann mich immer noch an die Szene erinnern, wie die Menge wild jubelte, als ich von der Freiwurflinie bis zur Baseline gerannt bin, um einen Schuss von Nate Stephens zu blocken. Himmel ja ... Ich war aufgeregt. Nate war 2, 10 Meter gro und wurde noch im selben Jahr von den Golden State Warriors unter Vertrag genommen. Ich spielte schon wie ein Wahnsinniger - das erhöhte den Adrenalinspiegel. In der Halbzeit lagen wir mit 10 hinten - ich hatte die Offensive gespielt - spielte gute Verteidigung und hatte zweimal getroffen.

Als wir in der Halbzeit durch die Halle in den Umkleideraum ging, sagte Albie zu mir: "Du hast großartig gespielt, es gibt keine Möglichkeit, dass du nicht die zweite Hälfte startest. Nun, ich habe nicht nur die 2. Halbzeit nicht begonnen, ich bin für keine einzige Sekunde wieder auf den Platz gekommen! Keine Sekunde - Gäckler hat mich nicht einmal angesehen. Ich konnte es nicht verstehen. War er wütend? Hatte er mich in der ersten Halbzeit ins Spiel gebracht, als wir so heftig geschlagen wurden, weil er dachte, dass es jetzt egal wäre, wenn ich reinkäme?

Vielleicht hatte er sich den Wünschen von Boats und Albie gebeugt, nur um sie glücklich zu halten und "deren Spieler" auf die große Bühne stellen und sich selbst blamieren lassen. Dann würde er zu jedem sagen: "Ich habe es dir gesagt" und das wäre das Ende. Ich hatte gewartet und gearbeitet und meine Chance verdient. Als meine Chance kam, hatte ich das Beste daraus gemacht. Ist das nicht so, wie es funktionieren soll?

An jenem Tag, Samstag, den 9. Dezember 1972, verlor ich allen Respekt für diesen Coach; aber ich hatte viel gelernt. Ich habe gelernt, dass, nur weil du hart gearbeitet hast, das nicht heißt, dass du gewinnen wirst. Ich lernte, an mich selbst zu glauben, und zwar unabhängig davon, was andere sagen oder tun.

Danach habe ich nie eine Zeile in meinem allzeit beliebten Gedicht aus den Augen verloren - Ich fing an, mich alle paar Monate selbst zu bewerten und mich mit der Person zu vergleichen, die in **Rudyard Kiplings "If"** dargestellt ist:

> **“If” ...**
>
> **“If you can trust yourself when all men doubt you,**
>
> **But make allowance for their doubting too...”**

Ich habe gelernt, dass es dich nicht unbedingt zu einem Verlierer macht, wenn du nicht als Gewinner aus einem Spiel oder Konflikt kommst - es könnte nur sein, dass es das Beste war, was du unter diesen Umständen tun konntest.

> **Sometimes all you can do ... is all you can do.**

Ich beendete die Saison, machte meinen Abschluss und bereitete mich auf die Herausforderungen vor, die sich mir stellten.

Meine fünf Jahre in Hofstra waren voller großartiger Erinnerungen. Es war nicht nur Basketball - das ist es nie wirklich. Ich kam als 17-Jähriger mit einem Koffer und ohne Geld an die Universität. Ich hatte keine Ahnung, was auf mich zukommen würde. Der Basketball bot mir ein Umfeld mit Unterstützung - ich war alleine, aber da war jemand, der zuschaute.

Der Coach, der mich rekrutiert hatte, war weg, aber Coach Lynner war da, um seinen Platz einzunehmen. Als er merkte, wie schlimm meine Situation war, sprang er sofort ein und versuchte zu helfen. Zuerst arrangierte er für mich einen sogenannten "Work-Study-Job".

Das war eine Möglichkeit, etwas Geld zu verdienen, das über mein Stipendium hinausging. Es gab mir genug, so dass ich nicht in meinem Schlafsaal sitzen musste, wenn die anderen Jungs vom

Campus zum Essen gingen. Es gab mir genug, um gelegentlich eine Hose oder Schuhe zu kaufen. Was du vielleicht in einigen alten Filmen wie "One-on-One" mit Robbie Benson gesehen hast, ist wahr. Diese Jobs waren genau so, wie sie dargestellt wurden.

Ich wurde dafür bezahlt, einmal in der Woche die Treppen von Calkins Gym zu fegen. Klingt wie ein richtiger Job! - Die Wahrheit ist, dass Calkins ein Gebäude , bestehend aus nur einem Stockwerk war und es nur eine Stufe gab, die ins Gym führte. Ich denke das ist ein relativ einfacher Job...?

Nun, Wandy W. war Kapitän des Varsity-Teams, mein Freshman-Jahr. Er war auch ein herausragendes Running-Back in der Football-Mannschaft, die einberufen wurde und einige gute Jahre mit den Denver Broncos hatte. Wandy hatte auch einen Job, für den er bezahlt wurde. Er war mein Vorgesetzter und seine Aufgabe bestand darin, sicherzustellen, dass ich meinen Job gemacht habe. Das waren die guten alten Zeiten.

Coach Lynners Bemühungen um mich gingen viel weiter als nur einem Spieler zu helfen, weil er ein guter Basketballspieler ist. Es zeigte mir, wie wichtig mein Wohlbefinden für ihn war. Er recherchierte und involvierte den Direktor des NOAH-Programms, Jim Boatwright. Sie fanden heraus, dass meine Umstände mich zu einer "Staatsmündel"gemacht hatten. Das bedeutete, dass der Staat Pennsylvania für mein Wohlergehen verantwortlich war, und das hieß, finanzielle Unterstützung zu leisten - sozusagen wie Kindergeld.

Außerdem haben sie dafür gesorgt, dass ich einen Pell Grant erhalten habe (im Grunde ein Bundeskredit, der nicht zurückgezahlt werden muss). Sobald es bewiesen wurde, dass ich mich für alles oben genannte qualifizierte, war es wie in einer Traumwelt. Ich konnte leben wie die anderen Studenten. Ich konnte eine Stereoanlage und Platten für mein Zimmer kaufen.

Ich konnte es mir leisten, ins House of Pancakes für Schokoladen-Pfannkuchen und ins White Castle zu gehen, um diese kleinen quadratischen Hamburger zu essen. Es war einfach großartig, etwas Extrageld zu haben, um ein normales Leben zu führen.

Ich erinnere mich, dass ich als Senior in der Schule meinen Führerschein bekommen habe und ich ein Auto kaufen wollte. Es war Coach Lynner, der mein erstes Darlehen unterschrieb und mir das Geld für die Anzahlung gab. Das war das Auto, das ich gefahren habe, als wir in Florida ein Turnier gespielt haben und vom JFK Airport geflogen sind. Als wir zurückkamen, war es kalt und hatte geschneit. Wir mussten das Eis von den Fenstern kratzen - innen.

Coach Lynner war an dem Tag da, an dem meine Mutter auf dem Campus auftauchte. Es war Jahre her, seit sie mich in dem Haus in Philadelphia allein gelassen hatte. Es war mein Juniorjahr und wir waren beim Training, als P.K. rief mich rüber und sagte - "Raymond, du musst zurück in die Studenten-Wohnung " - ich fragte ihn, wofür. Er sagte: "Du hast einen Besucher."

Für einen kurzen Moment erinnerte ich mich an meine Jugend und sowas bedeutete normalerweise, dass die Polizei an der Tür war. Dann fragte ich ihn nochmal, wer es war. Er antwortete nur: "Hol deine Sachen und geh‘ zurück in die Studenten-Wohnung!" P.K. musste mich praktisch dazu zwingen, das Training zu verlassen und in den Schlafsaal zu gehen, und ich ging mit einiger Besorgnis. In den weitesten Bereichen meiner Vorstellung hätte ich dieses Szenario nicht vorhersehen können. Ich ging in die Lobby und dort stand Ella Jane Ingram, meine Mutter. Es gab keine wirklichen Grüße - keine Umarmungen und Küsse - Ich fragte sie, was sie wollte und sie sagte so etwas wie "Ich wollte dich sehen und helfen, auf dich aufzupassen usw. ... etc ..." Ich weiß nicht wirklich, was sie wollte und gab ihr keine Gelegenheit, es wirklich zu erklären ... Ich sagte ihr einfach, dass ich eine Mutter gebraucht hätte, die auf mich aufpasste, als ich ein Junge war ... und sie war nicht da. Jetzt bin ich im College und spiele Basketball mit einem Stipendium - Es ist ein bisschen spät.“ Ich verließ die Lobby und kehrte ins Gym zurück. Ich habe seither weder von ihr noch von irgendjemand anderem in meiner Familie gesehen oder gehört.

Coach und ich redeten über diesen Tag mehrere Male in der nächsten Zeit, aber er versuchte nie, mir zu sagen, was zu tun war und unterstützte alle Entscheidungen, die ich traf.

Ich muss Basketball außer Acht lassen, wenn ich an P.K. denke. - Und das ist in diesem Fall einfach. Für Paul K. Lynner ging es um mehr als Basketball. Ich glaube, dass er ernsthaft vorhatte, mich in der Saison 1972-1973 zu seinem Teamleader zu machen.

Er und ich haben es nie zu diesem Crossroads geschafft. Er hatte keine Verpflichtung dazu, mich zur Seite nehmen um sich dafür entschuldigen, dass ich meine angeblich letzte Saison nicht zusammen mit Bob spielen durfte - aber er tat es. Das war ein "mannsgroßes" Eingeständnis und ich habe es geschätzt.

Wenn es Zeiten in meinem Leben gäbe, die ich wiederholen könnte wie im Film "Ground-Hog Day", dann wäre es meine Zeit in Hofstra. Ich würde es in eine Endlosschleife legen und es wieder und wieder leben. Es kann wirklich als eine jener Perioden eingestuft werden, die du beschreibst, wenn du sagst: **"Es war die beste Zeit und es war die schlimmste Zeit".**

Kapitel 12

Crossroad # 5 ... Die NBA / Der nächste Schritt

NBA - Der Traum gegen die Realität

Was ist der Unterschied zwischen Träumen und Zielen? Wir reden alle über diese Dinge, aber hast du jemals wirklich darüber nachgedacht, was sie auszeichnet? So sieht es für mich aus: Ein Traum ist etwas, oft weit weg, an das du denkst, und dir wünschst, dass es dir passieren würde. Ein Ziel ist etwas, das in der Ferne gleich weit entfernt sein kann, aber du denkst nicht nur darüber nach und wünschst dir, es würde dir passieren. Du gehst danach. Du legst deine Energie, manchmal sogar dein Herz und deine Seele in den Versuch, es zu erreichen.

Wenn du nicht bereit bist, so hart wie möglich zu arbeiten und möglicherweise sogar Opfer zu bringen, um deine Ziele zu erreichen, dann werden sie immer nur Träume bleiben und du wirst wahrscheinlich nie sehen, dass sie Wirklichkeit werden. In der NBA zu spielen war einer meiner Träume.

Als ich ein Junge war, habe ich Spieler wie Oscar Robertson und Jimmy Walker beobachtet – nein – ich habe sie studiert und versucht, das Beste aus ihrem Spiel in mein eigenes aufzunehmen. Ich habe fast jeden Tag trainiert. Es war egal, ob es regnete - Es war egal, ob Schnee auf dem Boden lag - Es war egal, ob es 35 Grad waren - ich trainierte! Wo auch immer ich hinging, nahm ich meinen Basketball mit.

Als ich Senior in der Olney High School war, gab es in den Wochen vor dem Abschlussball einen Witz in der Schule. Alle sagten, dass beim Abschlussball eine Limousine vorfahren würde, ich in meinem Anzug ausstieg, auf die andere Seite gehen, die Tür öffnen – ein Basketbll würde herausrollen. Es machte mir nichts aus. In der Tat dachte ich zu der Zeit, dass es ziemlich cool war.

Der Traum, in der NBA zu spielen, war definitiv fest in meinen Gedanken verankert, aber ... Ich hatte das Glück, dass meine Coaches mir die Werkzeuge gegeben hatten, um über den Traum hinaus zu sehen.

Ich habe früh gelernt, dass es nicht nur eine Frage des Talents und manchmal nicht einmal eine Frage der Arbeitsethik ist. Ein anderer weiser Mann erinnerte mich einmal daran: "Nur weil du hart arbeitest, heißt das nicht, dass du gewinnen wirst." Als ich 18 Jahre alt war, war ich bereit, härter als jeder andere zu arbeiten, und ich glaube, dass ich genau das getan habe. Gleichzeitig wurde mir klar, dass, egal wie hart ich arbeitete, es immer die Möglichkeit gab, dass ich es nicht schaffen würde. Ich habe dies mathematisch betrachtet. Ich berechnete, dass die Wahrscheinlichkeit, dass ein Junge in Amerika in die NBA kommen könnte, 1: 500.000 betrug. Frag mich nicht, wie ich zu der Zahl gekommen bin, aber genau das habe ich mir immer gedacht und auch jedem jungen Spieler, mit dem ich gearbeitet habe, erzählt.

Ich sagte mir, dass ich besser einen "Plan-B" haben sollte. Ich hatte gesehen, was mit so vielen jungen Spielern passiert war, die sicher waren, dass sie der nächste Oscar Robertson, Bob Cousy, Elgin Baylor oder Jerry West waren. Sie verbrachten ihre Zeit auf dem Hof und ignorierten alles andere. Dann, als die Realität sie traf, war es zu spät ... Keine NBA - Keine Bildung - Kein Job -

Keine Zukunft. Ich war entschlossen, dass das nicht mein Schicksal sein würde.

1973-1976 ... Jagd auf den Traum / Prospect Park

Nun, ich habe es geschafft. Ich habe die Saison beendet, das Studium absolviert und meinen Abschluss gemacht.

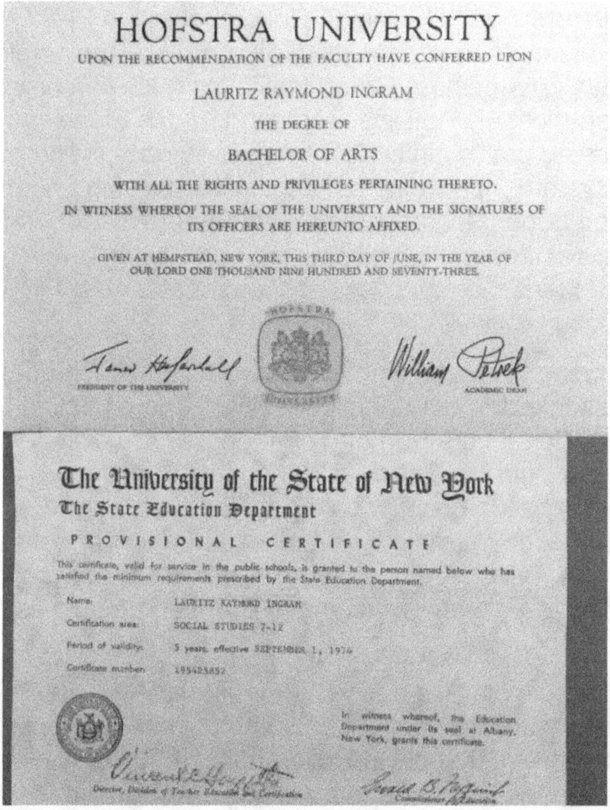

HOFSTRA UNIVERSITY

UPON THE RECOMMENDATION OF THE FACULTY HAVE CONFERRED UPON

LAURITZ RAYMOND INGRAM

THE DEGREE OF

BACHELOR OF ARTS

WITH ALL THE RIGHTS AND PRIVILEGES PERTAINING THERETO.

IN WITNESS WHEREOF THE SEAL OF THE UNIVERSITY AND THE SIGNATURES OF ITS OFFICERS ARE HEREUNTO AFFIXED.

GIVEN AT HEMPSTEAD, NEW YORK, THIS THIRD DAY OF JUNE, IN THE YEAR OF OUR LORD ONE THOUSAND NINE HUNDRED AND SEVENTY-THREE.

PRESIDENT OF THE UNIVERSITY

William Petrek

ACADEMIC DEAN

The University of the State of New York

The State Education Department

PROVISIONAL CERTIFICATE

This certificate, valid for service in the public schools, is granted to the person named below who has satisfied the minimum requirements prescribed by the State Education Department.

Name: LAURITZ RAYMOND INGRAM

Certification area: SOCIAL STUDIES 7-12

Period of validity: 5 years, effective SEPTEMBER 1, 1974

Certificate number: 195425852

In witness whereof, the Education Department under its seal at Albany, New York, grants this certificate.

Director, Division of Teacher Education and Certification

Commissioner of Education

Die Wahrheit ist, dass ich immer noch nicht sicher war, was ich erreicht hatte, wenn ich überhaupt etwas erreicht hatte. Ich sah mich um und sah, was meine Klassenkameraden taten und sagten. Hofstra hatte viele Studenten aus wohlhabenden Familien.

Ich sah viele in ihren neuen Autos davonfahren, die ihnen zum Abschluss geschenkt wurden. Ich hörte die Gespräche über die

Reisen nach Europa, die sie vor Arbeitsbeginn noch machen wollten. Ich hörte ihnen zu, wie sie mit Namen von wichtigen Personen und den kommenden Interviews mit ihnen, angaben. Viele von ihnen wussten, dass es ein Netzwerk gab, auf das sie Zugriff hatten, und dieses Netzwerk würde ihnen den Einstieg erleichtern. Und ich? ...

Nun, zuallererst, war ich wohl die inkompetentste Person auf dem Planeten, wenn es um Networking ging. Es war meine eigene Schuld. Aus irgendeinem Grund stellte ich mich immer als Einzelgänger dar, nicht als Außenseiter, sondern als Einzelgänger. Ich ging nicht weg um "mein Ding" zu machen oder stellte mich "gegen das System". Ich wollte einfach ich selbst sein und meinen eigenen Weg gehen. Ich hatte nicht das Bedürfnis, auf andere angewiesen zu sein (oder wollen). Daher habe ich nie versucht, Beziehungen zu Menschen zu pflegen, die mir später die Türen öffnen könnten.

Ich hatte keine Liste von Namen in einem Notizbuch oder einen Stapel Visitenkarten oder ähnliches. Während es einige gibt, die versuchen, sich an die Namen von Menschen zu erinnern, denen sie begegnen, bin ich einer von denen, die den Namen einer Person in der Regel vergisst, sobald der Händedruck endet. Tatsächlich versuchte ich normalerweise, die Hände von anderen nicht zu schütteln, wenn ich jemandem vorgestellt wurde- etwas, das wirklich ein Problem wurde, als ich nach Europa kam, wo es ein Teil der Kultur ist.

Wenn du jemals ein Bild davon bekommen willst, wie ich dachte, besorg dir eine Kopie des Films "Hombre" mit Paul Newman. Ich habe mich oft selbst in diese Rolle projiziert. Ich denke, dass viele Leute mich immer als unfreundlich, sogar arrogant gesehen haben. Das ist wahrscheinlich auch meine Schuld. Es war nicht meine Absicht, aber ich war damit einverstanden, und deshalb habe ich nichts unternommen, um mein Image zu verbessern. Wo hat mich das alles an Abschlusstag hingeführt? Es brachte mich in eine Situation, in der ich sofort bereit sein musste, mein Leben zu regeln ("hit the ground running").

Dinge, die nach dem Abschluss stattfinden würden:

1) Mein Pell Grant würde enden

2) Meine finanzielle Unterstützung durch den Staat Pennsylvania würde enden

3) Mein Zugang zu Universitätsunterkünften würde auslaufen. Kurz gesagt, ich wäre obdachlos und mittellos.

Es gab kein ... "Nun, ich kann nach Hause gehen und bei meinen Eltern bleiben bis ich etwas finde."

Wenn ich nicht schnell eine Lösung finden würde, wäre mein Schicksal nicht anders als das der Obdachlosen, die unsere Straßen durchstreifen.

Ich war ein College-Athlet mit einem Abschluss - na und?

Wieder werde ich ein Lied von Lou Rawls nehmen –

„They don‘t give medals to yesterday‘s heroes“

Das heißt - Du musst dir immer selbst einen Weg bahnen. Ich wollte immer noch Profi-Basketball spielen, aber ich wurde nicht eingezogen.

Verdammt, ich hatte nicht einmal eine respektable Saison. My Statistiken würden einem Highschool-Coach nicht auffallen, geschweige denn von einem NBA-Team.

1972-73 Hofstra Pride Roster and Stats

← Previous Season   Next Season →

Overall: 8-16 .333 W-L% (183rd of 217)
Conference: 1-5, 6th in Mid. Atl. East
Coach: Roger Gaeckler (8-16)
PS/G: 68.3 (194th of 216)
PA/G: 79.8 (160th of 216)

Player	G	FG	FGA	FG%	FT	FTA	FT%	TRB	AST	PF	PTS
John Farmer	24	147	361	.407	82	113	.726	264	33	84	376
Matt LiRuma	24	101	228	.443	25	36	.694	44	81	78	227
Dale Davis	24	85	247	.344	26	38	.684	194	50	72	198
Dwight Adams	21	87	226	.385	18	31	.581	63	23	55	192
Ricky Whitfield	22	83	201	.413	25	36	.694	95	7	58	191
Rich Baudouin	24	49	111	.441	11	17	.647	24	31	40	109
Billy Porter	23	35	96	.365	8	15	.533	62	12	44	78
John Macukas	21	33	100	.330	10	23	.435	64	8	33	76
Ron Hooks	20	12	32	.375	7	15	.467	21	31	28	31
Ray Ingram	8	10	25	.400	3	6	.500	3	23	6	23
Jack Elg	10	7	22	.318	5	9	.556	9	6	5	19

Team & Player Stats

HoFSTRA

T[illegible]TAL STATS [illegible]

	G	FG-FGA	Pct.	FT-FTA	Pct.	Ass't	No-Avg	No-Avg
Farmer	24	147-361	.407	82-113	.726	33	264-11.[illegible]	376-15.7
Li Puma	24	101-228	.443	25-36	.[illegible]4	[illegible]	48-1.8	227-[illegible].5
D. Davis	24	85-24[illegible]	.341	2[illegible]-38	.684	50	1[illegible]4-8.1	1[illegible]8-8.3
D. Adams	21	87-226	.385	18-31	.581	23	63-3.[illegible]	1[illegible]-1[illegible]
Whitfield	22	83-201	.413	25-36	.[illegible]4		[illegible]5-4.3	1[illegible]1-8.[illegible]
Wolfson	1[illegible]	73-153	.4[illegible]	1[illegible]-[illegible]	.[illegible]7	[illegible]4	54-2.8	1[illegible]2-8.5
Baudouin	24	4[illegible]-111	.441	11-17	.[illegible]47	31	[illegible]4-1.[illegible]	1[illegible]-4.5
Porter	23	35-[illegible]	.3[illegible]5	8-15	.533	12	62-2.7	78-3.4
Macukas	21	33-1[illegible]	.33[illegible]	1[illegible]-23	.435	8	64-3.[illegible]	7[illegible]-3.[illegible]
Hooks	20	12-32	.375	7-15	.467	31	21-1.1	31-1.[illegible]
Ingram	8	10-25	.4[illegible]	3-[illegible]	.5[illegible]	[illegible]	3-0.4	23-2.[illegible]
Elg	10	7-[illegible]	.31[illegible]	5-[illegible]	.55[illegible]	[illegible]	[illegible]	1[illegible]-1.[illegible]

Team Rebounds -------------144-5.[illegible]

Also dachte ich....!

Denk dran – „**Es gibt immer jemanden, der zuschaut.**“

Jemand hatte zugeschaut - ich erhielt einen Anruf, der mich darüber informierte, dass die NY Nets mich einluden, mehrere Testrainings (try-out) mitzumachen. Jetzt kommen wir zu etwas zurück, was ich vorher gesagt habe ... du brauchst eine Chance und du musst bereit sein, wenn diese Gelegenheit kommt.

Die Gelegenheit war gekommen und ... Ich arbeitete wie ein Verrückter, um bereit zu sein. Als die try-outs kamen, fühlte ich mich ziemlich gut. Ich erinnere mich noch so deutlich, dass die Guards gerufen wurden und der Chefcoach uns Platz nehmen ließ und sagte: "Ich weiß, dass ihr Punkte machen könnt, aber wir suchen nach jemandem, der das Team führen, die Offenses laufen kann sowie ein Anführer in der Verteidigung sein kann." Ich denke mir: "Hat er gerade meinen Namen gerufen?"

No.	Player	Pos	Ht	Wt	Birth Date	Exp	College
32	Julius Erving	SF	6-7	210	February 22, 1950	2	University of Massachusetts Amherst
12	Mike Gale	PG	6-4	185	July 18, 1950	2	Elizabeth City State University
44	Gary Gregor	SF	6-7	225	August 13, 1945	5	University of South Carolina
35	Larry Kenon	PF	6-9	205	December 13, 1952	R	University of Memphis
30	Bob Lackey	SG	6-5	200	April 4, 1949	1	Marquette University
4	Wendell Ladner	SF	6-5	220	October 6, 1948	3	University of Southern Mississippi
25	Bill Melchionni	PG	6-1	165	October 19, 1944	6	Villanova University
44	Jim O'Brien	SF	6-7	200	November 7, 1951	R	University of Maryland
5	Billy Paultz	C	6-11	235	July 30, 1948	3	St. John's University
22	Rich Rinaldi	SG	6-3	195	August 3, 1949	2	Saint Peter's College
13	John Roche	SG	6-3	170	September 26, 1949	2	University of South Carolina
15	Billy Schaeffer	SF	6-5	200	December 11, 1951	R	St. John's University
40	Willie Sojourner	C	6-8	225	September 10, 1948	2	Weber State University
14	Brian Taylor	PG	6-2	185	June 9, 1951	1	Princeton University
22	Oliver Taylor	SG	6-2	194	March 7, 1947	3	University of Houston
23	John Williamson	SG	6-2	185	November 10, 1951	R	New Mexico State University

NY Nets 1973-74 Roster

Ich habe jede Woche mit vier dieser Spieler gearbeitet. Ich wusste in meinem Herzen, dass ich auf ihrem Niveau spielen konnte Ich erinnere mich auch, dass es das erste Mal war, dass ich den „continuous fast-break drill“ erlebt habe.

Ich erinnere mich so gut daran, weil es der Tag des „Final Cut“ war. Es waren nur zwei unsignierte Guards übrig, ich und George B.

Ich erinnere mich daran, weil ich es geschafft habe, fünf mal in Folge den Ball zu erobern und den nächsten Angriff zu starten. Ich werde nicht versuchen, die Übung hier zu beschreiben. Ich kann nur sagen, dass ich mir nicht vorstellen kann, dass das zu jeder Zeit passiert, und sicherlich nicht, wenn Spitzenathleten und Möchtegern-Profis es versuchen.

Ich erinnere mich so gut daran, weil ein Sportautor aus den Daily News zu mir sagte: "Du wirst es schaffen! Nach dieser Vorstellung gibt es keine Möglichkeit, nicht ins Team zu kommen. " Er sprach mit mir, wie Albie zur Halbzeit des Long Beach State-Spiels gesprochen hatte. Ich fühlte mich wirklich gut. Nicht nur wegen dem, was er gesagt hat, sondern weil ich tief in mir wusste, dass ich mich selbst bewiesen hatte.

Später am Nachmittag rief mich der Coach an und sagte mir, dass sie mich gehen lassen würden und sagte dazu: "Du hast einen tollen Job gemacht. Du hast einfach nicht genug Punkte gemacht! " Willst du wissen, wie es sich anfühlt, mit einem Baseballschläger ins Gesicht geschlagen zu werden? Frag mich. Ich hatte diese Erfahrung an diesem Nachmittag. Später erfuhr ich, dass ein neuer Spieler unterschrieben hatte, der nicht im Camp gewesen war.

John Williamson ... Er war definitiv ein besserer „Scorer“ als ich. Also was nun? Ich hatte in dem Studenten-Wohnheim in Hofstra gelebt, weil ich einen Job als Resident Assistant (RA) für den Sommer bekam.

Also hatte ich eine Unterkunft, kostenlose Mahlzeiten in der Cafeteria und ein bisschen Geld. Das war auch eine großartige Sommererfahrung, weil die New York Jets der National Football League (NFL) ihr Trainingslager auf Hofstras Campus hielten und die Spieler in den Schlafsälen wohnten.

Ich hatte die Chance, nicht nur einige der Spieler kennenzulernen, sondern auch mit ihnnen im Kraftraum zu trainieren und etwas Basketball zu spielen. In einem Sommer, als Quarterback Al Woodall früh ins Camp kam, lief ich für ihn als Passempfänger, um ihm bei der Vorbereitung zu helfen.

Ich habe gelernt, dass es einen großen Unterschied gibt, ob man sich mit seinen Freunden einen Football zuwirft oder Pässe von einem professionellen Footballspieler bekommt.

Ich habe bei meinen Job ein wenig geschummelt Jeden Nachmittag um die Mittagszeit verschwand ich um zur Long Island Lutheran High School zu fahren. Reverend Ed Vischer leitete eines der Basketball-Sommerlager in Amerika. Die Qualität der Coaches und Berater war unübertroffen.

Während der Mittagspause im Camp spielten die Coaches und Berater und alle Camper saßen um den Hauptplatz und schauten zu. Das Niveau des Wettbewerbs war erstaunlich. Die Zahl der künftigen College-Stars und professionellen Spieler, die an diesen Spielen teilgenommen haben, würde ein Buch füllen. Ich nahm generell eine zweieinhalbstündige Mittagspause ein, machte es aber am späten Nachmittag wieder wett. Der Sommer ging zu Ende, ich musste einen Job finden.

Jemand von der Abteilung für Gesundheit, Bildung und Soziales war auf den Campus gekommen, um Leute zu interviewen, und irgendwie haben sie auch mich ausgewählt. Die Regierung wollte einige unabhängige Umfragen über Schulmittagessen. Ich sollte diese in 6 Wochen in 11 Staaten durchführen. Ich fuhr von New York durch North Carolina, South Carolina, Virginia, Georgia, Alabama, Mississippi, Louisiana, Florida, Arkansas, Texas und New Mexico. Ich ging in die Schulen und bat den Schulleiter, mir ein oder zwei seiner Klassen zu überlassen. Ich verwaltete die Umfragen, sammelte sie und manchmal wurde ich sogar eingeladen, zu Mittag zu essen, wenn das Timing stimmte.

Dann bin ich zum nächsten Ziel gefahren. Es war eine gut koordinierte Aktion. Alle Schulen waren im Voraus informiert worden und größtenteils ging es gut. Es gab ein paar hochgezogene Augenbrauen, als dieser schwarze Mann in einem Auto mit Nummernschildern aus New York vor die Schule fuhr, aber es gab keine Probleme. Es schien fast so, als ob ich ein bisschen mehr Respekt bekommen hätte, denn für den Schulbezirk bedeutete es "Hey, da ist jemand von der Regierung, der uns kontrolliert.

Behandle ihn gut, damit unsere Finanzierung fortgesetzt werden kann ". Mir ging es gut. Meistens übernachtete ich in den damals neuen Days Inn Hotels. Ich hatte eine Kontaktnummer in New York, die ich anrufen hatte, wenn die Mittel knapp wurden. Ich sagte ihnen sagen, wo ich war und wo ich am nächsten Tag hinfuhr und sie schickten meine nächste Ausgabenrate über Western Union. Ich habe schon erwähnt, dass ich die Freiheit, die ich fühlte, wenn ich auf offener Straße war, liebte, also war das wie ein Traumjob für mich.

Aber als der September kam, brauchte ich einen "richtigen" Job. Als ich von meiner Reise zurückkam, kannte ich jemanden im Wohnamt, der mir helfen konnte, in einen der Apartmentkomplexe der Universität zu kommen. Sein Name war Franklin und er war ein begeisterter Fan von Hofstra Basketball. Ich wollte noch einen Versuch starten, professionell zu spielen. Ich wollte mein Leben nicht damit verbringen, den Traum zu verfolgen, aber gleichzeitig wollte ich sagen können, dass ich alles in meiner Macht stehende getan habe und dass es einfach nicht sein sollte.

Ich wollte nicht noch einer jener Leute sein, die den Rest ihres Lebens damit verbringen mit der Aussage: **"Ich hätte das tun können, wenn ... ich hätte das tun sollen ... ich hätte das getan, aber ..."** (Lou Rawls wieder ... **"Coulda, Woulda, Shoulda"**)

Also brauchte ich etwas, das mir dabei helfen würde, in Form zu bleiben. Die Arbeit, die mir versprochen worden war, als ich für Hofstra rekrutiert wurde - erinnere dich an Certified Public Accountant - nun, das wurde während meines zweiten Jahres aus dem Fenster geschmissen, als mir klar wurde, dass "Bean Counter" (Erbsenzähler) nicht wirklich meine Berufung war. Ich hatte mein Hauptfach in Geschichte und Lehramt für Gymnasiumlehrer gewechselt. Ich hatte eine Zertifizierung, um dies zu unterrichten ... Ich bekam ein Vorstellungsgespräch an der Grace Lutheran School in Malverne und ... die Verwaltung schien mich zu mögen.

Grace Lutheran School in Malverne, New York - meine erste Stelle als Lehrer

Ich habe den Job bekommen. Es war eine Schule mit diesem einzigartigen System, in dem ein Lehrer fast alle Fächer unterrichtete. Ich hatte eine 7. Klasse. Es war eine der herausforderndsten Aufgaben, die ich je hatte. Ich lehrte Mathematik, Englisch, Naturwissenschaften, Geschichte und Physik. Auch coachte ich das Basketballteam der Schule. Ich ging nach dem Unterricht und dem Basketballtraining in der Regel direkt ins Gym in Hofstra und trainierte entweder alleine oder mit Mitgliedern des Hofstra-Teams.

Als mein Training beendet war aß ich etwas und ging nach Hause um zu lernen. Ich musste versuchen, den Lehrbüchern der Klasse voraus zu sein. Ich glaube ehrlich, dass ich härter gelernt habe, um mich jeden Tag als Lehrer vorzubereiten, als ich es als Student getan habe. Ich habe versucht, diese Kinder nicht merken zu lassen, dass ich nichts wusste. Wenn du in dieser Art von Schulsystem unterrichtest, ist es unmöglich, dich nicht an "deine" Kinder zu binden. Ja, es war definitiv eine Herausforderung, aber es war lustig und lohnend. Ich wäre vielleicht länger geblieben als das Jahr, in dem ich dort beschäftigt war, aber es gab einen Konflikt.

Die Schule hatte eine Kleiderordnung. Einer der Punkte der Kleiderordnung war, dass die Kinder keine Turnschuhe tragen durften, außer für ihren Sportunterricht. Nach ein paar Wochen rief mich der Direktor in sein Büro, um den Code zu besprechen. Er sagte mir, es sei seine Meinung, wenn Kinder Straßenschuhe tragen würden, würden sie weniger in den Fluren herumrennen. Ich hörte auf all seine Argumente und antwortete dann mit dem, was ich wirklich glaubte. Ich sagte ihm, dass Kinder Kinder sind und dass sie herumrennen werden, wenn der Drang oder die Situation es erfordert.

Es ist egal, was sie tragen. Kinder werden Kinder sein. Nun, der Grund dafür war, dass ich die ganze Zeit Turnschuhe trug. Lange bevor es "in" wurde, wie es heute ist, trug ich eine Anzughose, ein Hemd und eine Krawatte ... und ... Turnschuhe. Ich meine nicht kaputte, dreckige und baufällig aussehende Turnschuhe. Ich trug immer neue und konservativ gefärbte Basketballschuhe und sie waren teuer ... aber trotzdem waren sie Turnschuhe und das widersprach der Kleiderordnung der Schule.

Nach einigen Diskussionen in den folgenden Wochen sogar Monaten wurde es ein Streitpunkt zwischen mir und dem Direktor. Ich denke, es wurde wirklich ein Problem, als meine Kinder begannen, ihre Schuhe zu wechseln, wenn sie in meinem Klassenzimmer waren. Sie begannen, diesen Teil der Kleiderordnung zu hinterfragen. Ich versuchte ihnen zu erklären, dass es etwas Persönliches für mich war und dass sie in einer anderen Position waren.

Sie mussten den Regeln folgen. Warum war die Regel für Kinder und nicht für Lehrer? Ich habe ihnen wiederholt gesagt, dass sie den Regeln folgen müssen, solange sie an Ort und Stelle sind oder bereit sind, die Konsequenzen zu akzeptieren. Was mich betrifft, wurde mir klar, dass ich auch eine Verantwortung hatte. Ich setzte mich mit dem Schulleiter und wir diskutierten erneut. Er sagte ich konnte im nächsten Schuljahr weitermachen, aber ich musste versprechen, alle Regeln zu befolgen. Am Ende sagte ich ihm, dass ich nicht zurückkehren könne, weil ich der Regel einfach nicht zustimme.

Ich hatte kein Problem mit einer Kleiderordnung, aber der Grund, der verwendet wurde, um den "No-Sneaker" -Teil zu rechtfertigen, ergab keinen Sinn. Ich hatte jedoch ein Treffen mit meiner Klasse und vielen ihrer Eltern. Einige der Kinder sagten, dass sie nicht zur Schule kommen würden, wenn ich gefeuert werde oder nicht zurück komme.

Ich sagte ihnen, dass es meine Entscheidung war und dass die Verwaltung nichts falsch gemacht hatte. Ich habe versucht sicherzustellen, dass sie verstehen, dass Regeln Regeln sind und dass sie eingehalten werden müssen. Wenn du mit etwas nicht einverstanden bist, kannst du versuchen, Veränderungen in einer akzeptablen Weise herbeizuführen, aber du musst versuchen, sicherzustellen, dass du deine Handlungen durchdacht hast, bevor du diese Maßnahme ergreifst. Schließlich musst du sicher sein, dass du bereit bist, die Konsequenzen deiner Handlungen zu akzeptieren.

Dann, wenn es dir das wert ist - geh 'dafür. Ich dachte, dass das Tragen von Sneakers etwas ist, das ich mag und dass es nichts mit anderen zu tun hat. Aber wie sich herausstellte, waren die Grace Lutheran School und ihr Schulleiter involviert und meine Kinder waren schließlich involviert und betroffen ... **"Es gibt immer jemanden, der zuschaut ..."**

Da war ich wieder, ein arbeitsloser Basketball-Junkie. Das einzige, was ich vielleicht sogar im Entferntesten als negativ empfinde, wenn ich versuche, professionellen Basketball zu spielen, ist, dass, während ich hinter einem Traum her war, ein Freund angerufen hatte, um mir einen Job anzubieten. Ich war zu der Zeit nicht in New York. Dieser Freund war Jimmy Valvano. Er wollte mir einen Job als sein Assistent in Iona geben. Ich war nicht dort und er konnte nicht warten. Ich schätze, ich habe es vermaselt . Meine Beziehung mit der Familie von Jimmy und Valvano war ungewöhnlich aber besonders. Ich traf Jim Valvano zum ersten Mal, als er bei Rutgers spielte. Er und Bob Lloyd spielten in einem Turnier au meinem Heimplatz (Mann Recreation Center in Philadelphia).

Ich war zu der Zeit 15 und ich war dort, weil ich ein „Gym Rat“ war. Ich habe fast jedes Turnier besucht, das beim Rec gespielt wurde. Aus mehreren von Gründen. Es gab viele sehr gute Spieler und ich wollte zusehen und lernen. Ich konnte auch ein paar Cent verdienen, indem ich Punkte für die Spiele erfasste und die

Getränkeflaschen einsammle, die die Mannschaften nach ihren Spielen zurückgelassen haben. Damals konntest du mit 10 Cent noch einiges holen, und weil der Guggliamucci's Store an der Ecke war, war es einfach, das Leergut einzusammeln, zum Laden zu laufen und sie einzulösen (2 Cent pro Flasche) und schnell wieder zu den Basketball-Courts zurück zu kehren. An diesem Samstagmorgen hatte ich mich angemeldet, um den Spielbogen beim Turnier zu machen. Ich hatte vor dem Start auf einen der Seitenkörbe geschossen.

Die Zeit für den Spielbeginn rückte näher und das Rutgers Team hatte immer noch nur vier Spieler. Jimmy kam zu mir und sagte, dass sein Team einen fünften Spieler brauchte. Er fragte, ob ich spielen wolle. Ich sagte ja, und das war der Beginn einer Beziehung, die vom Schicksal geprägt war und die später zu einer Freundschaft werden sollte.

Lass mich diese erste Begegnung ins rechte Licht rücken, damit du verstehst, warum ich sie für etwas Besonderes halte. Du siehst, dass ich zu dieser Zeit ein junger high-School Spieler war. Ich wollte nur spielen und immer besser werden. Zu diesem Zeitpunkt hatte ich noch keine Ahnung, ob ich mich für gut halten konnte oder ob andere, die mich spielen sahen, dachten, ich sei jemand mit Potenzial. Dieses Turnier hat mich definitiv in die richtige Richtung gebracht.

Es hat mein Selbstvertrauen geweckt und ich glaube auch, dass es meinen Status unter den Zuschauern verbessert hat – denk daran - **"Es gibt immer jemanden, der zuschaut".** Der Grund, warum ich sage, dass es eine besondere Begegnung war, ist leichter zu verstehen, wenn man sieht, mit wem ich an diesem Tag spielen konnte: Bob Lloyd wurde später ein professioneller Basketballspieler in der American Basketball Association (ABA).

Er wurde von den Detroit Pistons der NBA in der siebten Runde des NBA-Auswahlverfahrens von 1967 unter Vertrag genommen. Lloyd begann seine ABA Karriere bei den New Jersey Americans; Das Team wurde 1968 zu den New York Nets (und ist jetzt sind sie die Brooklyn Nets der NBA).

In zwei ABA-Saisons erzielte Lloyd 1.127 Punkte in seiner Karriere, gut für einen Durchschnitt von 9.0 Punkten pro Spiel. Während seiner Zeit an der Rutgers University wurde Lloyd zum ersten All-American Team der Scarlet Knights.

Er hielt den Schulrekord für Karriere-Scoring-Durchschnitt (26,5 ppg), und als Senior 1966-67 führte er alle NCAA Division-I-Spieler in Freiwurfprozentsatz (.921) und machte 255 von 277 Versuchen. Auch in dieser Saison führte Lloyd zusammen mit Guard und College Mitbewohner Jim Valvano Rutgers zu ihrem allerersten „Post-Season" Basketballturnier, des 1967 National Invitation Tournament (NIT), in dem sie die University of New Mexico 65-60 besiegten und die Final Four erreichten.

Sie besiegten Marshall 93-76 im Spiel um Platz 3, nachdem sie gegen Walt Fraziers Southern Illinois Salukis verloren hatten.

1987 wurde Lloyd der erste Rutgers-Athlet, dessen Trikot durch Aushang geehrt wurde, was bedeutete, dass niemand im Verein jemals seine Nummer tragen durfte. Du hast also gesehen, dass ich die Gelegenheit hatte, mit zwei hervorragenden und bekannten Spielern an einer offenen, publizierten Veranstaltung teilzunehmen. Ich habe keine Ahnung, wer vielleicht zugeschaut hat, aber ich weiß, dass Jimmy mich nie vergessen hat.

Ein paar Jahre später, als ich Senior in der High School war und er Assistent bei Rutgers war, kam er zu ein paar Spielen und ich wurde von der Universität rekrutiert. Ich entschied mich fuer Hofstra, aber irgendwie blieb die Beziehung zwischen uns aktiv.

Ich arbeitete in Camps, wo er Vorträge hielt. Ich werde niemals den Sommer vergessen, als er zum Vortrag im Long Island Lutheran Camp kam. Jimmy gab einen mitreißenden Vortrag über Verteidigung.

Er sprach davon, dass ein guter Verteidiger ein Kaempferherz haben muss und es als seine Pflicht sieht, die Offense zu stoppen, was auch immer nötig ist.

Er zeigte Spielern, wie man ein „Charge“ nimmt (Offensivfoul). Er stellte seinen oft nachgeahmten "Stance Drill" vor. Seitdem benutze ich diese Übung in jedem Basketball Camp, das ich führe.

Er beendete seinen Vortrag, indem er dem Camp (fast 300 Jungen) erzählte, dass jeder, der von Coach Ingram einen „Offensivfoul“ holen könnte, eine Kiste Cola bekommen würde. Zwei Tage lang konnte ich weder aus meinem Auto steigen, noch einen Pfad auf dem Campus hinuntergehen oder zum Mittagessen gehen, ohne dass einer der Camper von hinter einem Baum oder einer Tür herausspringt und auf den Boden fällt, um diese Kiste Cola für sich selbst zu verdienen. Es war lustig.

Jimmy und ich haben über Schiedsrichter-Arbeit gesprochen und er brachte mich in Kontakt mit seinem Vater Rocco (Rocky). Rocky hat einen Kurs für Refs gehalten und ich habe bei ihm angefangen. Ich war Mitglied der International Association of Approved Basketball Officials (IAABO) # 41.

Rocky lehrte mehr als nur Regeln. Vielleicht fällt es mir deshalb so schwer, zu akzeptieren, wie Basketball Spiele heute ausgetragen werden (egal auf welchem Level).

Sicher, ich habe gelernt, was ein Foul ist und was ein Schrittfehler ist... etc. usw., aber er hat mich so viel mehr gelehrt. Ich habe von ihm gelernt, dass jeder Pfiff wichtig ist. Jedes Mal, wenn jemand eine der Regeln des Spiels bricht, sollte dieses Vorkommnis behandelt werden.

Heutzutage wird den Schiedsrichtern gesagt, dass sie zunächst das Ausmaß der Wirkung bewerten und dann entscheiden müssen, ob eine Intervention gerechtfertigt ist. Also - wenn ein Dribbler gestoßen oder geschlagen wird und er den Ball nicht verliert, lässt man das Spiel einfach weiterlaufen. Wie oft passiert es, dass ein Spieler am Ende eines Spiels, wenn die Punktzahl unentschieden ist, hart zum Korb geht, anstatt sich mit einem Schuss von außen zufrieden zu geben... und das bewusst auf Anweisung des Coaches. Es gibt erhebliche, manchmal sogar grenzwärtige Kontakte und nichts wird gepfiffen, so dass das Spiel in Verlängerung geht.

Es ist frustrierend, dann zu hören, dass ein Schiedsrichter (oder die allwissenden TV-Kommentatoren) sagen, dass die Refs der Ausgang des Spiels nicht bestimmen sollten, die Spieler sollten das tun. Auf der einen Seite hat der Coach in der Offensive seiner Mannschaft gesagt, dass sie agressiver angreifen sollen und sich nicht für die vermeintlich einfachere alternative Variante (der Schuss von außen) entscheiden sollten.

Auf der anderen Seite hat der Coach der Abwehr seiner Mannschaft gesagt: "Keine einfachen Körbe! Lass sie diese an der Foulllinie verdienen. "

Wenn es durch die Verteidigung ein zu hartes Foul oder, Seitens des Angreifers, eine zu aggressive Bewegung zum Korb gibt... dann hat jemand ein Foul begangen und in dem Moment, in dem der Schiedsrichter entscheidet, dass er nicht "den Ausgang des Spiels bestimmen will", hat er möglicherweise den Ausgang des Spiels bestimt.

Rocky verbrachte moeglicherweise mehr Zeit damit, über diese Art von Situationen zu sprechen, als über die Regeln. Wir konnten die Regeln selbst lesen – aber dieses Zeug musste absorbiert werden.

Ich erinnere mich, dass er mir etwas über den "schnellen Doppelpfiff" beibrachte. Heute höre ich nur "Das ist nicht in mein Pfiff ...!" Oder "Das ist sein Spielfeld-Bereich." Ja, es ist wahr, dass im Allgemeinen der Schiedsrichter, der der Stelle einer Regelübertretung oder eines Fouls am nähesten ist, den Pfiff tätigen sollte. **Sollte dies jedoch den anderen Ref von jeglicher Verantwortung entbinden?**

Ich persönlich betrachte es als Polizist außerhalb der Dienstzeit. Du gehst die Straße entlang und siehst wie ein Verbrechen begangen wird. Solltest du eingreifen, oder solltest du sagen, dass es die Aufgabe von jemand anderem ist... den Kopf drehen und wegschauen? Rocky hat uns gelehrt, nur ein bisschen zu warten, und wenn wir etwas sehen, das nicht ignoriert werden sollte, dann sollten wir zweimal schnell pfeifen, um unseren Partner wissen zu lassen, dass etwas kommt. Er lehrte uns, dass der zweite Ref nicht das Gefühl haben sollte, dass seine Autorität in Frage gestellt war.

Er sollte einfach verstehen, dass sein Partner etwas gesehen hat, dass seiner Meinung nach wichtig ist.

Es war nur eine Situation, in der du das Bedürfnis verspürtest, einen Aufruf zu tätigen. Natürlich sollte das nicht so oft in einem Spiel passieren, aber wenn es nötig ist, dann solltest du den Mut haben, einzugreifen. Es scheint fast, dass wir Jahr für Jahr immer mehr unkorrigierte Fehler zulassen, die das Spiel verändern.

Alle Veränderungen sind meiner Meinung nach nicht positiv. Wir schauen weg, während Postspieler den Ball regelwidrig in der Hand trägt und seinen Verteidiger nach hinten schiebt- wir lassen die Dribblers den Verteidiger mit ihren Off-Hands wegdrücken, um Platz für einen Schuss zu schaffen ... da gibt es noch viel mehr, aber niemand schaut hin.

Seit Jahren habe ich versucht, die Linie zu halten, zugunsten der Regeln, wie sie geschrieben sind, aber es ist nicht einfach. Ich mache das seit Jahren und werde weiterhin amtieren, wie ich es in den 80ern getan habe, als Tony Di Leo Saturn Koeln trainierte. Sein Point-Guard machte einen netten (wenn auch illegalen) Crossover, um seinen Mann zu schlagen. Ich habe gepfiffen und sagte, dass er den Ball regelwidrig geführt hat...!

Ich erinnere mich, dass der Coach sehr aufgebracht war und sagte ... "Was? - niemand pfeift das mehr." ... antwortete ich mit einem leichten Lächeln - "Ich aber ...!"

Danke Rocky - Danke Jimmy

Als sich der Herbst 1974 herumschlängelte, wollte ich einen Job an der Cold Spring Harbor High School annehmen und unterrichten, aber irgendwie machte ich einen Drehung und landete an der Roosevelt High School in New York. Diese zwei Schulen befanden sich in getrennten ethnischen, sozialen und wirtschaftlichen Universen.

☞ Roosevelt über Cold Spring Harbor ...Goals vs. Ideals

Ich fühle mich gut darüber, dass ich vor Jahrzehnten, als ich kaum das College verlassen hatte, die Entscheidung getroffen hatte - und dies auch öffentlich gesagt hatte, dass die ganze Welt es wissen sollte. Ich wollte mehr sehen. Ich entschied mich zu versuchen, Basketball zu mehr als nur einem Spiel zu machen. Klar, ich war immer noch voll darauf konzentriert, professionell zu spielen, aber ich wollte mehr aus dem Spiel holen. Ich wollte mehr für mich und wollte mehr für alle, die mit mir als Spieler oder als Coach in Kontakt kommen konnten.

Unten ist ein Artikel, der 1976 in der New York Times gedruckt wurde. Es scheint klar zu sein, dass ich mich damals bereits verpflichtet hatte, das Spiel zu nutzen, um Prinzipien zu entwickeln, Ziele zu erreichen und Ideale zu etablieren. Im Laufe der Jahre hoffe ich, dass ich diesen erklärten Ambitionen treu geblieben bin.

Hier ist ein Auszug aus einem Artikel, der in der New York Times veröffentlicht wurde New York Times ARCHIVE | 1976

Dr. J und der Old School Spirit .. Von PAUL L. MONTGOMERY 4. APRIL 1976

Wenn die New York Nets am Freitag Abend auf dem Platz in Nassau im ersten Playoff-Spiel der American Basketball Association gegen San Antonio antreten, werden die Athleten und die unter Druck gesetzten Coaches der Roosevelt High School mehr sehen, als nur den Ausgang des Spiels.

Aus Rücksicht auf ihren Superstar Julius Erving, einen Roosevelt-Alumnus, haben die Nets das Spiel Sports Survival Night genannt und sich bereit erklärt, einen Teil des Erlöses an das Sportprogramm der High School zu spenden. Ein Exodus weißer Familien hat das Problem verschärft. Im Jahr 1957 bestand die Gemeinde zu 80 Prozent aus Weißen und zu 20 Prozent aus Schwarzen. Die Volkszählung von 1970 legte den Prozentsatz der Schwarzen auf 68,5 Prozent, und die Zahl beträgt jetzt 90 Prozent oder mehr. > Das Schulviertel, das ursprünglich aus einer kleinen, aber stabilen Gemeinde stammt, lebt seit Jahren über seine Verhältnisse. Da keine großen Steuerzahler und keine bedeutende Industrie von Bedeutung sind, sind die Kosten für die Bildung der 4.500 Studenten des Bezirks über die Zahlungsfähigkeit von

Roosevelt hinaus gestiegen. > Über die Einwände der Gewerkschaften entschieden die Coaches sich, ohne Bezahlung fortzufahren.

Die meisten haben Lehraufträge an der Schule und bekommen vielleicht $ 1.500 extra für Coaching ... .. Die Krise hat eine engagierte Gruppe von Trainern und einige Lehrer zusammengebracht, die die Bedeutung der Leichtathletik für ihr eigenes Leben kennen. Mr. Tucker und Mr. Palmore haben beide ein College mit Sportstipendien durchgemacht, genau wie Jim Brown, der Dekan der Jungen ... Ray Ingram, ein Ersatzlehrer und Basketball-Assistent, wuchs in Philadelphia auf und hat in Detroit einen Bruder im Gefängnis. "Ich wurde in der 10. Klasse aus dem Haus geworfen", sagte er, "und ich war zweieinhalb Jahre in der Reformschule.

"Ich habe in geparkten Autos geschlafen, als der Basketballtrainer mir gesagt hat, dass ich zurück in die Mannschaft kommen sollte." Herr Ingram ist mit einem Stipendium nach Hofstra gegangen, hat ein Pro-Try-Out gemacht und dann einen Job als Lehrer in Cold Spring Harbor bekommen. "Ich fand heraus, dass ich kein Interesse daran hatte, ein Kind zu unterrichten, dessen Vater $ 50.000 pro Jahr verdient", sagte er. > Ich denke, ich kann hier mehr für die Kinder tun. Ich weiß, es ist irgendwie altmodisch und es ist sehr banal, aber wenn ich nur an ein Kind pro Jahr herankomme, ist es das wert. " Mr. Ingram sagt, dass es etwas im Spor, neben dem finanziellen Vorteil von Stipendien gibt; er sieht es als einen Kurs in menschlichen Beziehungen. "Der Basketballplatz ist ein Ort, an dem du trainieren kannst", sagte er. "Es ist mir egal, wer du bist oder wer deine Familie ist, du musst mit mir auf meiner Ebene umgehen und ich muss mit dir auf deiner Seite verhandeln. Ich weiß nur, dass mein Bruder und ich uns eine Zelle teilen würden, wenn ich nicht zum Sport gekommen wäre. "In einer schwarzen Gemeinschaft ist Sport eine Lebenseinstellung"

Eine Version dieses Archivs erscheint am 4. April 1976 auf Seite LI8 der New Yorker Ausgabe mit der Überschrift: Dr. J und der Old School Spirit. >

Es war Winter, die Situation an der Roosevelt High School hatte sich nicht gebessert. Ich hatte meine Koffer gepackt und mein Auto beladen und mich entschieden, nach Anywhere, USA zu fahren. Ich hatte wirklich keinen Plan. Ich fuhr nach Süden, wusste, dass ich im Auto schlafen konnte, wenn das Geld ausging.

Wenn ich es mir leisten konnte, würde ich in Motels bleiben. Ich nahm alle Jobs, die ich finden konnte. Ich arbeitete in einem Health Store / Vitamin Shop. Ich habe an einer Tankstelle / Autowaschanlage gearbeitet. Ich wurde von letzterem gefeuert. Die Station war in einer gehobenen Gegend in der Nähe von Knoxville, Tennessee. Es war einer dieser Orte, wo man eine kostenlose Autowäsche bekommt, wenn man seinen Tank füllt. Ich war in einer meiner philosophischen Stimmungen - das passierte damals oft und schien niemanden zu stören. Ich schrieb meine "Worte der Weisheit" auf die Rückseite ihrer Autowasch-Tickets.

Eine Kundin fühlte sich nach dem Lesen ihrer Notiz gestört. Sie ließ ihr Auto stehen, ging hinein und beschwerte sich beim Besitzer. Sie war offensichtlich eine Stammkundin und sie hatte offensichtlich Einfluss. Der Besitzer kam nach draußen und entschuldigte sich, sagte, dass er keine Wahl habe und dass er mich gehen lassen müsse. Er sagte, dass "Frau Klugsch*** Holier" beleidigt war.

Ich weiß genau, was ich geschrieben habe und ihre Verärgerung war etwas, das ich wirklich nicht verstehen konnte - Der Zettel sagte: "Wohin du auch gehst – dort wirst du sein“ mit einem kleinen Smiley. Ich habe es nicht verstanden, aber ich habe es akzeptiert. Ich nahm den fälligen Lohn und zog weiter. Ich ging zurück zu meinem Motel und versuchte herauszufinden, was ich als nächstes tun sollte. Mein Plan war, diesen Job mindestens noch eine Woche zu behalten. Jetzt war ich arbeitslos und hatte nicht genug Geld, um für mehr als ein paar Tage im Hotel zu bleiben.

Wie sich herausstellte, ist dieses Konzept, sich selbst zu finden, etwas komplizierter als es klingt. Ich begann zu erkennen, dass es sehr schwierig ist, einen Plan zu haben, wenn man kein Ziel hat. Ich kam zu dem Schluss, dass ich, was auch immer das Leben für mich bereithielt, ich nicht im Land herumfahren und

Gelegenheitsarbeiten ausführen würde, um es zu finden. Zu dieser Zeit war mir buchstäblich das Geld ausgegangen.

Es war Zeit, nach Hause zu gehen und Stellung zu beziehen. Ich hatte 10 Cent. Das ist die absolute Wahrheit. Alles, was ich in meiner Tasche hatte, war ein Zehncentstück. Ich habe damit einen Teamkollegen aus Hofstra angerufen. Wir gaben Dale Davis den Spitznamen "The Hawk", weil er Dinge wie Connie Hawkins auf dem Platz haben konnte. Bob McKillop, Quinas Brower und Dale Davis waren die Hofstra-Spieler, denen ich am nähesten stand. „The Hawk“ und seine Frau Val waren besondere Leute.

Dale Jr. trug eine Uniform, die ich ihm im Mai 1977 zu seinem Geburtstag schickte, als ich bei Ft. Benning stationiert wurde

Dales Vater kam zu den meisten unserer Spiele. Es war einfach eine großartige Familie. Es gab eine kurze Zeit in Hofstra, in der ich eine Freundin hatte. Sie arbeitete in einem Lebensmittelgeschäft / Supermarkt. Zu dieser Zeit gab es keine Scanner an den Kassen. Meine Freundin erzählte uns wann sie arbeitete und dann gingen Dale, Val und ich einkaufen. Wir überfüllten unsere Einkaufswägen und gingen zu der Kasse, wo sie Dienst hatte. Alles, was ich sagen werde, ist, dass unsere Schlussrechnung deutlich niedriger war, als es hätte sein sollen.

Zurück zur Geschichte ...Jedenfalls rief ich Dale aus Knoxville an und erzählte ihm, was passiert war. Ich sagte ihm, dass es Zeit für mich sei, Dinge zu reparieren. Ich fragte, ob er mir etwas Geld schicken könnte, um nach Hause zu kommen. Er schickte mir genug, um es nach New York zu schaffen und er und Val ließen mich in deren Wohnung bleiben, bis ich etwas für mich selbst finden konnte. Wieder war ich durch Hofstra-Beziehungen in der Lage, ein Apartment in der Nähe des Campus zu finden. Jim Brown, ein ehemaliger Hofstra-Spieler, war immer noch stellvertretender Schulleiter an der Roosevelt High School und er sorgte dafür, dass ich oft gerufen wurde, um an der Schule auszuhelfen.

Um mein Einkommen zu ergänzen, versuchte ich sogar, Geschirr und Besteck von Tür zu Tür zu verkaufen. Das hat auch nicht gut geklappt. Tatsächlich habe ich nur einen Verkauf gemacht. Das waren Mr. und Mrs. Doherty, die Eltern von Matt Doherty. Ich glaube ehrlich, dass sie das Set gekauft haben, weil ich ein Freund der Familie war und sie mich bedauerten. Ich bin durch den Sommer gekommen, weil ich bei Basketballcamps aushalf und sie führte. Ich trainierte in Lu-Hi's Camp, ich arbeitete in Walt Fraziers Camp, ich arbeitete in Rick Barrys Camp und die ganze Zeit trainierte ich. Ich leitete die intramuralen Basketball-Ligen in Hofstra und führte Kurse an der Universität für Basketball-Offizielle durch.

Für kurze Zeit fuhr ich in New York ein Taxi. In der heutigen Umgebung glaube ich nicht, dass ich das wieder tun würde. Ich habe mich an der New York City Police Academy beworben, aber habe den Stichtag für die Immatrikulation verpasst.

In diesem Jahr gab es keine ungewöhnlichen Ereignisse. Ich bin einfach durch das Jahr gekommen und habe versucht, meine Hoffnungen nicht aufzugeben. Ich versuchte mich selbst davin zu überzeugen, dass ich irgendwie irgendwann noch eine Chance bekommen würde.

Ich hatte weiter an jedem Aspekt meines Spiels gearbeitet. Ich rannte und hob Gewichte. Ich ging zum Prospect Park in East Meadow, New York und nutzte jede freie Minute, um zu trainieren. Ich bezahlte Kinder, die mich um das Spielfeld herumjagten während ich den Ball dribbelte. Wann immer ich nicht arbeiten musste, habe ich trainiert. Ich war in der besten körperlichen Verfassung, in der ich jemals war. Ich habe in jedem Turnier gespielt, das ich finden konnte. Ich spielte in einem Team, das von Pete Vescey trainiert wurde. Wir spielten in einer Liga in der Stadt (New York) und der gegnerische Guard, der mir eines Abends gegenüber stand, war ein Junge namens Nate "Tiny" Archibald. Archibald hatte die NBA in diesem Jahr in Scoring und Assist geführt.

Ich erinnere mich daran, wie ich vom Spielfeld wegging und hörte, dass jemand fragte, wer #14 vom Long Island Team sei ... das brachte ein Lächeln auf mein Gesicht.

Ich habe keine Ahnung, wer mich in diese Zeit beobachtet hat und, bis heute weiß ich nicht, wer die Empfehlung ausgesprochen hat. Vielleicht war es Steve Mix, ein Spieler, mit dem ich mich im Nets Camp sehr gut verstanden hatte. Nachdem er auf Waivers entlassen war, haben ihn die 76er's aufgeschnappt. Er hatte es nicht nur geschafft, ins Team zu kommen und bleiben ... sondern war in diesem Jahr auch ein NBA All-Star.

Vielleicht war es jemand, der mich bei einem der Turniere gesehen hatte. Nichts davon ist wichtig. Alles, was ich weiß, ist, dass ich einen Telefonanruf erhielt, der mir sagte, dass ich eingeladen wurde, mich als Free-Agent für die Philadelphia 76er auszuprobieren. Für ein Kind, das in Philadelphia aufgewachsen war und alles getan hatte, um in dieser Welt voranzukommen und vor sich her stolperte, war dies etwas aus einem Traum.

Nachdem ich es zu den NY Nets nicht geschafft hatte, hatte ich keine Beziehungen und hatte nicht die geringste Ahnung, wie oder ob ich überhaupt noch eine Chance hatte, professionell Basketball zu spielen. Was ich wusste, war, dass mir eine weitere Gelegenheit kam und ich bereit sein wollte. Nur diejenigen, die dort waren, können wirklich wissen, was ich selbst durchgemacht habe. Ich wollte mir sagen können, dass niemand härter gearbeitet hat als ich. Ich wollte mir versichern, wenn ich es diesmal nicht schaffen würde, wäre es nicht, weil ich mich nicht vorbereitet hätte. Ich trainierte am Morgen alleine am Nachmittag und hob Gewichte.

Dann spielte ich am Abend Pick-up und ging wieder in der Nacht wieder laufen. Manchmal lief ich von meiner Wohnung in Hempstead Turnpike zum Park in der Prospect Avenue in East Meadow (5 Meilen), um zu spielen und zurückzulaufen. Ich wollte diesmal bereit sein. Am Samstagnachmittag, bevor ich zum Camp fahren wollte, ging ich in den Park. Fast jeder wusste, dass ich eine Probezeit bekam (ich habe keine Ahnung, wer diese Information verbreitet hatte ...)

Es gab an diesem Tag einige intensiv konkurrierende Spiele. Ich war absolut brennend. Ich zog zum korb und passte den Ball. Ich zog durch und machte die Körbe. Ich schoss von überall her, wo ich schießen wollte und machte fast alles rein. Ich holte rebounds und verteidigte. Als alles vorbei war, war da ein unausgesproche-nes, einhelliges Einverständnis, das mir sagte, dass ich bereit war. Die Jungs haben mir alles Glück gewünscht - Siehst du, da ist das lustige am Sport.

Wenn jemand, den du schon lange Zeit kanntest, es schafft, dann fühlst du dich als Teil davon, also glaube ich, dass alle Jungs auf-richtig gehofft haben, dass ich es schaffen würde. Ich ging nach Hause zum Essen und wachte am nächsten Morgen auf, um nach Philadelphia zu fahren.

Ich erinnere mich, als ich dort ankam, ging ich zurück zum Mann Recreation Center am 5. und Allegheny. Ich ging auf dem Bürgers-teig vor dem Basketballplatz und ging, wie es das Schicksal wollte, an einem Mann vorbei, der sagte: "Entschuldigung, aber kenne ich dich nicht?" Ich entschuldigte mich dafür, dass ich ihn nicht er-kannte. Ich erzählte ihm, dass ich einmal in der Nähe gelebt habe und dass ich die ganze Zeit hier gespielt habe. Mit diesem klassi-schen Philly Accent sagte er "Ja, das stimmt. Du bist derjenige, den sie Al Attles genannt haben ". Er lächelte und sagte: "Ich habe dich die ganze Zeit beobachtet. Du bist der Herr auf dem Spielfeld. "

Ich prahle hier nicht. Ich habe mich an diesem Tag und am Vortag im Prospect Park einfach großartig gefühlt. Wir haben selten einen Grund, uns gut zu fühlen - aber an diesen zwei Tagen ging ich auf Wolke sieben. Das Try-Out Camp lief gut. Ich habe mein Bestes getan, um zu zeigen, dass ich ein kompletter Spieler war. Dieses Mal habe ich mich nicht auf irgendeinen Aspekt des Spiels konzen-triert. Ich habe einfach versucht, das zu tun, was für die Situation erforderlich war. Wir hatten zwei Trainings pro Tag und sie waren sehr anspruchsvoll. Was ich nicht verstehen konnte, war was nachts passierte.

Ich lag nachts erschöpft in meinem Hotelzimmer. Ich hörte oft, dass einige Spieler später kamen. Sie waren draußen gewesen und ge-nossen offensichtlich das Nachtleben von Philadelphia. Ich konnte einfach nicht verstehen, wie diese Jungs am Morgen aufstehen und auftreten konnten - aber irgendwie taten sie es. Trotzdem habe ich gearbeitet und die Dinge sahen nicht schlecht aus. Nach einer

Woche gab es, genau wie bei den Nets, nur noch zwei unsignierte Guards im Lager - Dwight Clay von Notre Dame und Ray Ingram von Hofstra. Dann, genau wie bei den NY Nets ... haben wir die Neuigkeiten bekommen. Die Philadelphia 76'ers unterzeichneten Lloyd Bernard Free (World B. Free) und ich wurde wieder entlassen.

Hatten wir so lange im Lager überlebt, weil die Vertragsverhandlungen noch andauerten? Wahrscheinlich! Spielt das eine Rolle? Nein! Ich hatte meine Chance bekommen und ich hatte mein Bestes gegeben. Eine andere klügere Person als ich sagte dies einmal über das Versagen... "Du kannst es nicht immer als Versagen bezeichnen ... vielleicht ist es nur das Beste, was du unter diesen Umständen tun kannst". So habe ich mich gefühlt. Es war Zeit, weiterzuziehen.

Kapitel 13

Crossroad # 6 - NBA Ref / US Army

Basketball Schiedsrichter / Armee

Diese Crossroad ist immer noch verwirrend für mich, aber sie zählt zu den wichtigsten in meinem Leben. Es ist wahrscheinlich auch eine der seltsamsten Folgen von Umständen, denen jemand begegnet ist. Es begann 1973, nachdem ich das College abgeschlossen hatte. Ich war auf der Suche nach einer Möglichkeit, etwas zusätzliches Geld zu verdienen, um zu überleben, während ich meine Zukunft vorbereitete. Ich war Basketball-Beamter geworden.

Ich hatte einen großartigen Lehrer. Sein Name war Rocky Valvano. Er war Jim Valvano's Vater. (Mehr zu Jimmy später) Wie auch immer, Rocky hatte mich gut unterrichtet (ein weiteres Beispiel für "The Coach's Fault"). Jedenfalls ging es mir gut genug, um zu einem NBA Refs Training-Evaluation Turnier eingeladen zu werden. Nach dem Turnier hatte ich eine Diskussion mit den Gutachtern, und dann schickte mir der Kommissar der NBA-Beamten (John Nucatola) einen etwas vielversprechenden Brief (28. Juli 1976).

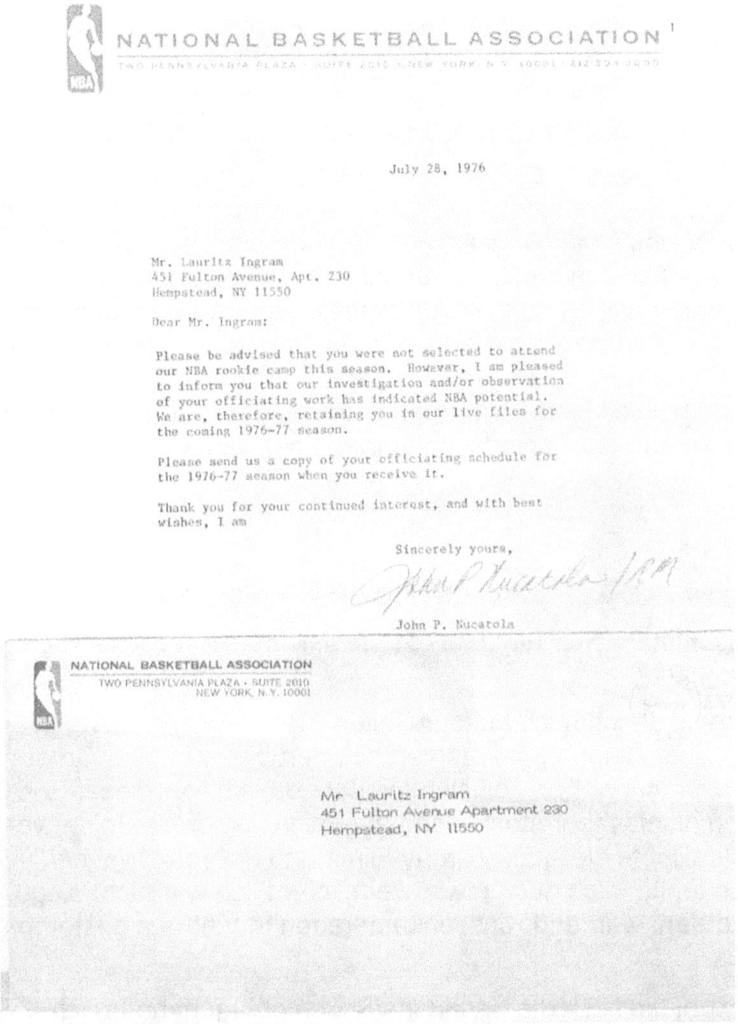

NATIONAL BASKETBALL ASSOCIATION
TWO PENNSYLVANIA PLAZA · SUITE 2010 · NEW YORK, N.Y. 10001

July 28, 1976

Mr. Lauritz Ingram
451 Fulton Avenue, Apt. 230
Hempstead, NY 11550

Dear Mr. Ingram:

Please be advised that you were not selected to attend our NBA rookie camp this season. However, I am pleased to inform you that our investigation and/or observation of your officiating work has indicated NBA potential. We are, therefore, retaining you in our live files for the coming 1976-77 season.

Please send us a copy of your officiating schedule for the 1976-77 season when you receive it.

Thank you for your continued interest, and with best wishes, I am

Sincerely yours,

John P. Nucatola

NATIONAL BASKETBALL ASSOCIATION
TWO PENNSYLVANIA PLAZA · SUITE 2010
NEW YORK, N.Y. 10001

Mr Lauritz Ingram
451 Fulton Avenue Apartment 230
Hempstead, NY 11550

Es scheint, dass ich nur mehr Erfahrung und Distanz zwischen mir und den Spielern brauchte, deren Spiele ich eines Tages pfeifen könnte. Du siehst, zu der Zeit spielte und übte ich regelmäßig mit NBA und ABA Players. Bob McKillop und ich waren den ganzen Sommer über auf dem Platz und spielten mit und gegen Julius Erving, Billy Paultz, Joe DePre, John Roche, Mike Riordan, Larry

Kennen, Al Skinner, Bill Schaefer, Tom Riker und viele mehr. Mir wurde gesagt, dass ich irgendwie die bestehende Beziehung ändern müsste. Ich musste einen Weg finden, meine amtierenden Fähigkeiten kontinuierlich zu verbessern. Ich fragte, wie ich das machen konnte.

Der Vorschlag kam: "Es gibt einige ziemlich gute Ligen in Europa - das könntest du versuchen." Aber dann kam die Frage, wie komme ich nach Europa? Nach einigen Recherchen entschied ich, dass es möglich ist, dass das funktionieren könnte. Ich wollte schon immer Soldat werden und wenn ich mich anmeldete und alles gut ging, konnte ich in Europa stationiert werden und dort weiterhin Schiedsrichter sein. Unnötig zu sagen - ich hatte absolut keine Ahnung, worauf ich mich einließ. Es genügt zu sagen - ich schloss mich der US Army an, um ein Schiedsrichter in der NBA zu werden

Kapitel 14

Crossroad # 7 - Die 11. ACR / Disziplin und Verpflichtung -

1976-1981 militärischer Einfluss / 11. gepanzertes Kavallerie-Regiment

In 1976 meldete ich mich bei der United States Army an. Wie ich zu dieser Entscheidung gekommen bin, darüber wurde in "Crossroads" gesprochen. Das soll nicht heißen, dass hinter dieser Entscheidung nichts mehr steckt. Ich hatte mich immer als Soldat vorgestellt. Ich liebte die Audi Murphy Filme und die John Wayne Filme. Ich fühlte mich auch etwas verpflichtet. Ich war nicht eingezogen worden, während Klassenkameraden in Vietnam gestorben waren.

Also, obwohl die NBA die Sache ins Rollen gebracht hatte. Ich durchlief das Grundtraining bei Ft. Knox und spürte allmählich die Möglichkeit, Karriere bei der Armee zu machen. Das Grundtraining in Fort Knox lief wirklich gut. Ich war in allem an der Spitze meiner Klasse. Das war wahrscheinlich auf einige Vorteile zurückzuführen, die ich von Anfang an hatte. Ich war älter als die meisten Rekruten; Ich war 27 Jahre alt und der größte Teil meiner Einheit war 18 oder

19 Jahre alt. Um Lou Rawls noch einmal zu zitieren: **"Das hat mich nicht weiser gemacht als die anderen. Es bedeutete nur, dass ich wahrscheinlich mehr Zeit mit Herausforderungen verbracht hatte ".**

Ich hatte bereits das College abgeschlossen, ich war ein Athlet, der vor kurzem ein Pro-Try-Out hatte, also war ich in exzellenter Form und ich war konkurrenzfähig. Ich habe also erwartet, dass ich vorne bin und die nötige interne Motivation anwende, um das zu schaffen. Das einzige, was mich hätte stoppen können, trat etwa eine Woche vor dem Grundstudium auf. Wir waren auf einem Straßenmarsch und es war kalt und regnerisch in dieser Nacht. Als wir zurückkamen, ließen uns die Drill-Instructoren für etwa eine Stunde draußen stehen. Ich weiß nicht, was passiert ist. Alles, woran ich mich erinnere, ist, dass ich im Krankenhaus aufwachte.

Der Arzt sagte mir, dass ich eine Lungenentzündung hatte und dass ich die Penicillin-Pillen nehmen müsste, die auf dem Tisch neben meinem Bett lagen. Am nächsten Morgen fragte ich, wie lange ich im Krankenhaus bleiben müsse. Er sagte, mir würde es gut gehen, aber sie wollten, dass ich für ein paar Tage zur Beobachtung dort blieb. Ein paar Tage würden bedeuten, dass ich die letzten Übungen und Tests verpassen würde und wieder von vorne anfangen müsste. Das bedeutete von Anfang an Grundausbildung. Ich sagte mir - Nein!

Als er ging, packte ich meine Sachen und die Pillen und nahm ein Taxi zurück in die Kaserne. Ich absolvierte das Grundtraining und ging nach Fort Benning für das Advanced Infantry Training. Ein paar Tage nach dem Basictraining kehrte ich nach New York zurück und war ziemlich stolz. Ich war stolz, dass ich Soldat war und ich war stolz, dass ich noch einmal aufgestanden war, um mich dem zu stellen, was vor mir stand. Als ich in Fort Benning ankam, wollte ich immer noch meinen Plan hinsichtlich des Schiedsrichters befolgen. Als ich am Gelände ankam, war ich immer noch etwas beeindruckt von der US-Militärmaschine.

Fort Benning ist mehr als nur ein Militärgelände. Es ist die Heimat der US Army Infantry und es ist die Heimat der US Special Forces. Die Trainingsbereiche und Einrichtungen für diese beiden

Elemente sind gigantisch und komplex. Offiziertraining und Fallschirmjägertraining wird auch dort durchgeführt und es gibt so viel mehr. Die Organisation, die Disziplin und die Liebe zum Detail trifft dich in dem Moment, in dem du durch das Tor gehst. Es ist unmöglich, nicht beeindruckt zu sein - und ich war es auch. Sofort begann ich mich zu fühlen, als würde ich dort hingehören. Das Infanterietraining war ähnlich wie das Basistraining, aber härter.

Zu denjenigen, die sich die blaue Kordel verdienen, die die Soldaten an ihren Uniformen tragen, ist definitiv etwas zu sagen. Es ist etwas, das verdient werden muss, und man fühlt sich stolz, wenn man eine hat. Ich meldete mich freiwillig für jeden möglichen zusätzlichen Unterricht und qualifizierte mich für jedes verfügbare Waffen- und Waffensystem. Ich begann wirklich, dieses Leben eines Soldaten zu genießen.

PFC Ray Ingram 1977 at Fort Benning, Georgia

AIT in Fort Benning 11B PFC L.R. Ingram Fort Benning, Georgia 1977

Gerade als sich die Dinge zum Abschluss hinzogen, wurde ich von unserem Platoon Sergeant James Bondsteel angesprochen.

☛James Bondsteel tritt ein und änderte alles

Manche könnten diese Crossroads als einen entscheidenden Moment in meinem Leben bezeichnen. Ich sage das, weil es mich gezwungen hat, zurückzutreten und mich selbst zu betrachten. Es forderte mich heraus, eine Selbstevaluation wie nie zuvor zu machen. Zu der Zeit war ich ein PFC (Private First Class) in der Infanterie in Fort Benning, Georgia. Wie ich vorhin sagte, war meine ursprüngliche Absicht, der Armee beizutreten, nach Europa zu gehen, meine zwei Jahre zu verbringen und dann in die USA zurückzukehren und NBA-Schiedsrichter zu werden. Junge, ist dieser Plan schiefgelaufen. Es begann mit meiner Aufnahme in die Armee.

Zunächst einmal war ich älter als die meisten Rekruten. Zu dieser Zeit schlossen sich die meisten Jungen / Männer der Armee an, sobald sie aus der High School kamen, manchmal nicht einmal die High School beendeten. Das US Military Draft System war kürzlich (Januar 1973) beendet worden. Der Vietnamkrieg war gerade beendet (April 1975). Als ich mich einschrieb und meine Eignungstests ablegte, hatte ich das College abgeschlossen, die Schule unterrichtet und zwei Jahre damit verbracht, mich in die bestmögliche körperliche Verfassung zu bringen. Also, als es darum ging zu diskutieren, was MOS (Military Occupational Specialty) für mich vorsah, war der Rekrutierer ein wenig überrascht, als ich ihm sagte, dass ich in der Infanterie sein wollte.

Er sagte mir immer wieder, dass meine Noten es mir ermöglichten, fast alles auszuwählen, was ich wollte. Ich erzählte ihm immer wieder, dass ich nur ein normaler Soldat sein wollte, ein „Grunt“ (Spitzname fuer Kampftrupper), ein 11-Bravo-Infanterist (11B-Infanterist sind die Standard-Infanteristen, die Hauptkombattanten der Armee. Als er schließlich überzeugt war, dass ich keine Drogen nehmen würde, gab er mir seinen Stempel der Anerkennung und plante mich für das Basistraining in Fort Knox in Kentucky. Ich verbrachte die Wochen vor meiner Abreise damit, mich in eine noch bessere körperliche Verfassung zu bringen. Schließlich hatte ich die Filme gesehen und die Geschichten über das Grundtraining gehört, und ich war entschlossen zu überleben.

Damals begannen die Dinge interessant zu werden. Als ich nach Fort Knox kam und das Training begann, wurde mir klar, dass ich ziemlich gut in diesem Soldatenkram war. Ein Soldat zu werden, wurde langsam auch mehr als nur etwas, was ich als Mittel zu einem anderen Zweck tun wollte und dass es einfach nicht mehr meine Priorität war, meine Zeit zu investieren und meine offensiven Fähigkeiten zu verbessern und meine Chancen, ein NBA-Schiedsrichter zu werden.

Es ging jetzt darum, ein Soldat zu sein und meinem Land zu dienen. Einige grundlegende Instinkte kamen an die Oberfläche. Ich wurde stolz auf das, was ich tat. Ich begann, die Verbindung zu spüren, die von jungen Männern mit einem gemeinsamen Ziel gebildet wird. Ich begann, Teamwork auf einer viel tieferen Ebene zu sehen, als ich als Basketballspieler in einem Team sah. All das kommt aus der Arbeit in einer Einheit und aus dem Aufeinander achten. Ich wurde ein Soldat und wollte (wie die Fernsehwerbung der United States Army in den 1980er Jahren so treffend beworben wurde) "Sei alles, was du sein kannst ...!" Ich habe hart gearbeitet und es hat sich ausgezahlt. Am Ende des Grundtrainings wurde ich von Fort Knox nach Fort Benning, Georgia, zum Advanced Infantry Training geschickt.

Dort wurde ich der Echo Company der 197th Infantry Brigade zugewiesen.

In Fort Benning begann ich meine Ausbildung als 11B - Infanterist. Es macht mir nichts aus zu sagen, dass es hart war. Es war 1977 und der Krieg in Vietnam war gerade zu Ende gegangen. Die Mehrzahl unserer Ausbilder waren erfahrene Kampfveteranen. Für sie war es keine Reality-Show. Sie wussten, wie es war, im Kampf zu sein - ihre Kameraden verletzt oder getötet zu sehen. Sie wussten, wie es war, alleine im Dunkeln zu sein und Angst zu haben und was es brauchte, um diese Angst zu überwinden und das zu tun, was notwendig war, um eine Mission zu erfüllen, und sie trainierten uns entsprechend. Sie waren hart, manchmal unerbittlich und fast grausam - aber aus guten Gründen. Sie wollten, dass wir überlebten, was auch immer wir begegneten. Es war wertvolle Erfahrung auf so vielen Ebenen. Wer das durchmacht, lernt so viel über den Umgang mit allen Arten von Menschen und Stresssituationen, lernt aber auch viel über sich selbst. Ich war keine Ausnahme. Ich habe die Möglichkeiten angenommen und habe sehr hart gearbeitet. Ich bin ebenso stolz sagen zu können, dass ich in jedem Aspekt des Trainings gut abgeschnitten habe. Ich denke, es ist fair zu sagen, dass ich mich selbst überrascht habe. Dort traf ich einen Mann an einer „Crossroad“, der mein Leben verändern würde. Ich erinnere mich, dass ich eines Nachmittags von einer

Übung zurückgekommen bin und dass unser Platoon Sergeant mich zur Seite genommen hat und gesagt hat, er wolle mit mir reden. Wir hatten irgendwie eine besondere Beziehung entwickelt, und natürlich war ich sehr stolz auf diese Beziehung. Als er mir sagte, dass es etwas anderes an mir gäbe, wusste ich nicht wirklich was ich sagen sollte.

Er fragte mich, was ich dort mache. Ich erzählte es ihm. Natürlich habe ich ihm nicht den ganzen Grund genannt, warum ich der Armee beigetreten bin. Das wäre eine Beleidigung gewesen. Im Grunde habe ich ihm nur gesagt, dass ich Soldat werden wollte und das wollte ich so gut ich konnte. Das war eine Wahrheit geworden, die ich mir eingestehen musste. Schiedsrichter zu werden, wurde an einen Ort irgendwo im Hintergrund verwiesen. Er sagte dann, dass etwas nicht stimmte. Wieder sagte er, dass es etwas anderes an mir gäbe - dass ich keine Befehle annehmen, sondern sie geben sollte. Er sagte, dass ich diese Gruppe führen sollte, in der ich war. Er sagte, dass ich ein Offizier sein sollte. Ich kann nicht wirklich ausdrücken, was ich danach fühlte. Ich wusste wer Sgt. Bondsteel war. Ich wusste, was er während des Krieges getan hatte. Dieser Typ war in jeder Hinsicht etwas Besonderes. Er war groß, stark, intelligent, vollendet und ein Held. Er war alles, was ein Mann sein sollte und doch bescheiden und zurückhaltend. Für diesen Mann - den Anführer eines Anführers -, der mir sagte, dass ich ein Offizier sein sollte, war es ein bisschen zu viel für mich. Seine Kommentare haben meine Perspektive und mein Leben verändert. Es ging weiter, er hat mir das nicht nur gesagt, er hat die Räder in Bewegung gesetzt, damit es passiert. Er ließ den Kompaniekommandeur den Papierkram erledigen und fügte seine Empfehlung hinzu. Eine Empfehlung von MSG James Leroy Bondsteel, einer der wenigen lebenden Medal of Honor-Empfänger, geht einen langen Weg. https://en.wikipedia.org/wiki/James_Leroy_Bondsteel

Sgt. Bondsteel

Als ich mit AIT fertig war, wurde ich in die Officer Candidate School (OCS) geschickt, weil ich einen Mann auf dem Weg getroffen hatte. Er war mein Trainer während des Infanterie-Trainings - also könnte man sagen, dass meine Ernennung zum Offizier die Schuld des Trainers war. Wie zuvor erwähnt, war Sgt. James Bondsteel einer der wenigen Soldaten, die noch zu Lebzeiten die Ehrenmedaille des Kongresses erhielten. Für einen Mann seines Kalibers - einen Mann mit seinen Leistungen - mit seiner Erfahrung sagen zu hören, dass ich ein Offizier sein sollte, war für mich ein Wendepunkt - eine "Crossroad", wenn du so willst. Ich war wieder an der Spitze meiner Klasse, aber nichts ist mit der Empfehlung vergleichbar von Sgt. Bondsteel, der mich zur Officer Candidate School (OCS) geschickt hat. OCS ist ein sehr komplizierter Unterricht. Es ist kompliziert, weil es so viele verschiedene Aspekte beinhaltet. Führungsfähigkeiten stehen im Vordergrund. Ich glaube, dass diese Fähigkeiten besprochen und verbessert werden können, aber ich bin nicht sicher, dass sie gelehrt werden können. Ich glaube auch, dass es einige Leute gibt, deren Veranlagung, Erfahrungen, Persönlichkeit und Verantwortungsbewusstsein sie zu Kandidaten für Führungspositionen machen; während es andere gibt, deren Unzulänglichkeiten in diesen Bereichen es nahezu unmöglich machen, sie realistisch als Führer zu sehen. Für diejenigen, die in die Mitte des Spektrums fallen, werden ihre Fähigkeiten durch eine entsprechende Ausbildung verbessert, wenn sie bereit und in der Lage sind, in den genannten Bereichen Anpassungen vorzunehmen. Der

OCS Course of Instruction behandelt diese Aspekte sowie das technische Wissen, das zur Führung einer Kampfeinheit erforderlich ist. Sie werden darin unterrichtet, Gelände zu lesen und zu bestimmten Punkten auf dem Boden zu navigieren. Sie erfahren etwas über die Organisation der Gegenkräfte, Fahrzeug- und Flugzeugerkennung, Fahrzeugwartung und so vieles mehr. Es gibt nichts zerstörerischeres als in einer Organisation (einschließlich eines Basketballteams), einen Anführer zu haben, der nicht über das technische Wissen verfügt, um seine Einheit zu führen.

Ich hörte und lernte und als es vorbei war, war ich von PFC Ingram zu 2. Lt. Ingram geworden.

Leutnant Ingram

Es fühlte sich wirklich gut an und ich hatte beschlossen, es zu einer Karriere zu machen. Unmittelbar nach dem OCS-Abschluss besuchte ich die Jump-School für Fallschirmjäger, die ich auch in Fort Benning und von dort aus zu meinem gewählten Feld führte - ich hatte Artillerie ausgewählt. Das bedeutete mehr Schulbildung. Ich wurde nach Fort Sill in Oklahoma geschickt - dort führt die US Army Artillery Trainings durch. Als mein Training abgeschlossen war, war ich bereit. Nach meinem Training in Fort Sill erhielt ich meine Anweisungen und ging auf Urlaub, bevor ich zu meiner Einheit ging. Ich beschloss, noch einmal nach New York zurückzukehren.

My first real car - I bought at Fort Benning right after I was commissioned as an officer ... I guess I still had a little brother in me

Diesmal war ich noch stolzer als bei meinem letzten Besuch. Nach diesem Tag in Tennessee, als ich nicht wusste, wohin ich mich wenden sollte oder ob ich einen Weg finden konnte, wieder auf die Beine zu kommen, war ich stolz, dass ich vom Boden aufgestanden war und es geschafft hatte ... und ich war stolz darauf, meine Uniform zu tragen und jeden sehen zu lassen wofür ich stehe.

Nenn' es Belehrung, wenn du willst, oder nenn es Gehirnwäsche, wenn du dich dadurch besser fühlst. Tatsache ist, dass ich nach so viel Zeit die Geschichten von so vielen jungen Männern in meiner Umgebung gehört habe; nachdem ich mit ihnen gelebt und trainiert habe und entdeckt habe, was es bedeutet, wirklich Teil einer besonderen Gruppe von Männern zu sein - ich war stolz zu sagen, dass ich ihren Reihen beigetreten war.

Nach einem Besuch bei meinen ehemaligen Teamkollegen Bob McKillop und Dale Davis in New York fuhr ich nach Fort Benning um ins Ausland geschickt zu werden. Ich war dem 11. Panzerregiment der Kavallerie in Fulda zugeteilt worden. Die Verantwortlichkeiten dieser Einheit sind in Crossroads beschrieben. Es war definitiv eine einzigartige und herausfordernde Aufgabe. Ich habe viel über die US Army gelernt. Ich habe viel über Führung gelernt. Ich habe viel über das Leben in einem fremden Land gelernt und viel über mich selbst gelernt.

Als ich ankam, war ich der einzige schwarze Offizier im Regiment, schien aber keine Rolle zu spielen und ich glaube wirklich nicht, dass es jemals ein Problem war. Meines Wissens nach war das einzige Mal, dass es jemals zu Gedanken geführt hatte, kurz bevor ich zurücktrat. Kurz zuvor kam ein weiterer schwarzer Offizier in das Geschwader. Er wurde in einen Drogenvorfall verwickelt.

Der Colonel rief mich an und sagte mir, dass er mich als Ermittlungsbeamten beauftragte. Er sagte, dass ich ausgewählt wurde, weil ich schwarz war, und er wollte sicherstellen, dass niemand sagen konnte, dass dieser junge Offizier keine faire Chance bekam. Abgesehen davon hatte ich nie das Gefühl, anders behandelt zu werden. Ich habe "meine Sporen verdient" wie alle Kavallerieoffiziere, und ich erhielt mein Spurs und Kavallerieschwert zusammen mit meiner 11. ACR Border Service Plaque.

All das habe ich aufgrund der vielen Bewegungen verloren. Das ist etwas, was ich bis zu dem Tag, an dem ich Tag war, bereuen werde. Sie waren stolze Erinnerungen, die mich an eine sehr wichtige Zeit in meinem Leben banden. Meine erste wirkliche Lektion in der militärischen Führung kam in Fulda. Ich war noch nicht lange hier, als ich an meiner ersten "Reforger" Übung teilnahm. Übung

Reforger (von der Rückkehr der Kräfte nach Deutschland) war eine jährliche Übung von der NATO durchgeführt. Die Übung sollte sicherstellen, dass die NATO im Falle eines Konflikts mit dem Warschauer Pakt in der Lage war, schnell Truppen nach Westdeutschland zu entsenden. Truppen wurden aus den Vereinigten Staaten entsandt, die Operation beinhaltete auch eine beträchtliche Anzahl von Truppen aus anderen NATO-Ländern, einschließlich Kanada und dem Vereinigten Königreich.

Reforger war nicht nur eine Demonstration von Gewalt - im Falle eines Konflikts wäre es der eigentliche Plan, die NATO-Präsenz in Europa zu stärken. Wichtige Komponenten in Reforger waren das Militärluftbrücke-Kommando, das Militär-Sealift-Kommando und die Zivilreserve-Luftflotte. Kurz gesagt war jeder involviert. Wegen der unglaublichen Anzahl der beteiligten Truppen und Fahrzeuge gab es Regeln bezüglich der Aktivität. Es war auch eine enorme Anzahl von Kettenfahrzeugen dabei. Deshalb fand es in der Regel im Winter statt, als der Boden gefroren war. Wenn das Wetter warm wurde und der Boden weicher wurde, durften Panzer und andere schwere gepanzerte Fahrzeuge sich nicht bewegen.

Während dieses Reforger ist genau das passiert. Das Wetter wurde fast frühlingshaft. Unsere Einheitshaubitze Batterie 1/11 ACR (befohlen von Kapitän Mills) war ausgegangen und wir konnten uns nicht bewegen. Um in Schussposition zu gelangen und die Bodentruppen zu unterstützen, mussten unsere Haubitzen zu ihren Positionen manövrieren und die Geschütze mussten verlegt werden (in den richtigen Positionen ausgerichtet). Die Außentemperatur blieb warm und die Vorhersage unverändert. Es schien, dass wir 10 Tage in unseren Fahrzeugen sitzen würden und nie an der Übung teilnehmen könnten.

Nachdem er die Berichte gelesen hatte, beschloss Captain Mills, mit How Btry in die Downs Barracks in Fulda zurückzukehren. Nach dem Rückweg nach Fulda, wie Enten in einer Reihe, standen alle unsere Fahrzeuge auf der Straße (Haimbacher Str.) Und standen am Hintereingang der Anlage. Die Militärpolizei ließ uns nicht herein. In seinem Jeep sitzend funkte Cpt. Mills den Squadron Commander, der noch draußen auf dem Feld war, an. Er bat um

Erlaubnis, How Btry auf den Posten zu lassen. Der Oberst lehnte seine Bitte ab. Kapitän Mills rief seine Offiziere zusammen und erzählte uns, was passiert war.

Er sagte uns, dass er es für sinnlos hielt, dass die gesamte Einheit zehn Tage lang im Wald sitzen und ihre Waffen polieren würde. Wenn sie nicht beiwohnen oder an der Übung teilnehmen konnten, dann sollte es seinen Männern erlaubt sein, nach Hause zu ihren Familien zu gehen (er selbst war nicht verheiratet). Er sagte, dass er mit seinem Fahrer zurück zu unserem zugewiesenen Standort gehen würde, aber dass der Rest der Howitzer Battery nach Hause zu ihren Familien ging. Er nahm dann ein paar Bolzenschneider und schnitt das Schloss und schickte alle Fahrzeuge hinein. Captain Mills hatte eine Entscheidung getroffen, in der er das Wohlergehen seiner Männer vor eine Orderaktion gestellt hatte, die er für sinnlos hielt.

Hat er einer Anweisung nicht gehorcht? Ja! War es falsch oder war seine Entscheidung gerechtfertigt? Du entscheidest! Als der Colonel in die Downs Barracks zurückkehrte, wurde Captain Mills seines Kommandos enthoben und kehrte zurück in die Staaten. Ich kann dir nicht sagen, wie viel ich von diesem Vorfall gelernt habe.

Ich habe immer versucht, das Beste für meine Truppen zu tun, und das habe ich auch als Coach getan. Das macht sich manchmal in kleinen Dingen wie Entscheidungen darüber bemerkbar, ob wir zu einem Spiel reisen sollten oder nicht, wenn das Wetter schlecht ist. Ich habe immer versucht, das Team vor den Einzelnen zu stellen, und in vielen Fällen bedeutete das oft auch, dass die Situation des Teams meiner persönlichen Situation voraus war. Das hat mich viel gekostet. **Das Leben in der Armee war einzigartig und besonders. Meine Zeit mit dem 11. ACR war ein Level darüber.**

Kapitel 15

Dienst an der Grenze - "DIE GRENZE DER FREIHEIT" FULDA GAP 1978 - 1981

Am 17. Mai 1972 wurde das 14. Panzer-Kavallerie-Regiment abgemeldet und als 11. Panzer-Kavallerie-Regiment wiedergeboren. Das 11. ACR-Regiment stand dann in Deutschland im Mittelpunkt. Diesmal im Fulda Gap. Auf dem Höhepunkt des Kalten Krieges war die 11. Mission des ACR die Überwachung, und sollten Ereignisse eskalieren und zu Konflikten führen, war es ihre Aufgabe, die erste Verteidigungslinie gegen einen möglichen Warschauer-Pakt-Angriff bereitzustellen. Überwachung des 385 Kilometer langen sogenannten "Eisernen Vorhangs", der Ost- und Westdeutschland trennte. Die Regimentsmission im Allgemeinen Verteidigungsplan (GDP) sollte die Avantgarde und Speerspitze für die United States Army Europe (USAEUR) sein und die Linie halten, da die Deckkraft des V. Corps mobilisiert wurde und diesen Einheiten Zeit gab, ihre Positionen auf der Vorderseite zu nehmen.

Die „Fulda Gap“ war von großer strategischer Bedeutung, da sie nicht nur die kürzeste und direkteste Route in der Mitte

Westdeutschlands war, sondern aufgrund des gebirgigen und stark bewaldeten Terrains für viele motorisierte Fahrzeuge die einzige Angriffsfläche für Fahrzeuge und Truppen darstellte. Ein massiver und anhaltender Angriff durch die „Fulda Gap“ einer vorrückenden Armee über den Rheinübergang in Mainz und Koblenz konnte den Verteidigern der Region Westdeutschland und der NATO einen verheerenden Schlag versetzen. Eine gute Taktik diktierte, dass das "Blackhorse" -Regiment seine Schwadronen auf das Gebiet ausbreitete.

Das Regimentshauptquartier und das erste Geschwader "Ironhorse" waren in der Downs Barracks in Fulda zu finden ... "Eaglehorse", das 2. Geschwader, befand sich in der Daley Barracks in der Stadt Bad Kissingen. Das dritte Geschwader "Workhorse" konnte in der McPheeters Barracks in Bad Hersfeld gefunden werden. Das vierte Geschwader "Thunderhorse" war in Fulda am Sikkels Army Airfield. Das war die Luftkavallerie des Blackhorse. Bis heute glaube ich, dass es keinen einschüchternden Anblick mehr gab, als eine Staffel Cobra Attack-Helicopters am Horizont zu sehen. Das Regiment bestand aus fast 5.000 Soldaten. Es gab ein Combat Support Squadron, das auch in Fulda "Packhorse" genannt wurde. Es gab einen großen Wartungstrupp, da die Mission eine extrem hohe Bereitschaft erforderte. Dazu kam die 58. Kampfingenieur-Kompanie, bekannt als die "Red Devils", und die 511. Militärische Nachrichtendienst-Kompanie, bekannt als "Trojanhorse", und Sie hatten eine der kampfbereitesten Gruppen in der Armee. Die Arbeit an der Grenze war ein wichtiger Teil unserer Arbeit in Fulda. Border Duty wurde sehr, sehr ernst genommen. Wenn du Mitglied einer Kampftruppeneinheit warst (Unterstützungseinheiten wurden in der Regel nicht mit dieser Aufgabe beauftragt), konntest du mindestens vier Mal im Jahr mit Grenzeinsätzen rechnen - jedes Mal, wenn du ausgingst, konntest du erwarten, bei OP Alpha für zwei Wochen oder länger zu seinzu sein. Ein typischer Tag begann um 06:00 Uhr mit einer Besprechung. Es wurde eine Überprüfung der Standardarbeitsanweisungen und eine Aktualisierung der neuesten Aktivitäten, Sichtungen oder Vorfälle geben. Ein Bericht mit allen Aktivitäten des Vortages musste an die Grenzverwaltung in Fulda zurückgeschickt werden.

Kommunikationsprüfungen, Fahrzeugwartung und Waffenwartung waren Prioritäten. Verkommen zu sein oder Dinge leicht zu nehmen wurde einfach nicht toleriert. Patrouillen waren nie wirklich einfach. Du hast nie wirklich gedacht, dass etwas passieren würde, und gleichzeitig kannst du nicht aufhören zu denken - was wäre wenn? ... und darauf musste man vorbereitet sein.

Wetter war nie ein Faktor, der beeinflussen würde, ob man auf Pa-

trouille ging oder nicht.

On Patrol with SSG Mosman -
He also coerced me into learning to drive a jeep

On Patrol from OP-Alpha in the Fulda Gap

Regen, Schnee, Nebel oder Hitze ... das war egal.

Manchmal gingen wir von OP Alpha zu einem Pick-up-Punkt - Manchmal wurden wir zum Drop-Off-Punkt gefahren und mussten zurück gehen. Dann gab es Zeiten, in denen wir per Helikopter abgesetzt wurden und ein Gebiet patrouillierten und später abgeholt wurden. Wir waren immer voll bewaffnet und bereit zu kämpfen, wenn es dazu kam. Die Mission beinhaltete auch die Demonstration gegenüber potenziellen Gegnern, dass das Blackhorse-Regiment alle NATO-Streitkräfte repräsentiere und dass wir diszipliniert und kampffähig seien.

Auf Patrouille in Deutschland im Gespräch mit einem lokalen Bauern

Es gab jeden Morgen eine vollständige Inspektion ... Unsere Ausrüstung und unsere Uniformen mussten sauber verpackt sein, so dass wir sofort losziehen konnten. Waffen mussten funktional und makellos sein, und Funkgeräte waren voll funktionsfähig. Nach der Inspektion wurden die Soldaten in Reaktionskräfte aufgeteilt; Beobachtungsposten (OPs) und Patrouillenpflicht (PD's).

Die Ready Reaction Force - In der Regel mussten zwei gepanzerte Fahrzeuge mit 10 Mann bereit sein, praktisch ohne Vorankündigung auf jegliche Notfälle entlang der Grenze zu reagieren. Die Crews hatten 10 Minuten Zeit, um aus dem Camptor herauszukommen - voll ausgerüstet, Waffen montiert, Munition an Bord. Dies wurde auch sehr regelmäßig praktiziert.

Patrouillieren war eine 24 Stunden am Tag - 7 Tage die Woche Funktion.

Obwohl die Mission sehr ernst war, gab es immer noch Zwischenfälle, die ein Lächeln auf mein Gesicht brachten. Einer der Squadron Commanders während meiner Tour war bekannt für seine Entschlossenheit, die Sprache zu "säubern". In der Öffentlichkeit, im Radio und auf dem Feld. Er war besonders entschlossen, dafür zu sorgen, dass das "F" -Wort nicht benutzt wurde. Wir führten eine Feldübung durch, um unsere Bereitschaft zu testen. Wie bei Reforger ist es Raupenfahrzeugen während dieser Übungen nicht gestattet, sich nach Einbruch der Dunkelheit zu bewegen.

Ein ambitionierter junger Befehlshaber der Panzerzüge entschied, dass er hinterhältig sein und den Sprung auf seinen gezielten Feind machen würde. Nach Einbruch der Dunkelheit brachte er seine Panzer in eine Position, von der aus er einen Überraschungsangriff auf sein Ziel starten konnte. Im Morgengrauen geschahen zwei Dinge:

1) Der junge Leutnant befahl seinen Panzern zum Angriff

2) Der stimmlich, politisch korrekte Kommandant ließ mit einem String Kraftausdrücke los, die die heutigen Rap-Künstler beschämen würden.

Das "F" -Word wurde in jeder denkbaren und unmöglichen Kombination verwendet, die man sich vorstellen kann. Wie sich herausstellte, hatte der junge Leutnant seine Panzer über einen Golfplatz geleitet. Als Person, die in der Innenstadt aufgewachsen ist und erst im Alter von 21 Jahren einen Führerschein hatte, war es nicht verwunderlich, dass ich bei meinem Eintritt in die Armee nie mit einem Auto in Berührung gekommen war das einen "Stick Shift" hatte. Ich glaube, dass die große Mehrheit der Amerikaner nur Autos mit automatischen Getrieben gefahren hat.

Als ich in Fulda stationiert wurde, erinnere ich mich, dass wir in Wildflecken trainiert haben und dass zwei unserer Scouts, mein Fahrer und ich einfach nur rumsaßen und redeten. Im Laufe des Gesprächs drehte sich das Thema um einen Jeep zu fahren. Irgendwie scheint es, dass ich erwähnt habe, dass ich keinen Jeep fahren kann, weil ich immer Autos mit Automatikgetriebe hatte. SSG Mosman fragte **"Sir, was werden Sie tun, wenn Ihr Fahrer erschossen wird?"** Was als nächstes passierte, werde ich niemals vergessen. Die beiden Sergeants ließen mich in einem Jeep sitzen, dann fuhren sie in ein Waldgebiet und an einem ziemlich steilen Hügel hinauf. Als sie nahe der Spitze ankamen, stiegen sie aus und ließen mich hinter das Steuer steigen.

Dann hielten sie eine kurze Unterrichtsperiode mit mir als Schüler und sagten ... "Es gehört alles Ihnen, Sir!" Und wich vom Jeep zurück. Ich setzte meinen Fuß auf das Gas, während ich langsam versuchte, die Handbremse zu lösen - Ein kurzes Tuckern und der Motor stoppte ... nicht genug Gas - immer wieder. Ich habe es ohne die Handbremse versucht. Der Jeep driftete den Hügel hinunter und dann stieß ich auf das Gaspedal. Es war ein ärgerlicher Morgen, und währenddessen wälzten sich meine beiden Unteroffiziere vor Lachen. Aber als alles vorbei war, konnte ich mit einem Steuerknüppel fahren

Es macht mir nichts aus zu sagen, dass ich stolz bin, dass ich die Gelegenheit hatte, im 11. ACR in Fulda zu dienen. Ich habe es wirklich genossen, weil es eine wirkliche Bedeutung zu haben schien und ich fühlte mich, als würde ich leben, um einen Zweck zu erfüllen.

Ich schätze die Erinnerungen und frage mich oft - was wäre wenn? ... Wo wäre ich, wenn ich im Militär geblieben wäre?

Kapitel 16

Crossroad # 8 - DoD Zivile / Deutsch-Amerikanische Freundschaft 1981-1989 ... Die Fulda Verbindung / Teil I

Fulda Militärsportdirektor / FT Fulda

☞ Basketball / Armee / Oberst Taylor

Die nächste Crossroad für mich war eine weitere, bei der es darum ging, ob ich eine Entscheidung treffen sollte, die auf Logik und gesundem Denken basierte, oder den Gefühlen in meinem Herzen zu folgen. Es genügt zu sagen, dass ich auf einem relativ erfolgreichen Weg als Offizier in der United States Army war. Ich war in der Downs Barracks in Fulda stationiert. Ich wurde dem 11. Panzer-Kavallerieregiment zugeteilt.

Ich hatte alle Vorbereitungen abgeschlossen und den Test für die Flugschule absolviert.

Ich war der Executive Officer von Howitzer Battery 1/11 ACR und wurde zum Captain befördert.

Ich war für das Nuclear Surety Program (NRAS) der 1. Squadron verantwortlich und hatte gerade vom Generalinspekteur (IG) des V-Corps eine großartige Leistung erhalten.

All das waren Faktoren, die mich in meiner militärischen Zukunft sehr gut fühlen ließen. Während all dies passierte, fand ich immer noch Zeit, um Basketball zu spielen. Für diejenigen, die es nicht wissen: in den 1970er Jahren, 80er und sogar 90er Jahren war Sport im Militär für Truppen außerhalb der USA immer eine große Sache. Es sorgte für Unterhaltung und diente gleichzeitig der Moral der Soldaten und ihrer Familien. Ähnlich wie unser High School und College Sport System hatten die Einheiten, die in einer Militäranlage stationiert waren, Teams in vielen Sportarten. Dies galt sowohl für die Soldaten als auch für ihre Angehörigen, wenn es die Situation und Größe erlaubte. 1987 war der "Fulda Gap" Außenposten mit seinen umliegenden Unterstützungsbasen unter den 800 großen und kleinen Militäreinrichtungen der USA in ganz Westdeutschland zu finden. Der 11. ACR war ein Mitglied des V-Corps, das ein Teil von USAEUR (United States Army Europe) war ...

Downs Barracks in Fulda war eine Heimat für etwa 4.000 Soldaten und ihre Familien.

Viele dieser Einheiten haben Teams in Basketball, Fußball, Baseball, Leichtathletik, Boxen und mehr eingesetzt. Sie konkurrierten lokal und europaweit. In Fulda zum Beispiel gab es im Allgemeinen zwischen 10 und 15 Mannschaften, die gegeneinander um eine Meisterschaft kämpften und auf der V-Corps-Ebene gegen die "Troop" / "Company" -Teams aus anderen Einrichtungen spielen konnten. Dann gab es die "Post" oder Installationsteams. Ich hatte das Glück, in beiden Teams spielen zu können.

AFTER A WEEK of action in Sill's "ice breaker" tennis tourney, no favorites have emerged, although Lamar Tooke upset No. 2 seeded Bob Michela this week. Tooke will play strong favorite David Bernstein in an effort to move to the finals. Six women entered, and minor dependents Michelle LaPorte and Tammy Shannon head into finals action. Raymond Ingram (above) played a hyped-up game Monday to eliminate Jack Zador from action.
(Photo by Sp5 Ed Easley)

(Ich spielte auch Tennis, während ich in Fort Sill war, weil ich wusste, dass meine "Basketball-Tage" bald zu Ende gingen.)

Im Basketball spielte ich für Howitzer Battery in der 11. ACR League und für Fulda (Downs Barracks) in der V-Corps League. So nannten wir das "Post-Team". Dieses Team kämpfte gegen die anderen großen Anlagen für eine V-Corp-Meisterschaft und die Möglichkeit, V-Corps bei den USAREUR Championships zu vertreten.

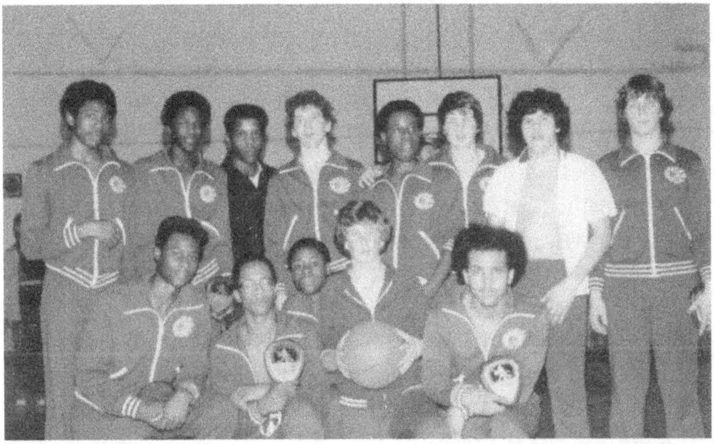

1981 USAEUR Champions ... alle diese Jungs waren die Söhne von Soldaten oder DoD-Personal in Fulda stationiert

In diesem Jahr hatte ich es ins Post-Team geschafft. Zur gleichen Zeit hatte ich die Kapitänsliste erstellt und stand kurz davor, befördert zu werden. Der Squadron Commander hatte eine Bitte des Trainers erhalten, in der er darum bat, dass das Mitglied des Post Teams für die frühen Abendstunden vom Dienst entbunden wurde. Der Oberst berief mich in sein Büro und nach einer kurzen

Unterhaltung sagte er zu mir: "Sie sind Karriereoffizier und das bedeutet, dass Sie keine Zeit haben, Basketball zu spielen."

Ich glaube, ich saß nur ein oder zwei Minuten da, während mir eine ganze Reihe von Dingen durch den Kopf ging.

Ich wusste, dass ich kurz davor war, zum Captain befördert zu werden, und das bedeutete, dass ich bald neu zugewiesen werden und meine eigene Einheit führen würde. Als das passierte, wusste ich, dass ich nie wieder die Chance bekommen würde, auf einem wettbewerbsfähigen Niveau zu spielen. Ich wusste, dass ich zur Zeit als Fire Support Officer (FSO) für den Squadron und den NRAS Officer für das Leben vieler Soldaten und Millionen von Geräten verantwortlich war. Ich wusste, dass ich, obwohl ich wirklich so viel und so gut wie möglich spielen wollte, auf Übung oder Spiele verzichten müsste, wenn ich noch Arbeit hatte. Ich hatte einfach das Gefühl, dass, wenn mir diese Verantwortung übertragen würde, der Oberst mir hätte trauen sollen, die richtigen Entscheidungen zu treffen, wenn es darum ging, meine Pflicht als Soldat oder Basketballspieler zu erfüllen.

Jedenfalls - ich war enttäuscht und ein bisschen sauer. Ich stand auf und antwortete ... "Tut mir leid, Sir, ich bin ein Basketballspieler, ich habe keine Zeit, Armee zu spielen". Ich sagte ihm, dass er am Morgen meinen Rücktritt auf seinem Schreibtisch haben würde. Bis heute – bin ich nicht sicher, dass, als ich an dieser besonderen „Crossroad“ ankam, den richtigen Weg wählte.

Fulda Basketball vs GS-9 und Coaching als Beruf

Die nächste große Entscheidung ist untrennbar mit meinem Rücktritt von meiner Kommission verbunden. Erinnerst du dich, am Anfang des Buches, als ich sagte "Es gibt immer jemanden, der zuschaut"? Nun, es scheint, dass mich jemand beobachtet hat. Nachdem ich meinen Rücktritt eingereicht hatte, bevor er genehmigt wurde, wurde ich in das Hauptquartier des V-Korps in Frankfurt gerufen. Dort musste ich meine Handlungen erklären. Du siehst, ich war der einzige schwarze Offizier im Geschwader. Ich hatte die maximale Officer Efficiency Ratings (OER) erhalten. Ich wurde zum Kapitän befördert und ich wurde für die Flugschule in Betracht gezogen. Der General wollte einfach wissen, warum ich aus dem Militär wollte. Ich hatte etwas Zeit, darüber nachzudenken und die Gefühle und Gedanken von meiner Begegnung mit dem Squadron Commander zu sortieren. Gleichzeitig gab es in Fulda einige neue Entwicklungen, die in dem sich noch entwickelnden Szenario eine große Rolle spielen würden.

Zusammenfassend habe ich dem General gesagt, dass ich der Meinung bin, dass der Oberst nicht fair ist, als er mir die Teilnahme verweigerte. Er wusste, wie viel Basketball mir bedeutete. Er wusste es vielleicht besser als viele andere - schließlich trainierte ich auch seinen Sohn. Sein Sohn war im Jugendteam, das Fulda vertrat und wir hatten gerade die USAEUR Meisterschaft gewonnen. Ich sagte dem General, wenn die Armee genug auf meine Fähigkeiten und mein Urteilsvermögen vertraute, um mir die Verantwortung für nukleare Sicherheit und schließlich mein eigenes Kommando zu übertragen, hätte er mir genug vertrauen sollen, um zu entscheiden, ob ich Zeit hätte zu üben oder spielen.

Ich glaube nicht, dass ich jemals etwas zurückgelassen hätte, nicht einmal die kleinste Angelegenheit, die unvollendet geblieben wäre, und entschied mich dafür, stattdessen zu trainieren. Er hörte zu - wir unterhielten uns ein bisschen mehr und dann fragte er, ob ich meine Meinung ändern wolle. Als ich antwortete: "Nein, Sir."

Er fragte, ob er etwas für mich tun könnte. In den 1980er Jahren gab es eine Bewegung zur Verbesserung der Lebensqualität von Truppen außerhalb der Vereinigten Staaten und Orte wie Fulda standen oben auf der Prioritätenliste. Ich schluckte schwer bevor ich antwortete und sagte ...

"Sir, es wurde eine neue Zivilposition des Verteidigungsministeriums für die Downs Barracks in Fulda und McPheeters Barracks in Bad Hersfeld geschaffen. Es ist die Position des Sportdirektors. Ich hätte gerne diese Position. Ich möchte Sport für Soldaten und ihre Familien wichtig machen und ich möchte versuchen, andere Soldaten davon abzuhalten, das gleiche Schicksal zu erleiden wie ich. " Der General dachte einen Moment nach und sagte - "Es ist deins! Ich werde das ermoeglichen. " Ich war begeistert. Ich fuhr zurück nach Fulda und wartete. Ein paar Tage später ging ich zum

Personalamt und erhielt zwei Aufträge. In der einen wurde ich nach Fort Benning geschickt um den Rücktritt durchzuführenzur.

Der andere gab mir den GS-9-Status und enthielt meine Genehmigung, nach Fulda als neuer (und erster) Sportdirektor der Fulda Military Installation zurückzukehren. Das hat mir eine ganz neue Welt eröffnet. Obwohl ich nie wissen werde, was mein Schicksal als Offizier gewesen wäre, weiß ich, dass diese Entscheidung zu dem ernsthaften Versuch führte, eine Karriere als Basketballtrainer zu machen.

☞Fulda Basketball / De Feet Sport Shop

Nach meinem Rücktritt ging ich nach Hause, um mich von der Armee zu trennen. Ein paar Wochen später kehrte ich nach Fulda zurück, um meine neue Position als Sportdirektor für die Militärgemeinden Fulda und Bad Hersfeld zu übernehmen. Mein erstes Treffen mit den beiden Squadron Commanders lief gut. Der erste Kontakt mit dem Kommandanten in Fulda war ein wenig peinlich. Schließlich war er die treibende Kraft hinter meiner Entscheidung, die Armee zu verlassen. Wir diskutierten die Situation und ich erzählte ihnen von meinen Bedenken bezüglich der Art und Weise, wie das Sport- und Freizeitprogramm gehandhabt wurde.

Ich sagte, dass ich einen Plan hätte, der für alle Beteiligten eine Win-Win-Situation wäre. Ich glaube, dass ich einen Vorteil hatte, nicht nur, wenn es darum ging, meinen Plan zu enthüllen, sondern auch in seiner Ausführung. Ich glaube, dass der Vorteil für einen Offizier, der aus den Mannschaften kommt, gering sein kann. Irgendwie gibt es ein anderes Gefühl für Situationen und dies wird von den Truppen wiederholt, die du befiehlst.

Ich glaube, das gilt in vielen Bereichen. Ein Basketballtrainer, der das Spiel auf mehreren Ebenen gespielt hat, hat ein anderes und vielleicht besseres Verständnis für das Spiel und den Umgang mit Situationen als ein Coach, der wenig Spielerfahrung hat. Ein Basketball-Offizieller, der das Spiel auf mehreren Ebenen gespielt hat, hat im Allgemeinen ein besseres Gefühl für das Spiel als jemand mit wenig oder keiner Erfahrung als Spieler. Natürlich ist dies keine

Annahme, die in Stein gemeißelt werden kann, aber ich glaube, dass es in vielen Fällen wahr ist.

Als ein Soldat, der in einer verantwortungsvollen Position war und gleichzeitig tief in den Sport involviert war und aus erster Hand erfahren konnte, was passieren kann, wenn die Situation nicht richtig behandelt wird, fühlte ich mich gut geeignet dazu, eine Alternative zu bieten. Ich sagte den Kommandanten, dass ich das Sportprogramm erweitern möchte. Ich wollte die Intra-Post-Wettbewerbe verbessern und die 11. ACR-Teams zum V-Corps-Level konkurrenzfähig machen.

Aufgrund der 11. Mission des ACR war Kampfbereitschaft eine absolute Priorität. Die Fahrzeuge und Waffensysteme mussten auf dem höchstmöglichen Niveau gehalten werden. Ich habe das verstanden. Aber hieß das, wenn eine Einheit oder Mannschaft alles "oben" hatte, sie bis 17:00 Uhr noch im Fuhrpark sitzen sollte? Wir stimmten zu, dass ich früher am Nachmittag beginnen konnte, Übungszeiten zuzuteilen und Spiele zu planen, vorausgesetzt, dass alles erledigt war. Vielleicht mache ich mir was vor, aber ich glaube, dass die Truppen besser arbeiteten, weil sie wussten, dass sie nicht "beschäftigt" sein mussten, nur um ihre Zeit zu füllen.

Ich erinnere mich, eine Gruppe von Offizieren (Sgt. Melendy, Sgt. Ramirez, Sgt. Cogman und Sgt. Harris) gefunden zu haben, die jeden Tag, zu jeder Zeit bereit waren, Schiedsrichter zu sein und somit halfen, das Rückgrat unseres Vereins zu bilden. Wir haben Track Meets und Box-Turniere im V-Corps Level durchgeführt. Ich hatte die Hilfe von drei zivilen Arbeiter (Deutsche Nationals) Pete, Peter und Ottmar. Gemeinsam haben wir die Freizeitanlagen in Fulda und Bad Hersfeld komplett neu organisiert. Wir haben ein neues Gymnasium entworfen und gebaut, um das alte "Bubble-Gym" zu ersetzen.

Es war eine schöne Zeit für die Soldaten in Fulda und ihre Familien. Ich erinnere mich an einen Empfehlungsbrief von LTC Cherrie, dem Kommandanten in Bad Hersfeld. Alles lief gut. Drei andere Dinge sind in dieser Zeit passiert.

1) ... Weil ich Zivilist war, konnte ich nicht mehr für das Post Team spielen. Jemand hat gesagt, dass es in der Stadt ein Team gibt. Es war das erste Mal, dass ich davon gehört hatte. Ich erhielt Informationen von der Kommandantin Liaison (Frau Stieber) und ging in die Stadt. Nachdem ich mich einmal verlaufen hatte, fand ich den Weg zum Marianum Gymnasium. Marianum war damals der Heimplatz für den Fuldaer Turnerschaft 1848 Club. Ich ging rein und traf Christian Wingefeld. Er war der Spielertrainer der Männermannschaft. Ich fragte, ob es okay für mich wäre, mit seinem Team herumzuschießen. Die Gruppe bestand im Wesentlichen aus sechs oder acht Männern. Bis heute habe ich noch Kontakt zu einigen von ihnen, darunter Wolfgang Riesner (dessen drei Kinder 2017 für mich spielen) und Andreas Helmkamp, der einige meiner derzeitigen Spieler mit Physiotherapie versorgt. Mr. Wingefeld stimmte zu und wir spielten ungefähr zwei Stunden. Als wir den Platz verließen, fragte er, ob ich daran interessiert wäre, offiziell mit der Mannschaft zu spielen. Der Rest ist Geschichte.

Hessen — 4. September 19

Eine Kerze im Dom für Ingram

Sportdirektor der Army will in Fulda noch mehr erreichen

Fulda (rb). Aufstieg des Damenteams und der Herrenmannschaft in die Oberliga Hessen, Bezirksmeister der A Mädchen und der männlichen Jugend C, Bezirkspokalsieg der männlichen Jugend B – imponierende Saisonbilanz 1984/85 der Fuldaer Turnerschaft 1848. Die Teilnahme von elf Mannschaften an den Serienspielen (1984: sieben) und die Zunahme der ausschließlich aktiven Mitglieder von 40 im Jahr 1983 auf 160 in diesem Jahr ergänzen die positiven Meldungen über die Bonifatiusstädter.

Wenn auch der Erfolg in Mannschaftssportarten von der Arbeit vieler Personen abhängt, die FT 1848 verdankt ihre eindrucksvollen Resultate primär einem Sportler: Lauz R. Ingram, 35jährigem, in Philadelphia geborenem Sportdirektor der US-Army für den Standort Fulda/Bad Hersfeld. Seit 1981 spielt der studierte Historiker in Fulda und baut seit diesem Zeitpunkt die Jugendarbeit kontinuierlich aus.

Er trainiert alle elf Mannschaften und hatte als Playmaker des Herrenteams entscheidenden Anteil (321 Punkte) am Oberligaaufstieg. Diesen Tätigkeiten geht der Pädagoge, er war in New York als Lehrer tätig, ausschließlich ehrenamtlich und unentgeltlich nach. Nicht einmal die Fahrtkosten zum täglichen Training stellt er dem Verein in Rechnung.

Offensichtlich füllen ihn diese Funktionen nicht genügend aus. Neben dem Erwerb der Schiedsrichter A-Lizenz (derzeit „in Arbeit") und der Betreuung der männlichen Bezirksauswahl des Kreises Kassel betreibt er seit einem halben Jahr in Fulda ein Sportgeschäft. Zu seinen Lieblingsprojekten gehört das seit vier Jahren betriebene Basketball-Camp.

Nach amerikanischem Vorbild unter der Schirmherrschaft der Army (in diesem Fall gleichbedeutend mit („Ritz" Ingram) ins Leben gerufen, richtet seit zwei Jahren die FT in alleiniger Verantwortung diese Veranstaltung aus. Während der vierzehntägigen Campdauer vermittelt er annähernd 100 Jugendlichen, assistiert von Fuldaer-Jugendspielern, einen Einblick in seine Sportart.

Anfangs mehr als Beitrag zur deutsch-amerikanischen Freundschaft gedacht, entwickelt sich das Camp zum Talentschuppen des Fuldaer Nachwuchses. Als Ergebnis der 85er Veranstaltung vergrößert eine D-Jugendmannschaft die Abteilung zu Saisonbeginn.

Seine vielfältigen Aktivitäten als „Alleinunterhalter" impliziert allerdings auch eine große Gefahr: Was macht Fuldas Basketball ohne seinen Dreh- und Angelpunkt? Die Delegation seiner zahlreichen Aufgaben erscheint angeraten.

Mit Beginn der neuen Saison werden dahingehend erste Schritte unternommen. Er betreut während der Serienspiele „nur" noch die Oberligateams und die männlichen B-Jugend. Besonders die zuletzt genannte Mannschaft erfreut sich seiner besonderen Aufmerksamkeit. In dieser „bis dato beeindruckendsten Ansammlung Fuldaer Talente" (FT-Pressewart Joachim Schulz) sieht er den Stamm der künftigen ersten Herrenmannschaft heranwachsen.

Vorläufig hoffen die Verantwortlichen noch auf Beistand aus höheren Sphären. Einem unbestätigten Fuldaer Ondit zufolge, zündet ein Vorstandsmitglied wöchentlich im Dom zu Fulda eine Kerze an, um ihm eine lange Verweildauer in Fulda zu ermöglichen.

Derzeit erscheinen negative Befürchtungen grundlos. Anläßlich einer Ehrung des „Mister Basketball" der FT ob seiner Verdienste um die deutsch-amerikanische Freundschaft durch den Fuldaer Oberbürgermeister äußerte er 1983 den Wunsch „in Zukunft noch mehr zu tun". Obwohl es selbst den Fulda Insidern Rätsel aufgibt, wie er sei Aktivitäten bei einem nur aus Stunden bestehenden Tag bewältig hat er sich diesen Wunsch erfüll können.

LAURITZ R. INGRAM im Korbwurf für Fulda. Foto: privat

Zeitungsartikel aus der Fuldaer Zeitung September 1985

2) ... Der Kontakt mit Frau Stieber und dem Fulda Club wurde ausgebaut und im Interesse der deutsch-amerikanischen Beziehungen suchte ich nach weiteren Möglichkeiten, das Sportprogramm zu erweitern. Die erste neue Richtung kam, als ich während eines Trainings im Marianum ein paar Jungs auf der Seite schießen sah. Sie waren kein Teil der Männergruppe, aber sie waren keine schlechten Spieler. Steffen Wingefeld, Thorsten Lewalter, Andreas Schulz und Thorsten Herrmann sahen alle nach Potenzial aus. Ich fragte Herrn Wingefeld, warum die Jungs nicht in einem Team waren. Er sagte mir, dass sie keinen Coach haben. Ich sagte, dass ich sie coachen würde. Die Gruppe wuchs weiter und es war eine Gruppe von athletischen und talentierten jungen Männern und Jungen. Thomas Behrends, Martin Bullemer, Andreas Ment, Marcus Weigel, Andreas Gehring, Kai Foerster, Michael Schulz, Uli Mayer, Uli Steppler, Johannes und Tobias Wehner und Oliver Koch, um nur einige zu nennen.

Der Begriff wurde "liebevoll" verwendet, wenn ich mit meinen Spielern sprach ... lange bevor die Ära der politischen Korrektheit begann - sie wurde damals nicht als negativ angesehen und niemand fühlte sich gemobbt - Heute muss sich der Coach der "Spielergefühle" bewusster sein ... C'mon Man ...!

Sie arbeiteten hart und waren immer bereit und willens, mehr zu tun. Es gab nie eine Frage darüber, ob jemand im Training sein würde, sie waren dort. Es hat Spaß gemacht, mit ihnen zu arbeiten und es war daher einfach, das Programm zu erweitern und die Aktivitäten mit den Soldaten und ihren Kindern zu koordinieren. Wir begannen Camps zu veranstalten und hatten gemischte Turniere. Einige der Männer schlossen sich mir an und spielten in der Männermannschaft. Ein Spieler, mit dem ich sehr gerne spielte, war Sgt. Gallardo - ein weiterer, mit dem ich nach über 30 Jahren noch Kontakt habe.

Wir waren eine gute Kombination am Spielfeld - Juan Gallardo mit seinen zwei Jungs

Wir hatten gute Teams und gute Zeiten .... Ich werde die Namen der Spieler nicht verraten, wenn ich diese Geschichten erzähle: Eines Abends kamen wir von einem Spiel in Kassel zurück und einer der Jungs musste den Benzintank in seinem Auto füllen. Er war 18, hatte gerade seinen Führerschein bekommen und fuhr zum ersten Mal mit dem Familienauto. Nach einigen Sekunden, als die Pumpe den Tank füllte, drehte er sich zu mir um und fragte: "Coach, macht es einen Unterschied, ob ich normales Gas oder Diesel einfülle?" Dann gab es den Tag, an dem wir ein Auswärtsspiel in einem sehr kleinen Gym hatten. Wir haben das andere Team getötet. Einer der Spieler stahl einen Pass und dribbelte die Seitenlinie entlang. Er drehte ein wenig ab und vollführte einen absoluten "Monster Dunk" - auf einem der etwas niedrigeren Seitenkörbe. Für einige Sekunden registrierte die Schiedsrichter nicht, dass dieser Korb nicht auf dem Spielfeld war.

Einer der Spieler wusste, dass ich Artillerieoffizier gewesen war. Auf der Rückfahrt von einem Spiel hielten wir an, um im Gasthaus zu essen. Es gab einige sehr schöne geschnitzte Holzobjekte auf einem Regal, die relativ hoch über jedem Kopf hingen. Eines dieser Objekte war eine beeindruckende Holzkanone und ich hatte kommentiert, wie gut es aussah. Nach dem Essen, als wir zu unseren Autos gingen, drehte ein Spieler mich, griff unter seinen Mantel und sagte ... "Coach, das ist für dich!" - Sagen mir, was sollte ich dann tun? Was machen ein Coach und gute Teamkollegen, wenn sie um eine Landesmeisterschaft spielen und während sie aufs nächste Spiel warten, einer der Spieler zu schreien beginnt, sich auf den Boden schmeißt, seine Beine festhält und ruft: „Krämpfe!" ... Wir sahen ihn an und lachten, bis wir Bauchkrämpfe hatten.

Es war eine großartige Zeit, ein Teil von Fulda Basketball zu sein.

3) ... Das DoD schickte einen anderen Mann, um das Programm in Fulda zu führen, und ich wurde erneut beauftragt, Bad Hersfeld zu leiten und ihn in Fulda zu unterstützen. Dieser Mann war Otis Davis. Mr. Davis war Goldmedaillengewinner bei Olympischen Spielen - und obwohl ich großen Respekt vor seiner Leistung als Sportler habe, fühle ich nicht das selbe für ihn als Administrator eines Sportprogramms. Es wäre nicht übertrieben zu sagen, dass wir uns gehasst haben.

Wenn es bei dieser neuen Aufgabe etwas gutes für mich gab, dann waren es Pete, Re-Pete (so nannte ich die beiden Peters) und Ottmar auf meiner Seite. Das erwies sich in meinem letzten Arbeitsjahr als äußerst vorteilhaft. Der Grund, warum ich das sage ist, dass es immer offensichtlicher wurde, dass ich nicht lange überleben würde, wenn Mr. Davis seinen Weg machte. Er war ein GS-10 und im Wesentlichen mein Vorgesetzter. Ich suchte nach einer Möglichkeit, meinen Lebensunterhalt zu verdienen, damit ich weiter coachen und in Fulda bleiben konnte. Die deutsch-amerikanischen Aktivitäten liefen gut und der Basketball lief gut. Es schien einen Markt für gute Schuhe und andere Sportbekleidung zu geben. Selbst militärisches Personal hatte Probleme, gute Ausrüstung zu finden.

Ich eröffnete einen Laden - "DeFeet Sport Shop" (Alles für die Füße) - und konnte Verträge mit Nike, Converse, Adidas und New Balance abschließen. Ich wurde auch Basketball-Repräsentant von New Balance für Deutschland.

Dieser Titel führte zu einer Situation, die gleichzeitig lustig und peinlich war. Ich hatte einige Marketing-Jobs in ganz Deutschland. Ich nahm ein paar Spieler aus Fulda, reiste mit ihnen herum und gab kurze Basketball-Präsentationen und gab anschließend Informationen über New Balance Produkte.

Wir waren in Bremerhaven und der Besitzer der Firma (Herr Gruber) nahm das Mikrofon und stellte mich vor. Als er sagte: "Um dir ein paar Tipps zum Basketballspielen zu geben, ist einer der größten Spieler der Welt hier" ...

Ich fing an, mich umzusehen ... und als er "Ritz Ingram" sagte ... Wenn es ein Loch gegeben hätte, in das ich hätte springen können, wäre ich verschwunden. Ein Vorteil für den Shop und die New Balance Verbindung war die Möglichkeit, die ISPO (Internationale Fachmesse für Sportartikel und Sportmode) in München zu besuchen. Äin einem Jahr lud Converse NBA-Spieler ein, um ihre Sachen zu promoten. Ich hatte keine Vorinformation, dass das passieren würde. Ich ging an einem Stand vorbei und sah jemanden, den ich kannte.

Es war Julius Erving. Wir unterhielten uns eine Weile und aßen später zu Mittag. Er sagte mir, dass sie in dieser Nacht spielen würden und fragte, ob ich mitkommen wollte. Was für eine großartige Nacht ... sie brauchten einen fünften Spieler. In dieser Nacht war ich im selben Team wie Julius Erving, Ralph Sampson, Alex English und Terry Cummings. Das hat Spaß gemacht. Ich kam mit einem riesigen Poster nach Fulda zurück, das Jules für mich signiert und dem Shop gewidmet hat. Ich versuche immer noch, den Spieler zu finden, der es gestohlen hat.

Der "DeFeet Sport Shop" befand sich ursprünglich in der Haimbacher Str., Direkt vor dem Eingangstor der Downs Barracks, und das machte ihn zu einem absoluten Kinderspiel für das Militärpersonal. Das Geschäft war in Ordnung - am Anfang. Aber für die Deutschen und besonders für die Gruppe, die ich ins Visier genommen hatte - junge Basketballspieler - war es etwas abseits. Es war einfach zu weit weg. Nach einer Weile beschloss ich, einen Standort in der Innenstadt zu finden. Ich habe einen gefunden, mitten im Marktgebiet. Die Miete war in Ordnung und die Gegend war eigentlich ziemlich gut.

Das Problem war diesmal, dass die Ladenfront von der Straße zurückgesetzt war, wo die Leute tatsächlich herumliefen. Das bedeutete, dass die Leute nicht einfach "hineingingen". Sie mussten nach dem Laden suchen und sie mussten wissen, dass es da war. Die ganzen Rechnungen häuften sich weiter an. Ich war dabei, meinen Job zu verlieren. Pete und Re-Pete taten ihr Bestes, um mich zu decken. Ich öffnete den Laden am Morgen und blitzte dann nach Bad Hersfeld (Gott sei Dank für BMW) ...

Ich erledigte dort meine Arbeit und dann flitzte ich zurück nach Fulda, um dort im Büro einzuchecken. Dann flitzte ich in die Innenstadt zum Geschäft. Ich habe versucht, es offen zu halten, so viel ich konnte, aber es gab einfach nicht genug Stunden am Tag - oder - ich brauchte einen Klon.

Nur dank der Hilfe von Spielern, die im Laden aushelfen konnten, überlebte ich so lange wie ich überlebte. Die Dinge wurden nicht besser. Ich machte einen letzten Versuch, mich über Wasser zu halten. Ich habe das Haus neben dem Restaurant Tomate an der Lindenstraße gemietet. Es war großartig, weil ich eine großartige Beziehung mit dem Besitzer Nico hatte und das bedeutete, dass ich zumindest jeden Tag etwas zu essen bekam.

Detlef Musch arbeitete die meiste Zeit im Laden, weil er wenig oder gar keine Schule zu besuchen hatte. Er bereitete sich darauf vor, in die USA zu gehen. Wir arbeiteten an seinem Englisch und er studierte, während er den Laden im Auge behielt. Das gab mir ein wenig mehr Zeit für meine andere Arbeit. Auch die Spielerinnen der Frauenmannschaft haben mehr als ihren gerechten Anteil an Stunden hineingesteckt. Reinhild, Hoffi, Kim, Elke, Iris und Jutta - zusammen mit Detlef - waren der einzige Grund, dass der Laden offen bleiben konnte und ich an zwei Orten gleichzeitig sein konnte.

Inzwischen stieg der Druck. Mr. Davis fing an herumzufragen. Pete und Re-Pete warnten mich vor, wenn er sich entschloss, nach Bad Hersfeld zu fahren und nach mir zu sehen. Es ist wirklich gut, dass damals auf der B-27 keine Blitzer eingerichtet waren. Meine Schulden stiegen ebenfalls. Wir hatten eine tolle Lage gefunden, aber es war zu spät. Ich musste endlich zugeben, dass der Shop nicht von "nur" den aktiven Basketballern in Fulda überleben konnte.

Heute könnte es anders sein. Jeder trägt Basketballschuhe und NBA-Ausrüstung. Vielleicht war meine Idee ihrer Zeit nur um 30 Jahre voraus. Auf jeden Fall wollten Nike, Adidas und Converse ihr Geld und ich konnte nicht bezahlen. Ich musste Bankkredite und private Investoren abbezahlen ... und ich konnte nicht. Als alles gesagt und getan war, hatte ich Schulden von mehr als 100.000 DM. Ich habe einen Close-Out-Verkauf getätigt und bin alles losgeworden. Ich habe dafür gesorgt, dass die Kinder bezahlt wurden und schloss den Laden.

Da war ich wieder und diesmal mit weniger als nichts und keiner Möglichkeit meine Schulden zu bezahlen. Ich müsste Fulda verlassen und einen richtigen Job finden, der es mir erlauben würde, das zu bezahlen, was ich schuldete, und von vorne anzufangen.

Fulda Basketball (Amateur-Verein) vs Giessen Bundesliga

Einer der Gründe, warum ich in Fulda bleiben und dort meinen Lebensunterhalt verdienen wollte, hatte mit einer der Gruppen zu tun, die ich coachen wollte. 1984 startete ich ein Mädchenprogramm in Fulda, Deutschland. Das Programm der Männer und Jungen blühte zu dieser Zeit.

Es begann, als Jürgen Pfeiffer, ein Gymnasialsportlehrer aus Eiterfeld, auf mich zukam und sagte, dass er drei Mädchen (Reinhild Abel, Elke Peter und Michaela Hoffmann) hätte, die gut in der Leichtathletik wären und sehen wollten, ob Basketball ihnen helfen könnte, ihre Schnelligkeit und Ausdauer zu verbessern. Er fragte mich, ob es eine Möglichkeit gäbe, Mädchen in das Fulda-Programm aufzunehmen. Ich sagte, dass wir uns damit beschäftigen könnten, aber es könnte Probleme geben, denn an einem guten Tag war Eiterfeld 30 Minuten von Fulda entfernt und das Wetter in Fulda Gap von Ende November bis März war oft nicht gerade angenehm. Hinzu kommt die Tatsache, dass das Training am frühen Abend stattfand und dass die Mädchen nicht selbst fahren konnten und du hast allen Grund zu denken, dass dieses Projekt niemals funktioniert hatte. Ganz zu schweigen davon, dass es im Roadrunner-Programm keine Mädchen gab und diese drei jungen Damen auch nie wirklich Basketball gespielt hatten.

Trotzdem haben wir uns entschieden, es zu versuchen. Die erste Aufgabe bestand darin, sechs oder sieben weitere Spieler zu finden. Innerhalb weniger Wochen fanden wir einige Freiwillige. Kim Salentin, Jutta Brede, Henrike und Julia Kreilos, Xenia Witzel, Suzanne Greulich, Iris Zwenger und Heike Frohnapfel - ein paar Jahre später haben wir Jackie Spencer hinzugefügt und sie hat dem Team ein echtes Los gegeben, die im Alleingang das Ergebnis von ein Spiel beeinflussen konnte. Sie war das, was die Sportjournalisten heute als Spielveränderer bezeichnen.

Zur gleichen Zeit war sie eine dieser seltenen Spielerinnen, die genauso hart daran gearbeitet hat, ihren Teamkollegen zu helfen, besser zu spielen. Sie war eine große Bereicherung für das Team.

Das erste Fulda Damenteam - (Hinten) Heike Frohnapfel, Julia Kreilos, Henrike Kreilos, Reinhild Abel, Susanne Greulich, Elke Peter (Vorne) Jackie Spencer, Jutta Brede, Iris Zwenger, Michaela Hoffmann, Kim Salentin

Was diese Gruppe in fünf Jahren erreicht hat, grenzt an das Wunderbare. Was hervorzuheben ist, ist, dass sie alle Spätstarter waren. Da die älteste Spielerin 16 Jahre alt war, mussten sie im ersten Jahr ihres Wettbewerbs A-Jugend spielen. Das bedeutete, dass sie im Allgemeinen gegen Spieler spielten, die älter und wesentlich erfahrener waren. Zum Glück war für mich diese Gruppe etwas Besonderes. Ihr Enthusiasmus, ihr Wunsch und ihre Arbeitsmoral würden viele derzeitige Spieler in den Schatten stellen (mehr dazu in einem anderen Kapitel).

Sie formierten sich schnell zu einem "Team" und sie schienen einander wirklich zu genießen. Es hat wirklich Spaß gemacht, sie zu coachen. Ihre Eltern waren extrem hilfsbereit und ihr Coach war mehr als bereit, die Rolle des Taxifahrers zu spielen, um ihnen zu helfen, zum Training zu kommen. Reinhild, Hoffi und Elke entwikkelten sich schnell zu herausragenden Spielern und ihre Fähigkeiten schienen die der anderen zu ergänzen. Hoffi war super schnell und wurde ein sehr guter Ballhandler. Reinhild war ein solider und vielseitiger Spieler, der ein hartnäckiger Verteidiger wurde. Elke konnte aus dem Gym springen und wurde zu einem großartigen Rebounder und Shotblocker.

Die Bemühungen, Spieler in Fulda zu finden, gaben uns eine Verbindung zur Winfried Schule und das brachte uns Kim Salentin und Jutta Brede. Jutta war Shooter und Kim war wahrscheinlich der beste Allround-Spieler in der Mannschaft. Sie konnte punkten und verteidigen. Sie war ein guter Rebounder und ein Kämpfer. Das Team war sympathisch und leicht zu trainieren. Sie arbeiteten sehr hart und waren bereit, die zusätzliche Zeit und Mühe zu investieren, die für den Erfolg notwendig waren. Sie konnten Kritik nehmen und haben nie darum gebeten, sich verwöhnen zu lassen. All diese Faktoren führten zu vier unglaublich fruchtbaren Jahren.

Was als Experiment begann, entwickelte sich schnell zu einer Erfolgsgeschichte. Die meisten Teammitglieder waren zwischen 15 und 17 Jahre alt, was bedeutete, dass sie A-Jugend spielen mussten. Das war die deutsche Liga, die einer Highschool-Mannschaft entspricht. Für eine Gruppe von Mädchen, die ihren ersten Versuch machten, Basketball zu spielen, war es nicht leicht, ihren ersten Wettkampf auf diesem Niveau zu haben. Aber das war keine gewöhnliche Gruppe von Mädchen. Das waren hart arbeitende, wettbewerbsfähige und ehrgeizige junge Frauen, die wirklich ihre Chancen nutzen wollten ... und das taten sie auch. Ihr erstes Viertelspiel wurde gewonnen, bevor es begann. Du siehst, damals gab es nicht viel Unterstützung für Basketball der Mädchen, so dass die meisten Mannschaften die üblichen Basketball-Outfits trugen. Sie sahen eher aus wie Volleyballer.

Ich hatte eine Verbindung zur US Army, weil ich Sportdirektor für die Militäranlage in Fulda war. Ich war in der Lage, den deutsch / amerikanischen Freundschaftswinkel zu nutzen, um Uniformen von Champion in den USA zu erwerben, um das Team auszustatten. Ich erinnere mich, dass wir in Melsungen oder Fritzlar für unser erstes Spiel mit brandneuen und bunten Uniformen ankamen. Sie waren waldgrün mit goldenen Buchstaben und Zahlen. Sie sahen ziemlich gut aus.

Ich kann mich erinnern, wie ich das andere Team gesehen habe, als unser Team aus dem Umkleideraum kam. Sie standen nur mit offenem Mund da und sahen zu, wie unsere Mädchen zu ihrer Bank gingen. Dann bemerkte jemand, dass beide Teams dunkle Uniformen trugen ... Ich sagte ... "kein Problem, wir können wechseln" ... dann rannte das Fulda-Team in die Umkleide und wechselte. Sie kamen mit goldenen Uniformen mit grünen Buchstaben zurück. Niemand sonst hatte Uniformen, die so gut aussahen wie unsere ... und Wende-Trikots waren praktisch nicht existent.

Fulda ließ sie vom Boden laufen. Wer sagt "Aussehen zählt nicht?" In diesem Jahr gewann Fulda in ihrer ersten Saison eine Bezirksmeisterschaft und präsentierte sich bei den hessischen Meisterschaften gut. Das war alles, was es brauchte! Diese Gruppe war süchtig nach Basketball. Sie begannen, noch härter zu arbeiten.

Die Einheiten wurden drei, manchmal vier Mal pro Woche abgehalten und es war nicht ungewöhnlich, dass an den Wochenenden zusätzliche Arbeit geleistet wurde. Sie spielten in Turnieren; sie spielten gegen die Jungen; sie arbeiteten alleine. Sie wollten einfach nur spielen und besser werden. Es gab keine Ausreden. Sie trainierten wann immer es möglich war und sie fanden immer noch die Zeit für Schule und Beruf. Sie erreichten einen für Fulda Basketball beispiellosen Erfolg.

In ihrer zweiten Saison musste Fulda das Team als erwachsenes Team registrieren, um die Gruppe zusammen zu halten, und sie überraschten auch alle auf diesem Niveau. Sie konnten immer wieder gewinnen und weiterkommen. Drei Jahre später waren sie Regionalliga Champions und standen kurz davor, gegen die anderen Regionalliga-Meister zu gewinnen, um in die Bundesliga aufzusteigen.

Samstag, 10. Januar 2009 SPORT 27

Nur wenige Punkte fehlten zum Aufstieg

Serie (2): 1988 kämpften die Basketballerinnen von FT Fulda um die Versetzung in die zweite Bundesliga

Von unserem Redakteur Thomas Bertz

Dort traf sich meine Crossroads. Dieser Satz vom Anfang des Buches kommt immer wieder ... **"Es gibt immer jemanden, der zuschaut"**

Es hat den Anschein, dass mich jemand beobachtet hat ... als die Play-offs organisiert wurden, wurde ich von MTV Giessen aus der Männer-Bundesliga (Pro League) angesprochen. Mir wurde die Position des Cheftrainer angeboten. War ich interessiert? Ja - ohne Zweifel. Es gab jedoch ein Problem. Das gleiche Problem, das mich veranlasst hatte, zwischen einem lukrativen Job in Cold Springs Harbor und einem weniger bezahlten Job in der Roosevelt High School zu wählen.

Ich hatte eine Menge Energie, Zeit und Emotionen in das Fulda Roadrunners Basketball Programm gesteckt. Darüber hinaus hatte sich eine echte Verbindung mit diesem speziellen Team gebildet und ich konnte mich einfach nicht dazu überwinden, sie zu verlassen, als sie so weit gekommen waren. Die Fulda-Fraktion versicherte mir außerdem, dass sie Sponsoren hätten, die die nötige finanzielle Unterstützung für den Einzug in die professionelle Arena leisten würden und das meine Existenz in Fulda subventionieren würde.

Alles, was wir tun mussten, war zu gewinnen. Ich habe an mein Team und die Zukunft in Fulda geglaubt! Ich habe lange über die Entscheidung nachgedacht - dann habe ich MTV Giessen angerufen und ihnen gesagt, dass ich in Fulda bleiben werde. Dies war ohne Frage eine Entscheidung, die ich mit meinem Herzen traf. Es ist unmöglich zu sagen, was mit meiner Basketballkarriere passiert wäre, wenn ich nach Gießen gegangen wäre ... aber ich folgte meinem Herzen und blieb bei meiner Mannschaft. Basketball und Leben in Fulda als Soldat und als Zivilist war herausfordernd und zugleich lohnend. Ich hatte die Möglichkeit, meine Coaching-Fähigkeiten zu verbessern - ich hatte die Möglichkeit, weiter Basketball zu spielen und mich als Unternehmer zu versuchen.

Es war nicht leicht, ein Basketball-Programm zu entwickeln, und der Besitz und Betrieb des DeFeet Sport-Shops war eine gewaltige Aufgabe. Beides gleichzeitig zu tun, war nur möglich aufgrund der Umgebung, in der es gemacht wurde. Es gab einfach eine andere Einstellung in Bezug auf das, was vor sich ging. Die Spieler im Club waren "interessiert und involviert" in den Club. Sie und ihre Eltern und Freunde kamen zu Spielen und unterstützten das Programm.

Die Spielergeneration in den Jahren 2016-2017 will nur sich in ihren Spielen spielen sehen (und selbst die haben keinen Sinn für Priorität). Training ist etwas, das man tut, wenn man nichts anderes zu tun hat. Es ist selten, dass Spieler im Gym sitzen oder auf der Tribüne sitzen, wenn sie selbst nicht spielen. Sie scheinen kein Interesse daran zu haben, wie andere Spieler oder Teams in ihrem Club spielen. Es gibt nur wenige, die ernsthaft daran interessiert sind, mit kleinen Aufgaben zu helfen, als Co-Coach zu arbeiten, zu amtieren, Punkte zu erfassen, die Uhr laufen zu lassen oder irgendetwas anderes. Sie wollen nur spielen, wenn sie Zeit dafür haben.

Kein Training! Keine Arbeit! Nur spielen. Es gab Zeiten, in denen Spieler bis zum Spielbeginn draußen warteten, so dass sie sicher sein konnten, nicht gebeten zu werden, mit etwas zu helfen. Die Spieler haben zugestimmt, den Schiedsrichterkurs zu absolvieren, und haben kurz vor Abschluss des Trainings entschieden, dass es zu viel Zeit in Anspruch nehmen wird - also haben sie es einfach fallen lassen.

Die Einstellungen der Eltern sind ähnlich. Ich habe mich immer für die Einbeziehung der Eltern in die Aktivitäten ihrer Kinder eingesetzt. Ich sehe es als eine Chance, eine Art Kontakt zu pflegen, wenn sie wachsen. Basketball bietet dafür eine Plattform. Es scheint jedoch, dass die Eltern, sobald die Spieler über die Altersgruppe unter 12 Jahren hinaus sind, kein Interesse mehr zeigen. Dann wird es ganz "die Schuld des Coaches", wenn die Dinge nicht wie erhofft laufen. Lassen deine Kinder fallen und mach weiter mit deiner Arbeit - dann liest du, was in den Medien passiert ist. Das war nicht immer so - zumindest nicht in Fulda.

In den 80er Jahren wollten Spieler und Eltern wegen des "Basketball Booms" involviert sein. Es gab viele Spieler und Familien, auf die ich zählen konnte, auf und neben dem Platz. Sie waren bereit, mir mit Basketball-Aktivitäten sowie auf einer persönlichen Ebene und sogar mit dem Sport-Shop zu helfen. Die Salomons waren wahrscheinlich die unterstützendste Familie in meinem Leben bis zu diesem Punkt. Ich habe ungefähr 9 Jahre in ihrem Haus in Engelhelms gelebt. Es war eine zufällige Begegnung, die zu einer lebenslangen Freundschaft geführt hat. Während ich noch in der Armee war, beschloss ich, aus dem Offiziersquartier (BOQ) in Downs Barracks auszuziehen.

Ich habe eine Wohnung in Weyhers gefunden. Es war ein neu gebautes Zweifamilienhaus, das einem jungen Paar gehörte. Es war eine beträchtliche Fahrt, aber ich war zufrieden, dort zu leben, weil es mir ein gutes Maß an Privatsphäre gab. Als ich jedoch die Verantwortung für das NRAS (Nuclear Release Authentication System) erhielt, gab es eine Bestimmung. Ich musste innerhalb von 10 Minuten in mein Büro kommen ... Ich musste umziehen. Lt A.

Man- handle und ich verbrachten viel Zeit miteinander und er erzählte mir, dass im Haus des Salomon eine Wohnung frei wurde.

Winfried und Eva Salomon und Ritz im Jahr 1999

Christine Salomon –

Winfried Salomon –

UNCA Spieler Candace Credito

Lieutenant A.Manuelle .. ein echter West Pointer aus New York

Ich besuchte das Haus und traf die Familie. Es war ein sehr schöner Ort zum Leben. Zuerst gab es die übliche Herzlichkeit und im Laufe der Zeit begannen sowohl sie als auch ich uns zu öffnen und die Dinge wurden von da an besser. Winfried war ein selbsternannter Erfinder. Er hatte viele Ideen und Vorschläge zur Verbesserung der Dinge. Eva war eine bodenständige Geschäftsfrau. Ohne ihre Hilfe wäre ich nie in der Lage gewesen, meinen Laden für drei Jahre offen zu halten. Ihre Tochter Christine fing eine Weile das Basketballfieber auf, dann fing sie an, ihrer Mutter nachzugehen und wurde eine erfolgreiche Geschäftsfrau. Diese Beziehung begann 1980 und wurde bis 2017 fortgesetzt. Es gab andere Spieler und Familien, die in Fulda zu 100% Basketball unterstützten. Die Knapp's, die Bulmer's, die Wingfield's, die Schultz's und die Brede's, um nur einige zu nennen.

Die Familie Knapp / Manske

Dr. J. Knapp und Tochter Christine

Sie begann in den 80ern Basketball zu spielen und Dr. Knapp und seine Frau waren immer da um sie und den Club zu unterstützen ... Heute (2017) kann ich mich noch auf sie verlassen ... jetzt ist ihre Tochter Mitglied in meinem Programm ... Es heißt "going full-circle"

Es ist ein seltsames, aber lohnendes Gefühl, jemanden als Anfänger geoacht zu haben und dann Jahre später dasselbe mit ihren Kindern zu tun. Es macht dich auch ein bisschen gut, wenn die Leute, die du trainierst, als sie Kinder waren, sich positiv darüber fäußerten, dass du ihre Kinder trainierst.

Die Weigels - Marius, Marcus (Vater), Julian und Tristan ... alle haben gelernt "RitzBBall" zu spielen ... die Familie hat seit Jahrzehnten meinen Rücken freigehalten - ich hoffe, dass ich ihnen auf ihrer Reise auch irgendwie geholfen habe.

Aber .... Dank der Ludwigsburger Petra Habermeier und ihrer Mannschaft verlor Fulda zwei "1-Punkte-Spiele" und verpasste die Chance auf einen Aufstieg. Die Sponsoren sind nie zustande gekommen und meine Zukunft in Fulda war drastisch beeinträchtigt.

Kapitel 17

Crossroad #9 - 1989-90 - 1.BL Weilheim Zwangsentscheidung

1989 kam die nächste Karriereentscheidung. Es war möglicherweise die erste "Win-Win" -Entscheidung, die ich treffen musste. Wie groß auch immer das Ausmaß an Erfolg, das ich in Fulda erreicht hatte, war, es war genug, um den Job beim TSV Weilheim der Frauen-Bundesliga (Pro League) zu nehmen. Es war mein erstes professionelles Team und es hat mir viel beigebracht.

Ich habe viel über Coaching-Persönlichkeiten, Einstellungen und familiäre Situationen gelernt, die oft eine entscheidende Rolle im Clubsport spielen. Spieler in einem Team zu haben, deren Eltern oder Verwandte eine wichtige Rolle in der Verwaltung oder Finanzen des Clubs spielen, ist nicht immer positiv und manchmal sogar störend. Weilheim war eine wunderschöne kleine Stadt in der Nähe von München, Deutschland.

Ich kam nicht drumherum, in Ehrfurcht zu sein und mich von der Natur eingeschüchtert zu fühlen, wenn ich in der Gegend herumfuhr. Manchmal fuhr ich die Spieler wegen der Zeit oder Wetterbedingungen vom Training nach Hause. Die Alpen im Hintergrund zu sehen, ist beeindruckend und ich habe immer das Gefühl, dass die Leute manchmal nicht genug Respekt vor dem Wetter haben. Weilheim, in den späten 80er Jahren, war eine Stadt, die fast fanatisch in Bezug auf ihre Frauen-Basketball-Team war, und sie hatten jedes Recht das zu sein.

TSV Weilheim 1.Bundesliga Damen - ua Janet Fowler, Uli Hessenauer, Bärbel Coldehoff, Ingrid Heidler, Sandi Potier. Sanne und Bille Wiedenmann, Uta Englisch, Anita Gierig, Michi Fuchs und Stefanie Egger TSV Weilheim 1.Bundesliga Damen - darunter Janet Fowler, Uli Hessenauer, Sybille Wiedemann, Bärbel Coldehoff, Ingrid Heidler und Sandi Potier. Sanne und Bille Wiedenmann, Uta Englisch, Anita Gierig, Uli Hessenauer, Michi Fuchs

Der Basketball-Aspekt war grandios. Ich hatte ein Team mit viel Talent, darunter Janet Fowler, Uli Hessenauer, Sybille Wiedemann, Bärbel Coldehoff, Ingrid Heidler und Sandi Potier.

Weilheim schlägt Rekord-Meister Agon-Düsseldorf

Wir hatten eine ziemlich gute Saison, aber zu Beginn gab es ein Problem, das am Ende meines ersten Jahres zu einem Konflikt führte. Ich habe immer versucht, meine Captains aufgrund ihrer Verdienste auszuwählen. Tradition, dachte ich, sollte nicht der ausschlaggebende Faktor bei der Auswahl von Teamleitern sein. In der Vorsaison hatte ich einen Spieler in diesem Team gefunden, der härter arbeitete und besser zuhörte als jeder andere. Sie hatte Talent und sie war eine Leiterin und sie hatte auch einen großartigen Sinn für Humor.

Bärbel Coldehoff war einer jener Spieler, die jeder Coach in seinem Team haben möchte. Ich wählte sie zu einer meiner beiden Kapitäne. Ich wusste nicht, dass ein anderer Spieler seit dem Tag, an dem sie zu spielen begann, ein Kapitän für das Team war ... fast zehn Jahre hintereinander. Niemand sagte mir, dass es Tradition sei, dass sie Kapitän war. Es wäre sowieso nicht wichtig gewesen. Ich hatte die Spieler ausgewählt, die meiner Ansicht nach für die

Rolle in dieser Gruppe am besten geeignet waren. In einem Treffen nach meiner Ankündigung an die Medien wurde ich über die Tradition informiert. Ich erklärte, so gut ich konnte, meine Entscheidung und nahm an, dass damit Schluss wäre. Leider war es das nicht. Die gesamte Saison wurde negativ von dem Spieler beeinflusst, der nicht ausgewählt wurde. Es war fast so, als hätte sie mir nie vergeben, dass ich ihr nicht das gegeben hatte, von dem sie annahm, dass sie "berechtigt" war ... Das Abzeichen des Kapitäns.

Obwohl es immer ein bisschen Feindseligkeit in der Luft gab, glaube ich nicht, dass es die Leistung des Teams wirklich beeinflusst hatte. Wo sich der Konflikt bemerkbar machte, war am Ende der Saison, als es Zeit war, zu entscheiden, ob ich in Weilheim als Coach weitermachen würde. Du siehst - der Spieler war zufällig die Tochter des Klubpräsidenten und Generaldirektors. Er entschied, ob mein Vetrag verlängert werden würde. Es gibt keine Beweise dafür, dass es eine geschlossene Diskussion über diesen Vorfall gab. Als das letzte Spiel ausgetragen wurde, trainierte ich weiter die Jugendmannschaften und hatte sogar Zeit, ein Camp außerhalb von Barcelona, Spanien, zu leiten.

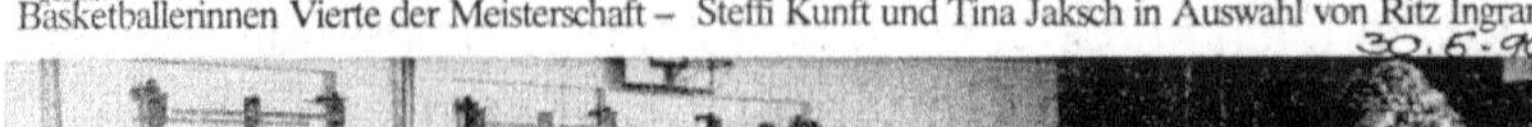

D-Jugend solo und im Team im Bezirk stark

Basketballerinnen Vierte der Meisterschaft – Steffi Kunft und Tina Jaksch in Auswahl von Ritz Ingram

30.6.90

Ritz kann's nicht lassen: Extra aus Hessen war der Ex-Coach der Weilheimer Bundesliga-Basketballerinnen angereist, um „seine" D-Jugend noch einmal zu unterstützen. **Foto: Gierig**

Weilheim (we) – Für die D-Jugend fährt er meilenweit, und das, wenn's sein muß, sechs Stunden lang – Ritz Ingram, Ex-Coach der Weilheimer Bundesliga-Damen, kann nicht von seiner Liebe für den leistungsstarken Basketballnachwuchs lassen. Die Weilheimer Jugend führte er zum vierten Platz der Oberbayerischen Vereinsmeisterschaft, Steffi Kunft und Tina Jaksch aus dem TSV-Team arbeiten mit Ingram jetzt auch auf höherer Ebene zusammen – die beiden qualifizierten sich am Samstag in Weilheim für die Bezirksauswahl um Ingram. Aus Hessen, genauer Siegen, war der Amerikaner extra jedesmal angereist.

Zunächst wurde der Langstreckenreisende in Sachen Basketball in München gefordert. Dort, in der Halle des MTV Schwabing, traten seine Schützlinge nämlich zur Oberbayerischen Meisterschaft an. Bis unter die letzten Vier konnten sie sich vorkämpfen, dann aber mußten sich sich im Halbfinale Gastgeber MTV Schwabing mit 49:71 geschlagen geben. 64 Punkte erzielten dabei allein die beiden MTV-Spitzenspielerinnen Sabine Kilches und Kathi Mackes – sie konnten unterm Weilheimer Korb ungestört walten und schalten. Der Weilheimer „Joker" Steffi Kunft konnte da mit 28 Punkten als Einzige auf Weilheimer Seite mithalten.

Im Spiel um Platz drei war die Luft raus, gegen die körperlich überlegenen Spielerinnen von TuS Pfarrkirchen verlor der TSV mit 37:63. Das Endspiel gewann schließlich der TSV Wasserburg gegen den MTV Schwabing. Beide Teams fahren jetzt zur Bayerischen Meisterschaft. Trost für Weilheim – man ließ immerhin so renomierte Teams wie Forstenried, Rosenheim und die SG München hinter sich. Die Konkurrenz war außerdem im Durchschnitt ein bis zwei Jahre älter.

Und dann sind ja doch noch zwei Weilheimerinnen bei der Bayerischen Meisterschaft dabei. Ritz Ingram suchte sich nämlich am vergangenen Wochenende in Weilheim zwölf Spielerinnen für die oberbayerische Bezirksauswahl aus, die bald mit den Auswahlen aus den anderen Bezirken um den Bayerischen Titel kämpft. Ingrams harten Test auf Technik, Kondition und Treffsicherheit schafften auch die Weilheimerinnen Steffi Kunft und Tina Jaksch.

Es war nur ein Gefühl, das ich die ganze Saison lang hatte, gepaart mit einer Bemerkung hier und da. Etwas in mir ließ mich glauben, dass es eine Lobby gab, die von diesem Spieler angeführt wurde und dass es das Ziel war, einen anderen Coach zu bekommen. Wie auch immer, die Saison endete und als es Zeit wurde, über das folgende Jahr zu sprechen, gab es viel Zögern - das Zögern, das ich für ungerechtfertigt hielt.

Personalplanungen in Basketball-Bundesligamannschaft

‚TSV setzt in der neuen Saison auf Kontinuität'

Ernst Wiedenmann: ‚Unser größtes Problem ist das Geld'

Weilheim (we) – Kaum in Bewegung geraten soll vor der neuen Bundesligasaison nach den Vorstellungen von Basketballvorstand Ernst Wiedenmann das Personalkarussel im Damenteam – man will sowohl in der Mannschaft als auch beim Trainer Ritz Ingram auf Kontinuität bauen. Bis zur Aufstellung einer endgültigen Besetzungsliste müssen freilich noch finanzielle Hürden überwunden werden: „Unser Hauptproblem ist das Geld", so Wiedenmann.

„Ich bin gerade dabei, persönliche Gespräche mit den Spielerinnen zu führen", berichtet der Vorstand der Weilheimer Basketballabteilung, und verbreitet vorsichtigen Optimismus: „Es wird wohl zum größten Teil alles beim Alten bleiben." Topscorerin Janet Fowler und Aufbauspielerin Sandy Pothier jedenfalls, so hat Wiedenmann in Erfahrung gebracht, „würden gern weiter in Weilheim spielen".

Problem mit schmalem Etat: Ernst Wiedenmann.

Verlassen werden hingegen das Weilheimer Team Sanne Wiedenmann – aus beruflichen Gründen – und Anja Nothdurft wegen ihres Studiums. Als Nachfolgerin ist bislang nur Ingrid Heidler in Sicht. Für eine zweite Spielerin aus dem TSV-Nachwuchspotential sieht Wiedenmann „keine Möglichkeit".

Eine wichtige Rolle wird in der Personalplanung auch der Etat der Basketballabteilung spielen. 180 000 Mark, so Wiedenmann, hätten der Abteilung im vergangenen Jahr zur Verfügung gestanden – ein eher schmaler Betrag nach Meinung des Basketballchefs. Für erhöhte Aufwendungen in puncto Spielereinkäufe sei somit kaum mehr Platz. Wiedenmann ist jedoch auf der Suche nach neuen Geldquellen, hofft außerdem auf breitere Unterstützung seitens der Gschäftswelt.

Eher vom Wohlwollen der TSV-Spitze wird eine eventuelle zweite Weilheimer Saison von Trainer Ritz Ingram abhängen. Der nämlich ist vom TSV direkt angestellt, über eine Weiterbeschäftigung des amerikanischen Coaches, der pro Jahr rund 30 000 Mark erhält, will Wiedenmann daher mit der Vereinsleitung verhandeln. Mit einer Fortsetzung der „Ära Ingram" wäre Wiedenmann ansonsten durchaus einverstanden: „Er ist ein hervorragender Jugendtrainer, ein Trainerwechsel täte außerdem der Entwicklung des Teams weh".

Und Ingram selbst zu einem weiteren Jahr in Weilheim? „Von mir aus ja.

Noch ungewisse Perspektive: Ritz Ingram.

WM 8 LOKALES Freitag, 30. März 1990

Coach der Basketballerinnen ist des Wartens müde und sucht neue Perspektiven in den USA

Ingram durchkreuzt TSV-Pläne: ‚Ich gehe'

Abteilungschef Ernst Wiedenmann bedauert Rücktritt – Vertragsverlängerung noch kurz zuvor ermöglicht

Weilheim (we) – Die Zeit der Ungewißheit ist vorbei, beendet von dem Mann, über dessen berufliche Zukunft in Weilheim so lange beraten wurde: Ritz Ingram wird die Weilheimer Basketballerinnen in der nächsten Bundesliga-Saison nicht mehr coachen. In einem persönlichen Gespräch mit den Basketball-Abteilungsleitern Ernst und Annelies Wiedenmann gab der Trainer gestern vormittag seinen Rücktritt bekannt. Er sehe seine berufliche Zukunft in den USA, so Ingram gegenüber dieser Zeitung. Wiedenmann zu Ritz Ingrams Rücktritt: „Das tut uns sehr leid".

Und das wohl um so mehr, als Wiedenmann der Rückzieher des Amerikaners wie ein Treppenwitz anmuten muß – die Hindernisse für eine Vertragsverlängerung hatte er noch kurz zuvor aus dem Weg räumen können. Jürgen Bayer, als TSV-Vorstand Brötchengeber von Ritz Ingram, hatte nämlich zwei Tage nach Auskunft von Ernst Wiedenmann grünes Licht für eine weitere Saison des Trainers in Weilheim gegeben. „Und ich wollte mit Zusicherungen Ritz Ingram gegenüber warten, bis alles 100prozentig geklärt ist", meinte gestern Ernst Wiedenmann.

Zu spät: Ingram hatte bereits die Eigeninitiative ergriffen. Er will nun wieder in seiner Heimat tätig werden, und das möglichst auf höherer Ebene. „Die Umstellung von Männer- auf Frauenteams geht leicht, umgekehrt gibt es da aber Probleme", erklärt Ingram, „ich muß mich daher rasch darauf einstellen". Ob er noch heuer einen neuen Job findet, weiß er noch nicht, „aber sicher in zwei Jahren". Gespräche darüber habe er bereits geführt.

Die Aussicht auf eine berufliche Verbesserung als Trainer einer Männermannschaft war jedoch nur einer der Gründe für die Entscheidung des TSV-Coaches. „Das ist wie bei einem Pärchen, wenn der eine fragt: ‚Liebst Du mich?', und dann kommt die Antwort erst nach einem Zögern – man fühlt sich unwohl". Er müsse langsam aber sicher wissen, wo er hingehöre, so der 40jährige Trainer: „Ich habe keine Lust, vielleicht nächstes Jahr wieder in der selben Lage zu sein".

Wenigstens war Ingrams Arbeitsstätte Weilheim nicht der Grund für seine Mißstimmung: Er habe sich in Weilheim „gut aufgenommen" gefühlt, sei insgesamt „zufrieden gewesen", so Ingram.

Seinen Spielerinnen bescheinigt er nach rund achtmonatiger Zusammenarbeit hohes sportliches Niveau: „Sie können vorne mitspielen – wenn sie aufgebaut werden". Bedauern empfinde er aber auch, weil er die Jugendarbeit nun im Stich lassen müsse. Ingram: „Es wäre schade, wenn man sich jetzt nur noch auf die Bundesliga konzentrierte".

Ingram, der im Juli vergangenen Jahres seine Tätigkeit in Weilheim aufnahm, ist also auf der Suche nach einem neuen Arbeitgeber, die Basketballabteilung des TSV aber auf der Suche nach einem neuen Trainer: „Wir haben jetzt noch niemanden konkret in Aussicht", so Ernst Wiedenmann, „wir hatten uns auf Ingram versteift".

Nachdenkliche Miene zum Abschied: Co-Trainer Klaus Pietrzak (r.) scheint sich über den Rücktritt Ritz Ingrams (l.) sorgenvolle Gedanken zu machen. Foto: Gierig

Kommentar

Die böse Pointe, den Rücktritt des Trainers an dem Tag zu erhalten, an dem man ihm die mühsam erkämpfte Verlängerung seines Kontraktes anbieten will, mag die Leitung der TSV-Basketballabteilung hart treffen.

Aus heiterem Himmel kommt sie allerdings nicht: Zu lange wurde Ingram gegenüber mit klaren Aussagen zu seiner beruflichen Zukunft in Weilheim gezaudert.

Ernst Wiedenmanns Absicht, Ingram erst dann eine Verlängerung des Vertrages anzubieten, wenn sämtliche Voraussetzungen dafür erfüllt sind, mag seriös und lobenswert sein. Doch klärende Gespräche erst zu einem

Chance vertan

Zeitpunkt zu führen, zu dem andere Bundesligisten ihre Personalplanung bereits abgeschlossen haben, war wohl des Guten zuviel. Ein Bundesligatrainer weiß um seinen Marktwert, und auch deshalb hatte Ingram schließlich die Nase voll.

Auf jeden Fall wurde eine Chance vertan: Ein Jahr benötigten Trainer und Mannschaft, um sich zusammenzuraufen. Zur nächsten Saison im Basketball-Oberhaus aber hätte der TSV dafür mit einer halbwegs geschlossenen Truppe antreten können. Diese Planungen sind nun Makulatur, und vor Beginn der Saison hat sich der TSV die erste Hürde selbst geschaffen, wenn Trainer und Team wieder einmal von vorn beginnen müs-

Für eine kurze Zeit war ich unsicher über meine Zukunft, aber ... wieder ... es scheint, als würde immer jemand zuschauen ...

Kapitel 18

Crossroad #10 USA Rückkehr / College Coaching 1990-92 - Davidson Reunion

Diesmal war die Person, die zusah, Bob McKillop, mein Teamkollege und Mitbewohner vom College. Bob war als Coach sehr gut gefahren. Nachdem er an der Long Island Lutheran School und der Holy Trinity School in New York enorme Erfolge erzielt hatte, hatte Bob die Cheftrainerstelle am Davidson College erworben.

Von unseren College-Tagen bis heute waren wir uns sehr nah - aber nicht nur als Freunde. Ich glaube wirklich, dass wir als

Basketballtrainer auf der gleichen Ebene denken und reagieren. Wir haben uns immer gegenseitig um Rat gefragt und ich denke, dass 45 Jahre einer scheinbar nicht-degenerierenden Freundschaft, obwohl sie Kontinente voneinander entfernt sind, der Aussage, dass es eine besondere Verbindung zwischen uns gibt, Glaubwürdigkeit verleiht.

Diese Verbindung war nie deutlicher als 1999, als er mich fragte, ob ich zu Davidson kommen würde. Zwei deutsche Spieler waren jetzt bei Davidson. Detlef Musch, der als Jugendspieler für mich in Fulda angefangen hatte, sowie James Marsh, von dem ich glaubte, dass er gut in Bobs System passen würde, waren der Grundstein für Bobs Erfolg bei der Rekrutierung internationaler Spieler. Detlef und James haben beide hervorragende Karrieren als Mitglieder der deutschen Nationalmannschaft absolviert. Auf jeden Fall kam Bobs Anruf genau zur richtigen Zeit. Der Wechsel zurück in die Staaten und die Zeit mit Bob bei Davidson würden einen großen Einfluss auf meine Trainerkarriere und mein Leben haben.

Als Coach McKillop mich anrief, hatte ich mit der Entscheidung zu kämpfen, ob ich in Weilheim bleiben oder weiterziehen sollte. Ich bezweifle ernsthaft, dass ich Bobs Angebot abgelehnt hätte, selbst wenn der Konflikt in Weilheim nicht stattgefunden hätte. Aber die Position in Davidson am Horizont hat mir die Entscheidung erleichtert. Seit ich 1981 als Sportdirektor in Fulda angefangen habe, glaube ich nicht, dass ich in die USA zurückgekehrt bin, bis ich 1989 den Davidson-Job angenommen habe. Ich bin mir dessen nicht sicher, aber ich bin mir relativ sicher, dass ich mindestens sechs Jahre außerhalb des Landes war. Das ist einer der Gründe, warum ich mich so lebhaft an die Ereignisse erinnere, die sich ereigneten, als ich endlich nach Hause kam.

Larry Garloch traf mich am Charlotte Airport und wir fuhren zum Campus von Davidson. Als wir im Basketball Office ankamen, bekam ich die Tour. Ich habe den Sportdirektor Terry Holland getroffen. Terry war ein Prototyp-Administrator, der sich wirklich um die Universität und das Wohl der Athleten und Trainer kümmerte, die unter seiner Verantwortung standen. Er hatte auch eine beeindrukkende Karriere als Basketball-Coach bei Davidson und an der

University of Virginia. Bob stellte mich dem Rest des Stabes vor ... Matt Doherty, Don Hogan, Larry Garloch und Susan Mercer.

Davidson Basketball Coaching Staff 1990 .. Larry Garloch - Ray Ingram - Bob McKillop - Don Hogan - Matt Doherty

An diesem Punkt muss ich einen Schritt zur Seite gehen und Lob vergeben, wo Lob fällig ist. Wer etwas über die Sportverwaltung weiß, wird zustimmen, wenn ich sage, dass Susan absolut bemerkenswert war. Sie war die Verwaltungsassistentin in der Basketball-Abteilung, als ich 1989 dort ankam, und sie ist noch immer in dieser Position, während ich dieses Buch 2017 schreibe.

Larry Garloch und seine Frau Karen waren großartig. Sie waren gnädig genug, um mich bei ihnen bleiben zu lassen, bis ich mich niedergelassen hatte. Dieser erste Tag war wie aus einem Buch. Ich bin ein "Junk-Food-Junkie" und jahrelang weg von dem besten Junk-Food auf dem Planeten zu sein, hat mich irgendwie in meiner normalerweise Verhaltensweise, die mich zum Supermarkt begleitete, gestört. Larry hat mich zum Einkaufen gebracht und es ist immer noch ein bisschen peinlich zu hören, wie er anderen die etwas übertriebene Version erzählt, als er mich am Nachmittag in den Harris Teeter Grocery Store brachte. Wie Larry es erzählte, war mein Wagen überfüllt mit Reeses Erdnussbutter-Cups, Schokoladenkeksen, Tasty-Cakes, Butterfingers, Baby-Ruths, hot Tamales,

Vanillewaffeln, Fruchtschlaufen und anderen solchen "Lebensmitteln".

Er lässt es so klingen, als wäre das alles, was ich gekauft habe - das ist nicht wahr - ich weiß, dass ich auch Zahnpasta und Deo gekauft habe. C'mon Man – lass mich doch! Ich war jahrelang außerhalb der USA und hatte das Gefühl, dass ich etwas aufholen musste. Es war großartig, zu Hause zu sein und es fühlte sich wirklich gut an, mit Bob und den anderen Jungs zu arbeiten. Ich fühlte mich besonders gut, weil Coach McKillop und ich keine übliche Head Coach / Assistant Coach Beziehung hatten.

Im Laufe der Jahre hatten wir Kontakt gehalten. Ich erinnere mich an seine Zeit in der Holy Trinity. Ich ging zu seinen Spielen (Matt Doherty spielte damals für Bob) und danach sagte Bob immer: "Hast du was gesehen?" Und dann konnten wir ein bisschen über einen Aspekt des Spiels reden. Wir waren beide Trainer, aber wir waren auch Teamkollegen. Wir hatten als Spieler zusammengearbeitet und gemeinsam Stunden auf dem Platz verbracht.

Wir waren Freunde und „Roommates" - ich werde nicht auf die Details der Geschichten eingehen, die den Schrank in meinem Schlafsaal, den Ring, den IHOP - den kleinen Jungen und die Schokoladenkeks Pfannkuchen, die Anfälle in den Plattenläden, das Hotelzimmer mit einbeziehen der falsche Schlüssel, die Kurvenfahrt und die Entführung, der Anhalter, die Rick Barry Challenge und mehr ... schließlich ist Coach McKillop als eine sehr ernsthafte Person bekannt, die wenig Zeit für Spaß und praktische Witze hat ... also werde ich keinen Schaden anrichten Dieses Bild - aber wenn du (der Leser) und ich eines Tages treffen sollten, werde ich dich gerne über einige dieser Vorfälle berichten.

Es war einfach eine großartige Erfahrung mit "Coach" McKillop und "Friend" Bob zu arbeiten.

Jede Auszeichnung, die er verdient hat, ist verdient. Ich glaube nicht, dass es viele Trainer gibt, die härter arbeiten oder mehr auf Details achten als Bob. Bob ist seit 1989 Coach bei Davidson (29 Jahre). Sein Erfolg mit diesem Programm spricht für sich und er braucht mich nicht, um sein Lob zu bekommen. Ich habe versucht, seine Betonung darauf zu legen, auf Details zu achten, die "kleinen Dinge" in meinen Coaching-Stil zu bringen und zu lehren.

Ich bin einfach stolz zu sagen, dass er mein Freund ist und dass ich hoffe, dass die Freundschaft, die uns so viele Jahre begleitet hat, noch eine Weile anhält.

Davidson Camp 2013

Bob hatte eine gute Gruppe von Trainern zusammengestellt und ich denke, wir haben während dieser Zeit etwas gelernt. Ich denke, Bob hat gelernt, dass Assistant Coaches "assistierende" Coaches sein müssen, und wir alle haben gelernt, dass Leute, die wie Head Coaches denken (und möglicherweise handeln), nicht unbedingt als Assistenztrainer arbeiten sollten. Versteh mich nicht falsch, wir hatten eine tolle Zeit zusammen. Wir haben voneinander gelernt und uns gegenseitig unterstützt.

Jeder hat seinen Teil geleistet und extrem hart für das Programm gearbeitet und wir alle wollten, dass das Team erfolgreich ist. Aber zur gleichen Zeit, denke ich, hatten wir alle das, was ich "Cheftrainer-Mentalität" nenne. Das bedeutet nicht, dass man gegen das

System ist oder dass man nicht versucht, ein Teamplayer zu sein. Es bedeutet, dass man auch wollen, dass es "sein" System ist und dass es manchmal schwierig ist, seine eigenen Ideen auf die Warteliste zu setzen. Ich habe von Matt, Don und Larry gelernt, aber ich glaube, ich habe am meisten von Bob gelernt.

Wir verbrachten viel Zeit miteinander und ich denke unsere Beziehung war ein bisschen anders als die anderen. Anders wegen des persönlichen Aspekts. Bob und ich hatten zusammen im College gespielt. Wir hatten im Sommer zusammen gearbeitet und hatten sehr ähnliche Ansichten vom Spiel. Wir wussten, was wir für unsere Spieler wollten und nicht wollten. Wir kannten die Art von Personen und Mitbewerber, die unsere Spieler sein sollten. Was ich in Bob gesehen habe, und wahrscheinlich das, was mir am meisten geholfen hat, ist seine Arbeitsethik. Es wird dir schwer fallen, einen härter arbeitenden und akribischeren Trainer auf diesem Planeten zu finden.

Sein Erfolg bei Davidson ist kein Zufall. Er hat es mit Stunden der Hingabe an die "kleinen Dinge" verdient - sowohl auf als auch außerhalb des Spielfeldes. Nachdem ich Assistenztrainer und NCAA Compliance Director bei Davidson war, war es Zeit, wieder weiterzuziehen und meinen eigenen Weg zu gehen.

Kapitel 19 ...

Crossroad #11 - High School Basketball 1992-1993 George School

Die Arbeitsmoral und die Liebe zum Detail - das war, was ich hoffe, dass ich Davidson wegnahm, als sich die Gelegenheit ergab, die Cheftrainer-Position an der George School in Newtown, Pennsylvania, zu übernehmen. Es war definitiv ein Schritt in die richtige Richtung ... Wenn du ein junger Lehrer bist, der auf der Suche nach einem herausfordernden Job in einer guten Schule ist, dann solltest du vielleicht in Betracht ziehen, dich bei den International School Services (ISS) anzumelden. Es ist eine sehr professionell geführte Organisation, die mit sehr guten Schulen arbeitet und ihr Bestes tut, um Ihre Wünsche mit den Bedürfnissen der von ihr betreuten Institutionen in Einklang zu bringen.

Ich habe mich bei ihnen registriert. Sie führten eine gründliche Überprüfung meiner Referenzen durch und dann wurde ich nach Princeton zu Interviews eingeladen - nicht mit Schulen, sondern mit ISS-Ratgebern. Nachdem ich das gemacht hatte, nahm ich an einer Jobmesse in Princeton teil und begann meine Suche. Meine erste Station war die Metairie Park Country Day Schule in Louisiana. Die Schule hat den Flug und alle damit verbundenen Kosten bezahlt. Ich hatte einen schönen Besuch, aber es war nicht das, wonach ich gesucht hatte. Dann kam die George-Schule.

Die Position war perfekt. Ich sollte unterrichten (ein Kurs der amerikanischen Geschichte) und Resident Director eines der Jungen Schlafsäle sein. Schlafsaal Direktor war nicht schwierig, da die meisten Jungen an den Wochenenden nach Hause gingen und sie alle gute Kinder waren, die Ausbildung ernst nahmen, so gab es selten disziplinarische Probleme.

Der wichtigste Teil meines Vertrages war, dass ich der Head Coach des Basketballteams sein sollte. Die George School nahm den Sport sehr ernst, und es gab nie eine Frage, ob dies ein Jahr des Babysittings war oder echter Basketball trainiert wurde. Es war von Anfang an ernst. Weil es eine relativ exklusive, kleine Privatschule war - die heutigen Kosten für Internatsschüler betragen –

$57.550 pro Jahr ... das beinhaltet Unterricht, Unterkunft und Verpflegung sowie einige Material- / Laborgebühren. Insgesamt nahmen etwa 500 Schüler teil.

Das bedeutete, dass von den rund 250 Jungen die besten Athleten im Mehrspartensport an der Schule beteiligt waren. Zwei meiner besten Spieler spielten Football und ein anderer spielte Fußball. Das bedeutete, dass ich nicht mit ihnen arbeiten konnte, bevor ihre anderen Sport-Saison beendet waren. Trotzdem waren die Jungs engagiert und arbeiteten sehr hart. Ich würde wagen zu sagen, dass vier oder fünf der Jungen hofften, ein Basketballstipendium zu verdienen, und dabei ihren Familien zu helfen die hohe Summe, nötig war, um eine Universität zu besuchen, auszugleichen - und das war verständlich, in Anbetracht der Kosten, George School zu besuchen.

Wenn es in dem Jahr etwas an der George-Schule gab, das mich genervt hat, dann war es das obligatorische wöchentliche Mitarbeitertreffen. Es war nicht die Zeit, die mich störte. Es war nicht die Tatsache, dass es oft nichts Wichtiges zu besprechen gab und dennoch mussten wir uns treffen. Es war die Tatsache, dass nie wirklich etwas entschieden wurde.

Die George School wurde gegründet und folgt weiterhin den Quaker-Werten. Es gibt absolut nichts Negatives daran, aber wenn du in einem Meeting bist und niemand etwas sagt, bis **(ich zitiere hier das Mission Statement: "Aber manchmal sitzen wir auf unseren spirituellen Wählscheiben für immer besseren Empfang (oder zählen die Deckenfliesen), bis wir uns "bewegt fühlen zu sprechen".)**

Unterm Strich, wurde also ein Thema aufgeworfen und wir warteten ... und ... warten. Wenn sich jemand "gerührt fühlte", für etwas zu sprechen, dagegen zu sprechen oder einfach nur zu kommentieren, war es ihm freigestellt.

Dann konnte es eine Diskussion geben ... oder auch nicht!

Der Direktor sagte dann ... "Fühlen wir uns damit wohl?" Wenn sich niemand "gerührt" fühlte, um zu sprechen, gingen wir nach einem kurzen Moment zum nächsten Thema über.

Nach den Treffen stellte ich immer wieder die Frage ... "Was haben wir gerade gemacht?"

Die Basketballsaison war anders. Es war aufregend und herausfordernd. Ich hatte die Chance, meine eigenen Konzepte und Spiel-Systeme mit denen zu kombinieren, die ich bei Davidson von Bob gestohlen hatte.

Ich hatte eine Gruppe athletischer, disziplinierter und ehrgeiziger Jungs, die sich einer neuen Spielweise verschrieben und meiner Meinung nach das Beste aus ihren Möglichkeiten gemacht haben. Ich hatte eine gute Gruppe mit abwechslungsreichen Fähigkeiten, die sich gegenseitig ergänzten und für die Art von Basketball geeignet waren, die ich spielen wollte. Kurz gesagt, ich war mit den Bemühungen der Spieler und mit den Ergebnissen der Saison zufrieden. Ich denke, es ist fair zu sagen, dass ich das Beste aus ihnen als Team herausgeholt habe... und dass sie das Beste aus mir als Coach geholt haben.

Phillip Haarmann, den ich aus Deutschland rekrutiert hatte, war eine hervorragende Ergänzung für eine talentierte Gruppe. David Senior, Jason Tabor, Dwayne McCoy und John James schafften es, auf verschiedenen Ebenen Stipendien zu erhalten. Alles in allem war es ein gutes Jahr. Hier werde ich zwei Artikel aus dem Philadelphia-Anzeiger einwerfen. Die Artikel dokumentieren die Saison von Anfang bis Ende sehr gut.

Wie begann das Jahr an der George School?

Ein Zeitungsartikel in der Vorsaison ...

Cougars 'neuer Trainer hat hohe Ziele / 7. Dezember 1992 Von Tim Panaccio, PHILADELPHIA INQUIRER STAFF WRITER

Ray Ingram, der neue Coach an der George School, ist für die Basketballfans in Philadelphia kein Unbekannter.

Baby-Boomer erinnern sich vielleicht an seine Zeit in Olney. Big-Five-Fans könnten sich an seine Besuche in der Palestra erinnern, als Ingram ein Guard in Hofstra war.

Ernsthafte Basketball Fans könnten sich vielleicht daran erinnern, dass Ingram einmal einen Free-Agent-Tryout mit den Philadelphia 76'ers hatte.

All das ist jedoch in der Vergangenheit. Ingram will für die Gegenwart bekannt sein. Hast du diesen Banner im Gym gesehen? Fragte Ingram. "Diese Kinder haben seit 1972 keine Meisterschaft mehr gewonnen."

COACH: Ray Ingram, in seiner ersten Saison kommt er zu dem George School Basketball Programm von Davidson College in North Carolina, wo er ein Assistant Coach war. Ingram coachte und spielte in Deutschland und arbeitete sowohl mit Amateuren als auch mit Profis. Assistenztrainer Roger Raspen war letztes Jahr auch Assistent von Ex-Coach Tom Celinski, dessen Vertrag im März nicht verlängert wurde.

Letzte Saison, sverlor Cougars 18: 7 mit einer Heimspielserie gegen die kubanische Junioren Nationalmannschaft. George School verlor gegen Abington Friends in den Friends School League Playoffs. Obwohl für diese Saison keine exotischen Ausflüge geplant sind, werden die Cougars im Februar das national angesehene Long Island Lutheran ausrichten. > Spieler verloren. Die Cougars verloren nur einen Spieler, Jamal Elliott, ein 5'10" Point-Guard, der in dieser Saison am Haverford College spielt.

AUSBLICK: Obwohl die Cougars eine Menge zurückkehrender Spieler haben, von denen viele in der nächsten Saison spielen werden, sind die Guards schwach. Celinski spielte in der letzten Saison so viele Minuten mit Elliott, dass niemand sonst die Rolle des Backups übernehmen konnte.

"Wir haben Tiefe und viele Knöpfe, die wir drücken können", sagte Ingram. "Sieht so aus, als hätte ich vier Schützen auf dem Boden." Und keine Höhe. Zum Glück ist für die Cougars das Spielen in der Friends School League nicht wie in der Public League. George School kann auch ohne einen großen Mann auskommen.

Haarmann kommt aus Wolfenbüttel. Er spricht ein wenig Englisch. Aber Ingram spricht fließend Deutsch, daher wird es kein Kommunikationsproblem geben. Das Wort ist, Haarmann ist ein grandioser Außenshooter, vor allem aus dem 3-Punkt-Bereich. Sein Team in Deutschland gewann eine Landesmeisterschaft.

Rivera ist der Spieler, der den Club zusammenhalten muss. Aber er will es von der „Point-Guard Position" tun. Ingram möchte ihn lieber als „Shooting-Guard" haben. **Warum? "Er kennt die Bedeutung des Wortes assist nicht", sagte Ingram unverblümt.**

Wie ist es ausgegangen ...?

Ein Zeitungsartikel am Ende der Saison ...

Cougars Land Spot In League Finale - Der Gegner ist Abington Friends und das Szenario für die George School bekannt.

By Adam Gusdorff, INQUIRER CORRESPONDENT

POSTED: March 01, 1993

If three times truly is a charm, then the George School will be celebrating its first league basketball title in 22 years tomorrow afternoon.

By beating Friends Select (12-10), 78-69, in a Friends Schools League semifinal Saturday night, the Cougars (13-9) earned the right to play Abington Friends (15-7) in the final for the third straight year. The Kangaroos, the two-time defending champs, beat Friends' Central, 66-42, in the other semifinal.

The championship game will begin at 3:30 tomorrow at a site to be announced today.

At George School on Saturday, the hosts were playing the Falcons for the second time in nine days. In the first game Feb. 19, the Cougars ran them off the floor in a 73-43 massacre.

But in the rematch, the Falcons had better score balance and changed its defense, which gave the Cougars problems.

"We made it harder than it had to be," Cougars coach Ray Ingram said. "I told the guys (Friends Select) would be super-psyched. They made some adjustments, and we just didn't execute."

In the first meeting, the Cougars shut down Falcons point guard Colin Convey, and no one stepped up to pick up the slack. Saturday, Corey Riley (14 points), Ian Kelly (13) and Andre Mapp (10) led the team when Convey (21) wasn't getting shots. But Cougars forward John James, who led the team with 20 points, said it was the Falcons' defense that made it a closer game.

"They played man the first game, but then they came out in a zone" Saturday, James said. "Then they went to a box-and-one, and that was the first time all year we've seen that."

The Falcons went to the box on James in the fourth quarter after he had scored 13 third-quarter points to help the hosts build a 61-51 lead. He made all five of his field-goal attempts and was 3 of 4 from the line in the third.

"If John goes up straight and gets a good look at the basket, he's as good a shooter as anybody," Ingram said. "He's got tremendous athletic skills."

In the fourth quarter, the Cougars struggled to adjust once James was essentially taken out of the game by the defense. Convey and Riley combined for eight points as the Falcons started the quarter with an 11-5 run that cut the lead to 66-62 with 3 minutes, 5 seconds left. But the Cougars scored the game's next six points (five by Dwayne McCoy) to regain their 10-point lead. Friends Select cut the lead to seven points three times in the last 1:11, but a Philip Haarmann layup and two David Senior free throws iced the win. James punctuated the victory with a one-handed dunk with 2 seconds left.

Senior had 15 points and seven assists, and McCoy and Aaron Brophy each contributed 12 points for George School.

The Cougars now have a day to get ready for the Kangaroos, who won the regular-season meeting, 77-67. The game was halted with 5:28 left Jan. 29 because of a broken backboard, and it was completed Wednesday.

Ingram credited the loss to a poor start Wednesday and added that the team had to be ready to play the full 32 minutes tomorrow.

"We never get off to a good start," Ingram said. "If for the first three or four minutes, we play them toe-to-toe and don't let them jump ahead early, we'll be able to get into our game."

Wir haben diese Meisterschaft nicht bekommen, aber es war eine weitere tolle Erfahrung mit einer großen Gruppe von Kindern in einem tollen akademischen Umfeld.

Ein weiterer Schritt in die richtige Richtung

Kapitel 20

Crossroad # 12 ... 1993-1996 ... NCAA Division-I Head Coach ... UNCA und eine besondere Spielergruppe

Wenn du mehr über dieses Team und die Spieler erfahren möchtest, kannst du hier nachsehen: [https://www.facebook.com/groups/1660727360863020/]

Wieder einmal sah jemand zu ... Diesmal war es Tom Hunnicutt, der Athletic Director an der Universität von North Carolina in Asheville. Diese besondere „Crossroad" ist einer der prägendsten Momente in meinem Leben. Um Charles Dickens, meinen Lieblingsautor, zu zitieren: **"It was the Best of Times - It was the Worst of Times"**

Dieser besondere Punkt verdient wahrscheinlich sein eigenes Buch. Wenn die fünf Jahre an der Hofstra University für mich als Spieler die beste Zeit und die schlechteste Zeit waren - dann sind die Jahre bei der UNCA für mich die besten und schlechtesten Zeiten als Coach. Ich wurde oft gefragt, warum ich nach Deutschland zurückkehrte, anstatt in den Vereinigten Staaten weiterzumachen, wo es möglich ist, ein sehr gutes Gehalt zu verdienen, wenn du gut genug bist oder das Glück hast. Vielleicht wirst du das am Ende dieses Kapitels verstehen.

Alles begann, als der Athletic Director der UNCA Kontakt aufnahm und fragte, ob ich nach Asheville für ein Interview kommen könnte. In der vergangenen Saison hatte die Frauen-Basketballmannschaft der UNCA eine 0-27-Saison hinnehmen müssen. Ursprünglich sollte ich hinkommen und Assistent des Cheftrainers sein. Es sah wie ein Schritt in die richtige Richtung aus, also fuhr ich nach North Carolina, um zu sehen, ob ich den Sprung machen konnte. Ich bekam eine Tour durch den Campus. Ich traf mich mit dem Athletic Director, dem Kanzler, Professor Keith Krumpke und ein paar Spielern. Ich fühlte, dass ich mich ziemlich gut vorgestellt hatte. Ich fuhr zurück nach Philadelphia, um mein Schicksal abzuwarten.

Was als nächstes passiert ist, hat meine Erwartungen übertroffen. Einige Tage später rief der Athletic Director an und informierte mich, dass die Cheftrainerin ihren Rücktritt eingereicht hatte und fragte dann, ob ich die Position als Head Coach übernehmen würde. Es kostete mich einiges an Anstrengung, meine Fassung zu bewahren und zu klingen, als wäre ich nicht wirklich, wirklich aufgeregt. Ich meine, was könnte ich mehr verlangen? Drei Jahre zuvor war ich nach 13 Jahren in einem fremden Land in die Vereinigten Staaten zurückgekehrt.

Ich war zwei Jahre bei Davidson als Assistent und ein Jahr in der High School als Cheftrainer. Jetzt wurde mir die Chance geboten, Division-I Head Coach zu werden.

Würde ich es annehmen ...? "C'mon Man"

Ich wusste, dass es nur eine Zwischenposition war, aber damals war ich voller Zuversicht und Ideen, wie ich mein Team Basketball spielen lassen wollte und ... das Tolle am Coaching in der Schule ist, dass es als Cheftrainer wirklich "deine" Mannschaft ist. Natürlich erbst du am Anfang vielleicht ein paar Spieler, die du vielleicht nicht selbst rekrutiert hättest, wenn es deine Wahl gewesen wäre - aber am Ende ist dein Team das Team, das du auswählst. Du füllst die Plätze mit jungen Spielern, die du in der High School beobachtest.

Sie checkst ihre Hintergründe, Du findest heraus, wie sie außerhalb des Spielfeldes sind. Du triffst ihre Familien. Du wirst mit ihrem Leben verbunden. Wenn du sie bekommst ... wenn sie sich entscheiden, für dich zu spielen, dann sind sie wirklich "dein Team". Meiner Meinung nach gibt es keinen besseren Job auf der Welt als den eines College-Cheftrainers. Also ... ich sagte „ja“ - packte meine Koffer und machte mich auf den Weg nach North Carolina.

Dies ist wieder eines dieser Dinge, die diejenigen, die es erlebt haben, wissen, wie einzigartig und wundervoll der Job und die damit verbundenen Aufgaben sind, während andere, die nie in einer ähnlichen Situation waren, Schwierigkeiten haben zu verstehen, warum es so besonders ist. Es ist nicht nur Übung und Wettkampf auf höchstem Niveau. Es sind nicht nur die Umstände, die die Spiele betreffen, die Reisen, die Medien, die Aufmerksamkeit, die du von anderen bekommst, und all die anderen äußeren Faktoren. Für mich ging es um die Menschen - die Spieler, ihre Familien, ihre

Highschool-Trainer und deine eigenen Assistenztrainer und Sporttrainer.

Die Beziehungen können in verschiedenen Phasen der Entwicklung eines Spielers beginnen. Manchmal folgst du einem Kind aus der 8. oder 9. Klasse - manchmal siehst du zufällig ein Kind beim Turnier, bei dem du jemandem zuschaust oder vielleicht - einfach nur guckst. Sie machen ein Spiel auf dem Platz ... und hier ist ein Element, das ich Coach McKillop gestohlen habe ... etwas, das er oder sie macht, lässt dich "Wow" sagen. Du fängst an, dich auf diesen bestimmten Spieler zu konzentrieren und die nächsten paar Minuten helfen dir, einige der Unklarheiten auszufüllen.

War das ein Zufall? Kann er das nochmal machen? Passt er in mein System? Die Basketballaspekte sind nur ein Teil des Bildes. Jetzt musst du anfangen, die Person und den Studenten zu betrachten. Du siehst ihnen zu, wie sie mit anderen Spielern und Trainern sprechen. Du versuchst, ein Gefühl für die Persönlichkeit des Spielers zu bekommen. Du kontaktierst den Highschool-Coach, um seine Meinung einzuholen, und manchmal brauchst du sogar seine Zustimmung, weil er die Entscheidung des Spielers beeinflussen kann.

Du beobachtest mehr Basketball und bekommst eine akademische Bewertung ... Kann dieses Kind in einer akademischen Umgebung überleben und immer noch die zusätzlichen Anstrengungen machen, die erforderlich sind, um College-Basketball zu spielen? Wenn du die meisten dieser Fragen beantwortet hast und dieses Kind für dich gewinnen willst, ist die Arbeit noch nicht vorbei. Manchmal fängt es dann erst an. Und zwar, weil du jetzt das Kind an dich abtreten lassen musst. Es gibt auch manchmal eingebaute Nachteile.

In einer so kleinen Schule wie UNCA sind die Chancen, die besten Spieler der Nation zu bekommen, nicht sehr hoch. Hinzu kommt, dass Asheville in der Mitte einer Basketball-reichen Gegend in North Carolina liegt, die einige von Amerikas Basketball-Programmen enthält, einschließlich der University of North Carolina, Duke und Wake Forest. Somit hat die Schule schon einen großen Minuspunkt, bevor sie überhaupt beginnt.

Geh' noch einen Schritt weiter und füge einen Rekord für die vergangene Saison von 0-Gewinnen und 27-Verlusten hinzu, und du siehst, dass auf dem Gesicht jedes Spielers, den du rekrutieren willst, geschrieben steht. "Keine UNCA-Trainer erlaubt." Manchmal müssen die wirklich erfolgreichen Programme nur einen Brief senden oder einen Anruf an einen Spieler oder ihren Trainer tätigen und dieser Spieler ist mental eingesperrt.

Die kleineren Schulen und weniger erfolgreichen Programme haben praktisch keine Chance, den Kopf des Spielers zu drehen. Manchmal verwischt das Prestige, das damit verbunden ist, dass man von U-Conn oder UNC rekrutiert wird, die Sichtweise eines Spielers. Das gleiche gilt für ihre Trainer und Eltern. Die großen Programme haben ganze Listen der Spieler, die sie wollen, und die sie haben möchten, wenn sie nicht ihre erste Wahl bekommen und wer dann nett wäre, wenn sie auch diese Auswahl nicht bekommen. Die großen Programme hatten die Finanzen und den Ruf, nach den besten Spielern zu suchen. Bei der UNCA hatte ich weder das eine noch das andere...

In der Tat gab es eine Zeit, in der der athletische Direktor verbot, außer-staatliche Spieler zu rekrutieren (mehr dazu später). Die Gelder waren begrenzt und es lag ein 0-27-Rekord über unseren Köpfen. Ich musste einen besseren Weg finden, um zu rekrutieren. Ich entschied mich für eine andere Einstellung. Während einige Trainer Dateien über Hunderte von Spielern hatten, habe ich versucht, an jeder Position 2 oder 3 Spieler zu finden und nach ihnen zu suchen. Ich habe immer geglaubt - und glaube immer noch -, dass ich gewinnen kann, wenn ich 10-12 Spieler habe, die bereit sind, ihre Herzen und Seelen in das zu stecken, was ich ihnen beizubringen versuche.

Ich sagte ihnen, wenn sie sich verpflichten würden, für mich bei der UNCA zu spielen, würde ich mich verpflichten, ihnen eine Erfahrung zu bieten, die sie für immer schätzen würden. Ich nahm den Satz "40 Minuten, um zu spielen / ein Leben zu erinnern". Ich habe versucht, Charakter, Intelligenz, Hingabe, Verantwortung, Coachability und Vertrauen zu rekrutieren ... und wenn sie noch ein bisschen Basketball spielen konnten, war das auch in Ordnung. Ich ging in ein Camp in Davidson und war so beeindruckt von der Arbeitsmoral von CG (später mit dem Spitznamen "Wax on - Wax off"), dass ich ihr und ihren Eltern sagte, dass sie darauf zählen konnten, von mir zu hören.

Ich fuhr nach Indiana und kam mit Jess und Amy zurück; Ich war beeindruckt von einem Jugendlichen, der zuerst von den meisten Schulen ignoriert wurde und entschied, dass sie, EH, eines Tages mein Point Guard sein würde. Ich arbeitete hart, um Amanda zu überzeugen, für mich zu spielen. Ich glaube ehrlich, dass es ihre Eltern waren, die zuerst an mich geglaubt haben und sie wiederum die Spieler verkauft haben. Ich verbrachte viel Zeit auf der Straße, um Dana P. zu sehen und sie davon zu überzeugen, an unser Programm zu glauben. Als ich es endlich geschafft hat, sagte die Athletic Director, dass es kein Geld für ein Stipendium außerhalb des Staates gäbe.

Nach ihrem offiziellen Besuch war ich überwältigt, als die Mitglieder des Teams hereinkamen und sagten, dass jeder bereit sei, einen Teil seiner Stipendien aufzugeben, um den Unterschied auszugleichen, so dass DP sich ihnen anschließen könne. Seltsamerweise stimmte der Sportdirektor doch zu, als er das hörte.

Ich hatte einen der engagiertesten und loyalsten Spieler geerbt, den sich jeder Trainer vorstellen konnte. Vicky Giffin hatte alle Eigenschaften, nach denen ich suchte, und sie war ein unerbittlicher Konkurrent. Sie akzeptierte jede Herausforderung und unabhängig davon, gegen wen wir spielten, verließ sie sich auf das Team. Egal, wie sehr sie zu arbeiten schien, es gab immer mehr für sie zu tun. Es gab etwas, das sie besser machen konnte. Das kam nicht von mir, es kommt von Vicky. Ich erinnere mich an eine Zeit, als wir nach Georgien gefahren waren (damals auf Platz 2 der Nation). Wir haben verloren, aber Vicki hatte ein tolles Spiel.

Ich denke, sie hat 26 Punkte gesammelt und hatte eine Reihe von Rebounds, Assists und Steals. Als wir wieder auf dem Campus waren, war es spät am Samstagabend und am Sonntag gab ich dem Team frei. Ich hatte ein großartiges Büro, das den Spielplatz überblickte. Ich saß am Sonntagmorgen an meinem Schreibtisch und hörte einen Ball hüpfen. Ich stand auf und ging zum Fenster - dort war Vicky Giffin - trainierte. Ich ging zum Platz und fragte, was sie tat. Ich sagte ihr, dass sie ein höllisches Spiel gespielt hatte und sich den Tag ausruhen sollte, weil sie es verdient hatte. Sie sah mich nur an und sagte - "Coach, ich kann es besser!"

Ich habe einen jungen Spieler geerbt, der bewiesen hat, was passieren kann, wenn ein Spieler eine zweite Chance erhält und eine Herausforderung annimmt, mehr zu tun, als er gedacht hat. Ich erinnere mich, dass ich beim ersten Team-Meeting dem Team gesagt habe, dass es zu Beginn der offiziellen Übung am 15. Oktober einen Fitnesstest geben würde. Basierend auf ihrem 0-27 Rekord, denke ich, dass einige der zurückkehrenden Spieler, körperliche Fitness nicht ernst nahmen. DG war anscheinend eine von ihnen. Sie hat den Test nicht bestanden - fürchterlich. Ich sagte ihr, dass sie ihr Stipendium behalten würde (es konnte nur aus anderen Gründen widerrufen werden), aber dass sie nicht länger Mitglied des Teams sein würde. Am nächsten Tag sprach sie mit mir.

Der Sportdirektor hat mit mir gesprochen. Ihre Mutter hat mit mir gesprochen und Sheena, der Captain aus der vergangenen Saison, hat mit mir gesprochen. Ich habe zugestimmt, Dee eine weitere Chance auf den Test zu geben und andere persönliche Ziele zu erreichen. Sie akzeptierte und versprach mir, dass sie diese Aufgaben erfolgreich erledigen würde. Ich sagte dir, dass ich ein großartiges Team zusammengestellt habe - sie waren großartige Kinder. Die Unterstützung, die sie Dee gaben, war hervorragend. Sie hat nicht nur alle ihr zugewiesenen Aufgaben bestanden, sondern war auch ein sehr produktiver und extrem wertvoller Spieler für das Team in dieser Saison. Die zurückkehrenden Spieler waren von den Rookies "infiziert" worden. Dee, Sheena, Christine und Beth waren alle dabei und eine neue Einstellung entwickelte sich in Richtung Frauenbasketball bei UNCA.

Dies war die Gruppe der Spieler, die den Basketball der Frauen für die Universität von North Carolina in Asheville änderte .... Das Jahr, bevor sie ihre Reise begannen ... Das Programm könnte als das schlechteste in Division-I Basketball angesehen werden ... Der Rekord des Teams war 0-Wins / 27-Losses .... Sie haben wirklich hart gearbeitet und haben harte Zeiten durchgemacht ... Sie hörten nie auf, zu versuchen und taten jedes Mal ihr Bestes, wenn sie auf dem Platz waren ... Sie haben gegen einige der besten Teams des Landes angetreten ... Nein ... sie haben diese Spiele nicht gewonnen ... aber sie haben viel Respekt verdient ... Sie spielten National Champion North Carolina, ... sie spielten national geordnete Georgia, Kansas, Kentucky, Duke und mehr ... Wir haben das Motto "40 Minuten zum Spielen ... Ein unvergessliches Leben" angenommen ... Ich denke, wir haben das geschafft ... Die Reise nach Deutschland hat dieser Aussage mehr Bedeutung gegeben ... Wer könnte "Magnum "Ice Cream vergessen und ... Die Wahl für welche Toiletten man sich entscheiden soll, ie für "Herren" oder "Da-men".

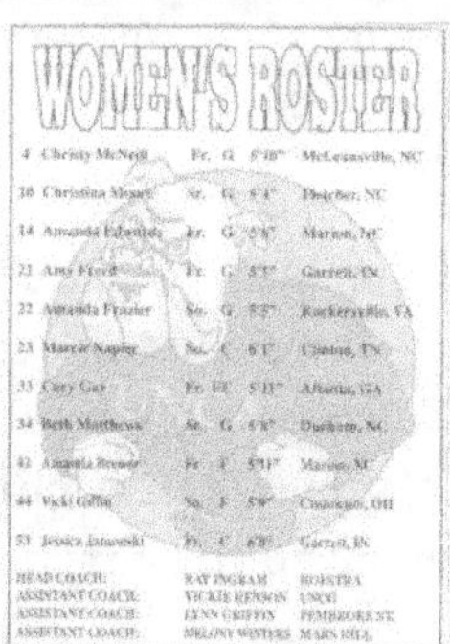

WOMEN'S ROSTER

4	Christy McNeill	Fr.	G	5'10"	McLeansville, NC
10	Christina Moses	Sr.	G	5'4"	Fletcher, NC
14	Amanda Edwards	Jr.	G	5'6"	Marion, NC
21	Amy Flood	Fr.	G	5'5"	Garrett, IN
22	Amanda Frazier	So.	G	5'5"	Ruckersville, VA
23	Marcie Napier	So.	C	6'1"	Clinton, TN
33	Cory Gay	Fr.	F	5'11"	Atlanta, GA
34	Beth Matthews	Sr.	G	5'8"	Durham, NC
41	Amanda Brewer	Fr.	F	5'11"	Marion, NC
44	Vicki Giffin	So.	F	5'9"	Cincinnati, OH
53	Jessica Janowski	Fr.	C	6'0"	Garrett, IN

HEAD COACH:	RAY INGRAM	HOFSTRA
ASSISTANT COACH:	VICKIE HENSON	UNCG
ASSISTANT COACH:	LYNN GRIFFIN	PEMBROKE ST.
ASSISTANT COACH:	MELONY WINTERS	MARS HILL

Head Coach Ray Ingram | Asst. Coach Lynn Griffin | Asst. Coach Melony Winters | Asst. Coach Vickie Henson

Wenn du Zeitungsartikel wie diese liest, fragen du dich...

"Was ist schief gelaufen?"

Artikel aus dem Blue Banner

Interim women's basketball coach named to permanent head position...Paige Richardson - Sportswriter

Ray Ingram wurde zum neuen Cheftrainer der Frauen-Basketballmannschaft ernannt. Ingram diente letzte Saison als Interimstrainer für die Bulldogs. "Wir sind sehr stolz, Ray Ingram als unseren ständigen Cheftrainer unseres Frauen-Basketball-Programms zu bezeichnen", sagte Athletic Director Tom Hunnicutt. Ingram führte die Mannschaft letzte Saison zu einem 8-20-Rekord.

Er führte das Team auch dazu, eine 29-Spiele-Pechsträhne zu brechen, indem er das Elon College zu Beginn der Saison schlug. Ingram führte das Team zu Siegen gegen den späteren Big South Conference Champion Radford. Die Mannschaft hat zum ersten Mal seit sieben Jahren auch in der ersten Runde des Big South-Turniers gewonnen. Hunnicutt war von Ingrams Bemühungen während der ganzen Saison beeindruckt. "Eine Übergangszeit zu absolvieren ist nie einfach, aber Ingram und seine Mitarbeiter haben großartige Arbeit geleistet", sagte Hunnicutt.

"Aus diesem Grund war die Entscheidung, Ray zu engagieren, einfach." "Ich bin meinen Mitarbeitern und den Spielern für die gute Arbeit dankbar, die sie unter den Umständen der UNCA gemacht haben", sagte Ingram. Ingram sagte, dass die Mannschaft in der letzten Saison Fortschritte gemacht habe. Aber er fühlt immer noch, dass das Team mehr zu tun hat, bevor das Programm dort ist, wo er es haben will.

Ins Team kehren drei Starter und neun Spieler aus der letzten Saison zurück, darunter Vicki Giffin, die als Big South Conference Rookie des Jahres ausgezeichnet wurde. "Diese Spieler mit einem Jahr Erfahrung und den Spielern, die wir letzten Herbst unter Vertrag genommen haben, werden uns nächstes Jahr zu einem noch besseren Team machen", sagte Ingram. "Ich schätze die Unterstützung, die die Schule mir während des ganzen Jahres gegeben hat, und das Vertrauen, das sie mir bei der Übernahme des Programms gezeigt haben", sagte Ingram.

Artikel aus dem Blue Banner

WOMEN'S BASKETBALL

Basketball-Team bricht UNCG-Siegesserie

Nick Foster Staff Writer

Die Frauen-Basketballmannschaft der UNCA schockte die Konferenz und besiegte die UNCG Spartans am Dienstagabend im Justizzentrum. Junior Stürmer Vicki Giffin führte die Bulldogs mit einer Karriere-High 24 Punkte. "Das war ein großer Gewinn", sagte Coach Ray Ingram. "Wir haben viele Leute für einen Korb oder zwei Körbe aufgehalten und Greensboros Momentum gestoppt."

UNCA traf 47 Prozent ihrer Feldversuche, während UNCG 31 Prozent schoss und nur 16 von 51 Field Goal-Versuchen traf. Für die Bulldogs war der Sieg der erste in 10 Versuchen gegen die Spartaner. Es hat auch eine Sieben-Spiel-UNCG-Siegesserie ausgelöst. "Wir haben gerade versucht, aggressiv zu spielen", sagte Junior-Guard Lee Christiansen. UNCA kam in der zweiten Hälfte heraus und baute weiter auf eine Halbzeitführung von 36-27 aus.

Die Spartaner schafften es, die Führung der UNCA bei der 14:50-Marke der zweiten Halbzeit auf fünf zu reduzieren. Giffin reagierte mit Rücken an Rücken 3-Körben, um die Bulldogs Führung zurück zu 11 zu schieben. "Coach Ingram sagte uns heute Abend, dass er einige Leute brauchte, die mehr Verantwortung übernehmen sollten", daraufhin sagte Christiansen. "Ich weiß, dass alle Spieler versucht haben, es zu steigern und das bringt die Mannschaft auf ein ganz neues Level." Christiansen beendete das Spiel mit 12 Punkten.

Freshman Marion Kuehn steuerte neun Punkte bei und Sophomore Cary Gay fügte fünf Punkte und einen geblockten Schuss hinzu. "Wahrscheinlich war das größte Spiel des Spiels der Block von Cary", sagte Ingram. "Alisa Moore hatte getan, was sie wollte und war sehr körperlich gewesen, aber dann hat Cary einen ihrer Schüsse rausgeschmettert

Das war ein großes Spiel für unser Ego. " Gay's Block kam mit 10 verbleibenden Minuten im Spiel. "Seit dem letzten Mal, als wir gegen Greensboro gespielt haben, wollte ich dieses Mädchen (Moore) bewachen", sagte Gay. "Ungefähr fünf Minuten, bevor ich ihren Schuss blockierte, blockierte sie einen meiner Schüsse ziemlich gut. Ich sehe es als Gerechtigkeit an. "Laut Ingram haben die Bulldogs während dieses Spiels etwas anderes versucht, um das Team konzentrierter zu halten.

"Da wir wissen, dass wir Schwierigkeiten haben, das ganze Spiel zusammen zu stellen, haben wir versucht, es in fünf Minuten Abschnitten zu sehen, und nicht so sehr als ein ganzes Spiel", sagte Ingram. "Wir wussten, dass wir es in uns hatten, es ging nur darum, dass es in gut 40 Minuten entstanden ist", sagte Gay. "Die Dinge beginnen zusammen zu kommen."

Der Basketballteil der Asheville-Ära lief gut. Die einzelnen Spieler verbesserten sich und wir verbesserten uns als Team. Die Rekrutierung von guten Spielern wurde einfacher und ich fühlte, dass wir die Leiter hinaufkamen. Ich genoss es immer, einen exzellenten Stab an jungen Assistenten zu haben ... nach Katie Meier, Lynn Griffin und Melony Winters, kamen Vickie Henson und Shannan Wilkey. In meiner letzten Saison füllten Tonya Sharpe und Beth Coil die Stühle der Assistenten. Es gab auch eine Person, die ich nicht zu vergessen wage. Van Whitmire war unser sportlicher Trainer. Er war wie ein großer Bruder für alle meine Spieler. Er war einfach fantastisch. Es war besonders schön, ihn um das Jahr herum zu haben, als ich beschloss, ein neues extrem hochintensives plyometrisches Programm für die Vorsaison-Trainingseinheiten einzuführen. Ich wollte, dass wir das beste konditionierte Team in der NCAA sind.

Damals habe ich auch versucht, ein "Lead-by-Example" -Coach zu sein. Ich selber durchlief ein rigoroses Training, bei dem ich den Hügel hinter der Sporthalle hochsprintete. Am zweiten Trainingstag musste ich das Training absagen, weil niemand gehen oder die Arme heben konnte. Van und ich haben uns zusammengetan und das Training modifiziert, um sicherzustellen, dass wir am 15. Oktober noch einige Spieler hatten. Jeder hat die Reise genossen. Dem Team ging es gut im Klassenzimmer. Wir hatten eine Konferenz und NCAA hat das Team GPA anerkannt. Es gab super Road Trips nach Kansas, New York und Baltimore.

Es gab die Herausforderung, gegen die besten Teams und Spieler des Landes aus North Carolina, Duke, Georgia, Kansas, St. John's und Alabama zu spielen. Ich würde gerne denken, dass es auf dem Weg auch sehr viel Spaß gemacht hat. Die Spieler erlebten alles, was mit Division-I Basketball gespielt wird, und ich tat alles in meiner Macht stehende, um sie und ihre Eltern und die Universität dazu zu bringen, Basketball bei der UNCA und für mich zu spielen. Diese Seiten des Medienführers 1995-1996 sollten dir einen Hinweis geben, wie es läuft. Es lag ein echter Sinn für einen fundierten Optimismus in der Luft.

UNCA in Deutschland

UNC
ASHEVILLE

Bulldogs Have Successful Trip to Germany Both On and Off the Court

The UNC Asheville women's basketball team enjoyed the trip of a lifetime this past August. Head coach Ray Ingram took the Bulldogs to Germany for 15 days. The Bulldogs played eight games during the tour and got in a lot of sightseeing as well.

Ingram felt his team got a lot out of the trip.

"I feel the trip was a success as much off the court as it was on," said Ingram. "The girls stayed with families in East and West Germany so there were a lot of cultural exchanges that will stay with our girls for years to come." On the court, the Bulldogs were definitely a success, despite having just six healthy players for the trip. UNCA finished with a 5-3 mark, just five points away from being 7-1, playing against some of the top club teams in Germany.

"We accomplished a great deal on the court," Ingram said. "We had only six healthy players and did not have one practice over there. I thought our kids showed a lot of toughness, adjusting to the more physical style of play in Germany. Everybody who went and played did what was expected of her and then some."

The Bulldogs had great individual efforts, one of the biggest coming from sophomore point guard Amanda Edwards. Edwards averaged 16 points per game on the tour.

"Amanda Edwards really stepped up for us on this tour," Ingram said. "She did a good job scoring and distributing the ball as the point guard. Amanda will be a key player for us this year and this trip really helped her."

Another sophomore, center Jessica Januseski, also played well. Januseski averaged 14 points and seven rebounds per game.

"Jessica showed some real positive signs on the tour," said Ingram. "She's gotten more physical, and really showed some improvement from last season."

Junior forward Vicki Giffin, who has led the Bulldogs in scoring the past two seasons, led UNCA in scoring in Germany with a 25.0 scoring average. Sophomore center Cary Gay played well, averaging eight points and seven rebounds per game. Sophomore forward Amanda Brewer, also from Marion, scored 15 points per game and led UNCA in scoring in several games. Sophomore guard Amy Freed started every game and averaged eight points per outing. Center Marcia Napier was slowed by a groin injury, but played in three games and managed to average 10 points in each game.

"Another important thing we got out of this trip was connections for the future," added Ingram. "There are possibilities of internships, and opportunities to play after college with this trip."

German club teams are divided into different level of classifications, A reflecting the highest level and D the lowest. UNCA opened its tour with a pair of victories over C Division teams. The Bulldogs got out of the gate quickly on Saturday, Aug. 5th, with an 81-31 win over Class C Kronberg the first day the Bulldogs got to Germany. Giffin topped the Dogs with 31 points. The next day UNCA faced EFFM Frankfurt, a Class B team, which started a 6-8 center named Sarah Foley who played at Stetson University. The Bulldogs trailed 65-58 with seven minutes left before rallying for an 81-76 win. Giffin again scored 31 points, but had help from Brewer and Edwards with 16 points each.

"The win over Frankfurt was great one for us," stated Ingram. "They were an excellent team that gave us some real problems. Plus we were tired and down, but we found a way to win and that's a good sign for the future."

The Bulldogs stayed unbeaten when they traveled to Kassel two days later. UNCA won convincingly over Class B ACT Kassel, 91-57.

Edwards led all scorers with 23 points, while Janiseski contributed 21 points.

Asheville dropped its first game on the trip with an 80-44 loss in Chemnitz on August 11th. The Chemnitz team plays in the A Division, and had a very tall team with two Russians on the squad. Giffin and Edwards led the Bulldogs with 12 points each. UNCA rebounded the next day with two wins. The first was an 85-63 win over City Basketball Berlin and the second was a resounding 103-61 romp over Chemnitz's B team. In the win over Berlin, Brewer, Freed and Janiseski all scored 16 points each. In the Chemnitz win, five UNCA players were in double figures. Janiseski led all scorers with 25 points, while Brewer chipped in 20 points.

The Bulldogs ended the trip with two tough losses. The first was a 49-48 loss to Langen and the second was an 84-81 loss to the Class A top-notch Marburg team which featured two foreigners, one American and one Canadian, on its squad. The Langen loss was a hard one for a tired UNCA team as the game was the fourth in three days for the Bulldogs. In the Marburg loss, UNCA showed some real toughness as it trailed 69-52 with 10 minutes left, before rallying in the final minutes to try to pull out the win. Giffin topped Asheville with 25 points.

"The Langen loss was a game where we just didn't show up and play. We were tired but had way too many silly turnovers and should have won," Ingram said. "In the Marburg game, we got down but kept battling back. They're one of the best club teams in Germany and to battle them like we did with just six healthy players says a lot about our team's toughness."

Ingram expects the tour to help his team this year.

"This trip can only help us," stated Ingram. "We got a jump start on the season and the trip made us tougher both mentally and physically. After making this trip and seeing the progress we made, I'm very excited about the upcoming season."

„Ritz" und seine Mannschaft: Während des Spiels gegen Eintracht Frankfurt hörten die Spielerinnen des Universitätsteams aus North Carolina ihrem Coach Lauritz Ingram aufmerksam zu. Denn die Ausführungen des 45jährigen sind nicht nur „hohle Phrasen", sondern motivieren die Aktiven. Foto: fh

BASKETBALL

Bei „Ritz" gehört der Spaß dazu

ROTENBURG ■ Eigentlich heißt er Lauritz Ingram, aber sie nennen ihn alle nur „Ritz". Unter diesem Kürzel hat sich der 45jährige Amerikaner auch in seiner Zeit in Deutschland einen Namen als Basketball-Coach gemacht: unter anderem trainierte er die Damen-Mannschaft von FT Fulda.

VON FLORIAN HAGEMANN

Vor fünf Jahren kehrte „Ritz" wieder in die USA zurück, gehörte dort zunächst dem Betreuerstab einer Universitätsbetreuermannschaft an. Seit 1992 trainiert er das Damen-Team der Universität North Carolina, das sich momentan auf „Deutschland-Tournee" befindet und gestern in Rotenburg ein Freundschaftsspiel gegen den Regionalligisten Eintracht Frankfurt austrug (81:76).

Engagiert wie eh und je gibt Lauritz Ingram während der Begegnung seinen Spielerinnen Anweisungen und lautstarke Hinweise, obwohl er behauptet: „Mittlerweile bin ich viel ruhiger geworden." Auch an seinen Trainingsmethoden hat der Basketballlehrer Änderungen vorgenommen. „Früher habe ich immer gedacht: Jeden Tag zehn Stunden Basketball, das ist es. Heute weiß ich: Dreimal in der Woche intensives Training bringt mehr."

Wer „Ritz" in nahezu perfektem Deutsch so reden hört und seine Mimik beobachtet, bekommt einen Eindruck, wie sehr er für „seinen" Sport lebt. Er ist kein Idealist, kein Perfektionist, er ist einfach ein Basketballverrückter, der seine Begeisterung an die Spielerinnen vermitteln will. „Ritz" zielt nicht auf die große Popularität, vielmehr verrichtet er auch Arbeit, für die sich andere qualifizierte Basketballtrainer zu schade sind. „Wenn ich von dem Geld, was ich verdiene, leben kann, mache ich auch Jugendarbeit. Ich brauche keine 50 000 Dollar im Monat. Hauptsache, es macht Spaß."

Hier setzt die Arbeit von Ingram an. Die Ziele, die er mit seinem Team anstrebt, will er nicht nur mit hartem Training und taktischen Überlegungen erreichen, sondern vor allem mit Spaß am Basketball. Deshalb sucht er sich seine Spielerinnen nicht nur nach dem Leistungsstandard aus, sondern blickt vielmehr auf den Charakter der Mädchen. „Jede Spielerin, die wir holen, muß zu uns passen, vor allem charakterlich. Jedes Mädchen unserer Mannschaft ist sehr nett und freundlich."

Gutes Zusammenspiel

Das intakte Klima, das sich „Ritz" somit schafft, hilft seiner Mannschaft auch während des Spiels. Es sind nicht die Einzelakteure, die für Erfolge sorgen und das Geschehen auf dem Platz lenken, vielmehr beeindrucken die 18 und 19jährigen Mädchen aus North Carolina durch sicheres Zusammenspiel und Disziplin im Spielaufbau. Das schnelle Umschalten von Abwehr auf Angriff beherrschen die Studentinnen fast wie im Schlaf. Die Mitspielerin wird gesucht und meistens auch gefunden.

Starker Gegner

Dennoch: Mit dem 2.Liga-Absteiger Eintracht Frankfurt präsentierte sich den Amerikanerinnen zumindest gestern ein starker Gegner, der zeitweise mithalten konnte und seinerseits für spielerische Glanzpunkte sorgte. In den entscheidenden Phasen jedoch zeigten sich die „Ritz"-Schützlinge hellwach. Zwei erfolgreiche Würfe unmittelbar vor dem Ertönen der Schlußsirene machten den Unterschied beider Teams deutlich.

Trotzdem: Auch Lauritz Ingram gab sich nach der Begegnung vom Gegner überrascht: „Ich bin froh, wenn wir so starke Gegner haben."

Noch 14 Tage verbringen die Amerikaner in Deutschland und werden noch Spiele in Chemnitz, Langen und Marburg absolvieren. Aber auch die Kultur und Freizeit sollen nicht zu kurz kommen, darauf legt „Ritz" großen Wert. Denn Spaß muß eben immer dabeisein!

BASKETBALL

Ingram: Uni-Girls sollen Spaß haben

Englische Kommandos hallten am Sonntag durch die Dr. Faust-Halle in Rotenburg. Lauritz Ingram, Trainer des Frauen-Basketball-Teams der Universität von North Carolina, trieb seine Schützlinge lautstark zum Sieg.

Engagiert erklärt der 45jährige Lauritz Ingram während einer Auszeit, was ihm nicht gefallen hat. Die Spielerinnen setzten seine Anweisungen um und holten einen Rückstand auf. (Foto: zzz)

ROTENBURG ■ Mit 81:76 (46:39) bezwang das US-Uni-Team den Regionalligisten Eintracht Frankfurt. In einem abwechslungsreichen Spiel hatten die Amerikanerinnen ihrem Coach am zweiten Tag ihres Deutschland-Aufenthaltes nach dem 81:31 über Kronberg bereits den zweiten Sieg beschert und sich damit zwei freie Tage redlich verdient.

Schließlich sind sie nicht nur nach Europa geflogen, um in Sporthallen von Korb zu Korb zu jagen. „Die Mädchen sollen Deutschland kennenlernen", sagt Ingram, für den Hessen kein Neuland ist. Als Offizier war er bei der Army in Bad Hersfeld stationiert. In dieser Zeit coachte er die Frauen der FT Fulda, mit denen er um ein Haar den Aufstieg in die Erste Bundesliga geschafft hätte.

Seit fünf Jahren lebt er nun wieder in den Staaten, seit drei Jahren arbeitet er hauptamtlich als Trainer an der Uni. „Ich habe viel gelernt in Deutschland", berichtet er. „Zum Beispiel mit Menschen umzugehen. Früher habe ich immer an der Seite gestanden und gebrüllt. Sport muß aber Spaß sein, sonst hören die jungen Spieler bald auf", sagt er vor dem Anpfiff der Partie gegen die bundesligaerfahrenen Frankfurterinnen.

Kaum aber läuft das Spiel, da schallen lautstark seine Kommandos durch die Halle. Mit Tadel spart er nicht. „Amy, that was terrible!" Was so furchtbar war, macht er der Gescholtenen gleich gestenreich klar, bevor er sich wieder auf die Bank setzt und nervös das Metallarmband seiner Uhr auf- und zuschnappen läßt.

Seine Spielerinnen, alle noch im Teenager-Alter, nehmen die Kritik an. „Das sind alles ganz liebe Mädchen. Jung und ehrgeizig, ganz tolle Mädchen", schwärmt Ingram später mit etwas heiserer Stimme. Da hatte er sie bereits zum knappen Erfolg beglückwünscht und für ihre Leistung gelobt. „Good job." Die Girls hören's lächelnd.

Daß sie eine Zwei-Meter-Frau der Frankfurterinnen nicht in den Griff bekamen, konnte er seinen bedeutend kleineren Studentinnen nicht anlasten. Zumal deren „Lange" erst noch zur Mannschaft stoßen wird, wie überhaupt das Team im Umbruch ist.

Langfristig ein erfolgreiches Ensemble zu formen, das ist Ingrams Ziel. Vielleicht könne man ja in drei, vier Jahren im Konzert der Großen bei der Uni-Meisterschaft mitmischen.

Auf Biegen und Brechen sucht er den Erfolg allerdings nicht. So verzichtet er lieber auf eine superstarke Basketballerin, die zwar zahlreiche Körbe werfen würde, aber Schwierigkeiten hätte, dem hohen akademischen Niveau der Uni von Noth Carolina zu entsprechen. Die würde den Spaß am Spiel, der Ingram so wichtig ist, schnell verlieren.

Spaß an der Reise sollen nun erst einmal seine aktuellen Schützlinge haben. Schließlich haben sie selbst und zu einem guten Teil auch der Coach den Germany-Trip finanziert. Um das Loch in der Kasse ein wenig zu stopfen, verkaufen sie bei den Spielen T-Shirts und Trikots ihres Teams. „Was wir heute eingenommen haben, reicht für ein Abendessen für uns alle", freute sich Ingram nach der Partie gegen die Eintracht.

Bis heute bleiben die Amerikanerinnen in Rotenburg, wo sie im Jugendhof wohnen, bevor es über Fulda, Kassel, Chemnitz, Dresden, Langen und Marburg nach 14 Tagen wieder in Richtung Rhein-Main-Flughafen und dann westwärts über den großen Teich nach Hause geht. *(tea)*

Wir haben vielleicht keine Spiele gegen die großen Namen gewonnen, aber wir haben uns verbessert und Respekt gewonnen. Die Siege gegen UNC Charlotte, Liberty, Georgia State, Radford und den überzeugenden "Turnaround" -Sieg gegen Coastal Carolina (66:67 1. Spiel - 98:60 Re-Match) inmitten des ganzen Stresses und Aufruhrs war Beweise dafür, dass wir seit der Saison 0-27 einen langen Weg zurückgelegt haben.

YEAR-BY-YEAR RESULTS

1992-93

Overall: 0-27 (0-18 BSC, 10th)
Head Coach: Lalon Jones

Date	Opponent	Result	Score
	at Appalachian State	L	49-100
	East Tennessee State	L	73-94
	at Marshall	L	37-92
	Western Carolina	L	63-68
	Davidson	L	48-82
	at East Carolina	L	58-92
	UMBC *	L	57-80
	at Towson State *	L	49-81
1/14	at Campbell *	L	67-95
	at Winthrop *	L	64-72
	at Radford *	L	57-79
	at UNC Greensboro *	L	67-81
	at Coastal Carolina *	L	56-79
	at Western Carolina	L	64-90
	at Liberty *	L	50-68
	Winthrop *	L	61-67
	at Charleston Southern *	L	61-64
	UNC Greensboro *	L	41-80
	Charleston Southern *	L	45-49
	Coastal Carolina *	L	61-80
	Radford *	L	46-82
	Towson State *	L	63-83
	at UMBC *	L	55-70
	at Davidson	L	49-69
	Liberty *	L	48-49
3/4	**CAMPBELL ***	L	**52-55**
	Coastal Carolina #	L	49-72

* - Big South Conference Game
\# - Big South Conference Tournament

1994-95

Overall: 10-17 (7-9 BSC, 6th)
Head Coach: Ray Ingram

Date	Opponent	Result	Score
11/30	at Duke	L	57-114
12/3	Limestone	W	114-59
12/8	High Point	W	76-67
12/9	at Wake Forest	L	61-71
12/28	at St. John's	L	48-102
12/29	Alabama	L	46-119
1/7	Charleston Southern *	W	74-70
1/9	Coastal Carolina *	W	59-52
1/12	Liberty *	W	76-71
1/14	UNC Greensboro *	L	61-67
1/16	Radford *	L	74-87
1/20	Winthrop *	W	81-72
1/23	at Georgia	L	31-102
1/27	at UMBC *	L	60-63
1/29	at Towson State *	L	57-74
2/1	Kentucky	L	55-70
2/4	at Coastal Carolina *	L	71-77
2/7	Western Carolina	W	82-81
2/9	at Liberty *	L	52-68
2/11	at Radford *	L	71-78
2/15	Rice	L	67-90
2/17	at Winthrop *	W	68-66
2/24	UMBC *	W	61-59
2/26	Towson State *	W	84-55
2/28	at UNC Greensboro *	L	72-86
3/4	at Charleston Southern *	L	64-66
3/8	at Radford #	L	74-85

* - Big South Conference Game
\# - Big South Conference Tournament

1996-97

Overall: 14-13 (8-8 BSC, 3rd)
Head Coach: Ray Ingram

Date	Opponent	Result	Score
11/23	at Duke	L	52-90
11/27	Morehead State	W	68-55
11/30	Montreat	W	95-37
12/3	at UNC Charlotte	W	5-41
12/6	at Mercer	L	51-55
12/16	at Liberty *	L	67-68
12/20	at UT Chattanooga	L	57-62
12/21	Morehead State	W	72-63
12/29	Western Carolina	W	75-70
12/31	Georgia State	W	65-63
1/6	at Coastal Carolina *	L	66-67
1/14	at College of Charleston *	L	48-67
1/16	UNC Greensboro *	L	72-76
1/18	UMBC *	W	73-70
1/20	at Winthrop *	W	82-64
1/25	at Radford *	W	82-60
1/29	at Western Carolina	L	61-69
2/1	at Charleston Southern *	L	66-69
2/3	Coastal Carolina *	W	98-60
2/5	at Georgia	L	44-83
2/8	Liberty *	W	68-59
2/10	Winthrop *	L	63-69
2/15	at UMBC *	W	68-46
2/20	Charleston Southern *	W	67-55
2/22	Radford *	W	77-61
2/26	Winthrop #	L	60-70

* - Big South Conference Game
\# - Big South Conference Tournament

1993-94

Overall: 8-20 (5-13 BSC, 8th)
Head Coach: Ray Ingram

Date	Opponent	Result	Score
11/26	at Georgia	L	59-122
11/29	Elon	W	66-48
12/1	at North Carolina	L	52-92
12/6	at Western Carolina	L	67-77
12/8	Davidson	W	76-61
12/11	at East Tennessee State	L	78-96
12/17	at UMBC *	L	54-62
12/18	at Towson State *	L	69-71
1/7	UNC Greensboro *	L	69-86
1/8	**CAMPBELL ***	**W**	**68-60**
1/14	Coastal Carolina *	L	64-75
1/15	Charleston Southern *	W	93-77
1/18	Wofford	L	87-100
1/21	at Radford *	L	56-79
1/21	at Liberty *	L	69-74
1/22	at Winthrop *	L	69-70
1/29	UMBC *	L	63-66
2/5	Towson State *	L	69-73
2/11	at UNC Greensboro *	L	54-90
2/12	at Campbell *	L	51-89
2/18	at Coastal Carolina *	L	49-65
2/19	at Charleston Southern *	L	66-70
2/25	Radford *	W	77-69
2/26	Liberty *	W	84-71
2/28	at Kansas	L	36-112
3/2	Winthrop *	W	74-67
3/9	Charleston Southern #	W	74-57
3/10	UNC Greensboro #	L	74-77

* - Big South Conference Game
\# - Big South Conference Tournament

1995-96

Overall: 6-21 (4-10 BSC, 7th)
Head Coach: Ray Ingram

Date	Opponent	Result	Score
	at Kentucky	L	76-98
	West Virginia	L	58-80
	Duke	L	57-95
	Montreat	W	95-65
	at Wofford	W	65-63
	at North Carolina	L	54-86
	Wake Forest	L	58-104
	Mercer	L	70-71
	East Tennessee State	L	73-76
	at Hampton	L	56-56
	at Georgia	L	36-101
	Coastal Carolina *	L	67-78
	Liberty *	W	70-57
	at UNC Greensboro *	L	54-73
	at UMBC *	L	52-64
	Winthrop *	L	66-77
	Radford *	L	81-86
	at East Tennessee State	L	55-74
	at Coastal Carolina *	W	89-70
	at Liberty *	L	71-72
	UNC Greensboro *	W	71-53
	UMBC *	L	56-73
	at Winthrop *	L	66-70
	at Radford *	L	58-86
	at Charleston Southern *	L	73-78
	Charleston Southern *	W	79-67
	at Radford #	L	65-98

* - Big South Conference Game
\# - Big South Conference Tournament

1997-98

Overall: 7-22 (4-8 BSC, 6th)
Head Coach: Kathleen Weber

Date	Opponent	Result	Score
	UNC Greensboro	L	61-78
	UNC Charlotte	L	47-56
	at North Carolina	L	48-90
	at Richmond	L	84-93
	at High Point	L	61-77
	at Georgia State	L	62-76
	at Cincinnati	L	54-62
	UT Chattanooga	L	74-79
	UNC Wilmington	L	88-75
	at Western Carolina	W	63-50
	at UMBC *	L	54-62
	at Radford *	L	80-81
	Liberty *	L	61-72
	Coastal Carolina *	W	78-63
	Winthrop *	W	79-77
	Charleston Southern *	L	57-67
	at Coastal Carolina *	L	66-78
	at Elon	L	66-69
	at Charleston Southern *	L	63-75
	Elon	L	65-70
	Radford *	L	76-77
	at Liberty *	L	61-63
	UMBC *	W	59-51
	at Clemson	L	50-87
	at Winthrop *	W	64-61
	Western Carolina	L	60-69
	Coastal Carolina #	W	60-59
	Radford #	W	81-74
	at Liberty #	L	53-65

* - Big South Conference Game
\# - Big South Conference Tournament

Der Fortschritt war offensichtlich und wir schienen bereit zu sein, den nächsten Schritt vorwärts zu machen ....

Also ... was ist passiert?

Vielleicht war es das Faktum, dass das Frauenprogramm in einer Zeit, in der das Männerprogramm gewissermaßen auftrat, wirklich gut lief. Vielleicht war es die Tatsache, dass ich gegen das System gekämpft hatte und mich nicht wie ein gehorsamer Junior-Mitarbeiter verhielt, der dankbar sein sollte für die Gelegenheit, die ihm gegeben wurde. Es gab einige Feindseligkeiten zwischen mir und dem Sportdirektor. Es begann, als er mir sagte, dass es keine finanziellen Mittel für das Team für die Reise nach Deutschland gäbe.

Ich sagte, dass es kein Problem sei und dass ich es irgendwie schaffen würde. Ich wollte wirklich, dass das Team die Erfahrung macht, und ich habe wirklich gespürt, dass ich es irgendwie schaffen kann. Ich plante eine Reise, die dem Team kulturell, persönlich und sportlich nützen sollte. Ich bekam Hilfe von Kontakten, die ich während meiner Zeit hier in den 80er Jahren in Deutschland gemacht hatte.

Die Musch Familie war großartig und hat sich sehr bemüht, Unterkünfte und Mahlzeiten in ihrem Nussknacker Hotel zur Verfügung zu stellen. Andreas "Magic" Ment fungierte als Reiseleiter für lokale Attraktionen und half bei der Organisation von Ausflügen und Mahlzeiten. Das Team trainierte in Fulda und spielte unter anderem gegen Bundesligisten in Marburg und Grünberg. Sie besuchten Weimar und Buchenwald. Sie gingen zur Wasserkuppe und Herkules in Kassel. Kurz gesagt, wir hatten eine großartige Reise und die UNCA hat dadurch nicht finanziell gelitten. Nichtsdestoweniger war die Reise nicht etwas, wofür die AD war.

Der nächste "Head-Butting" Vorfall kam zu einem Thanksgiving, als wir an der Universität von Georgia spielen wollten.

Georgia wurde zu der Zeit von einem Trainer trainiert, den ich mochte - und ich mochte nicht viele. Andy Landers und ich verstanden uns ziemlich gut. Wir hatten uns bei einem NCAA-Turnier getroffen und geredet, und er stimmte zu, einige "Guarantee-Spiele" gegen uns zu spielen. Guarantee-Spiele sind Wettbewerbe, bei denen im Allgemeinen viel bessere Division-I-Teams gegen

Mannschaften spielen, die einfach unter ihrem Kaliber liegen. Die Idee ist, dass die bessere Mannschaft einen guten Übungswettbewerb gegen einen Gegner bekommt, der sie herausfordert, aber normalerweise nicht schlägt.

Die untere Mannschaft kann sehen, wie es ist, gegen wirklich gute Spieler zu spielen, und sie bekommen normalerweise einen netten Scheck, der sie für ihre Bemühungen auf die Bank bringt. Eine win-win Situation. Es war Thanksgiving und ich wollte, dass das Team eine gute Zeit hat. Wir buchten ein sehr schönes Hotel und ich hatte ein traditionelles Thanksgiving-Dinner. Es war meine Art, mit meiner Familie (dem Team) ein echtes Thanksgiving zu feiern.

Es war einfach eine Art, die Spieler dafür zu entschädigen, dass sie den Urlaub von ihren echten Familien verließen. In diesem Jahr kamen einige der Familien der Spieler sogar zum Spiel und danach schlossen sie sich uns zum Abendessen im Hotel an. Ich tat dasselbe, als wir ein Jahr an der University of Kentucky während der Thanksgiving Break spielten.

JOHN COUTLAKIS/CITIZEN-TIMES

UNCA coach Ray Ingram will eat Thanksgiving dinner with the only family he knows.

OVERCOMING OBSTACLES

UNCA women's coach celebrates Thanksgiving with his family

By Keith Jarrett
STAFF WRITER

Like millions of others, Ray Ingram will spend Thanksgiving with his family. As coach of the UNCA women's basketball team, Ingram will share a festive dinner with his squad at a hotel in Lexington, Ky., where the Bulldogs open their season on Friday.

For the players, being away from parents and other relatives on Thanksgiving is one of the sacrifices made for being part of a college basketball team. For Ingram, it is an opportunity to spend time with the only family he knows on a holiday that has a different meaning for someone who has rarely experienced the love of family.

Ingram, 45, grew up poor and neglected on the streets of Philadelphia. He was raised by a strict father and a sexually promiscuous mother in a home where rats and roaches were in abundance and love and caring were not.

His most vivid Christmas memory involves his father firing a shotgun in his direction. The last words his father ever spoke to him included a threat to kill him. Ingram realized later in life that the preponderance of uncles in his family were actually his mother's lovers.

Ingram spent time in a reform school and ran away from home more times than he can recall. At age 14 his parents ran away from home, leaving Ray to fend for himself. When he was hungry, he stole food. When he was cold, he stole clothes. When he was out of money, he robbed. He slept on the streets and spent his high school years living in the local YMCA.

But there were people who cared, people who saw a gifted athlete and a bright student.

❖ *See* **Ingram** *on page* **4D**

THE INGRAM FILE

Position: Head basketball coach, UNCA women's team.

Career record: 18-37 in two seasons at UNCA, 492-116 from 1976-90 coaching boys and girls for Fulda German Basketball Club in West Germany.

Background: Born in Philadelphia, 1950; graduated from Hofstra, 1973; assistant coach at Hofstra, Davidson and Italian Junior National Women's Team.

Ingram

❖ *Continued from page* **1D**

[illegible]

Nun, das Georgia Game rollte wieder herum und obwohl es nicht Thanksgiving war, plante ich eine Übernachtung in Athen. Wie auch immer, wir sollten los und aus welchem Grund auch immer, iwurde ich ins Büro des Sportdirektors gerufen, weil er gehört hatte, dass wir planten, in Athen, Georgia, zu übernachten. Herr Hunnicutt sagte mir, dass wir nicht über Nacht bleiben durften und dass "wir besser gleich nach dem Spiel zurückkehren sollten" ... seine Worte. Unnötig zu sagen - Das war ein Befehl, dem nicht gefolgt bin. Abgesehen davon, dass die Männermannschaft gerade von einem Turnier in Arizona zurückgekehrt war, das deutlich teurer war, schien es einfach nicht richtig zu sein. Er erklärte, dass das Garantiegeld in den allgemeinen Fonds fließen sollte. In der Gesamtschau der Dinge könnte ich das mitmachen, aber dann sollte auch in Betracht gezogen werden, dass die Spieler in diesem Team ausgingen, um ihren Hintern zu treten, um das Geld zu bekommen.

Es schien nur gerecht, dass sie einen kleinen Teil davon genießen können. Die Übernachtung und das Abendessen schien eine angemessene Möglichkeit, sie für ihre Bemühungen zu belohnen. Als ich sein Büro verließ, kochte ich. Ich wusste, dass ich seinen Befehlen nicht gehorchen würde und als ich an den Büros der Fußballtrainer vorbeikam, passierte etwas, das mich später heimsuchen würde. Der Fußballtrainer der Herren konnte sehen, dass ich wütend auf etwas war und er fragte, was los sei.

Ich platzte heraus ... "Wenn er uns nicht über Nacht bleiben lässt, töte ich ihn!" ... dann erzählte ich ihm, was passiert war. Ende der Geschichte - so dachte ich ... !!! (Ich werde darauf zurückkommen.) Unnötig zu sagen, wir gingen; wir spielten; wir verloren; Wir blieben über Nacht. Die Situation mit dem athletischen Direktor wird tückisch. Es gibt einen Artikel aus der Asheville Citizen-Times, der das Klima recht gut beschreibt. Ich war frustriert über seine Art, mit meinem Team umzugehen ... und ich nehme an, das schließt seine Behandlung von mir ein. Es scheint, dass er wirklich will, dass die Mädchen es besser machen. Auswärtige Stipendien wurden eingeschränkt. Dann wurde mir gesagt, dass ich überhaupt nicht auswärts rekrutieren sollte, selbst wenn der Spieler bereit wäre, für den gleichen Betrag wie im in-state-Stipendium zu kommen. Das war die Geschichte hinter der oben erwähnten Angelegenheit, wo die Spieler freiwillig ihre Stipendien reduzierten, um den Unterschied auszugleichen.

Unter dem Deckmantel der Aussage, dass es immer gut aussieht, einen Heimatstadtspieler in der Universitätsmannschaft zu haben, ließ ich mich dazu überreden, einen Spieler von einer Privatschule in Asheville zu unterschreiben. Auf der Oberfläche schien es harmlos, aber am Ende erwies es sich als ein katastrophaler Fehler. Der Sportdirektor versuchte hinter meinem Rücken, die Assitenztrainer gegen mich zu wenden und ihm zu helfen, mehr oder weniger eine Verschwörung zu konzipieren, die zu meiner Kündigung führen sollte. Es gibt auch ein Memorandum zu diesem Thema. Wie ich bereits sagte, bin ich dankbar, dass alle meine Assistenten nicht nur gut darin waren, was sie tun, sondern dass sie auch an mich glaubten und mir ihr Vertrauen schenkten. Ich hoffe, dass ich es am Ende verdiente und dass sie auch in gewisser Weise von der Zeit profitierten, die sie für meine Mitarbeiter aufbrachten.

Die Situation erreichte einen Punkt, an dem ich einfach spürte, dass etwas getan werden musste. Ich habe alle meine Nachforschungen gemacht und dann habe ich eine Beschwerde des Titels IX bei der NCAA und dem Büro für Bürgerrechte eingereicht. Ich rief meine Mitarbeiter zusammen, bevor ich sie abschickte, und erzählte ihnen, was ich tat. Ich versuchte zu erklären, dass alles, was ich tun wollte, war, mein Versprechen an sie zu halten und sicherzustellen, dass sie so behandelt wurden, wie Division-I-Spieler behandelt werden sollten. Dann fügte ich hinzu: "Ich hoffe, ihr versteht alle, dass ich in dem Moment, in dem ich dies veröffentliche, meinen Job verlieren werde." Das könnte eine sich selbst erfüllende Prophezeiung gewesen sein.

North Carolina

Duke University

STATUS:
Sept. 1997: Sex discrimination complaint filed under Title IX.

FACTS:
Complaint: Duke and its head football coach are being sued by Heather Mercer for allegedly keeping her off the team because of her sex. The senior place-kicker had been attempting to become the first woman to play Division I football. An all-stater in high school, she had tried to walk on the football team at Duke for two seasons. Mercer was told by Coach Goldsmith that she had made the team after an intrasquad game in April 1995. However, he later changed his mind and told Mercer that her presence would be a distraction for other players. She is seeking compensatory and punitive damages.

University of North Carolina-Ashville

STATUS:
Sept. 1997: Athletics program found in violation of Title IX. Currently, females comprise 55% of the total student population but only 43% of all student-athletes UNC-Ashville has two years to comply with the federal law and is planning to meet the proportionality prong of the three-part test. **1996:** Sex discrimination complaint filed under Title IX.

FACTS:
Complaint: Women's basketball coach Ray Ingram filed a complaint last year leading to an investigation by the Office for Civil Rights.

Es ist nicht meine Absicht, dieses Buch zu benutzen, um meine Unschuld oder solch eine edle Geste zu verkünden. Ich erzähle einfach, was vorgefallen ist und füge es als Teil meiner Reise auf dem Lebensweg hinzu. Ich kann mich nur allzu lebhaft an die Ereignisse erinnern, die sich ereignet haben. Ich saß zu Hause und schaute eine Nacht nach dem Training fern, als es an der Tür klingelte.

Als ich die Tür öffnete, standen meine beiden Assistenten (Beth Coil und Tanya Sharpe) mit einem Gesichtsausdruck vor mir, den ich einfach nicht beschreiben kann. Wir setzten uns und Beth sagte mir, dass ich von der Kanzlerin angerufen werden würde, weil ein Spieler eine Anklage wegen sexueller Belästigung gegen mich eingereicht hatte. Zuerst reagierte ich nicht, weil ich einfach nicht glauben konnte, was ich hörte. Ich bat sie, es zu wiederholen und zu erklären. Sie sagte, dass sie keine Details habe, aber dass sie wisse, wer der Spieler sei.

Sie sagte, dass die AD mit ihr und Tonya und allen Spielern gesprochen hatte. Sie sagte mir, dass der Sportdirektor ihnen gesagt habe, dass sie nicht mit mir sprechen sollen. Nachdem sie mir alle Details gegeben hatte, sagte ich beiden Trainern, dass sie nach Hause fahren sollten und fuhr sofort zu dem fraglichen Spieler nach Hause - dem lokalen Spieler, den ich bereits erwähnt habe. Als ich ankam, waren die Eltern anscheinend überrascht, dass ich direkt zu ihnen gekommen war. Sie riefen ihre Tochter zusammen und ich sagte allen, dass ich dort war, um herauszufinden, was genau vor sich ging und um Dinge zu klären, wenn ich konnte. Ich sage das, weil mir zum ersten Mal etwas in dieser Angelegenheit zur Kenntnis gebracht wurde.

Der Sportliche Leiter und wer auch immer beteiligt war, hatte einen ausgezeichneten Job gemacht, alles unter Verschluss zu halten. Die Trainer und Spieler waren angewiesen worden, die Angelegenheit nicht mit mir zu besprechen, und auch nicht, irgendwelche Treffen oder Korrespondenz zu erwähnen. Ich war blindlings fertig. Ich sagte der Familie, dass ich nur herausfinden wollte, was vor sich ging und was ich konnte.

Kein Elternteil hatte viel zu sagen, also fragte ich den Spieler direkt. Nachdem sie sich um die Angelegenheit gekümmert hatte und keine wirkliche Erklärung gegeben hatte, außer dass sie sich unwohl fühlte, fragte ich sie, was die Gründe für ihre Gefühle waren. Sie gab zwei (2) Gründe ... Ich werde versuchen, genau zu wiederholen, was sie gesagt hat.

1) **"Du hast mir gesagt, dass du mir den A*** versohlen wirst. Das hat eine sexuelle Konnotation dazu "**
   1) "You told me that you were going to spank me. That has a sexual connotation to it"

2) **"Du hast mir gesagt, dass ich nicht athletisch genug bin, dass ich nicht gut genug schießen kann und dass meine Verteidigung nicht gut genug ist; aber das du mich im Team behalten wolltest.** Wenn das stimmt, dann kann es nur einen Grund geben, dass du mich bei dir behalten willst. " Ich fragte, ob es noch etwas anderes gäbe. Ich fragte, ob sie ernsthaft glaube, dass diese beiden Dinge als sexuelle Belästigung betrachtet werden sollten. Ich sagte ihr, dass alles, was sie sagte, entweder in ihrer Fantasie lag oder dass dahinter mehr steckt und wenn sie damit fortfahren würde, würde ich nie wieder in der Lage sein, zu coachen. Ich habe ihr gesagt dass sie wirklich darüber, was sie tat, nachdenken sollte. Ihre Eltern haben mich gebeten zu gehen. Ich bin gegangen.

> Wie gesagt, es ist nicht meine Absicht, diese Plattform zu benutzen, um meine Unschuld zu verkünden. Ich werde jedem und jeder seine eigene Meinung lassen. Ich werde dir einfach sagen, was passiert ist. Ja, die Spielerin sagt die Wahrheit. Ich sagte die Dinge, die sie behauptet. Ihre Bemerkungen zu hören und mich der sexuellen Belästigung zu beschuldigen, ohne alle Details zu kennen, aufgrund derer die Bemerkungen kamen, ist mehr als eine Ungerechtigkeit.

Auch hier werde ich nicht versuchen, Meinungen für dich zu formulieren, ich fülle einfach die Lücken aus.

Die Aussage:

"Du hast mir gesagt, dass du meinen A** versohlen wirst."

Die Situation:

Wir waren im Training und spielten 5-gegen-5. Die betreffende Spielerin erhielt den Ball und versuchte einen "3-er" - Airball ...! Die Spielerin erhielt den Ball und versuchte einen "3-er" - Stein ...! Die betreffende Spielerin hat wieder den Ball erhalten und einen "3-er" versucht - Nicht einmal in der Nähe des Korbs ...!

Ich stoppte das Scrimmage und rief sie zu mir. Dann sagte ich zu ihr (laut genug für alle in der Halle, um es zu hören!) "Wenn du noch ein "3-er" schießt, bringe ich dich in die Umkleidekabine und versohle dir den Hintern.

End of conversation - das Scrimmage ging weiter.

Die Aussage:

"Du hast mir gesagt, dass ich nicht athletisch genug bin, dass ich nicht gut genug schießen kann und dass meine Verteidigung nicht gut genug ist; aber dass du mich im Team behalten wolltest. "

Die Situation:_

Es wurde mir gesagt, dass die Eltern dieser Spielerin sich bei der Sportdirektorin über ihre Spielzeit beschwert haben. Sie war eine lokale Spielerin und sie (und ihre Eltern) hatten das Gefühl, dass sie es verdient hätte, zu spielen ... dass sie mehr oder weniger "spielberechtigt" war, weil es unserem Image in der Gemeinschaft helfen würde.

Die AD hatte diese Gefühle in einem Gespräch mit mir wiederholt. Ich rief die Spielerin in mein Büro und sagte ihr mit deutlichen Worten: "Du bist nicht athletisch genug, du schießt nicht gut genug und deine Verteidigung ist zu diesem Zeitpunkt nicht gut genug, um Spielzeit zu verdienen; aber ich werde dich im Team behalten. "

Das war nicht viel anders als mit Dee in der ersten Saison.

Das sind die Fakten!

Im Folgenden werde ich Dokumente in chronologischer Reihenfolge, so gut wie möglich, in die gesamte Angelegenheit einbeziehen. Du kannst dir deine eigenen Schlüsse ziehen. Hier werde ich einfach ein paar Dinge einwerfen, die, wenn es nicht so eine ernste Angelegenheit wäre, die Situation fast lustig machen würden.

Sexuelle Belästigung war nur eine von zwei Anklagen, die gegen mich erhoben wurden.

Ich wurde beschuldigt, das Leben des Sportdirektors Tom Hunnicutt zu bedrohen.

Mir wurde gesagt, dass die Polizei außerhalb des Justizzentrums (dem Gebäude, in dem sich die Turnhalle und die Sporthallen befanden) unbenutzte Munition gefunden hatte. Als ich am nächsten Morgen zur Arbeit kam, wurde ich in mein Büro gebracht und durfte einige meiner persönlichen Sachen einsammeln. Ich erhielt dann eine Polizeieskorte zur Campusgrenze. Mir wurde gesagt, dass ich nicht auf den Campus kommen durfte. Diese Einschränkung wurde ein oder zwei Tage später aufgehoben.

Hinweis: "Die Bedrohung des Lebens von Herrn Hunnicutt" Erinnerst du dich, als ich den Streit mit ihm über die Frage, ob wir in Georgia übernachten konnten, erwähnte und die Tatsache, dass ich sehr wütend war, als ich sein Büro verließ?

Erinnerst du dich? Ich sagte, dass ich aufhöre, den Fußballtrainern zu erzählen, was passiert war (nachdem sie mich gefragt hatten).

Erinnerst du dich, wie ich herausplatzte ... **"Wenn er uns nicht über Nacht bleiben lässt, werde ich ihn töten!"**

Das war "Die Bedrohung von Mr. Hunnicutts Leben". Und die Fußballtrainer waren seine Zeugen. Ich nehme an, dass, wenn es etwas daraus zu lernen gibt, es am besten ist, nie in Wut zu sprechen, weil da jemand zuhören kann und mehr noch, in der heutigen digitalen Welt, könnten deine Worte oder Gesten zurückkommen, um dich zu verfolgen.

Ein anderes fragliches (wenn nicht komisches) Ereignis war dieses. Nach einem meiner Treffen mit dem Dekan wurde mir eine psychologische Untersuchung angeordnet. Zuerst habe ich abgelehnt - dazu gibt es einen Artikel dazu. Ich hatte keine andere Wahl. Wenn ich es nicht tun würde, dann wäre es mir nicht erlaubt in das Team zurückzukehren. Gerade als die Frist näher rückte, stimmte ich zu. Das Schulamt traf alle Vorkehrungen. Ich musste nur auftauchen und versuchen zu beweisen, dass ich nicht durchgedreht war. Es gab zwei komische Ergebnisse: 1) Nachdem alles vorbei war, wurde ich am folgenden Tag vom Dekan angerufen und sagte, dass ich die Prüfung wiederholen müsse. Ich wurde vom falschen Arzt interviewt. 2) Der Arzt, der mich interviewte, hatte in seinem Bericht geschrieben, dass ich aufgrund meiner militärischen Ausbildung und meines Hintergrunds in der Lage sei, jemanden zu töten. Ich habe über meine Möglichkeiten nachgedacht. Ich folgte dem Rat einer meiner Anwälte und involvierte die NAACP.

Unnötig zu sagen, nach all dem lehnte ich es ab, mich einer zweiten Bewertung zu unterziehen. Ich habe zwei Anwälte angestellt und aus Gründen, die ich nicht erklären kann, haben beide mich im Stich gelassen. Ich war etwas überwältigt von allem, was vor sich ging, aber ich versuchte, meine Füße auf dem Boden zu halten und weiter zu arbeiten. Das Team blieb der Schwerpunkt. Sie hatten so hart gearbeitet, um uns dahin zu bringen, wo wir waren und jetzt schien alles vor meinen Augen zu zerfallen und ich konnte nichts tun. Ich bat den Dekan, mir Gelegenheit zu geben, eine Klage zu erheben und mich gegen die Anschuldigungen zu verteidigen. Er hörte nicht einmal zu. Die Entscheidung war getroffen worden, lange bevor die Anschuldigungen öffentlich gemacht wurden, und der skurrile Versuch, einen fairen Prozess zu präsentieren, war alles nur ein Schaufenster. Die Kinder und ihre Eltern waren großartig. Sie standen hinter mir und bearbeiteten die Verwaltung, um sie zu überzeugen.

Das Faculty-Athletic-Personal und alle auf dem Campus, die mit dem Women's Basketball-Programm vertraut waren, schienen überrascht zu sein, dass dies geschah; aber niemand war mehr überrascht oder enttäuscht als ich. Ich habe auch wirklich hart gearbeitet, um dieses Programm besser zu machen und meinen Spielern das Gefühl zu geben, etwas Besonderes zu sein ... und jetzt ...?

Der Dekan hatte mir zehn Tage Zeit gegeben, um einige wirklich schwierige Entscheidungen zu treffen - siehe untenstehenden Brief. Wie sich herausstellt, wollte der führende Anwalt in diesem Fall 5.000 Dollar im Voraus, um den Fall zu übernehmen. Ich hatte diesen Betrag nicht unter meiner Matratze versteckt. Ich brauchte Hilfe.

Wie ich bereits erwähnte, gab es eine Familie (die Salomons), die mir bei der DeFeet Sport Shop Krise in Deutschland zur Seite standen. Ich rief sie an und erzählte ihnen, was los war. Dann bin ich nach Deutschland geflogen, ohne die Verwaltung zu informieren, und wir haben darüber gesprochen. Sie sagten, sie würden mich unterstützen und gaben mir die Mittel, um den Anwalt zu bezahlen. Während ich in Deutschland war, erfuhr ich, dass Würzburg jemanden suchte, der die Profimannschaft ihrer Frauen in der 1.Bundesliga betreute. Wir trafen uns! Wir redeten! Ich unterschrieb einen Vertrag und flog dann zurück nach North Carolina. Warum ...? Ich war nicht naiv zu denken, dass ich die Situation retten konnte.

Es war egal, ob die Universität mir meinen Job zurückgegeben hätte und mich das Team betreuen ließ. Es spielte keine Rolle, ob ich in dem Rechtsstreit gewonnen hätte und eine Entschädigung bekäme. Es war egal, ob ich etwas falsch gemacht hatte oder nicht. Die Angelegenheit wurde öffentlich gemacht und in diesen Situationenen reicht das manchmal. Das Vertrauen, das ich aufzubauen versucht hatte, war im Kern angegriffen worden. Selbst wenn es geklärt worden wäre, die Situation gelöst und ich weitermachen durfte, war der Schaden bereits angerichtet.

Ich habe einfach nicht geglaubt, dass ich jemals wieder einen College-Job bekommen würde. Alles, was ich jemals wirklich tun wollte, war Trainer zu sein .... Würzburg gab mir diese Gelegenheit. Ich kehrte auf den Campus zurück – und packte meine Sachen zusammen... Dann wartete ich auf den Termin, den Dekan Reed gesetzt hatte. Es war vorbei. Ich ging und begann ein neues Kapitel in meinem Leben.

Ich war enttäuscht darüber, dass diese Gelegenheit, die ich wirklich liebte, das Programm ständig zu verbessern, um jungen Spielern dabei zu helfen, Ziele zu setzen und zu erreichen, junge Menschen auf das Leben nach dem Basketball vorzubereiten und ihnen zu helfen, alles zu erleben, was das Spiel zu bieten hat, und mich möglicherweise als College-Coach zu etablieren ... all das wurde mir genommen. Ich vermisste mein Team. Ich bin enttäuscht, dass wir unsere Reise nicht beenden konnten, aber ich hoffe, dass sie wissen, dass es nicht meine Entscheidung war ... und dass in diesem Fall ... "Es war nicht die Schuld des Trainers ..."

Hier ist ein Teil der Korrespondenz, die während des Prozesses stattfand.

Ich werde nicht viele Kommentare hinzufügen, weil mein Ziel nicht darin besteht, einen Fall zu präsentieren und mich zu verteidigen. Ich möchte dem Leser lediglich die Fakten vermitteln und ihn so interpretieren, wie er es für richtig hält.

Details unten:

UNCA

THE UNIVERSITY OF NORTH CAROLINA AT ASHEVILLE

February 3, 1997

Dear Dr. Cochran:

I am writing you at this time to ask for your assistance in correcting what I view is a hostile atmosphere in the athletic department for the women's basketball program specifically and all women athletes in general. If you are inclined to do so, I would appreciate the opportunity to meet with you in person to discuss my concerns.

As you are well aware, I am an avid supporter of athletics at UNCA and have worked very hard for the last three and one half years to improve all of the aspects of the university with which I have been involved. I believe that my efforts on the Intercollegiate Athletic Committee during that time, my recent efforts with the NCAA Certification process, and my role as the faculty advisor for the Student Athlete Advisory Committee have clearly demonstrated a fair and open-minded approach on my part to improving the athletic experience at UNCA for everyone.

Unfortunately, I don't believe the current Athletic Director shares my enthusiasm for all of the programs and athletes that fall under his supervision. My on going interactions with the coaches, athletic administration and staff, and student athletes continue to reaffirm my conviction that the current Director is not the correct person to represent UNCA as its Director of Athletics. I believe he has systematically and intentionally intimidated all of his coaches, but especially those who coach women's teams. Certainly the unbelievably high and often unpleasant staff turnover under his direction (only three individuals remain in the department who came to UNCA before or with me) is symptomatic of poor leadership. His comments and actions throughout his tenure, but especially during the certification and OCR processes, clearly demonstrate to me that he has no respect for women. While I believe that a new Director of Athletics is what UNCA needs, I recognize I may be unaware of circumstances that preclude a change at this time. If this is the case, I would ask that you immediately step in to the current situation involving the Athletic Director and the women's basketball program and protect one of UNCA's most valuable assets, Ray Ingram.

I have had the pleasure of knowing Coach Ingram since he came to UNCA. I was on the search committee that recommended that he be retained as the full-time women's basketball coach. Since then, I have had a number of his players in my classes and have actively assisted in recruiting a number of his current and future players. I have met with them and their parents during visits to UNCA to discuss the marriage of academics and athletics at our institution. I have repeatedly extolled the virtues of the university, Coach Ingram's program, and his desire to make his players excellent athletes, students, and citizens. During this process, I have had my convictions in Coach Ingram confirmed on numerous occasions. His teams' repeated excellent academic performances and their continued improvement on the court only reaffirm my original instincts. This is definitely a person that should be at UNCA. While his classroom is not what most might consider to be a typical UNCA classroom, he is definitely one of our finest educators. His players will most certainly be prepared for the "real world" when they leave UNCA.

CHEMISTRY • 704/251-6443 • FAX 704/251-6385

So far this season I have had the pleasure of observing the UNCA Women's Basketball team play on sixteen occasions, including nonconference games at Duke, UNCC, UT-Chattanooga, and WCU. In everyone of these games they have played opponents that most basketball people would have ranked higher than UNCA, and in all instances, have impressed those in attendance. The win against Charlotte came at a time when UNCA was ranked in the RPI almost 100 positions lower than UNCC. The loss at Duke, a very respectable performance, at the beginning of the season came at the hands of a team that was ranked 17th in the nation at the time. UNCA's four conference losses this season, three on the road and one on a neutral court, have occurred by a total of nine points. This team is nine points away from currently being undefeated in the conference. Thus far they have 10 wins overall and have matched their best performance under Ray Ingram's direction. Based upon what I have seen this season, I am quite confident that with seven games remaining, this team will have its best record in a long time. I also believe that if they can avoid distraction, they are quite capable of winning the conference and obtaining an invitation to the NCAA Women's Basketball tournament. Everything that they have accomplished and the legitimate chance to do even more is certainly not the sign of a program supposedly "on the decline."

Currently Coach Ingram is in the third year of a four year contract and he has indicated to me that he has not been approached by the Athletic Department about extending it. I find this situation unfortunate and believe it to be just one more example of the Director's systematic effort to facilitate Coach Ingram's departure from UNCA. I absolutely believe that this is a mistake and would be a great injustice not only to the players on the team, but to the entire university. Without a commitment from the university, Coach Ingram is unable to commit his skills and direction to potential players considering UNCA as their choice for a basketball experience and a college education. In light of his past success in recruiting excellent student-athletes, it appears to be unwise not to support Coach Ingram in his efforts.

Therefore, I reiterate my request for your assistance in correcting the unfortunate situations that exist in the Athletic Department. In particular, I would like to see the entire university benefit by retaining Coach Ingram's services. I would be happy to discuss with you personally this specific matter or any of the other issues that I have raised. Your time and consideration are greatly appreciated.

Sincerely,

Keith E. Krumpe
Assistant Professor of Chemistry

Unten: Memorandum from one Assistant Coach – You decide if it sounds like someone was conspiring...!

Memorandum Wednesday, February 06, 1997

I am writing this letter as a means of documentation for the past three days and the conversations that I have had with Mr Tom Hunnicutt.

On February 03, 1997, Mr. Hunnicutt called me at home at approximately 10:30 pm. Previously that night we had a home game against Coastal Carolina. Mr. Hunnicutt in our phone conversation that night began by saying that he was calling on me to do him a favor. Mr. Hunnicutt wanted me to have a talk with our Women's Basketball team and get them under control. Apparently they were verbally abusive to Michelle Ray during and after the game that night. I told Mr. Hunnicutt that I would do my best to talk to the girls about their behavior. He ended the conversation by saying that he felt that Ray's pregame speech was totally out of line and that it was the reason the girls were so hard on Michelle. He asked me if I felt it was an appropriate pregame speech. I told him that it was not your normal pregame speech, but under the circumstances Ray did a very good job of not singling anyone out in his speech and yes he did show a lot of emotion but if I felt my job and reputation was in jeopardy I would not be able to refrain from showing any emotion. Mr. Hunnicutt then said to me that I didn't need to worry about my job that he was pleased with my work and wanted to keep me around. He then asked me when we were leaving for Georgia. I told him tomorrow after practice which would have been February 4, 1997. He then said that we were not going to leave a day early and that we would leave the day of the game which would be February 5, 1997.

After hanging up with Mr. Hunnicutt I proceeded to call Coach Ingram to inform him of Tom Hunnicutt's phone call to me and the change in our travel plans.

February 04, 1997 Staff Meeting - Mr. Hunnicutt retains Mike Gore, Ray Ingram, and myself at the conclusion of the meeting. See Ray Ingram's memorandum for further details. Tom Hunnicutt accused me of telling Ray that Tom was trying to turn me against him (Ray) and that was the reason Tom called me at home. Just for the record I said no such thing.

February 05, 1997 @ 8:30 am. Mr. Tom Hunnicutt calls me at home again to discuss the Michelle Ray situation with the team. Tom H. "I am very disappointed with you that you have not spoken to the girls about their behavior." I then told him that Tonya Sharpe and I had a meeting scheduled with the captains later this morning to discuss this issue. He then said, " I'm disappointed that you did nothing about this yesterday and I'll give you one more chance to get it taken care of." He then asked me when I would be in to the office and I told him no later than 9:30am. He then told me that he wanted to meet with me at 10:00 am.

When I arrived at work I spoke with Coach Ray Ingram about my conversation with Mr Tom Hunnicutt and that I had a meeting with him at 10:00 am. Ray then suggested that

Tonya Sharpe go to the meeting with me since we both are responsible for working with the players. Tonya and I went to the main office where Mike Gore met us at the doorway and said to me, " Can I see you for a minute?" I then asked if it was okay for Tonya to be in this meeting as well, Mike had no problem with it and we stood in Tom Hunnicutt's doorway while Mike Gore asked Tom if it was alright for Tonya to be in this meeting. Mr. Hunnicutt thought for a second and then said , No, I'll meet with Beth, then Tonya , and then both of you together if necessary. I said, " I'd really like for Tonya and I to meet with you together." Tom Hunnicutt then said, " Did I stutter, I said I would meet with each of you individually." We just stood there for a second and then Tom Hunnicutt said, " Unless you don't want to meet with me at all.?" I said, " Well then No." and we left. Witnesses to this event are as follows: Mike Gore, Tonya Sharpe, Sylvia Dyer, and Pat Prothro.

82 Long Island Place
Atlanta, GA 30328
2-29-96

Dr. Patsy Reed
Chancellor
UNC Asheville
One University Heights
Asheville, NC 28804

Dear Dr. Reed:

My daughter, Cary Gay, is a student at UNCA and a member of the women's basketball program. I am disturbed by the apparent controversy that exists between Coach Ingram and the Athletic Director's office. I understand that the women's program has been disappointing this year if considered only in terms of the team's record. While I know that everyone involved with any athletic program always hopes for a successful season, the time when support means the most is when a program is working to get on its feet.

I am tremendously proud to have my daughter participate in the basketball program at UNCA. Before Cary ever reached college, she made it very clear that her primary goal was a quality education. UNCA has certainly exceeded our hopes and expectations. Coach Ingram places a great deal of emphasis on his players' academic success, a quality which is extremely important to me. He is providing opportunities far beyond what is required as indicated by his tireless efforts and planning to allow the team to take the trip of a lifetime last summer when they toured Germany. Most importantly, I feel that Coach Ingram is very supportive of the girls even at a time when he must be experiencing disappointment. He recognizes that a successful program does not happen all at once and continues to work and encourage them to reach their potential.

I think Coach Ingram is a highly qualified, success oriented individual who is trying to build a foundation for an athletic program that will be a source of pride for the university not only in terms of wins, but by putting together a team of exceptional character.

I am confident that the goals of both the athletic director and Coach Ingram are the same. I feel a responsibility to the school and the athletic department because both have provided generously for my daughter. I will be happy to volunteer to help resolve whatever problems exist so that the women's team can move toward the successful program that I know everyone wants for UNCA.

Sincerely,

Cathy Gay

82 Long Island Place
Atlanta, GA 30328
2-7-97

Dr. Patsy Reed, Chancellor
UNCA

Dear Dr. Reed:

My first reaction to the allegations toward Coach Ingram was anger. As I was made aware of the details of the charges, I was furious that someone could make such serious accusations with such far reaching consequences on what appear to be comments or gestures that were misunderstood.

We live, unfortunately, in a time when people react first and reason later. I would like to think that this matter has still not progressed to a point where Coach Ingram's career and more importantly his integrity will be compromised to an extent from which he could never recover.

My personal relationship with Ray Ingram has been that of a player's parent to her coach. In the three years that Cary has played at UNCA, never has she made a comment about feeling uncomfortable around Coach Ingram nor has she ever described a situation in which he approached her improperly, said anything indecent or exceeded any of the boundaries of the player/coach relationship. Until now, I don't think there has ever been any question regarding the appropriateness of his feelings or actions toward the girls on his team.

My most immediate concern is the swift resolution of the misunderstanding that has occurred. It's easy for a young girl who is making the adjustment to both university life and a college basketball team to be overwhelmed and even intimidated by a personality as strong as Ray Ingram. It is also easy for anyone to occasionally have his statements, whether criticisms or words of encouragement to be misunderstood or make someone else feel uncomfortable. I feel that this disagreement could be resolved so that there could be a positive outcome for all the involved parties in that each could gain a greater understanding and sensitivity.

I expressed in a letter to you last year my concern over discord between Coach Ingram and the Athletic Director. I would hate to see the current situation deteriorate into nothing more than a shouting match which would accomplish nothing positive, but merely be used as a vehicle to relieve Coach Ingram of his position, not because of guilt but because of dislike. In this situation I feel that all would be losers, that the cohesiveness of the team and the women's program would be destroyed.

Thank you for listening to my thoughts and feelings. I only hope that there can be a resolution to this problem that is fair and compassionate to everyone.

Sincerely,

Cathy Gay

Cathy Gay

RAY,

ENCLOSED YOU WILL FIND A COPY OF MY LATEST LETTER TO DR. COCHRAN FOR YOUR RECORDS. I HOPE IT DOES SOME GOOD. I HOPE YOU REALIZE THAT I THINK YOU ARE A GREAT ASSET TO UNCA AND I AM PROUD TO HAVE YOU AS A FRIEND AND A COLLEAGUE. I SUPPORT YOU 100%.

WHILE I KNOW IT IS NOT EASY, I HOPE YOU CAN CONTINUE DOING WHAT YOU HAVE BEEN DOING ALL ALONG AND DEMONSTRATE TO YOUR PLAYERS WHAT IT MEANS TO BE BETTER THAN THE REST. YOUR SITUATION, ON TOP OF EVERYTHING ELSE THAT I HAVE SEEN AT UNCA IN MY BRIEF TENURE, DOES NOT MAKE ME PROUD TO BE ASSOCIATED WITH THIS INSTITUTION. IN FACT, RIGHT NOW I FEEL RATHER EMBARASSED. HOPEFULLY, SOMETHING GOOD WILL COME FROM THIS BEFORE IT IS TOO LATE. WE CAN ONLY HOPE.

YOU WILL ALSO FIND ENCLOSED A COPY OF MY LETTER OF RECOMMENDATION FOR YOU FROM LAST SUMMER (1995) KEEP IT FOR YOUR RECORDS. IF THE SITUATION DICTATES ADDITIONAL LETTERS FROM ME, PLEASE DO NOT HESITATE TO ASK. I AM ALSO CONFIDENT THAT JOHN GUPTON WILL BE HAPPY TO DO THE SAME. AT THE GAME LAST NIGHT I MADE MENTION THAT THE COASTAL POSITION WAS COMING OPEN AND THAT YOU MIGHT BE INTERESTED IF THINGS DON'T GET BETTER. HE INDICATED TO ME THAT HE WOULD BE MORE THAN HAPPY TO TALK TO THE PROVOST OF COASTAL IF YOU WOULD WANT THAT. HE ALSO INDICATED THAT THE

PROVOST WOULD MOST LIKELY BE ON CAMPUS IN MARCH. JOHN IS A TOP-NOTCH GUY WHO THINKS YOU ARE THE SAME. IF YOU ARE INTERESTED, DON'T HESITATE TO ASK FOR HIS HELP.

KEEP UP THE GOOD WORK AND DON'T LET THE IDIOTS AROUND HERE BRING YOU DOWN TO THEIR LEVEL. YOU ARE TOO GOOD FOR THAT. AS HAS ALWAYS BEEN THE CASE, LET ME KNOW IF THERE IS ANYTHING THAT I CAN DO FOR YOU.

UNCA

THE UNIVERSITY OF NORTH CAROLINA AT ASHEVILLE

February 11, 1997

Mr. Ray Ingram
Head Women's Basketball Coach
JG 205C

Dear Coach Ingram:

This is to convey to you my decisions concerning the sexual harassment complaints that have been lodged against you.

Extensive investigation showed the complaints of sexual harassment to be valid as "environmental sexual harassment" under UNCA Policy of Sexual Harassment. This judgment of validity is based on statements of the complainants and others who indicated an uncomfortable environment due to comments that were construed by the recipients as having sexual overtones. Whether or not you intended sexual connotations, the UNCA policy is clear that "verbal and physical conduct of a sexual nature constitute environmental sexual harassment when such conduct has the purpose or effect of creating an intimidating, hostile, or offensive environment which unreasonably interferes with another's work, academic performance, or privacy".

In addition, after being verbally warned against retaliation, you communicated with the team in a manner that victimized one of the complainants by motivating the team to ostracize her. Again, whether or not that was your intent, the outcome of your actions can be interpreted as retaliation.

These factors together raise grave concerns in my mind about your abilities to maintain a non-threatening environment for and with the women's basketball team. I am therefore taking the following actions:

1. This letter is to be considered a written reprimand for inappropriate conduct and as such will be placed in your permanent personnel file.

2. You are instructed to observe the following behavioral guidelines:

   -under no circumstances are you to be alone with a player at your home or in any other setting.

OFFICE OF THE CHANCELLOR • 704/251-6500 • FAX 704/251-6495
The University of North Carolina at Asheville • One University Heights • Asheville, NC 28804-3299 • State Courier 06-80-24

/18/1997 09:57 7042516...

-you are not to discuss sexually-related topics with players.

-you are to guard against comments that can have double meanings or can be taken for sexual innuendo.

-you are not to behave in a manner that can be interpreted as retaliation or leads to retaliation for complaints, either past, current or future.

3. You are to undergo training to enhance and build effective communication skills and to increase your understanding of sexual harassment. You are to set this up through Ms. Childress either at the UNCA Mediation Center or State Employee Assistance Program; it will be free of charge to you.

Violation of any of the foregoing stipulations can be considered to be grounds for further sanctions.

Sincerely,

Patsy B Reed

Patsy B. Reed
Chancellor

cc: Tom Cochran
Kristie Childress

Unten: My Letter to the Team just prior to the Conference Tournament that I was forbidden to attend

UNC Asheville Women's Basketball

Ray Ingram 704-251-6907

To: The Team
Subject: The Journey

Tuesday, 25 February, 1997

Hi Guys,

I am writing this letter to you collectively as a team and at the same time it is directed to each of you as individuals. There is so much that I want to say to you that it is almost impossible to decide what to write and what should be left out of this letter so that it does not become a novel.

Last year when we spent Thanksgiving together and went to Kentucky, there was an article in the newspaper about me. It was about where I came from, who I am and what some of my philosophies are. There was a portion that dealt with my relationship to my teams. There was talk about how special that group of people is who I allow into my private little world and the lessons learned along the way. The events of this season have gone a long way towards shaking my confidence in "my fellow man" but they have not shaken my resolve to be the best coach and friend that I can be to those in "my corner of the world". I have been encouraged by you and your families and somehow I believe that we will all come through this as better, stronger and "wiser" people. You guys have done a terrific job. You have set new standards for women's basketball at UNCA both on and off the court. You have fought through conditions far more difficult than that state high school championship team in Indiana, and they got a movie out of it. You are now about to take the last steps of that journey. In terms of courage, discipline and mental-toughness you are stronger than your opponents. You are better prepared and you understand the game better than they do. None of those things alone will get you the championship that you are all dreaming of. However, all of them together and all of you, working together, can make that dream a reality. Three and one-half years ago people would have laughed at the prospect of UNCA playing in the NCAA Tournament. Most probably still don't believe that it's possible, but ...no one is laughing. You have the tools to make it happen. Do you have the will to make it happen. Throughout the years I've told you about some of my "favorite things". Another of my favorite songs (an oldie of course) is by a group called Seals and Croft. The song is entitled....."We may never pass this way again!" Let's not miss this opportunity. YOU CAN DO THIS!!!!!!!!!!!!

Play Hard and Play Smart,

Coach

"To dream anything that you want to dream. That is the beauty of the human mind. To do anything you that want to do. That is the strength of the human will. To trust yourself to test your limits. That is the courage to succeed."

Bernard Edmonds

Thursday, March 20, 1997

News

Coach files, drops lawsuit

Jennifer Thurston
Staff Writer

The mystery about suspended UNCA head women's basketball coach Ray Ingram has deepened.

On Feb. 26, Ingram's attorney filed a civil lawsuit against UNCA seeking a temporary restraining order to allow him to finish coaching the basketball season, according to court records.

Ingram was suspended with pay from UNCA on Feb. 17 for undisclosed "personnel matters" and the women's basketball team played their final tournament game on Feb. 27, a day after the suit was filed. The suit was dropped on March 14.

Where does the mystery play in? When contacted for this story, Ingram claimed that he knew nothing about the lawsuit. Chancellor Patsy Reed, Associate Vice Chancellor for Academic Affairs Tom Cochran, and Director of Athletics Tom Hunnicutt were named as co-defendants in the lawsuit.

Both Cochran and Hunnicutt said they had no knowledge of the matter and neither had been subpoenaed. UNCA spokeswoman Merianne Epstein also knew nothing of the lawsuit.

Ingram's attorney, Tony E. Rollman, did not return phone calls for this story.

In the lawsuit, Ingram alleged that he had "suffered discriminatory conduct directed towards him and the women's basketball program" and that he was "paid substantially less than the Head Coach of the men's basketball program."

Ingram's salary this year is $33,043 while Eddie Biedenbach, the men's basketball coach, is paid $54,900, according to UNCA records.

The lawsuit also stated that Ingram was one of "approximately five" black head women's coaches out of 4,000 women's coaches in the nation and that his suspension from UNCA would draw national media attention.

Cochran denied that racism was a factor in Ingram's suspension.

The lawsuit also stated that Ingram's professional reputation would be damaged and his opportunities to obtain employment would be diminished if the suspension were upheld. Ingram also alleged that UNCA committed a breach of contract by refusing to allow him to coach and

Thursday, April 3, 1997

News

News Briefs

Suspension allegations come to light

Ray Ingram, UNCA's head women's basketball coach, was suspended because two players made allegations of sexual harassment against him, the Asheville Citizen Times reported on April 2.

Ingram was suspended with pay on Feb. 17. UNCA officials are unable to comment about the case because of state laws.

The newspaper reported that Chancellor Patsy Reed had determined the allegations were "valid," but did not suspend Ingram until after he verbally retaliated against a player after a complaint was made. The two players complained that Ingram "initiated discussions of a sexual nature" with them and that Reed sent Ingram a letter in which she stated the school's investigation had found "an uncomfortable environment due to comments that were construed by the recipients as having sexual overtones," the Citizen Times reported.

Ingram provided the newspaper with documents and letters relating to his case, including a letter from Reed that stipulated behavioral guidelines he should follow and that he would be subject to dismissal if he did not undergo a psychiatric evaluation.

In another story detailing Ingram's relationship with Tom Hunnicutt, director of athletics, Ingram admitted to filing a discrimination complaint against the university with the federal Office of Civil Rights. The investigation that resulted from the complaint found UNCA in violation of Title IX, the federal law that requires equal funding and treatment for male and female athletes.

Ingram also filed a harassment complaint against Hunnicutt last year with the UNCA human resources department. On Feb. 12, 1997, Hunnicutt filed a complaint with the UNCA department of public safety alleging that Ingram had threatened his life.

Articles on Ingram's Suspension

Doc Holladay Quartet to visit

The UNCA campus will receive a visit from jazz musician Doc Holladay this weekend. Holladay has played with jazz legends Duke Ellington, Ella Fitzgerald,

1997 08:05 8147322422 PAGE

TER FROM PARENTS OF DANA POLAKOWSKI (PLAYER)

May 2, 1997

Good Morning Coach,

First I would like to thank you for all the time and energy you have put into the Women's Basketball Program at UNCA. I am sorry you will not be able to enjoy the benefits of your hard work and dedication at UNCA. However, what you have taught your team will stay with them forever. You are a person of convictions and values and possess the strength and courage to stand behind your beliefs. You have been an excellent role model for these young women.

It truly has been a pleasure meeting someone with your standards and professionalism. I wish you good fortune in all your future endeavors. Please drop us a line when you have time to let us know how you are doing.

All the best,

Barb Polakowski

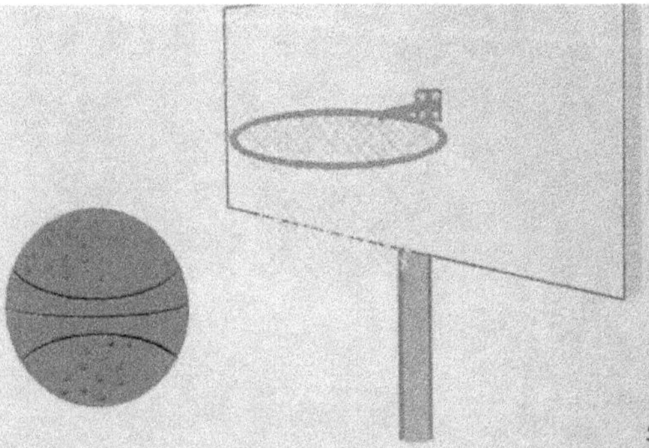

May 5, 1997

Dear Coach Ingram,

I just wanted to let you know that I sincerely appreciate all you have done for Mandy. Thank you for giving her the opportunity to play Division I basketball. I know it will provide her with a lifetime of valuable experiences and memories. I especially want to thank you for putting the paper work in for Mandy to be on full scholarship for next year. We were notified several weeks ago that she definitely was not eligible for any other financial aid.

I regret that things have turned out the way they have. We were certainly hoping that you did not leave UNCA until after Mandy had graduated. I always feel like things happen for a reason - even unpleasant things. This must have been your opportunity to return to Germany to pursue bigger and better opportunities. I'm very happy that you have found a position that sounds like a good opportunity for you and I hope you will be happy. You did so much for the women's program at UNCA. You have a lot to be proud of. I'm glad Mandy was able to be a part of that success.

Good luck in the future! I hope your law suit is settled to your satisfaction. I hope you know you had our support. I wish there had been something we could have done to help the situation end differently. I'm so disappointed that the UNCA administration did not support the women's program as they should have, and for the unfairness you and the team have been shown. I hope you can put all this behind you and look forward to a rewarding and happy career and life! We wish you the very best!

Keep in touch!

Sincerely,

Jeannie Edwards
and family

2224 Larchmont Drive
Fallston, MD 21047
May 7, 1997

Mr. Ray Ingram
101 Fenner Avenue
Asheville, NC 28804

Dear Ray:

We were really sorry to hear about your termination. They certainly left you hanging on their decision which was supposedly made as of March 31, 1997. Cathy Gay sent us a copy of the Asheville Times article, and it was nice to read Vicki's comments on the matter. I'm sure she speaks for all the girls on the team as well as most of the parents.

You gave it your best shot and you taught the girls to fight until the finish. That lesson applies to the court and to life, and I'm sure the girls will never forget it. Hopefully, all you have accomplished for the women's basketball program will be remembered and not taken away from the girls in the future.

I want to personally thank you for all you have done for Candy. She has certainly benefited from knowing you. Her experiences in Germany last year as well as in the future are a direct result of your interest in her. Her academic future is secure at UNCA and the Germany internship had a bearing on that as well. As far as her basketball future goes, only time will tell.

Ray, Candy had told us about your moving to Germany and your new position. We want to wish you all the best, and hope that the future is much brighter for you. You are a very kind and decent man who has everyone else's interest at heart and hopefully Germany will treat you much kinder than UNCA. We're sorry we didn't get to see you when we were in a few weeks ago, but we want to say: Good luck and thank you for everything you've done for our daughter.

Sincerely,

Darlene & Ken Credito

Ingram, Hunnicutt relationship rocky

UNCA athletic director, suspended coach have filed complaints against each other

By Keith Jarrett
STAFF WRITER

Documents provided by suspended UNC Asheville women's basketball coach Ray Ingram detail a long-standing strained relationship with UNCA Athletic Director Tom Hunnicutt.

Each man has filed a formal complaint against the other – Ingram charging Hunnicutt with harassment, Hunnicutt alleging that Ingram had made threats against his life.

Ingram was suspended with pay on Feb. 17 by UNCA Chancellor Patsy Reed following allegations of sexual harassment by two of Ingram's players.

Hunnicutt, who hired Ingram as interim women's coach in 1993 and then offered him a four-year contract as head coach a year later, lodged a complaint with the school's Department of Public Safety on Feb. 12.

Tom Hunnicutt

In the complaint, Hunnicutt said he had received information that Ingram had made threats against his life to a third party.

UNCA Director of Public Safety Dennis Gregory said on Tuesday that he has completed his investigation of the complaint and forwarded his findings to the chancellor.

Both Gregory and Reed declined on Tuesday to comment on the findings. Reed said she hasn't made a decision on what the next step will be after reviewing Gregory's report.

Ingram has denied making a threat against Hunnicutt.

In a memo written the day he was suspended, Ingram offered his version of why Hunnicutt thought there was a threat on his life.

"(UNCA women's soccer coach) Michele Cornish (said) that ... I came into her office and was very angry after a meeting with the athletic director. She said that during the meeting I said I was going to kill him.

"She said that at that time she did not take it seriously, but after talking it over with her husband she felt she should say something to someone ... She stated that when she informed Dr. (Tom) Cochran (UNCA's Associate Vice-Chancellor for Academic Affairs), she stated that she did not take the comment seriously."

When Cornish was contacted Tuesday, she said she refused to give the Office of Public Safety a statement concerning the incident. "I refused to give a statement because they would have only taken that statement, and they could have taken it out of context," she said. Cornish declined to comment further.

In February 1996, Ingram filed a complaint with UNCA's Equal Opportunity Officer charging Hunnicutt with harassment. In the complaint, Ingram charges Hunnicutt with verbal abuse, interference with his duties as coach and interfering with the operation of his team.

Ingram also filed a complaint with the U.S. Department of Education's Office of Civil Rights, alleging sex discrimination. His contention was the female athletes at UNCA receive less support than their male counterparts.

Ingram said on Tuesday that he was not satisfied with the findings of UNCA's EEO investigation into his complaints. He also said his complaint with the Office of Civil Rights resulted in changes being made at UNCA.

Officials at UNCA have refused to acknowledge that Ingram filed either complaint or that actions were taken based on his complaints.

The documents produced by Ingram also include several memos written by Ingram and Hunnicutt. Several of Ingram's memos to Hunnicutt are complaints about unfair treatment.

Several of Hunnicutt's memos to Ingram explain his actions and point out problems with over-expenditures and instructions on recruiting in-state and minority athletes.

A memo from Hunnicutt to Ingram dated Dec. 30, 1996, complained about the women's team leaving two days prior to a game in Chattanooga, Tenn. "From these facts it appears to me that your early departure resulted in an excess expenditure. As you know, we are operating under tight budget constraints and extravagant expenditures will not be permitted."

Another memo from Hunnicutt dated a day later directed Ingram to get approval prior to making motel reservations in excess of $50 per room.

According to Ingram and his memos, Hunnicutt has on several occasions threatened to fire Ingram, has used a sarcastic tone of voice, belittled Ingram in front of other athletic department personnel and slammed a door in his face in the middle of a conversation.

"It's about as strained a relationship as is imaginable," Ingram said on Tuesday, referring to his working relationship with Hunnicutt. "I've been as rational as possible, but it's obvious to me that if Mr. Hunnicutt has any say in this, my career at UNCA will be very short."

Hunnicutt, who in the past has declined to comment on Ingram, was not available for comment on Tuesday.

Sexual harassment allegations caused Ingram suspension

UNCA coach's future still not determined

By Keith Jarrett
STAFF WRITER

Allegations of sexual harassment by two of his players led to Ray Ingram's suspension from his job as women's basketball coach at UNC Asheville, according to correspondence provided by Ingram.

Documents Ingram made available include several letters from UNCA Chancellor Patsy Reed – one of which states that complaints of sexual harassment were found to be valid, and another which informed Ingram he was suspended for "verbally retaliating" against a complainant.

INSIDE

☞ Ingram had strained relationship with athletic director.
Page A9

Ingram, 46, was suspended with pay on Feb. 17 and at that time neither he nor Reed would reveal the cause of the suspension.

"I wasn't made aware of the full scope of the allegations," when he met with the chancellor following his suspension, Ingram said. "If I had been, I would have stopped right there and said, 'Wait a minute – I want an attorney.'

"I was suspended without knowing about all the allegations made against me. As a coach and teacher and mentor at a liberal arts university, I feel part of my job is to talk about tough topics, including sex," Ingram said.

"If anybody ever said, 'I find that offensive,' then I would stop. If I say, 'Hey you look good today,' is that a form of sexual harassment? Apparently UNCA says that it is, and that's scary."

FILE PHOTO

UNCA women's basketball coach Ray Ingram was suspended from his job after sexual harassment allegations from two of his players, documents Ingram provided reveal.

A letter from Reed dated March 3 informed Ingram he would be subject to dismissal if he didn't submit to a psychological examination within 10 working days after receipt of the letter.

Ingram, who is in the third-year of a four-year contract that pays him about $33,000 a year, said Tuesday that he has already undergone one such examination at the request of the university. He has refused to undergo further examinations and said that he expects to be

❖ *See* **Ingram** *on page* **A9**

Ingram

❖ *Continued from page* **A1**

fired for his refusal.

Reed, citing the confidentiality of personnel laws, declined to comment on the letters Tuesday. Regarding Ingram's status, she said, "There is no change in his status. We hope to have a decision (on his status) by the end of the month."

In a letter dated Feb. 11 – six days prior to Ingram's suspension – Reed wrote that an "extensive investigation showed the complaints of sexual harassment to be valid... This judgment of validity is based on statements of the complainants and others who indicated an uncomfortable environment due to comments that were construed by the recipients as having sexual overtones."

Reed's letter also said that "after being verbally warned against retaliation, (Ingram) communicated with the team in a manner that victimized one of the complainants by motivating the team to ostracize her."

The chancellor, who did not suspend Ingram at the time despite her assessment that the sexual harasements claims were valid, also gave Ingram five behavioral guidelines to follow. Those included instructions for Ingram "not to be alone with a player at his home or in any other setting (and) for him not to behave in a manner that could be interpreted as retaliation" against a complainant.

In a letter dated Feb. 17 informing Ingram of his suspension, Reed said the coach had "verbally retaliated against the complainant."

The documents also include the complaints filed by the two players, one of which has the stamp of being received by UNCA's Human Resources Department.

In the separate complaints, the players allege that Ingram initiated discussions of a sexual nature and made comments that could be construed as suggestive of a sexual nature. One complainant wrote that she felt uncomfortable when Ingram put his arm around her shoulders during one-on-one discussions.

In a memo to Reed from Ingram on the day he was suspended, Ingram wrote that "Yes, I have stated that some of the statements presented were made by me, albeit out of context, (and) I must state that many of them are exaggerations, fabrications or just out right lies."

One of the complainants filed the sexual harassment charges two months after Ingram wrote a letter to the player and her parents recommending that her financial aid be terminated after the player decided to leave the team.

According to a document given to Ingram by the university that was written by the other complainant, Ingram met with the parents and the complainant in November after problems surfaced between the coach and the player.

On Tuesday, Ingram confirmed that meeting took place and said that he thought the problems had been resolved.

"I'm mortally wounded by this," Ingram said. "My chances of getting another job after this don't exist. They have effectively killed Ray Ingram as a coach in this country."

ASHEVILLE CITIZEN-TIMES

UNCA coach declines test

'I don't think I need a psychiatric exam,' Ray Ingram says

By Keith Jarrett
STAFF WRITER

Suspended UNC-Asheville women's basketball coach Ray Ingram said he expects to be fired for refusing to submit to a psychiatric examination.

Ingram said Friday that a letter from the university stated that he was subject to dismissal if he refused to arrange or undergo an exam by the close of business on Friday.

Ingram, 45, was suspended with pay on Feb. 17. Neither Ingram nor UNCA Chancellor Patsy Reed has divulged the reasons for his suspension, although two university sources have said it stems from a disagreement involving Ingram and one of his players.

Reed said Friday that the university has "been communicating with coach Ingram verbally and in written form." She declined to comment specifically on the letter and wouldn't confirm that a deadline had been presented to Ingram. She also said she hoped to have a resolution to the suspension "as soon as possible."

When Reed suspended Ingram, she said certain conditions would have to be met before she would consider his reinstatement.

"Basically, the (psychiatric examination) is the condition that had to be met," Ingram said. "I considered doing it, but the more I thought about it, the more I felt compromised. I feel like it would be an admission of guilt when I haven't done anything wrong. ... Every day I keep waiting to get that pink slip in the mail."

Ingram, who has been head coach at UNCA since 1994 and has a four-year record of 36-70, is also the subject of an investigation by the UNCA Office of Public Safety. Athletic Director Tom Hunnicutt filed a complaint with that office on Feb. 12 that alleges Ingram made a threat against Hunnicutt's life.

> *"Every day I keep waiting to get that pink slip."*
>
> RAY INGRAM
> UNCA WOMEN'S BASKETBALL COACH

Director of Public Safety Dennis Gregory said earlier this week that the investigation into Hunnicutt's complaint has not been completed.

Neither Ingram, who has denied threatening Hunnicutt, nor Reed would say whether the suspension was related to the alleged threat or to an incident involving a player.

"I think it's time for me to stand on principle," Ingram said. "I don't think I've done anything wrong to warrant a suspension and I don't think I need a psychiatric exam. I'm not crazy."

Ingram suspension may be reviewed by NAACP

Local chapter may recommend case to legal staff

By Julie Ball
STAFF WRITER

The president of the Asheville branch of the NAACP plans to ask the legal staff of the national organization to take a look at the case of suspended UNCA coach Ray Ingram.

During a Thursday night meeting of the NAACP, branch president H.K. Edgerton said he plans to make the recommendation. "I don't like some of the particulars of the case. For instance, Coach Ingram had previously filed a grievance with the university," Edgerton said Thursday.

Ingram, 45, said he filed a grievance last year against the UNCA athletic director.

The coach of the women's basketball team since 1993, Ingram was suspended with pay in February. UNCA officials have not said why the coach was suspended.

Edgerton said the case raises a lot of questions. He said Ingram is among the few black men coaching women's basketball at the Division I level.

UNCA Chancellor Patsy Reed reportedly set conditions for Ingram to return to his job, but as of Thursday he had not been reinstated, according to a university spokesman.

"I don't know what it's going to take to resolve it," Ingram said before Thursday night's NAACP meeting. Ingram said he does not believe he should have to meet the conditions to be allowed to return to his job.

Ray Ingram

"I should have never been in that situation to begin with," he said. "I never got a chance to present my side of the issue. That's my complaint."

Ingram said as part of the conditions to get his job back, the university wants him to undergo a psychiatric evaluation. "I don't need a psychiatric evaluation, not for the matter they're bringing up," Ingram said.

Ingram said he also is prohibited from contacting the players.

"Coaches have three things they can sell: their integrity, their honesty and their coaching ability. I can defend my coaching ability, but if you attack the other two, I don't care how good a coach I am," Ingram said.

When he joined the UNCA staff in 1993, Ingram inherited a program that posted a 0-27 record in 1992-93. His teams went 36-70, and the team was 12-12 when he was suspended.

TONY E. ROLLMAN
ATTORNEY AT LAW
17 North Market Street, Suite Three
Asheville, North Carolina 28801
(704) 645-3939 / (704) 253-8857
fax: (704) 252-3939

April 8, 1997

Mr. Ray Ingram
101 Fenner Avenue
Asheville, NC 28804

Re: Ingram v. UNCA

Dear Mr. Ingram:

Against my strict advisement to the contrary, you have spoken to the press and have made statements which could be considered against your best interest. In that you have not cooperated with me on this, I do not feel that I can adequately represent you any longer on this matter. Please understand that this is no reflection on the merits of your case, but rather upon our attorney-client relationship. I feel strongly that it would be better if you found other counsel at this point. Accordingly, I will leave the case for you and Tim Stoner to resolve. Please be advised that I will take no further action on your behalf.

Thank you for your consideration. I wish you much success in resolving this matter.

Sincerely,

Tony E. Rollman

Tony E. Rollman

TER\dsd

Ray "Ritz" Ingram Basketball Coach
Phone: 704-253-3337
FAX: 704-253-3337
email:

Wednesday, May 07, 1997

Dr. Patsy Reed
University of North Carolina at Asheville
1 University Heights
Asheville, NC 28804
Tel: 704-251-6500 // Fax: 704-251-6495

Dear Dr. Reed,

I am writing in response to your letter dated 24, April 1997 in which you stated that I was being dismissed and that my "lack of response" to your conditions for reinstatement was, in your eyes, "tantamount to a resignation"

First let me state that at no point did I tender a resignation, directly or indirectly. The fact is that the only mention of resignation came from the side of the administration. On 25.Feb.97 (the day before the team was to leave for the conference tournament), Dr.Cochran called me and presented me with the "opportunity" of coaching my team during the tournament. The cost of that "opportunity" would be to tender my resignation after the tournament and receive 2-3 months severance pay. When Dr.Cochran and I spoke on 26.Feb.97, I told him that was out of the question. I had done nothing wrong and regardless of how bad I wanted to be with the team for the conclusion of the season, I could not accept this as a solution to the problem. I was then promptly told that I was not to go to Lynchburg and that the local authorities had been alerted; and that if I attempted to go to the games the security personnel would deal with me.

NOT

No, I did not go to a psychiatrist for a second visit. I went to the first one against my will, my better judgment and the advice of my lawyer. I went because I felt that it would show that I was trying to hide anything and because (not to be understated ...) I was told that if I did not see the psychiatrist, I would not be permitted to coach the next game. I went. I did as I was requested. I should not be held responsible if the individual to whom I was sent by the university did not properly administer the examination you wanted or if he was not informed of what he was to do. The point is that I complied with your directive.

I was in total disagreement with the entire process and was being overrun by you and your administrators. No one in the administration, least of all you was willing to listen to my side of any of the issues in question. Decisions were made and I was given no recourse and no appeal opportunities. So... what was I to say and to whom was I to say it? I let my legal counsel handle communications at that point. As for my part.... after all, you are the top official at UNCA. After the way I was treated during the meeting at which I was suspended, how was I to approach you for discussion. You made it perfectly clear that I was less than a colleague who had the right to speak to you about an injustice. however to say that I did nothing is not true.

I knew that players and parents were trying to contact you, on my behalf. They received little or no response. I was hoping that they would be able to convince you to give me some type of "due process". After waiting for some sign that I would be given a chance to present my side, with witnesses and written documentation of events (which I might add... still has not been afforded to me...), I contacted Mr.Jesse Ray of the Board of Trustees and asked him to intervene or at least open a channel of communication. I sent you a fax on 18.April.97 to which you did not respond. I sent another on 21.April.97 to which you also did not respond.

To say that I did not respond is simply not true. I have yet to be given an opportunity to refute the allegations made against me. You have dismissed me. I did not resign. To say that my lack of action is tantamount to a resignation would be like going into a room and pointing a gun at someone and saying that you were going to shoot them. When that individual out of fear and confusion said nothing and also did not run away, you assumed that that lack of action was tantamount to him saying "go ahead and shoot me!"

I have been grossly mistreated in this process. My reputation has been severely damaged, to say nothing of my self-esteem. The years of hard work I put into the program at UNCA has been all but ruined. My ability to recruit has been handicapped. For me to have resigned and, in essence, admit guilt in these matters would have been professional suicide. So, let's put the record straight... you fired me....and that without justification or due process.

By the way, for your athletic director to make comments to people, who may purchased household goods from me, like "did you check to see if a UNCA sticker was on that"; and to have my office inventoried (approx. 40 staff members have left and never has an office been inventoried) is just one more indication of the type of treatment to which I have been subjected.

Ray Ingram

D
Scores, call InfoPhone: 257-2900
National Update: Ext. 6765
Local Update: Ext. 2030
Wednesday
April 30, 1997
***

SPORTS

UNC Asheville releases Ingram

Suspended Bulldogs' coach is terminated

By Keith Jarrett
STAFF WRITER

The suspension of UNC Asheville women's basketball coach Ray Ingram became a termination on Tuesday, according to a 20-word statement from the school's public information director.

Ray Ingram
■ Ingram's time line, **Page D2.**

"UNCA administration took action today to separate Ray Ingram from the university," read the statement released by Merianne Epstein. "Ray Ingram is no longer in UNCA's employ."

Ingram, who posted a career record of 36-70 in four seasons at UNCA, was suspended with pay by Chancellor Patsy Reed on Feb. 17 after charges of sexual harassment were filed by two players. Ingram has denied those charges.

The 45-year-old coach said he received a letter on Tuesday delivered by a UNCA campus policeman and signed by Reed stating that effective March 31 he was no longer the head coach.

"The letter says that I was given 10 days to (submit to a psychological examination), and since I hadn't responded to that demand, that was tantamount to a resignation," Ingram said. "That's a crock."

Since the letter was dated March 31 and UNCA employees are paid on the 30th of each month, Ingram said he wasn't sure if Reed had terminated his contract, which is effective until June, 1998. "I don't know what my contract situation is," he said.

According to Epstein, Reed re-

◆ *See* **Ingram** *on page* **D2**

Ingram

❖ *Continued from page* **D1**

fused to comment on Ingram's termination.

Even though the school has previously released information on Ingram's contract – parts of which are public record – Epstein said on Tuesday the contract is part of Ingram's personnel file and details cannot be released. Under the terms of the contract previously provided by UNCA, Ingram is to be paid $33,043 per year through June, 1998.

UNCA Athletic Director Tom Hunnicutt, who filed a complaint against Ingram on Feb. 12 charging the coach with a verbal threat against Hunnicutt's life, speculated that Ingram may have violated a clause in his contract with the sexual harassment complaints.

"If someone violated the terms of the contract, I assume that would make the contract null and void," Hunnicutt said. "I don't know if that's what happened in this case.

"The chancellor has made her decision about this matter and we have accepted it and will move on."

UNCA Public Safety Director Dennis Gregory said he completed a report on Hunnicutt's complaint earlier this month and forwarded his findings to Reed. Gregory and Redd have declined to comment on those findings, citing confidentiality and personnel laws. Hunnicutt said on Tuesday that he hasn't dropped the complaint but hasn't seen Gregory's report and doesn't know the status of the investigation.

Senior forward Vicki Giffin, the UNCA women's team captain and leading scorer this season, said she was upset with the way the university handled the Ingram suspension and termination. "I don't have much respect for the administration for the way they handled the whole situation," she said on Tuesday.

"I don't think they treated Coach Ingram fairly and I don't believe they had our best interests in mind like they say they do. I was interviewed (about sexual harassment charges) and I felt like they were twisting my words and trying to get me to say things that they wanted to hear instead of the truth. I think the administration made up its mind about Coach Ingram without investigating everything fully and made up their minds about what they were going to do without having all the facts. They've left this team in limbo for several months now and it's still in limbo."

Ingram said he is considering legal action against the university. "I've tried to avoid a lawsuit but they have left me with little choice," he said.

UNCA COACH RAY INGRAM'S TIME-LINE

A time-line of events in 1997 that led to the suspension and dismissal of UNC Asheville women's basketball coach Ray Ingram:

January – Ingram enters the office of UNCA women's soccer coach Michele Cornish after a meeting with UNCA Athletic Director Tom Hunnicutt. According to Cornish, Ingram states that he is so angry he could kill Hunnicutt. Cornish reported Ingram's comments to Tom Cochran, UNCA's Associate Vice-Chancellor for Academic Affairs. Cornish says later that she didn't take Ingram's comment literally and refused to be interviewed by the school's Public Safety Office because she feared the comments would be misconstrued.

Jan. 28 – A former player on the UNCA women's team files a report with the UNCA Human Resources office that states Ingram made inappropriate remarks of a sexual nature. The report is filed approximately two months after Ingram writes a letter to Hunnicutt suggesting the player's financial aid be terminated.

A current member (Player B) of the women's team files a report to the UNCA Human Resources office in diary-type form alleging Ingram had made inappropriate remarks of a sexual nature. Player B notes in her report that Ingram and the player's parents had a meeting to settle any problems between the coach and the player. Ingram and one of the parents of the player have confirmed that meeting took place.

Feb. 11 – A letter from UNCA Chancellor Patsy Reed to Ingram states that an "extensive investigation showed the complaints of environmental sexual harassment to be valid." Reed doesn't suspend Ingram, but instructs the coach to follow five behavioral guidelines, including "not discussing sexually-related topics with players" and "not to behave in a manner that can be interpreted as retaliation."

Feb. 12 – Hunnicutt files a complaint with UNCA's Public Safety Office, charging Ingram with threats against his life based on Cornish's remarks. Public Safety Director Dennis Gregory later completes an investigation into the complaint but neither he nor Reed will comment on the findings.

Feb. 14 – In a hotel lobby in Baltimore, Ingram holds a team meeting in which he discusses the sexual harassment complaints and suggests the team put the issue to rest and concentrate on basketball.

Feb. 15 – Player B is upset about Ingram's meeting and makes a complaint to Reed about Ingram. Player B travels back from Baltimore with the men's team instead of traveling with the women's squad.

Feb. 17 – In a meeting with Ingram, Reed contends the coach's meeting and comments in Baltimore constitute retaliation against Player B and suspends Ingram indefinitely with pay.

Feb. 19 – Reed writes a letter to Ingram that states the coach must submit to a psychological examination as a condition of possible reinstatement.

March 3 – Reed writes a letter to Ingram that states he must submit to the psychological examination within 10 business days of receipt of the letter or be subject to dismissal.

April 29 – In a letter dated March 31, Reed notifies Ingram that he is no longer head coach at UNCA. According to Ingram, the letter states that since Ingram failed to respond to Reed's previous letter about the exam, his lack of response is considered "tantamount to a resignation."

KEITH JARRETT

JUST FOR YOUR INFORMATION,

Ray Ingram
101 Fenner Avenue
Asheville, NC 28804
Tel.: 704-253-3337
Fax: 704-253-3337

SINCE NO ONE AT THE UNIVERSITY WANTS TO EXPLAIN, LET ALONE RESOLVE THIS MATTER ... I THOUGHT I'D SEND YOU THE FACTS ... OF COURSE THIS IS ONLY MY SIDE!

Sunday, April 20, 1997

COACH

Dear Dr. Reed,

I'm writing to express my feelings about this situation in light of the fact that you have chosen not to respond to my last fax. You have also chosen not to respond to, or even take into consideration, the calls, letters and faxes from the parents of players. I have yet to be given the opportunity to address the allegations and you have declined to review the motives and credibility of those who have spoken against me while completely ignoring the players and other members of the UNCA Community who have spoken in support of me. As I stated previously, I am concerned about the amount of time that has expired since my suspension. It has been almost two months since I was escorted off campus by the police. During the first five weeks I almost never left my apartment. I was ashamed and embarrassed to go outside. Only recently have I begun to go out for some exercise. The problem there is that when I go out for a run all I can do is think about my future. I've copied a couple of recent articles for you to see where my thoughts on that are. One is from the ABL information brochure and the other is an interview with Kay Yow of North Carolina State from the most recent issue "Coach and Athletic Director". I am not upset about the thoughts behind these articles, it's just the way things are and I can accept that. The articles simply show the climate that I work in. I can accept that too, as long as I don't have to compete against racial bias, prejudice, dishonest administrators and unfair treatment. During the last few weeks a number of individuals have called or come by to give me support, some in the form of information. I have approximately 60 individuals who can give evidence that will show that I have been unfairly treated with regard to this matter. I can show racial discrimination in my treatment as well as in the recruiting practices of the athletic department and the university. I can show that women athletes in general and the female basketball players specifically are not treated equitably. I can prove that the athletic director has taken actions to discredit me and has gone so far as to fabricate information and lie to other staff members in an attempt to discredit me. Even during my suspension, he continues to make disparaging remarks to the athletic department staff regarding me.

The university has given absolutely no consideration to how they have affected my future. They have made me realize why so many young black people in this country do not feel that they can succeed. I have done all of the things that this society says that you should. I have risen from poverty; I've avoided the drugs and alcohol; I've gotten my education, I've put my time in the military. I've put up with the abuses in my work environment all the while saying to myself that if I just keep working hard then I will succeed. I have accomplished the goals that the university "says" that they want from their coaches. A winning program (winningest in school's Division I history) and outstanding student-athletes (team GPA of 3.339) are part of what has been achieved. Instead of wondering how long I will stay at UNCA, I am worrying about whether I have a future as a coach. If after all I've done, this is the situation that I am in, what would make young blacks think they should even try?

I have no desire to give the university more time to fabricate material or to create a false paper-trail. I want to either settle this or go to court with my case immediately.

Aside from that I want to address what you and the administration have done to the young ladies on the women's basketball team. You have ruined a dream. You have taken the statements that I made to them and their parents during the recruiting process and turned it into a lie. I told them that UNCA was an institution that would take care of them and help them learn the lessons that would carry them forward to successful futures. They have worked extremely hard on and off the court. They worked hard to take a basketball program that was not only "dead in the water" but resting on the bottom and they have produced the best basketball team in the school's history. They have done that while achieving a team GPA which ranks them among the nation's best. These young ladies deserved a chance to go to the NCAA Tournament and they could have. They could have if you had listened to anyone other than an athletic director and those individuals who working with him whose sole purpose was to destroy my reputation. You listened to a man whose competence as an athletic director is comparable to that of a person with no sense of direction conducting an orienteering outing. You listened to him and allowed him to orchestrate this farce and destroy four years of hard work on the part of the those in the UNCA Women's Basketball Program.

These young ladies have suffered unfair treatment, bigotry and sexism. Even now they continue to be badgered, threatened and mistreated. The same holds true for the two young assistant coaches who are doing their best to keep the program going. The damage done to the student-athletes and the program in general goes well beyond what is seen on the surface, but the administration has given little thought to that. If that were a consideration, then this situation would have been resolved long ago. In fact, if that were the case, then this situation would have been investigated properly in the beginning and I am sure that it would have been seen for exactly what it is... "a witch hunt."

I have tried to give the university an opportunity to rectify this matter. Unfortunately, I believe that it was believed that I would do what 39 other members of the athletic department have done over the past three and one-half years, ... pack my bags and leave. Because I have done nothing wrong, I am not afraid of public opinion. I may lose my job, but I intend to let people know how female student-athletes are treated at UNCA. Racism and sexism are just that, regardless of how they are dressed up. While the administration is contemplating how to explain what must surely be "the ravings of a mad-man", ask the athletic director why he pushed for "sexual harassment" in my case (when there was none) and why he absolutely ignored real situations when white men were involved; ask him if he understands that telling highly qualified white high school girls that they cannot be considered for enrollment because they are white is probably going to lead to a class-action legal proceeding. I have filed grievances, filed complaints with the office of civil rights and made numerous other efforts to let you and the administration know that these problems existed. I even suggested to Dr. Cochran that the University buy out my contract because it seemed as though no one was interested in rectifying the conditions and I wanted to get out before it eventually came to this and I lost my job. Well, no one has been listening and it seems that I have lost my job.

You could have gotten rid of me without assassinating my character and destroying my future; and what is more, it could have been done without damaging the women's basketball program and crushing the hopes of a group of young ladies who deserve better from an institution that they have made many sacrifices for.

Sincerely,

Ray Ingram

Ray Ingram

letsgo1

Ritz Ingram
Berner Strasse 13
97084 Wuerzburg

Head Coach ....
DJK S.Oliver Wuerzburg
1.Bundesliga Damen

Phone: 0931-6666 116
FAX: 0931-6666 116
email: RitzBBall@Compuserve.Com

Tuesday, November 25, 1997

Tim Stoner
Attorney
3213 Wallace St.
Philadelphia, PA 19104

Hello Tim,

This is a very difficult letter to write because it covers such a tremendous range of emotions and issues. So many words apply to my relationship with you and the University of North Carolina at Asheville that I don't know where to begin. I am Confused, Frustrated, Disappointed and Angry. These different sensations fluctuate constantly from one to the other so that it is really rather difficult for me, from one minute to the next to be sure just what I feel or think. So, usually I just get on with my attempt to reestablish a life and thereby lose myself in my work until the next thing comes along to remind me of what has happened to me and how my life has been absolutely turned upside-down. It can be triggered by a call from someone in the US, a report of some coach who just accepted a new position or any one of a thousand things which cause me to remember that I was (am) a good coach who had a promising future in college basketball.... It reminds me that I am Black Man who took every punch that life threw at him (from ...the ghetto, the drugs, the gangs, the abuse and neglect, ...and so much more), and who can say that despite some pretty hard hits, ... "I'm still standing!"

But the fact that I am still standing doesn't make it okay for people to say, "then I guess he's okay, so we can let it go at that." .... I remember hearing my mother, on a number of occasions before she deserted me, say, "Gary (my brother) is the one I worry about, if anything ever goes wrong, Raymond will be okay, he's a survivor..." I suppose she was right.... but did that make it okay for her to just leave a 15 year old boy on the street with no means of support and no roof over his head? ....

No Tim, you're not my mother, there's no relation and I'm not going to throw a "how-could-a-'brother'-do-this-to-a-'brother'-trip" at you. The only ties that bond us are those forged from my belief in your sincerity in representing me; your dedication to your profession and what I believed was your commitment to "right a wrong". I followed every word of advice you gave from the beginning of the process to the end.

Yes, I stood on my principles with regard to not backing down, not submitting to psychiatric examinations, not plea-bargaining, not accepting an appeasement offer and then resigning... I stood on my principles (because I had done nothing wrong), but I was also following your advice every step of the way. Every time you told me that everything was fine and that you were preparing the papers for me to sign so that you could "serve" them. I had made flight reservations to return and do whatever was necessary to help the case. It was you who last called me and said that everything was ready and I should be receiving the last bit of preparation in the mail..... It never came! I've have called and faxed you more times than I can afford. I have sent you articles from the UNCA newspaper showing the current state of affairs and how things have changed since my departure. You have received calls, letters and faxes from the parents of my former players (Edwards, Gay, Credito, Polakowski, Giffin) all voicing their support and preparedness to do whatever is needed to see the situation rectified.

I have waited (more than patiently) thinking that maybe I was expecting things to happen to fast. But the fact that you have not responded to a single call or fax and that now almost seven months have passed, I have no choice other than to think that you have just "dropped" the matter. That is what bothers me the most.... no call, no explanation, no notification whatsoever..... Tony Rollman (the NC Lawyer) at least wrote me in April saying that he was withdrawing his services.... oddly enough, he stated that the lack of cooperation and communication from the "Philadelphia Lawyer" played a major role in his decision.

So where do I go from here? Daily I hear of coaches getting great jobs with terrific salaries at Division I Institutions and ask myself if I will ever go back. Then I have to ask myself, "Can I ever go back?" My last job in the US... according to papers I was fired! I have a case for wrongful dismissal for which I should at least receive my salary for the last year and ½ of my contract... not to mention damages for mental anguish, racial discrimination and defamation of character (UNCA, the A.D. and Michelle Ray and her Family)... but then you know the legal aspects better than I do.

I simply do not understand what your motives were for doing what you have done. All I know is that I am now living in exile in a foreign country with no positive perspectives with regard to ever finding another coaching job in America. No I don't blame you for my situation... I have always believed that if you blame someone else for the things that are going wrong in your life, you're going to wait for someone else to fix them..... I'm not going to do that! I am going to survive, somehow!

I am also not going to let UNCA and Tom Hunnicutt, Patsy Reed and Michelle Ray "take punches" at me without hitting back. I am working on getting a lawyer who will see this thing through... He won't have your insight into women's college athletics and the way it looks, he/she won't have the sometimes-beneficial knowledge of "the Black Experience", but sometimes you have to take what you can get. I can only ask for commitment and their best effort.... and if I get that, even if I lose, I can accept it.... that sounds an awful lot like coaching, doesn't it.

As far as Tim Stoner is concerned; I guess after writing this letter I'm still confused and a little angry...... I don't understand what you've done or why. A German Lawyer told me that in Germany there is an advisory board with penal authority which looks into the conduct of lawyers. He said that US Bar Associations and Legislatures have the same system. I don't guess I have a choice other than to have whoever is going to represent me research that. I don't know why taking that step should bother me after all of this, but it does. Maybe it's because my situation has made me extremely sensitive to "publicly" questioning someone's integrity.

I don't really expect a response, although it would really be nice to get one. I don't want us to be enemies, but at the moment I don't know where you stand.

Take care of yourself and good luck. Ray "Ritz" Ingram

DJK Wuerzburg Basketball

Sunday, February 22, 1998

Tim Stoner
3213 Wallace St.
Philadelphia, PA 19104 USA

Dear Tim,

It seems as though this drama is not going to end. I have yet to figure out what type of game is being played and who is playing it. I continue to wait for you to send me the formal complaint that is to be served on the University and others involved in my "unjustified" dismissal. I listened and waited as you told me that you could not proceed because there was a problem with your license to practice as a result of some incomplete course work. I collected the $5,000.- you stated you needed in order to continue. I called to get bank information so that the money could be transferred to your account. You told me not to do it until you cleared your matters with the Bar Association. That was over a month ago.

I simply do not understand what is going on. When I was visiting in the US during December, I had a chance to find another attorney and when I called you from Charlotte you convinced me that it was merely a matter of finishing a few details and signing the power of attorney.... and then the case would go forward. That was 22.December! Two months have passed; The case has not gone forward; I have no idea what is going on.

Perhaps you are thinking (as I am sure the University, Dr.Reed and Mr.Hunnicutt are) that I am simply going to go away and that this matter is going to evaporate like water into thin air. I am not! And I am not going to allow it to simply pass into the archives of the thousands of unresolved injustices that occur every day all over the world.

Bottom Line: My first wish is that you see this thing through, because I still believe that you are the best person for the job. Should you decide, for whatever reason, that you are not going to continue with the case, then I would ask that you please send me whatever notes you have and the draft of your complaint so that a new lawyer can move forward as quickly as possible, before all the principles in the case are scattered over the face of the earth (5 of my former players are seniors and after the 15th of May, I will have trouble getting them to testify if needed). I will evaluate any other options which may be open to me after I have gone forward with the charges against UNCA.

I sincerely hope that you will act upon receipt of this letter so that I can finally close this chapter of my life and move on to the next. I would like for the next chapter to have the possibility of a return to coaching in my own country as an underlying theme. That is not possible as long as this matter is left as it is.

Sincerely,

Ritz Ingram

Stoner2.LWP

Für mich – War es wirklich - The Best of Times and the Worst of Times...

Hier ist eine spezielle Nachricht an meine ehemaligen UNCA-Spieler, als ich eine Facebook-Seite für sie erstellt habe.
Ich habe diese Worte damals geglaubt - ich glaube sie jetzt!
Geschrieben 28. Januar 2016 · Fulda

Hey Ladies ... Ich benutze das Wort "Special" und du sagst immer wieder ... "Was auch immer ...!" ... Das ist ein Fehler ... Ich wünschte, ich hätte dort sein können, als ihr alle den Abschluss gemacht habt ... Um euch vielleicht etwas zu sagen, das euch vielleicht auf dem Weg helfen könnte ... Diese Chance wurde mir genommen ... also ... erlaube mir, diese Gelegenheit zu nutzen... Einige von euch haben schon schwere Zeiten durchgemacht und es geschafft, wieder auf die Beine zu kommen ... und ich hoffe, dass von nun an jedes Jahr eures Lebens besser ist als das vorherige ... aber ... Für jene Zeiten, die schwierig sind ... für jene Tage, in denen du an dir zweifelst ... Vielleicht, nur vielleicht, wird das helfen ... Vor ungefähr 20 Jahren ... als ihr alle Teenager wart und kurz davor wart, die High School zu beenden, übernahm ein Division-I College Basketball Trainer die Aufgabe, aus einem der schlechtesten Basketball-Programme der NCAA etwas Anständiges zu machen. Dieser Coach hatte Hunderte von Spielern im ganzen Land, aus denen er wählen konnte ... und .. Er hat dich ausgewählt ... Nicht nur wegen deiner Basketballfähigkeiten, sondern auch wegen deines Charakters ... Er hat dich ausgewählt, um ihm beim Aufbau seines Programms zu helfen, weil du die Eigenschaften besitzt, die alle Anführer und Gewinner besitzen ... Also ... Wenn diese Zeiten kommen, dass du niedergeschlagen bist, entmutigt oder einfach nicht weißt, was zu tun ist ... Erinnere dich, dass er es wusste, damals ... Du bist etwas Besonderes und du kannst alles erreichen, was immer du vorhast .... Coach Ingram

Kapitel 21

1997-1999 ... Crossroad # 13 Rückkehr nach Deutschland - Würzburg

Als sich die Situation bei der UNCA ihrem Ende näherte, stellte ich fest, dass sie in Würzburg nach einem Trainer suchten. Ich wurde von Dr. Wolfgang Malisch eingeladen, um den Job zu besuchen und mich zu interviewen. Während das Ergebnis in Asheville noch beraten wurde, beschloss ich, einen kurzen Urlaub zu machen. Ich flog nach Frankfurt und mietete ein Auto nach Würzburg. Es stellte sich heraus, dass Dr. Malisch genauso verrückt nach Basketball war wie ich. Wir hatten Abendessen und ein paar Gespräche. Er begleitete mich durch die Stadt und wir trafen uns mit Mitgliedern des Clubs und verschiedenen Teams.

Am Ende meines dreitägigen Besuchs unterschrieb ich einen Vertrag und wurde Cheftrainer des Frauen-Bundesligateams und Assistent des Männerteams. Ich hatte auch einige Verantwortlichkeiten im Jugendprogramm. Das war eine weitere wichtige Entscheidung, weil ich damit aufhörte, in Amerika weiter zu machen und nach Deutschland zurückkehrte, um zu trainieren. Zu dieser Zeit hatte ich keine Ahnung, wie lange ich in Europa bleiben würde. Alles, was ich wusste, war, dass ich noch eine Chance hatte zu trainieren. Ich war schon einmal in Deutschland erfolgreich und hoffte, dass ich dort weitermachen konnte, wo ich aufgehört hatte.

Also kehrte ich, ohne es der Verwaltung bei UNCA zu wissen, zurück, um den Prozess zu beenden. Zu diesem Zeitpunkt war ich wirklich nicht mehr besorgt oder gestresst, weil ich wusste, dass ich einen Job und eine neue Herausforderung hatte, die auf mich warteten. Ich hatte ein respektables Team, aber wie in Deutschland üblich, war die Finanzierung knapp. Eine sehr positive Sache war, dass Vicki Giffin und ihre Familie ihren Glauben an mich nicht verloren hatten. Als ich nach North Carolina zurückkehrte, um die Farce zu vervollständigen, die mit mir als Mittelpunkt geführt wurde, erzählte ich Vicki und später dem Rest des Teams, dass ich einen Job in Deutschland angenommen hatte.

Weil ich sie vier Jahre lang trainiert hatte, wusste ich, dass sie auf Bundesliga-Niveau antreten konnte. Vickie hatte alles erreicht, was einem jungen College-Spieler möglich war. Vom ersten Tag an, als sie in mein Büro kam, bewies sie immer wieder, dass sie die Art von Spieler war, auf die sich ein Trainer verlassen konnte. Sie hatte mir mehr gegeben, als ich verlangen konnte. Sie hat jede Auszeichnung verdient ....

HALL OF FAME
2016
VICKI GIFFIN
Vicki Giffin to be Inducted into the Big South Hall of Fame

UNC Asheville Basketballspieler Vicki Giffin

Bulldog Student-Sportlerin von 1993-1997, bedeckte ihre vierjährige Karriere als Big South Frauen Basketball-Spieler des Jahres 1996-97 und war auch der Basketball-Stipendium-Sportler des Jahres in dieser Saison - der erste Spieler in der Liga, der beide Preise in der gleichen Saison gewann. Sie beendete ihre Karriere als Ashevilles drittbester Torschütze mit 1,703 (jetzt 14. in der Konferenz Annalen) Siebte aller Zeiten in Big South Geschichte.

Giffin ergriff in ihrer Karriere 540 Rebounds und wurde mit 1.500 Punkten und 500 Boards zum siebten Spieler. Sie beendete mit 448 Karriere-Freiwürfe, drittmeisten in der Geschichte von Big South zu der Zeit und durchschnittlich 15,6 Punkte und 4,9 Rebounds in 109 Karriere-Spielen. Giffins Karrieresummen umfassen auch 343 Assists und 243 Steals, und sie war nur der zweite Big South Spieler mit 1.500 Punkten, 500 Rebounds, 300 Assists und 200 Steals, als sie graduierte. 1993-94 Women's Basketball Rookie des Jahres führte Giffin den Big South in dieser Saison mit einem 59,7 Field Goal Prozent.

Sie war eine dreifache First-Team All-Conference-Auswahl (1995-96-97) und führte die Bulldogs zu ihrerm ersten erfolgreichen Rekord als Big South Mitglieder - sowohl Gesamt-und Konferenz - in ihrer Senior-Saison von 1996 bis 1997. Sie hält immer noch Ashevilles Single-Saison-Rekord für Field Goal Genauigkeit (74,1 Prozent), Karriere Freiwürfe (448), den Single-Spiel-Rekord für Steals (8), der Saisonrekord für Steals (71) und den Karriere Rekord für Steals (243). 1994 und 1997 wurde sie zur Athletin des Jahres von UNC Asheville ernannt. Giffin war zweimal akademische All-District-Preisträgerin (1996, 1997) und wurde 1990-1999 in das Big-South-Frauenbasketball-All-Decade-Team gewählt. Sie arbeitete zwei Jahre lang als Assistentin im Nicholls State, bevor sie vier weitere am Marietta College absolvierte, wo sie die letzten drei Jahre als Cheftrainerin tätig war. Giffin wurde 2013 in die Athletic Hall of Fame von UNC Asheville aufgenommen und lebt derzeit in ihrer Heimatstadt Coshocton, Ohio, wo sie Vicklynds Conesville Store in Conesville, Ohio, mitbegründet. Wenn es sich anhört, als wäre ich stolz, sagen zu können, dass ich ihr Trainer war, dann habt ihr meinen Standpunkt verstanden. Jetzt zurück zur Geschichte.

Ich fragte Vicki, ob sie weiter für mich spielen wollte - in Deutschland. Sie hatte eine Einladung bekommen, Charlotte Sting in der WNBA auszuprobieren, und ich wurde eingeladen, in ihrem Try-Out Camp zu arbeiten. Sie sagte mir, wenn sie es nicht ins Team schaffen würde, würde sie nach Deutschland kommen. Ich bin mir nicht wirklich sicher, dass ich nicht heimlich gehofft hatte, dass sie den Sprung nicht schaffen würde. Sie schaffte es nicht und sie kam zu mir nach Würzburg... und die Arbeit mit „Sting" gab mir eine Offense, die ich klonen konnte und mit relativem Erfolg für 20 Jahre benutzt habe ... Ich nenne es "Sting" ... duh.!

Wuerzburg 1.Bundesliga Damen 1998.. I was also reunited with Janet Fowler who had played for me in Weilheim....Standing: Katharina Eich, Silke Nowitzki, Sybille Gerer, Natascha Burchardt, Sabrina Bühler. Sitting: Janet Fowler-Michel, Mareike Nöth, Blanka Rebacz, Bettina Grabow, Vicki Giffin, . Nicht im Bild: Jennifer Brzezinski.

Wuerzburg Youth Team in Houston visiting the Ricketts 1998... This was also the beginning of a great friendship with the Rickett Family... John and his wife Charlie became the anchor of my Auswahl-nach-Amerika Program (A-nach-A)

Ich werde nicht über mich reden. Ich kann nur sagen, dass es sich gut anfühlte, dass ich immer noch coachte und dass ich mit der Würzburger Basketball-Szene sehr zufrieden war.

Hier ist der Bericht vor der Saison vor meinem ersten Jahr in Würzburg,

Würzburg Damenmannschaft Alles neu - alles war offen!

Alles neu - alles offen !! Nur drei Akteurinnen sind der Damenmannschaft der DJK S. Oliver Würzburg von der letzten Saison gegeben. Bis auf Janet Fowler-Michel, Silke Nowitzki und Mareike Nöth stehen nur Neuzugänge im Kader für die neue Saison 1997/98. Katja Artis, Bonnie Rimkus, Sylwia Czerniak, Anja Bordt, Dagmar Mumesohn und die dienstälteste Spielerin der DJK, Kerstin Irl, werden nicht mehr zur Verfügung stehen. Man braucht keinen Albert Einstein, um auszukurieren, dass es nicht leicht wird, den Weggang so vieler Leistungsträger zu kompensieren. Auch der letztejährige Trainer Ferdl Michel, der nunmehr die 2. Herrenmannschaft übernommen hat, hat dem Damenbereich vorübergehend den Rücken gekehrt.

Eine schwere Aufgabe für Coach Lauritz „Ritz" Ingram, der nur sechs Wochen Zeit hat, um die neuen Offense-Sets, die Defense-Taktiken, und seine Art, Basketball zu spielen, beizubringen. Der erfahre College-Trainer wird seine Spielerinnen dazu inspirieren, sich gegenseitig kennenzulernen und sie zu einer schlagkräftigen Truppe formen. > Als neue Führungspersönlichkeit hat Ritz Ingram die Amerikanerin Vicki Giffin von der University of North Carolina-Asheville mitgebracht, die auf der Aufbau- und Flügelposition wirken solll. Aus Aschaffenburg kommt die erste Ligaerfahrung Natascha Burchardt, vom TSV Wasserburg, die 19jährige Billa Gerer, die in der 2. Liga Süd auf der Flügel- und Centerposition war. Tina Grabow hat sich nach einem Regionalliga-Jahr bei der TG Würzburg zur Rückkehr entschieden und wird als Spielmacherin hoffentlich wichtige Impulse setzen können.

Aus der eigenen B-Jugend rücken Blanka Rebacz und Katharina Eich ins Team, und vom TV Maxdorf konnte ein echter "Rohdiamant", die A-Jugendliche Sabrina Bühler, verpflichtet werden. Sie ist in der DBB-Juniorinnenmannschaft eine feste Größe und ist als ausgezeichnete Rebounderin mit einem großen Einsatzwillen bekannt. Eine echte Centerspielerin fehlt Ritz Ingram zwar, so daß er die Mannschaft mit "jung, unerfahren und klein" charakterisiert.

Insbesondere im internationalen Ronchetti-Cup, in dem die Damenmannschaft erstmalig vertreten ist, wird viel von Janet Fowler-Michel und Vicky Giffin abhängen, um den ersten Gegnern (Bordeaux und wahrscheinlich der portugiesische Meister) Paroli bieten zu können. Dennoch ist der Trainer zuversichtlich, mit seinen hochmotivierten Schützlingen das Minimalziel Klassenerhalt zu erreichen und durch kontinuierliche Aufbauarbeit ein vielversprechendes Team aufzubauen.

Der Coach... LAURITZ INGRAM Der "Basketballverrückte" ist ein wahrer Glücksgriff für die DJK S. Oliver. Statt über die zahlreichen Abgänge zu jammern, krempelte der smarte US-Amerikaner die Ärmel hoch und baute eine völlig neue, schlagkräftige Mannschaft auf. "Ritz" spricht fließend deutsch, war 1988 in Weilheim schon mal als

Bundesliga-Trainer erfolgreich. Trainiert "nebenher" noch die B-, C- und D-Jugend des Vereins.

Dieser Artikel aus dem "Main Post" aus dem Jahr 1997 zeichnet ein Bild des Trainers, der ich immer zu sein versucht habe ....

Freitag, 1. August 1997 - Nr. 175 **LOKALSPORT**

FOTO MANTEL

Hat sich in Würzburg schon prächtig eingelebt: US-Coach Lauritz Raymond Ingram bringt neue Vorstellungen ins Bundesliga-Team der Würzburger DJK-Basketballerinnen ein.

Warum T-Shirts bei den Würzburger Bundesliga-Basketballerinnen künftig in der Hose bleiben

Die Disziplin steht an erster Stelle

WÜRZBURG

Mit Lauritz Ingram trainiert erstmals ein US-Amerikaner die Bundesliga-Frauen der DJK S. Oliver.

■ VON STEFAN MANTEL

Ein simpler Blick auf die neue Trainings-Ordnung läßt erahnen, daß fortan ein frischer Wind weht bei den Bundesliga-Frauen der DJK S. Oliver Würzburg.

„Kein Schmuck! Weiße Socken sind empfohlen und für Spiele Pflicht! T-Shirts in die Hosen! Widerspruch kann ich während des Trainings nicht leiden!“

Regeln, die für den neuen Chefcoach Lauritz Raymond Ingram, den sie alle nur „Ritz“ nennen, unerläßlich sind: „Auf Disziplin lege ich großen Wert. Wer nicht in der Lage ist, diese Kleinigkeiten zu erfüllen, der kann auch nicht diszipliniert Basketball spielen.“ Doch nur „harter Hund“ kann und will der US-Amerikaner nicht sein: „Mit mir werden die Spielerinnen auch ihren Spaß haben“, erklärt Ingram lachend in akzentfreiem Deutsch.

1978 war Ingram als Offiziersanwärter zum ersten Male nach Deutschland gekommen, nachdem sich drei Jahre zuvor sein Traum von einem Vertrag als Spieler in der NBA zerschlagen hatte: „Ich wurde zweimal zu den NBA-Try-Outs eingeladen, doch genommen haben sie mich nicht.“ Doch so richtig wohl fühlte er sich bei der Armee auch nicht – er brach seine Offizierslaufbahn ab und nahm das Angebot eines Generals, eine zivile Stelle als Sportdirektor in Fulda zu begleiten, dankend an.

So entstanden auch die ersten Kontakte zur dort ansässigen TG, wo er aus dem Nichts innerhalb von acht Jahren eine Basketball-Abteilung mit 13 Jugendteams und 150 Spielern aufbaute. 1989 ging er schließlich nach Weilheim, wo er ein Spieljahr lang die Bundesliga-Frauen trainierte.

Trotz des Erfolges in Oberbayern ging er in die Staaten zurück: „Ich habe hier viel erreicht und war immer noch nirgendwo“, erklärt Ingram seine damalige Gefühlslage. So übernahm er 1992 beim Frauenteam an der University of North Carolina in Asheville (UNCA) die Trainerfunktion: keine leichte Aufgabe: „Das Team hatte im Jahr davor alle 27 College-Spiele verloren.“ Doch mit ihm feierte die Mannschaft große Erfolge: Ingram flößte dem Team Selbstvertrauen ein und erreichte 1996/97 mit 14 Siegen bei zwölf Niederlagen die bisher beste UNCA-Bilanz.

Seit Anfang Juni befindet sich Ingram nun in Würzburg („Mir gefiel Deutschland so gut, daß ich unbedingt zurück wollte“). Daß die Bundesliga-Mannschaft der DJK nach zahlreichen Abgängen trotz Ronchetti-Cup-Qualifikation nicht mehr die spielerische Klasse der letzten Saison hat, stört ihn nicht: „Ich wußte von Anfang an, daß ich es mit einer neuen Mannschaft zu tun haben werde. Das Team hat vielleicht etwas weniger Talent als letztes Jahr, doch dafür sind alle mit hundertprozentigem Einsatz dabei.“

Und noch ein Argument führt Ingram dafür an, daß er sein Engagement in der Domstadt nicht bereuen wird: „Die Bereitschaft der Leute im Verein, mich und meine Sport-Auffassung zu unterstützen, war großartig. Ich kann mich hier nur wohlfühlen.“

Zu Ingrams basketballerischer Philosophie zählt eine vernünftige Nachwuchsförderung. So betreut er „nebenher“ noch die weibliche B-, C- und D-Jugend des Vereins und leitet im August gleich zwei Nachwuchs-Camps im Julianum-Internat, um junge Spielerinnen zu fördern. Dies sieht Ingram übrigens als guten Ausgleich zum Training mit der Bundesliga-Mannschaft: „Die Arbeit mit den Frauen ist richtige Arbeit, die Arbeit mit den Jugendlichen Spaß. Dennoch habe ich das Ziel, jedes Jahr zwei Nachwuchs-Spielerinnen in der Ersten Liga zu integrieren.“

Auch das Einbeziehen der Eltern in den Basketball-Sport hält Ingram für unerläßlich, der deshalb einmal pro Monat zu einer Spieler- und Elternversammlung einlädt: „Wenn die Eltern ihre Kinder unterstützen, zeigen auch die Jugendlichen das dauerhaft nötige Engagement. Es kann nicht sein, daß ein Mädchen heulend nach Hause kommt und sagt: ‚Ich habe heute im Training zweimal den Korb nicht getroffen‘, und die Eltern darauf antworten: ‚Okay, mein Kind, dann kaufen wir Dir eben einen neuen Korb.‘“

Im Jahr 2016 wurde es immer deutlicher, dass ich zu dem wurde, was ein Reporter in der heutigen Zeit als Dinosaurier bezeichnete. Während meiner Zeit in Würzburg hatte ich neben meinem

Damenteam die Möglichkeit, mit einigen sehr talentierten Spielern zu arbeiten. Demond Greene und Robert Garrett folgten beide eine erfolgreiche Karriere als Mitglieder der deutschen Nationalmannschaft. Die Jugendmannschaften waren sehr konkurrenzfähig und Würzburg schien auf einem Weg zu sein, der die Spieler und den Verein als Ganzes in eine gute Zukunft führen sollte. Es gab Pläne für ein Trainingszentrum und ein Gym. Alles schien gut zu laufen. Die zwei Jahreszeiten hatten ihre Höhen und Tiefen. Ich hatte die Gelegenheit, mit einem jungen Mann zu arbeiten, der eine Legende geworden ist.

An dieser Stelle möchte ich über Dirk "die Person" sprechen. Ich habe die Familie Nowitzki auch gut kennengelernt. Mit Eltern wie Helga und Jörg ist es nicht schwer zu verstehen, warum sich die Jungen so entwickelt haben wie er. Wenn es jemals einen Spieler gab, der die Beschreibung "Rollenmodell" verdient hätte, dann qualifiziert sich Dirk. Als er in Würzburg spielte, war er ein entschlossener, fleißiger und anspruchsloser junger Mann. Trotz der Berühmtheit und des Erfolges, die sein Erfolg in der NBA über ihn gebracht hat, ist er immer noch der gleiche entschlossene, fleißige und bescheidene junge Mann.

Jahre später, als ich in Quakenbrück war und ihn fragte, ob er mit einer Jugendmannschaft sprechen würde, die ich nach Dallas brachte, verbrachte er mehr als eine Stunde nach dem Spiel mit den Jungs und es gab keinen Hinweis auf die "Weißt du wer ich bin - Einstellung", die ein anderer NBA Spieler zeigte, als ich in Hofstra spielte. Dirks Schwester Silke, die für mich gespielt hatte, half bei der Organisation des Besuches und holte uns Tickets. Die Mavs haben gewonnen - Die Kids haben die Spielzeit sehr genossen - Die Jungs haben alle ihre Fragen beantwortet - Sie haben so viele Fotos gemacht, wie sie wollten - Es war einfach ein guter Tag.

Quakenbrück Youth Team mit Dirk im Jahr 2006

Hier erinnere ich Dirk an die Zeit, in der wir 1-gegen-1 gespielt haben ... Er sagt immer, dass die Punktzahl 100 zu null war. Ich sagte, ich bin mir sicher, dass du nie über 98 hinausgekommen bist

Lass uns die Dinge ins rechte Licht rücken - Dirk war Dirk bevor wir uns jemals trafen. Wer weiß, wenn ich nicht vorbei gekommen wäre, wäre er vielleicht "wirklich" gut gewesen :-)

Ich erinnere mich daran, Anrufe von College Coaches zu beantworten und ihnen zu sagen, dass es keine Chance gab, dass Dirk aufs College ging. Ich erinnere mich, dass ich zu Weihnachten in Houston war und John Rickett gesagt hatte, dass einer der Typen, mit denen ich arbeitete, ziemlich weit kommen würde ... und John sagte ... "Ja,ja... sicher!"

Es gibt definitiv einige schöne Erinnerungen an die Zeit in Würzburg. Gleichzeitig kann ich nicht weitermachen, ohne die Dinge zu kommentieren, die ein Problem verursacht haben. Es scheint immer Kräfte zu geben, die entschlossen sind, alles zu zerstören oder jemanden zu stürzen, der sich in ihre persönliche Agenda einmischt.

Manchmal ist es ein Groll, der durch seine eigenen Ambitionen verursacht wird, oder vielleicht ist deren Ego herabgewürdigt worden. Der Grund ist unwichtig. Entscheidend ist, dass sie sich entschieden haben, eine Handlung oder eine Aktivität zu unterminieren. Wenn sie nicht in der Lage sind, Dinge selbst zu ruinieren, schleichen sie ich in die Dunkelheit und versuche hinter verschlossenen Türen, die Atmosphäre zu vergiften. Sie rekrutieren andere für ihre Sache und machen immer weiter, bis der Schaden nicht mehr aufzuhalten ist. Ich habe es schon so oft gesehen, dass ich mich gefragt habe, warum ich weitermache. Manchmal hast du Glück und du kannst den Krebs von dir abtrennen. Manchmal sieht man keine andere Möglichkeit, als weiterzumachen und woanders neu anzufangen. Wieder werde ich Worte von meinem Lieblingsgedicht verwenden - meine Bibel ...

..."If you can bear to hear the truth you've spoken,

... Twisted by Knaves to make a Trap for Fools

... And see the Things you gave your life to, broken.

... And stoop to build them up with worn-out Tools."

Einige werden sagen, dass ich paranoid bin; dass ich mir diese Dinge vorstelle oder sie erfinde, um meine eigenen Mängel zu dekken. Dem muss ich ehrlich widersprechen. Ich habe es so oft gesehen, dass ich denke, dass es vielleicht nur die menschliche Natur ist, wenn Menschen versuchen, andere zu zerstören oder jemanden aus tiefsten Gründen wie Eifersucht, Boshaftigkeit oder Selbstverherrlichung auf ihr Niveau zu bringen. Bilde ich mir die Dinge ein? **... Lies diese Zeilen und entscheide selbst ...**

Nike Basketballzentrum Würzburg

Nike-Basketballzentrum Würzburg * Frankfurter Str. 87 * 97082 Würzburg * Telefon 0931/4173303

Würzburg, 20.07.1999

Nun ist gekommen was schließlich kommen mußte. Ritz Ingram hat „die Segel gestrichen". Als Außenstehender habe ich diesen Schritt längst erwartet und zeige somit Verständnis für die Entscheidung.

In sportlicher Hinsicht kann und werde ich mir kein Urteil erlauben, wohl aber über die menschlichen Qualitäten eines Mannes den ich als kompetenten, fleißigen, loyalen und zielstrebigen „Schaffer" in unserer gemeinsamen Sache - Basketball - habe kennenlernen dürfen.

Anstatt die positiven Seiten eines Menschen herauszuheben, haben wir es wiedereinmal geschafft, ausschließlich die „Ecken und Kanten" – die wir, so glaube ich doch alle haben – zu werten.

Durch konstruktive Zusammenarbeit hätten m.E. einige Fehler vermieden werden können. Statt dessen und das ist meine ganz persönliche Auffassung als Betrachter der Szene, wird von manchen geradezu darauf gewartet, daß andere Fehler machen um persönliche Animositäten, getreu unserer unterfränkischen Art, richtig ausleben zu können.

Das Basketballzentrum Würzburg verliert mit Ritz Ingram seinen „Chef-Organisator".
Ritz hat die Belegungspläne erarbeitet aber auch die Hallenaufsicht koordiniert. Häufig genug hat er diese auch selbst übernommen. Er hat dafür gesorgt, daß der Getränkeautomat „gefüttert" wird und war sich auch nicht zu schade die Halle sauberzuhalten oder gar die Toiletten zu putzen. Nie hat sich Ritz darüber beklagt solch unspezifische Arbeiten, noch dazu ohne Bezahlung, ausführen zu müssen. Ritz hat die „Mini-Clinic" ins Leben gerufen und unentgeltlich durchgeführt. Ritz war der Einzige von dem ich Hilfe bei der Durchführung der „City-League" bekam U.S.W.

Ich bedauere den Weggang von Ritz Ingram sehr und wünsche ihm verbunden mit einem herzlichen Dankeschön für seinen weiteren Weg alles Gute.

Die Frage nach der Zukunft insbesondere für das Basketballzentrum bleibt offen.

Matthias

Matthias Schulz

Verteiler:

J.-W. Nowitzki
Holger Geschwindner
Wolfgang Malsch
Wolfgang Schmitt
Klaus Groß
Gerd Fuß
Ferdl Michel
Dörthe Leopold
Ritz Ingram

Mittwoch, 01.09.1999 - Sport

Versager-Gefühle

WÜRZBURG · Rechtzeitig vor Saisonbeginn hat die DJK s. Oliver einen wichtigen Mitarbeiter ziehen lassen (müssen).

¤ *VON JÜRGEN HÖPFL*

Wenn die Würzburger Erste-Liga-Basketballer am Sonntag, 19. September, zum Aufgalopp gegen Alba Berlin in die Carl-Diem-Halle bitten, wird dort ein vertrautes Gesicht fehlen: Ray Lauritz Ingram, genannt "Ritz", hat den Verein verlassen. Der Ex-Trainer der DJK-Frauen im Abstiegsjahr, Basketball-Ästhet und Mitarbeiter, ja Assistent von Manager Wolfgang Malisch lehnte stets ruhig an der Hallen-Holzwand und erfreute sich mit einem Cola in der Hand an erstklassigen Spielzügen.

Jetzt aber ist er weg, weil er gekündigt hat vor einigen Tagen und aus freien Stücken, weil er für sich keine Zukunft mehr in Würzburg sah. Keiner bedauert dies mehr als Wolfgang Malisch selbst. "Der Ritz", gibt der vielbeschäftigte Professor offen zu, "war einer meiner wichtigsten Männer im Mitarbeiter-Team. Seine Lücke ist kaum zu füllen." Vor allem als Jugend-Coach und als Koordinator des Basketball-Zentrums in der Zellerau tat der bescheidene Mann aus dem US-Bundesstaat North Carolina gute Arbeit überwiegend hinter den Kulissen.

Bleibt die Frage, warum Ritz Ingram trotzdem ging, warum er nicht länger das unschöne Gefühl haben wollte, "hier nur ein Versager zu sein": Er habe wochenlange Selbstzweifel an sich, an seiner Arbeit gehabt, schilderte uns der Coach seine Stimmung kurz vor der Abreise: "Nur die Briefe von meinen Mädchen aus der Jugend haben mich aufgemuntert."

Ingrams Dilemma bestand darin, dass er sich zwischen den Mühlsteinen des Profi-Betriebs und der übrigen DJK-Abteilung zerrieben fühlte. Zum einen war der Trainer "Ritz" trotz seines Scheiterns bei den Frauen viel zu ehrgeizig, um lediglich als Betreuer in einem im Entstehen befindlichen Zentrum sportlich dahin zu werkeln - er bekam aber keine andere Chance:

"Ich bin zu jung und nicht bereit, nur noch administrative Dinge zu erledigen." Zum anderen fehlte ihm menschlich außer von Malisch und den Mädchen die gewünschte Unterstützung, um zu bleiben: "Die meisten behandeln mich wie einen Außerirdischen." Und - harter Tobak: "Einige haben mich vom ersten Moment an abgelehnt, sie haben mich ausgebootet."

Es muss Ritz Ingrams stets auf das Fachliche beschränkte, bei aller Freundlichkeit eher distanzierte Art gewesen sein, die den harten Abteilungs-Kern betont auf Distanz gehen ließ. Der Amerikaner lebte am Main ausschließlich für seinen Sport, war selten ohne Jogging-Anzug und nie bei einem Schoppen zu sehen. Beim TSV Quakenbrück in Niedersachsen sucht er nun sein Glück. In der Zweiten Liga Nord der Männer. "Alles Gute" wünscht er zum Abschied den "wirklich guten Jungs der DJK" - die eines niemals vergessen sollten: "Persönlicher Erfolg ist mehr als die Anzahl von Siegen und Niederlagen."

Wie auch immer ... Es war Zeit, weiterzugehen ...

Kapitel 22

1999-2008 ..Crossroad # 14 ... Quakenbrück mit einem "Time-Out"

Würzburg war gut - die Stadt war nett - das Basketballprogramm war stark - ich hatte eine gute Gruppe, mit der ich arbeiten konnte. Das Problem war, dass es eine professionelle Frauenmannschaft und eine professionelle Männermannschaft gab. Es scheint, dass es immer dann einen Konflikt gibt, wenn ein Club oder eine Universität beides hat. Es ist vielleicht nicht auf den ersten Blick erkennbar, aber es ist da.

Es mag keine offensichtlichen Feindseligkeiten geben, aber die Rivalität zwischen Finanzierung und Unterstützung, Neid und manchmal sogar Eifersucht ist da. Es sitzt irgendwo in der Ecke, frisst nur jemanden auf und wartet auf eine Gelegenheit, sich zu offenbaren. Irgendwie scheint es immer, dass beide nicht gleichzeitig aufblühen oder im Rampenlicht stehen können. Es scheint immer, dass, wenn man aufsteigt, der andere, anstatt diesen Impuls zu nutzen, um den anderen zu steigern, leiden muss - oder zumindest zurückgehalten werden muss. War das nicht eines der Hauptziele der Titel-IX-Gesetzgebung in den USA - ein Thema für ein anderes Kapitel? Wie auch immer, so war es in Würzburg. Die Männermannschaft, hinter einem Mann namens Dirk Nowitzki, spielte in der 2.Bundesliga. Dirk, mit seinen Teamkollegen Robert Garrett, Demond Greene, Olumide Oyedeji und anderen gewann ihre Meisterschaft und zog in die 1.Bundesliga.

Das Budget für das Frauenprogramm wurde drastisch gekürzt und obwohl ich den Club und die Umgebung mochte, war es Zeit für einen Umzug. Wieder einmal schienen die Sterne zu meinen Gunsten ausgerichtet zu sein, weil ich von einem Anwalt aus einer kleinen Stadt in Norddeutschland kontaktiert wurde. Er hieß Gerd Gueldenpfennig und die Stadt war Quakenbrück. Wir hatten zwei Telefongespräche und ich fuhr nach Norden zu einem Besuch. Quakenbrück ist klein - sehr klein. Es ist fast wie eine geschlossene Gemeinschaft und ... Es ist absolut dem Basketball verkauft. Für jemanden wie mich war es ein absoluter Traum, der wahr wurde. Gerd ging mit mir zu allen wichtigen Stellen (du brauchst kein Auto, um in Q'brück herumzukommen).

Wir sprachen über die Vergangenheit, Gegenwart und was er und Quakenbrück für die Zukunft wollten. Er hat mich überzeugt, dass Quakenbrück der richtige Platz für mich ist und dass ich der richtige Trainer für Quakenbrück bin. Ich habe an diesem Tag meine Entscheidung getroffen und Gerd sagte, dass mein Vertrag in der Post sein würde. Dies würde sich als eine meiner besseren Entscheidungen erweisen. Einige der Orte, an denen ich zuvor trainiert hatte, hatten das finanzielle Potenzial, sich zu entwickeln - andere hatten die Organisation, während andere den Pool von Spielern mit Potenzial oder der Unterstützung der Gemeinschaft hatten ... aber Quakenbrück war der erste Ort wo ich als Trainer arbeitete, der alles zu haben schien.

Es war eine Kleinstadt zwischen Bremen und Osnabrück mit nur rund 13.000 Einwohnern. Es könnte richtig sein zu sagen, dass jeder in Quakenbrück ein Basketballfan war. Basketball in Quakenbrück hatte einen weiteren großen Vorteil gegenüber den meisten Orten, wo Basketball gespielt wird. Der Club und die Stadt hatten einen großzügigen Sponsor, der selbst Basketballspieler war. Günter Kollmann war ein seltener Hauptsponsor, indem er große Geldsummen für das Programm spendete und es den Trainern dennoch erlaubte, ihre Programme zu leiten und ihre Arbeit ohne Angst vor Einmischung von oben zu machen. Er hatte hohe Erwartungen, aber er erlaubte uns zu bestimmen, was erforderlich war, um diese Standards zu erfüllen.

Ich fühle mich glücklich und werde ihm für die 10 Jahre, die er hinter mir stand, immer dankbar sein, dass er mir die Werkzeuge und die Umgebung gab, um das Programm aufzubauen und meine Unterschrift oder Marke auf einen bestimmten Spielstil zu legen. Eine Tatsache, die oft übersehen wird, ist, dass es für Herrn Kollmann und seine Frau Johanna nicht nur um die Artland Dragons und das Bundesliga-Männerteam ging. Während ich eng mit Chris Fleming zusammenarbeitete, um dieses Team erfolgreich zu machen, hatte ich die volle Unterstützung von Guenter beim Aufbau des Jugendprogramms.

Obwohl es, wie in anderen Organisationen auch, eine Fraktion gab, die sich bei meiner Ankunft widersetzte, war die große Mehrheit der Basketballgemeinde nach einiger Zeit mit den erzielten Fortschritten zufrieden und ich war in der Lage, die begonnenen Systeme und Ideen vollständig zu entwickeln die ich in Fulda und bei UNC-Asheville begann. Ich konnte das Konzept entwickeln, das ich später "RitzBBall" nannte. Die Verstöße, Verteidigungen und Drills, die ich von anderen gestohlen und an meinen gewünschten Spielstil angepasst habe, wurden zum Standard für alle unsere Teams. Von Jahr zu Jahr konnten selbst Gelegenheitsbeobachter sehen, dass Quakenbrück Basketball eine eigene Identität hatte.

Es hat Spaß gemacht, zu sehen, wie Spieler mit dem System lernten und wuchsen. Mit der Unterstützung von Günter und Johanna Kollmann konnte ich mein Programm "Auswahl-nach-Amerika" (A-nach-A) etablieren. Fast jeden Sommer, in dem ich in Quakenbrück war, konnte ich ein oder zwei Teams in die USA mitnehmen, um an Camps und an Turnieren teilzunehmen. Es wäre auch Fahrlässigkeit meinerseits, ein anderes Paar nicht zu erwähnen, das diese Besuche möglich gemacht hat. John und Charlie Rickett, die im

Clear Lake District in Houston, Texas, leben, halfen nicht nur dabei, die Besuche zu ermöglichen, sondern halfen auch, ihnen Spaß zu bereiten.

John und Charlie Rickett

Ihr Zuhause war mehr wie unser Hotel. Der Gastfreundschaft und Freundlichkeit, die sie jeden Sommer auf eine Gruppe völlig Fremder ausübten, waren keine Grenzen gesetzt. Ihre Kinder, besonders Jade und Tschad, die beide Basketball spielten, waren genauso zuvorkommend. Sie begleiteten die Gruppen auf Reisen und spielten in Turnieren mit vielen deutschen Spielern. Freundschaften wurden geschlossen und einige der Kinder besuchen noch immer die Ricketts, wenn sie in die USA reisen.

Das Projekt "A-nach-A" und die Rickett-Beziehung.

Denkwürdige Ereignisse und andere Sachen ... Die Begegnung mit den Ricketts war einfach eine zufällige Begegnung, die zu etwas Besonderem auswuchs. Das erste Treffen fand tatsächlich während meiner Zeit in Würzburg statt. Ich wollte aus dem Programm etwas Besonderes machen und den Spielern Basketballerfahrungen geben, an die sie sich noch lange erinnern würden. Ich kontaktierte James "Wooly" Hatchell, einen Trainer an der Rice University in Houston, zum Teil, weil er einer der wenigen Trainer war, die ich während meiner Zeit auf dem "Recruiting Trail" als ich noch bei UNCA war, kennen gelernt hatte weil ich dachte, dass ein oder zwei der Spieler in meinem Team gut genug sein könnten, um am College zu spielen.

Wooly half mir dabei, die Mädchen zum Basketballcamp bei Rice zu bringen. Ich glaube, dass dies allein die Reise wert war - und zwei Spieler, Mareike Noeth und Sabrina Buehler, wurden tatsächlich von Rice angeworben, entschieden sich jedoch, die Anfrage nicht weiter zu verfolgen. Wooly gab mir auch den Namen eines örtlichen AAU Contact in Conroe, Texas, von der er dachte, dass er den Rest der Reise organisieren könnte. Sie war eine großartige Person auf unserer Seite. Eine der Sachen, die sie tat, war, Familien zu finden, die bereit waren, die Spieler während unseres Aufenthalts aufzunehmen. Dies war von immenser Hilfe, da es uns ein Bündel Geld ersparte. Einer ihrer Kontakte war John Rickett.

John war ein erfolgreicher AAU Coach, dessen Team, die Houston Hot-Shots, ein unglaubliches Talent hatten und auf nationaler Ebene antraten. Die Mädchen blieben in den Häusern von Familien, die überall in der Gegend von Clear Lake verstreut waren, und das obwohl es ein logistischer Albtraum für uns war, sie alle nach Hause zu bringen und sie jeden Morgen aufzusammeln. Es war trotzdem eine tolle Erfahrung für die Spieler. Es war so viel besser für sie, in den Häusern von Mädchen zu leben, die auch mit Leidenschaft Basketball spielten und die familiäre Atmosphäre in diesen Familien teilten. Wenn ich mich recht erinnere, nahmen die Ricketts, deren Tochter Jade auch für die Hot-Shots spielte, vier Spieler auf und ihr Haus war relativ zentral gelegen. Also haben wir das willkürlich zu unserem Hauptquartier gemacht.

A-nach-A Headquarters ... alias The Rickett Residence in Clear Lake

Die Ricketts +1 ... Joncy-Jade-Chad-Dieser Kerl-Charlie-John

Niemand hätte vorhersagen können, was sich aus dieser ersten Verbindung entwickeln würde. John und seine Frau Charlie waren unglaublich. Sie ließen die Kinder sich mehr als wie zu Hause fühlen. Sie gingen weit über die Gastfreundschaft hinaus. Es war unmöglich, sich nicht wirklich mit ihnen und ihren Kindern, Joncy, Jade und Chad, verbunden zu fühlen. Das Würzburger Team war ziemlich gut und wurde von einer lebhaften Spielerin namens Julia Wenderoth angeführt. Ich hatte das Glück, in Büdingen für einen ehemaligen Fulda-Spieler, Thorsten Herrmann, ein Camp zu machen. Sie hat in diesem Camp herausgeragt und mit Thorstens Hilfe konnte ich die Familie davon überzeugen, dass sie in Würzburg spielen darf.

Julia war eine jener Spielerinnen, die einfach Spaß machten - und eine Freude, Trainer zu sein. John half, das Team zu einem der Turniere zu bringen, die für die nationale Meisterschaft qualifiziert waren. Er tat dies, indem er uns zwei seiner Spiele gab. Die Mannschaften waren wirklich gut und freundlich, aber eine von ihnen legte die Nase in die Luft, als John sie bat, gegen uns zu spielen. Die Trainerin sagte zu John: "Ich möchte nicht gegen die Deutschen spielen! Ich möchte gegen dein Team spielen. " Nun, am Ende stellte sich heraus, dass dies eine der folgenden Situationen war:

"Sei vorsichtig, was du für dich wünscht!".

Johns Mädchen haben sie absolut auseinandergenommen. Es war eine tolle Erfahrung. Meine Mädchen waren auf der Tribüne und jubelten die ganze Zeit für die Hot-Shots und sie erwiderten dies, indem sie unser Team unterstützten, wenn sie spielten, und gespielt haben.

Sie lieferten eine super starke Leistung gegen ein sehr gutes Team, und haben nur nach Verlängerung verloren. Aber ich sage ständig auf meiner Website: Basketball ist mehr als nur Basketball. John und Charlie brachten die Kinder an Orte und machten Sachen mit ihnen, die ihr "im Schlamm steckengebliebener" Basketball-Tunnel-Visions-Trainer niemals gemacht hätte. Sightseeing, Six-Flags, Galveston, Shopping-Ausflüge, Dave & Buster, Kosmetik Make-Up / Makeovers und vieles mehr.

Und so wurde die Auswahl-nach-Amerika oder "A-nach-A" geboren. Die Anzahl der Quakenbrück-Spieler, die von der "Rickett-Verbindung" profitiert haben, kann ich dir nicht genau sagen, aber es ist eine lange Liste und ich hoffe wirklich, dass diese Spieler die Familie genauso schätzen wie ich. Es ist auch schwierig, alle

Geschichten zu erzählen, die interessant (oder witzig) sein könnten, also werde ich einige Ereignisse mit ein paar Sätzen hervorheben und hoffe, dass dies genug ist, um zu zeigen, dass es viele denkwürdige Aktivitäten gab.

`☛`Alex" Big Al "Schwarz, Steffen Müller, Völker Laumann mit Chad Rickett und David McMullen ... Big Al geht ins 5-Star Camp

`☛` Qualifying für die Nationals und Fahrt nach Colorado Springs

`☛` Fahrt nach LaPorte auf dem Deck eines Pick-Up's .. um in einem Gym zu trainieren, wo es fast 100 Grad waren

`☛` "Big-Time" Phillip wirft sich auf die Flugzeugbahn - dann verlässt er den Flughafen, ein Vogel sch*** auf seinem Kopf - "Willkommen in Amerika"

`☛` Unser Flug ist überbucht ... eine Gruppe fliegt British Airways (London-Houston) .. die andere Hälfte fliegt Air France (Paris-Houston) ... das ganze Gepäck geht verloren - John bringt das Team zu Einkaufen um Schuhe zu kaufen, weil wir an diesem Abend ein Spiel hatten

`☛` Jade legt die Unterwäsche von Big Al in den Gefrierschrank

"☛" Ellen wird zu einem Eis-Essen-Wettbewerb herausgefordert - Charlie weigert sich danach, mit mir zu reden

`☛` Jade bringt die Mädchen heimlich in einen Club

`☛` Die Mutter eines Spielers reitet im Supermarkt herum wie auf der Daytona 500 ... auf einem Einkaufswagen für Behinderte

"☛" John und Donna laden die Gruppe ein, in Conroe Wasserski zu fahren

`☛` Chad und Jade lernen nur einen deutschen Satz -" Ritz, du bist schw ..! "

`☛` Die letzte Reise und das letzte Turnier 2010 ... Die Fortschritte unserer Teams wurden bei diesem Turnier demonstriert und die Spieler wussten, dass es sich gelohnt hatte ...

Es gibt so viele Erinnerungen, die mit dem A-Nach-A Projekt verbunden sind ... hier sind ein paar Bilder.

Im Sommer fliegt einen Auswahl aus U-18 / U-16 Jungs aus Quakenbrueck nach Houston.

Die Gruppe war vor einige Jahren in **Dallas** ...und es war ... "erfahrungsreich"

.... Dank ihren Eltern und "Enjoy" werden viele aus den 2006 Gruppe noch eine Chance erhalten sich in

Amerika zu messen ... und nebenbei etwas Spass zu haben... mal schauen ob der "Man in the Mirror" diesmal

den Laser-Tag Kampf gewinnt...

Es sind zwei Turniere in der naehe von Houston, zwei Spiele gegen eine "nette" Gast Team, the 4th of July bei den Ricketts (mit Chef Koch John Rickett)...und vielleicht dr ein oder andere Besuch zu einem Mall ... und fuer alle die denken das es "nur" McDonalds in the USA gibt ... "hast keine Ahnung" ...

Na dann wollen wir mal schauen ob es am Spielfeld diesmal besser laeuft... ob die damals kleinen Dragons

sich in etwas gefährlicher umgewandelt haben...

Ritz
12/07/10

Heute war ein Tag an dem ich kann ehrlich sagen dass ich stolz war... Die Jungs haben gespielt gegen einen Nr.1 Seeded Mannschaft ...ein Team (Texas-Slam) die in jeder Hinsicht ueberlegen war. ..... und... Sie haben 65:63 gewonnen.

Dafuer hat diesen Ausflug sich gelohnt.
Es war das beste Leitung einer maennliche Quakenbrueck-Jugend-Mannschaft die ich je erlebt habe. Ja, es gab immer wieder Fehler aber wenn mann das gesamte Spiel betrachtet, es war hervorragend. Sie haben nicht erlaubt dass die Fehler sich aus dem Bahn bringen und sie wieder gut gemacht und am Ende (die letzten 1:30 ...) sie haben einfach super Basketball gespielt ... technisch und taktisch... Alle Eltern koennen auch stolz sein und es ist nur Schade dass sie dieses Spiel nicht "Live" sehen koennten... Das ist wahrscheinlich mein letztes Bericht... To the Team .... Timo, Christian, Flip, Florian, Marc, Kevin, Milan, Tom und Johannes....Great Job Guys....

Bericht vom letzten A-Nach-A-Spiel ... Es hat sich die ganze Zeit und Energie, die in das Programm investiert wurde, gelohnt ...

Spielvorbereitung in Houston 2010

Das letzte A-Nach-A-Team ... ging 2010 nach Houston

Watching the Lebron James Show mit John im Haus der Ricketts

Letzte Anweisungen

Chad – doing what Chad does...!

Der Doinkster wollte unbedingt in diesem Restaurant essen - "Hooters"

John wollte sichergehen, dass der Pool für das Ballett bereit war

Wasserballett bei den Ricketts

Nach der A-Nach-A-Verbindung ging Daniel Krause in den USA zur Schule - kehrte zurück und spielte in der Bundesliga

Nach der A-Nach-A-Verbindung ging Basti Wolff in den USA zur Schule - kehrte zurück und spielte in der Bundesliga

Die erste Gruppe von Quakenbrück-Spielern, die in die USA gingen, um Basketball zu spielen und die Gastfreundschaft der Ricketts zu erleben (Alex-Volker-Steff-Ellen-Charlie-John)

Der Hat Store in Atlanta sollte den Spielern helfen, ihre Persönlichkeit zu zeigen ... ???

Mein Dank geht an alle Ricketts, die diese Erinnerungen möglich gemacht haben. Ich hoffe, dass die Spieler, die diese Reisen unternommen haben, auf diese Zeiten zurückblicken können und möglicherweise etwas Positives fühlen, wenn sie sagen: "Es war die Schuld des Trainers" Quakenbrück war ein besonderer Ort für Basketball und es schien, als wäre ich genau im richtigen Moment in der Geschichte angekommen. Der Einzug in die 1.Bundesliga war unglaublich. Anstatt zu versuchen, dir zu erzählen, was passiert ist, werde ich einfach einen Video-Link zu dieser Staffel hinzufügen. Wenn du "Dream-Stories" magst, dann ist das genau richtig. Ich kann nicht garantieren, dass der Link funktioniert, aber ... wenn dann denke ich das du das Video genießen wirst.

www.veoh.com/watch/v68061789SMaQXc9c

Dies war das Jahr, in dem alles zusammenkam .... Obwohl ich sicher bin, dass Basketball in Quakenbrück immer noch Spaß für alle Beteiligten ist, war diese Zeit etwas Besonderes. Die Spieler, die Fans, "die Familie Q'brück ... Die Atmosphäre war einfach" anders "... Jeder war wirklich involviert und fühlte sich, als wären sie Teil des Teams ... Danke an alle, die dabei waren...

Als Coach mit Spielern wie Darius Hall, John McNeill, Mike Jordan, Mislav Ucovic, A.J. Granger, Jamie Duncan und Bryan Bailey zusammen zu arbeiten und mit Chris Fleming war definitiv lohnend.

Genauso lohnend und vielleicht noch mehr für mich war die Möglichkeit, eigene Systeme und Strategien zu entwickeln und umzusetzen. Spieler, die das Spiel noch nie gespielt hatten, zu soliden Spielern zu machen und ihnen zu helfen, auch außerhalb des Platzes zu wachsen und zu reifen - das war meine Mission. Quakenbrück und Günter Kollmann haben mir diese Möglichkeit gegeben. Das, was ich über Dirk Nowitzki gesagt habe, gilt auch für das Coaching von Profispielern im Allgemeinen. Michael, Darius, Mislav und all die anderen waren schon sehr gute Spieler, bevor ich sie jemals getroffen habe oder ihnen ein Wort gesagt habe.

Wenn du als Trainer das Glück hast, eine Mannschaft mit einer ausreichenden Anzahl an talentierten Spielern zu haben, dann besteht die Aufgabe darin, die Spielweise zu koordinieren und zu verteilen. Das soll nicht heißen, dass es keine anderen Fähigkeiten und Protokolle gibt, die angewendet werden müssen.

Alles was ich sage ist, dass "Für mich ...!" Die eigentliche Herausforderung und somit der größte Spaß daran liegt, von vorne anzufangen und Spieler zu entwickeln. Einen Spieler zu sehen, der keine Ahnung hatte, dass Basketbälle rund waren, werden Experten bei allen Dribbelmanövern. Ihm zuzusehen, wie er hinter seinem Rücken dribbelt, zweimal einen Crossover macht, einen Verteidiger auf den Boden setzt und den Korb trifft, macht Spaß. Ich beobachte einen Spieler, wie er mit zwei Händen Airballs aus 10 Metern schießt, sich dann mit einem enttäuschten, fast entmutigten Gesichtsausdruck umdreht und fragt, ob er jemals schießen kann - und dann drei Monate später, den gleichen Spieler zu sehen, der 15 Jump Shots nimmt, als wäre er dafür geboren.

Eine Gruppe von Spielern zu beobachten, die Anfang April eine Pass-and-Go-Übung nicht erfolgreich hinter sich bringen konnten (Bild 8), und im Mai schon die komplizierte Princeton-Offense- dann im August, wenn die gegnerischen Trainer ihre Mannschaften anschreien, weil sie die Offensive nicht gut genug verteidigen können, um meine Jungs daran zu hindern, Punkte zu erzielen.

Das fühlt sich gut an und macht Coaching sinnvoll ...! Eltern mit Sorgen um ihre Kinder zu haben, die Probleme außerhalb des Spielfeldes, zu Hause oder in der Schule haben - diese Eltern vertrauen mir und glauben glauben, dass das, was ich mache, genau das ist, was der Arzt für ihre Kinder verschrieben hat. Eines dieser Kinder zu sehen, das vielleicht in die falsche Richtung geht und später der Bürgermeister der Stadt wird... zu fühlen, dass ich vielleicht etwas damit zu tun hatte ... fühlt sich wirklich gut an und lässt mich gut darüber fühlen, was ich über die Jahre gemacht habe.

Ich glaube, dieser Artikel aus den Dallas Morning News 2004, als ich mit einem der Quakenbrück A-Nach-A-Teams in den USA war, sagt es besser als ich:

Belohnungen für Coaching ....

Die alten Lehren des Coaches haben 20 Jahre Wirkung > San Antonio Mann spürt Mentor beim lokalen Turnier auf

02:30 Uhr CDT am Freitag, den 16. Juli 2004 .. Von MONIQUE WALKER / Die Dallas Morning News

Alles, was Larry DeGeus wollte, war, seinem alten Basketballtrainer zu zeigen, wie es ihm ging. > Vor mehr als 20 Jahren spielte DeGeus für Ritz Ingram in Deutschland. DeGeus war ein Teenager, der bei seinen Eltern lebte, die dort in der Air Force stationiert waren. Als seine Familie in die Vereinigten Staaten zurückkehrte, blieb DeGeus, 41, in Kontakt mit seinen Teamkollegen, verlor aber den Kontakt zu Ingram. Durch eine Suchmaschine entdeckte DeGeus, dass Ingram sein Team der 11. und 12. Klasse aus Quakenbrück nach Collin County für zwei Prime Time Sports Turniere brachte. > DeGeus, in Dallas geschäftlich unterwegs, machte am Samstag eine Pause und fuhr in drei Gyms, bevor er sich nach einem Spiel in Frisco mit Ingram und seinem Team traf.

"Ich bin ungefähr 100 Pfund schwerer, also dachte ich nicht, dass er mich wiedererkennen würde", sagte DeGeus. Die beiden redeten für ca. 20 Minuten. "Dafür coachen viele von uns", sagte Ingram. "Ich kann mich nicht an die meisten Spiele erinnern, die ich gewonnen oder verloren habe, aber ich werde nie die Kinder vergessen, auf die ich Einfluss hatte."

Ingram und sein Team spielen im Prime Time Sports Turnier, das heute in Plano beginnt. Mehr als 140 Teams werden teilnehmen. Ingram arbeitete mit Prime Time Sports zusammen, um für die 15 Tage, die das Team in der Stadt verbringen würde, Hotel und Transport einzurichten. Ingram, der ursprünglich aus Philadelphia stammt, trainiert seit über 20 Jahren in Deutschland. Die Armee brachte ihn dorthin, und Basketball ist der Grund, warum er zurückkam.

Er trainierte ausgewählte Teams und Spieler wie Mavericks Star Dirk Nowitzki im Jahr vor seiner Einberufung. > Ingram beschreibt sich selbst als "old school". Keine Tattoos. Keine langen Haare. Er handelt von Grundlagen und Lebenslektionen. "Ich denke, dass einer von 600.000 Menschen professionell Basketball spielen wird", sagte Ingram. "Ich möchte, dass sie es genießen, aber nicht darauf bauen, davon zu leben."

DeGeus erinnerte sich an diese Lektionen. "Es war eine komische Sache, weil du ihn respektiert hast, aber wenn wir ihn auf der Straße gesehen hätten, wären wir in die andere Richtung gerannt", sagte DeGeus. "Die Schule war nicht wirklich mein Ding. Er würde uns Lektionen geben, aber zu dieser Zeit hältst du dich in diesem Alter für schlauer, und dann werden die Dinge erst später klar."

DeGeus schätzte die langen Gespräche, die strengen Blicke und das harte Training. Er wollte, dass Ingram von seinem Fliesengeschäft in San Antonio erfährt. Er hat jetzt eine Familie, eine Frau seit 20 Jahren und zwei Teenager. Er trainierte aus Spaß und wurde in seine Gemeinschaft involviert. Er bringt die Familie an diesem Wochenende zurück, um Ingram und sein Team zu sehen. "Es sind nicht immer die Siege, sondern die anderen Dinge, die einen großen Unterschied machen", sagte DeGeus.

E-Mail mowalker@dallasnews.com

Also...Ich höre einfach dort auf und lasse das einwirken ... ziehe daraus, was du willst.

Ich habe diese komischen Werte, und ich habe versucht, sie zu verfeinern und viele Jahre lang an ihnen festzuhalten. Mit der Zeit wird es immer schwieriger. Als Coach McKillop und ich in Hofstra waren, hörten wir beide einen New Yorker Disc Jockey, der seine Sendung immer mit der Aussage beendete:

"Die Zeit ändert nichts - Zeit ändert Menschen und die Menschen ändern die Dinge!“

Die Leute um mich herum änderten sich und ich versuchte, ich selbst zu bleiben. Ich werde später darauf zurückkommen ...

Das Basketballprogramm in Quakenbrück war was ich wollte und noch viel mehr. Die finanzielle Unterstützung hat mir erlaubt, gut zu funktionieren. Ich hatte sogar Büros, wo der "Amateur" -Abteil des Clubs seinen Hauptsitz hatte. Es gab keinen Mangel an motivierten Jugendspielern - Jeder in Quakenbrück wollte ein Basketballspieler werden. In anderen Städten, wo ich versucht habe, ein neues "Anfängertraining" zu beginnen, habe ich sogar nach umfangreicher

Werbung in Schulen und in den Medien Glück gehabt, dass 10-15 Kinder (Jungen und Mädchen gemischt) auftauchen ... und dann kamen die meisten nie wieder zum Teamtraining. Ich erinnere mich an das erste Mal, als ich versuchte, einen "Girls 'Day" für Anfänger auszurichten. Ich hatte gehofft, dass 10-15 Mädchen kommen würden. Als ich ins Gym kam, standen sie Schlange an der Tür.

Erster "Girls 'Day" in Quakenbrück (2005) .. Hinweis: In der ersten Reihe sitzt Annemarie Potratz, die später (2016) professionell in Grünberg für mich spielte

Ich erinnere mich an das Jahr, in dem wir so viele talentierte U16-Jungs hatten, dass wir etwas neues versuchten. Wir veranstalteten Probespiele und nahmen die besten Spieler in die 2. U-16 Mannschaft auf sowie die Spieler, die es nicht in die 1. U-16 Mannschaft schafften. Der gesamte Distrikt war in Aufruhr, weil alle dachten, dass das "1" -Team die gute Mannschaft und das "2" -Team die Reserve sei. Sie waren verärgert, denn nachdem ein paar Teams gegen das "1." Team mit 10 oder 15 Punkten verloren hatten, fühlten sie sich ziemlich gut und dachten, sie hätten eine Chance gegen das "2." -Team ins Spiel zu kommen ... Falsch ...! Das "2." - Team war ungefähr 50 Punkte besser als " Team 1" ... Nachdem mir jeder Name zugerufen wurde, beschloss ich, das nicht noch einmal zu tun. Unser zweites Herren-Team hat genauso viel Spaß gemacht.

Abgesehen von den abgebildeten Spielern hatten wir auch Mitglieder des Bundesliga-Teams - Arne Woltmann, Jamie Duncan, Holger Thamm verhalfen dazu und wir hatten relative Erfolge in der Oberliga und Regionalliga

Muckel war ein Naturtalent, der geboren wurde, um Center zu spielen - Brew war ein unerbittlicher Verteidiger - Tim ein hervorragender junger Mann und extrem coachable. Er war ein Geschenk aus den USA für das Bundesliga-Team, das Herr Kollmann uns behalten ließ - er kann jeden Tag für mich spielen

Eines der lohnenswertesten Projekte in Quakenbrück war das Damenteam. Das Team wurde auf die gleiche Weise geboren wie das Jugendprogramm in Fulda. Quakenbrück hatte ein Regionalliga-Damenteam, aber es gab eine Reihe von älteren Spielern, die entweder nicht im Team waren und daher keine anderen Möglichkeiten hatten. Sie waren zu alt, um in einer Jugendmannschaft zu spielen, und waren offenbar nicht gut genug für die Frauenmannschaft.

Im Jahr 2001 habe ich diese Spieler und die besten Spieler unseres Jugendprogramms aufgenommen und in die niedrigste Liga (Bezirksliga) aufgenommen. Ihre Arbeitsethik war unglaublich. Das lag möglicherweise an ihrem Anführer. Katrin Sokoll-Potratz ist einer der Spieler, die ich heute noch vorschiebe, wenn ich mit Spielern rede, die sagen, dass sie zu viel zu tun haben und deshalb keine Zeit zum Trainieren haben. Sie war einfach unglaublich ... eine Ärztin mit eigener Praxis - eine Frau und Mutter von drei Kindern (die alle Basketball spielten ... und sie verpasste selten eines ihrer Spiele) ... und eine nie aufgegebene Einstellung als Spielerin. Als die Mannschaft kurz vor dem Einzug in die Bundesliga ihren Höhepunkt erreichte, half sie zudem und nahm Kristy Wallner (unseren American Player) als Heimgast für die Saison auf. Das Team verbesserte sich von Jahr zu Jahr und ihre Motivation ließ nie nach. Als wir uns unserem Limit näherten und es keinen Rückgang ihres Ehrgeizes gab, hatten wir wirklich Glück.

Einer der professionellen Spieler des Artland Dragons Männerteams hatte eine Freundin in der Schule. Er sagte, dass sie eine ziemlich gute Basketballspielerin sei. Fast scherzend fragte ich sie, ob sie vielleicht mitspielen wollte. Es stellte sich heraus, dass es kein Scherz war ... und sie auch nicht. Chelsea Chowning war eine hervorragende Spielerin an der Universität von Kentucky und um die Sache noch besser zu machen, hatte sie eine Freundin, Kristy Wallner, die sehr gut bei Xavier war.

Denk daran, was ich darüber gesagt habe, Coach zu sein und gute Spieler in deinem Team zu haben. Ich hatte den Jackpot geknackt. Ich hatte ein ganzes Team von Spielern, die wirklich so gut sein wollten, wie es nur ging, und drei Führer, die das Wort Führung vorführten. Hinter den Einstellungen, Bemühungen und der Arbeitsethik von Katrin, Chelsea und Kristy konnte sogar ich mit diesem Team gewinnen. Was sie erreicht haben, verdient ernsthafte Anerkennung und ich war (und bin immer noch) sehr stolz auf diese Mannschaft. Wegen der tollen Zeit, die wir zusammen hatten, versuche ich, mit einigen von ihnen in Kontakt zu bleiben.

TEAM-HISTORIE

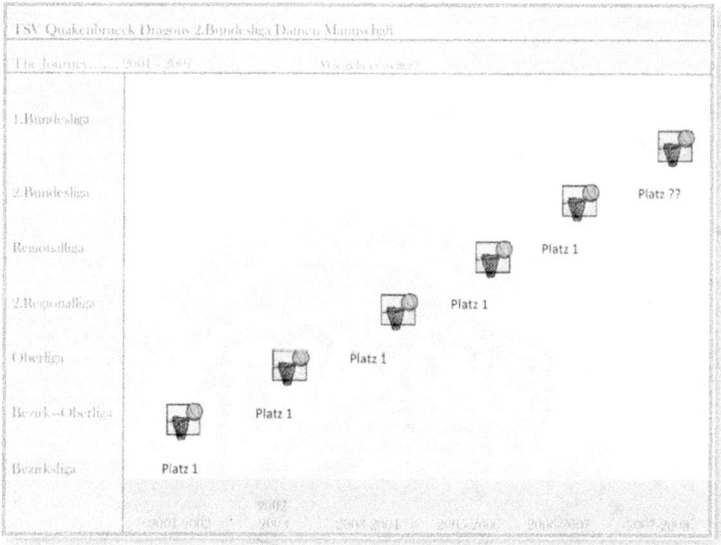

The long and winding road...

If you had a print-out of the Season Standings for the Bezirksliga Damen from 2002-2003 .. you would have seen that as of Nov.27.2002 TSV Quakenbrueck was in 7th Place in the Bezirksliga... with too few Wins and too many Losses. Too few Points Scored and too many Points Given. The Prospects for the Future were all but promising.

Something happened that year.... attitudes changed, ambitions grew and goals were set... A few Players have moved on but the majority of the Team has remained intact. The Players have worked hard to improve not only their skills but also their knowledge of the game.

The result has been a steady climb to the top. They have won a number of Cup (Pokal) Championships. They finished 1st in the Bezirksliga, Bezirksoberliga, Oberliga, and last Season in the 2.Regionalliga. Now they are about to enter the 2006-2007 Season as newcomers in the 1.Regionalliga. In the past they met challenges head on ... are they ready to take **„The Next Step"....?**

#9

TSV QUAKENBRÜCK

Beste Werfer (Saison: 2006/2007)

relativ Stand: *nicht verfügbar*

Rang	Nachname	Vorname	Mannschaft	Punkte	Spiele	Schnitt
1.	Chowning	Chelsea Elise	TSV Quakenbrück	136	7	19.4
2.	Sokoll-Potratz	Katrin	TSV Quakenbrück	260	16	16.2
3.	Grevenstette	Christine	TSV Quakenbrück	130	11	11.8
4.	Wallner	Kristy Ann	TSV Quakenbrück	163	14	11.6
5.	Förster	Lisa	TSV Quakenbrück	149	16	9.3
6.	Möller	Brigitte	TSV Quakenbrück	138	16	8.6
7.	Müller	Ellen	TSV Quakenbrück	122	16	7.6
8.	Sokoll	Ulrike	TSV Quakenbrück	91	16	5.7
9.	Wichmann	Nina	TSV Quakenbrück	38	15	2.5
10.	Dieckmann	Sandra	TSV Quakenbrück	29	15	1.9
11.	Förster	Katharina	TSV Quakenbrück	11	9	1.2
12.	Oelkers	Nele	TSV Quakenbrück	12	11	1.1
13.	Liere-Netheler	Kirsten	TSV Quakenbrück	9	12	0.8
14.	Uptmoor	Theresa	TSV Quakenbrück	1	6	0.2

Teamwertung in der Saison vor dem Einzug in die Bundesliga

QTSV-Damen spielen künftig zweit-klassig

Ab der kommenden Saison (2007-2008) beherbergt die Stadt Quakenbrück gleich zwei Basketball-Bundesligisten: Neben den Artland Dragons werden dann auch die Damen des TSV Quakenbrück auf Bundesebene, in der zweiten Bundesliga Nord aktiv. In den vergangenen fünf Spielzeiten stieg die Mannschaft von Headcoach Ritz Ingram unaufhaltsam von der Bezirksliga bis zur zweiten Bundesliga auf und wollen in ihrem Premierenjahr mindestens die Klasse halten.

Für dieses Ziel wurde und wird die Damenmannschaft zur Zeit punktuell verstärkt: Mit der zweitligaerfahrenen Junioren-Nationalspielerin Julia Kleen (7,9 Punkte, 4,2 Rebounds, 56% Dreierquote pro Spiel beim Osnabrücker Sportclub), der 1,95 Meter großen Centerspielerin Friederike Kröger (3,6 Punkte, 4 Rebounds pro Spiel bei Rist Wedel) und Souad Zeineddine (12,3 Punkte im Schnitt beim Regionalligisten Lesum Bremen) begrüßten die Damen um Kapitän Kathrin Sokoll-Potratz bereits gleich drei Neuzugänge in der Burgmannsstadt. Weiterhin wird Headcoach Ingram voraussichtlich auch auf die Dienste der US-Amerikanerin Kristy Waitner zurückgreifen können, die nach einem erfolgreichen Jahr in der 1. Regionalliga auch künftig für die Quakenbrucker auf Korbjagd gehen möchte.

QTSV-Damen eilen von Erfolg zu Erfolg

Stadt und Samtgemeinde würdigen Leistung in Feierstunde

TEAM-HISTORIE

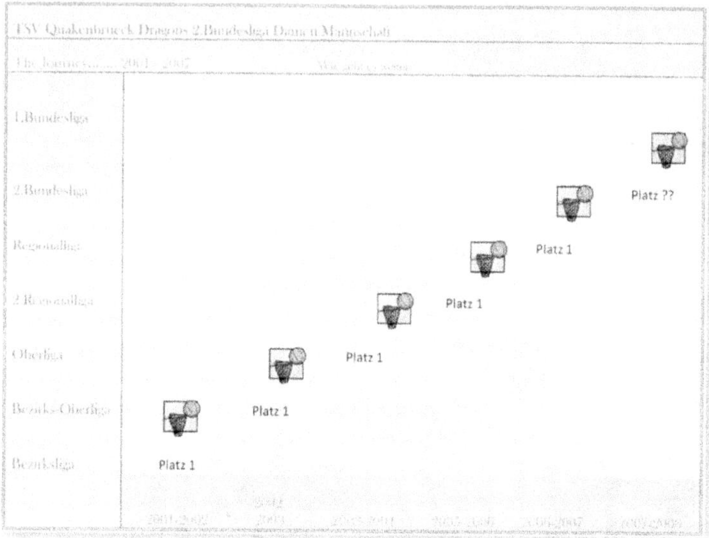

The long and winding road...

If you had a print-out of the Season Standings for the Bezirksliga Damen from 2002-2003 .. you would have seen that as of Nov.27.2002 TSV Quakenbrueck was in 7th Place in the Bezirksliga... with too few Wins and too many Losses. Too few Points Scored and too many Points Given. The Prospects for the Future were all but promising.

Something happened that year.... attitudes changed, ambitions grew and goals were set... A few Players have moved on but the majority of the Team has remained intact. The Players have worked hard to improve not only their skills but also their knowledge of the game.

The result has been a steady climb to the top. They have won a number of Cup (Pokal) Championships. They finished 1st in the Bezirksliga, Bezirksoberliga, Oberliga, and last Season in the 2.Regionalliga. Now they are about to enter the 2006-2007 Season as newcomers in the 1.Regionalliga. In the past they met challenges head on ... are they ready to take **„The Next Step"....?**

#9

TSV QUAKENBRÜCK

QTSV-Damen krönen Saison mit Pokalsieg

Nach Aufstieg nun ein 65:44 im Cup-Finale gegen „H

Volltreffer
Die Lokalzeitung

9. Jahrgang · Ausgabe 209 · Freitag, 18. Mai 2007

QTSV-Damen holten auch den Landespokal

"Double" für das Team, das nächste Saison in der 2. Bundesliga spielt

Durchmarsch ohne eine einzige Niederlage

QTSV-Damen mit 80:49 bei Hagen Huskies erfolgreich

Quakenbrück (mi) Das haben vor ihnen nur die Artland Dragons in der Meisterschaftssaison 2002/2003 geschafft: Ohne eine Niederlage beendeten die QTSV-Korbjägerinnen die laufende Serie.

KATRIN SOKOLL-POTRATZ

Bis zum Beginn der neuen Zweitliga-Saison am 6. Oktober, wird noch viel Wasser durch die Hase fließen. Sicher ist jedoch, dass das Team um Sokoll-Potratz und Christine Grevenstette hochmotiviert und gut vorbereitet in ihre erste Zweitliga-Saison gehen wird. Basketballinteressierte sind in der Artland Arena herzlich willkommen, wenn in Quakenbrück erstmals seit dem Aufstieg der Artland Dragons wieder um Zweitligapunkte gekämpft wird!

Einige besondere Erinnerungen an das Quakenbrück Damenteam:

☞ Das eine Spiel, das wir in der Oberliga Saison verloren haben ... zu der Mannschaft, die wir am meisten gehasst haben und wie sie nach dem Spiel gefeiert haben

☞ Die Spielerin, die Angst vor Spinnen hatte – während des Strechings zu Beginn des Trainings, als jemand eine große schwarze Plastikspinne neben sie legte. Es war das erste Mal, dass ich jemanden spriingen sah während er auf dem Boden lag

☞ Die Busfahrt zu einem Spiel in Berlin als wir auf der Autobahn hielten um zu essen und der Bus kaputt ging. Wir mussten warten, bis ein Ersatzbus gesendet wurde.

☞ Das erste Mal, das wir zu einem Spiel im neuen Artland Dragons 'Team Bus fuhren. Der Blick auf die Gesichter der Spieler aus dem anderen Team, als der Bus ins Gym rollte. Wir haben das Spiel gewonnen, bevor wir überhaupt aus dem Bus gestiegen sind

☞ Das Rückspiel während der Regionalliga-Saison gegen Rostock. Wir verloren das erste Spiel auf ihrem Platz mit 4 Punkten 58:62 am 08.Oktober 2006 (unser einziger Verlust). Dann verbrachten wir die Weihnachtsferien damit, an einem neuen Verteidigungssystem zu arbeiten, das ich "Scramble" nannte ... Das Re-Match kam am 14.Januar 2007. Wir haben 96:41 gewonnen und nie zurückgeschaut.

☞ Als Oberliga-Team erreicht man das" Achtelfinale "im DBB-Pokal und spielt gegen Cup-Champion Dorsten in einer vollgepackten Halle

☞ Diese nette Aussage, die mir von den Quakenbrück Damen präsentiert wurde, ist mehr wert als ich ausdrücken kann ...

COACH

"Wenn man einmal für Ritz Ingram gespielt hat, trägt man ihn für den Rest des Lebens mit sich herum. Man hört seine Stimme, man sieht sein Gesicht vor sich, man sehnt sich nach seinem anerkennenden Lächeln, man erinnert sich an seine Standpauken und Predigten. Hat man Erfolg im Leben, dann möchte man, das Ritz davon erfährt. Man möchte rufen: "Hey, Coach, schauen Sie mal, was ich geleistet habe!" ; Und man möchte ihm danken, weil er seinen Spielern beigebracht hat, dass Erfolg kein Zufall ist. Und bei jedem Misserfolg würde man sich am liebsten bei ihm entschuldigen, denn zu versagen hat er uns nicht beigebracht. Er hat es einfach nicht akzeptiert. Man sehnt sich nach seinem Rat um darüber hinweg-zukommen. Manchmal hat man auch genug davon, Coach Ingram mit sich herum zu-tragen. Man möchte Mist bauen können, ohne gleich von ihm angeschnautzt zu werden. Man möchte nicht immer in der Defens bis auf den Boden und beim Rebound bis in den Himmel. Und trotzdem weis man wenn man es nicht tut, befiehlt seine Stimme, man soll sich wieder aufrappeln, sich ein Ziel setzen, härter arbeiten als alle andern, sich an die Grundlagen halten, sie perfekt beherrschen, selbstbewusst sein, mutig sein und niemals aufgeben. Es dauert nie lange bis man diese Stimme wieder hört."

J. Grisham: "Der Coach"

Das ist, wer ich versucht habe zu sein, seit ich anfing zu coachen - ich weiß, dass ich manchmal gestolpert bin, aber ich hoffe, dass ich einen positiven Einfluss auf die meisten meiner Spieler hatte.

Im Grunde genommen war Quakenbrück der ideale Job für einen Coach wie mich.

Aber wir werden alle manchmal aus der Form herausgebeugt und tun Dinge, die wir nicht getan hätten, wenn wir vorher gewusst hätten, was hinter Tür # 2 steeckte.

Kapitel 23

2000-2001 ... Crossroad # 15 Mainz / Düsseldorf.. Das Gras ist nicht immer grüner

Was die Entwicklung des Programms anbelangt, schien in Quakenbrück alles gut zu laufen. Alles, lief gut, abgesehen von der Tatsache, dass die Männermannschaft auf der Stelle trat und nicht nach oben kam. Eine Reihe von Dingen ist passiert. Toni Bevanda, der Cheftrainer, wurde von seinen Pflichten befreit. Chris Fleming, ein junger Mann, der dem Programm sieben Jahre als Spieler gewidmet hatte, hängte seine Turnschuhe auf und wollte Coaching machen. Der Sponsor wollte Chris für seine Loyalität zu dem Programm belohnen und entschied, ihn in die freigewordene Position zu bringen.

Dies sollte Chris 'erster Coaching-Job sein und der Sponsor meinte, ich könnte ihm helfen, den Übergang vom Spieler zum Trainer zu schaffen. In dieser ersten Saison haben wir einen Lauf bei der Meisterschaft gemacht. Mit Townsend Orr, der von der Point Guard-Position aus an die Spitze kam, hatte Quakenbrück gute Chancen, in die 1. Bundesliga zu kommen. Es war wie in einem Film - das letzte Spiel der Saison würde das Ergebnis bestimmen. Mit einem Sieg bist du der Champion - Wenn du verlierst, geh‘ nach Hause. Es hätte nicht dramatischer enden können. Der beste Spieler der Liga, Dwayne Washington, spielte für Rhoendorf. Das Spiel ging in die Doppel-Überzeit und Washington schoss auf den Buzzer, um Quakenbrück für eine weitere Saison in der 2.Bundesliga zurück zu schicken. Vielleicht war es meine Frustration. Vielleicht dachte ich, ich hätte die Cheftrainer-Position bekommen sollen. Vielleicht war es die gleiche Vorstellung, die ich bei Davidson hatte - dass ich einfach keine Assistenztrainermentalität habe

... oder ... Vielleicht war es einfach die Tatsache, dass Mainz, eine Mannschaft, die vorige Saison in der Regionalliga war, mir ein wirklich gutes Angebot gemacht hatte (überproportional für einen Regionalliga-Klub), um Cheftrainer zu werden.

Es war wahrscheinlich eine Kombination von allem oben genannten. Ich verließ Quakenbrück und übernahm meine neue Stelle in Mainz. Es war von Anfang an klar, dass dies eine mit der Hölle gemachte Ehe war. Die Verwaltung und die Sponsoren hatten einen Stil, der im direkten Gegensatz zu Günter Kollmann stand. Sie wollten Kontrolle haben. Sie fühlten, dass sie die Rechnungen bezahlten, also sollten sie die Entscheidungen treffen. Das funktioniert einfach nicht für mich. Darüber hinaus gab es jemanden im Verein, der das Gefühl hatte, dass er für die Position übergangen wurde und er war entschlossen, dem neuen Trainer Schwierigkeiten zu bereiten.

Fastbreak
„Ohne Disziplin kein Erfolg“
Ritz Ingram im Interview
MRZ
Die Kritiker verstummen lassen
ASC setzt auf neue Gesichter
Aufstieg ist kein Tabu-Thema
Rheinhessische Ambitionen
Mainzer Rhein Zeitung

DER KOMMENTAR VON PETER H. EISENHUTH

Sofortiger Wiederaufstieg! Mit welchem anderen Vorhaben sollte ein gerade aus der Zweiten Liga abgestiegener Klub in die neue Saison gehen? Das sahen sie beim ASC Mainz nicht anders. „Wir wollen direkt wieder nach oben", lautete denn auch der Tenor der ASC-Funktionäre nach der vergangenen Saison. Damals dachten sie allerdings auch, der Stamm der Mannschaft bleibe zusammen.

Inzwischen haben sich die Vorzeichen geändert. Ein neuer Trainer versucht, aus einem neu zusammengewürfelten Kader eine Einheit zu formen. Notgedrungen muss der Klub auf junge, unerfahrene Spieler aus dem eigenen Laden zurückgreifen. Und im Umfeld macht sich mancherorts Häme breit über dieses „oberligareife Team".

Doch gemach: Namen alleine garantieren noch keinen Erfolg. Im Vorjahr beispielsweise verfügte der ASC über einen Kader, dessen spielerisches Vermögen problemlos zu einem einstelligen Tabellenplatz hätte reichen müssen. Am Ende war man Letzter. Interne Querelen, Probleme zwischen Trainer und Spielern, eine in Kleinstgruppen zerfallene Mannschaft.

So betrachtet ist es vielleicht gar nicht so schlimm, dass die meisten Akteure sich vom Verein verabschiedeten – gleichzeitig eine Ohrfeige für die ASC-Verantwortlichen. Die nämlich hatten sich zuvor bei den Spielern erkundigt, ob diese lieber mit oder ohne Trainer Martin Lochmann weitermachen wollten. Dem Wunsch der Mehrheit kam der Verein nach. Und stand plötzlich ohne Trainer und ohne Spieler da.

Aber warum hätte ein in sich zerstrittenes Team in der Regionalliga plötzlich zusammenfinden sollen? Dann doch lieber ein Mannschaft voll mit Nobodys, die auf ihre Chance brennen, die heiß sind, die sich auf dem Spielfeld die Lunge aus dem Leib rennen werden. Am Einsatz wird es in der neuen Spielzeit nicht mangeln.

Der Verein hat seine Ambitionen nicht ad acta gelegt; das zeigt der Strukturwandel: In Ritz Ingram wurde erstmals ein hauptamtlicher Coach engagiert, der rund um die Uhr zur Verfügung steht. Der Zeit für Einzeltraining hat. Ein erfahrener Trainer, dem unprofessionelles Arbeiten zuwider ist. Ein Mann, der den Laden gewaltig aufmischen wird.

Wenn es ihm auch gelingt, den Erwartungsdruck von seinen Spielern fernzuhalten, kann es eine erfolgreiche Saison werden. Auch wenn der ASC den sofortigen Wiederaufstieg verpassen sollte.

Wenn dieser Bericht erschienen wäre, bevor ich den Job angenommen hätte, hätte ich den Job vielleicht nicht angenommen

Es schien damals eine gute Idee zu sein ...!

Ich hätte wahrscheinlich diesen Konflikt überwinden können, aber der Typ hatte Freunde. Seine Freunde waren Spieler in meinem Team. Die Deutschen haben ein Wort für das, was vor sich geht. Es heißt "Arbeitsverweigerung". Die Mannschaft kämpfte mit mirmich um jeden Schritt und Tritt. Eine der Lektionen, die ich auf diesem Weg gelernt habe, ist: "Wenn du an einem Ort nicht gewollt bist, ist es nicht gut, dass du versuchst, dort zu bleiben." Wie gesagt, ich hatte einen sehr schönen Vertrag, aber ich fühlte, dass es die Kopfschmerzen und die Enttäuschungen einfach nicht wert war.

Ich traf mich mit der Verwaltung und wir kamen mit Konditionen, die mehr oder weniger alle zufrieden stellten. Ich packte meine Koffer und flog nach Houston, um zu entscheiden, was ich als nächstes tun sollte. In Houston habe ich Kontakt mit Gerald Wagener aufgenommen. Wagener war die treibende Kraft hinter dem Regionalliga-Team in Düsseldorf. In der Weihnachtspause stand das Team auf dem 1. Platz und er hatte seine Augen auf einen Platz in der 2.Bundesliga gerichtet. Er fragte, ob ich an einer Stelle als Associate-Coach für das Team interessiert sei.

Das Angebot war anständig. Das Team hat sich definitiv in die richtige Richtung bewegt. Mit Robert Shepherd auf der Point-Guard Position beendeten wir die Saison ungeschlagen, gewannen die Liga und den WBV-Pokal und der Verein nahm den Platz in der 2.Bundesliga an. Als sich der Staub gelegt hatte und die Planung für die Saison 2002-2003 begann, bot Gerhard mir die Cheftrainerposition an - Währenddessen waren die Dinge in Quakenbrück einfach so la-la. Ich habe nie den Kontakt mit dem Programm, den Spielern oder mit dem Sponsor und Chris unterbrochen. Chris und ich redeten regelmäßig und dann sagte Günter Kollmann, dass meine alte Position dort frei war, wenn ich sie wollte - Ich habe ein oder zwei Tage gebraucht und meine Möglichkeiten abgewogen.

In Düsseldorf wäre ich der Cheftrainer des Bundesliga-Teams gewesen und habe mich gut mit Gerald verstanden. Es gab Strukturen und Potenzial. In Quakenbrück hätte ich eine Associate Position bei Chris in einem sehr gut finanzierten Verein ... und zusätzlich hätte ich meine eigene, fast unabhängige Organisation. Ich wäre Cheftrainer der Oberliga / Regionalliga-Männermannschaft und hätte die volle Kontrolle über das Jugendprogramm. Ich dankte Gerald für sein Angebot und zog zurück nach Quakenbrück. Der Job in Düsseldorf ging an Steven Key. In der ersten Saison in Quakenbrück war einer unserer Gegner das Team aus Düsseldorf, das ich gerade verlassen hatte.

Es hat sich wirklich gut angefühlt, als wir gegen sie gespielt haben und Gerald hat mir vor dem Spiel seinen Dank und einige Geschenke überreicht. Dieses Jahr diente dazu, das Sprichwort **"Das Gras ist auf der anderen Seite nicht immer grüner" zu beweisen.**

2001-2008 ... Rückkehr nach Quakenbrück

Was folgte, waren acht großartige Jahre in Quakenbrück - Einige großartige Erfahrungen mit Chris Fleming, der, wie sich herausstellt, nicht viel Hilfe von mir brauchte. Mehrfache Meisterschaften mit Bamberg, Cheftrainer der Deutschen Nationalmannschaft, Assistant-Coach in der NBA ... Ich denke es ist nicht übertrieben zu sagen, dass er ein ziemlich guter Trainer ist.

Ein großartiger Lauf mit der Quakenbrück Frauenmannschaft und einigen fantastischen Jugendmannschaften.

Nachdenklich Momente der Planung mit Chris Fleming in Quakenbrück

Ein heller Moment mit Nationaltrainer H.Dettmann und Q'brück Manager M.Beens

Das Quakenbrück Youth Team gegen das Chinese National Team

Artland Dragons

2002-2003 Unbesiegt Champions 2.Bundesliga / Aufstieg 1.Bundesliga

2008 Abschied von Quakenbrück

Eine Ära geht zu Ende Quakenbrück 2008

Also wieder kommt die Frage ... "Warum gehen?"

Wie es schon so oft passiert ist, hatte ich das Gefühl, dass die Mädchen nicht bekamen, was ihnen zustand und dass ich die Ziele, die ich mir gesteckt habe, nie erreichen würde. In diesem Punkt könnte ich ein Buch darüber schreiben, ob Trainer Ziele für ihre Teams und ihre Spieler setzen, oder sich die Ziele für sich setzen, um ihr Eigenes Ego zu befriedigen. Manchmal vergessen wir, wen wir coachen ... Kinder oder Männer und Frauen ... nur zum Spaß oder mit ernsthaften Ambitionen. Wenn wir aus den Augen verlieren, wen wir vor uns haben, kann es passieren, dass wir uns von der Gruppe oder einzelnen Spielern entfreden. Ich habe diesen Fehler von Zeit zu Zeit gemacht.

Was machst du ...?

Bleibst du bei dem Programm, das du auf di eBeine gestellt hast, oder nimmst du Anpassungen vor? Dann musst du dich selbst fragen ... "Machst du Anpassungen oder Kompromisse?" Jedenfalls hatte ich das Gefühl, dass ich alles getan hatte, was ich in

Quakenbrück tun konnte, und ich brauchte mehr. Der Sponsor war nicht bereit, mehr in das Frauenteam zu investieren ... "Da ist wieder der Konflikt zwischen Männern und Frauen!" ... und ... vielleicht wollte ich auch versuchen, mein Ego zu befriedigen. Ich hatte Jahre damit verbracht, meine Systeme und Konzepte zu entwickeln und zu verbessern. Ich habe einfach gespürt, dass ich als Trainer noch mehr erreichen kann.

Gerade als die Play-offs in der 2.Bundesliga begannen, erhielt ich ein Jobangebot vom 1.Bundesliga Club in Leipzig.

Kapitel 24

2009-2010 Crossroad # 16 Das Ende einer Ära in Q'brueck und Scheitern in Leipzig

Carmen Guzman hat das Spiel in sich... Sie war die beste Spielerin in der Liga und mit ihr hätten die Dinge anders laufen können, aber ihre Entscheidung, weiterzuziehen war mehr als begründet.

In Quakenbrück ist es fuer 10 Jahre gut gelaufen und war größtenteils gefüllt mit großartigen Basketballerfahrungen und Erinnerungen, aber, ähnlich wie in Würzburg, entwickelte sich ein Problem aufgrund einiger Erfolge auf der Frauenseite des Dragons 'Programms. Ich hatte ein Frauenteam entwickelt, das den Erfolg in Fulda übertraf.

Dieses Team von meist einheimischen Spielern und Vertoßenen konnte das erreichen, was das Fulda-Team knapp verpasst hatte. Die Umstände, die zur Bildung des Teams geführt haben, waren weniger als vielversprechend. Quakenbrück hatte ein Team in der Regionalliga (3. Division), aber es gab ein paar Mädchen, die entweder übersehen wurden oder der Trainer nicht das Gefühl hatte, dass sie gut genug waren, um zu spielen. Ähnlich wie bei der Gruppe von Jungen, mit der ich in Fulda angefangen habe, waren diese Mädchen einfach ohne Team unterwegs. Ich habe sie gesammelt; rekrutierte einige zusätzliche Mädchen, die interessiert zu sein schienen und registrierte sie als Quakenbrücks 2. Frauenteam.

Da es ihr erstes Wettbewerbsjahr war, mussten sie in der Bezirksliga ganz unten anfangen. Sie gewannen die Liga-Meisterschaft und zogen - vier Mal in Folge - nach oben. Das brachte sie in die 2.Bundesliga (Pro League). Dann wurde die finanzielle Unterstützung mehr oder weniger gekürzt oder eingeschränkt und ich war etwas enttäuscht. Ich konnte einfach nicht verstehen, was vor sich ging. Weil ich schon so lange am Männerprogramm in Quakenbrück teilgenommen hatte, wusste ich, was es kostete, dieses Team ins Feld zu führen, und gleichzeitig wusste ich, dass es nur einen Bruchteil davon kostete, ein wettbewerbsfähiges Frauenteam ins Feld zu führen. Ich war wahrscheinlich wütender als klug. Trotz der Wut und der Frustration glaube ich, dass ich das tatsächlich durchdacht habe, anstatt nur eine emotionale Entscheidung zu treffen.

Als das Dragons 'Women's Team in die Play-Offs ging, wurde mir angeboten, die 1.Bundesliga-Frauen in Leipzig zu trainieren. Im Gegensatz zu der Entscheidung, die ich vor 20 Jahren in Fulda getroffen habe, habe ich intern die emotionalen Bindungen an das Team und an Quakenbrück heruntergespielt. Ich ging nach Leipzig zu einem Besuch und einem Interview. Ich traf Monika Seidel (Manager), Peter Maciej (Sportdirektor) und die Sponsoren. Ich ging zu einem Spiel und sah zu, wie das Team spielte.

Ich habe die Stadt Leipzig gesehen - es war definitiv nicht die "East-Block" Stadt, an die ich mich aus meiner Zeit im Militär erinnert oder mir vorgestellt habe. Ich habe mir die Pläne genau angehört. Sie sprachen von einer größeren, engagierten finanziellen Unterstützung - sie sprachen von einer neuen Einrichtung und einem langfristigen Engagement. Es schien genau die richtige Situation zur richtigen Zeit zu sein. Damit... Entschloss ich mich, Quakenbrück zu verlassen und nach Leipzig zu fahren. Dies würde sich als eine meiner schlimmsten Entscheidungen herausstellen.

Leipzig war nicht alles schlechte Zeiten. Es war eine homogene Gruppe von Spielern. Manchmal ist es kein Fehler - es ist einfach das Beste, was Sie unter diesen Umständen tun können.

BBVL-Coach Raymond Ingram: „Zwei Siege müssen irgendwie her!“

Marko Hofmann 05.03.2010

BBVL-Coach Ingram

Saisonendspurt in der Basketball-Bundesliga der Frauen. Aus den letzten drei Spielen braucht der BBVL mindestens einen Sieg, am besten zwei, um die Klasse doch noch zu halten. Nach den Misserfolgen in der jüngeren Vergangenheit, erklärt Coach Raymond Ingram ehrlich und sachlich seine Sicht der Dinge – zumeist in gutem Deutsch, aber auch einmal auf Englisch.

Haben Sie erwartet, dass es für den BBVL diese Saison so eng wird?
Ehrlich gesagt, nein! Ich habe uns im sicheren Mittelfeld vorgesehen, aber es sind einfach so viele Dinge schief gelaufen.

Wie erklären Sie die negative Serie von fünf Spielen ohne Sieg?
Eine einfache Erklärung gibt es nicht. Manchmal war es fehlende Konzentration, manchmal fehlender Teamgeist, manchmal fehlendes Selbstvertrauen und manchmal waren es die äußeren Zustände, die das Team nicht beeinflussen konnte. Zuletzt war es oft so, dass wir entweder sehr gut gestartet sind und dann eine Zeit "Was-war-denn-das?"-Aktionen gespielt haben oder wir sind erst nach den ersten zehn Minuten aufgewacht, aber dann hatten die Gegner schon einen ordentlichen Vorsprung aufgebaut....

Zu Hause hat der BBVL zuletzt im Oktober gewonnen. Was ist da los?
Warum sollte es zu Hause anders sein als auswärts? Eigentlich ist es so, dass neben den Problemen, die ich gerade aufgelistet habe, zusätzlich der Druck kommt, dass man vor der Familie und den Freunden spielt. Und wenn in der Halle die lautstarken Fans des Gegners für den größeren Stimmungsanteil sorgen, gibt es im Grunde keinen Heimvorteil.

Der BBVL hat große finanzielle Probleme und bei einem Abstieg ist die Zeit des BBVL womöglich abgelaufen. Ist die Qualität der Mannschaft für diesen Druck zu schlecht?

Ohne zu viel und auch nicht zu wenig sagen zu wollen, sag ich folgendes: Wenn Mannschaften erfolgreich sind, basiert das auf einer langfristigen Entwicklung und auf kontinuierlicher Verbesserung. Der Kader besteht aus drei bis fünf Schlüsselspielern, die gehalten und dann mit der einen oder anderen Neuverpflichtung umrandet werden bzw. mit talentierten Nachwuchsspielern. Ich denke, es gibt ausreichend Qualität und Potential in der Mannschaft, aber zu wenig Zeit dieses zusammen zu schmelzen. Das, verbunden mit einigen anderen Faktoren, hat einen sehr großen Einfluss auf das Geschehen.

Ist das drittletzte Spiel gegen Opladen die letzte Chance, um nicht abzusteigen oder sehen Sie auch Chancen gegen die Topteams in den letzten beiden Spielen?

Sagen wir so: Mit einem Sieg gegen Opladen haben wir eine Chance in der Liga zu bleiben, aber auch dann wäre noch nicht alles getan. Nach dem Sieg, werde ich bei Marburg und Wasserburg anrufen und die Coaches fragen, ob einer von ihnen uns kampflos die zwei Punkte geben möchte. Falls keiner bereit ist, dann werde ich unsere Mannschaft bitten, mir zu sagen welche der beiden Mannschaften wir schlagen möchten. Zwei Siege müssen irgendwie her. Das Problem ist aber, Opladen denkt genau das gleiche!!!

Welche Maßnahmen haben Sie getroffen oder werden Sie treffen, damit die „Eagles“ zu Hause endlich wieder erfolgreich sind?

Ich habe versucht die Mannschaft dazu zu bringen für 40 Minuten das zu tun, was sie bisher meistens nur 20 oder 25 Minuten gemacht hat. Wir arbeiten an unserem Kampfgeist und am Siegeswillen und wir werden im Spiel versuchen unser System mit Intensität und Disziplin durchzuspielen. Außerdem werden wir probieren, die Aggressivität des Gegners, die manchmal übertrieben ist, mit mehr Durchsetzungsvermögen auszugleichen.

Werden Sie auch bei Abstieg bleiben?
In the words of my favorite pilot from the film „Top Gun“: I could tell you ... but then ... I'd have to kill you" *(auf Deutsch: „Um es mit den Worten meines Lieblingspiloten aus dem Film „Top Gun“ zu sagen: Ich könnte es dir sagen, aber dann... müsste ich dich umbringen...).*

Eagles kämpfen ums Überleben

Donnerstag, 3. Dezember 2009

BBVL durch Ausfall von Sponsoren in Not / Guzman Samstag gegen Marburg nicht mehr dabei

Es grenzt an Ironie, dass diese Situation ausgerechnet im siebenten Erstliga-Jahr eintritt: Die BBV Leipzig Eagles kämpfen nunmehr nicht nur sportlich ums Überleben im Oberhaus des deutschen Frauen-Basketballs, sondern vor allem finanziell. Der Grund dafür ist der krisenbedingte Ausfall zweier Sponsoren, die zusammen fast ein Drittel des Gesamtetats, der im unteren sechsstelligen Bereich liegt, ausmachen. Um dadurch nicht selbst in die Insolvenz zu schlittern, hat der BBVL-Vorstand bereits eine erste Maßnahme ergriffen. Demnach verlässt US-Regisseurin Carmen Guzman das Team noch vor dem Heimspiel gegen den Tabellendritten Marburg am Sonnabend.

„Das ist natürlich bitter und macht alles andere als Spaß", sagte Eagles-Präsidentin Monika Seidel. „Aber um Schlimmeres zu verhindern, sehen wir keine andere Möglichkeit." Allerdings sei damit die Kuh noch nicht vom Eis. „Wir setzen jetzt selbstverständlich alles daran, die Lücke zu schließen oder wenigstens zu verkleinern", so Seidel weiter. „Aber wenn uns das nicht gelingt, sind weitere Schritte nicht auszuschließen." Das gehe bis hin zur Einstellung des Spielbetriebes. „Daher hoffe ich auf ein vorzeitiges Weihnachtsgeschenk."

Aus sportlicher Sicht ist der Ausfall Guzmans ein herber Schlag. Schließlich ist die 24-jährige Amerikanerin derzeit mit 21,8 Punkten pro Spiel die Top-Scorerin der Liga und zählt in weiteren Kategorien zur Liga-Spitze. „Wir müssen versuchen, das als Team auszugleichen", meint BBVL-Coach Ritz Ingram. „Wenn jede Spielerin ein bisschen mehr punktet, einen Rebound mehr holt und mehr kämpft, können wir das vielleicht schaffen." Darauf hofft auch Monika Seidel: „Vielleicht geht ja nun auch ein Ruck durch die Mannschaft."

Neben dem Stress durch den finanziellen Engpass der Eagles hat Ingram vor dem letzten Heimspiel des Jahres aber noch ein anderes Problem: Flügelspielerin Gina Tajkov ist Grippe geplagt und hat diese Woche noch kein Training absolviert. Ihr Einsatz ist ungewiss. „Wir werden sehen, wie es Samstag aussieht", so der 59-jährige Amerikaner. Fest steht indes, dass die 19-jährige Jenny van Doorn am Samstag gegen Marburg den Platz von Carmen Guzman einnehmen und erstmals in der Startformation stehen wird.

Der Basketball-Aspekt war ein bisschen auf und ab. Ich habe mich größtenteils gut gefühlt, aber einige der Gründe, die mich immer gegen Coaching auf der professionellen Ebene entscheiden lassen haben, schienen mit einer Überfülle in Leipzig zu existieren. Es gab eine Verwaltung und Sponsoren, die glaubten, da es ihr Geld war, sollten sie mehr zu sagen haben, wenn es darum ging, die Spielerliste auszufüllen. Spieler, die Verträge bekamen, ohne dass mich jemand fragte, ob ich diesen Spieler im Team haben wollte. Wenn das passiert und dieser Spieler in einer der zwei möglichen Stellen für ausländische Spieler ist, muss der Trainer eine Anpassung vornehmen.

Mit anderen Worten, wenn ich das Gefühl hatte, dass ich einen starken, aufstrebenden Postspieler brauchte, der innen Körbe schießen und verteidigen konnte, und der Club einen kleinen Nicht-EU-Stürmer unterschrieb, waren meine Hände gebunden. Entweder benutze ich meinen einen Restplatz, um den gewünschten Spieler zu bekommen, oder ich benutze diesen Platz, um einen Guard zu bekommen und hoffte einfach, dass die Dinge funktionieren. Egal, welche Option ich gewählt habe, es wird sich auf die Leistung des Teams auswirken ... und nicht unbedingt positiv. Die Verwaltung war der Ansicht, dass es ihr Recht sei, zu bestimmen, welche Spieler entlassen werden sollten, und traf keine Vorkehrungen, um sicherzustellen, dass die Informationen vor einer Entscheidung nicht an die betreffenden Spieler weitergeleitet wurden. Das Ergebnis war, dass ein paar vielversprechende junge Spieler, die sich zu guten Spielern entwickelten konnten, ihren Wunsch verloren zu bleiben, als sie erfuhren, dass sie nicht gewollt waren. Der Club war der Ansicht, dass es ein Teil ihres "Anspruchs" war, das Konditionierungsprogramm zu bestimmen und jemanden einzustellen, der es ausführte. Nein, ich werde nicht so weit gehen und sagen, dass jemand anderes dafür verantwortlich war, dass wir nicht konsistent spielen oder gewinnen konnten - erinnere dich an den Titel des Buches ... "Es ist die Schuld des Coaches" ... Das Sprichwort lautet: "Manchmal ist es kein Versagen, es kann nur das Beste sein, was du unter diesen Umständen tun kannst." Ich hatte einige sehr gute Spieler. Carmen Guzman - Amy Sanders - Annika Danckert - Gina Tajkov - Kyle DeHaven - Katarina Flasarova - Jenny von Doorn, Jetta "Twiggy" McIntyre und andere. Aber wie es der Zufall wollte, hatten wir sie nicht alle zur gleichen Zeit dort.

Es gab die üblichen Probleme mit Spielern, denen die Art und Weise, wie ich trainierte, nicht gefiel, aber mit Ausnahme eines Falles konnte ich damit leben. Das eigentliche Problem stellte sich, als wir Mitte 2009 unseren Hauptsponsor verloren. Auf meiner Ebene und der der Spieler haben wir es nie kommen sehen. Es war eine Situation, auf die niemand vorbereitet war. Wir hatten Probleme, aber wir waren immer noch auf der Jagd. Immerhin hatten wir Carmen Guzman und sie war ohne Frage die beste Spielerin in der Liga. Es war Dezember und wir hatten noch ein paar Spiele vor

Weihnachten. Ich habe mit dem Team und einigen Spielern individuell gesprochen. Ich erzählte ihnen, was die Verwaltung mir sagte. Das war, sie würden ihr Geld nicht bekommen. Unnötig zu sagen, dass die Unsicherheit negative Auswirkungen auf alles hatte. Nicht zu wissen, ob du pünktlich bezahlt wirst - das ist nicht gut. Nicht zu wissen, ob du überhaupt bezahlt wirst oder ob u überhaupt eine Mannschaft hast, um zu spielen – das ist erst schlimm.

Carmen und die anderen vertrauten mir und waren einverstanden, bis Weihnachten zu bleiben, aber sagten, dass, wenn sie nicht bekommen würden, was ihnen geschuldet wurde, sie nicht zurückkehren würden, um die 2. Hälfte der Saison zu spielen. Ich habe ihre Situation verstanden. Der Sponsor konnte sein Problem nie lösen, so dass mein Problem zum Albtraum wurde. Carmen ging und wir waren mit einem sehr großen Loch in unserer Offensive, Verteidigung und Führung zurückgelassen. Zu allem Überfluss war unser erstes Spiel gegen Ende der Ferien gegen das Team aus Halle. Ein Sieg würde uns in die Mitte der Tabelle drücken und uns einen guten Schub geben, um den Rest der Saison zu spielen. Es gab ein Problem! Ratet mal, wer als Halles neuer Kombo-Guard aufgetaucht ist? Carmen Guzman ....!

Sie zeigte den Leipziger Fans, warum ich sie als beste Spielerin der Liga bezeichnet hatte. Sie hatte ein tolles Spiel und wir haben mit zwei Punkten verloren. Von dort ging alles bergab. Das Team hat sich nie von den Schlägen erholt, die wir vor und während der Weihnachtsferien bekommen haben. Alle Visionen und Versprechen für die Zukunft des Basketballs in Leipzig, die zwei Jahre zuvor bei meinem ersten Besuch in der Stadt entstanden waren, waren verschwunden. Ich sah keine Zukunft für mich in Leipzig und nach einigen schwierigen Gesprächen konnte ich zumindest das bekommen, was sie mir schuldeten, und mich auf die Suche nach einem neuen Job machen.

Kapitel 25

2010-2016 Crossroad # 17- Zurück in die Zukunft. ... Fulda Teil II

Leipzig war eine Katastrophe. Ab etwa 2003, fast jedes Jahr im März oder April, wenn Trainer nach Jobs suchen und Clubs nach

Trainern suchen, hatte ich Kontakt zu jemandem in Fulda - oft war es Martin Bullemer, der einer von´meinen Jugendspielern während meiner ersten Amtszeit in Fulda in den 1980er Jahren war. Wir hatten nie wirklich den Kontakt verloren. Martin und Thomas Behrends waren damals zwei der besten Spieler im Roadrunners Programm und in Hessen. Beide spielten weiter und erreichten mit verschiedenen Vereinen das Bundesliga-Niveau. Ob scherzhaft oder halb ernsthaft nach einer Antwort suchend, endete das Gespräch immer mit einem Kommentar zu meiner Rückkehr nach Fulda. Im April 2010, als dieses Gespräch kam, hatte ich genug von "professionellem" Basketball - wenn man wirklich die Leipziger als Profi-Basketball bezeichnen konnte - und ich hatte wirklich genug von Leipzig. Als das Thema zu "Was machst du jetzt?" Wechselte, war ich bereits in Richtung der Rückkehr nach Fulda. Es fühlte sich fast so an, als ob es dazu kommen würde. Ungefähr ein Jahr zuvor war ein Zeitungsreporter aus Fulda nach Leipzig gekommen, um einen Artikel über mich zu schreiben ... Eine der Fragen war, ob ich jemals wieder in Fulda trainieren würde - ich antwortete, dass die Idee definitiv in meinem Kopf lag.

SPORT 27

Nur wenige Punkte fehlten zum Aufstieg

Serie (2): 1988 kämpften die Basketballerinnen von FT Fulda um die Versetzung in die zweite Bundesliga

„Fulda ist meine Lieblingsstadt in Deutschland"

Der einstige Erfolgscoach Lauritz Ingram über die Modesünden der 80er und eine mögliche Rückkehr zu FT

Dieses Interview für die Fuldaer Zeitung (Januar 2009) entpuppte sich als eine echte Prophezeiung

Ich kehrte im Mai 2010 nach Fulda zurück. Ich war nicht wirklich sicher, was ich erwarten sollte, aber mein Plan war, zu versuchen, den Erfolg von 1980 zu wiederholen.

SPORT

BASKETBALL · FUSSBALL

Zurück zu glorreichen Zeiten?

Mit Lauritz Ingram verknüpfen Fuldas Basketballer Hoffnung

FULDA

Sein Name stand stellvertretend für die Hochzeiten der Korbjäger bei FT. Und mit der Rückkehr von Lauritz Ingram zur Turnerschaft hofft der Verein auf eine Renaissance des Basketballs in Fulda.

In den 80er Jahren verzeichneten die Basketballer von FT unter Ingrams Führung die größten Erfolge (Erreichen des Hessenpokalfinales bei den Herren, Beinahe-Aufstieg der Damen in die Zweite Bundesliga), bevor Ingram die Fuldaer 1989 verließ. „Ritz" war in den folgenden Jahren in Weilheim, Quakenbrück, Düsseldorf und Leipzig aktiv und trainierte dort auch einige Bundesliga-Mannschaften. Nun kehrt er zurück und wird Headcoach für alle Mannschaften der Fuldaer Roadrunner.

Die Verbindung zu seiner alten Wirkungsstätte sei nie ganz abgebrochen, sagt Ingram, und er habe stets den Kontakt zu Martin Bullemer gehalten, mit dem er immer wieder über eine mögliche Rückkehr gesprochen habe. Im Vorjahr, als sich unsere Zeitung mit ihm in Leipzig unterhielt, betonte der 59-Jährige, auf eine Rückkehr nach Fulda angesprochen: „Die Gedanken sind im Kopf."

Nach 20 Jahren in der großen, weiten Basketball-Welt, in der er es in Würzburg auch mit einem aufstrebenden Supertalent namens Dirk Nowitzki zu tun hatte, zieht es ihn also zurück in die Barockstadt. FT-Abteilungsleiter Dr. Michael Knapp und Bullemer schufen mit Hilfe von Sponsoren die Grundlage für eine neue Ära „Ritz Basketball" in Fulda.

Allerdings wird der Amerikaner von dem Geld, was er bei FT verdient, sicherlich nicht dauerhaft leben können. So hofft er auf Unterstützung von Geldgebern, will AGs in den Schulen anbieten und wieder seine berühmten Camps veranstalten. Ingram: „Eine meiner großen Stärken liegt in der Führung und Ausbildung Jugendlicher. Sie sind wissbegierig und wollen immer wieder Neues lernen. Das motiviert mich und fordert mich heraus", erklärt „Ritz". Fulda war, ist und bleibe für ihn ein Ort mit guten Erinnerungen, zu vielen ehemaligen Spielern hat er noch Kontakt.

Auf dem Spielfeld sollen die Ergebnisse der letzten Saison verbessert werden: „Erstmal geht es mir darum, aus sportlicher Sicht größere Erfolge zu verzeichnen als in der vergangenen Saison."

Dafür plant er eine Umstellung des Trainings- und Spielbetriebs. Außerdem wünscht er sich, dass bei den Roadrunnern Basketball wieder zu einem großen Gemeinschaftserlebnis wird – ähnlich wie vor 20 Jahren, als die Basketballer wie eine große Familie vereint waren. „Es gab Zeiten in Fulda, da war die Halle immer voll. Da kamen alle Jugendlichen zu den Spielen im Seniorenbereich und umgekehrt. Alle kannten sich, es existierte einfach ein unglaublicher Zusammenhalt", erinnert sich „Ritz".

Zur Realisierung seiner Ziele will Ingram über Schnupperkurse, die Ende Mai beginnen sollen, Kinder und Jugendliche an Basketball heranführen. Daraus sollen sich dann im Rahmen einer neuen „Basketball Academy" die altbekannten Basketball-Camps entwickeln, die einst mit 80 bis 100 Teilnehmern zu Highlights bei den Fuldaer Korbjägern wurden. Auch in den Sommerferien will der Trainer Kindern und Jugendlichen, die die Ferien in Fulda verbringen, Möglichkeiten bieten, diesen Sport zu lernen oder sich zu verbessern. „Basketball kann viel mehr bewirken als rein sportliche Ziele zu erreichen. Wenn ich sehe, wie weit es viele von meinen ehemaligen Spielern gebracht haben, die in hohen Positionen arbeiten, dann bin ich froh, einen Teil dazu beigetragen zu haben. Hoher Trainingsaufwand und schulischer Erfolg schließen sich nicht aus," stellt Ingram heraus.

Der Basketball-Pionier will also auch in Schulen aktiv werden und dank Arbeitsgemeinschaften neue Spieler gewinnen. Gerne würde er die Lehrer auch bei „Jugend trainiert für Olympia" unterstützen – alles ist recht, um Basketball in Fulda wieder zu etablieren. „In fünf Jahren möchte ich da sein, wo wir 1989 aufgehört haben", wünscht er sich. hau

Ein Bild aus alten Tagen: Lauritz Ingram im FT-Trikot. Foto: Ottmar Schleich

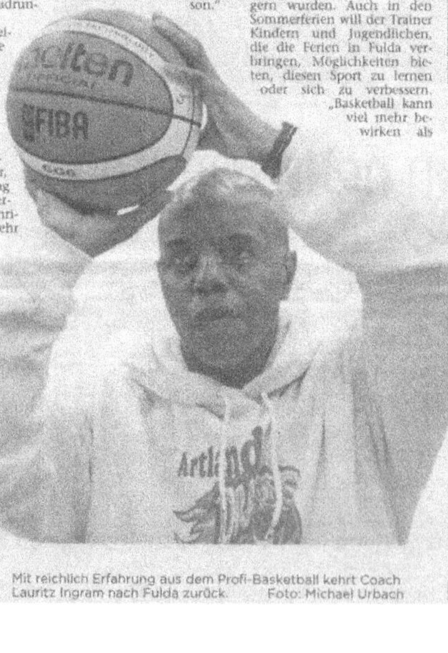

Mit reichlich Erfahrung aus dem Profi-Basketball kehrt Coach Lauritz Ingram nach Fulda zurück. Foto: Michael Urbach

WEB ritzbball.de

Es war in jeder Hinsicht ein neuer Anfang.

Fulda hatte ein Männer- und ein Frauenteam. Im März 2010 hatte das Basketball-Programm FT Fulda 18 Spieler unter 20 Jahren bei der Basketball-Organisation des Bundesstaates Hessen registriert. Von diesen 18 waren nur 6 aktiv. Mit "aktiv" meine ich Spieler, die zumindest einmal nach meiner Ankunft in Fulda zum Training kamen. Im März 2010 hatte das FT Fulda Basketball-Programm "0" Spieler unter 15 Jahren bei dem Hessischer Basketball Verband (HBV) oder DBB registeriert.

Der Plan war, zu versuchen, die Methoden und Systeme, die für mich in der Vergangenheit funktionierten, wieder zu verwenden, um das Programm in Fulda wieder aufzubauen. Ich führte Camps und individuelle Trainingseinheiten durch. Ich habe "Roundrunner Round-ups" durchgeführt (Tage, an denen Gruppen von Kindern jeden Alters eingeladen wurden, das Spiel kennen zu lernen).

RIBA Camp in Fulda 2016

Ich habe "Girls 'Days" dirigiert. Ich schrieb jede Schule in und um Fulda an und fragte, ob sie an einem Basketballkurs in ihrer Schule interessiert seien. Nur eine Schule, die Bardoschule, und ihr

Direktor, Michael Strelka, zeigten echtes Interesse. Ich war ein Ersatzlehrer in Sport und Englisch. Ich arbeitete mit ihren Sportklassen und gab Unterricht in Basketball und Kondition. Ich denke, dass die Ergebnisse für die Schule nur als positiv angesehen werden können. In vier aufeinanderfolgenden Jahren war die Bardoschule im Basketball der Mädchen Bezirks- und Regionalmeisterin der JtfO und verlor jeweils vier oder fünf aufeinander folgende Jahre jeweils nur auf Landesniveau.

Ich habe eine In-House-Liga gegründet (Die IHL ist eine interne, innerhalb des Vereins ausgeführte Liga für alle Spieler im Club. Sie wurde entwickelt, um Spielern die Möglichkeit zu geben, sich in der Nebensaison zu verbessern und gleichzeitig Spaß zu haben.) Ich organisierte Reisen in die USA für Spieler, die echten Willen und Potenzial zeigten. Ich habe "Special-Practice" für Gruppen von Spielern gehalten, die bereit waren, zusätzliche Anstrengungen zu unternehmen. Ich habe Kliniken für Trainer, Schiedsrichter und Punktrichter geleitet. Obwohl meine eigene finanzielle Situation nicht stabil war, half ich, wo immer ich konnte.

Irgendwie hatte ich immer das Gefühl, dass ich diesem Spiel etwas schuldete. Es war gut für mich. Ungeachtet dessen, was zu irgendeinem Zeitpunkt über Jahre auf meinem Bankkonto war (oder nicht), hatte ich einen Job - einen Beruf - den ich liebte. Ich war mein eigener Chef und machte das, was ich liebte. Basketball hatte mir das gegeben und es fühlte sich irgendwie immer richtig an, etwas zurückzugeben oder zu helfen, wo ich konnte. Hier muss ich jemanden erwähnen, der auf dem Weg enorme Unterstützung geleistet hat. Ich habe immer geglaubt, dass eines der Dinge, die bei dieser Art von Unternehmung helfen, "Identität" ist. Ich glaube, dass es ein Gefühl der Loyalität, der Zusammengehörigkeit und der gegenseitigen Unterstützung geben sollte, die mit einem Team oder einem Verein verbunden sind. Die Gruppe muss eine Identität haben. Aus diesem Grund habe ich in den 80er Jahren den Spitznamen "Roadrunner" für den Club übernommen. Erinnerst du dich an die Geschichte über die Wirkung der ersten Mädchenmannschaft in Fulda, die ihre neuen Wende-Trikots trugen?

„Image" kann nicht alles sein, aber es kann sicher helfen. Ich möchte, dass Spieler und Teams gut aussehen und zumindest organisiert erscheinen, wenn sie den Platz übernehmen. Ich möchte dann, dass sich ihre Familien, Freunde und Unterstützer fühlen, als wären sie Teil von etwas Besonderem. Wenn es darum geht, eine Identität aufzubauen und zu zeigen, habe ich seit etwa 15 Jahren die Hilfe eines Mannes. Ich möchte Isa Kilic für alles danken, was er für mich und meine Teams getan hat.

Isa Kilic und sein ISKAY Shop in Berlin haben mir geholfen, meinen Programmen eine Identität zu geben Ich traf Isa in den 80ern. Zu dieser Zeit betrieb er nicht den besten Basketballladen der Welt. Er war ein Basketballschiedsrichter. Er und ich haben damals in der Bundesliga gearbeitet. Es war Zufall, dass ich im Jahr 2003, als ich Uniformen für mein Quakenbrück-Frauenteam suchte, an ihn verwiesen wurde. Nach dem ersten Telefonkontakt und den Erinnerungen an die guten alten Tage haben wir ein Paket für die Quakenbrück-Frauen zusammengestellt. Von diesem Zeitpunkt an war er Geschäftspartner, Vertrauter und Freund.

Danke Isa und Frank.

Das Basketballprogramm in Fulda schien einen "Boom" zu erleben. Die Anzahl der Spieler nahm deutlich zu. Wir haben ein Jugendprogramm entwickelt, das sich in der Region ihren Respekt verdient hat. In der Saison 2012-2013 haben wir mit der Hilfe der Familie Weigel 8 Jugendmannschaften in verschiedenen Ligen eingesetzt.

FT Fulda Roadrunner Saison Platzierung

Roadrunner Team	2009/2010	2010/2011	2011/2012	2012/2013	2013/2014	2014/2015	2015/2016
U-12 (1) - Mixed				1	2		1
U-12 (2) - Mixed							6
U-13 (W)				1	1		2
U-14 (1) - Mixed		6	1	2	2	1	3
U-14 (2) - Mixed							
U-14 (3) - Mixed							
U-15 (W)			1	1	1		2
U-16 (M)				2		5	4
U-17 (W)		6	1	2			1
U-18 (M)				2	1	1	2
U-19 (W)	5			1	1		
U-20 (M)	3						

FT Fulda Basketball Progress Chart - beinhaltet nicht die Herren- und Damenmannschaften.

Vom Basketballstandpunkt aus schienen die Dinge gut zu laufen. Meine Situation - nun, größtenteils habe ich diese für mich behalten. Ich hatte die Vereinbarung getroffen, weil ich wusste, dass Fulda nicht in der Lage war, auf dem gleichen Niveau wie die Proficlubs zu zahlen. Ich habe das verstanden und ich hatte gehofft, dass ich irgendwie das Interesse und die Begeisterung erzeugen könnte, die zu mehr finanzieller Unterstützung führen würden. Nur Thorsten Herrmann, ein weiterer Jugendspieler von "back in the day", zeigte großes Interesse. 2010 war er Bürgermeister einer Stadt in der Nähe von Frankfurt und in Fulda hatte er noch ein paar gute Kontakte. Er war in der Lage zu helfen, indem er einen Freund, der Bankmanager war, dazu brachte, uns zu sponsorn. Als die ersten drei oder vier Jahre in Fulda vergingen und sich die Finanzen des Vereins nicht wesentlich änderten, wurde es schwierig. Ich hatte den kleinen Betrag, den ich gespart hatte, aufgebraucht und meine Situation wurde kritisch. Ich informierte die Verwaltung, dass, wenn sich nichts ändere, ich mich auf die Suche nach einem Job machen müsste, bei dem ich nicht mein eigenes Geld für meine Arbeit brauche. Ich ging sogar zu ein paar Interviews und hatte ein anständiges Angebot auf dem Tisch.

Ich war sehr, sehr nah dran, Fulda zu verlassen. Ich hatte mein Konzept für die Zukunft vorgestellt und wir arbeiteten Details aus ... Während ich noch mit dem anderen Verein verhandelte, wurde in Fulda eine Lösung gefunden. Auch hier kann ich mich nur für die Ex-Spieler und Familien von meiner ersten Tour in Fulda bedanken. Christine Knapp-Manske, Marcus Weigel, Eva und Christine Salomon haben mehr als ihren Teil dazu beigetragen, eine Situation zu schaffen, die es mir finanziell möglich machte, zu überleben. Ohne ihre Interventionen wäre ich 2013 gezwungen gewesen, Fulda zu verlassen.

Wie gesagt, der Basketball wurde an der Oberfläche immer besser. Der Schwerpunkt sollte jedoch auf den Jugendmannschaften bleiben. Das ist einer der Gründe, die es schwierig gemacht haben, die Art von Erfolg zu erreichen, die erforderlich ist, um Sponsoren zu gewinnen. Sponsoren möchten, dass ihre Namen einem breiten Publikum zugänglich gemacht werden. Denk daran, dass es in den 80er Jahren einen Sponsor gab, der bereit war, den Verein zu unterstützen, wenn die Frauen den Sprung in die Bundesliga geschafft hätten (Profi-Niveau). Der Club ist nicht aufgestiegen und der Sponsor hat nicht investiert - Ende der Geschichte. Ein erfolgreiches Jugendprogramm an sich wird keine Sponsoren gewinnen. Erfolgreiche Jugendmannschaften können Eltern dazu bringen, unauszuhelfen. Erfolgreiche Jugendteams könnten die "Mom-and-Pop-Stores" dazu bringen, einzuchecken und auszuhelfen.

Aber sie werden keine großen Investoren dazu bringen, sich an Bord zu setzen und die nötige Unterstützung zu geben, um einen professionellen Trainer und ein ständig wachsendes Basketballprogramm zu finanzieren. Das bringt uns direkt zum nächsten Problem, das die Roadrunners und ähnliche Programme in Städten wie Fulda haben. Wie baust du ein hochwertiges Senioren-Team auf, das auf regionaler und überregionaler Ebene mithalten kann, wenn du keine älteren Spieler hast? In den 8 Jahren seit meiner Ankunft glaube ich, dass wir ein paar ziemlich gute Spieler entwikkelt haben.

Ich denke, dass die "Ritz Ingram Basketball Academy" (RIBA) erfolgreich die Fähigkeiten und Konzepte vermittelt hat, die junge Spieler (Männer und Frauen) darauf vorbereiten, Mitglieder von Teams auf mehreren höheren Ebenen zu sein. Marius Weigel, Julian Weigel, Corinna Wiegand, Darius Springer, Alisia Buettner, Henry Hartmann, Oliver Hoffmann, Maximilian Bullemer und Dylan Paltra sind alle Spieler, die entweder in meinem System angefangen haben oder schon in jungen Jahren darin integriert waren. Ich glaube, dass sie alle, wenn sie sich entschieden hätten, Spieler zu werden, auf höheren Ebenen erfolgreich gespielt hätten. Das Problem ist, dass sie, wenn sie 18 Jahre alt sind, die Schule beenden und zur Uni gehen oder irgendwo anders arbeiten als in Fulda. Ich kann dafür wirklich keine Schuld bei den Kindern oder ihren Eltern finden. Das Wertesystem ist anders als in den USA. Sport hat nicht die gleiche Bedeutung.

Alles was übrig bleibt für einen "Old-School" -Coach wie mich ist nur der Versuch, an der Vision des Spiels und seiner Teilnehmer festzuhalten, die in meiner Erinnerung verankert ist.

Die Ironie von allem!

Dieses Memo zu mir selbst wurde am 16. Juli 2016 geschrieben

Im Laufe der Jahre habe ich jungen Spielern den Unterschied zwischen "Ironie" und "Sarkasmus" erklärt. > Wie ironisch, dass am Tag vor meinem Geburtstag eine Gruppe von Männern zusammenkam, um mir zu sagen, dass im Wesentlichen "der Trainer schuld ist". Worauf beziehen sie sich? Sie haben mir gesagt, dass die Leistung in unserem Club definitiv abnimmt. Ich bin im Mai 2010 in den Club in Fulda zurückgekehrt. Zum Zeitpunkt dieses Treffens war ich nun seit sechs Jahren hier. > Als ich ankam, gab es eine Männermannschaft, eine Frauenmannschaft und eine kleine Auswahl von Jungen zwischen 16 und 18 Jahren. Die Clubleiter haben anerkannt, dass während meiner Amtszeit die Verbesserung, die Anzahl der Mannschaften, die Leistung und alles, was damit zusammenhängt, positiv oder zumindest bemerkenswert war.

Sie sagten jedoch, dass die Glockenkurve in letzter Zeit darauf hindeutet, dass sich der Club in allen oben genannten Bereichen in die falsche Richtung bewegte. Es wurde alles analysiert, was mit der Bewertung der Leistung des Clubs zu tun hat ... ob Teams gewinnen oder verlieren, wie viele Teams registriert sind, wie viele Spieler aktiv sind, usw...

Es war für sie offensichtlich, dass sich die Dinge zu diesem Zeitpunkt (15. Juli 2016) in einer Abwärtsspirale befanden und dass dies nicht zufriedenstellend war. > Es musste einen Grund für diesen Rückgang geben. Der zugrunde liegende Faktor war in diesem Fall offensichtlich ... "es war die Schuld des Trainers".

Die Spieler in den Altersgruppen zwischen 16 und 18 Jahren sowie die erwachsenen Spieler (Männer und Frauen) verließen den Club in entmutigender Anzahl.

Diese Spieler waren unzufrieden mit der Durchführung des Trainings. Sie hatten keinen Spaß und das ... "ist die Schuld des Trainers" ... Etwas musste sich ändern!

Mir wurde gesagt, dass ein Teil meiner Arbeit mit der Unterhaltung der Spieler zu tun haben sollte. Mir wurde gesagt, dass es nicht nur um Basketball gehen sollte.

Mir wurde gesagt, dass es nicht darum gehen sollte, die Basketball-Übungen zu machen, die die Spieler besser machen würden. Ich erhielt sogar Beispiele von Übungen, die das Training verbessern sollten. Mir wurde gesagt, dass es nicht darum geht, sich auf das Teamkonzept zu konzentrieren, damit die Spieler die nötige Disziplin entwikkeln, um so gut wie möglich zu sein.

Es geht darum, etwas zu tun und Spaß dabei zu haben. Gleichzeitig wurde mir gesagt, wenn es keine U18-Mannschaft in der die U-16 Spieler eine Zukunft hatten... und keine Männermannschaft, in der die U-18 Spieler eine Zukunft hatten, dann gab es da keinen Grund für die Spieler im Club zu bleiben.

Und die Tatsache, dass es keine Männermannschaft, U18-Mannschaft oder U16-Mannschaft gab, kommt auf die Theorie zurück, dass die Trainer schuld sind, dass die Spieler keinen Spaß haben und deshalb den Club danach verlassen oder gar aufhören zu spielen .

Was hat dieses Treffen für mich bedeutet? Ein weiterer ironischer Aspekt dieses Treffens ist die Tatsache, dass ich in jener Zeit darüber nachdachte, ob ich Spaß hatte oder nicht. Manchmal denke ich, dass das für den flüchtigen Beobachter keine Bedeutung hat. > Die Wahrheit ist, dass Coaching immer Spaß gemacht hat. Es war egal, wie viel Arbeit ich hineinstecken musste.

Es spielte keine Rolle, wie viel zusätzliche Zeit ich damit verbrachte, den Job so gut wie möglich zu erledigen .... Coaching hat Spaß gemacht. Das Treffen bedeutete, dass es an der Zeit für mich war, etwas zu tun, was ich seit meinem 16. Lebensjahr relativ regelmäßig versuchte, und das heißt, **einen Blick in den Spiegel zu werfen.**

Um mich selbst zu betrachten und die Situation zu bewerten, in der ich war. Es war Zeit, mir einige Fragen zu stellen.

1) Wie viel Substanz gab es in den Dingen, die mir gesagt wurden?

2) Gibt es etwas, das ich ändern könnte, um Veränderungen in diesen Bereichen vorzunehmen?

3) Möchte ich Änderungen vornehmen, um diese Elemente auszugleichen?

4) gibt es Raum für einen Kompromiss ... und unter dem Strich ... will ich Kompromisse eingehen?

In der Vergangenheit habe ich mir eine Reihe von Etiketten gegeben, aber "künstlich" war nie einer von ihnen. Ich habe nie so getan, als wäre ich jemand oder etwas, was ich nicht bin. Ich habe meine Basketball-Philosophien und ich habe meine Lebensphilosophien und ich habe versucht, denen treu zu bleiben, unabhängig von den Umständen.

Das wollte ich auch in dieser Situation tun. **Ironisch ... Morgen ist mein Geburtstag.** Morgen werde ich dem Club mitteilen, dass ich in eine neue Richtung starte. Wenn sie richtig liegen und die Probleme, die sie aufgelistet haben, wirklich die Schuld des Trainers sind, dann muss sich etwas ändern. > Entweder muss der Trainer die Dinge ändern, die er tut ... oder ... der Trainer muss geändert werden.

Ich hatte nicht das Gefühl, dass ich die Anpassungen vornehmen konnte, die von mir verlangt wurden. Ich habe früher im Buch darüber gesprochen, wie ich mich in Bezug auf Kompromisse fühlte. Ich habe darüber gesprochen, dass ich der Meinung bin, dass es nicht immer in unserem besten Interesse ist, Kompromisse einzugehen, um eine Situation zu vermeiden, die zu der Zeit unangenehm sein könnte oder die Dinge vorübergehend verbessern könnte, also habe ich keine andere Alternative .

Ich wollte versuchen, einen Weg oder einen Platz zu finden, um das zu tun, was ich immer getan habe, nämlich das Spiel so zu lehren, wie ich es für richtig halte, und ich muss einfach die Konsequenzen meines Handelns akzeptieren und von diesem Moment an das Beste aus der Situation machen. Ich würde gerne denken, dass ich ein paar gute Coaching-Jahre vor mir habe.

Ich kann nur hoffen, dass das Spiel, wie ich es sehe, immer noch irgendwo existiert und es immer noch junge Spieler gibt, die vielleicht von dem, was ich ihnen beibringe, profitieren könnten. (Ende der Memo) Wie geht es weiter?

An diesem Punkt habe ich ein weitere Erinnerung aufgeschrieben um diese Thema mit mir selbst bald noch mal aufzunehmen ....!

Es war eine Zeit lang in Ordnung, bis die Realität hereinbrach. Nicht nur hatte sich das Spiel verändert, sondern auch die jungen Leute, die das Spiel spielten, hatten sich verändert.

Der Wunsch zu übertreffen und der Wille, so gut wie möglich zu sein - Hilfsbereitschaft - das Gefühl, Teil eines Teams zu sein - die Unterstützung der Eltern - all diese Aspekte und mehr waren meiner Meinung nach in der Gegenwart nicht mehr Existent. Ich fühlte mich, als ob ich wirklich nicht mehr passte. Erinnere dich an den Satz ... Gehe Kompromisse ein ... wenn du kannst - Wenn du nicht kannst ... tu es nicht! Es war Zeit, mein Schicksal zu akzeptieren und zuzugeben, dass der Reporter, der sagte, dass ich ein Dinosaurier sei, korrekt gewesen war. Eigentlich hatte ich zwei Jahre vorher überlegt, ob ich aufhören könnte. Ich war oft so frustriert, dass ich das Gefühl hatte, dass das Ende gekommen war.

Das Männer-Team hat sich nicht wie ein Team verhalten, das mehr als nur „Basketball zum Spaß" spielen wollte. Und das am besten ohne die Einmischung eines veralteten, disziplinierten Dinosauriers. Die Einstellungen der Spielerinnen im Frauenteam waren ein wenig besser, aber das Problem war im Allgemeinen das Interesse. Viele hatten einfach Schwierigkeiten sich zu motivieren, um zu trainieren und manchmal sogar zu Spielen. Was mich davor gehindert hatte, früher aufzuhören, war ein Versprechen, das ich an einen Spieler gestellt hatte.

Diese Spielerin begann ihre Basketballkarriere zu spät und kam ziemlich schüchtern ins Programm, aber sie und ihre Familie setzten alle Energie und Mühe in das Spiel. Sie litt unter Verletzungen und besuchte die Reha, was viele andere Spieler dazu veranlasste, aufzuhören. Ihre Familie hat viele Opfer in Zeit und Geld gebracht, um ihr jede mögliche Unterstützung zu geben. Ich versprach ihnen, dass ich bleiben würde, bis ich sie in den USA ins College brachte. Das bedeutete, dass ich noch etwa zweieinhalb Jahre weitermachen musste. Dank Coach Rick Reeves, der mir vertraut hat und auf ihre Arbeitsethik vertraut hat, spielt Corinna Wiegand heute als Stipendiatin der Gardner-Webb Universität in North Carolina Basketball.

Während ich Corinna bis zum Ende ihrer Reise begleitete, gab es zwei Elemente, die mich dazu brachte, nich eine Weile in Fulda zu bleiben. Ein solches Element war, dass ich auf Sarah Tarasewicz stieß, eine Spielerin, die mir einen Grund gab, weiter coachen zu wollen. Damals habe ich in Zusammenarbeit mit der HS (Hochschule Fulda) einen Basketballkurs für Frauen durchgeführt. Ich habe diese Aufgabe in der Hoffnung übernommen, dass eventuell einige Basketballspieler an der Schule eingeschrieben waren und dass sie vielleicht daran interessiert sind, dem Verein beizutreten. Im Herbst 2015 schloss sich Sarah der Klasse an, und ähnlich wie Corinna versuchte sie, das Spiel viel später als die anderen in ihrer Altersgruppe zu lernen. Es ist selten, dass ein Spieler, der mit 24 Jahren Basketball anfängt, dies mit solcher Leidenschaft tut. Es war einfach für mich, mich an einen Spieler zu gewöhnen, der diese Leidenschaft für das Spiel zeigt. Sarah war auch eine der wenigen Personen, die in der Lage waren, die Barriere zu überwinden, die ich zwischen mir und dem Rest der Welt zu halten versuchte.

Das andere Element war die Gruppe der 10- bis 12-jährigen Mädchen, die während dieser Zeit dem Club beigetreten waren. Ich glaubte, dass viele von ihnen mein Konzept übernommen hatten und ich fühlte mich schlecht, genauso wie sie sich selbst und ihre Eltern überzeugten, dass Basketball spielen etwas war, was sie wirklich tun wollten ... gerade als sie die Schwelle überschritten, um jemand zu sein, den man einen Basketballspieler nennen könnte ... sollte ich von ihnen gehen?

Also ... Ich habe mir gesagt, dass ich mein altes Basketball-Programm in die Schublade stecken würde. Ich wollte weg von dem Spiel, das ich seit mehr als 50 Jahren lebte und liebte. Ich sagte, dass ich in ausstieg, mit Ausnahme der 10 bis 12 Jahre alten Mädchenmannschaft, und der Arbeit mit Sarah (was auch bedeutete, dass ich die Damenmanschaft, in der sie spielte weiterhin betreuen musste) und die administrative Arbeit für den Verein übernahm.

„Ich will nur noch Basketball aus Leidenschaft"

Ritz Ingram ist genervt von ständigen Ausreden / Als Ansprechpartner weiterhin da

FULDA

Vor zwei Wochen hat Ritz Ingram die meisten seiner Traineràmter bei FT Fulda niedergelegt. Dennoch wird der 66-Jährige sein Kfz-Kennzeichen BB 365 gewiss nicht ändern lassen müssen. Denn bei ihm dreht sich auch als Rentner an 365 Tagen im Jahr alles um Basketball. Im Interview spricht er über die Gründe für seinen Abschied, seine Anfänge und zukünftige Aufgaben.

Von unserem Redaktionsmitglied
PATRICK WICHMANN

Ritz Ingram ohne Basketball – das ist schwer vorstellbar. Wie sieht Ihr Alltag derzeit aus?

Mir wird bestimmt nicht langweilig! Ich trainiere weiterhin die U-13-Mädchen bei FT und die Grünberger Damen. Und ich kann jetzt das, was ich mache, besser machen. Denn ich habe nun die Zeit dazu. Natürlich habe ich schon immer versucht, jedes Training optimal auf die Situation und die Spieler abzustimmen. Aber ich habe zeitweise elf Teams trainiert, da ist es gar nicht möglich, mit allen individuell zu arbeiten. Nun habe ich diese Freiheit. Und ich finde immer mehr Sachen, an denen ich ansetzen kann.

Warum dann überhaupt der Rücktritt von den anderen Posten – 365 Tage im Jahr mit Basketball beschäftigt scheinen Sie ja ohnehin?

Die Spieler heute haben sich verändert. Früher wollten die Jungs etwas lernen, haben jede freie Minute in der Halle verbracht. Heute erscheint den jungen Spielern alles selbstverständlich. Sie wollen nichts mehr investieren, glauben, bereits alles zu können. Ich bin kein Kindermädchen, ich bin Basketball-Trainer. Und ich möchte nicht länger von 90 Minuten Training eine halbe Stunde investieren, um die Spieler zu überreden, beim nächsten Training wieder dabei zu sein. Da gibt es die absurdesten Ausreden bis hin zu „Mein Hund hat Geburtstag".

Nein, Quatsch!

Doch, das ist wirklich passiert!

Das klingt frustrierend ...

Bei mir ist Basketball ein Buffet. Du kannst dir nehmen, was und so viel du willst. Aber wenn du dann gehst und nicht satt bist, bist du selbst schuld. Und wenn immer weniger genommen wird, dann koche ich auch jeden Tag etwas weniger – bis irgendwann überhaupt nichts mehr da steht. Dann ist das Buffet geschlossen.

Dabei überrascht aber schon der Zeitpunkt der Schließung etwas. Schließlich läuft es derzeit gut: die Herrenmannschaft scheint nach dem Aufstieg in die Landesliga sogar geeignet für den Durchmarsch in die Oberliga. Warum also gerade jetzt?

Der Frust ist zuletzt immer größer geworden. Vor zweieinhalb Jahren war das schon einmal der Fall. Damals aber hatte ich Corinna Wiegand, sie wollte ich auf keinen Fall hängen lassen. Daher konnte ich meinen Frust noch einmal herunterschlucken. Inzwischen hat Corinna ein Basketball-Stipendium in den USA. Auch Juliane Dylla, eine weitere tolle Spielerin, ist derzeit in den USA. Solche Anker fehlen mir heute. Meine Rente ist nicht groß. Aber sie reicht, um nur noch mit den Spielern zu arbeiten, die auch arbeiten wollen. Solche Kompromisse habe ich lange Zeit gemacht. Doch wenn man zu oft Kompromisse eingeht, ist man irgendwann ein anderer Mensch. Das möchte ich nicht. Ich mag mich so wie ich bin. Ich will nur noch dort arbeiten, wo Basketball aus Leidenschaft gespielt wird.

Das scheint bei den U-13-Mädchen der Fall zu sein.

Sie sind ähnlich wie Corinna und Juliane damals. Ich muss sie nicht überreden, zum Training zu kommen. Sie machen sogar Einheiten in den Ferien. Und so lange sie derart engagiert bei der Sache sind, werde ich mit ihnen weitermachen. Ich sage immer: Da hängt ein Knopf in der Luft, wenn sie den finden und drücken, dann ist Schluss. Wie heißt das noch gleich auf Deutsch?

Pubertät?

Genau! Dann halten die Jugendlichen plötzlich alles für blöd, auch Basketball. Wenn das passiert, dann ist für mich Schluss. Ich kümmere mich um die, die wollen. Ich bin ein Dinosaurier: Ich kann mich nicht kleiner machen, als ich bin. Wenn ich an einem Ort keine Überlebenschance mehr habe, ziehe ich weiter. Und wenn ich diesen Ort irgendwann gar nicht mehr finde, dann muss ich aussterben.

Das aktuelle Modell sieht vor, dass die Herren sich erst einmal selbst coachen. Schafft die Truppe das?

Sie sind auf jeden Fall in der Lage, das Notwendige zu tun. Das Talent und die Erfahrung sind da, um das Niveau zu halten und weiter oben mitzuspielen.

Werden Sie dann auch oft als Zuschauer bei den Spielen in der Halle sein?

Die Mehrzahl der Spieler aus allen Teams hat unter meiner Leitung angefangen. Die lasse ich nicht fallen und bin weiterhin als Ansprechpartner da. Auch hier gilt: Wer von mir lernen will, hat die Möglichkeit dazu. Derzeit versuche ich, das Trio Lorena Zivkic, Oliver Hoffmann und Tim Hehnke auszubilden und ihnen dabei zu helfen, ihre eigene Coaching-Philosophie auszubilden. Ich habe mich ja nicht in Luft aufgelöst!

Wie steht der Fuldaer Basketball im Vergleich zu Ihrer Anfangszeit da?

Schlecht! Auch das hängt damit zusammen, dass vielen heute die Motivation fehlt. Ein gutes Beispiel ist A[…] dreas Gehring, der schon la[…] dabei ist. Er ist nicht der be[…] Spieler, aber er gibt immer 1[…] Prozent. Das fehlt vielen an[…] ren Spielern heute leider. I[…] mer wird nur ein Grund [...] sucht, etwas nicht zu tun, [...] statt ein Grund, etwas zu tu[…]

Was wird Ihnen denn als schönster Moment in Erin[…]nerung bleiben?

Oh, da gibt es viele! I[…] jüngste Höhepunkt war defi[…]tiv Corinna. Ihre Entwicklu[…] bleibt ganz weit oben auf [...] Liste der schönsten Momen[…] Da fällt mir auch Detlef Mu[…] ein: Ihn musste ich erst m[…] überreden, mit Bask[…]ball anzufangen [...] und plötzlich [...] ben wir ihn [...] nicht mehr [...] der Halle [...] kriegt! Spä[…] wurde er Bunde[…]ga- und Nation[…]spieler. So etwas [...] gisst man natürlich nicht. I[…] Zusammenarbeit mit sehr [...] len tollen Spielern wird mir [...] rantiert im Gedächtnis bl[…]ben. Es gibt keinen Gru[…] traurig zu sein. Die Zeit ist e[…]fach um.

Ritz Ingram ohne Basketball? Undenkbar! Auch weiterhin bleibt der Dinosaurier FT erhalten. Archivfoto: Ch. Rolff

Ritz Ingram wurde am 17. Juli **1950 in Philadelphia** geboren. Nach ersten Trainerstationen in den USA siedelte er in den **70er-Jahren** nach Osthessen über und übernahm hier die Teams der **Fuldaer Turnerschaft** (FT). Unter seiner Regie schafften die FT-Damen fast den Aufstieg in die Zweite Liga, die FT-Herren führte er ins Finale des Hessenpokals. Nach einer kurzen Rückkehr in die USA arbeitete er in Deutschland für die Bundesliga-Teams aus **Würzburg** und **Quakenbrück**. Seit 2010 ist er zurück bei FT Fulda, trainiert zudem seit Juli 2016 die Damen der **Bender Baskets Grünberg** in der Zweiten Bundesliga.

Lauritz Ingram geht in Teilzeit-Rente – „Passe da nicht mehr rein"

Fulda (rg) – Lauritz Ingram und Basketball – eine Symbiose, eine „Ehe", eine Lebenseinstellung und irgendwie auch ein Programm. Lauritz Ingram ohne Basketball - über Jahrzehnte nicht vorstellbar. Jetzt hat der Head Coach der Fulda Roadrunner aber doch die Nase voll – und geht in Teilzeitrente.

Lauritz Ingram. Foto: Christine Görlich

Der 66-Jährige hat die Verantwortlichen der Basketballabteilung von FT Fulda in einem Brief und anschließend auch die Spieler am Wochenende davon unterrichtet, dass er sich weitgehend aus der Basketball-Halle verabschieden wird – und das sofort. „Ich passe da nicht mehr rein – und ich weigere mich anzupassen", so Ingram, der seit seinem College-Freshman-Jahr in den USA 1968 so viele Stunden wie kaum ein anderer als Trainer in Basketball-Hallen verbracht hat. Früh kam er nach Fulda, wo er als Trainer große Erfolge feierte. In den 80er-Jahren schafften die FT-Damen fast den Aufstieg in die 2. Liga, die Herren standen als Landesligist im Hessenpokal-Finale. Aus der Domstadt ging es zurück in die USA, es folgten unter anderem Stationen bei den Bundesligisten in Quakenbrück, Würzburg, Düsseldorf und Leipzig. 2010 kehrte er nach Fulda zurück.

Sechs Jahre später jetzt der Einschnitt: „Alles, was so im Leben passiert, im Sport und vor allem beim Basketball, das passt mir nicht mehr", so der Trainer aus Leidenschaft. „Ich habe versucht, mich über die Jahre weiter zu entwickeln und habe viele Kompromisse gemacht, aber ich kann keine weiteren Änderungen einstecken." Das klinge vielleicht arrogant und selbstgefällig, aber er sei einigermaßen zufrieden mit dem, der er ist. „Das ist so eine Sache mit den Dinosauriern. Sie sind ausgestorben, weil sie nicht mit ihrem Umfeld klar kamen", so der 66-Jährige weiter. Die Jugendlichen und deren Eltern heute würden den Basketballsport ganz anders sehen als er. Erst am Wochenende habe er wieder eine Abmeldung einer Elfjährigen erhalten, die im sechsten Schuljahr den Sport und die Schule nicht mehr unter einen Hut bringt. „Jeder sucht nur noch Ausreden, um etwas nicht zu tun", so Ingram. „Es gibt keine Bereitschaft mehr, sich zu verpflichten - und die weit verbreitete Einstellung zum Sport passt mir nicht." Er habe immer zwischen Basketballspielern und denen, die Basketball spielen unterschieden. Und Basketballspieler, denen ihr Sport wichtig sei, gebe es immer weniger.

Ganz zurückziehen wird sich der 66-Jährige aber nicht. „Ich werde die U13-Mädchen in Fulda weiter machen, weil sie noch das sind, was ich unter Basketballspielern verstehe - und die Bundesliga-Damenmannschaft in Grünberg." Frust schwingt in der Stimme von Ingram mit, als er das erzählt, aber auch die Zufriedenheit mit den Erinnerungen an frühere Zeiten. Es sei noch nicht ewig her, als die Fuldaer Basketballer zuhauf hilfsbereit gewesen seien. Da wäre es noch völlig normal gewesen, beim Training und Spielen von Jugendmannschaften als Coach auszuhelfen, Kampfgericht zu machen oder einfach nur aufzuräumen. Das sei heute ganz anders. Natürlich gebe es auch heute noch hilfsbereite Menschen in der Basketball-Halle, es seien aber nicht mehr viele.

Dann ist auf dem Weg in den Ruhestand eine lustige Sache passiert

Kapitel 26

2016-2017 Crossroad # 18 Eine letzte Fahrt - Gruenberg

Ich erinnerte mich an Gruenberg von "damals". Ich hatte gehofft, dass es immer noch einer der Orte war, an denen diese altmodischen Dinge, die ich gerade erwähnt habe, noch existierten. Das habe ich mir erhofft, als die Chance kam, als Cheftrainer des Bundesligisten das Ruder zu übernehmen. Im Juni 2016 habe ich den Job angenommen. Es war eine Chance zu sehen, ob die Systeme und Konzepte, die ich über die Jahre entwickelt hatte, auf einer höheren Ebene des Spiels funktionieren könnten.

Der Manager des Teams, Otto Klockemann, war die Person, der ich in ihrer Organisation am nächsten stand. Es war offensichtlich, dass er ein echtes Interesse an der Mannschaft und dem Wohlergehen der Bundesliga-Spieler hatte. Ich arbeitete an einem engen Zeitplan und einem noch knapperen Budget. Füg‘ da eine kleinen aktive Spielerliste hinzu (ein Punkt, auf den ich später zurückkommen werde), und du hast einen Job mit integrierten Herausforderungen. Mit Ottos Hilfe begann ich sofort, ein Team zusammenzustellen. Ich hatte ein bisschen Glück, gleich zu Beginn. Ich habe gesehen, wie die Mannschaft in der letzten Saison zweimal gespielt hat, weil eine Spielerin dieser Mannschaft, Annemarie Potratz, eine meiner Kinder in Quakenbrück war.

Sie war eine Gym-Rat und eine Freude zu coachen. Jetzt, acht Jahre später, würde sie mein Guard sein. Der gleiche glückliche Schicksalsschlag hatte mich in die Lage versetzt, Viki Karambatsa auf meiner Liste zu haben. Sie war einer meiner Jugendspieler in Leipzig. Otto tat alles, was er konnte, um mir zu helfen, die zwei ausländischen Spieler zu unterschreiben, die uns die Ligaregeln erlaubt hatten. Ich unterschrieb Sarah Olson, eine erfolgreiche Torschützin der Monmouth University und Vanessa Zailo, eine hervorragende Rebounderin und defensive Präsenz auf dem Platz.

Diese vier Spieler waren nicht nur der Kern des Teams, sie waren praktisch die einzigen Konstanten im Team. Es war schwierig genug, einem Team ein völlig neues Konzept beizubringen, und glaube mir, dass das, was ich "RitzBBall" nenne, ein neues und anderes Konzept für die meisten Spieler ist. Wir haben eine relativ einzigartige Verteidigung gespielt (die ich von Michigan State gestohlen und modifiziert habe) und andere Defensivprinzipien verwendet, die im heutigen Spiel selten oder gar nicht umgesetzt werden.

Sie mussten meine "Pritzton" Offensive lernen. Das System basiert auf Pete Carrolls Princeton-Angriff und ist mit Elementen der Taktiken modifiziert, die ich von Coach Lynner in Hofstra gelernt habe. Der Rest ist Zeug, das ich auf dem Weg abgeholt habe. Wenn man alle neuen Elemente berücksichtigt, die die Spieler lernen müssen, damit das Team gut spielt, ist es leicht zu sehen, dass wir viel Übung brauchen werden. Das stellte sich als ein großes Problem heraus, das ich nicht erwartet hatte. Es ist nicht so, dass die Kinder nicht motiviert waren. Sie wollten arbeiten und verbessern.

Das Problem war, dass Grünberg gleichzeitig versuchte, Bundesliga (Professional), Regionalliga (3. Division) und WNBL (Entwicklungsliga) zu spielen, und einige der Spieler waren in ihren jeweiligen Nationalmannschaften. Hinzu kamen Spieler, die Doppel-Lizenzen erhielten, mit denen sie für mehr als einen Verein spielen konnten. Diese Personen sollten mit dem Marburger Team in der Bundesliga trainieren und spielen. All das mag im Lebenslauf eines Vereins oder Spielers wirklich gut aussehen, aber für mich war das ein absoluter Albtraum. Wir haben Spiele verloren, von denen ich glaube, dass wir sie hätten gewinnen sollen, wenn wir besser vorbereitet wären ... und ... wenn wir trainiert und mit einer vollen Spielerbank gespielt hätten.

Ich habe mehrmals mit Mitgliedern der Verwaltung über die Konflikte gesprochen. Meine Worte schienen unaufhörlich auf taube Ohren zu treffen. Es war wohl wichtiger, sagen zu können, dass wir auf diesem, dem und diesem Level spielen, anstatt zu sagen, dass wir zwar nur auf einem Level spielen, abe dafür richtig gut. Der Versuch, die gleichen 6 bis 10 Spieler in mehreren Teams einzusetzen, war bei mir nie etwas Favorisiertes und die Saison in Grünberg gab mir umso mehr Grund, es in einem negativen Licht zu sehen. Es ist nicht übertrieben zu sagen, dass wir eine ganze Saison durchgemacht haben und nie wirklich die Chance hatten, auf dem Platz zusammen zu wachsen. In der Tat gab es vom 6. Januar bis zum Ende der Saison nur vier Trainingseinheiten, bei denen wir 10 Spieler aus unserem Kader beim Training hatten.

Wir haben fünf der letzten sieben Spiele mit nur sieben Spielern gespielt. Neben den oben genannten Spielern konnte nur Isabell Meinhart angepriesen werden, um fast immer beim Training zu sein. Noch einmal möchte ich diese Dinge nicht als Entschuldigung dafür verwenden, Spiele zu verlieren, weil am Ende "Es die Schuld des Trainers" ist; aber ich hätte mir gewünscht, zu sehen, wie diese Gruppe es geschafft hätte, wenn die Umstände anders gewesen wären. Nach einem wirklich harten Verlust vor den Weihnachtsferien in Osnabrück, entschied ich, dass ich, egal wie die Saison sich entwickelte, nicht für die Saison 2017-2018 zurückkehren würde. Ich habe Otto kurz darauf informiert. Ich wollte sicherstellen, dass der Club genügend Zeit hatte, um einen Ersatz zu planen und zu suchen.

Letter to the Gruenberg Manager

Hallo Otto... dieser Brief sollte einiges klären.

Ich weiß nicht ob die Verantwortlichen es überhaupt vor hat meine Vertrag für das nächste Saison zu verlängern aber ich möchte hiermit sagen das ich in 2017-2018 die Bundesliga Damen in Gruenberg nicht trainieren wird.

Durch diese mehr als rechtzeitige Information, ich hoffe das ich alle helfen werde eine passende Nachfolger zu finden und das ohne Zeitdruck. Ich werde diese Saison zu Ende bringen und dann ziehe ich mich zurück.

Es wäre falsch von mir das zu sagen ohne etwas Hintergrund mitzuliefern... Es sollte nicht als Kritik gesehen werden ... nur Information womit man hoffentlich Verbesserungen/Änderungen überlegen kann.

Ich denke ich habe alles in meine Macht getan diese Mannschaft eine besonderen Basketball-Erlebnis zu geben und das ohne irgendwelche "Scheinwerfer" auf mich selbst zu richten... Wenn man die Fahrtkosten für Vorbereitung, die Einführung, Unterhaltung, Unterbringungskosten für die drei Ausländer, die Trikots und Busfahrt nach Berlin... Ich habe fast €7,000.- aus mein eigenen Tasche bezahlt... Ich habe es getan, weil ich wollte das diese Saison für das Team eine entsprechende Niveau hat ... Ich erwähne diese Fakten nur damit es klar ist das ich bereit war mich 100% hinter das Team zu stellen und alles zu tun damit es gut läuft.

Das Menschen, die auch hinter das Team stehen sollten, ständig das was ich tue in Frage stellen paßt einfach nicht. Das Menschen die auch hinter das Team stehen sollten, öffentlich die Spieler kritisieren und schlecht machen paßt nicht. Wenn sie auf mich los gehen wollen... "have at it" mir macht es Spaß mit denen zu kämpfen... aber sie sollten Hände weg von meine Spieler lassen.

Was den momentane Tabellenstand angeht... Ja derjenige hatte Recht... das waren wichtige Punkte gegen Braunschweig... aber bevor zu Alarmglocke greift und Panik verursacht...vielleicht wäre es ratsam die Situation näher anzuschauen. Für Gruenberg auf einen Abstiegsplatz zu rutschen, müssen wir (das Team und Ich) alle neun verbleibende Spiele verlieren und Braunschweig und Barmen müssen 5-von-9 gewinnen... Für jeder Gruenberg Sieg brauchen diese beiden ein Sieg mehr... Also wenn wir ein einziges aus neun gewinnen dann brauchen sie 6-von-9 zu gewinnen... Nebenbei... Ich traue meine Mannschaft zu mindestens ein Spiel zu gewinnen.

Nebenbei, Ich finde das was die Mädchen bisher erreicht haben unter die gegebenen Umständen ist lobenswert. Vielleicht steht es mir nicht zu aber mein Rat für die Zukunft... Wenn Gruenberg Bundesliga spielen will, dann sollte das Bundesliga Team "tatsächlich" Priorität haben. Ich will die andere Coaches auf kein Fall kritisieren, aber wenn die Jugendspieler ein Beitrag leisten sollten dann "müssen" sie bei dem Training immer dabei sein... und wenn das nicht möglich ist dann haben auch hier die Kritiker kein Basis für die Vorwürfe wegen Spielzeit (nebenbei... vor einige Spiele stand es im Internet das die Bender Baskets hat die 3.hoechste Durchschnitt-Spielzeit für Homegrown-Spieler)

Dazu kommt den "sogenannte" Kooperation mit Marburg... ich habe aber schon, und oft genug, ausführlich meine Meinung dazu gegeben...

Alles andere, Kritik an mich persönlich und meine Spielweise ... geht in Ordnung ... I guess that goes with the Territory ... aber wie gesagt... es sollte von außen kommen... Ich kann es akzeptieren und habe es getan seit fast 40 Jahre ... Ich denke das reicht...

Ritz Ingram Basketball Coach / Program Director Ritz Ingram Basketball Academy

Ich habe mich wahrscheinlich mehr herausgefordert, als die Situation mich herausgefordert hat. Ähnlich wie bei meinem letzten Versuch als Spieler, nahm ich den Job in Grünberg als persönliche Herausforderung an. Es ging darum, meine eigenen Fragen zu beantworten und meine eigenen Zweifel zu zerstreuen. Ich glaube, dass alle meine Fragen beantwortet wurden und ich bin zufrieden mit dem, was ich als Trainer und als Person bin. Jedes Mal in meinem Leben, als ich mit einer dieser „Crossroad-Situationen" konfrontiert wurde, habe ich versucht, die Entscheidung zu treffen, die mich in eine positive Richtung bewegen würde. Es klingt für die meisten wahrscheinlich sehr altmodisch, aber ich habe immer versucht, den Richtlinien zu folgen, die in vielen der Dinge festgelegt sind, die ich gelesen habe, als ich jung war. Wenn es darum ging, an einer bestimmten „Crossroad" eine Wahl zu treffen, erinnere ich mich an eine Passage von Alfred, Lord Tennyson ...

"Man am I grown, a man's work must I do.

Follow the deer? follow the Christ, the King,

Live pure, speak true, right wrong, follow the King—

Else, wherefore born?"

Ich kann nicht kontrollieren, wie andere meinen Umgang mit Situationen und Herausforderungen gedeutet haben. Ich habe versucht, eine Identität auf der Grundlage von Werten und Prinzipien zu etablieren, die ich für richtig hielt und halte - sowohl auf als auch außerhalb des Spielfeldes. In Bezug auf diejenigen, mit denen ich in Kontakt gekommen bin oder für die ich verantwortlich war, habe ich versucht, dafür zu sorgen, dass sie sich von diesen Begegnungen mit etwas Positivem verabschiedet haben. Ich werde immer daran glauben, dass "immer jemand zuschaut" ... Wenn ich auf all die Städte, Mannschaften und Spieler zurückblicke, bei denen ich auf dem Weg stehen geblieben bin, würde ich gerne glauben, dass ich diese Orte und Menschen etwas besser verlassen habe, als sie bei meiner Ankunft waren. Ob das stimmt oder nicht - wie auch immer die Meinung der Zurückgebliebenen - Wenn etwas besser oder schlechter ist ... "Es ist die Schuld des Coaches"

Wohin gehe ich von hier aus? Gibt es ein weitere Crossroad vor mir?

Nur die Zeit kann diese Frage beantworten.

Kapitel 27

FIMBA - Eine persönliche Herausforderung und Lessons learned

Vor dem Frühjahr 2016 war die FIMBA-Organisation etwas Neues für mich. Auf ihrer Website (FIMBA.Net) finden Sie die folgende Erklärung über ihre Herkunft: "GESCHICHTE DER MAXIBASKETBALL-BEWEGUNG" Maxibasketball wurde 1969 in Buenos Aires,

Argentinien, ins Leben gerufen. In diesem Jahr teilte sich eine Gruppe ehemaliger Spieler ein Ausstellungsspiel in einem Gericht. Einige Monate später hat Herr Eduardo Rodriguez Lamas die Gründung der ARGENTINISCHEN BASKETBALL-VETERANS UNION vorangetrieben. In den folgenden Jahren wurden die Kategorieregeln eingeführt. Das erste internationale Turnier fand 1978 in Argentinien statt und hielt die Südamerika-Meisterschaft unter der Schirmherrschaft des südamerikanischen Basketballverbandes (Consubasquet), der Mitglied der FIBA ist. Das war die Beschreibung von 1969 ... Im Sommer 2017 wurde es so beschrieben:

Ausschnitte von der Facebook-Seite von FIMBA USA ... "Für amerikanische Basketball-Journalisten, die sich für den 14. FIMBA - Verband der Internationalen Masters Basketball Association - Weltmeisterschaften in Montecatini, Italien ab dem 1. Juli interessieren, kontaktieren Sie mich bitte. 7 USA-Teams werden teilnehmen. Die Veranstaltung wird als das größte 5-gegen-5-Basketballturnier aller Zeiten mit 367 Teams aus 43 Ländern durchgeführt. Siehe www.tuscanyfimba2017.com Das globale Masters-Alter (35+) Turnier bietet ehemalige Olympioniken, Nationalspieler und Profis. Das Spielniveau gilt als der beste altersgerechte Basketballwettbewerb der Welt. Am 14. Juli 2017 wurde dies auf der Facebook-Seite von FIMBA USA veröffentlicht:

"Die Mannschaften der USA-Männer haben sich erneut in der 14. FIMBA - Föderation der Internationalen Masters Basketball Association - der Weltmeisterschaft, die letzte Woche in Montecatini, Italien stattfand, ausgezeichnet. Die USA-Männer gewannen Goldmedaillen in 4 von 6 Altersgruppen, die in der bemerkenswerten FIMBA-Veranstaltung eingetragen wurden, die als die größte 5er-Konkurrenz für 5 Basketballturniere aller Zeiten bezeichnet wurde. Insgesamt nahmen 367 Teams aus 50 Ländern an mehr als 1.100 Spielen in 22 Basketball-Spielstätten in der gesamten Region teil. Das Turnier zeigte Meister ehemalige Olympioniken, Nationalspieler, europäische Profis und sogar einige NBA Alumni. Neben dem Nonstop-Basketball während der 9-tägigen Veranstaltung veranstaltete FIMBA eine Eröffnungsfeierparade sowie eine Mega-Social-Party für die 5.800 Teilnehmer des Turniers. Die Vorbereitungen für USA-Teams werden später in diesem Sommer für die Teilnahme an der FIMBA World League im April 2018 in Matsue, Japan, und bei den FIMBA Pan Am Meisterschaften im Juni 2018 in Natal, Brasilien beginnen. Die 15. FIMBA-Weltmeisterschaft wurde im Sommer 2019 in Helsinki, Finnland, ausgetragen.

Männer-Teams beginnen im Alter von 35 und Frauen-Teams im Alter von 30 Jahren. Bitte kontaktieren Sie mich unter sweeney@fimba.net, wenn Sie daran interessiert sind, ein Männer- oder Frauenteam in einem unserer zukünftigen Turniere einzusetzen oder wenn Sie ein globaler Sponsor sind, der sich unserer wohlhabenden, gebildeten, mobilen, gesundheitsbewussten, basketballliebenden Zielgruppe anpasst . "

Alles, was ich versuche hier zu sagen, ist, dass dies eine ziemlich große Sache geworden ist.

Am Anfang mag es ein Treffen "nur zum Spaß" gewesen sein, aber diese Zeiten sind längst vorbei. Heute ist FIMBA ernsthafter Basketball. Jedenfalls begann es für mich als Trainer am 21. November 2015, als Ingrid Heidler mich kontaktierte. Ingrid hatte 1989 für mich als Mitglied der 1. Bundesliga-Mannschaft in Weilheim gespielt. Es fühlte sich ziemlich gut an, zu denken, dass eine Person, die 25 Jahre lang für mich gespielt

hat, mich bitten würde, ihre Mannschaft (Deutschland über 40 Frauen) bei der Europameisterschaft in Novi Sad zu trainieren. Zu diesem Zeitpunkt begann ich, FIMBA genauer unter die Lupe zu nehmen. Was ich sah, war fast das genaue Gegenteil von dem, was ich mit den Spielern der aktuellen Ära erlebte.

Nur wenige Monate vor diesem Kontakt hatte ich beschlossen, mich aus dem Basketball zurückzuziehen. Darüber habe ich in einem anderen Kapitel geschrieben. Jetzt war hier diese Gruppe von Spielern, die bereit war, beträchtliche Opfer zu bringen, um im Turnier zu spielen. Sie alle hatten Familien, Jobs und andere Verpflichtungen ... und dennoch nahmen sie diese Gelegenheit an, Basketball ganz oben auf ihre Prioritätenliste zu setzen. Dies zu einer Zeit, als ich völlig frustriert und desillusioniert war wegen der mangelnden Haltung, die ich bei jüngeren Spielern sah. Die Begeisterung, die sie ausstrahlten, und ihre Bereitschaft, sich auf dem Platz zu einem Ziel zu bekennen, machten es mir unmöglich, nein zu sagen.

Und so fing es an. Es wurden Vorbereitungen getroffen, damit das Team in Fulda trainieren konnte, und ich war wieder einmal beeindruckt, wie sie mit den Zeitplänen jongliert haben, um die Teilnahme zu ermöglichen. Die Teamleiterin Carmen Bittenbinder war nicht weniger als fantastisch, als sie alle möglichen Ressourcen nutzte, um das Team zusammen zu bringen und alle Details zu koordinieren ... Dazu gehörten Spielerregistrierung, Hotelunterbringung, Flug- und Autotransport sowie Vor-Ort-Training in Novi Sad.

Außerdem hat sie Zeit gefunden, eine Sightseeing-Tour für mich zu organisieren. Es fühlte sich einfach gut an, mit einigen Leuten zusammen zu sein, die bereit waren, sich zu engagieren.

Dann kam der spielende Aspekt. Das Team bestand nicht aus ehemaligen Nationalspielern oder Profis ... es war nicht einmal eine Gruppe von Spielern, die lange Zeit zusammen gespielt hatten, wie viele der Teams, denen wir gegenüberstanden.

In three months 120 teams from more than 20 countries will have a memorable championship. We have pr

Newspaper Article from Donaukurier

Bronze bei der Europameisterschaft

Novi Sad (DK) Die Neuburger Basketballerinnen Oana Constantinescu, Carmen Bittenbinder und Ingrid Heidler waren in Serbien mit der deutschen Nationalmannschaft F40+ erfolgreich. Bei der Europameisterschaft sicherten sie sich mit ihrem Team die Bronzemedaille.

In Novi Sad trafen sich die Basketball-Senioren aus ganz Europa, um ihre Meister zu ermitteln. Die deutsche Mannschaft war mit 18 gemeldeten Teams die stärkste Nation, bei der von der FIMBA organisierten Meisterschaft. Unter den deutschen Sportlern waren auch wieder drei Neuburger Basketballerinnen vertreten: Oana Constantinescu, Carmen Bittenbinder und Ingrid Heidler gingen in der Altersklasse F40+ auf Körbejagd für Deutschland.

"Innerhalb von sieben Tagen wurden fünf Spiele absolviert. Die beiden

Vorrundenspiele verliefen allerdings wenig erfolgreich", berichten die Frauen. Das Auftaktspiel gegen die Slowakei in der Gruppe B ging mit einem deutlichen 71:35 verloren. Am darauffolgenden Tag war mit Slowenien der zweite Gruppengegner eigentlich bezwingbar, doch im letzten Viertel waren die Sloweninnen entschlossener und gingen mit einem 38:43-Sieg vom Platz. Entsprechend enttäuscht waren die Damen aus Deutschland, daß sie sich diese Chance auf den ersten Sieg haben entgehen lassen. Als Gruppenletzter wurde die Vorrunde beendet.

Im darauffolgenden Überkreuzspiel ging es gegen den Gruppenzweiten aus der Gruppe A. Gegen Litauen konnte die Mannschaft bei den vergangenen fünf Teilnahmen an Europa- und Weltmeisterschaften bislang noch nie gewinnen. Auch in diesem Spiel sah es bis zum Ende des dritten Viertels nach einem baltischen Sieg aus. Doch die Ansage des Nationaltrainers Ritz Ingram aus Fulda war deutlich: "Zehn Minuten verbleiben, um das Spiel zu drehen! Wenn Ihr gewinnen wollt, müßt Ihr kämpfen und den Sieg wirklich wollen!" Gesagt getan, die deutschen Damen spielten hervorragend in der Defense, waren durchsetzungsfreudig in der Offense und hatten am Ende mit zwei Punkten Vorsprung einen 57:55-Sieg zu Buche stehen. Somit war der Einzug ins Halbfinale besiegelt.

Dort wartete erneut die slowakische Mannschaft auf das deutsche Team um Kapitän Ingrid Heidler. Diesmal hielten die Damen deutlich besser dagegen, mußten aber auch diesmal voller Respekt die bessere Leistung der Slowakinnen anerkennen. Mit einem 42:63 ging zwar das Spiel verloren, doch die Hoffnung auf eine Medaille blieb bestehen. Denn zeitgleich mit dem Finale Rußland gegen Slowakei spielte die deutsche Mannschaft wiederholt gegen Slowenien.

Diesmal standen die Vorzeichen völlig anders: Die deutschen Damen waren im fünften Match des Turniers noch deutlich fitter und athletischer als die slowenischen Damen. Mit der Ganzfeld-Manndeckung hielten die deutschen Damen den Druck permanent hoch und erlaubten den Sloweninnen im gesamten Spiel nur 26 Punkte. Selbst erzielten sie 43 Punkte und beendeten dieses Spiel als Siegerinnen. Entsprechend groß war der Jubel über die damit gewonnene Bronzemedaille. Die anschließende Siegerehrung genossen alle Teilnehmerinnen sichtlich. **Hinter den Europameisterinnen aus Rußland, dem Vizemeister aus** der Slowakei platzierten sich die deutschen Damen auf dem 3. Platz.

Alles in allem war ich ein wenig stolz auf das, was die Gruppe erreicht hatte und es war etwas erfreulich zu wissen, dass ich ihnen helfen konnte, dorthin zu gelangen.

Das Team .. Wanda Schipler, Bettina Sturies, Andrea Hüser, Oana Constantinescu, Ingrid Heidler, Birgit Focht, Ozana Klein, Dagmar Gehlhaar, Carmen Bittenbinder, Cristina Weiser, Kathrin-Brower-Rabinovich und Jutta Krenn wuchsen zusammen und verbesserten sich von Spiel zu Spiel. Die Bronzemedaille am Ende war unerwartet und es fühlte sich wirklich sehr gut an, das Lächeln auf ihren Gesichtern zu sehen, als sie auftraten, um sie zu erhalten.

Dort begann meine persönliche FIMBA-Reise ...

Ich war in Novi Sad und trainierte das Women's Team, als ein Mitglied des Über-65-Teams der Männer mich fragte, ob ich bei der Weltmeisterschaft im Sommer 2017 mit seinem Team spielen könnte. Ich sagte, dass ich gerne spielen würde, aber nur, wenn ich mich bis dahin in Form bringen konnte. Ich habe wirklich nicht viel anderes getan, als gelegentlich herumzuschießen, und dabei habe ich erkannt, wie sehr ich aus der Form war. Ich schrieb es mehr oder weniger ab und entschied, dass es genug wäre, um die Frauen wieder zu trainieren ... sie waren damit beschäftigt, ein neues Team zusammenzustellen. Der Mannschaftskapitän (Prof. Dr. Duchstein) schrieb wieder Mitte November und fragte, was ich tun würde ... Das war der letzte Schub, den ich brauchte, und zu diesem Zeitpunkt beschloss ich, konzentrierte Anstrengungen zu unternehmen, um mich auf das Spiel vorzubereiten. Das war nur Wochen vor den Weihnachtsferien, also plante ich, mich ernsthaft fit zu machen, während ich in den USA war. Zu dieser Zeit war ich infiziert worden.

Der Wunsch zu konkurrieren stieg und das Gefühl, mit jedem erfolgreichen Training erfolgreich zu sein. Ich fing an, mich selbst unter Druck zu setzen, weil ich "mir selbst" beweisen wollte, dass ich das tun konnte.

Manchmal vergaß ich, wer ich war ... oder sollen wir sagen ...

Ich vergaß, dass ich nicht mehr der Spieler war, der ich einmal war. Meine Gedanken sagten ... "mach weiter, du kannst das" ... während mein Körper sagte ... "bist du verrückt, du bist nicht 20 Jahre alt" ... aber es war zu spät um aufzuhören ...

Ich war "All in ..." und ich begann mich gut zu fühlen.

Bis April 2017 ging es mir gut. Ich hatte mich sogar in Fuldas In-House-League zu einer Mannschaft zusammengeschlossen, damit ich zumindest ein Gefühl dafür bekommen konnte, in Spielsituationen zu spielen. Es ist eine Sache alleine im Studio zu sein, Übungen zu machen und zu schießen ... und es ist ein ganz anderes Gefühl, wenn man versucht, all diese Dinge in einem Spiel auszuführen.

Dennoch stieg das Konfidenzniveau mit der Fitness an.

War ich bereit? Es gibt einen witzigen Aspekt bei dieser Frage ... Wenn es darum geht, auf den Platz zu treten ... bereit oder nicht, alles, was du tun kannst, ist alles, was du tun kannst ... und ich war entschlossen, alles zu tun, was ich konnte. Die FIMBA Weltmeisterschaft sollte vom 30. Juni bis zum 09. Juli 2017 in Montecatini Terme, Italien, stattfinden Dieses Mal trainierte ich das deutsche Frauen-Über-40-Team und spielte für das deutsche Männer-Über-65-Team. Es war ein sehr anstrengender und aufschlussreicher

Ausflug. Die Reise selbst brachte ein gewisses Maß an Stress mit sich. Mein Team hatte für Freitag, den 29. Juni um 13:00 Uhr angesetzt. Da ich alleine gefahren bin, war es keine kurze Fahrt. Ich verließ Fulda um 22:00 Uhr am Donnerstagabend und nachdem ich die Nacht durchgefahren war, kam ich um 12:15 Uhr im Hotel an, packte aus und ging direkt zur Halle.

Das Training war eher wie ein Schusswechsel, also habe ich es gut überstanden und bin dann ins Hotel zum Schlafen gegangen. Ich blieb jedoch lange genug in der Halle, um die erste Hälfte des nächsten Trainings zu sehen. Es war das Üver-65-Team der Männer aus Japan.

Seltsamerweise war das unser Gegner im zweiten Spiel des Turniers. Ich kann sagen (ohne Übertreibung), dass diese Jungs mir die Hölle heiß gemacht haben. Nachdem ich sie eine halbe Stunde lang beobachtet hatte, fragte ich, ob ich wirklich so hart gearbeitet hatte, wie ich dachte. Das gesamte Team "sprintete" durch die Übungen ... Lay-up-Übungen, Passübungen und Schießübungen. Es gab Non-Stop, All-Out, Full-Speed-Action. Ich bezweifelte ehrlich, ob ich genug getan hatte, um mich vorzubereiten. Der Wettbewerb sollte am Samstagmorgen um 08:00 Uhr beginnen ...

Mein erstes Spiel als Spieler war gegen die Slowakei ... und danach war es nonstop. Ich werde dich nicht mit allen Details langweilen. Ich werde einfach sagen, dass wir dieses Spiel (knapp) gewonnen haben. Am nächsten Morgen ... wieder um 08:00 Uhr standen wir dem japanischen Team gegenüber, das mich so beeindruckt hatte. Es genügt zu sagen, dass ich mich am Ende des Spiels ziemlich gut gefühlt habe. Wir haben gewonnen und ich dachte, ich hätte ziemlich gut gespielt. Das Spiel selbst hat auch Spaß gemacht, weil die Japaner selbst wirklich viel hineingesteckt haben. Sie spielten wirklich intensiv ... und sie hörten nie auf zu rennen. Am meisten beeindruckt hat mich jedoch ihr Verhalten. Sie haben niemanden verletzt oder übermäßig körperlich gespielt. Sie beschwerten sich nicht über jeden Pfiff, den die Schiedsrichter machten oder nicht machten ...

Es ging einfach nur um Basketball.

Das dritte Spiel für meine Mannschaft war am Dienstag ... wieder gegen 08:00 Uhr gegen Costa Rica ... ein weiterer Sieg und das brachte uns den 1. Platz in unserem Pool und gab uns eine gute Chance auf die "Medal-Runde".

Unnötig zu sagen, dass sich das Team in unserer Situation ziemlich gut fühlte.

FIMBA WM in Italy ... Status Update (8) 04.July 2017 ... We finished 1st in our Pool ... Now it's going to get tougher ... Against Costa Rica we started slow (again😔) and led 12:11 after the 1st Quarter... The Defense stepped up and the 2nd Quarter was a almost an "O-fer" (20:1) 👍 ... So now we play Thursday... again at 08:00 A.M 😱 ... again... See more

Admin.Aushelfer
vs FIMBA WM Ü65-M vs Costa Rica

WIN

4 Jul 2017 at 8:00 AM

66 : 27

Team-Equipo		Score	Team - Equipo		Score
GERMANY A (Duchstein)		38	SLOVAKIA		36
Place/Lugar	PALASUORE		Date-Time/D-Hor	SAT 1 10:00	
COSTA RICA		36	JAPAN		34
Place/Lugar	PALABERTOLAZZI		Date-Time/D-Hor	MON 3 8:00	
JAPAN		32	GERMANY A (Duchstein)		50
Place/Lugar	PALABRIZZI MINI		Date-Time/D-Hor	SUN 2 8:00	
COSTA RICA		39	SLOVAKIA		58

Category M65	Pool - Zona C						
Team - Equipo	PJ	PG	PP	GF	GC	Dif.	Pts.
GERMANY A (Duchstein)	3	3	0	154	95	59	**6**
COSTA RICA	3	1	2	102	158	-56	**4**
JAPAN	3	0	3	95	138	-43	**3**
SLOVAKIA	3	2	1	146	106	40	**5**

... und vielleicht war das der Fehler, der uns aus dem Ruder laufen lassen hat. Ich werde dazu noch zurückkehren, aber um diese Geschichte vollständig zu würdigen, musst du wissen, was sich gleichzeitig mit dem deutschen Frauen-Über-40-Team, das ich coachte, abspielte.

Die Leistung des Teams war nichts weniger als herausragend.

...aus einem Artikel in der Donau Kurier Zeitung. 19.07.2017 (15:55) Montecatini (DK)

Die 14. Basketballweltmeisterschaft fand in Montecatini, Toskana / Italien statt. Für die Frauen 40+ ging es aus Wettbewerbssicht gut. Team Captain Ingrid Heidler und ihre Teamkollegen haben die schwerste Gruppe (Pool) der 24 Teams erwischt, aber sie und ihre Kollegen hatten immer noch eine Medaille im Fokus. Als Belohnungsmannschaft belohnten sie die Ungarn und Kroatien. Die Spiele ihres Pools D waren sehr aufregend. In einem heiß umkämpften Overtime-Match verloren die Deutschen im ersten Billardspiel gegen Ungarn 63:69 (56:56 nach Regelung). Der Sieg war in Reichweite, aber die Ungarn hatten eine tiefere Bank, um das Spiel zu ihren Gunsten zu entscheiden. In der zweiten Begegnung musste ein Sieg gegen Kroatien mit 15 Punkten Vorsprung erzielt werden. Die Damen spielten ein sensationelles Match und sie gewannen das Spiel, aber nur mit sechs Punkten Unterschied. Es war also klar, dass nur der zweite Platz in Gruppe D erreicht werden konnte. Ein Drei-Wege-Vergleich innerhalb der Division entschied, wer zu den besten acht Teams gehören sollte. Am Ende des weiteren Turniers würde Kroatien (eine Mannschaft, die sie besiegt hatten, Bronze bekommen). Für den Rest des Wettbewerbs durften die Frauen F 40+ und ihr Trainer Ritz Ingram aus Fulda nur noch für den Platz 9 bis 16. Sie schickten Argentinien mit einer deutlichen 83: 53-Niederlage in die Reisetaschen, Italien B wurde mit 54:36 besiegt und im fünften Spiel der Woche gelang dem Team ein dramatischer Sieg über einen starken Tschechen Der 58: 57-Sieg war beeindruckend und verdient in einem dramatischen "kleinen Finale" für den Titel "Bester des Rests". Am Ende holten sie den neunten Platz in einem Feld von 24 Mannschaften. "Es ist unglaublich, dass nur eine Niederlage in Verlaengerung und vier Siege brachten sie nur auf den neunten Platz ", sagte Ingrid Heidler," aber es war eine tolle Erfahrung, an einer tollen Meisterschaft teilnehmen zu können. "

Der Sieg über Tschechien 58:57 ... war wirklich verdient.

„The Best oft he Rest“

Das war die positive Seite, dieses spezielle Team zu coachen. Wie ich bereits angedeutet habe, gab es auch einige Aspekte, die dazu zwangen, über Coaching im Allgemeinen und meine Situation nachzudenken, nicht nur als Trainer, sondern auch als Spieler. Es war deshalb eine sehr wertvolle Erfahrung, weil ich meine persönlichen Gefühle vergleichen und bewerten musste, während ich mich gleichzeitig mit einer schwierigen Situation befasste, die sowohl die Einzelnen als auch das Team betraf. Natürlich gibt es sehr viele Leute, die denken, dass die Arbeit eines Coaches einfach ist. Sie denken vielleicht, dass das Verwalten eines Spiels und das Ersetzen von Spielern nicht viel Geschick erfordert.

Es gibt jedoch sehr viele Faktoren, die dazu beitragen, die Entscheidungen darüber zu treffen, wer spielen sollte, was beinhaltet, wann und wie viel jeder Spieler spielen sollte.

-Wer ist der Gegner?

-Wer hat gut gespielt?

-Welche spezifische Fähigkeiten werden zu der Zeit benötigt?

-Was ist die Situation bezüglich Punktestand und Zeit? -Wem kannst du vertrauen? Wer kann dir genau das geben, was du gerade brauchst?

Dies sind nur einige der Aspekte, die bei jeder Substitution berücksichtigt werden.

Sobald du über 12-13 Jahre alt bist ...

Sobald du in den Wettbewerbsteil des Sports kommst... Sobald du den Punkt erreichst, an dem ... "Gewinnen wichtig ist ... und verlieren wehtut" ... ab dann ist alles anders.

Als Trainer kannst du dich nicht immer darum kümmern, dass alle mit ihrer Spielzeit zufrieden sind.

Du müssen dein Bestes geben, basierend auf den oben genannten Faktoren, und hoffen, dass deine Entscheidungen deinem Team helfen, das Spiel zu gewinnen.

Manchmal ist dieser Denkprozess bei Spielern, Eltern, Fans und sogar den Medien verloren. Sie verstehen oft nicht, warum Spieler-X nicht im Spiel ist oder warum Spieler-B noch im Spiel ist. Sie haben das letzte Spiel nicht gesehen, als "ihr" Spieler den Ball dreimal hintereinander verloren hat ... oder zwei schreckliche Schüsse genommen hat, als jemand anders offen war. Sie wissen vielleicht nicht, dass Spieler-X das Training aus unakzeptablen Gründen ausfallen lassen hat. Dann gibt es den Spieler selbst ...

Manchmal ist es auf Egoismus zurückzuführen. Manchmal liegt es an einer etwas aufgeblasenen Sicht auf ihre eigenen Fähigkeiten ... Was auch immer ihre Motive sind, das einzige, was ihnen wichtig ist, ist ... "Ich sollte spielen". Wenn das nicht passiert ... gibt es eine Reihe von Reaktionen, die folgen können. Es ist die Schuld des Trainers ... Wenn dieser Gedanke aufkommt, sind Spieler oft störend. Sie entwickeln nicht nur eine negative Einstellung, sondern versuchen auch, ihre Unzufriedenheit unter ihren Teamkameraden zu verbreiten. Sie beschweren sich, stellen die Entscheidungen des Trainers in Frage und beginnen sich negativ auf die Moral und die Teamchemie auszuwirken. Dies wiederum kann negative und sogar verheerende Auswirkungen auf die Leistung des Teams haben.

Die FIMBA Weltmeisterschaft 2017 hat mir die einmalige Gelegenheit gegeben, dies von beiden Seiten zu sehen. Ich war mit dieser Situation als Trainer konfrontiert ... und ich war in dieser Situation als Spieler platziert. Nachdem meine Mannschaft ungeschlagen vom Poolspiel war, als wir in Spiel-4 gingen, nahm meine Spielzeit dramatisch ab. Ich kann mich kaum erinnern, wann ich das letzte Mal auf der Bank war und den Anweisungen eines Trainers lauschte. Es war extrem schwierig für mich, zu sitzen und manchmal überhaupt nicht mit dem übereinzustimmen, was getan wurde ... und nichts zu sagen. Ich hatte die Gelegenheit, gleichzeitig in beiden Situationen zu sein, und ich habe mein Bestes getan, um die beiden Positionen zu versöhnen.

Ich dachte über die Situation meiner Spielerin nach und bewertete meine Behandlung ihr gegenüber und dem Rest ihres Teams ... und ich dachte über meine Situation als Spieler nach. Im Umgang mit ihr dachte ich darüber nach, wie es sich anfühlte, in ihrer Situation zu sein ... Im Umgang mit meiner Situation habe ich darüber nachgedacht, wie ich mich als Coach fühle, wenn ich über ihre Handlungen nachdenke. Ich würde gerne denken, dass ich als Spieler weiterhin positiv auf der Bank war und auf meine nächste Chance warte, "mehr Spielzeit zu verdienen". Ich würde gerne denken, dass ich als Trainer meine Entscheidungen basierend auf den oben aufgelisteten Punkten getroffen habe und am Ende getan habe, was für mein Team das Beste war.

Es dreht sich alles um das Team ... sogar deine persönliche Investition ist hoch.

Es geht um das Team (oder zumindest sollte es sein) ... auch wenn deine persönliche Investition hoch ist. Es gab eine Menge guter Dinge, die aus dem Versuch zu spielen kamen ...

• Ich habe gelernt, dass ich mich immer noch dazu durchringen kann, Dinge zu erreichen, auch wenn ich keine Lust dazu habe

• Das wiederum macht es mir leichter, anderen zu sagen, dass sie nicht aufhören sollen. Besonders dann, wenn es schwierig scheint

• Ich war als Spieler und Trainer dabei. Das bot einige einzigartige Perspektiven

• Es war surreal, wieder auf der anderen Seite der Linie zu sein. Seit vielen, vielen Jahren war ich derjenige, der die Anweisungen gab und die Entscheidungen traf. Jetzt stand ich und lauschte und nahm Befehle entgegen, und das erforderte eine ganz andere Gemütsverfassung

• Als Spieler gab es zwei Spiele in der Mitte des Turniers, in denen der Trainer meiner Meinung nach "hirntot" war und ich kaum gespielt habe (Er erinnerte mich ein wenig an die Zeit in Hofstra, als ich auf der Bank saß) ... obwohl ich tief in mir wusste, dass ich besser war und mehr beitragen konnte als die Spieler vor mir.

Wir haben diese beiden Spiele und unsere Chance, eine Medaille zu gewinnen, verloren. Während eines dieser Spiele saß ich im 4. Viertel, während eine 10-Punkte-Führung sich zu einem Gleichstand verkleinerte. Dann hat der Trainer entschieden, mich mit 3:30 Minuten spielen zu lassen ... wir haben trotzdem verloren. Ich habe nicht kritisiert oder mich beschwert und ich habe nicht zugelassen, dass es das nächste Spiel beeinflusst. Gleichzeitig hatte ich eine Spielerin im deutschen Frauen-40+-Team, die Unruhe in ihrer Mannschaft auslöste, weil sie meinte, sie sollte mehr spielen. Der

Versuch, meine Situation mit der Rechtfertigung ihrer Situation in Einklang zu bringen, war eine Aufgabe für sich. Sie hat das völlig anders gemacht als ich. Sie beschwerte sich bei Teamkollegen und beschuldigte mich der Bevorzugung und ein paar andere Dinge ... Dann kam es Kopf an Kopf, als ich während eines Spiels (Mitte des ersten Viertels) die Bank hinunterging und ihr sagte, sie solle für einen anderen Spieler spielen "Nein" ... Das hat mehr oder weniger ihr Schicksal besiegelt und ihre Teilnahme in meinem Team abgesagt.

• Aus welchem Grund auch immer hatte mein Team hatte einen anderen Trainer für unser letztes Spiel ... den Mannschaftskapitän ... Als wir am Samstag zur Halle kamen, hatte ich keine Ahnung, was ich erwarten sollte, aber ich wollte ein beitragendes Mitglied der "Mannschaft" sein. Ich wurde Anfang des ersten Viertels ins Spiel geschickt und ich spielte so hart (und schlau) wie ich konnte. Ich spielte mehr als die Hälfte des Spiels und ich fühlte, dass ich gut gespielt hatte. Aber was noch wichtiger ist: Ich hatte das Gefühl, dass ich das Spiel und damit das Team positiv beeinflusst habe.

• **Am Ende fühlte ich mich als Spieler und Trainer gut**

DEUTSCHLAND
montecatiniterme/tuscany
14th World Maxibasketball Championship

DEUTSCHLAND

Ein letzter "sozialer" Kommentar:

Was für eine fantastische Erfahrung war es, an der FIMBA-Basketball-Weltmeisterschaft in Montecatini Terme (Toskana / Italien) teilzunehmen. Leider habe ich mit meinen Teams keine Medaille gewonnen, aber es war toll mit über 5000 Athleten aus 40 Nationen zusammen zu kommen. Fremde in der Stadt zu treffen, die sich selbst als Basketballspieler anerkannten und sich mit ihnen auf der Basis dieses einen Bindungselements – Basketball - unterhalten und grüßen zu können. Es ist einfach ein erhebendes Gefühl. Was für ein freudiges Erlebnis, mit allen Athleten ins Stadion zu gehen und als Nation willkommen zu sein. Die 6 Spiele in 8 Tagen waren hart, aber sie waren immer fair. Es ist schön zu sehen, wie so viele Menschen aus so vielen Ländern gute, respektvolle und freundschaftliche Beziehungen pflegen.

Es macht es viel schwieriger, Individuen und Gruppen mit Waffen und Bomben zu verstehen, die andere zerstören oder kontrollieren wollen, um extremistische, religiöse und politische Ziele zu verfolgen. Sport im Allgemeinen und das Zusammentreffen von Altersklassen von 30 bis 75 Jahren in Italien haben mir gezeigt, dass gegenseitiger Respekt, Toleranz, friedliche Koexistenz und Freundschaft immer noch einen Platz in der Welt haben.

Kapitel 28

"Bucket Trip" und "Closure"

"My Bucket Trip" - Juli 2012

Ich beschloss, zurückzugehen und einige die Schritte in meinem Leben zurückzuverfolgen. Der "Bucket-Trip" sollte der Rückblick meines Lebens sein...!) ... Ich war zwar noch nicht am Ende angekommen, aber du weißt nie … und es war etwas, das ich nicht aufschieben wollte. Ein entscheidender Schritt auf dieser Reise war 1973, als ich die Hofstra Universität verließ .... Manchmal benutzen wir Ausdrücke in unserem täglichen Leben, ohne wirklich darüber nachzudenken, was sie bedeuten ... ein Beispiel dafür ist die Worte ... "Abschluss und Gewissheit" ...

Ich habe dieses Wort immer mit den Situationen assoziiert, die man in Fernsehserien sieht ... Jemand verschwindet und die Familienmitglieder und die Polizei wissen nicht, was mit dieser Person passiert ist ... alles was sie wissen ist, dass sie / er vermisst wird. Die Familie kann nicht „abschließen“, bis sie weiß, was wirklich passiert ist .... Diese Reise hat mir eine andere Definition / Bedeutung für "Abschluss" beigebracht .... Fangen wir am Anfang an ... Dinge, die ich vermissen werde (oder will) ... wenn ich nicht nach Hause komme und in den Vereinigten Staaten "lebe" - immer noch das beste Land der Welt (trotz des Ergebnisses der Präsidentschaftswahl 2016) Ich werde es vermissen, durch das Land zu fahren .... Ich werde es nicht vermissen, 100 km/h zu fahren oder Leute, die auf sechsspurigen Autobahnen in den äußersten linken Fahrspuren 85 km/h fahren, obwohl die anderen Fahrspuren leer sind .... Ich werde es vermissen, fast zu jeder Tages- und Nachtzeit für fast alles einkaufen gehen zu können und mit freundlichen Ladenarbeitern zu scherzen (die auch gerne deine Sachen in Taschen verstauen) ...

Ich werde nicht vergessen, dass der angegebene Preis keine Steuern enthält ... Ich werde, wie auch alle jungen deutschen Spieler, die in die USA gereist sind, die "all-you-can-eat-and-drink" -Restaurants wie Golden Corral vermissen. Ich vermisse leckere Kuchen, Peanut Cashews, Oreo Blizzards etc ... aber andererseits, da ich genug von ihnen auf dieser Reise gegessen habe und weil ich nicht so viel trainiere wie ich "Back-In "(damals)... werde ich die Wirkung, die sie auf meinen Körper haben nicht vermissen.

Ich werde die super freundlichen Kellner und Kellnerinnen in Restaurants vermissen, die verstehen, dass sie in einer Dienstleistungsbranche arbeiten und ihre Interaktionen mit Gästen oft die Höhe ihrer Trinkgelder bestimmen und ich werde "Free-Refills" vermissen ... Ich werde die Gläser nicht vermissen, die mehr Eis enthalten als das Getränk, das ich bestellt habe ... Davon gibt es noch mehr, aber das sind nicht wirklich ernste Angelegenheiten

Etwas ernster hingegen...

Bei dieser Reise wurde mir klar, worum es beim "Abschluss" wirklich geht. Ich erkannte, dass wir unser Leben in Stufen leben ... diese Stufen sind wie Türen, durch die wir gehen. Diese Stufen können sich um Menschen drehen ... um Orte ... oder Ereignisse.

Der Lou Rawls Song ... "Du kannst nicht mehr nach Hause gehen ...", sagt alles ... Du kannst nicht (oder zumindest solltest du nicht) erwarten, dass die Dinge gleich bleiben. Als ich nach über 40 Jahren nach Philadelphia zurückkehrte, wurde mir klar, dass ich mit einem Bild in meinem Kopf zurück ging. Ein Bild, das schon lange verändert wurde. Ich wollte dieses Bild nicht sehen. Ich wollte die alte Nachbarschaft sehen, das Mann Recreation Center (der Basketballplatz, auf dem ich aufgewachsen bin), Mrs. G's Cheese Steaks, das Uptown Theatre, den YMCA, in dem ich zwei Jahre gelebt habe ...

"The Uptown Theatre" in Philadelphia ... It was here that, as a kid, I saw The Temptations, Four Tops, Smokey Robinson, Jackie Wilson and James Brown. I guess you could say ... "Back in the Day...!" I took this picture in July of 2012 while walking down Broad St.

It is hard to believe, and somewhat sad, to see the condition of the court.... The Outside Courts at Mann Recreation Center...This was once one of the best basketball courts in the city... Members of the Philadelphia 76ers, lots of very good college players and whole bunches of very good wanna-be's played here....

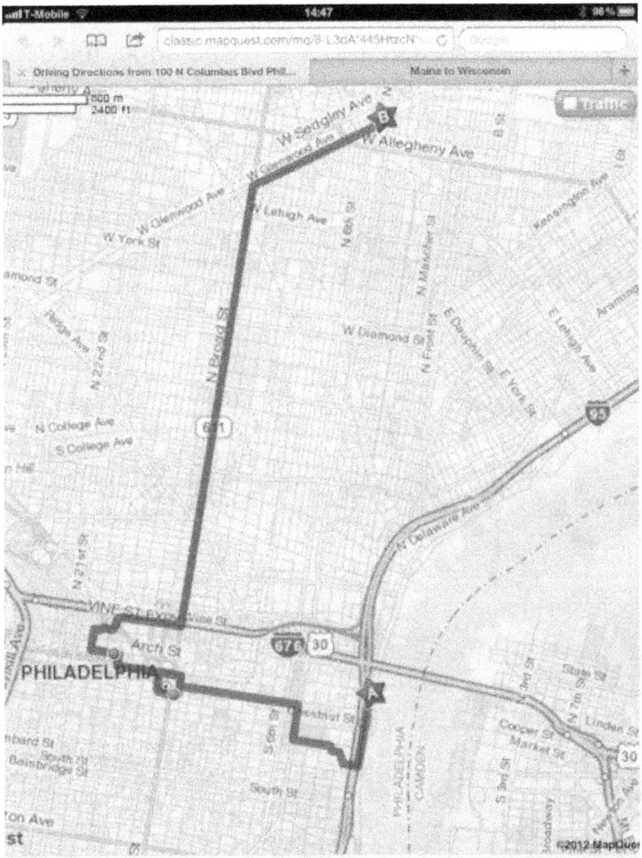

I will remember this day ......The map depicts my trip (Round-Trip = 14.96 Miles / 24 Kilometers) I thought I would get a better impression of changes if I wasn't sitting in the car... but why this route instead of the shorter Front Street? Back in the Day, I learned not to "put myself in Harm's Way" .. Diamond Street had a notorious Gang.. they fought with the Gang from Dauphin Street.. The Kensington Ave area was not recommended for young blacks walking alone late at night and since I stayed on the court until the lights went out... I chose to walk Broad Street because there was more lights, traffic, stores and police... So as Paul Harvey would say... "now you know the rest of the story....

All diese Dinge und mehr waren entweder verschwunden oder hatten sich so verändert, dass sie nicht mehr zu erkennen waren. Das soll nicht heißen, dass es in deiner Vergangenheit nicht Dinge sind, die in deinen Erinnerungen bleiben können und sollen ... aber du musst dich anpassen und du solltest sie als Erinnerungen betrachten und die Tatsache akzeptieren, dass sie sich verändert haben und weitermachen... Ein wichtiger Aspekt dieser Reise war der Besuch so vieler meiner ehemaligen UNCA-Spieler wie möglich zu besuchen. Ich werde nie den Spaß vergessen, den ich hatte, als ich die besondere Gruppe junger Frauen rekrutierte, die das UNC-Asheville

Women's Basketball Team bildeten ... oder die großartigen Zeiten, die ich mit ihnen und ihren Familien hatte ... und ich war wirklich froh, dass es allen gut ging und dass meine Entscheidung, mit diesen jungen Damen mein Programm aufzubauen, die richtige Entscheidung war.

Ein wichtiges Element auf der Bukket-Trip war der Besuch der Mitglieder meines UNCA-Teams .... Cary Gay - Jessica Januseski - Amy Freed - Amanda Brewer - Alle waren Mitglieder des UNCA-Teams

Ich habe gelernt, dass es beim "Abschluss" nicht immer darum geht, herauszufinden, was mit jemandem oder etwas passiert ist ... Es geht darum, etwas loszulassen, damit du weitergehen kannst. Es ist wie eine Freundin oder einen Freund, mit dem du aus irgendeinem Grund nicht mehr zusammen bist. Das war eine Phase deines Lebens und solange du daran festhältst, kannst du die nächste Person, die du triffst, nicht wirklich schätzen. Solange du denkst, dass du zurückgehen kannst oder willst, wirst du dich nicht vollständig auf diese neue Beziehung festlegen können. Du musst diese Tür schließen. Ich glaube, dass das Schließen all dieser Türen mir in den nächsten Phasen meines Lebens helfen wird, sowohl auf als auch außerhalb des Spielfeldes. Ich bin froh, dass ich den "Bucket-Trip" gemacht habe. Ich wünschte, ich hätte alle meine Spieler sehen können ... aber ... die Rückkehr nach Philadelphia, Davidson und Asheville und die Besuche mit Jess, Amy, Brew, Emily und Cary ließen mich sehen, wo ich war ... und wo ich bin .... und .. wenn es wahr ist, dass es schwierig ist, irgendwohin zu gehen, außer du weißt wo du bist ... dann glaube ich, dass ich mit dieser Reise das erreicht habe ... Ich wusste, wer ich war.

Nach Insgesamt 16 Nächten in Hotels, 3.444 Meilen und 59 Stunden Fahrzeit ...

Nenn' es Schicksal ... Nenn' es Ironie ... .aber seltsamerweise endete dieser "Bucket-Trip" an meinem Geburtstag ...

Wie passend für die nächste Stufe – Zeit weiterzugehen!

Kapitel 29

Gestern-Heute-Morgen

Ich habe mehrere Verweise auf einen Zeitungsreporter gegeben, der mich als "Dinosaurier" bezeichnete. Aufgrund meiner veralteten Prinzipien und Praktiken schien es für mich an der Zeit zu sein, mich einfach von dem Spiel zu entfernen, weil ich nicht mehr dazu passte. Im Vorfeld meiner Entscheidung, mehr oder weniger in Rente zu gehen, schaue ich auf zwei kleine Stücke zurück, die ich geschrieben habe. Ich glaube, dass der Text für sich spricht. Fühle dich frei, sie zu verwenden, um deine Spieler damit anzusprechen, wenn du möchtest. Das erste wurde "Old-School" genannt.

"Alte-Schule"Basketball ......

Wie oft hört man Leute sagen das ist "Alte-Schule" wenn etwas auf dem Basketball-Feld passiert? Hast du jemals angehalten und dich gefragt worüber die reden?

Hier ist meine Erklärung für die "Alte-Schule" .....

"Alte-Schule" gehört zu der Zeit als es noch "alles um das Spiel ging" und nicht über "dein Spiel".

"Alte-Schule" bedeutet was kann ich machen um meiner Mannschaft zum Sieg zu helfen und nicht wie kann "ich" das Spiel gewinnen.

"Alte-Schule" bedeutet einen guten Schuß den man sich durch Arbeit verdient für die Mannschaft zu schießen, und nicht einfach versuchen, deine Schüsse zu nehmen.

"Alte-Schule" bedeutet den Ball zu dem offenen Mitspieler zu passen und nicht nur zu versuchen, den großartigen Pass zu machen.

"Alte-Schule" bedeutet deine Füße zu bewegen in der Verteidigung und nicht einfach mit dem Armen rein zu greifen, um dem Ball zu klauen.

"Alte-Schule" bedeutet zu verhindern, dass der Gegner den Ball bekommt; und nicht den Pass zulassen und dann zu versuchen, den Schuß zu blocken.

"Alte-Schule" bedeutet wenn du deinen Verteidiger nicht mit zwei oder drei Dribbles schlagen kannst, das einzusehen und den Ball an eine Mitspieler abgeben und nicht die ganze Zeit dribbeln bis du den Verteidiger eventuell geschlagen hast.

"Alte-Schule" bedeutet das "and-1" ist ein Korb der zählt Plus ein Freiwurf und nicht eine Serie von verschiedenen "Shake-and-Bake" Bewegungen die mann auf Videos sehen kann.

"Alte-Schule"0 bedeutet sich zu bewegen bis man frei ist und dann sich wieder bewegen; und nicht anhalten bei der drei Punkte Linie und auf dem Schuß zu warten.

"Alte-Schule" bedeutet wenn du den Ball im Angriff verlierst, dann sprinte zurück und spiel Abwehr, und nicht stehen bleiben und die Fehler bei den Schiedsrichter oder bei deinen Mitspielern suchen.

"Alte-Schule" bedeutet auf dem Spielbogen zu gucken und ein gutes Gefühl zu haben das deine Mannschaft gewonnen hat und nicht enttäuscht sein weil du nicht die meisten Punkte gemacht hast.

"Alte-Schule" bedeutet das ein guter Pass zu machen ist genauso wichtig wie einen Schuß zu nehmen.

"Alte-Schule" bedeutet das ausboxen ist genauso wichtig wie den Rebound zu holen.

"Alte-Schule" gehört zu der Zeit als Training bedeutete noch sich zu verbessern in allen Bereichen; und nicht in die Halle gehen um Dreier und Dunks zu üben.

Ein Gegner kann vielleicht einen der "Alten-Schule" Spieler davon abhalten Punkte zu machen, aber er kann nicht denken wenn die nicht punkten das er das Spiel gewonnen hat; denn die "Alte-Schule" Spieler 0werden dich in viele verschiedene Wege auseinander nehmen.... Sie passen, sie Rebounden, sie spielen Abwehr, sie führen ihre Mannschaft durch Beispiel und Einsatz, sie verstehen es um ein Spiel zu gewinnen das es viel mehr dazu gehört als Punkte zu machen.

"Alte-Schule" bedeutet der Beste Spieler zu sein der du kannst und dann zu versuchen deiner Mannschaft soviel wie möglich zu helfen so das die Mannschaft so gut sein kann wie möglich.

Where are we headed....?

I wrote this in October of 2015 .... It was beginning to feel like a self-fulfilling prophecy....

Yesterday..... Today ..... Tomorrow....!_

Maybe I'm lost in my "Old-School" World ... Maybe I'm just pessimistic.

Maybe I'm just looking around and writing about how it looks to me....

Yesterday..... You went to a Game and said... "Someday maybe I'll be out there."

Today .... You don't go to the Game.... because... You're not playing in it.

Tomorrow....?

Yesterday..... You watched good players and said … "If I work really hard, maybe I can be like him."

Today …. You watch players and say… "I can do that…!"

Tomorrow….?

Yesterday..... You got a day off - and asked… "Hey Coach… Can I come in and get some extra work …."

Today …. You get a day off - and say… "Great… that works… Now I don't have to find an excuse for not coming."

Tomorrow….?

Yesterday..... You worked hard in the off-season so you could be better and ready for next season.

Today …. You say …"It's off-season… I'll get ready for next season in the pre-season."

Tomorrow….?

Yesterday..... You couldn't wait for the first day of official practice and couldn't wait to get started.

Today …. You say … "Man… I only have two or three more days of vacation left…."

Tomorrow….?

Yesterday..... You couldn't wait to say that you were part of the team and you guys were going to have a great season, work together and for each other and really enjoy being part of something special.

Today …. You're writing in your "WhatsApp-Group" … Can't make it today… Somebody tell coach.

Tomorrow….?

Yesterday..... You couldn't wait to get the Game Schedule and when it came…You immediately blocked off every Game Day … You didn't want to miss a single one…

Today .... You look at the schedule and hope that the games don't conflict with other things you "might" be able to do

Tomorrow....?

Yesterday..... Coaches came to practice motivated because their players were excited and enthusiastic

Today .... Coaches come to practice and hope that there will be enough players to have a good practice

Tomorrow.... The Coach will again ask himself why he continues to do it... But the answer won't really matter because... That's who he is and he'll continue because he believes there is maybe one player who is listening_

Wohin gehen wir ....?

Ich schrieb dies im Oktober 2015 ....

Es begann sich wie eine sich selbst erfüllende Prophezeiung zu fühlen ....

Gestern... Heute... Morgen....!

Vielleicht bin ich in meiner "Old-School" -Welt verloren ... Vielleicht bin ich nur pessimistisch. Vielleicht schaue ich mich nur um und schreibe darüber, wie es für mich aussieht ....

Gestern ... .. Du bist zu einem Spiel gegangen und hast gesagt ... "Eines Tages werde ich vielleicht da draußen sein."

Heute .... Du gehst nicht zum Spiel .... weil ... Du nicht selber spielst.

Morgen....?

Gestern ... .. Du hast gute Spieler gesehen und gesagt ... "Wenn ich wirklich hart arbeite, kann ich vielleicht wie er sein."

Heute .... Du beobachtest Spieler und sagst ... "Ich kann das ...!"

Morgen....?

Gestern ... .. Du hast einen freien Tag - und hast gefragt ... "Hey Coach ... Kann ich reinkommen und etwas mehr Arbeit bekommen? ...."

Heute .... Du bekommst einen freien Tag - und sagst ... "Großartig ... das funktioniert ... Jetzt muss ich keine Entschuldigung dafür finden, nicht zu kommen." Morgen....?

Gestern ... .. Du hast in der Nebensaison hart gearbeitet, damit du besser und bereit für die nächste Saison sein kannst.

Heute .... Du sagst ... "Es ist Nebensaison ... Ich werde mich für die nächste Saison in der Vorsaison vorbereiten."

Morgen....?

Gestern ... .. Du konntest den ersten Tag des offiziellen Trainings kaum erwarten und konntesn nicht warten, um anzufangen.

Heute .... Du sagst ... "Mann ... ich habe nur noch zwei oder drei Tage Urlaub übrig..."

Morgen....?

Gestern ... Du hast es kaum erwarten können zu sagen, dass du Teil des Teams warst und ihr habt eine großartige Saison, arbeitet zusammen und füreinander und genießt es wirklich, Teil von etwas Besonderem zu sein.

Heute .... Du schreibst in deiner "WhatsApp-Gruppe" ... Kann es heute nicht schaffen ... Kann das jemand dem Coach sagen?

Morgen....?

Gestern ... .. Du konntest es nicht erwarten, den Spielplan zu bekommen und als es dazu kam ... Hast du sofort jeden Spieltag freigehalten ... du wolltest keinen einzigen Spieltag verpassen ...

Heute .... Du schaust dir den Zeitplan an und hoffst, dass die Spiele nicht mit anderen Dingen kollidieren, die du "machen" könntest

Morgen....?

Gestern ... .. Trainer kamen motiviert zum Training, weil ihre Spieler begeistert waren

Heute .... Trainer kommen zum Training und hoffen, dass es genug Spieler gibt, um eine gutes Training zu haben

Morgen.... Der Coach wird sich wieder fragen, warum er es weiterhin tut ... Aber die Antwort wird nicht wirklich wichtig sein, denn ...

Das ist er und er wird weitermachen, weil er glaubt, dass es vielleicht einen Spieler gibt, der zuhört

KAPITEL 30

Klavier Unterricht - When they say "they just want to Play"_

Ein Maedchen oder Junge (11 bis -14 Jahre alt) will Musik spielen....!

Ich habe von einer meinem Spielerin ein Heft ueber Klavier ausgeliehen....

Der methodische Weg der Liederfiebel geht aus vom Schloss-C, auf dem beide Daumen liegen. Von hier aus fuehrt er symmetrisch gleichzeitig in das System des Bass- und Violinschluessels hinein. Das Schloss-C ist durch die Lage der Haende also gleichermassen Mittelpunkt der Tastatur und des Notenbildes. Der Schueler begreift auf diese Weise von Anfang an, das die beiden Systeme mit ihren zehn (genauer: elf) Linien einen einheitlichen grossen Klangraum bilden. ....

Es gibt Arbeit fuer die Daumen ... Es gibt Arbeit fuer die Daumen und Zeigefinger ... Es gibt Arbeit fuer Erster, zweiter und dritter Finger ... Es gibt Arbeit fuer die Linke Hand und Arbeit fuer die Rechte Hand... Es gibt Zweiertakt und Vierertakt ... Es gibt Legato und Staccato ... Es gibt Oktaven, Viertel Noten und Halbe Noten ... Es gibt C-Dur und g-Moll und viel, viel mehr ... Glaubst du wirklich dass du mit "spielen" anfangen kannst? Ja... Es kann sein dass du eine Melodie gelernt hast und dieser kannst du wiedergeben weil du die dafuer notwendige Reihenfolge die Noten in deinem Gedaechtnis eingepraegt hast, aber das bedeutet nicht dass du Klavier spielen kannst.

Basketball ist nicht anderes... Es gibt Cross-Over Dribble, Behind-the-Back Dribble, Between-the-Leg Dribble, Inside-Hand-Change Dribble und Dribble-Out ... Es gibt Chest-Pass, Bounce-Pass, Behind-the-Back Pass, Lob-Pass and Baseball Pass.

Es gibt Jump-Shot, Set Shot, Foul Shot, Hook Shot und Jump-Hook Shot. Es gibt Cut, Fade und Curl. Es gibt Post-Up, Spot-Up, Screen-Across und Comeback.

Es gibt vieles mehr in dem technischen Bereich und dann kommt die ganzen taktische Moeglichkeiten und es gibt fast genau so viele technische und taktische Optionen in der Abwehr.

Nein... Es ist nicht leicht "Basketball Spieler" zu werden, aber die meisten Leute, die die Muehe gegeben

haben es zu versuchen, haben viel mehr als "nur Basketball" gelernt. Disziplin, Selbstbewusstsein, Time-Management, Entschlossenheit, wie man mit Niederlagen und Entaeuschungen umgeht, Zusammenarbeit,

Freundschaft und Mannschaftsgeist sind alle Produkte aus dem "Basketball-Factory". Wer sich entscheidet, da

zu arbeiten, egal wie weit er am Ende gekommen ist, ist danach meistens froh dass er die Zeit investiert hat.

Kapitel 31

Spieler vs. Trainer vs. Schiedsrichter

"Been there! Done that! Got the T-Shirt!". Das ist einer meiner Lieblingssätze geworden.

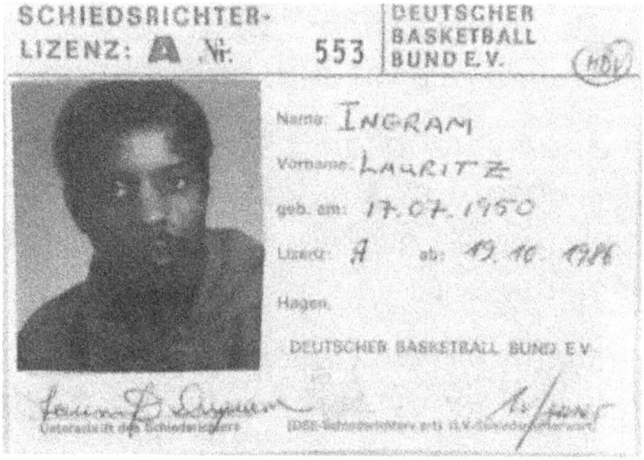

Ich habe das Glück, das Basketballspiel auf so vielen Ebenen genossen zu haben. Ich habe viel Zeit investiert, um das Spiel von allen Seiten kennenzulernen, weil ich glaubte, dass der Spielsinn manchmal körperliche Fähigkeiten verbessern kann. Ich bin mir ziemlich sicher, dass es nicht viele Leute gibt und sicherlich nicht viele Ausländer, die die A-Lizenz als Coaches und als Referees erhalten haben.

Es gibt also ein gewisses Maß an Stolz auf das Gefühl der Erfüllung. Ich denke, es ist fair zu sagen, dass es sehr viel Arbeit erfordert, um ein relativ gut bekanntes Leistungsniveau in einer der drei in diesem Abschnitt aufgeführten Kategorien zu erreichen. Um in allen drei Bereichen an die Spitze zu kommen, fühle ich mich ziemlich gut. Bitte versteh das nicht falsch. Ich rühme mich hier nicht.

Ich benutze das nur als Einstieg für das, worüber ich sprechen möchte.

Ich glaube, dass meine Erfahrungen in jeder Kategorie, Spieler, Trainer und Schiedsrichter mir geholfen haben, in jeder Kategorie ein besseres Verständnis zu haben. Aus diesem Grund möchte ich kurz darauf eingehen, wie ich die Interaktion zwischen diesen drei Elementen des Spiels betrachte. Ich denke, dass jeder zuerst das Spiel und seine Regeln respektieren muss; und gleichzeitig muss jeder die Verantwortung und Schwierigkeiten respektieren, die mit den anderen verbunden sind. Spieler müssen "die Regeln lernen". Je besser sie die Regeln kennen, desto einfacher ist es, das Spiel zu spielen und die Entscheidungen der Schiedsrichter und Trainer zu akzeptieren. Gleiches gilt für Trainer. Für Trainer geht es jedoch noch einen Schritt weiter.

Trainer müssen die Regeln kennen, damit sie ihren Spielern die Fähigkeiten beibringen können, die sie brauchen, um zu Spielern zu werden, die die Regeln in kritischen Situationen, in denen Taktiken ins Spiel kommen, verstehen und optimal nutzen können. Zum Beispiel, wenn man weiß, dass der Status eines Spielers auf dem Spielfeld durch den letzten Ort bestimmt wird, an dem er Kontakt zum Spiel hatte. Wenn ein Spieler das versteht, dann können die Aktionen, die er im Umgang mit einer "Halbfeldabwehr" unternimmt, ob er in der Defensive oder der Offensive steht, effektiver sein. Die Schiedsrichter müssen sowohl Spieler als auch Trainer verstehen, damit sie die Spiele auf der Grundlage der Regeln aufrufen können. Sie müssen auch verstehen, dass es sehr selten ein "unwichtiges" Spiel gibt. Wenn du dich so verhältst, als wolltest du ein Spiel nicht pfeifen oder das Gefühl hast, dass ein Spiel unter deiner Würde liegt, kannst du sicher sein, dass die Spieler und Trainer dies in deinen Aktionen sehen.

Rat an Spieler:

Beschwere dich nicht bei jedem Pfiff. Wenn du einem Pfiff nicht zustimmst, dann frag den Schiedsrichter, was das Foul oder der Verstoß war. Aber auch hier, "Wenn du die Regeln kennst", weißt du, was du getan hast. Also ... um die Worte zu benutzen, die ich oft auf den T-Shirts meiner Teams gedruckt hatte ... "Nur den Mund halten und spielen". Wenn etwas vor sich geht, das dich wirklich trifft ... dann geh in einem ruhigen Moment zum Schiedsrichter und sag einfach so etwas wie ... "Ref, würdest du bitte # 10 beobachten ... er macht das oder das" ... Nein, das garantiert nicht, dass sich etwas ändern wird, aber es sorgt für eine angenehmere Atmosphäre

☞ Rat an Coaches:

Beschwere dich nicht bei jedem Pfiff. Wenn du einem Pfiff nicht zustimmst, dann frag den Schiedsrichter, was das Foul oder der Verstoß war. Aber auch hier, "Wenn du die Regeln kennst", weißt du, was du getan hast. Also ... um die Worte zu benutzen, die ich oft auf den T-Shirts meiner Teams gedruckt hatte ... "Nur den Mund halten und spielen". Du kannst nicht gewinnen, indem du versuchst, den Schiedsrichter schlecht aussehen zu lassen, oder indem du deine Fans um Sympathie bittest. Wenn du 100 Spiele ansiehst, kannst du wahrscheinlich mit einer Hand abzählen, wie oft ein Schiedsrichter einen Pfiff geändert hat, nachdem er gemacht wurde - sogar in dieser Ära, in der Schiedsrichter zu einem Spiel gehen.

Kenne die Regeln, lehre deine Spieler die Regeln und lasse sie nach den Regeln spielen und du wirst vom Ergebnis überrascht sein. Ich habe kürzlich ein Spiel gepfiffen, in dem ich einen Verstoß gegen einen 15-Jährigen pfiff, weil er den Ball auf drei aufeinanderfolgenden Besitzungen getragen hat. Jedes Mal wandte sich der Junge mit einem fragenden Gesichtsausdruck der Bank und seinem Trainer zu. Dann runzelte er die Stirn und zuckte mit den Schultern. Der Trainer hat nicht einmal etwas zu ihm gesagt. Das bedeutet für mich, dass der Trainer es ihm erlaubt, dies jeden Tag in im Training zu tun.

Es gibt mehr als genug Schuldzuweisungen, wenn solche Dinge passieren. Der Spieler hat nie gelernt, nach den Regeln zu dribbeln - Seine Trainer haben nie genug Wert darauf gelegt, dass er die Regel lernt und das Dribbling richtig ausführt - Die Schiedsrichter ignorierten in den meisten seiner früheren Spiele die Regeln und ließen ihn davonkommen. Das hat zur aktuellen Situation geführt, dass er jetzt nicht sieht, dass das, was er tut, falsch ist und er nicht verstehen kann, warum der Verstoß gepfiffen wird.

Erinnere dich an den Titel dieses Buches ... "Es ist die Schuld des Coaches" Das letzte, was ich den Trainern sagen möchte, ist, dass sie sich während der Spiele darauf konzentrieren sollten, welche Taktiken sie ihren Teams geben und wie ihre Spieler spielen. An dieser Stelle möchte ich einen Vorfall erwähnen, der meinen Coaching-Stil dramatisch beeinflusst hat. In den 1980er Jahren war ich in Fulda und trainierte ein ziemlich erfolgreiches Frauenteam. Zur gleichen Zeit arbeitete ich mich die Leiter hinauf. Ich hatte eine sehr gute Beziehung zu einem Schiedsrichter namens Wolfgang Gruner. Wolfgang war nicht nur Schiedsrichter, er war auch zuständig für die Ausbildung von Schiedsrichtern des Landes Hessen und machte auch Spieleinsätze. Er und ich haben oft zusammen Spiele gepfiffen und ich denke, wir haben uns gut verstanden. Wie auch immer, mein Team hatte ein Spiel in Fulda und Wolfgang war einer der Schiedsrichter. Es war ein sehr enges Spiel und ich war nicht besonders glücklich über die Art und Weise, wie die Dinge liefen, was auch einige der Anrufe beinhaltete (natürlich von Wolfgang's Partner).

Später im Spiel rief ich eine Auszeit und ließ den Ref wissen, was ich von seiner Leistung bis zu diesem Punkt dachte. Aus unerklärlichen Gründen bekam ich ein technisches Foul. Am Ende haben wir gewonnen, aber ich war immer noch sauer. Als sich alles beruhigt hatte und der Fitnessraum fast leer war, kam Wolfgang aus dem Umkleideraum und fragte, ob ich eine Minute hätte. Es gab ein kleines Smalltalk und dann sagte er - "Ritz, stört es dich, wenn ich dir etwas Persönliches erzähle?" Ich schüttelte den Kopf und er sagte: "Ich habe während des letzten Mals zugeguckt, als du das technische Foul bekommen hast. Die Auszeit dauerte ungefähr 1 Minute und 30 Sekunden. Ist dir klar, dass du weniger als 10 Sekunden damit verbracht hast, mit deinem Team zu sprechen?" Du bist ein guter Trainer und du verstehst das Pfeifen und wenn du dich auf dein Team anstatt auf die Schiedsrichter konzentrierst, werden deine Teams wahrscheinlich besser spielen. "

In dieser Nacht dachte ich lange darüber nach, was er gesagt hatte. Seither war mein Verhalten auf der Seite sehr, sehr anders. Ich lasse die Refs ihre Arbeit machen und ich versuche mein Bestes zu machen. Was daraus entstanden ist, dass ich den Schiedsrichtern jetzt sehr wenig sage. Das hat im Allgemeinen mit einigen Ausnahmen dazu geführt, dass Refs wissen, dass, wenn ich rede / reklamiere, vielleicht etwas mit seinem Pfiff nicht stimmt. Ich mache subtilere Dinge, um "Samen zu pflanzen" und das hilft manchmal, eine Situation bemerkbar zu machen. Ich bin bekannt dafür, dass ich während einer Pause zum Ref gehe, den Ball in die Hand nehme und frage: "Kann ich das machen, wenn ich den Ball habe?" Und dann tue das, worauf ich seine Aufmerksamkeit haben will. Oft reicht das aus, um ihn zumindest die Situation merken zu lassen, wenn sie geschieht.

`☞`Rat an Schiedsrichter:

Pfeife was du siehst und verstecke dich nicht hinter deinem Pfiff. Was ich damit meine ist, wenn du etwas siehst, das einen Pfiff verdient, dann rufe es auf. Das einzige, was entmutigender ist, als einem Ref sagen zu hören, dass er nichts gesehen hat, ist ihn folgendes sagen zu hören: "Ja, aber das ist nicht mein Pfiff.“ Ich weiß alles über die Flächendeckungen auf dem Platz und die verschiedenen Verantwortlichkeiten jedes Refs, aber die Frage der Gerichtsbarkeit sollte nicht bedeuten, dass Fouls und Verstöße ignoriert werden sollten, wenn der Pfiff nicht von dem Ref kommt, der dafür zuständig ist.

Als ich von Rocky Valvano pfeifen lernte, lehrte er mich über den "Doppelpfiff". Wenn Ref-A etwas sah, das sein Partner Ref-B nicht sah und Ref-A absolut überzeugt war, dass er etwas Wichtiges übersehen hatte, dann würde Ref-A zwei schnelle Signale geben, um Ref-B zu sagen, dass er diesen hier nehmen würde. Es funktionierte immer für mich - und es wurde normalerweise in unseren Pre-Game-Konferenzen erwähnt. Wenn dies geschieht, sollte sich der Ref weder beleidigt noch respektlos behandelt fühlen, solange es nicht bei jedem Pfiff geschieht.

Das Ziel ist es, ein gutes Spiel zu pfeifen. Wenn ich den Ausdruck "sich hinter dem Pfiff versteckend" benutze, beziehe ich mich auf

Refs, die technische Fouls pfeifen, wenn jemand einen Pfiff in Frage stellt und dies in einer Weise tut, die nicht respektlos ist, sondern jemand hartnäckig ist. Ich habe technische Fouls auch in solchen Situationen gepfiffen, aber ich hatte immer eine Regel, ein technisches Foul zu geben. Wenn du nicht anfängst, mir Namen zu nennen und wild zu gestikulieren, Dinge zu werfen oder deine Spieler und die Menge anzuregen, nehme ich mir immer einen Moment Zeit, bevor ich das technische Foul gebe. In diesem Moment frage ich mich, ob ich wirklich einen Pfiff verpasst oder einen wirklich schlechten Pfiff getätigt habe. Ich habe noch nie ein technisches Foul an einen Spieler oder Trainer gegeben, um meinen Ärger auszuleben, dass mein Pfiff der Grund für deren Wut war. Wenn er nur wütend ist und schauspielert, weil er den Pfiff nicht mochte, dann ist das sein Problem.

Ob du ein Spieler, Trainer oder Schiedsrichter bist, du wirst Fehler machen. Alles, was du tun kannst, ist, deine Rolle zu kennen und deine Arbeit so gut wie möglich zu erledigen und zu hoffen, dass die anderen das Gleiche tun. Wenn du wirklich verstehst, wie schwierig der Job für die anderen ist, wird es dir leichter fallen, dich auf deine Aufgaben zu konzentrieren. Wenn du keine Lust hast, den Job des anderen Refs zu machen, dann tust du deinen Job wahrscheinlich nicht gut genug.

Kapitel 32

"Gym-Rats"

Spieler werden in der Nebensaison gemacht .. und Spiele werden in den unzähligen Stunden des Trainings gewonnen, die gute Spieler zwischen den Spielen mitnehmen... Ray Ingram

Als ich in Philadelphia, Pa (USA) aufgewachsen bin, hat mich einer meiner früheren Trainer "Gym-Rat" genannt. Es stimmt! Das war ich und ich glaube, dass ich das auch noch als Trainer bin. Als ich 13 Jahre alt war, habe ich angefangen, Basketball ernst zu nehmen. Mit 15 war mein Basketball und meine kleine "Transistor-Radio" immer bei mir. Ich habe draußen im Regen trainiert. Im Winter habe ich draußen mit Handschuhen gespielt.

An der Ecke "5th Street and Allegheny Avenue" stand das "Mann Recreation Center" ... bei jeder Gelegenheit konnte man mich dort finden. Entweder habe ich gespielt, zugeschaut oder Kampfgericht gemacht. Da habe ich als "Wanna-Be" meine ersten Erfahrung gegen gegen College Spieler wie Jim Valvano, Bob Lloyd und Matt Goukas, gesammelt. Dann gegen NBA Spieler wie Wally Jones, und Hal Greer. Als ich mein Basketballstipendium bekommen habe und nach New York aufs College ging, hat sich nichts geändert. Ich hatte nur zwei Sachen im Kopf; studieren und Basketball spielen (und das nicht unbedingt in dieser Reihenfolge).

In den Sommerferien bin ich in New York geblieben, um zu trainieren und bei verschiedenen Basketball Camps als Assistant Coach und dann später als Coach zu arbeiten. Ich habe immer mit großem Interesse zugehört wenn die "großen" Coaches und Profi-Spieler ihre Rede gehalten haben. Ich wollte alles lernen.

Abends und am Wochenenden war ich meistens zwischen 17:00 und 23:00 Uhr im "Prospect Park" in East Meadow, Long Island zu finden. Nach meinem dritten College Jahr war meistens mein bester Freund, Bob McKillop (noch eine Gym-Rat) auch dabei. Da haben wir mit und gegen eine "Who's Who" von College- und Profi-Spielern (... Kevin Joyce, Tom Riker, Beaver Smith, Mike Dunleavy, Matt Doherty, Julius Erving, Mike Riordan, Billy Paultz, Joe DePre, Billy Schaefer, Rick Barry und viel mehr) gespielt. Wir sind überall hingefahren, um in Sommer-Ligen und Turnieren zu spielen.

Im Gegensatz zu vielen jungen Spieler(innen) heute, habe ich nie daran gedacht, meine Freizeit für "Rauchen, Trinken und Parties" zu opfern. Als ich in meinem ersten Collegejahr war, habe ich etwas von Bill Bradley (ehemalige Star ...Princeton University und New York Knicks ...heute Kandidat für Präsident der Vereinigten Staaten....denkt daran, das nächste Mal, wenn du sagst, ich habe keine Zeit...!) gelesen.

Er sagte ... "Draußen ist es 35 Grad heiß und du möchtest am liebsten in einem Kino mit Klimaanlage oder in einem Schwimmbad sein... aber denkt dran, irgendwo gibt es jemanden, der sich unter den gleichen Bedingungen dazu entschieden hat, zu trainieren,.... solltest du gegen ihn spielen müssen, wer wird gewinnen...?" ...

Ich bin stolz, ein Gym-Rat zu sein........ Was ist eigentlich ein "Gym Rat"? (Vielleicht findet man hier die ersten Antworten auf die Frage ... Was ist der Unterschied zwischen Basketball-Spielern und Leuten, die Basketball spielen?....)

Kapitel 33

Trainieren ...

Wenn du nicht wie Allen Iverson denkst, kannst du hier etwas hilfreiches finden.

Practice Gedanken für Spieler und Trainer

"Außerhalb der Saison trainieren? ... .. Warum sollte ich trainieren? ... .. Ich würde lieber spielen! " Nun, wenn du ein Wochenendkämpfer bist, der nur Interesse hat, sich mit seinen Freunden zu einigen sozialen Aktivitäten zu treffen, dann lese nicht weiter. Aber wenn du dein Spiel wirklich verbessern möchtest, kannst du mit individuellen Basketball-Workouts das nächste Level erreichen, unabhängig davon, wo du dich auf dem Weg der Spielerentwicklung befindest. Denk' daran, die Zeit für die Verbesserung der Spieler ist in der Off-Season ... Lass uns zuerst feststellen, was kein Basketballtraining ist...

a.) Spiele sind keine Basketball-Workouts. "Streetball" zu spielen ist kein Basketball-Training! Es ist wie der Unterschied zwischen dem Fällen von Bäumen und dem Schärfen der Axt, die die Bäume schneidet. Basketball spielen ist das Hacken der Bäume. Das Basketballtraining schärft deine Axt, sodass du es einfacher und besser machst, wenn du die Bäume fällst.

b.) Laufen, Springen, Gewichte heben oder etwas anderes, was Konditionierung oder Kräftigung genannt werden kann, ist kein Basketballtraining. Obwohl ein individuelles Basketballtraining dich physisch konditionieren sollte, ist körperliche Konditionierung alleine nicht die Art von Training, von der ich spreche. Was du mit einem Ball in deinen Händen machst, sollte als getrennt vom Aufbau deines Körpers angesehen werden. Nimm keine Abkürzungen, indem du das eine durch das andere ersetzt. Du brauchst beides!

Einige hilfreiche Tipps für die Entwicklung deines individuellen Basketball-Workouts:

1. Realistische Erwartungen haben. Rom wurde nicht an einem Tag gebaut. Die Entwicklung von Fähigkeiten braucht Zeit und Verbesserungen kommen in kleinen Schritten. Statt in Stunden und Tagen, solltest du es in Monaten und Jahren berachten. Baue dein Spiel so, wie die Pyramiden von Ägypten gebaut wurden: Block für Block, Schicht für Schicht.

2. Verdiene jeden Tag deine Dusche. Überspringe keine Tage. Füttere dein Spiel mit einer täglichen Dosis Training. Beschütze es. Gib ihm deine höchste Priorität. Deine Basketballtrainingspläne müssen ausgeführt werden, wenn du dein Spiel entwickeln möchtest.

3. Leg ein Zeitlimit für dein Training fest. Das ist deinem Gewissen zuliebe. Wenn du mit deinem Training fertig bist, bist du fertig. Du hast dein tägliches Ziel erreicht. Jetzt geh und genieße das Leben. Wenn du kein ausgeglichenes Leben führst, kannst du das Training nicht über einen langen Zeitraum aufrechterhalten. Das ist der Sinn eines Basketball-Workout-Programms - du machst es, dann bist du fertig.

4. Stell sicher, dass deine individuellen Basketball-Workouts ein echtes 5-gegen-5-Spiel nachahmen. Basketball ist kein langer, langsamer Ausdauermarathon. Es ist sprint - erholen -sprint - erholen - sprint - erholen. Dein Basketballtraining sollte auf die gleiche Weise gestaltet werden. Drill eine Fertigkeit hart für 2 Minuten und erhole dich mit Freiwürfen oder stationärem Dribbeln für 1 Minute. Mit dieser Methode kannst du in einem einstündigen Training bis zu 20 verschiedene Fertigkeiten trainieren. Und wenn du Freiwürfe schießst, um dich zu erholen, trainierst du 21 verschiedene Fertigkeiten in diesem Training.

5. Integriere Musik in dein Training. Aus welchem Grund auch immer, Workouts sind angenehmer mit Musik. Außerdem kannst du

dich auf dein Spiel konzentrieren, ohne von dem, was du hörst, abgelenkt zu werden. Das ist eine Fähigkeit, die die Zuschauergeräusche in einem echten Spiel nachahmt. Wie wir alle wissen, wird dies auf allen Ebenen des Spiels immer lauter. Du solltst dieses Maß an Lärm und Intensität in deinem Basketball-Training haben.

Kapitel 34

Die Bank / Das Team ...

Es ist sehr selten "nur" Du .....

Manchmal, wenn ich den Spielern zuhöre, wie sie über sich selbst reden ... warum sie spielen ... wie viel sie spielen ... oder wenn ich höre, wie Zuschauer über die "Stars" in einem Team sprechen ... wer die wichtigen Spieler sind und so viele mehr Dinge... Ich frage mich, ob sie sich wirklich jemals die Zeit genommen haben, darüber nachzudenken, was ein Team braucht, um erfolgreich zu sein ... oder noch grundlegender ... was ein Team braucht, um ein "Team" zu sein. Ein ehemaliger Spieler von mir wurde 2013 in der Asheville Hall of Fame in die University of North Carolina aufgenommen. Ich beobachtete ihre Rede über das Internet und ich war extrem stolz auf das, was sie sagte. Sie nahm sich die Zeit, die Namen aller Spieler aufzulisten, die in ihrer Mannschaft an der Universität waren ... So etwas zu tun, zu einer Zeit, in der das erste Wort, das die meisten Spieler während eines Interviews wählen, "Ich" ist, war etwas ganz Besonderes ... Aber so war sie immer. Sie hält den Rekord für fast alle statistischen Kategorien (oder steht ganz oben auf der Liste) ... und trotzdem bedankte sie sich bei ihren Teamkollegen. Sie war Konferenz-Neuling des Jahres ... sie hat jedes Jahr All-Conference gemacht ... und als Seniorin war sie Konferenz-Spielerin des Jahres ... und war auch im All-Academic Team ... und gleichzeitig verstand sie es. Sie hat verstanden, dass du mehr als fünf Spieler brauchst, um ein erfolgreiches Team aufzubauen ...

Man braucht mehr als fünf Spieler, um eine erfolgreiche Mannschaft aufzubauen. Es kann sein, dass die"Starting-5" ein Spiel gewinnen können, aber eine "ganze Mannschaft" ist nötig, um eine Meisterschaft zu gewinnen.

Eine Mannschaft ist wie ein Eisberg. Viele Leute betrachten die ersten Fünf, als den gesamten Eisberg (Team), aber darunter (bzw. dahinter) liegt eine ganze Menge mehr...eine große, breite und starke Basis (der Rest der Mannschaft!).

Aus diesem Teil kommt der Charakter, der nötig ist, um eine erfolgreiche Mannschaft aufzubauen. Je mehr entschlossen die Spieler auf der Bank sind, nach vorne zu kommen, desto mehr wird die Mannschaft nach vorne geschoben. Je mehr Kraft er einsetzt um an den Spielern, die vor ihm sind, vorbei zu kommen, desto mehr müssen diese sich anstrengen um vor ihm zu bleiben. In anderen Worten, je härter er von unten schiebt, desto mehr ist vom Eisberg zu sehen, und somit wird die gesamte Mannschaft besser werden.

Wenn er aufgibt oder wenn er sich nicht mit vollem Einsatz dabei ist oder sich zufrieden gibt, "da zu sein wo er ist", dann zerstört er die Basis und den Charakter der Mannschaft.

Der Ersatz-Spieler, der nicht immer (auch im Training) sein Bestes gibt, ist teilweise verantwortlich für die Fehler, die in einem Spiel passieren; dieser Spieler verhindert, dass die Mannschaft die notwendige Kraft hat, einen 10-Punkte Rückstand wettmachen zu können.... und trotzdem muss dieser Spieler da sein...zuschauend, wartend und hoffend... manchmal sogar quälend, weil er weiss, dass er keine Chance hat in dieses Spiel zu kommen... vielleicht wird das, was er am besten kann, in diesem Spiel nicht gebraucht.

Vielleicht war er verletzt und der Trainer möchte noch etwas warten, um ihn für das nächste Spiel oder die Play-Offs zu schonen.

Noch wichtiger ist, dass er vielleicht die gesamte Ersatz-Bank repräsentiert... da, wo die "Starting-5" am Ende eines Spiels hinschauen... wenn sie keine Kraft mehr haben, wenn sie glauben, dass sie nicht weiter können... und, wenn sie da hinschauen, sehen sie nicht die Ersatz-Bank; sie sehen Enthusiasmus, eine Liebe für Basketball und gegenseitige Unterstützung, und daraus holen sie die Kraft, um das Spiel umzubiegen.

Nicht nur für sich selbst, sondern für "das Team".

Wenn das Spiel vorbei ist, wenn die Saison beendet ist und die Fans und Reporter über die Eisberg-Spitze (die Stars und Helden) reden, dann wissen aber die Spieler, wer der echte Sieger ist... "Das Team" .... Der gesamte Eisberg, besonders die Basis - die Spieler auf der Bank!

The next time you make a basket… instead of finding a way to show everyone it was you …. Try pointing your finger at the person who gave you the ball and say "Good Pass…"

Kapitel 35

Trainer und der Trainerberuf ... Es geht immer um das Spiel

Coaching ist eine der wenigen Berufen, in denen eine Person bewertet, anerkannt oder gefördert wird oder auf etwas basiert, was jemand anderes tut anstatt das, was er selbst tut. Wenn du diese Anweisung beispielsweise in ihrer einfachsten Form betrachtest und einen Fließbandarbeiter anschaust, wird diese Person basierend auf der Anzahl der während des Tages produzierten Elemente bewertet. Ein Verkäufer wird danach beurteilt, wie viele Artikel er in einem entsprechenden Zeitraum verkauft.

Auf der anderen Seite wird ein Trainer bewertet, wie seine Mannschaft auf dem Feld oder auf dem Platz ausgeht und spielt. Was der Trainer während des Trainings gemacht hat, unabhängig davon, wie oft er mit seinen Spielern darüber gesprochen hat, wird er anhand der Spielerleistung auf dem Platz bewertet. Es spielt keine Rolle, wie gut die Dinge gelehrt wurden oder wie viel Zeit damit verbracht wurde, sie zu unterrichten. Es kommt darauf an, wie gut die Spieler es ausführen. Das Sprichwort, das ich gerne benutze, ist einfach. "Trainer können so viel trainieren, wie sie wollen, aber Spieler müssen immer noch Spiele machen".

Der Coaching-Beruf

Es gibt viele verschiedene Arten von Reisebussen. Es gibt Trainer, die gut mit X's und O's sind und nicht so gut mit Leuten. Es gibt Trainer, die gut mit Menschen umgehen und nicht so gut mit Skills und Taktiken umgehen können. Es gibt Trainer, die schreien. Es gibt Trainer, die ruhig und gesammelt sind. Es gibt Trainer, die mit Druck umgehen können, und Trainer, die "aus der Bahn" gehen, wenn es nicht gut läuft. Es gibt Trainer, die Profis gut coachen, aber junge Spieler nicht trainieren können.

Es gibt Trainer, die sich gut mit jungen Spielern auskennen und Grundlagen vermitteln können, aber einfach keine guten Spieltrainer sind, wenn es um den Umgang mit Profis geht. Es gibt Trainer, die Lehrer sind, die wirklich gut in den Grundlagen sind. Es gibt Coaches, die für das Geld, für den Ruhm und für andere Dinge coachen, die nichts mit persönlicher Entwicklung bei ihren Spielern anfangen können

Es gibt andere, die gut darin sind, weil sie den Spielern helfen wollen, sich als Spieler zu verbessern und manchmal sogar noch mehr, um ihnen zu helfen, sich als Menschen zu verbessern. Es gibt einen Platz für all diese Typen und unser Spiel existiert, weil alle von ihnen tun, was sie tun, aber für den Trainer selbst ist es möglicherweise einer der prekärsten und unvorhersehbarsten Jobs, die man sich vorstellen kann. Familie, Sicherheit, Glück, finanzielle Stabilität, ein ständiger Wohnsitz - all die Dinge, die die meisten Menschen im Leben wollen, sind manchmal wirklich schwer zu bekommen.

10 Jahre in diesem Beruf zu bleiben ist eine Leistung.

20 Jahre zu bleiben ist etwas Besonderes.

30 Jahre zu bleiben ist ein Wunder. Ich war gesegnet, dass ich in der Lage bin, das zu tun, was ich tue, so lange ich es habe, und während dieser Zeit gibt es sehr wenig, dass ich an mir ändern würde. Ich denke, es ist fair zu sagen, dass ich nie nur für das Geld dabei war. Wenn das der Fall gewesen wäre, hätte ich ein paar Entscheidungen anders getroffen. Als ich zu den „Crossroads“ kam, über die ich im ganzen Buch gesprochen habe, habe ich alles getan, was ich konnte, und ich hoffe, dass ich das Leben aller Spieler und Familien positiv beeinflusst habe. mit denen ich in Kontakt komme.

My State of the World Address

`☞` Wenn ich ein paar Worte finden müsste, die meine Lebensphilosophie zum Ausdruck bringen ... würde ich zwei Aussagen paraphrasieren müssen ... Eine von Phil Jackson, ehemaliger Chicago Bulls Coach ... der sagte ... "Es gibt mehr im Leben als Basketball ... "und hinzufügend ..." aber Basketball ist viel mehr als nur Basketball ... "

`☞` Die andere Aussage (Autor unbekannt) ... "Wenn du jemand anderem die Schuld für die Dinge gibst, die in deinem Leben falsch sind, dann wirst du wahrscheinlich darauf warten, dass jemand anders sie repariert ..." Wenn die Dinge für dich, deine Familie oder dein Team nicht gut laufen, ist es vielleicht nicht deine Schuld und vielleicht hast du nur wenig getan, um das zu verhindern. Wenn du nur herumstehst und mit den Fingern zeigst, ändert sich nichts an deiner Situation. `

☞`Entitlement "Anspruch" ...

Das ist das Thema heute ... am 30. Mai 2016 hatte ich ein Gespräch mit dem Trainer eines der amerikanischen Junior National Teams ... Ich paraphrasiere, aber im Grunde sagte er ... "Spieler und Eltern müssen verstehen, dass wir nicht einfach die Bälle ausrollen, Athletik einsetzen und hoffen können, dass wir gewinnen. Es muss sehr viel Wert auf Training gelegt werden. Es ist in unserer Kultur so schwierig, Kinder dazu zu bringen, diese Art von Zeit zu verbringen ". Meine Frage ist: Wann haben die Leute angefangen zu glauben, dass sie zu etwas "recht haben" ... einfach weil es da ist? Nein, ich werde nicht arbeiten, um dorthin zu gelangen ...! Nein, ich werde keine Zeit oder Anstrengung investieren, um es zu erreichen ...! "Gib es mir einfach, weil es hier ist und ich hier bin" ... Ich habe das Recht, in diesem Team zu sein. um mehr Spielzeit zu bekommen; um diesen Job zu haben; um zu dieser Schule zu gehen; bessere Noten in der Schule haben; respektiert werden; ... Was mache ich, um es zu verdienen ...? Nichts…! Ich bin einfach dazu berechtigt ...! ... Etwas daran ist radikal falsch. Die Tatsache, dass du existierst, ist kein Grund zu glauben, dass das Leben dir etwas schuldet ... Du bekommst, was du verdienst ... und manchmal, selbst nachdem du genug getan hast, um es zu verdienen, bekommen du es immer noch nicht ... "Das Leben ist nicht fair", sagte Bill Gates ... Wir können nur weiterarbeiten, weiter versuchen und hoffen, dass es jemand merkt. Erfolgreiche Leute (besonders Spieler) arbeiten hart, auch wenn niemand zuschaut ... Sie machen es, weil es um persönliche Leistung geht ... Zu wissen, dass du dein Bestes gegeben hast, ist manchmal seine eigene Belohnung ... und manchmal ist es die einzige Belohnung ... Also, wenn du abgeholt werden willst ... Gib ihnen einen Grund, dich abzuholen ... und denk nicht, dass du es bekommst, weil du dazu berechtigt bist.

☞ Probleme in einem Team ... Dieser Typ in deinem Team wird zu einem Krebs. Wenn er ein Problem mit dir oder jemandem im Team hat - dann muss er das mit dir oder dem fraglichen Spieler aufnehmen und nicht hinter den Rücken anderer rennen und Ärger machen. Worte für Trainer, Spieler und Teams ... von einem NFL Football Coach, dessen Name ich leider nicht kenne ... "Ja, es ist ein Problem und wir müssen es ausarbeiten ... aber ... Es hilft uns nicht, wenn wir jetzt hier über jemanden reden, mit dem wir dort ein Problem haben. "

☞ Manchmal ist die Belohnung für die Stunden der Vorbereitung und der harten Arbeit nicht sichtbar. In der heutigen Zeit der "sofortigen Befriedigung" wird Erfolg oft nur daran gemessen, ob eine Meisterschaft gewonnen wird oder ob ein Spiel gewonnen wird oder ob du 25 Punkte erzielt hast ... Aber die Realität ist, dass dies manchmal nur die sichtbarsten und manchmal die unwichtigsten Highlights sind ... Es gibt so viele andere Aspekte, um Erfolg zu messen .... Basketball war gut für mich, aber um die Worte von Lou Rawls ein letztes Mal zu benutzen: "Ich habe den Song nicht geschrieben, ich habe nur gelernt, ihn zu singen." ... und ich werde immer glauben, dass es für diejenigen, die bereit sind, den Preis zu bezahlen, in vielerlei Hinsicht lohnend sein kann ...

☞ Akzeptanz

Akzeptanz ist etwas, das jeder anstrebt - manchmal bewusst - manchmal unbewusst und ich bin mir nicht sicher, ob das immer positiv ist. Als Trainer glaube ich, dass ich das coachen nicht wirklich genossen habe, bis ich wusste, wer ich als Trainer war. bis ich die Tatsache akzeptierte, dass ich so trainieren musste wie ich war und nicht versuchte jemand anderes zu sein. Ich hatte meine Bobby Knight Phase, sprang auf und ab, schrie und brüllte; versuchte, der harte Kerl zu sein. Ich hatte meine Phase, in der ich die Refs für alles verantwortlich machte, was schief gelaufen ist. Ich hatte meine Phase, in der ich versuchte wie John Wooden zu sein.

Ich hatte eine Phase, in der ich versuchte, auf der Bank cool zu sein. Ich ging durch viele verschiedene Phasen und es dauerte bis ich merkte, dass es nicht darum ging, dass ich versuchte, das Spiel zu gewinnen, sondern dass ich der Hauptfaktor oder das bestimmende Element im Spiel sein wollte. Es ging darum, das Spiel so gut wie möglich zu unterrichten und meine Spieler das Spiel so gut wie möglich verstehen zu lassen. Ich entschied, dass es um das Spiel ging und nicht um mich als Trainer, dann denke ich, dass ich wirklich anfing, es zu genießen.

Ich fühlte als Trainer weniger unter Druck gesetzt. Ich denke, dass meine Spieler das Spiel mehr genossen haben, weil ich zu diesem Zeitpunkt von mir als Trainer ausgegangen bin und aufgehört habe, jemand anderes zu sein. Ich wollte nur das Spiel unterrichten und meine Spieler das Spiel spielen lassen und dann begann es wirklich Spaß zu machen. Ich glaube als Menschen haben wir dasselbe Problem. Wir versuchen von einer Gruppe akzeptiert zu werden. Wir versuchen, in eine Gruppe zu passen. Wir tragen bestimmte Kleidung, weil wir denken, dass die Leute um uns herum diese Kleidung mögen. Die Menschen geben jedes Jahr Hunderte von Dollars aus, um ihre Kleiderschränke zu wechseln, weil jemand sagt, dies sei "was in diesem Jahr in ist".

Ich bin froh, dass ich diese Phase nie wirklich durchgemacht habe und trage immer noch meine Basketballschuhe, meine Trainingsanzüge und T-Shirts oder was auch immer ... und ich fühle mich gut, weil ich akzeptiert habe, wer ich bin. Es ist nicht so, dass es mir egal ist, was du über mich denkst, aber ich werde mir keinen Schlaf deswegen rauben lassen, solange ich mich selbst akzeptiere. Ich denke, die Leute geraten in Schwierigkeiten, wenn sie anfangen, sich darüber Gedanken zu machen, was andere über sie denken, und sie beginnen Dinge zu tun, die wirklich nicht zu ihrer eigenen Persönlichkeit passen. Ich glaube tatsächlich, dass es eine Methode gibt, die du verwenden solltest, um dich selbst zu bewerten, und dass die Evaluierung regelmäßig stattfinden sollte.

Folge einfach dem alten Sprichwort, dass du einen Blick in den Spiegel werfen sollst und wenn du mit dem Typen im Spiegel zufrieden bist, dann ist alles in Ordnung, aber gleichzeitig sage ich, dass es ein paar Kriterien für diesen Typen im Spiegel geben sollte. Es sollte ein System vorhanden sein, das es dir ermöglicht, nicht nur im Vakuum zu denken. Ich hatte eine Zeit in meinem Leben, als ich versuchte herauszufinden, wer ich war.

Etwa im Alter von fünfzehn Jahren las ich das Gedicht zum ersten Mal von Rudyard Kipling. Ungefähr alle vier Monate saß ich mich hin und ging die Zeilen in diesem Gedicht durch und versuchte zu beurteilen, wie es mir in Bezug auf diese Zeilen ging.

Ich dachte immer an mich selbst als einen Point-Guard, und ich dachte über diese erste Zeile nach,

“if you can keep your head when all about you are losing theirs and blaming on you”

Ich nahm diese Worte und wendete sie auf das an, was ich von einem Point-Guard verlangte. Als Point-Guard bist du der einzige Spieler auf dem Platz, der jedem Druck standhalten sollte. Es ist deine Aufgabe, den Ball auf den Platz zu bringen, wenn du doppelt gedekct wirst. Es ist deine Aufgabe, den Ball zur richtigen Zeit an den richtigen Ort zu bringen, damit dieser Spieler punkten kann. Es ist deine Aufgabe, sicherzustellen, dass die Mannschaft in der richtigen Verteidigung ist.

Du kannst dich nicht in die Aufregung verwickeln lassen, wenn die Menge anfängt zu schreien, wenn die Spieler wütend werden oder wenn du den Ball verlierst. Du kannst nicht einfach den Kopf verlieren und etwas Dummes tun. Es ist deine Aufgabe, deinen Kopf zu behalten, wenn alles an dir verloren geht und wenn jeder sagt, dass es deine Schuld ist. Nimm dir eine Minute Zeit und schau dir dieses Gedicht an. Du wirst sehen, dass es fast jede Phase deines

Lebens umfasst. Ich würde gerne denken, dass das Gedicht funktioniert hat. Ich würde gerne glauben, dass es mir geholfen hat, ein Individuum zu werden, auf das ich stolz sein kann und auf das andere stolz sein können. Ich fühle mich gut in mir selbst, weil ich mich selbst für das, was ich bin, akzeptieren kann.

Ich bin nicht wirklich darum besorgt, ob du mich magst oder nicht. Es geht mir mehr darum, ob du mich respektierst oder nicht, wer ich bin und was ich tue. Ich schaue zurück auf den Anfang dieses Buches, wo ich Leute erwähnte, die die Farbe ihrer Haare ändern, die Jeans mit Löchern tragen und tatsächlich Geld für Jeans mit Löchern bezahlen. Menschen bekommen Tattoos oder andere fangen an zu rauchen, weil sie akzeptiert werden wollen. Die Leute gehen raus und trinken zu viel, weil sie denken, dass sie das tun müssen, um Teil einer Gruppe zu sein. Das sind alles Dinge, die ich für wenig sinnvoll halte.

Wenn du Ihre Handlungen darauf basierst, von anderen Menschen akzeptiert zu werden, dann denke ich, dass du dir selbst nicht treu bist, weil du am Ende des Tages allein bist und du derjenige bist, der mit diesem Typen leben musst, den du im Spiegel siehst.

☞ In dem Gedicht" If "von Rudyard Kipling gibt es eine Zeile, die fast jede Situation und jedes Problem anspricht, denen wir begegnen. Ich habe es seit der Schule als meine Führung benutzt. Sieh es dir an - vielleicht kann es dir helfen.

Kapitel 36

Der Stand des Spiels ...

Ich habe immer geglaubt, dass das Spielfeld ein Mikrokosmos der Gesellschaft ist, in der wir leben.

"Es geht um das Spiel" ... Stimmt das wirklich ...?

Wieder einmal muss ich meine Meinung zu der Richtung sagen, in die wir uns zu bewegen scheinen. Wir sind zu einer Gesellschaft geworden, in der wir die Regeln so lange verbiegen, bis wir so weit gegangen sind, dass wir die Regeln genauso gut ignorieren könnten. Ich habe lange gesagt, dass das, was wir mit dem Basketball spielen, auf dem Platz und außerhalb des Platzes, eine Reflexion des Lebens außerhalb des Basketballs ist ... und umgekehrt. Der Slogan für meine Internetseite lautet ...

"Es gibt mehr im Leben als nur Basketball ... und Basketball ist mehr als nur Basketball ..."

Und so ist es jetzt, mehr als jemals zuvor, dass dies wahr ist ... und was ich sehe, stört mich. Der Stand des Spiels ... und die Situation außerhalb des Spiels sind miteinander verknüpft und jeder, der ehrlich zu sich selbst ist, mag mit meinem Standpunkt nicht einverstanden sein, aber er muss zugeben, dass die Situation ist, wie sie beschrieben ist ... und das ist beunruhigend ...

Auf dem Spielfeld.... Packen sich die Spieler bei jedem Pfiff eines Schiedsrichters an die Köpfe und werfen die Arme hoch ...

Trainer haben scheinbar Wutanfälle ... laufen auf dem Feld und beschweren sich über alles Mögliche ... Die Spieler feiern "übertrieben" jede Aktion, die sie machen und erkennen selten einen Teamkollegen für die Teilnahme an der Aktion an ... Schiedsrichter haben nicht den Mut zu pfeifen (nach den Regeln) ... stattdessen beugen sie sich dem Druck ... Du hörst sogar die TV-Kommentatoren Dinge sagen wie ... "Er kann diesem Spieler (diesem wichtigen Spieler) in dieser kritischen Zeit des Spiels nicht sein 5. Foul geben... "....

Ich hörte Schiedsrichter zu mir sagen, und hörte TV-Kommentatoren am Ende von engen Spielen sagen ..." Refs sollten diesen oder jenen Pfiff nicht machen... weil sie nicht das Ergebnis des Spiels "entscheiden" wollen (oder sollen) ... **"News-Flash"** ....

Hey „Pea-Brain“, wenn mein Spieler zum Korb am Ende des Spiels zieht und gefoult wird und du pfeifst es nicht, weil du nicht über das Ergebnis des Spiels entscheiden willst.... dann hast du vielleicht gerade erst recht das Ergebnis des Spiels entschieden ...! oder.... Wie wäre es mit diesem Beispiel .... :

Wenn der Spieler sein Standbein hebt, bevor er den Basketball dribbelt, hat er einen Schrittfehler begangen. Wie oft der Spieler mit seinem nicht Standfuß einen Fake oder Jab-Schritt ausführt, ist irrelevant und sollte für Schrittfehler nicht berücksichtigt werden.

Ein Spieler beendet sein Dribbling, wenn der Ball in seiner Hand zur Ruhe kommt. Erinnere dich daran, als dies einmal "Basketballregeln waren:" Weißt du was?... Es ist immer noch eine... aber du weißt es nich, wenn du dir Spiele ansiehst, die gespielt werden, in denen das ständig nicht gepfiffen wird. Wir werden nicht einmal über die vielen anderen Dinge sprechen, die wir einfach "ignorieren" ... wie der Dribbler, der den Defender wegschiebt, um Platz für seinen Schuss zu schaffen ... und ... und ... und ...

In Deutschland wurde die Technische Foul-Regel geändert, um nur einen Schuss zu bekommen ... weil die Zwei-Schuss-Strafe "zu streng" war ... "C'mon Man ... !!!" Wen wollen wir veräppeln? ..... und was ist mit dem nicht bestrafen von Spielern, die nicht zu Spielen erscheinen? ... vor allem in Sommer-Ligen ... aber auch während der regulären Saison ... Wir biegen die Regeln oder lassen sie lahme Entschuldigungen geben und wir erlauben ihnen weitermachen.

Die Gesellschaft im Allgemeinen macht das Gleiche ... Menschen kommen buchstäblich mit Mord davon, weil "sie so viel Geld hatten, er verwöhnt wurden und immer machen konnte, was er wollte und den Unterschied zwischen richtig und falsch nicht gelernt hat" ... Oder wie wäre es, wenn wir Regeln biegen und sogar weit aus dem Weg gehen, um nicht sagen zu müssen ... "Du bist raus ..! " Man erfindet Ausnahmeregeln, um jemanden nicht bestrafen zu müssen.

Dies war in einem Bericht über den Bildungsstand in Kalifornien und ging auf die Frage ein, warum niemand Lehrer werden will ... **"In diesem Schuljahr müssen die Bezirke nach Schätzungen des kalifornischen Bildungsministeriums 21.500 Plätze füllen, während der Staat pro Jahr weniger als 15.000 neue Lehrbefugnisse ausstellt." .... "Junge Lehrer aus den gesamten Vereinigten Staaten sagen, dass sie aufgrund von Verwaltungsentscheidungen nicht mehr in der Lage sind, Klassenräume ordnungsgemäß zu verwalten, um Statistiken über Schulbesprechungen und Schulferien zu**

reduzieren. Wie jeder Klassenlehrer sagen kann, wenn die Schüler wissen, dass es keine Auswirkungen auf ihre Handlungen gibt, wird sich ihr Verhalten nicht ändern .... "

Es ist das gleiche auf dem Platz ... Ich habe Basketballspiele seit 1975 als Schiedsrichter geleitet.... Nicht einmal in dieser Zeit hatte ich das Bedürfnis, einen Trainer zu disqualifizieren ... Ich hatte nur selten das Bedürfnis, gegen einen Spieler oder Trainer ein technisches Foul zu pfeifen ... Ich denke, vielleicht hatte es etwas mit Respekt zu tun ... Leider habe ich kürzlich einem Coach zwei Techs gegeben und ihm aus der Halle verwiesen ... Er war in meine Augen respektlos und in meiner „Old-School" Denkweise, hatte ich auch keine andere Wahl. ...

Vielleicht sollte diese Geschichte auch als Appell an Spieler, Trainer und Schiedsrichter gesehen werden ...

Unser Spiel hat Regeln ... respektiere sie und respektiert einander ...

Das Spiel und unsere Gesellschaft braucht es ... und ... Das nächste Mal, wenn mich jemand "Old-School" nennt ... oder sagt, ich sei ein "Dinosaurier im heutigen Spiel" ... lächle ich einfach und sage "Danke ... das habe ich gebraucht" ... Coach Ingram

Kapitel 37

Der Zustand der Gesellschaft ... die Sicht des Dinosauriers

Jedes Jahr spricht der US-Präsident die Nation an. Nun, zu diesem Zeitpunkt denke ich, dass ich meinen Zustand der Gesellschaft ansprechen werde. Unsere Infrastruktur ist nicht in Ordnung. Wir sind viel zu weit in eine Richtung gegangen, von der ich glaube, dass sie unserer moralischen Faser abträglich ist. Ich erinnere mich, als die Schilder an den Eingängen zu unseren Schulen lauteten: "Besucher müssen im Büro des Schulleiters einchecken", oder "Kein Laufen in den Fluren" ... jetzt sagen die Zeichen "Keine Waffen erlaubt" oder "Drogenfreie Zone" ... etwas ist definitiv falsch in diesem Bild. Früher gab es eine Zeit, in der der gute Kerl ein guter Junge war.

Egal, ob es ein Film, ein Buch oder eine TV-Serie ist, der gute Typ muss eine gemeine Strähne haben. Er muss etwas falsch machen, um ein Held zu sein. Was ist heute ein Held? Was sehen junge Menschen als Vorbilder? Wir sind viel zu weit in die falsche Richtung gelaufen, auch was den Umgang mit Kriminalität betrifft. Wir sind so besorgt um die Rechte des Einzelnen, dass wir oft über Bord gehen, um Menschen zu schützen, die sich der Verbrechen schuldig gemacht haben. Ich bin damit aufgewachsen, zuzusehen und zu versuchen, den Jungs nachzueifern, die ich in Filmen gesehen habe, auch wenn du denkst, dass es albern ist. Der Lone Ranger und Superman waren Individuen, auch wenn sie fiktiv waren, die gegen das, was falsch war, kämpften und versuchten, es zu beheben. Sie mussten keine "schlechte Seite" haben. Ich bin aufgewachsen und wollte der Typ sein, der in eine Situation geriet, die außer Kontrolle oder falsch war, oder in eine Gegend kam, wo Menschen misshandelt wurden ... und er eintrat und alles reparierte und dann verschwand, ohne im Sonnenuntergang zu warten, damit die Leute ihn belohnen.

Er wollte nicht einmal, dass die Leute wissen, wer er war. Dieses Konzept ist jetzt schon lange vorbei. Ich erinnere mich, dass es eine Kontroverse mit dem Film "Vom Winde verweht" in der Szene gab, in der Rhett Butler sich umdrehte und sagte: "Ehrlich meine liebe Charlotte, I don't give a damn..." Es gab eine große Kontroverse, weil man damals meinte, dass das Wort verdammt nicht verwendet werden sollte. Jetzt hören Kinder Musik im Radio, wo das "F-Wort" das prominenteste Wort im Lied ist. Ich erinnere mich an eine Zeit, in der allgemein angenommen wurde, dass es etwas Gutes sei, ein Gentleman zu sein und Frauen und ältere Menschen mit Respekt zu behandeln. Jedes Mal, wenn ich mir ein Musikvideo anschaue oder mir ein Lied anhöre, höre ich, wie die Künstlerin Frauen Namen nennt, die alles andere als Respekt zeigen und sehen, dass sie wie Sexobjekte behandelt werden und dass sie sich wie Sexobjekte verhalten.

Aber ich denke, das ist in Ordnung, denn sie werden dafür bezahlt und das wollen die Leute sehen. Dann gibt es die Geschichte von dem reichen Jungen, der betrunken in eine Gruppe von Leuten fuhr und nicht ins Gefängnis kam, weil sein Verteidiger den Richter davon überzeugen konnte, dass "der Junge verdorben wurde, als er jung war, weil seine Familie zu viel Geld hatte. Infolgedessen lernte er nie richtig oder falsch zu verstehen oder zu schätzen. Daher ist er nicht für seine Handlungen verantwortlich gemacht worden. Etwas stimmt nicht in diesem Bild. Wir müssen wieder auf Kurs sein. Wir müssen einen Weg finden, um es zur Norm zu machen, Verantwortung für die Dinge zu übernehmen, die wir tun, und unser Handeln nicht anderen Menschen vorzuwerfen. Wir müssen aufhören, die Schuld auf unsere Erziehung zu legen, und stattdessen vielleicht die Art und Weise, wie wir Kinder großziehen, beheben.

Wir müssen aufhören, die Schuld auf die Tatsache zu legen, dass wir als kleines Kind nichts hatten. Es gibt nur so viele Bereiche, die verbessert werden müssen, anstatt Ausreden für ihre Existenz zu finden. Wir müssen die moralischen Fasern stärken. Wir müssen wieder das Richtige tun, weil es das Richtige ist; aber vielleicht müssen wir erst einmal neu definieren, was das Richtige ist und nicht nur, was politisch korrekt ist. Wenn wir das nicht tun, werden die Dinge viel schlimmer werden, bevor sie besser werden. Wir werden weiterhin Kinder sehen, die denken, dass es einen leichten Ausweg gibt, oder dass es einen einfachen Weg gibt, weiter zu kommen. Wir werden weiterhin Kinder großziehen, die den Weg des geringsten Widerstands gehen, anstatt sich allen Schwierigkeiten zu stellen und nach Lösungen zu suchen. Ich erinnere mich an eine Zeit, als Kinder stolz darauf waren, 1er in der Schule zu bekommen und nach Hause zu kommen und ihren Eltern zu erzählen oder nach Hause zu kommen und ihren Eltern ihre Zeugnisse zu zeigen. Jetzt versuchen viele Kinder sich anzupassen, denn wenn du eine 1 bekommst, bist du ein Aussenseiter.

Wann wurde es falsch, sich zu bemühen? Was ist falsch daran, gute Noten zu bekommen? Was ist falsch daran, erfolgreich zu sein und zu arbeiten, um dorthin zu gelangen? Heute scheint es wichtiger zu sein, sich anzupassen und ein Teil der populären Menge zu sein, als es zu tun, um seinen eigenen Weg zu gehen und erfolgreich zu sein.

Ich las einen Artikel über die abnehmende Zahl von Jugendlichen, die Lehrer werden wollen und eine der Antworten lautete: "Schau dich einfach um, willst du in einem Klassenzimmer sein und musst dich jeden Tag mit diesen Situationen auseinandersetzen?". Früher gab es eine Zeit, in der du, wenn du in der Schule Ärger bekamst, wenn du suspendiert wurdest. Du bist mit einer Notiz aus der Schule nach Hause gegangen oder hast es deinen Eltern gesagt und hast wieder Ärger bekommen, weil deine Eltern auf der Seite des Lehrers waren. Nun, irgendwo auf dem Weg haben sich die Dinge geändert und wenn du in der Schule in Schwierigkeiten gerätst, ist das erste, was passiert, dass deine Eltern zur Schule gehen und den Lehrer beschuldigen ... etwas stimmt nicht in diesem Bild. Wir müssen unsere moralische Infrastruktur festigen ...

Ich glaube, ich kann ehrlich sagen, dass wenn die heutigen Werte und die politisch korrekte Umgebung in meiner Jugend gewesen wären, ich nicht annähernd in der Lage wäre, dieses Buch zu schreiben. Niemand wäre da gewesen, um mich dazu zu bringen, das Richtige zu tun und mich in eine Situation zu bringen, in der ich zwischen richtig und falsch wählen oder mir helfen musste, zu dieser Position zu kommen. Ich hätte damals vielleicht bestimmte Situationen nicht genossen. Es mag mir Unannehmlichkeiten verursacht haben und manchmal sogar schmerzhaft gewesen sein, trotzdem kann ich dankbar sein, dass die Dinge so passiert sind, wie sie es taten, und weil sie es taten ... **"I'm still standing!"**

Thank you to all of my coaches.

"Ich stehe immer noch!" .. Danke an alle meine Trainer.

Ray Ingram